DIE WICHTIGSTEN PROTAGONISTEN DIESES BUCHES

DONA GRACIA NASI alias Beatrice de Luna y Mendes, die »Señora«, Leiterin des Bank- und Handelshauses Mendes
REYNA, ihre Tochter
BRIANDA NASI, ihre Schwester
GRACIA, »La Chica«, deren Tochter

Dona Gracias Neffen, Söhne einer weiteren Schwester der Nasi-Frauen:
DON SAMUEL NASI alias Bernardo Micas
DON JOSEPH NASI alias Juan Micas, Enfanghi Bey des Osmanischen Reiches

RAPHAEL UGARTE, Hauptbuchhalter des Bankhauses und rechte Hand der Dona Gracia

AMATUS LUSITANUS alias João Rodrigues de Castel Branco, ein berühmter Arzt

KAISER KARL V., Herrscher des Römischen Reiches Deutscher Nation
MARIA VON UNGARN, seine Schwester, Statthalterin der Niederlande
MAXIMILIAN VON HABSBURG, ihr Neffe

ERCOLE D'ESTE, Herzog von Ferrara

MARCO UND NICOLÁ DA MOLIN, venezianische *nobili* und Fernhändler

ROXELANE alias Haseki Hürrem, die Sultana
SCHECHSADE SELIM, Kronprinz des Osmanischen Reiches
RAHEL NASI alias Nur Banu, Erste und Rechte des Kronprinzen
RUSTEM PASCHA, Großwesir des Sultans Suleiman

ESTHER KYRA, eine Händlerin

RABBI JOSHUA SONCINO

KARDINAL PEDRO PACHECO DE VILLENA, Bischof von Jaén

EIN WÜSTENSCHEICH

Anmerkung der Autorin:
Auch wenn alle diese Figuren historisch verbürgt sind, ist dies Buch keine Historiographie, sondern ein Roman.
Die Romanschreiberin nimmt sich die Freiheit, Zeiten zu verkürzen und Ereignisse zusammenzurücken, um die Wahrheit, die stets mehr ist als die Wirklichkeit, ans Licht zu bringen.
Das ist – ausdrücklich in Demut den Figuren und deren Vita gegenüber – ihre Pflicht und ihr Recht.

PROLOG

Aus den Aufzeichnungen des jüdischen Arztes Amatus Lusitanus, auch bekannt unter seinem portugiesischen Namen João Rodrigues de Castel Branco, aus seinem Zufluchtsort in Saloniki, Türkei

IM Jahre 5316 nach jüdischer oder 1555 nach christlicher Zeitrechnung erlegte der Ewige – sein Name sei gepriesen! – seinem leidgeprüften Volk eine weitere schwere Heimsuchung auf: Gian Pietro Caraffa wurde von den Kardinälen gewählt und bestieg den Papststuhl in Rom. Mit seinem Pontifikat rollte eine Welle der Verfolgungen und Demütigungen über die Juden Europas hin. Und wie schon zuvor waren nicht nur die Bekenner des Alten Bundes die Opfer, sondern vor allem diejenigen, die, ob genötigt oder nicht, zum Christentum übergetreten waren und sich selbst Neuchristen oder Conversos nannten, von ihren Feinden aber als Marranen bezeichnet werden. Das ist ein spanisches Wort für Schweine.

Alles Unheil aber hatte in unserem Jahr 5253 begonnen, das ist im christlichen Jahr 1492. Da hatten die spanischen Majestäten Isabella und Ferdinand beschlossen, alles, was jüdisch ist, aus ihren Ländern auszutreiben, es sei denn, man ließe sich taufen.

Sie gaben zunächst Anweisung, unsere heiligen Bücher zu verbrennen, um uns das Gedächtnis unseres Glaubens fortzunehmen. Weder vor den Schriftrollen der Thora noch vor den Gesetzeswerken des Talmuds und des Midrasch machte ihre Zerstörungswut halt.

Und den Familien hielt man das Kreuz vor die Augen und be-

drängte sie, ihrem Judentum abzuschwören und dem dreieinigen Gott zu huldigen.
Aber die meisten waren nicht bereit, vom Glauben ihrer Väter abzulassen, und so begann der große Exodus.
Unzählige kamen um auf der Suche nach einer neuen Heimat. Sie irrten an den Ufern der Meere umher und hofften verzweifelt auf Rettung. Von betrügerischen Kapitänen aufgenommen und in die Sklaverei nach Afrika verkauft wurden viele, andere wieder gingen zugrunde an Krankheiten und Hunger. Einige wenige schafften den Weg in duldsamere Länder oder ins mächtige Türkenreich, das die Flüchtlinge mit offenen Armen aufnahm.
Zu dieser Zeit war auch der große Seefahrer Columbus aufgebrochen, ein zum Christentum bekehrter Jude, der insgeheim hoffte – so sagte man wenigstens –, jenseits des Meeres nicht nur neue Länder und Goldquellen zu entdecken, sondern auch verschollene jüdische Königreiche, gegründet von den verlorenen Stämmen Israels, von denen die Legende sprach. Einige setzten ihre Hoffnung auf diese fernen Länder und harrten aus. Aber das, was er mitbrachte, hatte nichts mit unserem Volk zu tun, und so war auch dieser Pfad der Rettung verloren.
Ein anderer Fluchtweg führte ins Nachbarland, nach Portugal. Aber er hatte seinen Preis. Eine hohe Kopfsteuer verlangte der König der Portugiesen jedem ab, dem er Asyl in seinem Land gewähren würde.
Nun gab es unter den Juden, wie überall auf der Welt, Arme wie Reiche, und die Armen waren in der Überzahl. Aber anders als ringsum in den Ländern der Christen, in denen wir wohnten, war es bei uns schon seit jeher der Brauch, dass die Reichen für die Armen einstanden und sie unterstützten. Sonst hätte Israel in der Zerstreuung des Exils wohl kaum überleben können.

In Spanien, in Andalusien vornehmlich, gab es in den Tagen der Maurenherrschaft viele Juden, die es zu Ansehen und Reichtum gebracht hatten, denn die Muslime waren uns wohlgesinnt. Es gab jüdische Wesire und Ärzte, Gelehrte und Weltweise – und vor allem wagemutige Kaufleute.
In einer Zeit, in der in Europa die meisten Menschen kaum aus ihren von wilden Wäldern umgebenen Ortschaften hinauskamen und jede Reise lebensgefährlich erschien, hatten diese kühnen Männer es unternommen, zu Land und zur See fremde Länder zu befahren und unter Gefahr für Leib und Leben das herbeizuschaffen, wonach die weltlichen Fürsten genauso gierten wie die Kardinäle: edle Steine und prunkvolle Stoffe aus den fernen Ländern des Ostens, Gewürze und Weihrauch, Salz und Bernstein, Diamanten.
Ja, die Gefahr war groß, aber der Gewinn unvergleichlich, denn niemand machte ihnen Konkurrenz. Hinzu kam, dass unser Volk seit eh und je in Künsten bewandert war, die den meisten Menschen jener Zeit ganz und gar fremd waren. Juden konnten lesen und sich in fremden Sprachen verständigen, sie orientierten sich am Stand der Gestirne, wenn sie unterwegs waren, und beherrschten alle Rechenkünste, besser als die gelehrten Mönche in den Klöstern. So gelangten einige von uns zu Reichtum und hohem Ansehen, und ihre Familien wurden zu Führern des Volkes, in Zeiten des Friedens wie auch der Bedrängnis.
Unter den spanisch-jüdischen Sippen, die in großem Wohlstand lebten, tat sich besonders eine durch Klugheit, Umsicht und Redlichkeit hervor. Das war die Familie Mendes. Aus ihr kamen zur Zeit der Maurenherrschaft nicht nur freigebige Kaufleute und weise Rabbiner, die den Juden Unterstützung, moralische Stärke und das Bewusstsein des Zusammenhalts

gaben, jeder auf seine Weise, sondern auch Berater der muslimischen Könige – die sie sogar zu ihren Vertrauten und selbst zu Feldherren machten.
So verlieh unser Volk dieser Familie den Ehrennamen Nasi, und das bedeutet Fürst.
Diese Mendes hatten im Lauf der Zeit in vielen Ländern und Hafenstädten Handelsfilialen eingerichtet; überall dort, wo Juden einigermaßen wohlgelitten waren und wo es möglich war, Geschäfte zu machen. Meistens erkauften sie ihre Duldung durch Steuern, Bestechungsgelder oder hohe Darlehen, die sie den ständig unter Geldnot leidenden Fürstenhäusern Europas gewährten, und ihr Wohlstand wuchs.
Als nun einer der Ströme von Vertriebenen in jenem Unglücksjahr 1492 sich der portugiesischen Grenze näherte, war es die Familie Mendes-Nasi, die, ebenfalls auf der Flucht, für viele Hunderte, ja vielleicht sogar Tausende die Kopfsteuer bezahlte, die den Verzweifelten den Eintritt in das fremde Land verschaffte und den Geflohenen sodann in Lissabon zu Arbeit und Brot verhalf.
Damals sah es aus, als wäre in Portugal eine wenn auch teuer erkaufte Zeit der Sicherheit und Ruhe eingetreten. Aber die Flüchtlinge sollten sich furchtbar getäuscht haben. Sie waren vom Regen in die Traufe gekommen. Keine fünf Jahre nach ihrer Aufnahme im Lande besann sich der König von Portugal eines anderen. Heiratspläne und der Druck der Inquisition, die unerbittlich alles verfolgte, was sie für ketzerisch hielt, veranlassten ihn zu einem Schritt, der vielen weitaus grausamer vorkam als das, was sich zuvor in Spanien abgespielt hatte.
Denn König João behielt zwar alle, die über die Grenze zu ihm gekommen waren – aber sie, die einst geflohen, weil sie an ihrem Glauben festhalten wollten, wurden nun getauft, ob sie

wollten oder nicht. Tausende wurden an Armen und Beinen oder an den Haaren in die Kirchen gezerrt, zwangsweise mit Kreuz und Weihwasser behandelt und mit einem neuen, einem portugiesischen Namen versehen.
Ganz Portugal war im Handumdrehen christlich – ausgenommen die wenigen alteingesessenen Juden des Landes, denen schon der Vater des Königs Schutzbriefe verliehen hatte.
Große Seelennot brachte dieses Geschehen über viele Menschen. Nach außen hatte man ihnen eine neue Religion und damit ein neues Wesen übergestülpt, wie man einen Sack über eine junge Katze stülpt, um sie zu ertränken. Sie tappten in Welten herum, die ihnen fremd waren, sie mussten, sollten sie nicht unweigerlich dem Tod anheimfallen, ihren wahren Glauben verleugnen und heucheln, von heute auf morgen gute Christen, gute Portugiesen zu sein.
Manche gingen daran zugrunde, verloren den Verstand oder nahmen sich das Leben. Andere versuchten, nach außen den Schein zu wahren und heimlich weiterhin die Bräuche des Judentums hochzuhalten, den Sabbat zu heiligen, keine von der Thora verbotenen, unkoscheren Lebensmittel zu essen und zum alleinigen Herrn der Welten zu beten.
Aber zu der Spaltung ihres Wesens, zu ständigem gehetzten Hin und Her zwischen dem äußeren Schein und dem wahren Sein, kam noch die Gefahr von außen hinzu.
Nicht nur, dass die Altchristen verachtungsvoll auf die neuen »Glaubensbrüder« herabsahen – man verfolgte sie auch mit stetem (berechtigtem) Misstrauen. Bevölkerung und christliche Inquisition arbeiteten Hand in Hand, um die Conversos, die Marranen, des »heimlichen Judaisierens« zu überführen. Ein Verdacht reichte aus, einen Familienvater in die Folterkeller der Kirche zu bringen und der Frau die Kinder fortzu-

nehmen, um sie christlich zu erziehen. Bekannte der Verhaftete sich dann unter den Qualen der Marter für schuldig, so war sein Leben verwirkt. Auf Ketzerei stand die Todesstrafe, und die Ketzer wurden verbrannt.

Das alles geschah, so wie ich, der Arzt Lusitanus, es hier beschreibe, vor mehr als einem halben Jahrhundert.

Inzwischen hatte man, des vielen Mordens überdrüssig, auch in Portugal einen lauen Frieden erreicht zwischen Altchristen und Conversos; wer nicht allzu unbesonnen handelte, konnte in der Heimlichkeit weiter die alten Bräuche pflegen, wenn er nur nach außen den guten Christen hervorkehrte. Und so gab es viele Familien, deren Mitglieder gleichsam ein Doppelleben führten: ein portugiesischer Name nach außen, ein jüdischer insgeheim im Haus, ein Kirchenbesuch am Sonntag und zuvor eine stille Sabbatfeier hinter verschlossenen Türen, eine Hochzeit vorm Traualtar und danach die zweite Feier unterm Brautbaldachin mit den jüdischen Formeln und Riten: dem Ring, dem Ehevertrag, dem Zertreten eines Glases.

Die Mendes gehörten zu diesen Menschen.

Aber die Zeit ist ein sonderbares Ding. Sie hält in ihrem Schoß das Vergessen. Die nur noch im Verborgenen praktizierten Bräuche verloren bei vielen Conversos mehr und mehr ihren Inhalt. Man wusste nicht mehr, was man warum tat, vollzog nur leere Bräuche, weil man es von den Eltern so gelernt hatte.

Viele der heiligen Schriften unseres Volkes waren vernichtet worden, und die wenigen, die versteckt werden konnten, standen geschrieben in der heiligen Sprache, in Hebräisch. Kaum einer war mehr da, der es lehren konnte, außer man ging insgeheim und unter Gefahr zu einem der wenigen verachteten »Schutzbrief«-Juden des Landes, die es noch gab; und so verlor sich mit dem Wissen der Sinn.

Anders verhielt sich das freilich bei den großen und reichen Kaufmannsfamilien, die kraft ihrer wirtschaftlichen Macht und ihres Einflusses in ihrem »Gastland« Portugal mehr Freiheiten besaßen als die kleinen Leute – und bei denen man im Lauf der Jahre oft nicht mehr so genau hinschaute. Sie waren es, bei denen sich die Lehre rein erhielt, sie diejenigen, die – innerhalb ihres Hauses – ihre Söhne und Töchter in der Thora und im Lesen der Schriften des Talmuds unterrichteten und die um den Sinn ihres Judentums wussten. Durch ihre Beziehungen zum Ausland hatten sie Kontakt zu dortigen jüdischen Kreisen und fühlten sich, ungeachtet ihres Umgangs mit der christlichen Welt, weiterhin ganz und gar jüdisch.
Die hervorragendste unter diesen Sippen war die bereits erwähnte Familie Mendes-Nasi, deren Mitglieder ich als Arzt eine Zeitlang zu betreuen hatte.
Diese vorausschauenden Bankiers und Kaufleute hatten ihr gewaltiges Vermögen, das dem der großen deutschen Handelshäuser Fugger und Welser in keiner Weise nachstand, mit Geschick in Europa verteilt. Sie hatten sich wohlweislich nicht auf Portugal festgelegt, sondern ihre Agenturen überall ausgebaut und als Wichtigstes einen zweiten großen Firmensitz in den Niederlanden, in Antwerpen, errichtet, wo man nicht nur Conversos, hier »Portugiesen« genannt, als Geschäftspartner willkommen hieß, sondern auch stillschweigend duldete, dass sie Kontakt zu den jüdischen Gemeinden vor Ort aufnahmen.
Die Mendes waren also vorsichtig – sie hatten dem Frieden und der Duldsamkeit ihres Gastlands nie so ganz getraut –, und sie fühlten sich auch, genau wie ihre Verwandten zwei Generationen zuvor, den Verfolgten unseres Volkes als Helfer und Beschützer verpflichtet, sahen ihre Aufgabe darin, Rettung zu schaffen.

Als sich die Zeichen mehrten, dass erneut größerer Druck auf die Juden ausgeübt werden sollte, als die Inquisition an Macht gewann in einigen Ländern Europas (so auch in Portugal), begannen die damaligen Leiter des Handelshauses, Francisco und sein Bruder Diogo, in Antwerpen, wo der Letztere hauptsächlich im Diamantengeschäft tätig war, mit dem gezielten und energischen Aufbau von Fluchtlinien, von sogenannten »Netzen«.
Jede Filiale des Bankhauses war mit einem Agenten besetzt, dessen besondere Aufgabe darin bestand, flüchtige Conversos aufzunehmen, ihnen zunächst Asyl zu gewähren, sie, wenn sie bedürftig waren, mit Geld zu versehen, sie dann in aller Heimlichkeit fortzubringen, außer Landes, und ihnen in der anderen Heimat Hilfe beim Aufbau eines neuen Lebens zu leisten, sei es, ihnen in ihrem alten Beruf Arbeit zu vermitteln, sei es, sie in neue Aufgaben einzuweisen. Und vor allem aber auch, wenn irgend möglich, sie wieder zu ihren jüdischen Wurzeln zurückzuführen.
1537 nach christlicher Zeitrechnung war es dann so weit: Die Inquisition schlug offen zu in Portugal. Zunächst flohen – nach dem Tod des Francisco Mendes – die Witwe Gracia mit ihrer Tochter, sowie ihre Schwester, Verlobte des Diogo, mit anderen Verwandten und mitsamt ihrem Vermögen nach Antwerpen.
Diese junge Frau nun – Gracia, die Witwe –, eine der erstaunlichsten Frauen unseres Zeitalters, deren Arzt zu sein ich die Ehre hatte, übernahm damals, nach dem Tod des Diogo, die Leitung des Handelshauses und führte es mit sicherer Hand durch die Wirren und Anfeindungen des christlichen Europa von Ort zu Ort, über Antwerpen und Venedig nach Ferrara, bis sie schließlich, der immer wiederkehrenden Querelen und

Probleme müde, mit ihrem gesamten Geld und Gut ins judenfreundliche Türkenreich flüchtete.
Von einem kühnen Versuch dieser Frau in jüngster Zeit, den Verfolgungen ein Ende zu setzen, will ich jetzt sprechen, denn ich selbst war am Ort, an dem Schauplatz jenes Versuchs – und für mich wurde mein Aufenthalt dort fast zum Verhängnis.
Es handelt sich um Ancona, einen vielbefahrenen Hafen des Kirchenstaates, wenig nördlich von Pescara.
Dort besaß das besagte Handelshaus mehrere Faktoreien; viele Schiffe der Mendes und anderer Kauffahrer im Levante- und Orienthandel wurden dort ent- und beladen, sehr zum Vorteil der Anwohner. Ancona florierte.
Bis dahin war, ein denkwürdiges Interim, der Kirchenstaat kaum an Verfolgungen von Juden und Conversos interessiert; einer der Päpste, ein gebürtiger Spanier mit dem Namen Borgia, hatte sogar den Verfolgten aus Spanien Zuflucht gewährt, soweit sie denn in der Lage waren, genug Steuern zu zahlen und ihn mit Luxusgütern zu versorgen.
Nun, nachdem Gian Pietro Caraffa Papst war, änderte sich das. Dieser »Herr der Christenheit« hatte bereits als Kardinal dem sogenannten Heiligen Offizium, also der Inquisition, vorgestanden und war berüchtigt für seine fanatische Strenge.
Kaum hielt er den Schlüssel Petri in der Hand, begann er überall in den christlichen Ländern Gesetze gegen die Juden zu erlassen. So mussten sie in verschlossenen Ghettos zusammenleben und ein Zeichen an der Kleidung tragen, sie durften weder Geschäfte mit Christen machen noch als Ärzte – wie ich – Christen behandeln. Zudem aber richtete sich die erbarmungslose Strenge des Gian Pietro Caraffa gegen die »Marranen«, die er samt und sonders für verkappte Juden, Ketzer und Gottesleugner hielt und die er auf den geringsten Verdacht hin

einkerkern und foltern ließ, um sie zum Eingeständnis des »Judaisierens« zu zwingen.
Zu jener Zeit nun lebte und praktizierte ich, wie gesagt, in ebendiesem Ancona. Neben meiner Tätigkeit als Arzt war ich vor allem damit beschäftigt, meine wissenschaftlichen Erkenntnisse in einem Buch festzuhalten und so der Medizin in Europa – ich hoffte es – neue Impulse zu verleihen, denn ich hatte in der Anatomie des Menschen Dinge entdeckt, die ich der Nachwelt nicht vorenthalten wollte.
Natürlich war mir bewusst, dass meine durch Autopsie und Operationen erlangten Kenntnisse den Geboten der Kirche zuwiderliefen. In dem weltoffenen Ancona jedoch wähnte ich mich sicher, bis unerhörte Neuigkeiten zu mir gelangten.
Quasi über Nacht hatte ein Inquisitor im Stadthaus Quartier bezogen und zitierte nun wichtige Conversos der Stadt, alles ehrenwerte und unbescholtene Bürger, vor sein Tribunal, um sie der Ketzerei anzuklagen. Als die Männer den Vorwurf voller Empörung von sich wiesen, wurden sie kurzerhand in den Kerker geworfen.
Wie zitterte mir das Herz, als ich, ahnungslos die Piazza von Ancona überquerend, die schrecklichen Schreie der Gemarterten aus den Kerkern des Stadthauses hörte! Auf dem Platz standen, im Schatten an die Wände der Häuser gedrückt, entsetzensbleiche Menschen, die außer Fassung den Qualen der Gefangenen lauschten – und sich fürchteten.
Damit nicht genug. Es dauerte kaum mehr als eine Woche (hatten die Gequälten, unfähig, es länger auszuhalten, bereits gestanden?), und man errichtete in der Mitte des Stadtplatzes das Gerüst für die Scheiterhaufen. Die ersten fünfundzwanzig »Marranen«, so hieß es, seien des Judaisierens überführt und zum Feuertod verurteilt worden.

Die entsetzlichen spanischen Zustände von damals, vor der Vertreibung, von denen uns, den bereits in Portugal Geborenen, unsere Eltern erzählt hatten – sie hatten uns eingeholt.
Die Inquisitoren machten es wahr. Sie schickten die Verhafteten auf den Holzstoß.
In Schwaden zog der schwarze Rauch über die Stadt hin, und dem Geruch des verbrennenden Fleisches konnten selbst die sich nicht entziehen, die sich vor den Schreien der Opfer die Ohren mit Wachs verstopften und sich in der Tiefe ihrer Häuser verbarrikadierten. Der Geruch war allgegenwärtig.
Immer sind wir Menschen geneigt, allzu früh Hoffnung zu schöpfen, zu glauben, das Schlimmste sei vorüber. So meinten wir Conversos der Stadt Ancona, die Inquisition habe nur ein Zeichen ihrer Allmacht setzen wollen und nun ihr Mütchen gekühlt.
Weit gefehlt. Eine zweite Verhaftungswelle setzte ein. Es hieß, die Gefolterten hätten unter ihren Qualen nicht nur sich selbst bezichtigt, sondern auch viele andere als »Ketzer« denunziert. Körperliche Pein reißt alle Barrieren von Würde und Ehre ein und macht aus zuvor aufrechten Männern um Gnade winselnde Kreaturen … Aber auch ohne solche Geständnisse wären die erbarmungslosen Gottesmänner der Inquisition fortgefahren in ihrem Tun, um »unsere Seelen zu retten« – und unser Vermögen einzustreichen.
Ich selbst entkam im letzten Moment.
Mein Wohnhaus lag etwas außerhalb der Stadt, deshalb wiegte ich mich in der Hoffnung, man würde mich in meiner Abgeschiedenheit vielleicht übersehen. Wie sehr hatte ich mich getäuscht!
Sie kamen in der Morgendämmerung.
Ich war noch nicht zu Bett gegangen; vertieft in die Arbeit an

meinem Werk, hatte ich die Zeit vergessen. Ich hielt die Feder in der Hand, um die Anfangszeilen eines neuen Kapitels niederzuschreiben, als ich die Geräusche im Garten hörte, das Klirren von Eisen, das Schnauben von Maultieren, die mit unterdrückter Stimme erteilten Befehle.
Ich trat ans Fenster, sah hinaus. Ja, sie waren da.
In aller Eile griff ich meinen Mantel und meine Arzttasche, immer bereit, falls ich zu einem dringenden Fall gerufen werden sollte. Die verstreuten Papiere meines Manuskripts und all meine Notizen zusammenzuraffen, blieb mir keine Zeit mehr. Die Häscher waren schon auf der Treppe. Ich entkam durch einen verborgenen Hinterausgang und ließ mit meinen Aufzeichnungen alles zurück, was mein Lebenswerk ausmachte. Meine Arbeit, der ich so viele Jahre gewidmet hatte.
Ich floh nach Ferrara, dessen Herzog Ercole d'Este gerechten Sinnes und ein Freund unseres Volkes war.
Dort erfuhr ich dann, was sich Staunenswertes nach meiner Flucht in Ancona ereignet hatte.
Die Leiterin des Hauses Mendes, jene bewunderungswürdige Frau, von der ich berichtete, griff in nie da gewesener Weise in das Geschehen ein.
Sie, die inzwischen in Konstantinopel im Türkenland lebte und dank des Reichtums und Einflusses ihres Hauses sogar Zugang zum Sultan hatte, nahm gleichsam die Waffen auf gegen Papst und Inquisition.
Mit stillschweigender Duldung des Padischahs – so jedenfalls behauptete es das Gerücht – erging ein Aufruf ihres Handelshauses an alle seefahrenden Kaufleute des Mittelmeerraums, an alle, die Juden oder Conversos waren, den Hafen von Ancona nicht mehr anzulaufen.
Fast der gesamte Orienthandel lag in den Händen besagter

Leute – und es gelang ihr, sie zu überreden. Es war wie ein Wunder. Sie alle folgten ihrem Appell! Eine große Welle der Brüderlichkeit einte plötzlich unser Volk.
Die Docks von Ancona verwaisten, die Lagerhallen blieben leer. Kein Segel zeigte sich mehr am Horizont. Der Hafen war tot.
Noch nie, solange es Handel und Wandel gab, hatte dergleichen stattgefunden, darin waren sich alle einig. Es war ein offener Krieg, wenn auch ohne Blutvergießen. Zum ersten Mal zeigten jüdische Kaufleute ihre Macht, setzten ihre kommerzielle Stärke als Waffe ein.
Die Versuche des Vatikans, anderwärts bestimmte Waren zu beziehen, scheiterten. Alle Güter, die in den Häfen Mittelitaliens eintrafen, waren bereits vorbestellt und beglichen. Und so mussten Papst und Inquisitoren in ohnmächtigem Zorn erleben, dass es dem stolzen Kirchenstaat sehr bald nicht nur an den von allen Prälaten so begehrten Luxusgütern fehlte, sondern es auch an der Versorgung mit Salz und Getreide haperte. Von allen Seiten drang man auf das Heilige Offizium ein, die Verfolgungen zu beenden.
Die Scheiterhaufen von Ancona erloschen.
Es war ein großer Sieg. Und nicht nur des augenblicklichen Erfolgs wegen.
Denn mit diesen Vorgängen tat sich plötzlich ein Tor auf für eine Zukunft, wie man sie bisher nicht zu denken gewagt hatte: Wenn die Christenheit, wenn die Kirche begriff, dass ihr die Juden als Partner unentbehrlich waren, wenn man unserem Volk, das so lange verachtet, verfolgt und missbraucht in Europa lebte, jene Ehre und Achtung erweisen würde, die man Gleichberechtigten erweist – dann könnte es zu einem wahren Miteinander kommen, ohne Unterdrückung und Hass.

Jene Frau, die man längst »die Señora« nannte, hatte durch ihren Mut und ihren Einfallsreichtum mit der Handelssperre von Ancona die Plattform für Verhandlungen auf neuer Ebene geschaffen.
Alles ließ sich gut und glücklich an.
Was dann geschah, habe ich nie ganz begriffen. Es war aber wohl so, dass die Rabbiner, die Geistlichen des eigenen Volks, der Señora aus Kleinmut in den Rücken fielen und dem Projekt nach anfänglicher Zustimmung die Unterstützung verweigerten.
Die Macht dieser Männer ist groß …
Und als die ersten Segel wieder am Horizont auftauchten und auf den Hafen von Ancona zustrebten, brach der Traum einer neuen Ära zusammen.
Keine zwei Tage später ging eine erneute, noch grausamere Flut von Verhaftungen über die unglücklichen Conversos der Stadt hin.
Und der Gestank der Scheiterhaufen zog mit den Schreien der Verurteilten über ganz Europa und machte alle Hoffnungen zunichte und den Traum einer Frau, zur Retterin ihres Volks zu werden …

ERSTER TEIL

1537–1556

Konstantinopel

1556

TROPFEN. Du zählst die Tropfen.
Siehst zu, wie sie aus der bräunlichen Phiole in das hochstielige Glas aus Murano fallen.
Sie sind farblos, diese Tropfen, aber ihre Beschaffenheit ist wie die von Öl; träge und langsam gleiten sie aus der runden Öffnung und fallen ins Wasser, mit dem sie verschmelzen, und du zählst.
Stehst gleichsam neben dir selbst und zählst.
Unnötig eigentlich.
Auf Esther Kyra ist Verlass. Was Esther Kyra, die Händlerin, einem beschafft, ist von bester Qualität.
Auf keinen Fall weniger als zehn, hat sie gesagt. Bis zehn sind sie nur ein Schlafmittel. Zwanzig, das ist sicher.
Das Einfachste wäre doch, den ganzen Inhalt der Phiole auszugießen ins Glas. Je mehr, desto besser. Und dann auf einen Zug hinunter. Weg damit. Weg mit dir, Señora.
Du zählst aus Gewohnheit. Weil du dein ganzes Leben lang gezählt hast, und das mit Vergnügen. Du hast die Gold- und Silberstücke aller Länder der bekannten Welt gezählt, du hast sie miteinander verglichen und Perlen gezählt und Juwelen. Und Schiffe auf dem Meer und Handelspartner überall in der Welt und die Unsummen, die dir gekrönte Häupter schulden.

Vielleicht, dass du dir nun eine letzte Freude gestattest mit dieser Zählerei.
Jetzt sind es zwanzig. Zwanzig Tropfen. Ob es wirklich reicht?

Überm Goldenen Horn das übliche Gefunkel. Ein Sonnenuntergang, wie ihn der Ewige, gepriesen sei sein Name, Abend für Abend geschehen lässt; was für eine Verschwendung von Schönheit.
Für einen Augenblick stellt sie die Phiole ab, merkt sich die Zahl der Tropfen.
Auf dem Wasser gleiten zwei Barken vorbei; das Segel der einen bläht sich voller Übermut im Wind, das andere flattert und schlägt. Der Schiffer ist kein Könner oder auch nur nachlässig, er dirigiert das Leinen nicht sicher. Diese zweite Barke ruckt und zuckt hin und her wie eine Wasserspinne, aber sie kommt trotzdem vorwärts. Sie halten beide auf gleicher Höhe, so unterschiedlich sie auch fahren. Werden zur gleichen Zeit ihr Ziel erreichen.
Du musst dein Ziel allein erreichen, Señora, sagt sie sich. Das Begleitsegel ist dir abhandengekommen.

Hinter ihrem Rücken, im Hintergrund des Raums, ist eine Bewegung.
Hastig stöpselt sie das Gefäß zu und verbirgt es in der Tasche des Kleids, stellt das Glas aufs Fensterbrett. Nicht, dass sie jemandem Rechenschaft schuldig ist über ihr Tun und Lassen, aber sie hat keine Lust auf Gejammer und Geklage, auf Bitten und Vorstellungen. Und am allerwenigsten auf irgendeinen heiligen Mann, der ihr sagt, dass ihr Vorhaben wider die Gebote des Ewigen verstößt.
Aber du hättest wissen müssen, dass es nur eine einzige Per-

son sein kann, die da kommt, denn du hast Befehl gegeben, niemand Fremdes vorzulassen an diesem Abend.
Das Klappern der Schuhe. Hölzerne Schuhe, wie wir sie trugen, als wir noch in Venedig waren. Reyna.
Sie wendet sich um.
Ja, es ist Reyna, die Tochter, und sie trägt Schwarz.
Aber gewiss nicht meinetwillen. Von meinem Fortgang weiß sie ja noch nichts.
Es gibt mir einen Stich. Schwarz. Sie sieht sich als Witwe. Glaubt also an Josephs Tod.
Schwarz. Als wenn es mir selbst nicht viel eher anstehen würde, diese Farbe zu tragen. Denn geliebt hat er *mich*.
Und ich habe zudem viel mehr zu betrauern als nur einen toten Geliebten.
Ich habe den Verrat einer ganzen Welt zu betrauern. Aber trotzdem trage ich heute ein Kleid von der Farbe dunklen Weins, ein würdevolles Kleid. Bei meinem Stelldichein mit Azrael, dem Todesengel, will ich festlich aussehen.
Reynas Augen sind gerötet, sie hat geweint. Ich kann es nicht ausstehen, wenn sie weint. Sie ist kein Kind mehr.
»Was willst du?«, frage ich schroff.
Sie antwortet mit einer Gegenfrage: »Was tust du?«
Ich mache eine vage Handbewegung hin zu dem Bogen der Fensteröffnung über mir, der geformt ist wie ein Schlüsselloch, ein Schlüsselloch zur Welt. »Ich spähe den Abend aus, belauere Himmel und Erde.«
Die Wolken über den weißen Dächern des Neuen Serails auf der anderen Seite des Topkapi-Hügels färben sich rosa.
Reyna tritt neben mich ans Fenster.
»Die Karawane vom Balkan ist zurück«, sagt sie leise. »Ohne ihn.«

»Es ist schon die zweite Karawane ohne ihn«, entgegne ich, »hör auf, Karawanen zu zählen.« Und Trauer und Zorn pressen mir die Kiefer zusammen.

»Mutter!«, sagt sie.

Sie steht dicht bei mir, ich fühle die Wärme ihres Körpers. Es ist mir unerträglich, wenn sie mir so nahe kommt, seit sie eine Frau ist. Seine Frau.

Sie ist üppig im Fleisch und größer als ich, ihre Gegenwart erregt mir Unlust. Immer aufs Neue muss ich mir klarmachen, dass sie das gleiche Wesen ist, das ich als Kind an meinen Brüsten gestillt habe, das Mädchen mit den runden Wangen und den leuchtenden Traumaugen, das in Antwerpen an einen christlichen Adligen verkuppelt werden sollte und um dessentwillen ich alles aufgab, um sie zu schützen und mit ihr zu fliehen quer durch Europa.

Die Rivalin nun.

Ich hätte sie ihm nicht zur Gemahlin geben sollen …

Es sollte mich milder stimmen, dass wir uns heute zum letzten Mal begegnen. Schließlich hat sie nun bald doppelten Grund für ihr schwarzes Kleid.

Aber ich kann nicht.

Ich sage heftig: »Du weißt, dass ich es nicht mag, wenn dein Atem mir das Ohr streift.«

Gehorsam weicht sie einen Schritt zurück.

»Was willst du?«

»Mutter. Ist es nicht an der Zeit, dass wir Kaddisch sagen für Joseph?«

Kaddisch, das Totengebet. Fast muss ich lachen. »Warten wir noch ein paar Tage!«, sage ich leichthin und stecke die Hand in die Tasche meines Kleids. »Wer weiß, was sich noch alles ändert.«

Die Phiole fühlt sich hart und kühl an. Meine Finger kreisen um den Stöpsel, der aufragt wie eine harte Brustwarze. Still mich bald mit deiner tödlichen Milch.
»Was soll sich ändern?«, fragt sie, und ihre Stimme zittert.
Nun erst drehe ich mich vollends zu ihr herum.
Ihre Augen, genauso nachtschwarz wie die meinen, genauso verschattet von uralter Melancholie, unter schmalen Brauenbögen wie Mondsicheln, stehen schon wieder bis zum Wimpernrand voller Tränen.
(Er hat mir gesagt, dass diese Augen sein Trost gewesen seien in der Hochzeitsnacht, das Vertraute in dem fremden rundlichen Gesicht, das, wo er seine Heimat wiederfand. Als wenn er je nach einer »Heimat« gesucht hätte bei all den nicht gezählten Gesichtern, denen er auf seinen Abenteuern begegnete! Nur – meine Augen sind nicht solche Brunnen wie die meiner Tochter. Sie bleiben trocken. Immer.)
Sie sieht auf mich herab. Ich bin es gewohnt, dass alle Welt auf mich herabsieht, ich reiche den meisten Menschen nur bis zur Schulter. Warum bringt es mich bei ihr so auf? Der Zorn presst mir die Kehle zu.
»Was sich ändert? Alles ändert sich, Tochter, alles und immer«, erwidere ich und presse meine Finger so fest um das Fläschchen in meiner Tasche, dass es weh tut. »Vor ein paar Tagen glaubten wir noch, der Welt Widerstand zu leisten, und heute sind wir ärmer und verachteter dran als je zuvor. Der Löwenmut unserer Rabbiner hat sich in Feigheit gewandelt, der eine Teil unseres Stammes hat den anderen verraten, die Scheiterhaufen brennen, der Ewige wendet sein Antlitz ab von uns, seinem erwählten Volk, und lässt uns scheitern, da, wo Hoffnung war …«
»Du redest von diesem Ancona«, fällt sie mir ins Wort, und

nun ist sie genauso heftig wie ich, »und ich spreche von meinem Mann!«
Ich hole tief Luft. Erwidere dann doch nichts.
Es ist meine Schuld. Ich habe sie niemals mit einbezogen in die großen Spiele um Macht und Geld. Ich habe sie ihr kleines Mädchenleben durchspielen lassen an der Seite ihrer munteren Cousine La Chica, und außer sie – insgeheim! – unsere Riten, die jüdischen Riten, zu lehren in einer Welt voller feindlicher Christen, die allernötigsten Regeln der Verstellung und List, hat man ihr nichts beigebracht. Gerade einmal Lesen und Schreiben, Singen, Lautespielen und Tanzen.
Aber mehr als ihre Unwissenheit und dieser Blick, der so eingeengt ist wie der eines Rosses mit Scheuklappen, macht mich wütend, wie sie »mein Mann« sagt.
Ja, es ist ihr Mann. Muss sie ihn vor mir so nennen?
»Don Joseph Nasi, dein Gatte und mein Neffe und Schwiegersohn«, sage ich und betone alle drei Bezeichnungen gleich, »wird sein Kaddisch bekommen. Warten wir ab, bis der Mond voll ist. Vielleicht trifft bald noch eine weitere Karawane vom Balkan hier ein.«
»Aber der Großwesir des Padischahs hat bestellen lassen, wir sollten nicht allzu sehr hoffen …«
»Der Großwesir des Padischahs ist ein Staatsmann, er treibt verschiedene Spiele, Tochter«, unterbreche ich. »Eins davon heißt Irreführung. Wenn Don Joseph, dein Mann, in geheimer Mission unterwegs ist, nimmt er wohl auch in Kauf, dass man ihn totsagt.«
»Du meinst …?«
Ein winziges, ein verzagtes Lächeln. Hoffnungslächeln.
Plötzlich schlägt meine Stimmung um.
In diesem dünnstimmigen »Du meinst?«, begleitet von diesem

Lächeln, verwandelt sich dies prächtige Stück Fleisch in Schwarz da zurück in mein kleines Mädchen, das ich in der Kutsche unter meinem Mantel verstecke, um sie aus Antwerpen hinauszuschmuggeln, und das sich angstvoll an mich schmiegt wie ein kleines Tier an seine Mutter.

»Ich *meine*«, sage ich fest und beruhigend, so wie ich es zu dem schüchternen Kind sagte, das sich so leicht fürchtete, »und wenn ich etwas meine, dann sollte man zumindest in Erwägung ziehen, dass etwas Wahres daran sein könnte.«

(Soll sie ihr Leiden über die anderen ausgießen, wenn sie dann wirklich Grund dazu hat, nicht vorher. Dann, wenn nicht nur ihr Mann Joseph fortgegangen ist, sondern auch ich.)

Sie nickt, mit jenem Gehorsam, den man mir entgegenzubringen hat. »Ja, Mutter. Danke, Mutter.«

Und dann wandern ihre Augen von meinem Gesicht weg – sind es die Schiffe auf dem Bosporus oder die untergehende Sonne, die sie fesseln? Nein, sie blickt nicht nach draußen.

»Was für ein schönes Glas du da hast! Ich habe es noch nie gesehen. Ist es aus Murano?«

Ihre Hand kommt, aber meine Hand ist schneller. Ich will ihre Hand wegstoßen, aber der Schwung versetzt auch dem Glas einen Stoß. Es kippt. Es fällt. Es splittert.

Das Glas, mein Glas.

Wir sehen uns an, jede aus anderem Grund fassungslos.

»Warum sollte ich es denn nicht berühren?«

»Hattest du mich denn gefragt?«

Wir haben beide die Stimme erhoben.

Reynas Lippen zittern wie die eines durstigen Kälbchens. »Ist alles, was dein ist, unberührbar?«

»Außer, ich schenke es weg.« (Wie den Mann vor drei Jahren. Oh, die prunkvolle Hochzeit! Der Leibarzt von Sultan Suleiman gierte nach ihr und ihrem Anteil an unserem Vermögen. Ja, wir hatten es einst versprochen. Aber wir wollten uns nicht daran halten, mussten dem einen Riegel vorschieben …)

Ich stoße die Scherben mit dem Fuß beiseite und berühre erneut die Phiole in meiner Tasche. Wie gut war es doch, zu zählen …

Die üppigen Brüste meiner Tochter heben und senken sich, bewegt von heftigem Atem. Dieser Ausschnitt! Sie trägt venezianische Mode. Sie liebt alles Venezianische. Deshalb auch ihr Griff nach dem Glas. (Ich bevorzuge die hochgeschlossenen Kragen aus gefältelter Spitze, wie man sie in Spanien hat.)

»Ich gehe dann wohl«, sagt sie. Sie dreht sich um.

Wie grausam ich bin! Reyna, meine kleine Reyna – wir sehen uns das letzte Mal!

»Entschuldige«, sage ich zu ihrem Rücken an der Tür, und das sage ich selten. »Ich wollte dich nicht kränken. Ich weiß ja, dass du alles liebst, was dich an Venedig erinnert. Ich werde solch ein Glas für dich besorgen lassen.«

»Nicht nötig«, erwidert sie, ohne sich umzudrehen. »Es tut mir leid, dass du etwas verloren hast durch meine Schuld.«

Sie ist draußen.

Inzwischen haben nur noch die weißen Dächer des Harems auf dem anderen Hügel drüben Licht, und die Boote da unten auf dem Wasser sind einzig als Schatten erkennbar, Dunkel auf Dunkel. Die ersten Laternen werden auf der anderen Seite angezündet, und in unserem Garten, der zum Ufer hin abfällt, machen sich die Diener daran, den Pfad mit Pechfackeln zu erhellen, wie ich es befohlen habe. Falls jemand heimkommt – doch noch heimkommt –, soll er nicht im Dunkeln herumstolpern.

Es ist ein zärtliches Spiel von Licht und Schatten, die vom Wind bewegten Zweige des Jasmins werfen sich hierhin und dorthin, ein filigranes dunkles Muster, lebendig und schön.
Lebendig.
Ach, es ist ja nicht so, dass du nicht gern leben würdest.
Aber wenn alles zerbricht, wenn die Brüderlichkeit unter uns versagt, wenn sie im Augenblick der größten Hoffnung den Geist aufgibt, wenn du erfährst, dass alles umsonst war – wozu dann noch leben?
Kaddisch wollte sie sagen, die Tochter und Rivalin, für einen, der ja vielleicht noch lebt. Das, was ich tun will, nenne ich nun Kiddusch-ha-Schem, die Heiligung des ewigen Namens.
In Zeiten der Verfolgung – und wann gab es keine solchen Zeiten? – haben es unsere Brüder und Schwestern getan. Haben sich gegenseitig und dann zum Schluss sich selbst getötet, um der Schande oder zwangsweisen Taufe zu entgehen. Um Juden zu bleiben. Im Glauben der Väter zu bestehen.
Und ich, auch ich will das bleiben, was ich bin und weswegen ich gelebt habe: Dona Gracia Nasi, die Señora, die Frau aus altfürstlichem jüdischen Geschlecht, die Herrin und Retterin der Bedrängten, wo immer ich auch war.
Vielleicht, dass dieser Tod ein Zeichen setzt. Dass man nicht nur duldet oder davonläuft in Zukunft, sondern widersteht.
Aber das ist eine vage Hoffnung, mach dir nichts vor, Señora. Was du willst, ist doch nur, voller Würde von der Bühne abzugehen, nun, wo dein Spiel zu Ende ist.
Ans Werk.
Ich setze meinen Fuß auf die knirschenden Scherben, gehe hinüber zu dem Bord, wo hinter geschliffenen Glasscheiben die Dinge verwahrt sind, die zu unserem Sabbatfest gehören: buntgewirktes Tischtuch, Balsambüchse und siebenarmiger

Leuchter aus Silber, Kupferkanne mit koscherem Wein und der Kelch dafür, innen feuervergoldet, die Außenseite geschmückt mit erhabenem Zierat, Weinblätter und Trauben miteinander verschlungen.
Aus diesem Gefäß das zu trinken, was ich trinken will, das hätte mir gleich einfallen sollen. Es ist jedenfalls würdiger als ein Glas von einer Insel bei Venedig. Freilich wäre ich in Verlegenheit gekommen, die Anwesenheit dieses Stücks auf dem Fensterbrett zu erklären …
Im ungewissen Licht des Abends leuchtet das edle Metall.
Ich greife nach dem Kelch.
Wenn schon Kiddusch-ha-Schem, warum dann nicht mit allem Prunk? Benötigst du nicht ohnehin Licht, um aufs Neue die Erlösungstropfen abzuzählen?
Feuerstein und Zunder liegen bereit.
Der Chanukka-Leuchter, das Wunderlicht, das einst bei der neuen Weihe des Tempels in Jerusalem sieben Tage lang brannte, genährt von einer einzigen Kanne Öl – es soll dem Geschehen beiwohnen.
Mehr heilige Feier als diese werde ich nicht erleben.

Alles versammelt.
Die Balsambüchse, geöffnet, verbreitet ihren Duft nach fremdländischen Spezereien, Nelken vor allem und Zimt von den Inseln weit dahinten im Osten. Myrrhe aus dem Heiligen Land.
Draußen ist die Luft bewegt, aber die Kerzen hier drin brennen mit stiller hoher Flamme.
Es ist ruhig und feierlich jetzt – aber ich muss mich erneut sammeln. Reynas Auftritt hat eine Bresche in die Festungswälle geschlagen, mit denen ich meine Seele umgeben habe. Es war nicht gut für mich, dass sie von Joseph zu sprechen

begann. Joseph. Der Ewige gebe, wenn du denn noch lebst, dass du mich verstehst. Verstehst, warum ich das tue.
Leb wohl, Freund, Vertrauter, Helfer, Geliebter.
Leb wohl, Schelm, Gaukler, Betrüger, Verräter.

Die Phiole fühlt sich warm an, vertraut nun mit deinem Körper, deiner Hand, kein fremdes kaltes Glas mehr, ein Etwas, das sich, an deine Wange gelegt, nicht unterscheidet von der Temperatur deiner Haut.
Im Kelch ist roter Wein. Wie sich die hellen Tropfen wohl ausnehmen in ihm?
Du ziehst den Stöpsel heraus, beginnst. Kleine Silberperlen, die sich rasch verbreiten zu milchigen Seen. Wie Opale.
Du zählst. Zählst wieder.
Zehn. Elf. Zwölf.
Zwölf, und es kommt kein Tropfen mehr.
Du schüttelst die Phiole, hältst sie gegen das Licht der Kerzen. Das bräunliche Glas offenbart dir nichts.
Du stülpst sie um, klopfst damit gegen deine offene Handfläche.
Nichts.
Ein schwarzes Jahr auf dich, Esther Kyra, Händlerin des Verderbens. Der Geiz hat sie getrieben, dies Gebräu, das du mit Gold mehr als aufgewogen hast, so knapp zu bemessen, dass es dir gerade zum schnellen Dahingang verhelfen würde. Dazu und zu nichts weiter. Mit zehn Tropfen schläfst du. Mit zwölf? Vielleicht schläfst du ein bisschen fester …

Ich schleudere die Phiole mit aller Kraft vor meine Füße auf den Estrich, aber sie zerschmettert nicht einmal zwischen den Scherben des Glases, rollt, ein tückisches Ding, hin und her

wie ein Kinderspielzeug, ein Kreisel, bis hin zu den Fenstern. Als sollte ich zu allem auch noch verhöhnt werden.
So muss ich diese geldgierige Hexe morgen zum zweiten Mal aufsuchen, kann ihr nicht einmal meine Wut zeigen, wenn ich besser bedient werden will als jetzt. (Sicher, sie wird sich nicht wundern, dass ich am Leben bin. Sie wird mit keiner Silbe daran gedacht haben, dass ich das Gift für mich selber will, wird glauben, ich habe, wie die Damen aus dem Harem des Großherrn, jemanden aus dem Weg zu räumen beschlossen, und nun, auf den Geschmack gekommen, würde ich gern weitermachen mit anderen Feinden …)
Nein.
Aufschub ist unerträglich. Es macht die Tat zu einer lächerlichen Farce. Jetzt, jetzt bist du entschlossen. Jetzt muss es geschehen. Bist du wirklich zu feige? Kannst du kein Blut sehen? Ein Messer ist schnell zur Hand. Fragt sich nur, ob du die Kraft hast, den Schnitt tief genug zu führen.

Unten auf dem Kies des Weges knirscht ein Schritt. Schnelle Füße. Niemand kommt durch diese Pforte, der den Wächtern am Eingang unbekannt ist.
Die Karawane vom Balkan ist zurück. Meine Tochter hat es gesagt. Und ohne ihn. Wer aber …
Doch er reist nicht immer mit Karawanen, auch wenn die Wege voller Gefahren sind. Er ist meist allen voraus.
Du stehst wie gelähmt, vermagst nicht Hand noch Fuß zu rühren.
Die Eingangstür.
Keiner, der den Eindringling abwehrt. Kein Ruf, kein Schrei.
Du fühlst, wie deine Fingerspitzen ertauben, wie alles Blut deine Glieder verlässt und zum Herzen strömt.

Was, wenn er es nicht ist, sagst du dir? Wer könnte da kommen? Will der Ewige in seiner Gnade dir erlassen, Hand an dich selbst zu legen, und schickt dir einen Todesengel aus Fleisch und Blut?
Der Sultan ist dir nicht gnädig gesinnt nach dem, was geschehen ist. Er liebt es nicht, wenn jemand verliert, den er gefördert hat. Wenn es ein Bote von ihm ist, einer, der dir die seidene Schnur um den Hals legen will – ja, auch dann würde keiner deiner Diener und Wächter den Mund öffnen oder gar einen Finger rühren, aus Furcht vor der Macht, die dieser Bote vertritt.
So wird es sein.
Sei willkommen, Azrael, Vollstrecker, in welcher Gestalt auch immer, beende, was beendet werden muss.

Sie steht zur Tür gewendet, die Hände abgespreizt, das Gesicht nach oben gereckt. Das Licht des siebenarmigen Leuchters flackert über ihre geschlossenen Lider, lässt das weinfarbene Gewand glühen wie die Abendröte überm Bosporus.
Jetzt sind die Schritte auf der Treppe, leicht, schnell, entschlossen.
Dann beginnt das Zimmer um sie zu kreisen und mit dem Zimmer die ganze Welt, das Universum mitsamt allen Sternen, die Schöpfung des Herrn dreht sich um sie, um ihren Kopf und in ihrem Kopf.
Sie kennt das schon.
Die Tür springt auf.

Er kennt das schon.
Ist mit drei langen Schritten bei ihr und fängt die Wankende auf.

Das geschieht ihr hin und wieder, wenn etwas sie zu stark bedrängt oder wenn sie sich selbst etwas Unerhörtes zumutet.

Er trägt sie, die leicht ist wie eine Feder, trägt sie über knirschende Glasscherben zu dem Diwan mit den Teppichen und Kissen. Heute Abend kommt sie ihm noch leichter vor als sonst, als wenn man ein Kind trüge. Heute, wo er sie länger als ein halbes Jahr nicht in den Armen hatte.

Er bettet sie, und bevor er sich weiter um sie bemüht, schnallt er den lästigen Degen ab, wirft Handschuh und Barett beiseite, die Utensilien des reisenden Edelmanns.

Auf dem Tisch steht neben der Kupferkanne ein Becher mit Wein, aber dieser Wein ist trüb und von weißlichen Schlieren durchzogen, und so schüttet er ihn achtlos auf den Estrich, schenkt neu ein und geht zu ihr, um ihr Schläfen und die Adern am Hals zu netzen, wie er es oft gemacht hat, sie zurückzuholen.

Er öffnet den hochgeschlossenen Kragen, und seine Fingerspitzen nehmen die samtene Glätte ihrer Haut wahr, die immer noch faltenlos ist.

»Señora!«, murmelt er. »Gracia *querida!*« Unsere liebe gnadenreiche Frau.

Dann taucht er diese seine Finger in den Wein und beginnt, mit sanften kreisenden Bewegungen erst ihre Stirn zu berühren, schließlich die bläuliche Ader am Hals, und sieht, dass die Ohnmächtige unruhig wird und dass ihre Lider flattern.

»Komm zurück!«, sagt er und klopft ihre Wange. »Komm schon, beeil dich, was ist das für eine Narrheit.«

Jetzt erst bemerkt er, dass der Becher, den er da benutzt, der Sabbatkelch ist.

Und auf dem Tisch brennt der Leuchter, und die Gewürzbüchse ist geöffnet.

Er ist zwar lange unterwegs, aber die Wochentage hat er noch am Schnürchen, auch auf Reisen, und Sabbat ist noch nicht.
Etwas klirrte doch, als er sie zum Diwan trug? Sein Blick fällt auf die glitzernden Scherben am Boden.
Was in aller Welt hat sie hier veranstaltet?
Wenn er jetzt den Becher an ihre Lippen hält, dann erwacht sie und …
Er zögert, das Gefäß noch in der Hand. Muss sie einfach ansehen, ungestört.
Das Gesicht, herzförmig, noch betont durch die Spitze der Schneppenhaube, die ihre hohe Stirn zweiteilt, die Bögen der Brauen wie Falterflügel, der Mund unter dem energischen Wegstück zur Nase, ein Mund, wie ihn keine hat, klein, fest, entschlossen und doch üppig geschwungen – ich habe dich über ein halbes Jahr lang nicht gesehen, Herrin und Liebste, und inzwischen hast du beinah die Welt umgekehrt, so hörte ich.
Er hebt ihren Kopf in die Höhe, setzt den Becher an ihre Lippen.
Sie schluckt, und ihre Wimpern flattern erneut, öffnen sich.
Sie sieht ihn an. Lächelt.
»Wenn du mir in dieser Gestalt erscheinst, Azrael, dann bist du mir doppelt willkommen«, sagt sie sanft.
Sie lässt sich zurücksinken aus seinen Händen, er weiß, sie wird jetzt in einen kurzen Heilschlaf verfallen.
Azrael?
Er wendet sich ab.
Erst jetzt entdeckt er die bräunliche Phiole, die da unversehrt zwischen den Scherben eines venezianischen Glases liegt.
»Gracia! Hast du das getrunken?«
»Noch nicht«, erwidert sie und dreht den Kopf zur Seite. »Lass mich jetzt. Ich komme gleich mit dir.«

Don Joseph Nasi, Teilhaber des Handelshauses Mendes, Neffe und Schwiegersohn der Herrin Dona Gracia Nasi und ihr Geliebter, Vertrauter des Großwesirs und Freund des Schechsade, des Kronprinzen Selim, von des Sultans Gnaden der einzige jüdische Fürst, Enfanghi Bey, den die bewohnte Erde trägt … kniet zu Füßen der schlafenden Señora Gracia und heult wie ein kleiner Junge.

Denn er hat noch nie erlebt, dass sich diese Frau von einem einmal gefassten Entschluss wieder abbringen ließ.

Sie schläft. Und wenn sie aufwacht, wird sie ihm erklären, dass es nun seine Aufgabe sei, ihr zu helfen, ihr Ziel zu erreichen.

Erklären? Sie wird es befehlen. Dünn und filigran wie eine Damaszener Klinge ist sie, aber genauso unbesiegbar.

Er beißt sich auf die Handknöchel, dass es weh tut. Der Schmerz lässt ihn seine Fassung zurückgewinnen.

Die Ancona-Sache. Es muss diese Ancona-Sache sein, von der er staunenswertes und wirres Zeug gehört hat auf seiner Reise über Land, beschäftigt mit den Angelegenheiten der Hohen Pforte. Ein gescheiterter Handelsboykott, Gerechter, so etwas kommt vor. Sie verfolgte damit gewisse Ziele, ehrgeizige Ziele, ja, und sie soll sehr weit gegangen sein. Deswegen aber schluckt man doch nicht den Inhalt einer dieser kleinen Phiolen.

Man kennt das mörderische Elixier, im Serail ist es im Augenblick sehr beliebt. Esther Kyra, die alte Giftmischerin, bringt es unter die Leute.

Er wirft einen Blick auf die Schlafende; die elfenbeinerne Haut ihrer Wangen ist jetzt von leichter Röte gefärbt, sie atmet mit geöffneten Lippen. Getrunken hat sie noch nicht. Sie sagt es selbst. Da ist er in letzter Minute gekommen und hat, ganz unwissend, das satanische Zeug aus dem Kelch fortgegossen.

Sie wacht bald auf, er kennt diesen ihren »Zustand nach dem Zustand«. Er fährt sich mit den Handballen über die Augen.
Nein und nochmals nein.
Du wirst dich nicht davonstehlen, Señora, nur, weil dir einmal etwas missglückt ist in deinem an Triumphen so reichen Dasein.
Es heißt, es ist unmöglich, einen Entschluss der Señora umzukehren.
Aber ich bin doch dein Mann fürs Unmögliche, das hast du mir oft genug gesagt. Nun wollen wir einmal sehen, ob das stimmt.
Joseph Nasi geht zum Fensterbogen, schaut hinaus in die erhellte Nacht. In Istanbul – oder Konstantinopel, wie sie in Europa sagen – wird es fast nie dunkel. Da sind die Laternen der Schiffer auf dem Wasser, da sind die Lichter drüben am Neuen Serail, und da unten flackern die Fackeln am Rand des Gartenwegs zum Mendes-Palast unruhig im Wind.
Stimmen sind in der Luft, jemand singt mit kehligem Timbre eine schwermütige Melodie, wie sie die Frauen in den Harems der Mächtigen gern singen, jene Frauen, die so traurig sind in ihren Käfigen aus Langeweile und Intrige. Manchmal morden sie auch, das ist wahr. Aber meistens vertreiben sie sich die Zeit mit Singen und Weinen und Lachen und mit dem Erzählen von Geschichten.
Er hat das Buch in der Hand gehabt, in arabischer Sprache, verziert mit Miniaturen, erotische Szenen, bunt, dreist, obszön und zierlich. Da ging es auch ums Geschichtenerzählen in tausend und einer von vielen Nächten. Scheherazade hieß die Frau, und sie erzählte, um ihren Kopf zu retten …
Solange man erzählt, kann man nicht hingerichtet werden. Und solange man erzählt, ist man am Leben und kann sich nicht selbst – hinrichten.

Erzählen. Vielleicht bringe ich sie zum Erzählen.

Er zieht tief die Nachtluft in die Lungen, den Strom von Kühle. Lebenshauch.

Mit dem Fuß schiebt er die Scherben mitsamt der unseligen Phiole noch weiter fort, in eine Ecke, wütend. Aus den Augen, aus dem Sinn.

Dann geht er zu dem Diwan.

Einen Moment zögert er. Schließlich streift er sich die verstaubten Reisestiefel von den Füßen, die Reitsporen klirren leise. Er öffnet sein Wams, zieht es aus. Legt sich neben sie. Ohne sie aus den Augen zu lassen, knöpft er sein Hemd auf. Vorsichtig greift er ihre schlaffe kühle Hand und schiebt sie unter den Stoff, auf seine verschwitzte Haut, auf das Vlies seiner Brust.

Gracia regt sich im Schlaf, lächelt. –

Küsse wecken ihn auf. Gracias Küsse. Er blinzelt.

»Wie kannst du es wagen, einfach neben mir einzuschlafen?«

»Meine Señora, ich war den ganzen Tag im Sattel, bis spät in die Nacht.«

»Trotzdem. Gehört sich das?«

Das ist ihr Ton – bei dem er nie weiß, ob sie es ernst meint oder ihn nur necken will. Als sei alles, wie es immer ist.

Du wirfst einen schnellen Seitenblick zu dem Leuchter auf dem Tisch. Die Kerzen sind nicht einmal die Länge eines Fingerglieds heruntergebrannt, er muss nur einen Moment eingenickt sein.

Gracia liegt, auf den Ellbogen aufgestützt, neben ihm, ihre Augen sind klar und freundlich. Hat er sich alles nur eingebildet? Diese Phiole …

»Warum brennen die Sabbatkerzen, meine Schöne?«

»Ich wollte es gern etwas feierlich haben heute.«

Was ist das für eine Antwort.
Er nimmt den Ton auf: »Ja, woher wusstest du denn, dass ich heute zurückkomme? Ich hatte keinen Boten vorweggeschickt.«
Sie schweigt, sieht ihn lange an. Sagt dann: »Wir müssen Reyna Bescheid geben, dass du lebst. Du weißt, dass du eigentlich bei ihr sein müsstest.«
»Reyna muss diese Nacht noch warten.«
»Joseph, sie wollte Kaddisch für dich sagen lassen. Sie hat dich schon für tot gehalten. Sie liebt dich.«
»Und du? Liebst du mich etwa nicht, mit Kaddisch oder ohne?«
(Gar nicht davon reden, befiehlt er sich. Nicht vom Kaddisch, nicht vom Sterben. Vielleicht, dass sie es ja einfach auslöscht, und wenn wir beide nicht davon sprechen, dann ist es aus der Welt. Das.)
Er redet weiter. Redet vom Leben.
»Ich habe mich nach dir gesehnt, meine Señora. Auf den staubigen Wegen und in den hölzernen Herbergen, in Sonne und Regen, an der Tafel der Reichen und auf den Festen der Mächtigen. Immer nur dich habe ich ersehnt, Haus meiner Pracht, Haus meiner Heiligkeit.«
»Du musst nicht hymnisch werden, Joseph, wenn du mir mitteilen willst, dass du, nach den unzähligen Frauen, denen du auf deiner Reise beigewohnt hast, nun auch einmal wieder zu mir eingehen willst.«
Er lacht. »Unzählige waren es nicht, Herz meines Herzens.«
»Ach, hör auf mit dem Getue«, sagt sie, schonungslos wie immer. »Als ich dich mit Reyna verheiratete, da habe ich geglaubt, du hast Ehrgefühl genug, mich in Ruhe zu lassen.«
»Ehrgefühl? Bei mir? Was redest du da?« Er verzieht den

Mund zu einem schiefen Grinsen. »Verwechselst du mich mit einem deiner Rabbiner?«
»Sprich mir jetzt nicht von den Rabbinern, dieser feigen Brut!«, sagt sie, zischt sie.
(Ein Punkt, der jetzt lieber nicht berührt werden sollte, wie es scheint. Eine wunde Stelle, von der er noch nichts weiß …)
»Nur diese Nacht noch!«, sagt er bittend und spielt mit den Schnüren ihres Mieders. »Nur dies eine Mal!«
»Sagen wir das nicht immer?«
Sie nimmt die Haube ab. Die Schneppe, diese Spitze, die in die Stirn ragt, hat auf ihrer weißen Haut eine rötliche Einkerbung hinterlassen. Er küsst ihre Stirn, löst ihr Haar, schwarz und lockig und mit einer Verheißung von Rot.
»Mein Freund ist mein, und ich bin sein«, flüstert sie mit den Worten des Hohen Lieds. Des Lieds der Lieder, das ihre gemeinsame Liebesmelodie ist.
Seine Hände sind nun woanders. –

Die Kerzen auf dem Sabbatleuchter sind heruntergebrannt. Große Wachszapfen hängen vom Gestänge herab wie die Kalksteintropfen in den Höhlen des Balkans, die er gesehen hat auf seinen Reisen.
Gracia ist nach der Liebe, wie immer, so wach und frisch, als hätte sie in einem Gebirgsbach gebadet. Ihre Mandelaugen haben einen feuchten Schimmer – so erscheint es zumindest ihrem zerzausten Liebhaber, der eigentlich nur einen Moment ruhen will, nach einem Tag im Sattel und nun nach dem hier, erwünscht, aber erschöpfend …
Doch dann sagt sie: »Weißt du, dass ich zunächst tatsächlich dachte, du bist Azrael, der Todesengel?«
Da ist es wieder.

Gleich ist er hellwach. Es gilt.
»Aber eben habe ich dich nicht gequält?«, versucht er zu scherzen. Und er weiß, dass jetzt kein Weg mehr fortführt davon. *Davon.*
Sie sieht ihn an, verzieht sogar die Lippen zu einem kleinen Lächeln. »Spiel nicht den Ahnungslosen. Du hast doch die Vorbereitungen gesehen. Die Phiole auf dem Fußboden … Ich hatte mich vertan. Kiddusch-ha-Schem.«
Er setzt sich auf, zieht das Hemd über die Schulter. »Du bist doch mit unseren Bräuchen genauer vertraut als ich, Señora. Kiddusch-ha-Schem ist Freitod in äußerster Not. Wenn es keine andere Lösung mehr gibt. Alles andere ist nur Frevel.«
Sie nickt. »Ich weiß. Und genauso ist es. Für mich gibt es keine andere Lösung mehr.«
Der Kampf beginnt. Er zieht sie an den Händen hoch, ihr Gesicht jetzt dicht vor dem seinen, ihr klarer und doch trostloser Blick. »Wie kannst du so denken! Du hast, wie ich hörte, so etwas wie eine Schlacht verloren. Das kann vorkommen. Ja, das ist schon öfter vorgekommen.«
»Nein, Don Joseph. Ich habe *die* Schlacht verloren. Es ist aus. Ich habe den glänzendsten aller Siege greifbar vor Augen gehabt, einen Sieg, der unserem Volk vielleicht seine Würde vor den Menschen zurückgegeben hätte, der die Juden zu gleichberechtigten Partnern unter anderen hätte machen können, wenn – ja, wenn mir unsere Brüder nicht in den Rücken gefallen wären.
Sie haben mich von der Höhe des Triumphes heruntergezerrt und mir meinen Platz zugewiesen. Den eines Weibs.
Niemand wird mich mehr Señora nennen. Niemand mich vergleichen mit den Heldinnen unseres Volks, mit Esther, Judith

und Deborah. Ich habe mein Gesicht und mein Ansehen verloren. Und in Ancona brennen die Scheiterhaufen.«
Sie war ganz ruhig zunächst, aber nun hat sie sich doch hineingesteigert in die Erregung. Sie entzieht ihm mit einem Ruck ihre Hände, und ihre Augen sind schmal.
Joseph wendet sich ab und springt auf von dem Lager. Der Zorn steigt in ihm hoch. Er presst kurz die Hand an die Schläfe, in der eine Ader zu pochen beginnt.
»Bevor du dich denn nach allen Regeln der Kunst umbringst – und glaube nicht, dass ich zu diesem Vorhaben auch nur einen Finger rühren werde, meine Schöne! –, zuvor nimmst du dir wohl noch die Zeit, mir zu erzählen, was geschehen ist in Ancona? Ich komme von weit her, du verzeihst schon. Ein abgebrochener Boykott …«
Sie zuckt die Schultern, sieht ihn nicht an. »Die anderen werden es dir sicher berichten, in allen Einzelheiten.«
So geht das nicht. Je mehr man sich selbst steigert, umso fester wird die Mauer ihres Widerstands. Brandung und Fels, Fels und Brandung. Er kennt das doch. Kennt sie wie niemand sonst.
Ein paar Schritte durch den Raum, ein paar Atemzüge, das Spiel anders zu beginnen.
Nun kniet er neben dem Lager. »Dona Gracias Wille ist wie Granit und ihr Stolz eisern«, sagt er und merkt, wie ihm der Ton gelingt, traurig und hingebungsvoll zugleich. »Dein Diener und Vertrauter liegt dir zu Füßen, Señora. Er weiß, er wird nicht ankommen gegen einen Entschluss von dir. Aber bei allem, was uns verbindet, bei all der Zeit, die wir einander gehören, bei allen Tagen und Werken, die ich in deinem Dienst vollbracht habe, ja, und bei unserer Liebe beschwöre ich dich: Mach mir zum Abschied ein Geschenk.«

»Ein Geschenk?«, fragt sie, weich nun wieder. »Ich schenke dir alles, was du willst. Was begehrt Don Joseph? Pferde, Schmuck, ein schönes Schiff, ein neues Haus, ein schönes Sklavenmädchen, wenn es denn sein muss … Aber das ist ja müßig, denn nach meinem Tod bist du ohnehin der Herr des Hauses Mendes. Alles gehört dir. Alle Reichtümer, und zu den Reichtümern noch all das, was uns die Königshöfe Europas schulden. Nun, ich verstehe. Du möchtest noch etwas aus meiner Hand. Ein Andenken. Wähle, Joseph.«
Sie hat sich aufgerichtet jetzt, nackt, wie sie ist (das Kleid musste fallen vorhin), dieser schmale Körper einer Zwanzigjährigen, in dem Geist und Sinn und Lebenserfahrung ihrer über vierzig Jahre stecken, die schmalen Schultern, die Brüste einer unberührten Jungfrau, das Haar der Huris des Paradieses, von denen die Muslime träumen – und das alles soll ausgelöscht werden, soll erkalten und erstarren? Nie und nimmer.
»Schwöre«, sagt er. »Schwöre beim Gott unserer Väter, dass du mir mein Geschenk gibst.«
»Wenn es dir denn so wichtig ist«, erwidert sie, und in ihre Verwunderung mischt sich ein bisschen Spott, »dann schwöre ich. Aber denke nicht, dass du mich überlisten kannst, Schlaukopf. Ich kenne deine Finten. Mein Leben schenke ich dir nicht. Das gehört allein mir.«
»Dein Leben will ich nicht.«
»Gut, ich schwöre.«
»Ich nehme deinen Schwur entgegen, Señora. Schenke mir etwas, was dir und mir gehören soll. Schenke mir eine Woche Zeit.«
Sie will auffahren, aber er hebt die Hände. »Eine Woche, um beieinander zu sein und zu sprechen. Von Ancona. Und von

dem, was wir gemeinsam getan haben. Um nachzudenken über das, was war. Du und ich gemeinsam und jeder für sich. Eine Woche, Gracia. Von Sabbat zu Sabbat. Dann tu, was du willst.« Er wechselt den Ton. »Es wäre auch unverantwortlich, die Geschäfte des Hauses Mendes nicht ordnungsgemäß zu übergeben.«

»Nun hast du mich doch hereingelegt«, sagt sie verdrießlich. »Und handelst mir, Fuchs, der du bist, gleich noch einen Abend und einen Tag mehr ab, denn Sabbat ist erst übermorgen, als wenn du das nicht wüsstest.«

Sie schwingt die Beine über den Rand des Diwans, wo er noch immer kniet, gibt ihm einen leichten Stoß mit dem Fuß vor die Brust.

»Kleide mich an!«, sagt sie kurz.

»Ich weiß nicht, ob ich …«

»Es ist dir ja auch gelungen, es auszuziehen, dies mein Kleid.« –

Eine Woche hat er dir abgelistet. Eine Woche Aufschub, eine Woche Niemandsland, eine Woche schwebend zwischen Himmel und Erde. Und du kannst ihm nicht einmal zürnen. Er kämpft seinen Kampf. Den Kampf um dich. Aber du hast deinen großen Lebenskrieg verloren, Gracia Nasi aus dem Hause Mendes.

In einem merkwürdigen Nebel von Verdruss und Verblüffung stehst du da und lässt dir von ihm die Schnüre des Kleides richten, als wäre Don Joseph Nasi, einer der Großen in Israel und Enfanghi Bey des Osmanischen Reiches, deine Kammerfrau.

Und es ärgert dich, dass du hereingefallen bist auf seine Finte.

Und doch – vielleicht ist dieser Aufschub gut. Nicht, dass du wankend würdest, das gewiss nicht. Aber wenn es dir gelingt, ihm zu beweisen, dass du gehen musst, dass es keinen anderen Weg für dich gibt, dann tut es ihm vielleicht nicht ganz so weh.
Denn dass es ihm weh tut, das ist gewiss.

Still sind sie durch den Palast gegangen, in dem sich an diesem Abend auf Dona Gracias Geheiß nichts rührt und keine Seele bei einer Arbeit ist, als wäre es wirklich schon Sabbat und alles Tun untersagt, vorbei an der Tür zu Reynas Zimmern, die ja eigentlich auch die Zimmer ihres Ehemanns sind, durch den nur von streifigem Mondlicht erhellten marmornen Vorsaal in Gracias Schlafgemach, das im europäischen Stil eingerichtet ist, mit einem Betthimmel und mit Möbeln, die es in der osmanischen Welt nicht gibt; mit Truhen, Tisch und Stuhl, italienischen Gemälden an den Wänden und mit einem Spiegel, wie die Venezianer sie machen.
Sie haben tastend Zunder, Schwamm und Kerzen gesucht und gefunden und schließlich auch mit einiger Mühe die Öllampen angezündet, die den Spiegel flankieren – solche Tätigkeiten sind sie nicht gewohnt, das erledigen sonst für sie die Bediensteten.
Über diesem Hin und Her haben sie ihren seltsamen Zustand fast vergessen, ihr zeitliches Niemandsland, in das sie sich hineinbegeben haben – verschwörerisch und kindisch, als liefe man durch ein verbotenes Haus auf der Suche nach Verstecken.
Nun sitzt Gracia vor diesem Spiegel, das Taburett neben sich, auf dem Kamm, Bürste und die Flakons mit Düften und Ölen, selten benutzt, in buntem Durcheinander herumliegen. Anti-

monstifte, die Augen zu umranden, und Belladonna, damit der Blick intensiver wird.
Und sie versucht, sich das Haar zu richten, während Don Joseph barfuß im Raum auf und ab tigert, mal hier einen Bilderrahmen mit dem Finger berührt, mal da einen Vorhang lüftet und die Falten neu legt.
Er ist voller Unruhe. Was wird aus dieser Nacht, die zur Hälfte vergangen ist?
Eigentlich möchte er schlafen jetzt, wo sie ihren kleinen Vertrag besiegelt haben. Aber Dona Gracia sieht nicht danach aus. Die Art jedenfalls, wie sie den Hornkamm durch ihr Haar zieht – ungestüm, fast wütend –, wirkt alles andere als müde.
Im Nebenraum, gespenstisch im Mondlicht, stehen Gracias Kleider, die Gewänder, die sie und ihre Frauen auf besondere Erlaubnis des Großherrn hin tragen dürfen, anstelle der morgenländischen Kaftane und Schleier: gebauschte Röcke in mehreren Lagen, geschnürte enge Mieder, Ärmel, die aus prunkvollen Überärmeln hervorkommen, mit Stickereien verziert, Brokat und Seide aus Indien, große Spitzenkragen aus Brüssel. Sie sind, da sie in Truhen keinen Platz finden, auf hölzerne Kleiderpuppen aufgezogen – eine stumme Gesellschaft von Damen ohne Kopf.
Der Enfanghi Bey erweist ihnen, durch die offene Tür, eine spöttische Reverenz.
»Kannst du mir helfen, statt da irgendwelche Dummheiten zu treiben?«, kommt die spröde Stimme der Señora von ihrem Putztisch her.
»Immer und stets, meine Taube!«, beeilt er sich zu erwidern. »Soll ich dir dein Kleid wieder ausziehen?«
»Mach dich nicht lustig!«, sagt sie streng. »Kämm mir mein Haar, aber tu es sanft. Ich hab dazu keine Geduld.«

Er verkneift sich ein Grinsen. Aber hat er nicht schönen Frauen schon ganz andere Dienste geleistet? Und wer, wenn nicht sie, darf es von ihm verlangen …

Die Locken liegen spröde und kühl in seiner Hand. Wenn der Kamm hindurchfährt, sprühen knisternde Funken auf, als wohne ein kleines Gewitter verborgen in ihnen. So voller Leben … diese Person ist so voller Leben bis in die Fingerspitzen! Und sie will sich davonmachen? Was für ein Unsinn.

Mit behutsamen Fingern entwirrt er die Knoten. Viele Knoten.

»Deine Kammerfrauen verdienen, bestraft zu werden!«, sagt er. »Sie frisieren dich nicht gründlich genug.«

Sie schüttelt den Kopf, und der Kamm gleitet ihm aus der Hand.

»Meist lasse ich sie gar nicht an mich heran«, entgegnet sie. »Ich stecke alles hoch und setze gleich am Morgen meine Haube auf. Ich habe schließlich anderes zu tun.«

»Nun«, sagt er und bückt sich, um den Kamm aufzuheben, »jetzt hast du ja eine ganze Woche lang Zeit.«

»Wie meinst du das?«

Er lächelt, und es sieht spöttisch aus. »Aber du wolltest doch eigentlich schon gar nicht mehr … unter uns sein, Señora! Was also hast du zu tun, was du nicht längst erledigt haben musst? Ob es um dein Haar geht oder etwas anderes: Alle Zeit gehört mir, ich habe sie sozusagen vertraglich erworben.«

Sie starrt ihn an, sein Bild im Spiegel neben dem ihren. »Was erlaubst du dir?!«

»Ich erlaube mir, ja. Ich erlaube mir, ich nehme mir heraus, ich traue mich und wage es, meine Señora. Du hast mir etwas verkauft. Und unter guten Kaufleuten, wie wir beide es ja sind, gilt es, die Spielregeln einzuhalten. Also versuch nicht, dich herauszuwinden.«

Er grinst mit verzogenem Mund, packt ihren Haarschopf mit einer Hand, um ihr nicht weh zu tun, und kämmt die Enden kräftig durch.
»Du bist unverschämt.«
»Eine Eigenschaft, die du an mir zu schätzen wusstest bisher. Unverschämt habe ich unsere Geschäfte geführt, unverschämt unsere Interessen in aller Welt vertreten, und unverschämt bin ich zu deiner Tochter ins Bett gestiegen, als du es mir befohlen hast, weil das Wohl des Hauses Mendes es verlangte. Mit anderen Worten: um das Geld zusammenzuhalten. Nur darum ging es schließlich immer.«
Ihre kleine feste Hand, ringbewehrt, trifft ihn mit aller Kraft, wie ein feuriger Riss quer übers Gesicht. Die Lippe blutet. Es ist lange her, dass sie einmal zugeschlagen hat. Sie waren nicht so dicht beieinander in der letzten Zeit, die Herrin des Hauses Mendes und der Enfanghi Bey.
»Das habe ich nun wohl verdient«, sagt er und tupft sich kurz das Blut mit dem Handrücken ab. »Auch wenn ich nur sage, was wahr ist.«
Sie schweigt.

Sie im Vordergrund, er im Spiegel, hinter ihr, gezeichnet nun mit dem roten Mal an seiner Lippe.
(Sie hatte nicht an den Ring gedacht.)
Sie ist erschrocken von dem, was sie sieht. Es kommt ihr vor, als erblicke sie ihn nach langer Zeit zum ersten Mal wieder. Sie hat wohl die letzten Jahre damit verbracht, einfach sein längst vergangenes Gesicht, das Gesicht des jungen Mannes, über sein jetziges zu stülpen wie eine Maske.
Gerechter, war sie denn blind?
Wie lange trägt er schon diese steilen Falten auf der Nasen-

wurzel mit sich herum, was hat ihm den Mund so verzogen, als hätte er bitteres Kraut gegessen, und wer ist verantwortlich für das Geflecht von Falten, das diese Augen umgibt … Mendes-Augen wie die ihren, wie die Reynas, schwarz, glänzend und zutiefst traurig …

Aber sie kennt die Antwort ja.

List und Verstellung, Lügen und Finten, heute so und morgen so, katzbuckeln vor den Mächtigen oder auftrumpfen, je nachdem, schmeicheln oder drohen, eine Rolle nach der anderen spielen – im Dienst des Hauses Mendes. In deinem Dienst. Er hat recht.

Sie nimmt von dem Taburett eins der Seidentüchlein, die zwischen den Tiegeln und Flakons liegen, zum Abschminken und hält es ihm wortlos hin. Das ist viel für eine Frau, die nie um Entschuldigung bittet.

Er nimmt es entgegen, aber bevor er es benutzt, küsst er, durchtrieben, wie er ist, ihre Hand und hinterlässt darauf eine Blutspur, die sie ärgerlich am Kleid abwischt.

»Einen Vorteil hat die Sache wohl«, sagt er unschuldig und drückt das Tüchlein an die Lippe, »ich bin jetzt nicht mehr schläfrig. Wie ich sehe, hast du vor, diese Nacht zum Tage zu machen. Wein haben wir noch, und so wird dir die Zunge nicht trocken, wenn du es mir jetzt erzählst.«

»Wenn ich dir *was* erzähle?«

»Nun, ich müsste ja wohl wenigstens verstehen, was dich zu deinem … zu deiner Tat getrieben hat oder noch treibt. Was ist mit Ancona? Sie sagen, du hättest eine Handelssperre verhängt und sie dann wieder aufgehoben …«

Sie fährt herum, das ist keine Sache, die man mit einem Spiegelbild verhandelt. Ihre Augen funkeln vor Zorn.

»Sagen sie das so? Oh, wenn du wüsstest!«

»Ich will es ja wissen«, erwidert er voller Sanftmut. »Darum gib mir einen Bericht. Erzähl es mir, wenn möglich, ohne dich allzu sehr zu erregen. Berichte, als säßest du im Kontor und würdest die Ereignisse im Hauptbuch festhalten. Kannst du das schaffen?«

»Natürlich«, sagt sie kurz angebunden. Sie steht auf und geht zum Altan, tritt hinaus, und er folgt ihr und schließt vorsichtig die Arme um sie, spürt, wie ihr Körper sich entspannt, wie sie weich wird. Ihr Kopf mit dem ungebärdigen Haar ist auf der Höhe seines Halses. Vom Wind bewegt, kitzelt es sein Kinn, und er muss lachen.

»Was erheitert dich?«, fragt sie lauernd, gleich bereit, sich wieder aufzuregen.

»Dass du so klein bist, Señora, und nach Königinnen und Fürstinnen die mächtigste Frau der Welt oder noch mächtiger als diese.«

»Meine Macht ist gerade dahin.«

Sie schweigen. Die Fackeln unten im Garten sind jetzt erloschen, und weder auf dem Wasser noch drüben beim Neuen Serail ist noch ein Licht zu sehen. Konstantinopel liegt nun endlich in tiefem Schlaf, gewiegt vom Baumrauschen und dem Ruf eines Nachtvogels über dem Wasser.

»Du musst erzählen«, sagt er.

Er führt sie wieder ins Zimmer, geleitet sie zu einem der geschnitzten, mit Kissen belegten Holzstühle, schenkt Wein ein, steckt fürsorglich frische Kerzen auf.

Dann lässt er sich zu ihren Füßen nieder, lehnt sich seitlich an ihre Knie.

»Das ist mein Lieblingsplatz«, sagt er und sieht zu ihr auf. »So saß ich schon in Antwerpen bei dir und hörte dir zu, vor …

warte einmal … vor knappen fünfzehn Jahren, ein junger Kerl, der gerade fertig war mit dem Studium der Jurisprudenz und der Sprachen und der dich bereits hemmungslos anbetete. Damals, als wir alle noch vorgaben, Christen zu sein und ich Juan Micas hieß und du Beatrice de Luna.«

»Red nicht von damals.«

»Nein. *Du* sollst ja reden.«

Sie legt kurz den Kopf in den Nacken, schließt die Augen.

»Also gut. Fürs Hauptbuch. Die Fakten. Und unterbrich mich möglichst nicht.«

»Fürs Hauptbuch. Die Fakten.«

Gracia beginnt mit unbeteiligter Stimme, als würde sie einen Text verlesen: »Es begann, als Gian Pietro Caraffa im vorigen Jahr auf den Heiligen Stuhl kam und Papst Paul IV. wurde – er soll verflucht sein und sein Name verdorren.

Andere Päpste haben den Kirchenstaat und die Städte, die dazugehören, für lange Zeit frei gehalten von der Inquisition, die pfuschte ihnen zu sehr ins Handwerk und sah ihnen auf die Finger.

Paul führte sie ein und küsste den Inquisitoren die Füße.

Du kennst ja Ancona.«

Joseph nickt. »Gehört zum Kirchenstaat, ein großer Hafen. Eine Konkurrenz für Venedig, blühend im Handel. Wir haben dort Faktoreien. Drei Agenturen, soviel ich weiß.«

»Falsch. Wir *hatten* dort Faktoreien. Lass mich, jetzt will ich erzählen.

Der Papst fand, es gäbe zu viel Scheinchristen, zu viel Conversos, in der Stadt.

Er ließ zunächst mehr als zwei Dutzend Leute, Männer wie Frauen, verhaften, angeklagt des Abfalls vom christlichen Glauben und des heimlichen Judaisierens.«

»Himmel! War Jacob Morro dabei?«
»Jacob Morro – das Andenken des Gerechten sei gesegnet …«
»Er ist tot?«
»Ich rede fürs Hauptbuch, die Fakten, lass mich. Jacob Morro, unser Agent, wurde ebenso verhaftet wie Izak Ergas.«
»Aber Ergas ist unser Repräsentant in Ragusa!«
»Du musst mir nicht beweisen, dass du dich auskennst, Joseph. Ergas war aus Ragusa gekommen, um seine Tochter zu besuchen, die in Ancona verheiratet ist.
Ich tat, was man in solchen Fällen tut. Ich bestach alles, was sich bestechen ließ, vom Richter und vom Inquisitor bis hinunter zum Folterknecht, und außerdem bot ich dem verruchten Caraffa ein Lösegeld von dreißigtausend Scudi an für unsere Brüder und Schwestern. Aber dieser Mann erfreut sich mehr am Flackern von Scheiterhaufen als am Glanz von Goldstücken.
Kurz und gut, oder vielmehr schlecht, er lehnte ab. Noch während wir verhandeln, wird in den Kerkern von Ancona schon gefoltert. Und als einigen die Flucht gelingt – wir wissen ja, dass klingende Münze auch schon einmal einen Kerkermeister blind und taub macht –, zog er die Schlinge noch fester zu.
Da ging ich zum Sultan.«
Don Joseph fährt zurück. Er sitzt am Boden, stützt sich mit beiden Händen auf und starrt die Frau vor ihm an.
»Du hast eine Audienz beim Großherrn erhalten?«
»Habe ich«, bestätigt sie kühl, aber in ihren Augen spiegelt sich für einen Moment der Stolz über diesen Sieg.
»Nie zuvor hat der Padischah eine Frau empfangen!« Er schüttelt den Kopf. »Wie hast du das erreicht – ohne meine Vermittlung?«
Gracia sieht spöttisch auf ihn herab. »Mein Lieber, ich weiß, es kommt dir unfassbar vor – aber einige Sachen kann ich auch

ohne dich erreichen. Zugegeben, wenige. Ich habe mich an einige Damen des Harems gewandt. Glaube mir, was ich an Geschenken aufwenden musste, war nicht gerade unbeträchtlich. Und die Gaben, die man dem Großherrn, dem Schatten Allahs auf Erden, zu Füßen legen muss, falls einem die Gnade eines Gesprächs gewährt wird … Ich denke, darüber weißt du besser Bescheid als ich.«

Das Teilnahmslose ist jetzt aus ihrer Stimme gewichen. Sie schlägt die Beine übereinander, redet mit Feuer und Lebhaftigkeit, bewegt die Hände. Ihr großer Ring, der ihn verletzt hat, blitzt im Kerzenlicht.

»Schwarz verschleiert, damit der Anblick eines Weibs, und noch dazu einer Ungläubigen, die Augen seiner Erhabenheit nicht verletzt, bin ich vor ihn getreten – vor ihn und die ganze Versammlung von geschminkten Hofschranzen. Dass du diese Menschen aushältst, beinah jede Woche, wenn du in Istanbul bist! Nein, darum beneide ich dich nicht.

Nun also, ich habe dem hohen Herrn klarmachen können, dass der Papst meine Agenten Ergas und Morro, Juden zwar, aber Bürger des Osmanischen Reiches, eingekerkert und ihre Vermögen eingezogen hat und dass es sich somit um einen nicht unbeträchtlichen Affront der Hohen Pforte gegenüber handelt. Das leuchtete ihm ein, und er erklärte sich bereit, in Rom aufs schärfste zu intervenieren.

Beinah hätte ich zum Schluss noch die Sache verdorben, weil ich in meiner Freude über den Sieg diesen albernen Schleier lüften wollte, aber das entsetzte Getue des Hofstaats hielt mich davon ab.«

Sie lacht, und Joseph greift sich entsetzt an den Kopf.

»Himmel! Du hättest fast dein Leben riskiert. Was bist du nur für ein Weib!«

»Ich bin die Señora!«, sagt sie ruhig. »Und zu verderben war ohnehin nichts. Aber das wusste ich da noch nicht.«
»Wie denn? So hat er nicht nach Rom geschrieben?«
»O doch, er hat. Und sogar in ziemlich scharfer Form. Der Wortlaut ist mir übermittelt worden.«
Sie schweigt einen Augenblick, fällt dann wieder in den Berichterstatter-Ton zurück, sachlich, versucht, emotionslos zu klingen.
»Ich glaube, der Caraffa-Papst hätte dem Padischah ganz gern den Gefallen getan. Es war ja kein schlechter Tausch: Gegen zwei osmanische Bürger und eine ordentliche Freikaufsumme hätte er sich, so wird er wohl angenommen haben, die Nichteinmischung der Hohen Pforte erhandelt, bei dem, was er weiter vorhatte. Aber es gab Verzögerungen ohne Ende, und dann kam es schließlich heraus: Zum Zeitpunkt, als er den Firman aus Konstantinopel erhielt, konnte er die beiden gar nicht mehr herausgeben. Ergas war geflohen und unterwegs umgekommen. Und Jacob Morro hatte sich, um der Folter zu entgehen, aus dem Fenster gestürzt. Das Andenken der Gerechten sei gesegnet.«
»Das Andenken des Gerechten sei gesegnet«, wiederholt Joseph mechanisch die Formel, die man bei Todesfällen spricht.
»So.« Gracia kreuzt die Hände über der Brust. »In Ancona brennen die ersten Scheiterhaufen und tilgen die Ketzer, die Scheinchristen, von der Erde. Übrigens, es heißt, unser Freund Lusitanus, der Arzt, habe sich in letzter Minute retten können – zurück nach Ferrara, von wo er gekommen war. Aber er ging fort aus der Stadt, mit nichts als dem nackten Leben. Sein großes Werk, die medizinischen Schriften, musste er zurücklassen. Verloren, wie so vieles schon verlorenging.
Und als Caraffa begann, nach den Conversos nun auch noch

unsere bekennenden jüdischen Brüder zu behandeln wie Sklaven der Christen und sie zu demütigen, wo er nur konnte, da habe ich beschlossen, das Blatt zu wenden.«

Sie springt auf, beginnt, durch den Raum zu laufen, ihr weinfarbenes Kleid fegt raschelnd über die Marmorfliesen, und die Kerzen flackern, wenn sie vorbeirauscht. Wieder verlässt sie den »Bericht fürs Hauptbuch«. Leidenschaftlich bricht es aus ihr hervor:

»Ich habe mir gesagt: Einmal muss es vorbei sein mit den Verfolgungen und den Quälereien. Einmal müssen wir standhalten und nicht unser Leben erkaufen mit tausend Winkelzügen und Verstellungen und mit all den Unsummen, die sie aus uns herauspressen. Einmal müssen wir ihnen zeigen, wozu wir fähig sind. Haben wir denn unsere weltweiten Netze nur, um unseren Brüdern zur Flucht zu verhelfen, sie zu verstecken und zu verbergen? Wir beherrschen die Meere mit unseren Schiffen, der Handel der Levante liegt in unserer Hand. Wir haben mächtige Waffen – warum nutzen wir sie nicht?

Und so habe ich unsere Freunde, die Schiffseigner und Kaufherren von Bursa, von Adrianopel und Saloniki, aufgefordert, dem Beispiel des Hauses Mendes zu folgen und den Hafen von Ancona nicht mehr anzulaufen. Das ist alles.«

»Das ist alles?«

Joseph hat sich ebenfalls erhoben. »Grundgütiger«, murmelt er. »Jetzt fange ich an zu begreifen, was für eine Sache das war.« Er fährt sich mit den Händen ins Haar. »Und ich muss mich auf Befehl des Großherrn in der finstersten Walachei herumtreiben, um irgendwelche Barbaren zu umschmeicheln, damit sie der Hohen Pforte mehr Pech oder mehr Eisen für Kanonen liefern, immer gewärtig, einen Pfeil in den Hals oder eine Kugel in den Rücken zu bekommen – während meine

Freundin hier das kühnste Projekt seit dem Auszug unseres Volks aus Ägypten unter Moses' Führung startet …«
»Übertreib nicht, Joseph«, sagt Gracia unwirsch. »Es ist nicht so schwer für das Haus Mendes, etwas durchzusetzen, selbst gegen den Widerstand von dem oder jenem selbstsüchtigen Kaufmann. Freilich hätte ich dich gern dabeigehabt, dank deiner Wendigkeit und deiner Überredungskunst wäre alles vielleicht noch schneller gegangen.
Naham Cohen, unser Mann in Bari, nahm Kontakt auf mit dem kleinen Herzogtum von Pesaro und machte dem Herzog Guidobaldo den Mund wässrig. Wenn er seinen Hafen für unsere Levanteschiffe öffnen würde, dann wäre Pesaro bald das Venedig der südlichen Adria, und selbstverständlich gäbe das Haus Mendes ihm jeden gewünschten Kredit, um das Hafenbecken und die Kaianlagen auszubauen.«
»Und Guidobaldo biss an?«
Gracia zuckt die Achseln. »Natürlich biss er an. Und unser Boykott startete. Während in Ancona die Kais verwaist lagen und die Liegeplätze leer blieben, drängten sich im kleinen Hafen von Pesaro unsere Schiffe. Unsere und die der Handelspartner.«
Sie ist vor Joseph stehen geblieben, packt seine Hände, drückt sie, sieht zu ihm auf, inständig, die Augen leuchtend.
»Don Joseph Nasi«, sagt sie feierlich, »das ist das erste Mal, seit unser Volk zerstreut lebt in ganz Europa, dass sich bekennende Juden gemeinsam mit sogenannten Conversos, mit Neuchristen, für andere ›Neuchristen‹ eingesetzt haben. Das war nicht leicht. Aber ich habe es erreicht. Es ist das erste Mal, dass wir standgehalten und unseren Verfolgern die Zähne gezeigt haben.«
Sie geht zum Tisch, gießt sich Wein ein, trinkt in langen Zügen.

»Alles entwickelte sich nach Plan. Sie hatten ja nichts vorbereitet im Kirchenstaat, hatten sich ganz auf unsere Lieferungen verlassen. Die Würdenträger, so hörten wir, bestürmten den Heiligen Vater. Die Luxusgüter gingen ihnen aus, sogar das Salz werde knapp. Wollte er den Vatikan durch die Juden ›aushungern‹ lassen?
Ich glaubte, ich hoffte, wir alle hofften, er würde nachgeben. Was für ein Sieg, Joseph, was für ein Sieg wäre das gewesen! Sie hätten in Zukunft nicht mehr mit uns umspringen können. Wir wären Partner gewesen, nicht Sklaven, die man nach Belieben aussaugen, ausnutzen und verachten kann.
Unsere Brüderlichkeit untereinander wäre unsere Macht gegen das Außen gewesen.«
Sie stellt ihr Glas hart ab, setzt sich wieder auf ihren Stuhl, sieht zu Boden.
Joseph schweigt. Dann fragt er leise: »Woran ist es gescheitert?«
»An uns selbst«, sagt sie, ohne den Blick zu heben.

Ein gellender Ton von draußen lässt sie beide zusammenfahren, eine heulende Stimme, die sich über der Stadt erhebt. Es ist der Muezzin der Hauptmoschee; er ruft die Gläubigen zum Frühgebet. Die Stimmen von den anderen unzähligen Minaretten der Stadt antworten.
Noch ist es dunkel draußen, aber so kündigt sich in Istanbul der Tag an.
Dona Gracia seufzt. »Ich kann mich schwer daran gewöhnen. Jedes Mal, wenn es anfängt, erschrecke ich mich. Aber dann – dann danke ich dem Herrn, dass es keine Kirchenglocken sind, die ich hören muss.«
Ihr Freund nickt. »Als ob Hähne um die Wette krähen«, sagt er

und verzieht die Lippen zu einem schiefen Lächeln. »Es ist ein sehr ekstatischer Glaube.«
»Unserer etwa nicht?«
»Anders, meine Schöne. Nicht so laut nach außen. Aber das liegt vielleicht nur an den Umständen.«
»Über Glauben und vor allem über ihre Vertreter mag ich im Augenblick nicht so gern sprechen«, erwidert sie. Sie sieht zu ihm auf. »Lass uns später fortfahren. Es ist nun doch ein bisschen mehr geworden als der bloße Eintrag im Hauptbuch. Ich bin müde und verwundert, noch auf der Welt zu sein. Und du, Mann meiner Tochter, geh nun zu deiner Frau, damit sie ihr schwarzes Kleid ablegen kann.«
Er beugt sich über sie, küsst sie. Sie schiebt ihn beiseite.
»Deine Lippe blutet wieder, Joseph, und sie wird wissen, woher du kommst.«
»Hat dich das jemals gestört?«
»Geh, bevor du mich wieder zornig machst.« –

Sich vorzustellen, wie dieser Morgen im Palast im Stadtteil Galata begonnen hätte, wäre das Glas nicht zerbrochen, wäre die Phiole besser gefüllt gewesen, wäre der Enfanghi Bey nicht nach Haus gekommen …
Irgendwann hätten die Kammerfrauen und die Musikantinnen zaghaft die Tür zum Schlafraum der Señora geöffnet, zur gleichen Zeit wie immer, denn es war ihnen streng befohlen, ihre Herrin angenehm zu wecken, mit Musik, und sie auf keinen Fall schlafen zu lassen; schließlich ist sie das Haupt eines Handelshauses und hat ihrer Arbeit nachzugehen.
Zu ihrer Verwunderung hätten sie das prunkvolle Bett mit dem Himmel aus gelber Seide unberührt gefunden und wären auf die Suche gegangen nach Dona Gracia.

Und dann hätte sie jemand entdeckt, hingestreckt auf dem Diwan im anderen Raum, die Hände über der Brust gekreuzt, kalt und tot, wachsbleich das Gesicht, neben sich das geleerte venezianische Glas und auf dem Tisch der siebenarmige Leuchter mit den bis aufs Letzte heruntergebrannten Kerzen.
Oder auch, sie, die Herrin, wäre gleich zusammengebrochen da am Fenster, nach einem letzten Blick auf die Lichter der Stadt; merkend, dass ihr der Atem stillstand, das »Schma Israel«, das Gebet der Gebete, röchelnd, niederstürzend, die Hände verkrallt in den Vorhang, verkrampft da auf der Erde in ihrem weinfarbenen Gewand.
Und der gellende Schrei der Frau, die sie entdeckte, hätte das ganze Haus aus dem Schlaf gerissen. Heulen und Zähneklappern hätten sich fortgepflanzt von Raum zu Raum wie eine Welle, das Wehklagen wäre so angeschwollen, dass das ganze Galata-Viertel davon erwacht wäre, und alle Juden in Istanbul hätten es bald gewusst: »Tot, tot, tot! Sie ist von uns gegangen, die Señora, unsere Herrin, unsere Mutter, die Schützerin der Bedrängten, die Trösterin der Armen, unser Schild und Schwert, die Hoffnung Israels!«
So hätte die Klage aus dem Palast der Nasi geschallt, und ihre Tochter Reyna, das Kleid zerrissen, Asche auf dem Haupt, hätte sich die Wangen zerkratzt zum Zeichen ihrer Trauer und Kaddisch angestimmt für ihre Mutter.
Nun aber findet man die Señora friedlich schlafend zwischen ihren Laken aus flämischem Leinen, und als zwei der Mädchen ihres Gefolges, so wie sie es angeordnet hat, sanft die Laute schlagen und zweistimmig eins der Lieder aus der portugiesischen Heimat singen, öffnet sie sogleich die Augen, und sie lächelt, was sie seit vielen Tagen nicht mehr getan hat, beim Erwachen.

Und dann spricht es sich wie ein Lauffeuer herum im Haus, was in dieser sehr stillen Nacht, in dem sie alle angehalten waren, gleichsam nicht zu atmen, noch geschehen war: Don Joseph ist heimgekehrt.

Nun hört man hier und da den Freudentriller, diesen tief aus den Lungen kommenden Jubelschrei jener Frauen, die hier unter den Muslimen aufgewachsen sind und ihre Bräuche angenommen haben; er steigt wie der Ruf einer morgendlichen Lerche auf, mal hier, mal da. Don Joseph hat viel Zuspruch beim Weibervolk des Hauses.

Und Dona Reyna tritt aus ihren Räumen. Sie hat, wie sollte es anders sein, die schwarzen Kleider beiseitegelegt und lässt sich ankleiden und schmücken in venezianischer Manier, eng geschnürt das Mieder, Puder auf dem halbnackten Busen, dreifache Perlenschnüre um den Hals, die Haare offen, als sei sie noch ein unverheiratetes Mädchen, nur ein Hauch von Schleier darüber.

Aber es zeigt sich, dass Don Joseph heute früh keine Zeit hat, den Reizen seiner Gemahlin größere Beachtung zu schenken. Er muss in den Sultanspalast zum Rapport beim Großwesir über seine Reise auf den Balkan und will die Gelegenheit nutzen, in eigener Sache vorzusprechen. Zudem muss er auch dem Kronprinzen Selim einen Besuch abstatten, denn wie man weiß, ist er mit dem jungen Herrn befreundet, und der hat schon sehnsuchtsvoll auf seine Rückkehr gewartet – aus unterschiedlichen Gründen.

Boten gehen hin und her, Läufer kommen keuchend den Hügel zum Palast hinauf mit Nachrichten.

Und schließlich schickt ihm – hohe Ehre! – Rustem Pascha, der Wesir, eine Eskorte von Janitscharen nebst einem edlen Reitpferd, auf dass er sich zum Neuen Serail begebe. Die

Prunkbarke, ihn und die Begleitung übers Wasser zu bringen, wartet bereits.
Und so stehen sie denn, die Männer und Frauen des Hausgesindes, soweit sie jüdisch sind, und sehen mit Stolz zu, wie er die Freitreppe herunterspringt, ein schöner großer Mann, schlank wie eine Zeder des Libanon, Enfanghi Bey, bestallter Würdenträger der Hohen Pforte in europäischer Tracht, das Barett mit der Pfauenfeder schräg auf dem Haar, die Stulpenhandschuhe, der Degen, die gespornten Stiefel, und wie er sich aufs Ross schwingt: Don Joseph Nasi, ein Fürst unseres Volkes im Dienste des osmanischen Sultans, ein Großer in Israel – einer von uns.

Die Stille, es ist diese Stille im Neuen Serail, dieser Stadt innerhalb der Stadt, die Stille, die einen immer wieder überfällt, die den Gang durch die endlosen Gärten und vorbei an den mit buntem Email verzierten Pavillons so unwirklich, so beklemmend macht.
Der Besucher, der zu Pferd und eskortiert durch die Imperiale Pforte einzureiten hat, sofern er ein Mann von Bedeutung ist, hat nun abzusitzen und durch die doppelt bewachte Mittlere Pforte zu Fuß zu gehen, so will es die Etikette.
Die Schritte knirschen auf den Kieswegen, sonst ist nichts zu hören. Nicht einmal Vögel zwitschern.
Die rotgewandeten Janitscharen, Leibgardisten des Padischahs, geleiten den Besucher über labyrinthisch verschlungene Gartenwege zwischen dunkel schattenden Bäumen zum Ziel – einem der goldgedeckten Pavillons, die sich von außen eher klein ausnehmen und doch eine ganze Welt von Räumen und Korridoren, von Galerien und überdachten Höfen in sich bergen.

Irgendwelche Würdenträger in wallenden Gewändern, große Seidenturbane auf dem Kopf, in Begleitung ihrer schwarzen Sklaven, begegnen einem an Wegkreuzungen, und man verneigt sich grüßend voreinander.

Rustem Pascha schätzt seinen gewandten Geschäftsträger Enfanghi Bey und ist hin und wieder auch bereit, ihm Hinweise zu erteilen, die über das Offizielle hinausgehen.
Und darauf hofft Don Joseph sehr, denn selten ist er so um einen Ausweg verlegen gewesen wie heute früh.
Er hat der Frau, die nie ihre Meinung ändert, eine Frist gesetzt. Eine Frist von einer Woche hat er ihr abgetrotzt. In dieser Zeit muss es ihm gelingen, irgendetwas zu bewegen. Etwas zu erwirken, das ihren Lebensmut wiederaufleben lässt, das ihr Gelegenheit gibt, sie weiter die Señora, die Retterin ihres Volkes, sein zu lassen. Und das kann nur geschehen, wenn *Die Macht* im Spiel ist. Und *Die Macht* wohnt hier.
Aber was und wie das passieren soll, das weiß er bisher nicht.

Der Großwesir, ein pockennarbiger, dunkelhäutiger Mann, dessen Turban so rund ist wie der volle Mond, nimmt die Geschenke, die sein Unterhändler ihm devot überreicht, mit Befriedigung entgegen – schließlich kennt Don Joseph seine Vorliebe für Elfenbeinarbeiten. Da sich außerdem die Abschlüsse, die er auf dem Balkan getätigt hat, durchaus sehen lassen können, ist die Stimmung gut.
Scherbett wird gereicht, der eisgekühlte Fruchtsaft, den sich nur die Wohlhabenden leisten können, die das Eis aus den Bergen herbeischaffen lassen, und eine verschleierte Sklavin mit nackten Hüften bringt eine Wasserpfeife, an der Don Joseph nun abwechselnd mit dem Großwesir nuckeln darf, obwohl er

sich erstens nichts aus dem kalten Rauch macht und sich zum Zweiten ekelt, das Mundstück mit seinen Lippen zu berühren, das eben noch der Würdenträger zwischen seinen Barthaaren verschwinden ließ.
(Eigentlich darf er nach den Bräuchen seines Glaubens nicht einmal mit einem Nichtjuden gemeinsam am Tisch sitzen …)
»Nun, Nasi«, beginnt Rustem Pascha, »ich bin mit dir zufrieden, und wenn du irgendwelche Wünsche hast, wenn deine Seele etwas bewegt, so offenbare es mir. Vielleicht kann ich dir helfen.«
Dass es bei solchen Wünschen nicht um Gold und Geld gehen kann, versteht sich von selbst – damit ist der Jude reichlicher gesegnet als selbst der Großwesir. Aber vielleicht hat der »Ungläubige« ein Auge geworfen auf eine Frau im Harem eines anderen Mannes, eine schöne Sklavin, die er gern besitzen möchte, und man könnte denjenigen bewegen, ihm das Mädchen zum Geschenk zu machen, oder es gibt irgendeinen, den er gern aus den Augen haben möchte; auch das lässt sich meistens ohne viel Umstände bewerkstelligen. Es kann aber auch sein, dass es nur um ein paar Informationen geht. Der Enfanghi Bey war über ein halbes Jahr außer Landes. Er muss von wissender Seite wieder aufs Laufende gebracht werden, damit er erneut mithalten und seine Fäden spinnen kann in den subtilen Intrigen des Hofes und des Weltreichs.
Der Wesir wartet.
»Erhabener Pascha«, sagt Joseph behutsam und dreht das Mundstück der Pfeife beiseite, ohne es zuvor wirklich an die Lippen geführt zu haben, »ich bin, wie Ihr wisst, in der Nacht zurückgekommen und dann geradenwegs zu Euch geeilt. Weiht mich ein in die Stimmung der Hohen Pforte, was unsere Familie angeht. Ich habe gehört, es hat da eine Handelsblocka-

de gegeben, und die Señora ist beim Großherrn vorstellig geworden …«

Rustem Pascha grinst. »Ein unerhörter Vorgang«, bemerkt er boshaft. »Ich wüsste nur gern, wer ihr diesen törichten Schritt ermöglicht hat – die Russin oder vielleicht auch die Jüdin, die du dem Kronprinzen ins Bett gelegt hast.«

Respektlos … und außerdem ein Affront gegen Joseph. Denn die Russin, das ist Roxelane, die Sultana, Favoritin des Großherrn und Selims, des Kronprinzen, Mutter, und die Jüdin, das ist Nur Banu, die »Prinzessin des Lichts«, wie sie ihr Mann schwärmerisch nennt, des selbigen Kronprinzen Erste und Rechte, die einst Rahel hieß, und es ist wahr, dass sie zur Mendes-Familie gehört und Joseph sie ihm zugeführt hat. Böse Zungen (und das ganze Serail ist mit mehr bösen Zungen bestückt als ein Feigenbaum mit Früchten) behaupten sogar, das kindhafte Mädchen sei seine, Josephs, leibliche Tochter, obwohl man nicht die Finger zu Hilfe nehmen muss, um sich auszurechnen, dass er noch keine fünfzehn gewesen sein müsste, um sie zu zeugen. Damals studierte er noch in Löwen, Holland, auf der Universität, und wenn ihn überhaupt eine interessierte, dann war das die schöne und mächtige Frau, Dona Gracia … oder Beatrice de Luna für die Christen …

Rustem beobachtet sein Gegenüber. Männer wie dieser Jude, findet er, täten besser daran, sich hinter einem Bart zu verstecken, wie wir Muslime es tun und die meisten aus seinem Volk auch. Wer so oft wie dieser Nasi in die Lage kommt, seine Gedanken zu verbergen, der dürfte nicht so eitel sein, sein hochmütiges schönes Gesicht herzuzeigen, das ihn jetzt verrät mit einem Zucken der Wange und der Bewegung der Muskeln um seinen Mund.

Das hat er also schon gewusst. Er ist zwar erst in der Nacht

zurückgekommen, aber wahrscheinlich hat ihn die Dame Gracia schon aufgehetzt.
Don Joseph, der sich beobachtet fühlt, senkt demütig die Lider. Zur Hölle mit diesen hohen Herren und dem Gift, das sie selbst dann verspritzen, wenn sie einem wohlgesinnt sind.
»Seid so gut, eröffnet Eurem Diener«, sagt er sanft, »welche Folgen diese Audienz hatte und noch hat.«
»Nun, Nasi, spiel nicht mit mir. Du weißt schon längst, dass der Padischah, Beherrscher der Gläubigen, der Schatten Allahs, König der Könige dieser Welt, geruht hat, beim Papst zugunsten zweier Juden von Ancona zu intervenieren. Ich denke, du kannst dir seinen Zorn vorstellen, als das umsonst war. Der Padischah hat gesehen, dass die Dame, die ihr ›die Señora‹ nennt, einen Krieg begonnen hat, als wäre sie eine Landesherrin. Dass sie ihn verloren hat, macht seinen Zorn nicht geringer. Unser Herrscher lässt sich ungern brüskieren. Sei so gut und veranlasse, dass die Dame Gracia das Geld der Mendes nicht in so unsinnige Unternehmungen steckt. Vielleicht wäre es sogar angebracht, der Person für eine gewisse Zeit die Geschäftsführung des Hauses zu entziehen.
Dich, Nasi, schicke ich bald in den Westen, um die Stimmung an den Fürstenhöfen zu sondieren. Vielleicht ist eine Allianz des Reichs gegen Venedig möglich, mit den Franzosen vielleicht … Hast du sonst noch Wünsche?«
»Die Gnade meines Herrn Wesirs macht mich glücklich. Mehr brauche ich nicht.«
»Heuchler.«

Ich verließ den Großwesir wütend und in Eile, wollte, so schnell es ging, zu Gracia. Was mir da zu Ohren gekommen war, klang bedrohlich. Nicht, dass ich geglaubt hätte, der Sul-

tan würde im Ernst etwas gegen das Haus Mendes unternehmen – er hatte zumindest eine Ahnung davon, wie viel Geld wir noch zu verleihen hatten, wenn er es auch zum Glück nicht genau wusste. Der Gedanke, Gracia die Leitung unseres Unternehmens zu entziehen, war so absurd, dass ich ihn nicht einmal zum Schein und als Fassade, um den Zorn des Großherrn zu besänftigen, in Frage stellen wollte.
Und wenn mir nichts einfällt, erledigt sich das Problem ohnehin in einer Woche …
Wenn mir nichts einfällt …
Schon an der Mittleren Pforte zögere ich. Ich will schnell nach Haus, aber es geht nicht an, dass ich Selim, den Schechsade, den Kronprinzen, vernachlässige. Wenn überhaupt jemand, kann Selim helfen, wie auch immer. Vielleicht lässt sich ja über seine Mutter der Zorn des Großherrn beschwichtigen. Und zumindest wäre es mehr als unklug, ihn, den Prinzen, zu verärgern, denn natürlich wird er erfahren, dass sein Freund beim Großwesir war und ihn links liegengelassen hat.
Also kehre ich wieder um und gehe erneut, die stumme Janitscharenbegleitung neben und hinter mir, durch die totenstillen Gärten, in denen nicht einmal Wasser rauscht; alle Seen und Zierteiche liegen spiegelglatt und dunkel da, als wäre das Wasser schwarz, hier und da blühen ein paar Lilien oder Lotos am Rande.

Die süßen Klänge des wehmütigen portugiesischen Lieds, des Lieds in ihrer Kindheitssprache, wecken sie auf – inzwischen weiß sie nicht mehr, ob sie eine Sprache als ihre eigene bezeichnen kann. Die Eltern sprachen noch das Spanische, das sie, in Portugal geboren, zwar verstehen, doch nicht mehr selbst sprechen kann. Aber es kam Hebräisch dazu, natürlich

zuerst, und Latein. Dann Niederländisch. Italienisch. Türkisch nun.
Ja, Türkisch. Sie liegt in ihrem Bett im Palast in Galata, einen Tag nach ihrem Tode, den ein zur Unzeit gekommener Liebender kurz verschoben hat. Aber das erlaubt ihr, sich heute einmal süßem Nichtstun hinzugeben. Eigentlich ist sie ja gar nicht mehr da.
So winkt sie ihren Frauen, sie noch allein zu lassen, bis sie sie ruft, und verwundert ziehen sie sich zurück. Das kennen sie nicht an der Señora.
Sie reckt die Arme, dehnt den Körper, noch matt von der ungewohnten Lust der Nacht, die es eigentlich nicht mehr geben sollte, und dann fällt ihr der Traum wieder ein.
Sie hat überhaupt nicht mehr träumen können in dieser letzten Zeit. Nur Schemen sind durch ihren unruhigen Schlaf gehuscht, und oft ist sie mitten in der Nacht aufgefahren, weil ihr so war, als läge ein Stein auf ihrer Brust.
Diese Morgenstunden nun, in der ersten Nacht außerhalb ihres Lebens, haben sie zurückgeführt in ein Land und eine Zeit, die lange vergangen waren. Alles, was sie gesehen hat, war klar und bunt wie Edelsteine, aber genauso unbeweglich, gleichsam in eine Fassung eingegossen.
Keiner sagt einen Ton, keiner bewegt sich. Es sind nur Bilder, nebeneinandergereiht.
Da steht sie also einmal vor der Tür der Kathedrale von Lissabon, gekleidet in ihr Hochzeitsgewand aus Brokat, mit weißem Samtschnürleib, das goldene Kreuz am Hals, das Haar unter der Haube, ihr Bräutigam Francisco Mendes neben ihr, er ganz in Schwarz wie ein kastilischer Grande, und sie weiß, sie hat damals Almosen verteilt nach der Trauung, froh, dass sie, Beatrice de Luna, nichts falsch gemacht hat bei der christ-

lichen Zeremonie, sich rechtzeitig bekreuzigt hat, keinen Kniefall ausgelassen und die lateinischen Gebete korrekt aufgesagt hat.

Und daneben das zweite Bild, eingefroren und leuchtend: Das gleiche Brautpaar, das nun Gracia und Abner statt Beatrice und Francisco heißt, steht unterm gestickten Baldachin, hat gerade die Ringe getauscht und nun gemeinsam aus jenem Glas getrunken, das Abner, der Sitte folgend, gleich zertreten wird …

Warum standen die Bilder so still, warum sagte keiner »Masel tow!« und klatschte in die Hände? Auch die Kirchenglocken haben nicht geläutet zuvor.

Führt sie dieser Traum vielleicht schon in jene Welt, die sie zu betreten entschlossen ist – eine Welt ohne Laut und ohne Stimme?

Sie richtet sich auf in ihren Kissen, lässt sich wieder zurücksinken.

Beide Bilder haben sie an den Beginn ihres Lebens geführt, jenes Lebens, das sie schließlich zu dem machte, was sie jetzt ist.

Aber warum diese Lautlosigkeit?

Ich will diese Lautlosigkeit nicht. Ich will den Lärm der Bettler auf den Straßen Lissabons, die Hochrufe der feinen Leute und sogar das Psalmodieren der Priester im Inneren der Kirche.

Und ich will vor allem das angstvolle Glück der zweiten, der jüdischen Hochzeit, hinter fest verschlossenen Vorhängen und im Hausinnern, damit niemand hört, dass im Palast der Mendes hebräisch gesungen und gesprochen wird. Die zehn geladenen männlichen Gäste, alles Conversos, Scheinchristen wie wir, ohne die eine Zeremonie nicht stattfinden kann, denn zehn

Männer müssen für eine heilige Handlung versammelt sein; ihr Lachen, ihre Heiterkeit trotz allem Versteckspiel. Ich will die leise gesungenen Lieder meiner jüngeren Schwester Brianda und meiner Freundinnen, als sie mich, statt des nicht vorhandenen rituellen jüdischen Tauchbads, unter einer »Brautdusche« wuschen, ich will …

Ist dieser Traum eine Warnung? Will er besagen, dass alles starr und taub wird, wenn ich nicht mehr da bin? Dass mein Werk mit mir stirbt? Will er mich mahnen, es an jemanden weiterzugeben, bevor ich gehe?

Ganz gewiss nicht an Reyna. Sie wird immer im Schatten anderer stehen. Und ob Joseph der rechte Mann dafür ist, das weiß ich auch nicht. Er springt von einem Pferd aufs andere, ist nur halb für unser Volk da, und ansonsten ist er für die Geschäfte der großen Welt zuständig. Nicht, dass ich ihn deswegen tadele. Ich habe ihn ja selbst zu dem gemacht.

Trotzdem. Er hat mich gedrängt, meinen Abschied hinauszuschieben. Nun werden wir gemeinsam die Folgen tragen. Einen ganzen Packen von Erinnerungen wird uns diese Woche aufhalsen. –

Natürlich wusste er schon, dass ich im Serail war. Bei aller Stille innerhalb der Mauern fliegen Nachrichten hier schneller als der Windhauch von Pavillon zu Pavillon, trompetet die Fama alles und jedes in jedermanns Ohren.

»Die Hoheit erwartet den Enfanghi Bey bereits!«

So werde ich von dem Schwarzen empfangen, der dem Haushalt des Kronprinzen vorsteht. Klingt da ein Vorwurf mit? Selim muss doch wissen, dass ich zunächst meine Amtsgeschäfte abwickeln muss, auch wenn heute davon kaum die Rede war …

Nur Vorsicht. Wenn ich mir jemandes Gunst nicht verscherzen darf, dann ist es die von Selim. Der Sultan, sein Vater, ist siebzig Jahre alt und nicht sehr gesund. Und er ist der Liebling seiner Mutter Roxelane, einer Dame mit nicht unbeträchtlicher Macht im Palast, denn sie, Haseki Hürrem, die »Lachende Geliebte« genannt, wickelt den Sultan um den Finger.

Ich komme nicht dazu, meine Knie zu beugen, denn, wie immer, geht der junge Prinz mir bereits mit ausgebreiteten Armen entgegen, drückt mich an sich, küsst mich auf beide Wangen.

»Mein Jude! Endlich! Wir hatten schon Sorgen, dass dir etwas zugestoßen sei in der hintersten Walachei. Komm, setz dich zu mir, wir nehmen uns Zeit auf eine Schicha.« (Als ob ich von der Schicha, der Wasserpfeife, bei Rustem Pascha nicht schon genug hätte!)

Prinz Selim ist dicklich, blasshäutig und rotblond – Letzteres das Erbteil seiner fuchsroten Mutter, der Russin Roxelane. Seine wasserhellen freundlichen Augen stehen voll Freudentränen. Und nun senkt er die Stimme und fragt wie ein Kind: »Hast du mir etwas mitgebracht?« Nur dass das, was er als Mitbringsel erhofft, alles andere als eine Kinderleckerei ist.

Ich dämpfe ebenfalls meine Stimme und sage: »Heute im Lauf des Tages werden meine Diener deinem Haushofmeister diskret vier Fässchen liefern. Roter aus den Bergen Thrakiens, herb und würzig. Außerdem noch den schweren Syrischen, den Ihr so liebt, Herr.«

Er sieht mich an, geradezu ergriffen. »Du bist ein wahrer Freund, Joseph.«

Das bin ich wohl, denn ich riskiere einiges. Vor zwei Jahren hat mir der Padischah das Weinmonopol für das Osmanische Reich verliehen – wie ich später erfuhr, auf Betreiben seines Sohns Selim.

Erst dachte ich, das sei einer von den boshaften Scherzen, die man sich mit den Angehörigen meines Volkes gern erlaubt, wie etwa, dass man jemanden zum Intendanten der Wiesen und Weiden ernennt in einem Land, in dem es nur Wüste und Berge gibt, oder einem Halbblinden einen Posten als Bibliothekar anbietet. Schließlich ist den Muslimen der Genuss von Alkohol durch ihren Glauben strengstens verboten. Aber dann begriff ich, dass es wirklich eine lohnende Pfründe war, denn es gab ja genug Nicht-Muslime in diesem Reich; Christen wie Juden dienen dem Beherrscher der Gläubigen wie der Ungläubigen und trinken gern und reichlich, und meine Kassen füllten sich.
Der eigentliche Hintergrund dieser Vergünstigung aber ist, dass ich Selim das verbotene Getränk beschaffe, ohne das er nicht leben kann. Der Kronprinz ist ein starker Trinker. Ach was, er ist ein Säufer. Ich besorge ihm, was er braucht. Nur, wenn sein Vater das erführe, wäre es wohl vorbei mit meiner Stellung an diesem Hof – vom Weinmonopol einmal ganz zu schweigen.
Der Besuch zieht sich in die Länge, wie zu erwarten war. Selim will alles über die Ergebnisse meiner Mission auf dem Balkan wissen, und ich bekomme den gesamten Klatsch des letzten halben Jahres serviert. Ich sitze wie auf glühenden Kohlen und hoffe, dass Gracia da drüben in Galata das aufbringt, was nicht gerade ihre starke Seite ist, nämlich Geduld, und nichts Schädliches tut. Andererseits mag ich Selim gern, und ich verstehe, dass er mich braucht. Nicht nur wegen des Weins.
Ein potenzieller Nachfolger des Sultans ist ein ziemlich einsamer Mann. Er misstraut allen und jedem, nimmt mit Recht an, dass er nur benutzt werden soll. Ich spekuliere auf keine Stellung am Hofe und will auf niemanden Einfluss ausüben. Ich

bin ein europäischer Mann im Dienste der Pforte, weiter nichts. Wie verlockend die Angebote auch sind, die mir Selim, wenn er genügend Wein im Kopf hat, immer wieder macht.
»Wenn ich erst der Padischah bin«, sagt er wohl, »erhebe ich dich zum Herzog und schenke dir Land. Aber dazu müsstest du dich endlich bequemen, dich zum Islam zu bekennen.« Und er dringt in mich: »Was ist daran so schwierig, Joseph? Sieh um dich. Unzählige Christen, die unseren Glauben angenommen haben, sind zu hohen Würden aufgestiegen! Selbst Rustem Pascha, der Wesir, war einmal nichts weiter als ein geraubter Christenknabe. Es ist so einfach, Joseph. Nur ein paar Worte – keine Taufe oder irgendwelche Zeremonien, kein Misstrauen und Fremdtun, wie man es euch Conversos im Abendland entgegenbringt –, überleg es dir!«
Und ich nicke und schweige. (Als wenn wir seit Jahrzehnten auf der Flucht durch halb Europa und endlich in einem Land angekommen sind, in dem wir uns frei zu dem Glauben unserer Väter bekennen dürfen, und nun schnell einmal Muslime werden!)
Nun, davon ist heute nicht die Rede. Nach vielen Umwegen gelingt es mir, das Gespräch auf Ancona und auf das, was da geschehen ist, zu bringen. Ich stelle mich dumm.
»Hoheit, ich war zu lange fort, um auf dem Laufenden zu sein. Ich habe immer noch nicht verstanden, was da eigentlich geschehen ist. Der Sultan – Allah schütze ihn! – hat, so heißt es, Dona Gracia zur Audienz empfangen? Sie war doch in Gnade?«
Der Prinz macht ein verlegenes Gesicht.
»Ich bin untröstlich, mein Jude, aber da ist etwas ganz und gar aus dem Ruder gelaufen. Ich weiß nur, dass mein Vater ziemlich zornig ist im Moment. Es liegt an diesen … Aktionen. Da

hat ja deine Verwandte … ziemlich Pech gehabt. Wäre ein Erfolg herausgekommen, ja, so sähe das natürlich ganz anders aus. Dabei …« Er stockt.
Ich hebe die Hände auf, spiele den Erschrockenen. »Habt etwa Ihr Euch in dieser Sache engagiert, mein Prinz?«
Er schüttelt entschieden den Kopf. »Nein, nein. Es war eine Frau. Es war … Haseki Hürrem.«
Seine Mutter also. Haseki Hürrem, die rothaarige Sultana Roxelane; sie soll die einzige Frau des Harems sein, die ihren Gebieter zum Lachen bringen kann.
Das ist mir sehr lieb. Also nicht Rahel, genannt Nur Banu, die Lieblingsfrau des Prinzen. Also keine von uns. Der Zorn des Großherrn kann sich infolgedessen weder gegen unsere Familie richten noch gegen meinen dicklichen Prinzen. Denn mit ihm könnte auch ich schnell in Ungnade fallen.
Wenn Roxelane-Hürrem ihre Finger im Spiel hatte, ist Padischah Suleiman immer ein paar Grade weicher gestimmt …
»Hätte denn der Beherrscher der Gläubigen – rechtzeitig in Kenntnis gesetzt – das Vorhaben der Señora gebilligt?«
»Das weiß ich nicht. Aber ich glaube, er hat es mit Wohlwollen betrachtet. Es ließ sich gut an. Ich glaube, mein Vater sah es als eine Genugtuung an, weil der Kalif in Rom sich ihm gegenüber so hochmütig verhalten hatte. Aber dann – ja, dann hat es einfach aufgehört.«
»Was hat aufgehört, Schechsade Selim?«
»Tja …« Er zuckt die Achseln. »Der Großherr sieht es nicht gern, wenn jemand erfolglos ist, den er gewissermaßen … hm … unterstützt hat. Es war … Ihr Juden habt aufgehört. Warum, das fragen sich alle bis jetzt.«
(Ich frage mich das auch. Darüber hat mir Gracia noch nichts erzählt.)

»Hat der Padischah – Allah schütze ihn – daran gedacht, das Unternehmen der Señora zu unterstützen?«
Selim sieht mich überrascht an. »Nein, warum sollte er? Schließlich sind wir nicht im Krieg mit dem Vatikanstaat. Das war allein eure Sache. Aber ihr Juden seid wohl nicht so besonders begabt, wenn es ums Kämpferische geht.« Er schlägt mir gutmütig auf die Schulter. »Dafür seid ihr umso besser im Handel.«
(Also auch von ihm erfahre ich nichts über die Hintergründe dieses Scheiterns. Die kann mir wohl nur Gracia selbst erklären.)
»Übrigens, was hast du an der Lippe, Enfanghi Bey?«
»Einen Wespenstich«, erwidere ich.

»Die Señora ist im Garten«, erfährt er, als er zu Haus ankommt.
Im Garten! Um diese Zeit sitzt Dona Gracia für gewöhnlich in ihrem Kontor. Also hält sie sich an die Abmachung der Nacht, diese geschenkte Woche auszuklammern aus den sonstigen Formen ihres Lebens? Einerseits beruhigt ihn das, aber es macht auch wieder beklommen, denn es zeigt, dass sie keinen Fußbreit von ihrem Plan abweicht. Wahrscheinlich wäre es ihm doch lieber, sie wäre bei ihren Geschäften.
Eins ihrer Mädchen führt ihn nach draußen, zu dem Platz, wo er Gracia finden wird.
Die Kleine läuft neben ihm her und schielt zu ihm hoch, bewundernd, wie es sich gehört. Sie ist niedlich, mit Stupsnase, rundem Mündchen und Kulleraugen, und er kann sich nicht erinnern, sie jemals gesehen zu haben. »Bist du neu im Haus?«, fragt er freundlich.
Sie wird rot. Er spricht sie an!

»Nein, Don Joseph«, sagt sie beflissen. »Ich bin Deborah, zu Euren Diensten. Ich gehöre zu den Kindern, die die Señora in Venedig ins Haus genommen hat, um sie in unserem Glauben zu erziehen. Damals war ich zehn.«
(Sie benutzt das Sprachgemisch von Kastilisch und Hebräisch, das Ladino oder Judenspanisch genannt wird. Es wurde auch in Portugal benutzt, genauso wie in Antwerpen oder Venedig – eine Lingua franca, eine gemeinsame Sprache aller Conversos, wo auch immer.)
Ein pummeliges Kind, jetzt erinnert er sich. Zehn Jahre! Dann wird sie jetzt fünfzehn oder sechzehn sein. Sie könnte sich ganz gut im Harem des Kronprinzen ausmachen, als Geschenk …
»Hat dir die Señora schon einen Bräutigam ausgesucht?«, fragt er.
Sie nickt, wird noch ein Stückchen röter. »Den Schreiber Leoni. Und eine gute Mitgift bekomme ich auch.« Sie hält sich die Hand vor den Mund, erschrocken. »Verzeiht, Don Joseph. Ihr habt mich danach nicht gefragt!«
Er lächelt. »Lass nur. Wenn ihr unter dem Hochzeitsbaldachin steht, bekommst du von mir auch noch einen Zuschuss zur Ehe.«
Sie knickst, stolpert, ist völlig durcheinander.
Schade, dass sie vergeben ist. Solche Kinder, voll spaßiger Anmut, mag der Schechsade wirklich gern. Andererseits weiß er, Joseph, wie zornig Gracia damals war, als er dem Prinzen die gazellenäugige Rahel zuführte, weg aus ihrer Obhut, weg aus unserem Glauben. Obwohl es ja nicht schlecht sein kann, wenn die Hauptfrau des künftigen Sultans aus dem Hause Mendes stammt …
Und überhaupt. Das ist der Kitzel, etwas zu versuchen. Und

könnte es nicht sogar von Nutzen sein, jetzt, für Gracia, die Kleine zu verkuppeln? Man wäre mir dann einen Gefallen schuldig – was für einen auch immer …

»Willst du wohl einmal auf die andere Seite des Wassers?«, fragt er mit der freundlichen Harmlosigkeit des routinierten Verführers.

Die andere Seite, das ist die ausschließlich von Türken bewohnte Seite des Goldenen Horns.

Das Mädchen wagt gar nicht, ihn anzusehen. »Was soll ich denn da?«, murmelt sie.

»Ich könnte dir zeigen, wie die Frauen dort leben«, bemerkt er. »Glaub mir, da geht es selbst einer hübschen Sklavin gut.«

»Ich weiß nicht …«

Er müsste jetzt nur noch zwei Finger unter ihr Kinn legen, ihr Gesicht zu sich drehen und – verdammt. Was tu ich da! Er beißt sich auf die Lippe, und die dunkel verkrustete Stelle, das Mal von Gracias Ring, beginnt wieder zu bluten.

»Du kannst zum Haus zurückgehen, Deborah«, sagt er schroff und drückt die Finger gegen die Wunde. »Ich finde den Weg auch so. Die Señora ist bestimmt unter den Zitronenbäumen, ich kenne ja ihren Lieblingsplatz.« Er nimmt die Beine in die Hand, lässt das verdutzte Mädchen zurück.

Gracia sieht ihn kommen, er geht bergauf, seine weit ausholenden Schritte, er beeilt sich, zu ihr zu kommen. Jetzt beeilt er sich, aber sie hat gesehen, wie er mit der kleinen Deborah geschäkert hat; sie kennt das ja, seine Art, den Kopf jemandem zuzuwenden und sich halb herunterzubeugen, seine Tour, die Frauenzimmer zu beeindrucken. – Da schien er es gar nicht eilig zu haben. Sie hasst es, oh, wie sehr sie es hasst, obwohl sie ihn oft dazu ermuntert hat, diese seine Waffen einzusetzen

im Interesse des Hauses Mendes, ja, natürlich. Und überhaupt, gewiss versteht sie, dass er hinübermusste ins Neue Serail, schließlich galt es, Rapport zu erstatten. Trotzdem hat sie ihn mit peinigender Ungeduld erwartet – genauso, wie ihn Reyna jetzt wahrscheinlich schon wieder ersehnt in ihrem Teil des Palastes, geschmückt und geschminkt …
Sie ballt die Hände zu Fäusten, presst die Knöchel gegeneinander.
Was sollen all diese Gefühle bei mir, weshalb schleichen sie sich ein? Sie stehen einer Toten nicht besonders gut zu Gesicht.
Und endlich ist er da, er zieht ihren Kopf zu sich heran, an seine Brust, die schweren Silberstickereien seines Wamses kratzen ihre Wangen.
»Meine Perle, meine Taube, Señora meines Herzens. Du hast gewartet, nicht wahr?«
»Die Tage dieser Woche vergehen vielleicht schneller, als uns beiden lieb ist«, sagt sie, an ihn gelehnt. »Vergeude nicht allzu viel Zeit, fern von mir.«
Er geht nicht darauf ein zunächst, führt sie tiefer in den Zitronenhain, wo unter einem einzelnen Feigenbaum jene Marmorbank steht, auf der sie gern am Sabbat sitzt und liest.
Ein Buch liegt auch heute auf der Bank, aufgeschlagen, die Seiten nach unten; er wirft keinen Blick darauf. Geht gleich los auf die Sache.
Er setzt sich neben sie, schlingt den Arm um sie. »Bist du bereit, mir zu erzählen?«
»Vielerlei«, entgegnet sie ernst.
(Was für eine Genugtuung. Fiel ihm nicht gestern ein, dass, wer erzählt, am Leben hängt?)
»Also. Fahr fort. Was geschah in Ancona?«

Sie runzelt die Brauen, entzieht sich ihm. »Das? Ich denke«, sagt sie abweisend, »deine türkischen Autoritäten im Neuen Serail auf dem Topkapi werden dir schon alles berichtet haben.«
»Gar nichts haben sie mir erzählt!«, widerspricht er lebhaft und plaziert seinen Arm wieder da, wo er war. »Sie haben es nicht verstanden. Sag du es mir, damit ich endlich begreife, was passiert ist.«
Erneut löst sie sich von ihm, jetzt schon unwillig. »Das ist keine Geschichte, bei der getändelt und geschmust wird!«, sagt sie streng. »Lass mich in Ruhe, wenn ich es denn hinter uns bringen muss.« Sie steht auf, lehnt sich an den Stamm des Baums. Atmet wie jemand, der schnell gelaufen ist.
Dann bricht es aus ihr heraus. »Alles ist nur geschehen, weil ich eine Frau bin! Glaub mir, Joseph, wärest du hier gewesen, hättest du mir geholfen, die Aktion zu leiten – es sähe ganz anders aus. Aber das konnten sie nicht ertragen.«
»Wer ist ›sie‹?«
»Unsere Rabbiner«, erwidert sie, und er starrt sie an, befremdet.
»Señora, was redest du da? Unsere Rabbiner verehren dich, und das weißt du. Du leitest seit zwei Jahrzehnten das größte jüdische Handelshaus der Welt, du bist eine Wohltäterin unseres Volks, die Señora – wer sollte dich anfeinden, wer dich nicht gewähren lassen? Sie wissen doch, dass alle Dinge bei dir in den besten Händen sind.«
Sie hat die Augen geschlossen. Ihr herzförmiges Gesicht unter der Haube mit dem hohem Kranz aus Stickereien, der ihren Kopf wie eine kleine Krone umschließt, ist blass und streng.
»Das hatte ich auch gedacht, Joseph«, sagt sie. »Und das trifft ja auch zu. Solange ich die Geschäfte führe, wovon die gelehr-

ten Herren ohnehin nichts verstehen, ist alles gut. Und noch besser, wenn ich Männer und Frauen aus den Kerkern der Inquisition freikaufe und Geld für die Armen gebe, wenn ich Juden aus Europa in die Türkei bringen lasse auf meinen Schiffen, wenn ich sie nähre und kleide, wenn ich hier und da eine Synagoge stifte oder eine Talmudschule erbauen lasse, wenn ich bedürftigen Studierenden unter die Arme greife – dann bin ich die Señora, die Esther und Judith ihres Volkes. Aber wenn es um die großen Dinge der Politik geht, wenn es darum geht, wie und auf welche Weise Israel leben oder sterben soll – dann bin ich nicht mehr willkommen. Dann bin ich nur ein Weib. Ein Weib, das sich anmaßt, sich Nasi, Fürstin, zu nennen. Es gibt aber keine Fürstinnen in Israel, in unserem Volk. Es gibt nur die weisen und gelehrten Führer des Volkes. Und das sind *sie*.«

Sie holt wieder tief Luft, und Joseph weiß, sie wird jetzt ausreden. Die Schleusen sind geöffnet. Aber dann sagt sie doch etwas, wo er sich eines Kommentars nicht enthalten kann. Sie sagt nämlich mit allem geballten Zorn, wie er ihn an ihr kennt: »Der verfluchte Joshua Soncino ist an allem schuld.«

Traut er seinen Ohren? »Rabbi Soncino aus Ferrara? Der Mann, den du einmal eine Leuchte des Wissens und der Weisheit genannt hast und deinen geistigen Führer?«

Sie schnalzt verächtlich mit der Zunge. »Es hat ihm nicht genügt, mein geistiger Führer zu sein, lieber Freund. Er wollte der geistige Führer aller Juden werden.«

Sie löst sich von dem Stamm des Baumes, geht umher vor dem Sitzenden, ihre Röcke knistern im Staub.

»Als er zuerst von meinem Unternehmen hörte, da stürmte er zu mir ins Kontor und erklärte, er hätte die Tränen der Freude nicht zurückhalten können. Nun, damit war es schnell vorbei.

Glaub mir, Joseph, alles lief perfekt. Wenn ich eine Sache plane und in die Hand nehme, dann *ist* sie perfekt, sonst gäbe es das Haus Mendes schon lange nicht mehr. Offenbar erschien sie etlichen Leuten *zu* perfekt, diese Sache. Und die wollten sich selbst an die Spitze dieses großen Unterfangens stellen – so oder so.«

Sie lässt sich neben dem Mann auf die Bank fallen, stützt den Kopf in die Hände.

»Joseph«, sagt sie leise, »ich glaube, wir haben eine Sache in diesem gewaltigen Osmanischen Reich falsch eingeschätzt. Unsere Brüder, die hier seit langem unbehelligt leben und ihrem Glauben nachgehen können – sie können sich einfach keine Vorstellung machen von den Zwängen, von den Qualen, denen man im christlichen Europa ausgesetzt war. Sie können sich nicht denken, was es heißt, vor die Wahl gestellt zu werden: Taufe oder Tod. Sie begreifen nicht, was es den Müttern bedeutete, wenn man ihnen die Säuglinge fortnahm, um sie als Christenkinder aufzuziehen. Sie wissen nicht oder wollen nicht wissen, dass man in Lissabon viele Hunderte von Flüchtlingen aus Spanien auf einem Platz versammelte in der glühenden Sonne, ohne Wasser und Speise, damit sie von der Religion ihrer Väter abfielen, und als das nichts brachte, zerrte man sie gewaltsam ans Taufbecken – wie es meinen und deinen Eltern geschehen ist.«

Sie ist in jenen psalmodierenden Singsang verfallen, mit dem die Schriftgelehrten aus dem Talmud vorlesen oder ihre Gebete sprechen, vornübergebeugt, wiegt sie ihren Oberkörper hin und her. Joseph betrachtet sie mit Besorgnis. Es ist, als hätten sie Jahrhunderte der Verfolgung und des Leidens eingeholt und begierig von ihr Besitz ergriffen, jetzt, wo der Schutzwall ihrer Lebenstriumphe zusammengebrochen ist.

Sie indessen fährt fort: »Vom Verstecken und Verschweigen ahnen sie nichts, nichts von den Anzeigen durch argwöhnische Nachbarn, weil am christlichen Sonnabend unsere Schornsteine kalt blieben, was ja heißen musste, wir kochen nicht und feiern also heimlich den Sabbat, wo man keine Arbeit tun darf. Nichts von den Kerkern der Inquisition, wo man aus uns mit der Folter das Verbrechen des Judaisierens herauspresste, von den Scheiterhaufen …«

»Von denen wissen sie, *querida!*« (Er muss diese Litanei des Leidens unterbrechen.)

»Ja«, sagt sie und richtet sich auf, und ihr Blick ist in die Ferne gerichtet. »Du hast recht, Joseph, von denen wissen sie. Der Qualm und der Gestank weht ja über die Adria bis fast in ihre Nasen hier im sicheren Konstantinopel. Aber soll ich dir etwas anvertrauen? Ich glaube, sie, die aufrechten Juden, die nie vom Glauben abgefallen sind, sie verachten diese Conversos, diese erzwungenen Christen, genauso, wie die Christen es tun. Für sie sind sie feige und käuflich. Weißt du, dass sie den gleichen Schandnamen für sie benutzen wie die Christen? Marranen, sagen sie, Schweine. Und für diese Marranen sollen sie nun den Kopf hinhalten, ihre Einkünfte verringern, ihre Schiffe anderswo entladen und ihre Waren ungünstiger verkaufen?

Insofern hatten die Rabbiner leichtes Spiel bei ihnen.« Ihre Augen wandern zu dem Mann, der neben ihr sitzt und sie ansieht, betrübt, verängstigt, die Falten zwischen den Brauen, das Zucken seiner Wange. Ach, Don Joseph Nasi, was für Listen und Finten wirst du dir wohl ausdenken in deinem wendigen Hirn während dieser Woche, um zu erreichen, dass es *nicht* meine letzte Woche ist? In welchen Ecken und Winkeln kramt dein Verstand jetzt wohl nach einer Lösung herum? Fast muss sie lachen.

Nein, er kann nicht wissen, wie tief verletzt sie ist. Wie vernichtet. Wie ein Baum, an dessen Wurzeln ein Untier nagt. Aber sie wird ihm ihren Schmerz nicht zeigen.
Sie gibt sich wieder als die Frühere, das Kinn hochgereckt, der Blick klar und fest. Der Feigenbaum wirft wechselnde Schatten über ihre Züge, belebt sie auf eine wilde Art.
»Ich hatte die Zügel geordnet und lenkte, wie ich es gewohnt bin«, fährt sie fort. »Alles lief perfekt, unsere Agenten in der Levante und den großen Häfen an der Adria und in der Ägäis waren eingeschworen auf die Aktion, die Kapitäne der Schiffe von den mit uns verbundenen Handelshäusern unterrichtet. Und da drang ein Gejammer aus Ancona an das Ohr unserer hiesigen Rabbiner. Statt erhobenen Kopfes einträchtig mit den Converso-Brüdern für eine Zeitlang standzuhalten, fürchtete sich die verbliebene bekennende jüdische Gemeinde Anconas ganz entsetzlich vor dem Zorn des Papstes – als wenn es da noch irgendetwas gab, was hätte schlimmer werden können! Und nun mischten sich unsere ›geistigen Führer‹ ein. Die Seelen zu lenken genügte ihnen nicht mehr. Sie sahen die Gelegenheit, sich auch in Politik und Handel einzubringen, in die Domäne des Hauses Mendes!«
Gracias Augen sprühen.
»Vier Rabbiner Konstantinopels, die führenden Köpfe, erboten sich zunächst auf meine Bitte hin, ein Schreiben an unsere Gemeinden hier im türkischen Reich zu schicken und alle, Conversos und Juden, aufzufordern, nach den ersten Erfolgen nicht nachzulassen in ihrer Festigkeit, den Boykott betreffend. Aber, Teufel auch, die wussten ja gar nicht, wozu sie gebeten wurden! Auf einmal waren sie sich nicht mehr einig, mitzumachen oder nicht mitzumachen. Ihnen ging es nur darum, sich als Gespann vor meinen Karren zu hängen, aus der Sache

der Señora eine Sache der ›geistigen Lenker‹ zu machen, kurz, mir den Führungsanspruch zu verweigern. Du kannst dir vorstellen, wie zornig ich war!«

»Und ob ich das kann!«, bestätigt Joseph und unterdrückt sein Grinsen. »Sie kamen also zu dir?«

»Sie kamen zu mir, ich habe sie empfangen«, bestätigt die Frau.

Er kann sich ihren Auftritt ausmalen, er kennt das ja, wenn sie hereingerauscht kommt mit energischen, ruckartigen Schritten, das Kinn vorgereckt, so wie jetzt, die Lippen zusammengepresst, das Klappern ihrer Absätze auf den Marmorfliesen ein kriegerischer Flamenco. Sehr demütig wird sie den »geistigen Lenkern« wohl kaum begegnet sein.

Gracia fährt erregt fort: »Wenn ich an diese Stunden denke, kommt mir die Galle hoch. Ich will es kurz machen. Nach einigem Für und Wider hatte ich sie endlich so weit, dass sie die Gemeinden mit ihrem Rundschreiben auf die Handelssperre festlegen wollten. Sollen sie ihren Willen haben, dachte ich, sollen sie so tun, als wenn sie diejenigen sind, die die Geschicke des Volkes lenken – ein bisschen Zuspruch mehr kann nicht schaden. Drei hatten schon unterschrieben. Und dann stand da dieser Soncino – nicht gedacht soll seiner werden! –, schon die Feder in der Hand, und erhob den Einwand: Er würde nur unterschreiben, wenn die Brüder in Ancona auch einverstanden seien. Da wusste er bereits, dass sie es nicht waren.«

Sie ballt wieder die Hände, presst die Knöchel gegeneinander, dass sie weiß werden, wie sie es tut in der Erregung.

»So kam es nicht zustande. Sie verfassten dann ein Sendschreiben mit ihren ›Bedenken‹ wegen der möglichen Rache des Papstes an den ›rechtgläubigen Brüdern‹ – die Conversos, die kümmerten sie nicht! Kein Wunder, dass die hiesigen Levantiner als Erste abfielen. Willkommener Anlass, Einbußen an ihrem Vermögen zu vermeiden und ihre Handelssicherheit nicht zu riskieren für diese Marranen – die ja alle nur aus Profitgier ihrem jüdischen Glauben abgeschworen hatten!«

Sie lacht bitter auf. »Aus und vorbei. Der Boykott brach zusammen wie ein Kartenhaus. Die Schiffe löschen seither ihre Fracht wieder in Ancona, der Papst lässt die Scheiterhaufen flammen, und alles, was wir erreicht haben, ist, dass der Herzog von Pesaro, der sich eine Vergoldung seines Hintern erhofft hatte, nun enttäuscht sah, dass es damit nichts würde. So beschloss er vor Wut, gleichfalls der Inquisition Tür und Tor zu öffnen, und die Conversos hatten einen weiteren Zufluchtsort weniger auf der Welt. Oh, Joseph! So endete mein großes Werk.

Wir waren kurz davor, verstehst du? Wir hätten den Christen vielleicht andere Gesetze im Umgang mit uns diktieren können. Wir … Ach, was soll's.«

Jetzt lässt sie zu, dass er den Arm um sie legt, dass seine Hand ihre Fäuste öffnet. Sie atmet mit offenem Mund. Eine andere als Dona Gracia Nasi würde jetzt vielleicht weinen und sich trösten lassen.

Aber Joseph begreift, dass sie, zumindest jetzt noch, untröstlich ist. Denn ihre Pläne sind deshalb gescheitert, weil ihr eigenes Volk sie im Stich gelassen hat.

Noch weiß er nicht, wie es ihm gelingen soll, ihr das wiederzugeben, was sie verloren hat: Retterin Israels zu sein.

Ferrara

Im gleichen Jahr

1556

TROPFEN. Sie zählt gewissenhaft die Tropfen.

Das Mädchen, das sie La Chica, die Kleine, nennen, hat die Phiole hochgehoben, vor ihre hübschen kurzsichtigen Augen, und zählt lautlos, aber mit bewegten Lippen. Zehn, zwölf, dreizehn, vierzehn, fünfzehn, sechzehn. Für jedes ihrer Lebensjahre einen Tropfen, denkt sie. Keinen mehr und keinen weniger, wenn es helfen soll.

Falls es denn noch helfen kann.

Der Mann im Gelehrtentalar, der da steht, an die seidene Wandbespannung gelehnt, eine große, dunkle Gestalt, bärtig, hohlwangig – er weiß, dass es nicht mehr helfen wird. Die Frau, für die diese Medizin bestimmt ist, wird sterben. Er, der Arzt Amatus Lusitanus, ist nur nicht bereit, aufzugeben, ein Gefecht gegen den Tod kampflos zu verlieren – und außerdem ist er es dem Mädchen da schuldig, dieser Sechzehnjährigen, die sich so ergreifend um diese Frau bemüht, die ihre Mutter ist, aber in der letzten Zeit haben sich die Verhältnisse zwischen Mutter und Tochter wohl umgekehrt. Die Junge kümmerte sich um die Ältere …

Da liegt sie nun zwischen den Laken aus schimmerndem flämischen Leinen, hinter hellen Vorhängen mit Troddeln aus Goldfäden, von denen jedes Stück ein kleines Vermögen wert ist, die Frau, die so hemmungslos war in ihrer Gier nach Luxus und nach Leben und so ohne Skrupel in der Wahl ihrer Mittel. Brianda Mendes, Dona Gracias jüngere Schwester. Ihre Nase ragt spitz aus dem eingefallenen Gesicht, das einst so anmutig war wie das ihrer kleinen Tochter, und die Augen liegen tief in den Höhlen. Sie kann kaum noch sehen.

Als er, Lusitanus, hierherkam nach Ferrara, da ahnte er nicht, dass er sie, Brianda, als eine auf den Tod kranke Frau vorfinden sollte. Niemand hier spricht es aus, aber alle, außer vielleicht La Chica, wissen es, was für eine Seuche in diesem Körper wütet und nun dabei ist, ihn gänzlich zu zerstören. Brianda hat die Lustseuche, das Venusfieber, die Lues. Wo und bei wem sie sich das geholt haben mag – wer soll das wissen, bei all den Männern, die durch ihr Bett gegangen sind?

La Chica kniet neben dem Lager der Mutter jetzt, hebt ihr behutsam den Kopf in die Höhe, setzt ihr das Gefäß mit dem in Wein verdünnten Elixier an den Mund. *»Beve, por fabor!«* Bitte trink. Im heimischen Ladino.

Brianda hustet, verschluckt sich, trinkt schließlich. Die Tochter lässt sie aufs Kissen zurücksinken.

Der Arzt löst sich von der Wand, geht ebenfalls zum Bett. Die Kranke wird jetzt wach genug sein für ein oder zwei Stunden, wach und ohne Schmerzen, um sich anzuhören, was er ihr berichten muss. Schließlich, bei allem Durcheinander, das sie verursacht hat, bei all dem Leid und den Gefahren, die sie über die Familie gebracht hat: Sie gehört zum Hause Mendes und darf nicht unwissend in den Tod gehen. Ob ihr die Neuigkeiten, die er nun zu überbringen hat, lieb sind oder nicht – er vermag es nicht zu sagen. Er weiß zu wenig über diese unstete Person. Kann sein, dass das, was bei den Juden Ferraras Verzweiflung ausgelöst hat, bei ihr ganz andere Gefühle erweckt. Briande regt sich, ihre Finger fahren auf den Leinendecken herum. Noch immer stecken sie voller großer Ringe, aber die Hand ist so abgemagert, dass der Schmuck bei der Bewegung klirrend verrutscht.

Der Arzt wendet sich an La Chica, gibt ihr ein Zeichen, und sie schlüpft lautlos aus der Tür. (Ob sie froh ist, diesem Zimmer entfliehen zu können? Bestimmt.) Dann wendet er sich der sterbenden Frau zu. Ihr Gehör hat nicht gelitten, also sagt er nur halblaut: »Euer Arzt ist bei Euch, Dona Brianda.«

»Lusitanus!«, murmelt sie mühsam und dreht ihm die halbblinden Augen zu. Sie ächzt. »Sucht Ihr mich als Arzt auf oder …«

Sie vollendet den Satz nicht.

»Immer auch als Arzt«, entgegnet er, und sie versteht und befiehlt: »Redet.« (Eine Mendes eben.)

»Madonna, es ist vorbei.«

Stille. Dann, geflüstert: »Meint Ihr mein Leben?«

»Ihr wisst sehr wohl, dass ich nicht Euch meine. Ich spreche von Ancona.«

Sie richtet sich mühsam auf den Ellbogen auf, starrt ins Leere. »Gerechter! Was ist geschehen?«

»Heute kam der Bote mit der schrecklichen Nachricht zum Herzog. Die Rabbiner haben ihre Zustimmung verweigert, die Handelssperre weiter aufrechtzuerhalten. Die Inquisition hat nun wieder freie Hand.«

»Das heißt: Meine Schwester hat verloren?«

»Wenn Ihr das so sehen wollt, Madonna: Ja, Dona Gracia hat verloren.«

Brianda lässt sich zurückfallen in ihre Kissen. Lusitanus forscht in diesem Gesicht, dieser Totenmaske, umgeben von der Wolke schwarzen Haares. Was geht in dieser Frau vor? Jammert sie das Elend ihres Volks? Oder ist es ihr gleichgültig? Geht es ihr wirklich nur darum, dass ihre Schwester … verloren hat? Irrt er sich, oder kehrt tatsächlich ein Hauch von Farbe in diese bleichen Wangen zurück? Er schreibt es der Wirkung der Medizin zu.

»Wie geht es Euch, Madonna?«

»Ich möchte gern ein wenig allein sein.« Sie sagt es unbewegt, ohne Ausdruck.

Was soll er tun, außer gehen? Zu helfen ist ihr nicht mehr. Wenn sie die Zeit, die ihr verbleibt, mit sich selbst sein will – der Ewige allein schaut in die Herzen seiner Geschöpfe.

Die Arznei rollt durch meine Adern, mildert das Gift in meinem Blut. Aber mehr noch als das Elixier des großen Arztes belebt diese Nachricht mich: dass sie, die immer gewinnt, einmal verloren hat.

Hoffnung? Nein, Hoffnung habe ich nicht. Aber so stirbt es sich besser.

Ist sie nicht letztlich schuld daran, dass ich hier liege, ein Wrack, von der Lustseuche zerfressen, von allen aufgegeben und insgeheim verachtet? Denn immer war ihr Schatten auf mir, und alles, was ich getan habe, das tat ich nur, um diesem Schatten zu entkommen. Dass eine so kleine Frau ein so riesiges Schattenbild besitzen kann …

Ich bin zwar zwei Jahre jünger als sie, aber schon, als wir beide noch die Kinderkittel trugen in unserem Stadtpalast in Lissabon, dem Palast der Mendes, war ich größer, freundlicher, anmutiger als sie. Ich lachte, wo sie ernst war, ich tanzte, wo sie die Thora studierte, ich sang, wo sie kabbalistische Texte ausdeutete. Aber mein Singen, mein Tanzen, mein Lachen und mein hübsches Gesicht vermochten nicht, die Herzen der ernsten Männer zu gewinnen, die uns aufzogen; die langbärtigen

Rabbiner, die nächtens ins Haus kamen, um uns insgeheim das Judentum zu lehren, und die Rechenmeister und Handelsagenten aus dem Kontor. Denn sie war die Erstgeborene, und sie war klug und schön. Und ich war nur hübsch. Das galt nicht so viel.
Sie war verheiratet und ich verlobt mit dem Bruder ihres Mannes – mit Diogo Mendes, der in Antwerpen lebte und dort die Geschäfte des Hauses führte und den ich noch nie gesehen hatte. Aber das machte nichts. Das ist so Brauch bei uns. So wollte es die Familie. Während sie schon ihr Kind stillte, hatte ich noch Aufschub. Konnte tanzen und tändeln. Und als ihr Mann, Francisco Mendes, nach kurzen Ehejahren starb, da war es klar, dass wir Schwestern gemeinsam nach Antwerpen gehen würden, zumal die Inquisition den Conversos, den Neuchristen Portugals, mehr und mehr zu schaffen machte, und wir waren schutzlos.
Gütiger Himmel, nie werde ich den Tag vergessen, als uns Diogo, mein künftiger Ehemann, nach einer beschwerlichen Seereise mit unserem großen Tross aus Familienangehörigen, Dienerschaft und all den Geldkisten an den Toren Antwerpens empfing und begrüßte.
Wir saßen im gleichen Wagen, Gracia als die Frau, die verantwortlich war für diese Umsiedlung, und ich, die erwartete Braut. Und er trat an den Kutschenschlag, das Barett gezogen, entblößt sein grauschwarzes Haupthaar; das edle schmale Gesicht eines spanischen Granden mit kühn gebogener Nase, funkelnd die Augen. Als er sich über meine Hand beugte, kitzelte sein grauer Knebelbart meine Finger.
Was für ein Mann, was für ein Bräutigam! Mein Herz tat einen Freudensprung.
Ach, das war für lange Zeit der letzte Anlass zur Freude, den ich hatte.

Denn binnen kurzem war der Blick dieser Augen nur noch auf meine Schwester gerichtet, und mich streiften einzig kühle und gleichgültige Seitenblicke, als sei ich bucklig, schief gewachsen oder schieläugig.

Diogo und Beatrice (wie sie damals noch nach Converso-Sitte genannt wurde), Beatrice und Diogo – zusammen im Kontor, um den Geldsegen aus Lissabon günstig ins Geschäft einzubringen und anzulegen, Beatrice und Diogo, um diese »Netzwerke« zu knüpfen, durch die sich Handels- und Glaubenspartner in aller Welt verständigten (ich hielt mich da heraus), Diogo und Beatrice des Abends bei der Lampe, wo er die kluge künftige Schwägerin in die Geheimnisse der Buchführung und die Kniffe des Kommerzes einweihte … und ich lag nachts wach, kaute an meinen Haarsträhnen und gedachte, dass es ja Sitte ist bei unserem Volk, dass der Bruder des verstorbenen Gatten dessen Stelle bei der Witwe einnimmt, dass also meine Schwester nach jüdischem Brauch ja eigentlich die wahre Braut sei – was also gab es Verwunderliches? Aber *ich* war ihm verlobt von Anfang an, und solche Bündnisse bricht man nicht.

Der Himmel weiß, dass ich mir das achtzehn Monate ansehen musste. Ein und ein halbes Jahr wurde meine Trauung aufgeschoben von Monat zu Monat, ein und ein halbes Jahr war ich die Braut. Danach die ungeliebte Frau.

Das war der Grundstein meines Hasses. Denn ja, ich hasse meine Schwester von ganzem Herzen. Diese achtzehn Monate waren ja erst der Beginn von dem, was sie mir noch antat.

Nach meiner Heirat wollte sie das Haus Diogos verlassen. Sicher war ihr die Vorstellung unerträglich, dass er ein paar Räume weiter nun Abend für Abend das mit mir tat, was er vorher mit ihr … gespielt hatte, in welcher Variante auch immer.

Ich triumphierte für ein paar Tage. Aber dann überredete mein Gatte sie, zu bleiben.

Ach, der giftige Stachel der Eifersucht!

Ich heilte meine wunde Seele, indem ich ihr Pflaster aus Luxus auflegte, seidene Gewänder bestellte, erlesenen Schmuck, orientalische Teppiche für meine Räume, Porzellan aus dem fernen China. Geld floss durch meine Finger wie Sand durch die Finger eines Kindes, das am Meer spielt.

Dann, endlich, wurde meine Tochter geboren. Und noch am Tag ihrer Geburt senkten sie, meine Schwester und ihr einstiger Geliebter, eine weitere glühende Nadel in mein Herz: Das Kind erhielt *ihren* Namen. Beatrice in der Taufe, in unserer jüdischen Welt Gracia. Das kann nur das Werk meiner Schwester gewesen sein. Immerhin habe ich erreicht, dass niemand sie anders nennt als La Chica.

La Chica, die Kleine, damit es nicht zu Verwechslungen kommt in den Verträgen und Papieren. –

Lusitanus drückt leise die Klinke nieder, öffnet die Tür einen Spaltbreit, wirft einen Blick von der Schwelle aus auf die Kranke.

Sie liegt ruhig, scheint zu schlafen. Das Mittel müsste schon noch wirken, so lange, wie er fort ist. Denn Herzog Ercole d'Este hat ihn dringend zu sich gebeten, die Lage zu besprechen mit ihm nach dem unseligen »Fall Ancona«. Denn die päpstliche Partei hat nun wieder Oberwasser, und das ist für den Herzog nicht gut.

Der Arzt verlässt den Palazzo, durchquert den schönen Innenhof; hier wachsen wie eh und je in großen Terrakottakübeln Lorbeer und Myrte, hier haben sie einst, in Zeiten, die ihm heute fast paradiesisch vorkommen, bei Fackelschein gesessen, Lieder gesungen, Gedichte vorgetragen und über die Künste disputiert, er und die schönen Damen Ferraras, christliche Edelfrauen, Jüdinnen und Conversas miteinander, Kavaliere und Gelehrte. Ihre Sprachen waren Latein und Italienisch, Portugiesisch und Judenspanisch, Ladino. Hier hat er einer überbeanspruchten und von den Anstrengungen der Jahre davor gezeichneten Dona Gracia einen Trunk aus den Blättern gelber Rosen kredenzt, der ihren gereizten Magen beruhigen sollte. Es half ausgezeichnet, weil sie daran glaubte, denn eigentlich war sie ja gar nicht krank …

Er muss lächeln. Wie lange ist das her? Sieben Jahre, acht? Es erscheint ihm wie vor einer halben Ewigkeit.

Nun kann er nur ihrer todgeweihten Schwester zu einem sanften Hinscheiden verhelfen.

Er überquert den Corso Giovecca, bekreuzigt sich aus Zerstreutheit an der Tür der Kathedrale und ärgert sich über sich selbst, weil ihm hier ja niemand diese Verstellung auferlegt. Es sind vom Gotteshaus nur ein paar Schritte bis zum Castello Estense, dem pompösen Wohnsitz des Fürsten. Lusitanus rückt seine Gelehrtenkappe zurecht, zieht den Mantel fester um sich, tritt ein.

Der Diener führt ihn über die Terrakottafliesen der hallenden Gänge.

Aus einem Seitenflügel dringt Gesang, aber kein kunstvolles Lied zur Laute, sondern fromme Klänge, Strophen, wie man sie in keiner Kirche Italiens hört: Herzogin Renata ist eine Anhängerin des lutherischen Glaubens und pflegt andere Riten als die, die man diesseits der Alpen kennt.

Ercole erwartet ihn in jenem Raum seines Kastells, der ihm der liebste ist: im Spielzimmer. Der Herzog ist ein leidenschaftlicher Kartenspieler – und ein entsetzlich schlechter Verlierer. (Da sich seine Laune dann blitzschnell verdüstert, geben die Herren und Damen des Hofes sich alle Mühe, ihren Herrn gewinnen zu lassen.)

Jetzt freilich ist sein Sinn nicht auf Vergnügungen ausgerichtet.

Er empfängt den Arzt, indem er ihm vertraulich den Arm um die Schulter legt und ihn zum Tisch führt, wo Früchte und Säfte für sie bereitstehen – aufmerksam, wie er ist, weiß Ercole, dass der berühmte Arzt keinen Wein trinkt.

Der Herrscher von Ferrara ist ein großer Mann mit blondem, lockigem Haar und gepflegtem Spitzbart, die hohe Stirn gefurcht von den Sorgenfalten seines Amtes, die hellen, leicht vorstehenden Augen überschattet von buschigen Brauen. Er und der großgewachsene Arzt, ebenfalls bärtig, ebenfalls Runzeln auf der Stirn, wirken wie die zwei Seiten einer Münze, ungleich und doch merkwürdig ähnlich. Es nimmt nicht wunder, dass sie sich mögen – besonnen und besorgt, wie sie sind.

»Als Erstes, lieber Freund«, eröffnet der Herzog das Gespräch, »wie steht es um Madonna Brianda?«

»Es geht zu Ende«, erwidert der Arzt, und der Herzog bekreuzigt sich. »Der Gott Moses' und Abrahams nehme sie in Gnaden bei sich auf.« Pietätvoll benutzt er die Formeln des jüdischen Glaubens.

»Amen.« Der Arzt seufzt. »Die arme Chica bleibt als Waise zurück. Man muss sie so bald als möglich verheiraten, denke ich.«

Ercole d'Este schmunzelt. »Nun, bei der Mitgift, die der jungen Dame zur Verfügung steht, wird es an Bewerbern nicht mangeln. Aber wie ich die Mendes-Familie kenne, wird Dona Gracia sicher versuchen, sie innerhalb der Familie zu verheira-

ten. Einer der ehemaligen Herren Micas ist ja noch frei, nicht wahr?« (Unter ihrem »portugiesischen« Namen waren die Brüder Nasi zum Teil noch in Ferrara aufgetreten.)
»Don Samuel, einst Bernardo Micas«, bestätigt der Arzt. »Exzellenz sollten dem Mädchen erlauben, das Trauerjahr noch hier im Palazzo zu verbringen. Hier ist sie jetzt zu Haus, hier hat sie vielleicht sogar Freundinnen gefunden. Sie gleich an den Bosporus zu schicken wäre wohl nicht angebracht.« Er lächelt wehmütig. »Sie muss ja inzwischen wie eine Fremde für ihre Verwandten in Konstantinopel sein.«
»Caro dottore«, gibt Ercole mit der ihm eigenen Offenheit Lusitanus recht, »das wäre mehr als unangebracht. Noch immer zahlt ja Madonna Gracia Miete für den Palazzo, in dem sie zuvor fast vier Jahre gelebt hat und in dem nun ihre Schwester haust, und nicht zu knapp. Wie Ihr wisst, gehört das Haus mir, und warum sollte ich auf diese Einkünfte verzichten? Abgesehen davon, dass ja auch Ihr Asyl gefunden habt. Ich denke, das Haus Magnanini ist geräumig genug, neben der jungen Dame und ihrem Gefolge auch Euch zu beherbergen.«
Der Arzt verbeugt sich. Ja. Ein Jahr. Wer weiß, was in einem Jahr alles geschehen kann. Ihm ist es lieb, dort zu hausen, in den Räumen voller schöner Dinge, wie ein Fremder in einer Herberge. Ob der Herr, gepriesen sei sein Name, ihm wohl noch die Zeit vergönnt, das Buch über seine medizinischen Erkenntnisse erneut zu schreiben? Sonst wäre ein halbes Leben umsonst gelebt …
Er reißt sich zusammen. Der Herzog hat ihn nicht hierhergeholt, um mit ihm sein Schicksal zu beweinen.
»Hoheit haben mich rufen lassen wegen – Ancona?«, fragt er.
Ercole d'Este spielt mit dem Pokal aus getriebenem Silber, aus

dem eigentlich sein Gast trinken soll, er dreht den Stiel des Kelches zwischen seinen Fingern, an deren verdickten Gelenken der Arzt die ersten Anzeichen einer Gicht feststellt.
»Es ist eine Tragödie!«, beginnt der Fürst mit einem Seufzer. »Dass unsere verehrte Dame aufgeben musste, das wird eine ganze Schleppe verhängnisvoller Dinge nach sich ziehen. Die Inquisition hat einen Triumph errungen. Und dieser Hohlkopf Guidobaldo von Pesaro sah sich schon als den Herrn der Adria. Dass er nun vor Wut über den entgangenen Fischzug bereitwillig den Henkersknechten sein Herzogtum öffnet, das – nun, *dottore,* das gibt mir zu denken. Von Pesaro bis Ferrara sind es nur zwei Tagereisen zu Pferd.«
Er verstummt.
»Was deutet Ihr an, Herrlichkeit?«, sagt der Arzt, der sehr genau weiß, was der Herzog sagen will.
Ettore seufzt. Er nimmt von der Schale mit Früchten einen wunderschönen Granatapfel, legt ihn in die Mitte des Palisandertischs. »So. Nehmen wir an, das hier ist Ferrara. Heil und unversehrt, saftig, voller leckerer Kerne, blutvoll, wenn man sie öffnet. Und nun rundum.« Mit gerunzelter Stirn wählt er aus der Schale, entscheidet sich zu Lusitanus' heimlicher Genugtuung für stachlige Feigenkakteen, die sich wie ein Wall um den Granatapfel schließen. »Und jetzt seht«, fährt der Herzog fort. »Da oben liegt die Republik Venezia, ein Löwe, der die Pranken reckt. Bologna und Milano lecken sich schon die Lefzen. Und von Süden drängt der Kirchenstaat an unsere schöne saftige Frucht heran, nur eine Elle weit entfernt von den Grenzen meines Herzogtums.«
Mit einer einzigen Bewegung des weiten Samtärmels fegt er die Früchte vom Tisch; die Feigenkakteen kollern hierhin und dorthin, der Granatapfel aber fällt mit einem dumpfen Plopp

auf die Marmorfliesen und platzt auf. Dunkelroter Saft läuft aus der verletzten Frucht, die Kerne quellen heraus.
Lusitanus ist zurückgewichen, um Spritzern auf seinem Talar zu entgehen. Der Herzog aber steht und starrt mit weit aufgerissenen Augen auf die Zerstörung. »Seht Ihr? So wird es meinem Ferrara ergehen. Welchen Schutzwall soll ich um dieses Herzogtum errichten, damit es erhalten bleibt, so wie es ist, und nicht vernichtet wird von Gier und Bosheit?« Seine Stimme grollt.
Der Arzt weiß, Ferraras Herrscher mag es gern pathetisch. Aber er spürt hinter den Worten und Gesten die ehrliche Sorge, und das erfüllt sein Herz mit Wärme.
»Niemand wird es wagen, Hand oder Fuß zu regen gegen Euren Willen«, sagt er beschwichtigend. »Und die Inquisition kann sich nur da einnisten, wo der Fürst sie auch zulässt.«
Ercole nickt. »Wohl wahr, Amatus. Aber die Herren können mir einen Strick um den Hals legen, und das wisst Ihr so gut wie ich. Einen Strick, den sie ganz nach Belieben zuziehen und mit dem sie mir die Luft abschnüren können. Die Herzogin …« Er sieht sich um, als fürchte er, belauscht zu werden. »Die Herzogin frönt der Ketzerei«, sagt er, und die Röte schießt ihm ins Gesicht ob des Bekenntnisses. Obwohl es jeder weiß, dass Renata dem lutherischen Glauben anhängt, spricht es keiner laut aus, selbst wenn der Palazzo von ihren Liedern und Gebeten widerhallt.
»Sie ist wie eine metallene Spitze, die bei einem Gewitter auf dem Dach des Hauses steht. Untenherum mag sich tummeln, was immer da ist: Conversos und Juden, Ketzer und Spötter. Über die kann ich meine Hand halten. Aber Renata ist die Landesherrin. Wenn das Tribunal sie anklagt, wenn sie den Blitz auf sich zieht – dann ist alles vorbei.

Noch ist es nicht so weit. Aber das Heilige Offizium wird immer dreister. Und, *caro dottore,* es kann sein, dass sie mit mir zu handeln beginnen. Dass sie mir anbieten, Renata zu ›übersehen‹, wenn ich das Heilige Offizium zulasse in meinem Land. Ich bin nur ein Mensch, und ich liebe meine Gemahlin.«

Er versetzt dem Granatapfel einen Fußtritt; die verblutende Frucht rutscht über den Boden und hinterlässt eine dunkelrote Schliere.

»Ich habe Euch keine Erfrischung angeboten«, sagt er dann. »Ich habe Euch nicht einmal zum Sitzen aufgefordert. Verzeiht mir.«

Lusitanus erwidert nichts.

Ercole senkt die Stimme. »Ich wollte Euch nur sagen, dass – wenn es so weit ist, wenn ich nicht mehr standhalten kann … ich werde Euch rechtzeitig warnen. Alle. So wie damals, als die Seuche ausbrach. Und die Señora wird für Euch und für die anderen da sein und Eure Aufnahme im Reich des Sultans vorbereiten, dessen bin ich sicher. Eine Frau wie sie lässt die Ihren nicht im Stich.«

Der Arzt nickt, und er überlegt, wie sie sich wohl jetzt befinden mag in ihrem Palast in Galata, in Konstantinopel, den sie nach italienischer Art »Schöne Aussicht« nennen, Belvedere. Wütend? Verzweifelt? Gekrümmt vor Magenschmerzen in ihren Gemächern? Er sorgt sich. Er weiß, dass sie jemanden bei sich hat, der sich so um sie kümmert, wie es La Chica um ihre Mutter tut – aber er weiß auch, dass Gracia nicht die Frau ist, Trost anzunehmen.

Herzog Ercole leitet seinen stummen Gast bis zur Tür.

Konstantinopel

1556

ICH werde nicht teilnehmen am Sabbatmahl«, sagt sie. Sie sagt es so bestimmt, wie sie ihre Anordnungen zu erteilen pflegt, jene Befehle, denen keiner im Haus zu widersprechen wagt.

»Ist das dein Ernst, *querida?*«, fragt Don Joseph, obwohl er genau weiß, dass es ihr voller Ernst ist, wenn sie so spricht.

Sie haben den Vorabend des Sabbats gefeiert in ihrem eigenen Tempel; die Señora hat zwar der Gemeinde von Konstantinopel eine prachtvolle Synagoge gespendet, mit Thoraschrein und schweren Vorhängen, bunten Glasfenstern aus Murano und Bänken und Geländern aus indischem Holz, aber die Mendes-Familie selbst hält Gottesdienst im Haus ab, was seine Gründe hat: Erstens sind sie so viele, dass es eng in dem neuen Bethaus werden könnte, denn im Palast der Mendes lebt neben der Dienerschaft noch ein großer Teil jener Schutzbefohlenen als Hausgenossen, die Dona Gracia auf ihrer Reise hierher mitgenommen hat in die Freiheit, von Westeuropa nach Konstantinopel. Und zweitens will man weder Neid noch Befremden erwecken. Denn der Prunk an Schmuck und Kleidern der Nasi-Sippe und ihres Anhangs könnte allzu viel Aufsehen erregen, zumal sie insgesamt auch europäische Kleidung tragen und die venezianischen Gewänder selbst der letzten Magd – weiter Rock, enges Mieder, großer Ausschnitt – Begehrlichkeit oder Ärger hervorrufen können: Die Frauen der jüdischen Gemeinde Konstanti-

nopels tragen sämtlich sackartige Kaftane über Pluderhosen und legen den Schleier nicht nur über das Haar, sondern verhüllen teilweise auch ihr Gesicht wie die Musliminnen.
Dona Gracia würdigt also ihren Freund und Schwiegersohn zunächst keiner Antwort, weil sie weiß, dass er weiß, dass es ihr Ernst ist, und wartet auf seine Überredungsversuche.
Die nicht ausbleiben.
»Aber willst du nicht – wenn du denn schon vorhast, uns zu verlassen – ein letztes Mal mit uns zusammen sein und den Feiertag einweihen? Denk an alle, die dich vermissen werden! Ich bitte dich!«
»Joseph! Hast du es immer noch nicht begriffen? Ich bin bereits tot!«, sagt sie streng. »Dies eben war mein letzter Gottesdienst, und nun ist es genug.«
Sie sind auf dem Weg von ihrem Privattempel im hinteren Teil des weitläufigen Gebäudes hin zu dem großen Festsaal, wo heute auf Anweisung des Haushofmeisters und Leiters des Kontors, Raphael Ugarte, das Mahl eingenommen werden soll; das Sabbatmahl, der feierlich-fröhliche Abschluss einer arbeitsreichen Woche am Abend des Freitags. Mehr als fünfzig Menschen werden am Tisch sitzen, und wenn sonst Ugarte die Rolle des »Hausvaters« neben Dona Gracia spielt, so ist nun ja Don Joseph da, Don Joseph sitzend zwischen den beiden Frauen, Mutter und Tochter, so ist es vorgesehen.
Joseph führt die Herrin des Hauses auf höfische Art, das heißt, dass ihre behandschuhte Linke auf seiner Rechten liegt wie ein Falke auf der Faust des Falkners.
Das ist nun dem Respekt vor der Señora geschuldet, der Herrin, dass er, Joseph, sie führt, während sich Reyna mit Ugarte begnügen muss, sei es ihr nun lieb oder nicht.
Sie sind stehen geblieben, während die anderen singend oder

leise plaudernd, in feierlicher Stimmung an ihnen vorbeigezogen sind; ja, Reyna hat den Kopf gedreht …

Jetzt, wo sie allein sind, greift er mit der Linken nach ihrer anderen Hand, und ehe sie sie entziehen kann, presst er sie auf seine Brust, unter den blau-weißen Tallit, den er nach der Tradition über die höfische Tracht gehängt hat (dazu Tefillin, Gebetsriemen an Stirn und Oberarm, die Kippa auf dem Haar statt des Baretts). »Erbarme dich deines Dieners, Señora!«, sagt er leise. »Fühl, wie mein Herz schlägt. Du kannst es spüren durch den Stoff des Wamses hindurch, nicht wahr? Tu mir nicht an, dass ich nicht ein letztes Mal sehe, wie du die Kerzen anzündest! Willst du mir das Herz brechen?«

(Er war schon immer gut im Säuseln und Schnurren, denkt sie gereizt. Und ich weiß nicht, wie viel ich noch ertragen kann nach diesem Gottesdienst, meinem letzten, meinem Abschied von den Lebenden.)

Laut sagt sie: »Dein Herz bricht nicht so schnell, Joseph Nasi, da bin ich mir sicher. Und was die anderen angeht: Sag einfach, ich sei unpässlich. Das geschieht ja nicht zum ersten Mal. Mein Magen, du weißt.«

Keinen würde es verwundern, dass sie nach dem, was ihr gerade zugestoßen ist, sich krümmend in ihrem Bett liegen würde, wie es ihr geschieht, wenn sie sich zu sehr erregt oder überanstrengt hat oder – wie jetzt – eine Schlappe einstecken musste. Angewiesen auf eine Essenz aus gelben Rosenblättern, wie sie ihr einst Lusitanus in Ferrara bereitet hatte.

(Ihre Hausgenossen hatten sie erlebt, wie sie in der letzten Zeit gleich einem Schatten ihrer selbst durch die Räume des Palastes gegangen war, kaum ansprechbar.)

»Nicht das leiseste Anzeichen von Schmerzen hast du gezeigt während der letzten Stunde!«, sagt Joseph ärgerlich.

»Doch. Hast du nicht gesehen, dass ich sitzen geblieben bin bei der letzten Strophe, wo alles aufsteht und sich vor dem kommenden Sabbat verneigt?«
Er geht nicht darauf ein. (Hat sie schließlich beobachtet. Er kennt sie, wenn sie Schmerzen hat. Da beugt sie sich vor, hält ihre Hand auf den Leib gepresst.) Stattdessen drängt er: »Komm, die Sonne ist bald herunter. Wir müssen anfangen.«
Sie reißt ihre Hand los.
»Ohne mich.«
»Mit dir.«
»Quäl mich nicht!«
»Ich dich quälen? *Du* quälst *mich!*«
Jetzt beugt er auch noch das Knie vor ihr. »Señora meines Herzens! Wenn du wüsstest, wie ich mich gesehnt habe in der Fremde, mit dir am Sabbattisch zu sitzen – und nun willst du mir diese Freude verweigern?«
Plötzlich gibt sie nach. Zwar ist es ihr nicht gleichgültig, wenn er das »Lob der guten Hausfrau« am Tisch spricht, an Reyna gewandt, aber sie wird auch das noch durchstehen.
Sie wendet sich ab. »Gib mir ein paar Atemzüge Zeit.«

(Ich muss mich fassen, mich sammeln. Darf mich meinen Gefühlen nicht so ausliefern. Du bist doch sonst nicht so weich, Gracia Nasi.)
Vorhin im Tempel bin ich nicht aufgestanden.
Es war, als der Chasan, der Vorbeter, mit dem Weihelied begann, das unser Poet Alkabetz gedichtet hat, um die Königin Sabbat, die Verkörperung des Festes, willkommen zu heißen.
»Komm, mein Freund, der Braut entgegen, den Sabbat lass uns empfangen.«

Ich saß, wie es sich gehört, neben Reyna in der Abteilung der Frauen.
Bei diesen Worten dehnte meine Tochter ihren Körper, wollüstig, wie mir schien; die Ellbogen leicht abgespreizt, bog sie den Oberkörper nach hinten, öffnete die Schenkel unterm Kleid, und eine Welle ihres Geruchs stach mir in die Nase wie der einer rossigen Stute (der Ewige verzeihe mir solchen Vergleich), und da war noch eine Beimengung von einem anderen Geruch. Von *seinem* Geruch.
Und plötzlich konnte ich nicht mehr aufstehen, als sie sangen: »Darum zieh ein in Frieden, deines Gatten Krone und Schmuck, zieh ein in Freud und Fröhlichkeit!«
Ja und ja, Gracia Nasi. Sag es dir immer wieder. Du hast es gewollt und geplant, du hast es ersonnen und getan – diese Ehe, um das Mädchen und mit ihm einen Teil unseres Vermögens nicht zu verlieren an einen begierigen Leibarzt des Sultans.
Und selten hat dich berührt, dass er sich bei ihr, ihres Gatten Krone, gut befand.
Aber nun! Da ist noch diese eine Woche, eine Woche nur, wo ich noch da bin. Und auf einmal packte es mich, als wenn mich jemand mit einer Zange an der Blume meines Lebens zwickte: der Schmerz! Dass ich da unten liegen werde, Erde in meinem Mund, Erde auf meinem Leib, wartend auf die Auferstehung der Gebeine dereinst, während er da oben sich in sie ergießen wird, ergießen und ergießen und ergießen, immer wieder.
Gracia Nasi, begreif es. Du bist nicht tot genug für eine Tote. Noch nicht.
»Du hast recht«, sagt sie entschlossen. »Sie warten auf uns am Tisch, und die Sonne ist gleich gesunken. Führ mich hinein, lieber Freund, damit ich das Licht segne und mit allen esse.«

Sonst ging es fröhlich zu an der Sabbattafel, man sang, man scherzte, man trank Wein, manche mehr, als ihnen guttat, man sprach den Speisen zu. Wenn Don Samuel Nasi, Don Josephs älterer Bruder, der sich im Moment um die Geschäfte in Adrianopel kümmert, den Vorsitz an der Tafel führte, war es stets besonders laut, denn Samuel hat eine kräftige Stimme und fordert auf seine trockene Art den und jenen heraus.
Heute geht es gedämpft zu, in Anbetracht der Niederlage der Señora, wenn auch die Anwesenheit Don Josephs vor allem die Frauen an dieser Tafel zu einem stillen Leuchten bringt.
Die Herrin jedoch trägt noch immer eine Miene zur Schau, die nicht zur Fröhlichkeit auffordert.
Auch scheint heute niemand so recht Appetit zu haben. Die Berge von Täubchen, mit Zitronenscheiben und Petersilie garniert, die Safransuppe, das Lamm in Granatapfelsoße – nichts findet den Zuspruch wie sonst. Sicher auch, weil die Herrin des Hauses wie abwesend nur mit einem Stück Weißbrot hantiert, mal einen Bissen in aromatisiertes Öl taucht, mal in den Wein, dann wieder nur Salz daraufstreut, ehe sie es zum Munde führt – wenn sie es denn nicht überhaupt beiseitelegt in die große Schüssel, aus der später Leprakranke und Hunde versorgt werden.
Und es geschieht, dass an dieser Tafel Dona Gracia und Don Joseph gleichzeitig die Hand ausstrecken nach dem Salzgefäß aus getriebenem Silber und es dabei umstoßen, wie es schon einmal geschah in Antwerpen, vor dreizehn Jahren, nach dem Tod des Diogo Mendes, Chef des Hauses, dem Gatten Briandas und Vertrauten der Frau, die damals noch Beatrice de Luna hieß.
Und damals wie heute ist ihnen, als würde zwischen ihren Fingerspitzen ein knisternder Funke überspringen, so, wie wenn man im Dunkeln sein Haar mit einem Kamm aus Elfenbein kämmt.

Antwerpen

Vor dreizehn Jahren

1543

DAMALS.
Die Nachricht vom Tod des Diogo, dem Gebieter über das Imperium der Mendes, hat sie in Löwen an der Universität erreicht und sie nach Antwerpen zur Testamentseröffnung gebracht, die beiden jungen Herren, die man allgemein als »die Portugiesen« bezeichnet: Bernardo und Juan Micas, Brüder, Söhne einer frühverstorbenen Schwester Gracias und Briandas und eines bekannten Arztes, mit den Frauen seinerzeit aus Portugal in die Niederlande gekommen. Begabte Studenten der Rechte und der Philosophie, promoviert inzwischen, ausgezeichnet durch ihre Kenntnis vieler Sprachen – darunter das Hebräische, aber das verschweigen sie lieber –, gleicherweise beliebt bei den Kommilitonen und den Professores wegen ihres guten Humors und der schnellen Auffassungsgabe, wobei der jüngere, Juan, zudem ein Weiberheld ist und sich außerdem auf alle Künste eines Kavaliers versteht, reitet und ficht wie der Teufel.
(Weshalb ihm sogar die Freundschaft eines so bedeutenden Herrn wie des ebenfalls studierenden Habsburger Prinzen Maximilian zuteilgeworden ist.)
Die Brüder verstehen sich gut und ergänzen einander. Bernardo (im vertrauten Kreis des jüdischen Hauses Samuel genannt) ist jemand, der geradeaus auf sein Ziel losgeht, während Juan

(dessen jüdischer Name Joseph ist) eher Umwege und Zickzackkurs bevorzugt. Trotzdem kommen sie fast immer gemeinsam an.

Nach dem Tod des Onkels – das wissen sie beide – ist es mit dem freien Leben aus. Die Pflicht ruft. Als Neffen der Schwestern Gracia und Brianda werden Aufgaben zu übernehmen sein in Antwerpen, denn Diogo hinterlässt nur weibliche Verwandtschaft, und dass das Unternehmen in den Händen der Familie bleiben muss, steht nun einmal fest, ungeachtet dessen, dass es Freunde und Handelspartner gibt, die ebenfalls mit der Leitung des Geschäfts betraut werden könnten.

Aber darüber kann nur das Testament des Verblichenen entscheiden.

Sie sind einundzwanzig und neunzehn Jahre alt, die Herren Micas, gertenschlank und glutäugig beide, und das Frauenvolk des Hauses macht sich gern in ihrer Nähe zu schaffen – abgesehen natürlich von den trauernden Witwen.

Den *Witwen? Wie? Samuel und Joseph, wie sie in der Vertrautheit des Hauses genannt werden, glauben sich verhört zu haben. Nein, es ist kein Irrtum. Die ältere der Schwestern wurde ja schon »die Witwe« genannt, Witwe des älteren Bruders Francisco, erinnern sich die jungen Herren, als sie mit ihr gemeinsam, sozusagen in ihrem Gefolge, als Knaben aus Portugal kamen, um hier zu studieren. Damals war sie eine Frau in schwarzer Kleidung, deren junges Gesicht mit den riesigen, gebieterischen Augen eigentlich nicht zu der Witwentracht passte und die sie meist nur ehrfurchtsvoll auf Abstand sahen. Hatte sie damals überhaupt ein Wort an sie gerichtet? Sie wissen es nicht mehr.*

Die andere, die »neue« Witwe, ist ihre Schwester Brianda; eine sehr aufgelöst wirkende Witwe mit vom Weinen verschwol-

lenen Augen, die ihr hübsches Frätzchen entstellen. Ständig ringt sie die Hände und jammert, hingelehnt an den Busen einer ihrer Frauen, die sie zu trösten versuchen, und sie trägt noch immer das Kleid mit dem zerrissenen Saum, obwohl das Schiwa-Sitzen bei dem Toten schon zwei Sabbatzeiten vorbei ist.

Und trotzdem: Auch die »ältere« Witwe, ebenfalls schwarz in schwarz gewandet, scheint untröstlich, jedoch auf eine andere, tränenlose Art; sie geht durchs Haus wie eine Gewitterwolke.

Raphael Ugarte, die rechte Hand des Verstorbenen und der Vertraute der trauernden Damen, ein grauhaariger Mann, dessen faltenreiches Gesicht ein üppiger Bart verhüllt, wird sich hüten, irgendwelche Andeutungen zu machen, dazu ist er viel zu diskret, aber er hat so eine Art, die beiden Schwestern in einem Atemzug zu nennen, wenn es um die Belange Diogos – das Andenken des Gerechten sei gesegnet! – geht, die die jungen Männer stutzig macht. Eigentlich kann es doch nur um Brianda gehen …

Bernardo, der Ältere, zuckt die Achseln. Was schert ihn das? Er stellt sich sofort Ugarte zur Verfügung, um im Kontor bei der Sichtung des Nachlasses zu helfen.

Auch Juan, der Jüngere, kümmert sich wenig um solche Einzelheiten. Er schwatzt lieber mit dem Weibervolk des Hauses, lässt sich auch wohl herab, mit den Töchtern der Damen – neun und drei Jahre alt – als älterer Vetter zu spielen und ihnen Zuckerwerk zu schenken, und also ist er binnen kurzem der Liebling der Damen und erfährt dann doch so manch hinter vorgehaltener Hand geflüstertes Geheimnis.

Von der Testamentseröffnung endlich erwartet sich niemand eine Überraschung. Der Verstorbene wird Raphael Ugarte zum Geschäftsführer eingesetzt haben, vermutet man, gemein-

sam mit dem alten Guillaume Fernandes, der schon die Bücher von Diogos Vater geführt hat …

»Es wird sicher sterbenslangweilig«, flüstert Juan seinem Bruder zu, und der schüttelt unwillig den Kopf und murmelt: »Benimm dich!«

Man hat sich im engen Kreis versammelt, Verwandte und Geschäftsträger.

Pater Sebastian, der blasse schmallippige Geistliche und Beichtvater der Familie (der in diesem Haus ständig wegsehen muss, weil wieder irgendwo Bücher in hebräischer Schrift herumliegen oder jemand die Truhe, in der sich die Gebetsriemen und -umhänge des Gesindes befinden, nicht verschlossen hat), verliest den Letzten Willen Diogos; zwei Vertreter des Magistrats, deren gesunde Gesichtsfarbe von der Blässe des Geistlichen absticht, sitzen da mit ihren runden Hüten auf dem Kopf und beäugen die »Portugiesen« mit jener Skepsis, die man als Niederländer diesen Exoten entgegenbringt. Ein Dolmetscher übersetzt für sie das in Spanisch (nicht in Portugiesisch, sondern in der »Heimatsprache« der Familie!) abgefasste Dokument in ihre breite kehlige Sprache, deshalb dauert alles etwas länger.

Nichts Unerwartetes zunächst. Wie es dem Brauch entspricht, stiftet der Erblasser Geld an die Armen der Stadt. 3200 Dukaten gehen je zu einem Drittel an Gefangene, an Notleidende und an Waisenmädchen zwecks einer Aussteuer.

Die jungen Herren Micas spielen mit ihren Handschuhen und betrachten gelangweilt das Deckengemälde, darstellend eine Szene aus der Mythologie (Raub der Europa durch Zeus, den Stier), die »neue« Witwe klappert mit ihrer Halskette und drückt sich von Zeit zu Zeit ein Spitzentüchlein gegen die Augen.

Als Nächstes fallen erwartungsgemäß die Namen von Ugarte und Fernandes. Sie sollen, so bestimmt der zu seinen Vätern Versammelte, der Testamentsvollstreckung Beistand leisten. Testamentsvollstreckung? *Merkwürdige Formulierung. Warum wird nicht gleich der Erbe genannt?*
Und dann: »Zum Verwalter des gesamten Firmenkapitals vor Ort sowie an allen Plätzen der Welt, in denen das Haus Mendes Handel treibt, ernenne ich meine geliebte Schwägerin Beatrice de Luna, der ich in allen Stücken vertraue und die ich selbst in diese Materie eingeführt habe.«
Auf einmal ist es so still im Raum, dass man hört, wie eine Fliege brummend gegen die Fensterscheibe knallt.
Die Herren vom Magistrat gucken verständnislos vom Pater zum Übersetzer und vom Übersetzer zum Pater und dann auf die junge Frau, deren Namen sie ja verstanden haben, und endlich, nachdem er ein paarmal mit den Augen geblinzelt hat, als müsse er sich überzeugen, dass er noch in der Wirklichkeit sei, wiederholt der Dolmetscher die Passage auf Niederländisch.
Und es geht weiter: »Señora de Luna y Mendes ist meine einzige und bevollmächtigte Testamentsvollstreckerin, und ihr ist in allen Stücken Folge zu leisten. Sie erbt außerdem mein Haus hier in Antwerpen, in dem sie meiner geliebten Frau, ihrer Schwester Brianda, Wohnrecht einräumen wird. Ebenso wird sie Brianda nach ihrem Ermessen eine Apanage einräumen, damit sich meine Witwe standesgemäß kleiden, ernähren und in guter Gesellschaft bewegen kann.
Außerdem bestimme ich Señora de Luna y Mendes zum Vormund über meine leibliche Tochter Beatrice, genannt La Chica, und über den ihr zustehenden Anteil des Vermögens, bis sie erwachsen oder verheiratet ist.«

Es folgen als Abschluss die üblichen Floskeln und Benediktionen.
Und während der Dolmetscher noch plappert, wird es den Anwesenden klar, dass sie eben nicht nur erlebt haben, wie eine junge Frau zum Oberhaupt eines Handelshauses mit einem der größten Vermögen Europas gemacht worden ist, sondern dass Diogo auch noch seine Frau enterbt, unter Kuratel gestellt und ihr die Kontrolle über ihre Tochter entzogen hat.
Endlich hat auch Brianda verstanden. Ihr schriller Aufschrei krönt bestätigend den Akt.

Diogos Letzter Wille hatte mich als Einzige nicht überrascht, ich war von ihm eingeweiht worden – schließlich musste er meiner Zustimmung sicher sein.
Die Neigung zum Geldausgeben, die meine jüngere Schwester schon immer an den Tag gelegt hatte, ihre hemmungslose Lust an schönen und teuren Dingen hatte sich in den Jahren ihrer Ehe noch gesteigert, und Diogo hatte es nicht übers Herz gebracht, sie in diesem Vergnügen zu beschneiden; er fühlte sich schuldig an ihrer Verschwendungssucht, die sie als ungeliebte Frau eines Mannes an den Tag legte, der vielleicht seine Nächte, nicht aber seine Tage mit ihr verbrachte: Die gehörten nach wie vor mir.
Mir! Und wir beide, er und ich, sahen uns als gemeinsame Arbeiter an dem, was das Bank- und Handelshaus Mendes ausmachte – und das war mehr als nur das Geschäft.
Das Versprechen, das er einst unseren Eltern abgegeben hatte, nämlich Brianda zu heiraten, sah er sich, als ein Mann von Ehre, schließlich einzulösen gezwungen. Freilich erst, nachdem er sie fast achtzehn Monate hingehalten hatte, jene achtzehn Monate, in denen er noch ganz bei mir war und ich dar-

um rang, seine Frau zu werden. (Ja, ich hätte ihm meine Schwester ausgespannt, wenn ich es vermocht hätte, das gestehe ich ein.)

Nun wurde mir meine nach Diogos Heirat mit Brianda aufgezwungene Entsagung gelohnt. Aus Liebe, sicher, aber auch aus dem Wissen, dass Brianda in keiner Weise reif dafür war, das große Erbe zu übernehmen.

Und diese Verantwortung, das hatte ich sehr bald an seiner Seite begriffen, bestand ja beileibe nicht nur darin, ein erfolgreiches Handelsunternehmen zu führen. Von der Prosperität des Bank- und Handelshauses Mendes hing das Wohl und Wehe zahlloser Menschen ab. Unser Geld finanzierte ein ganzes System von Fluchtlinien, »Netzen«, wie Diogo es nannte, die es verfolgten Conversos erlaubten, aus dem Land ihrer Bedrängnis zu fliehen und in Sicherheit zu gelangen. Von Portugal und Spanien bis hinunter nach Tunis und Algier, von London über Antwerpen bis nach Italien und darüber hinaus ins Osmanische Reich erstreckten sich diese Helfer-Verbindungen; wo das Haus Mendes eine Niederlassung hatte im bekannten Raum um das Mittelmeer und bis an die nordische See, da gab es auch einen Knoten dieses Netzwerks, einen Ansprechpartner, der mit Geld und Beziehungen half, Ämter bestach, Gefängnisse »öffnete«, Schiffspassagen und Transporte über Land erkaufte. All das war ein wichtiger Teil unserer Arbeit, und es ruhte nun auf meinen Schultern.

Nicht, dass diese Last mich niedergedrückt hätte – im Gegenteil. So wie ein fester Schnürleib einem Rumpf Halt verleiht, so gab mir die Fülle der Pflichten und Aufgaben Stärke und Stolz, denn ich wusste, ich konnte es.

Meinen Auftritt an der Antwerpener Börse hatte ich genossen; zwischen die entsetzt blickenden Kaufleute war ich tri-

umphierend gefahren wie ein edler Schwan unter die Gänseherde.
Ich werde den Tag nie vergessen: meinen ersten Gang zur Börse.
Sie standen da an ihren Tischen unter den Kolonnaden und im Innenhof, als ich mit zwei Schreibern und zwei Gehilfen auftauchte; Letztere trugen die Kassetten mit dem Bargeld, den Wechseln und den Obligationen.
Der Faktor der Börse, verantwortlich dafür, dass alles ordnungsgemäß ablief, kam auf mich zu, den Hut schwenkend, und fragte höflich an, ob ich mich verlaufen habe.
Ich ließ ihn links liegen und ging, ohne mich eine Sekunde aufzuhalten, auf das verschlossene Gewölbe zu, das dem Bankhaus Mendes gehörte, holte den Schlüssel aus der Tasche und befahl einem der Schreiber aufzuschließen.
Während meine Leute, wie es üblich ist, den Tisch, den banco, *aus dem Inneren ins Freie vor den Säulengang trugen, näherten sich uns immer mehr dunkel gewandete Kaufherren; allerdings blieben sie auf Abstand. Sie sahen mit der Miene von Menschen, die erleben, dass ein weißes Einhorn durch die Stadt spaziert, auf mich, und unter ihren Hüten drang ein Raunen und Murmeln hervor, als führte jeder Einzelne von ihnen Selbstgespräche.*
Schließlich hatte ich meinen Tisch etabliert und nahm Platz, während meine Schreiber die Kassetten öffneten.
Der eine von ihnen verkündete auf mein Zeichen hin: »Die wohlgeborene Dame Beatrice de Luna, Prinzipalin des Bank- und Handelshauses Mendes, übernimmt ab sofort den Platz ihres verstorbenen Schwagers Diogo Mendes – Gott habe ihn selig. Der erste Posten: eine Ladung feinsten Pfeffers von den Seychellen. Preis …«

Sie kamen zögernd heran. Aber sie waren so blass wie Kranke. Es ging über ihren Verstand: eine Frau als Leiterin eines Handelshauses! Eine Frau, die schachert!
Aber leider waren meine Angebote viel zu attraktiv, um mich zu ignorieren …
Und auch heute, am Ende meines Lebens und meiner Laufbahn, fühle ich noch den Triumph von damals, der meinen Körper durchrieselte und mir Flügel verlieh – ach, umso bitterer schmeckt meine Niederlage nun.

So hatte ich mein neues Leben in Besitz genommen.
Ich weiß bis heute nicht, was es damals war – Zufall oder dreiste Berechnung … als Josephs Finger die Bekanntschaft mit meinem Finger machte, in einem Funkenregen, wie Elmsfeuer auf den Spitzen der Schiffsmasten.
Unser erstes Sabbatmahl nach der Verlesung des Testaments, dem Brianda fernblieb; ich hatte noch nicht die Zeit gefunden, mich um meine gekränkte und erzürnte Schwester zu kümmern – um der Wahrheit die Ehre zu geben, ich ging ihr aus dem Weg, denn ich wusste nicht, wie ich die Worte finden sollte, sie zu trösten oder zu versöhnen. (Ich habe dies Versäumnis auch nicht nachgeholt. Das sollte mir später viel Verdruss und Kummer eintragen.)
Fiel das Salzgefäß um? Ich glaube, ja. Ich spürte die Berührung und dachte im gleichen Moment: Das hat er mit Absicht getan, und drehte den Kopf zu ihm.
Das halb verborgene Lächeln, der schräge Blick – ein junger Fuchs, der sich noch nicht ganz an seine Beute herantraut.
Ich senkte die Lider. Was unterstand er sich? Ich war dreiunddreißig Jahre alt und die Hausherrin. Und dieser Joseph, fast noch ein Knabe …

Ich führte meinen Finger an die Lippen, wie man es macht, wenn man sich verbrannt hat. Und sah ihn, schräg über Eck zu meinem Platz, das Gesicht weggekehrt. Seine Wange zuckte. Und auch er hatte den Finger an den Lippen.

Ich hielt ihn fern von mir die nächste Zeit, gab ihm Aufgaben außerhalb unserer Stadt, in Brügge und Amsterdam, und ließ ihn mit anderen Kaufleuten verhandeln, worin er sich besonders geschickt erwies; er konnte mit Menschen umgehen, während sein Bruder im Kontor saß und bald den alten Fernandes ablösen konnte. Es waren zwei sehr brauchbare junge Leute.
Dann galt es, Verhandlungen am französischen Hof zu führen, Seine Majestät König François war in Geldnot, und ein junger Mann mit höfischen Manieren, die er sich an der Universität angeeignet hatte, der dort sogar mit Maximilian von Habsburg, dem Neffen des deutschen Kaisers, die Klingen gekreuzt hatte, schien dafür geeignet.
Joseph bestand in Paris drei Duelle, schwängerte eine hochstehende Dame und gewährte dem Königshaus einen Kredit von hundertfünfzigtausend Goldlivres zu für uns Mendes sehr günstigen Zinsbedingungen; niemand konnte wissen, dass sich die Majestät als ein so unzuverlässiger Zahler erweisen würde.
Im Jahr darauf war der junge Mann zurück und ging einige Monate später zu Hof bei der spanischen Statthalterin der Niederlande, Königin Maria von Ungarn, Schwester Kaiser Karls V. – eine Person mit wendiger Schläue und den Manieren eines Weltmanns und zunächst sehr nützlich für uns, wie sich bald zeigen sollte.

Konstantinopel

1556

DAS ist dreizehn Jahre her. Dreizehn Jahre, und der knisternde Funke hat überlebt.

Sie springt auf von diesem heute so freudlosen, so überschatteten Sabbattisch und hält den Finger an den Mund.

Die leisen Gespräche verstummen. Alle Augen sind auf sie gerichtet, und gleich ihr erheben sich alle von der Festtafel.

»Verzeiht, liebe Freunde«, sagt sie, ihre Stimme klar und beherrscht. »Leider hat Don Joseph mich überredet, mit euch zu sein an diesem Abend, obwohl ich mich nicht gut fühle. Das war ein Fehler. Feiert ohne mich, und Señor Ugarte soll die Rolle des Hausherrn übernehmen, während mich mein Schwiegersohn in meine Räume bringt.

Schalom und einen schönen Sabbat.«

Sie schweigen, während sie nach Josephs Arm greift; aus dem Augenwinkel sieht sie, dass Reyna eine Bewegung zu ihrem Mann macht, als wolle sie ihn aufhalten, aber der nimmt es gar nicht wahr oder tut so, als nähme er sie nicht wahr, und in völliger Stille gehen sie an den sich verneigenden Tischgenossen vorbei, nur die Absätze von Gracias Pantoffeln klappern auf dem Marmor.

Sie hängt mit beiden Armen an seinem Arm, und er bemüht sich, seine Schritte zu verkürzen, damit sie nicht zwei auf einen von ihm machen muss. An der Art, wie sie den Kopf trägt – das Kinn hochgereckt, steif im Nacken –, merkt er, wie zornig sie ist. Durch die offenen Fensterbögen der Galerie, durch die sie sich bewegen, scheint die Abendröte wie tiefe Feuerglut herein. Bald ist es dunkel.

Schließlich bricht sie ihr Schweigen.

»Wissen will ich, ob du es mit Absicht getan hast.«

»Was, meine Taube?«

»Das Salz, deine Finger.«

»Es ist nur ein Finger, Gracia.«

»Ob du es mit Absicht getan hast – diese Geste wie damals. Vergessen hast du es ja sicher nicht.«

Er erwidert nichts.

Sie bleibt stehen und löst ihre Hände von seinem Arm.

»So geht es nicht, Joseph«, sagt sie, ohne ihn anzusehen. »Deine Listen, mich zurückzulocken auf die Seite des Lebens und der Lebenden. Ich war froh, als du kamst. Ich war – glücklich. Aber ich will kein neues Feuer. Ich will, dass die alte Glut meine letzten Tage wärmt. Mehr nicht.«

»War das wohl alte Glut, die dich in meine Arme geführt hat, als ich zurückkam in der Nacht?«

Darauf geht sie nicht ein. »Streite nicht mit mir.«

Sie dreht sich zu ihm herum, das Licht der Abendröte überhaucht ihr blasses Gesicht mit Leben. Überirdischem Leben. (Geh nicht von mir. Bleibe.)

»Morgen ist Sabbat, und wir werden ruhen. Aber am Tag darauf … ich will, dass du zu Esther Kyra gehst und mir eine neue Phiole besorgst, einen Giftflakon. Du und niemand anderer. Keiner deiner Diener und keine meiner Kammerfrauen. Und ich will, dass du mir am nächsten Freitagabend selbst die Tropfen in das Glas zählst.«

Er starrt sie an, seine Wange zuckt, die Muskeln um seinen Mund arbeiten. »Warum verlangst du das von mir?«
»Um sicher zu sein«, entgegnet sie und senkt die Lider halb über die Augen; Mandelaugen, zarthäutige Lider. Der Bogen der Schneppenhaube folgt genau dem Schwung ihrer Brauen.
Sicher wobei?, denkt er. Dass ich dies Spiel mit ihr nur spiele auf dem Hintergrund ihres Todes?
»Kann es sein, dass du grausam bist?«, sagt er leise.
»Ich will«, sagt sie wieder und benutzt aufs Neue dies Wort wie immer und wie jeden Tag, »ich will, dass du es ernst nimmst. Dass du begreifst: Keine Finte, die dir einfallen wird, um mich abzubringen von meinem Entschluss, wird nützen. Weiter nichts.«
(Kann er nicht begreifen, wie tief meine Trauer, meine Schmach sind? Ich habe mein Lebenswerk gewagt – und bin gescheitert. Was zählt da noch?)
»Ich gehorche, Señora«, sagt er. (Und gedenkt, das Gegenteil davon zu tun.)
»Bring mich nun zu meinen Räumen«, sagt sie. »Und dann geh zurück. Einen schönen Sabbat, Don Joseph.«
»Einen schönen Sabbat, Dona Gracia.«

So hast du nun also versucht, Gracia Nasi, der Verführung zum Lebendigsein einen Riegel vorzuschieben. Er nennt dich grausam. Vielleicht bist du das ja, Señora. Aber was getan werden muss, das muss getan werden. Wozu willst du noch länger auf den Trümmern deines Werks herumsitzen, eine Verliererin?
Die Frauen haben schon vor Sonnenuntergang alles vorbereitet, um den Sabbat dann ohne Tätigkeit zu begehen: Ihr Bett ist aufgeschlagen, ein Krug Wasser und eine Karaffe Wein ste-

hen, große Wachskerzen brennen, aus einer Schale steigt der Duft von Lavendel und Orangenblüten auf.

Weil man weiß, dass du abends gern liest, hat man dir eine Auswahl von Büchern auf das metallene Tischchen neben deinem Bett gelegt, die Hände jedoch, die diese Auswahl getroffen haben, waren liebevoll bemüht, aber nicht sehr kundig. Sie haben aus den Schränken herausgegriffen, was gerade nebeneinanderstand. Die Bücher aus Ferrara. Italienische Sonette von Brasavoli, die *Panegirici* von Lando, vom Dichter dir und Don Joseph aufs schmeichelhafteste gewidmet, Giacomo Ruscellis Abhandlungen über die Natur der Seele (sehr naiv!) und dann tatsächlich die prächtig gebundene Ausgabe der sogenannten Ferrara-Bibel, jener auf dein Betreiben und mit deiner Hilfe ins Ladino übersetzten und auf deine Kosten gedruckten Fassung der Thora, damit denn endlich deine armen Converso-Landsleute, die des Hebräischen nicht mehr mächtig waren, die heiligen Texte im Original lesen konnten.

Du musst lächeln über diese Auswahl und lächeln in Gedanken an die zunächst unbeschwerte Zeit von Ferrara, und das Lächeln vergeht dir, wenn du an deine Schwester denkst, die dort nun schon ein Jahr in Saus und Braus lebt und die Mitgift ihrer Tochter verschleudert, und an Lusitanus, den treuen Arzt – möge der Ewige mit ihm sein! –, dem die Flucht nach Ferrara denn hoffentlich wirklich geglückt ist, fort aus Ancona, jenem Ancona, das du aufgeben musstest und in dem nun die Scheiterhaufen brennen, zum Elend der Conversos dort und zu deiner ewigen Schmach.

Ferrara

Im gleichen Jahr

1556

AMATUS Lusitanus steht vor La Chicas angelehnter Tür und überlegt, ob er behutsam anklopfen soll oder kräftig, aber es sieht so aus, als habe sie auf ihn gewartet, denn sie öffnet schon und steht nun vor ihm und starrt ihn wortlos an mit den leidenschaftlichen Augen der Mendes-Sippe, eine Sechzehnjährige von elfenhafter Zartheit, aber genau wie bei ihrer Tante Gracia wohnt in diesem zerbrechlichen Körper ein stählerner Wille, und wenn sich in den letzten Jahren überhaupt etwas in irgendeine vernünftige Richtung bewegt hat bei Brianda, dann ist es ihrer Tochter zu verdanken.

»Es ist so weit«, sagt der Arzt und nimmt die Hände des Mädchens. »Eure Mutter will Abschied von Euch nehmen, Signorina. Ich habe ihr noch ein zweites Mittel gegeben, das ihr die Schmerzen nimmt. Es gäbe das eine oder das andere Elixier, doch ich sähe wenig Sinn darin, ihre Leiden zu verlängern.«

La Chica nickt. Sie legt sich einen Schleier so übers Haar, dass er ihr Gesicht bis zum Ansatz des Mundes bedeckt, und folgt Lusitanus ins Krankenzimmer.

Es riecht dumpf hier drin, obwohl das Fenster zum Garten offen steht. Es riecht nach Tod, denkt sie und unterdrückt einen Schauder. Dann tritt sie mit aller gebotenen Tapferkeit an das Lager heran und greift nach der kalten, ringgeschmückten Hand.

»Ich bin es, *madre*. Kann ich dir helfen?«
Brianda dreht ihr das zerstörte Gesicht zu, die nichts mehr wahrnehmenden Augen. Sie schluckt, nimmt einen Anlauf zu reden, quält sich. »Mir hilft keiner mehr außer Gott der Allmächtige«, flüstert sie schließlich, und dem Mädchen fällt auf, dass sie das Wort für den Herrn der Welten in den Mund nimmt, wie es bei den Christen gebräuchlich ist, doch nicht bei den Juden. Aber ihre Mutter hat sich ja wohl ihr ganzes Leben lang verirrt, nicht nur zwischen den Religionen, sondern auch zwischen den Menschen, mit denen sie sich umgeben hat.
La Chica tut das Herz weh vor Mitgefühl, aber sie bringt es nicht fertig, ihrer Mutter mit billigem Trost vorzugaukeln, irgendjemand glaube an ihre Genesung. Sie selbst, Brianda, weiß ja, woran sie ist.
Die abgezehrte Hand drückt die ihrer Tochter. »Bevor ich mich auf den Weg mache«, flüstert sie, »musst du mir noch etwas versprechen, Kind.«
»Alles, was du willst, *madre mi*.«
»Dann versprich mir, dass du nicht zu ihr gehst. Nicht zu der Frau, die mein Leben zerstört hat. Nicht nach Konstantinopel.«
»Du meinst – ich soll nicht zu deiner Schwester?« La Chica beißt sich auf die Lippen. Sie allein hier in dem großen Palazzo, ohne andere Gesellschaft als die des Arztes und ihrer Kammermädchen … Das ist das Erste, was ihr einfällt. Überhaupt, wo ist der Arzt? Sie dreht sich um, kneift die kurzsichtigen Augen schmal. Da ist er, lehnt an der Wand, wie ein Schatten, wartet. Wartet auf den Engel Azrael, wartet auf den Tod.
»Versprich es mir!«, hört sie, matt, versiegend.
Plötzlich strömt neue, letzte Lebenskraft in den Leib der Sterbenden, angefacht vom Hass. »Geh nicht zu ihr, der Räuberin

meines Vermögens, der Vernichterin meines Lebensglücks, der Frau, bei der ich betteln musste um jeden silbernen Löffel, den ich kaufen lassen wollte, um jedes Paar Handschuhe, um …« Brianda ringt nach Luft. »Aber ich bin froh. Der Himmel hat sie endlich gestraft für ihren Hochmut und ihre Grausamkeit. Endlich. Jetzt kaut sie das bittere Brot der Demütigung, wie ich es tun musste ein Leben lang, nirgendwo angesiedelt als dort, wo sie mich haben wollte, nirgendwo.« Sie bäumt sich auf, röchelt, krallt sich fest an der Hand der Tochter. Dann sinkt sie zurück.

Der Arzt tritt an das Lager, leise wie ein Schatten. Er löst La Chicas Finger aus dem Griff, dann streicht er über Briandas Augen, schließt ihre Lider.

»Sie ist versammelt bei unseren Erzvätern und den großen Frauen der Vergangenheit. Der Herr möge ihr alles vergeben, was sie in ihrem Unverstand tat«, sagt er für sich. Erst dann wendet er sich an das Mädchen: »Sie ist versammelt, Signorina.«

La Chica sieht zu ihm auf, ihre Kehle zuckt. »Ich habe ihr nichts versprochen«, sagt sie. »Ihr wart Zeuge, Signor Lusitanus. Nichts. Trotzdem werde ich hier ausharren in Ferrara, so, wie sie es wollte.«

Und nun ergießt sich über ihre Wangen der Strom ihrer Tränen. Tränen der Befreiung und Erlösung.

Wie anmutig sie war, meine Mutter, wie voller Leben – und wie weit fort von mir. In Venedig, im Palazzo Gritti, den wir inzwischen für uns allein bewohnten, nachdem sich Gracia aus diesem Haus zurückgezogen hatte: Die Feste, die Musik und das Gelächter, je später der Abend, desto schriller wurde das Lachen, desto schnarrender klangen die Saiten.

Manchmal, spät in der Nacht, kam sie noch zu mir, meistens eingehüllt in den Geruch von Wein und von fremden Körpern, küsste mich, lachend, lallend, abwesend. Oder weinend. Laut und hemmungslos weinend über irgendetwas, das man ihr angetan hatte, und ich wusste nicht, was es war.
Es konnte geschehen, dass ich sie schreien und brüllen hörte und entsetzt aus meinem Zimmer rannte, weil ich dachte, man wolle sie umbringen. Da sah ich sie dann wohl, die Röcke hochgeschlagen, über der Galerie hängen, haltlos und hilflos, ihr langes, blondgefärbtes Haar offen, und ein Mann mit heruntergelassenen Hosen stand hinter ihr und tat etwas mit ihr, das ich nicht verstand, und andere sahen zu und rieben johlend im Takt das Ding zwischen ihren Beinen.
Dann floh ich und vergrub mich in meinen Kissen, um nichts mehr zu hören oder zu sehen.
Das Schlimmste jedoch war, wenn sie mich weckte und hinüberzerrte in den Festsaal. Das geschah zweimal. Jedenfalls kann ich mich nur an zweimal erinnern. Vielleicht war ich manchmal so müde und verstört, dass ich es vergaß und verdrängte, sobald ich wieder ins Bett durfte. Zwischen all den betrunkenen Männern – es waren nie Frauen zugegen – zwang sie mich, auf den Tisch zu steigen, so wie ich war, in meinem durchsichtigen Nachthemd, und begann zu prahlen: »Seht einmal, meine Tochter! Sie verspricht, eine Schönheit zu werden, nicht wahr? Und von ihrer Mitgift einmal ganz zu schweigen! Seht einmal, was für ein süßer kleiner Hintern sich da schon wölbt! Seht ihr den Bogen ihrer Schenkel? Rühr dich, meine Süße, zeig uns deine Bewegungen! Tanze!«
Ich aber stand steif und tat nichts dergleichen. Ich erinnere mich, es griff einer der Betrunkenen nach mir und zerrte mich vom Tisch, zog mich auf seinen Schoß.

Da schrie meine Mutter gellend. Das wollte sie nicht! »Finger weg von La Chica! Die wird aufgehoben und aufgespart!«, kreischte sie.
Es war aber nicht nötig. Ich hatte dem Kerl so in die Hand gebissen, dass er blutete. Als er mich brüllend losließ, rannte ich fort und zog mir die Bettdecke über die Ohren.
Seitdem wurde ich nicht mehr zu diesen Gelagen geholt. So denke ich jedenfalls.
Morgens, wenn man durch den Palazzo ging, stolperte man über umgestürzte Stühle und zerbrochenes Geschirr, vergossener Wein war in dunkelroten Schlieren auf Tisch und Fußboden verteilt, abgenagte Knochen lagen in den Ecken der schönen Räume, als seien es Abfallgruben, und die Dienerschaft machte sich murrend ans Aufräumen.
Einmal hörte ich, wie die beiden Schwestern stritten.
»Unsere Rollen sind verteilt!«, sagte meine Mutter, und ihr Lachen klirrte. »Dir hat der Himmel bestimmt, das Geld herbeizuschaffen, und mir, es auszugeben. Ganz einfach.«
Meine Tante verließ uns wütend.
Ich trug noch die Kinderschuhe, als sie, damals noch Beatrice de Luna, samt ihrer Tochter, meiner Spielgefährtin Reyna, aus ihrem Haus neben dem Fondaco degli Turchi verschwand. Sie waren fort, und meine Mutter war sehr unpässlich auf einmal, aber dann lachte und tanzte sie und unternahm mit mir eine Fahrt in goldverzierter Gondel auf der Brenta.
Und sie zündete die Sabbatkerzen an und sang fromme hebräische Lieder, wenngleich sie ihren Inhalt nicht verstand, sofort, nachdem sie aus der Kirche gekommen war …

Konstantinopel

1556

AM Sabbat versinkt der Belvedere genannte Palast im Stadtteil Galata in feierliche Ruhe.

Der Gottesdienst am Morgen, an dem teilnimmt, wer immer gerade möchte (ohne Rabbiner, die hat die Herrin des Hauses samt und sonders verbannt, und auch ohne den Chasan, den Vorbeter, der am Freitagabend noch dabei war), dieser Gottesdienst ist ebenfalls sehr gedämpft. Weder die Damen Mendes noch Don Joseph lassen sich blicken. Dona Gracia fastet, so erfährt man. Don Joseph ist in der Bibliothek, und das ist nichts Neues, wenn er denn einmal im Haus ist.

Der umtriebige Schwiegersohn der Prinzipalin kann sich genauso leidenschaftlich in die Lektüre eines Buches verbeißen wie in eine diplomatische Verhandlung oder ein Geschäft mit einem ausländischen Kunden. Joseph hat Bücher in Latein und Italienisch, in Spanisch und Portugiesisch, in Ladino und selbstverständlich auch in Türkisch. Wenn er liest, sitzt er, den Kopf in beide Hände gestützt, die Stirn gerunzelt, vor seinem Buch, das auf dem Tisch liegt wie ein ausgebreitetes Geschenk; daneben eine Kristallvase mit einer einzelnen Blume, auf der anderen Seite eine Weinkaraffe. Eine Inszenierung der Ruhe.

Wer immer ihn heute aufsuchen würde, fände ihn allerdings nicht bei der Lektüre.

Entweder er durchmisst den Raum mit großen Schritten, oder

er steht am Fenster und blickt hinaus über das wechselvolle Grün der wehenden Gärten, ohne so recht etwas zu sehen.
Er hat gestern eine Aufgabe erhalten, mit deren Erfüllung er sich zur Komplizin von Dona Gracias Absichten macht, und ihm ist klar, dass sie das bezweckt.
Natürlich ist ihm mehr als einmal der Gedanke durch den Kopf geschossen, die tödliche Mixtur einfach auszutauschen, gegen ein schnell wirkendes Schlafmittel etwa. Vielleicht geschieht dann das Wunder, dass sie, wieder erwachend, annimmt, der Himmel habe ihr nicht erlaubt, zu gehen, das Gift sei unwirksam. Und er würde sich wahrhaftig nichts daraus machen, ihr bei den Gebeinen der Väter und seinem eigenen Leben heilige Eide zu schwören, er habe ihr das rechte Mittel gegeben – es wäre nicht sein erster Meineid (allerdings nie ihr gegenüber).
Aber er weiß ganz genau, dass es nicht gelingen kann. Sie wird sich nicht betrügen lassen. Sie wird nur ihren Zorn über ihn ausgießen und es wiederholen. Dann ohne ihn und gründlich.
Ach, Gracia, meine Eine und Einzige, welchen Kummer machst du deinem Freund.
Er führt die Hand an die verkrustete Stelle an seiner Lippe, wo ihn ihr Ring getroffen hat, zerrt daran herum, bis der Schorf sich löst. Schmeckt sein warmes Blut.
Habe ich dich deshalb aus dem Kloster geholt, in das dich deine vor Hass verrückte Verwandte gebracht hat – damals in Venedig, als sie dich nach drei Jahren unseres Aufenthalts dort angezeigt hatte, heimlich jüdische Bräuche zu pflegen?
Habe ich dich nach Ferrara geleitet und anschließend alles getan, um dir die Reise hierher zu ermöglichen, als du wieder fortwolltest aus der Stadt des guten Herzogs Ercole? Habe ich nicht einem türkischen Gesandten mit dem größten Eifer Ge-

heimnisse des christlichen Venedig verraten, wirkliche und ausgedachte, um die Hohe Pforte, den Sultan, gnädig für dich zu stimmen, und sogar versprochen, die Hand deiner Tochter an den Leibarzt des Padischahs zu verehelichen, wenn er bei seinem Herrn für dich ein gutes Wort einlegen würde? Denn ich sah ja, dass deines Bleibens in Europa nicht mehr war, nach dem, was wir in Ferrara zum Schluss erlebt hatten …
Und habe ich dir deshalb das Haus bereitet hier in Istanbul, mit allem, was du zu deiner Zufriedenheit brauchst …
Das war vor vier Jahren. Erst vor vier Jahren? Ja, gewiss. Im Jahr, als du und deine Wagenkolonne nach langer mühevoller Reise von Ragusa her über Land durch das Osmanische Reich zogst. Ich konnte nicht dein Reisemarschall sein, überließ diese Aufgabe meinem Bruder. Denn du hattest mich beauftragt, das Mendes-Gold von überall her in Europa herbeizuschaffen, fort von den Christen, hin zu den Muslimen. Kein Wechsel, kein Goldstück, kein Stein und keine Perle sollte dort bleiben. Die Filialen, die wir noch hatten, waren hauptsächlich beschäftigt, die Schulden der großen Herren einzutreiben, und die Agenten in den Hafenstädten wickelten keine eigenen Geschäfte mehr ab, sondern vermittelten nur die Passage von fremden Waren gegen entsprechende Gebühren.
Ich kam mit einer Flotte von zehn Geleitschiffen – das Mittelmeer ist unsicher –, die meine drei Goldbarken in ihre Mitte genommen hatten wie ein Rudel Wölfe seine Jungen. Wir liefen in Adrianopel ein, und du standest am Hafen, klein und würdevoll, und schürztest die Röcke bis zum Knie, um über den Anlegesteg auf mein »Flaggschiff« zu kommen und die Listen der mitgebrachten Schätze zu inspizieren. Du stelltest fest, dass ich alles herbeigerafft hatte, was nur möglich war, aber einzig Frankreich nicht einmal die auflaufenden Zinsen

seiner Schuld beglichen hatte, und du sagtest mit gerunzelten Brauen: »Das wird dir anhängen bis ans Ende deiner Tage, Joseph!« Als hätte ich das Geld veruntreut und als hätte sie mich damals nicht belobt, dass ich König François diesen Riesenkredit aufgeredet hatte …

Erst am Abend brachte sie es über sich, mir zu danken.

Er macht zwei große zornige Schritte auf den Tisch zu, gießt sich Wein ein, ohne hinzusehen, die Flüssigkeit schwappt über, auf das Buch, das da pro forma aufgeschlagen auf dem Tisch liegt; es ist eine alte lateinische Komödie namens *Pseudolus*. Pseudolus bedeutet: der Trickser, der Betrüger.

Pseudolus, das bin ich.

Er wischt mit dem Ärmel über die Buchseiten, verschmiert die Schrift. Es ist ein kostbares Buch, mit der Hand geschrieben, aus der Zeit, bevor man das Drucken erfunden hatte. Schade.

Und einen wahren Pseudolus-Auftrag erteilte sie mir als Nächstes damals. Es ging um La Chica. Und ich musste nach Venedig.

Venedig und das Festland

Vor drei Jahren

1553

DAS ist drei Jahre her, Gracias Übersiedlung nach Istanbul war vollendet, der Endpunkt nach ihrer langen Odyssee von Portugal nach Antwerpen, von dort nach Venedig und dann nach Ferrara.
Hunderttausend Dukaten des Mendes-Vermögens schlummerten da noch in der Zecca, der Staatsbank Venedigs, Depositen, eingezahlt seinerzeit bei unserer Ankunft in dieser unserer Fluchtstation – die übliche Sicherheit, die die Serenissima ausländischen Kaufleuten abfordert, die hier Handel treiben wollen, natürlich gestaffelt nach dem geschätzten Vermögen.
Fünfzigtausend konnte ich abheben, als Gracia nach dem Eklat, den ihre Schwester verursacht hatte, endlich ausreisen durfte, gemeinsam mit Reyna – freilich war dieser Akt erst möglich nach zähen Verhandlungen mit dem Rat der Zehn, dem Gremium, das für Ausländerfragen zuständig war.
Die anderen fünfzigtausend waren einbehalten worden: die Mitgift für Briandas Tochter, fällig bei deren Verheiratung. Schließlich blieb ihre Mutter weiter in der Stadt, und es gab für die Herren der Serenissima keinen Grund, einen so üppigen Happen freizugeben.
Fünfzigtausend Golddukaten, damit könnte ein venezianischer Ehemann schon eine Handelsflotte aufstellen oder einen kleinen Krieg finanzieren …

Unter den jungen venezianischen nobili, *die sich um die Hand einer derart ausgestatteten jungen Dame bemühten, soll es mehrere Duelle und sogar Giftanschläge gegeben haben, wenn es nämlich so aussah, als ob Brianda, die Mutter, einen von ihnen bevorzugte – La Chica selbst wird nicht gefragt. Sie ist schließlich erst dreizehn.*

Und in Konstantinopel sitzt die Señora und sprüht Funken. Der Gedanke war ihr schon in Venedig gekommen. Nun war es fast eine fixe Idee: Wir müssen dies Kind mitsamt dem Geld der Mendes den Klauen der venezianischen Gierschlünde – und ihrer Mutter – entreißen! Und eigentlich geht nur eins: sie ganz schnell anderweitig vermählen.

Nein, nein, sie hat es nicht direkt vorgeschlagen. Sie hat mich nur ganz schnell nach Venedig geschickt. (»Tu etwas, Joseph. Das ist eine Arbeit für dich!«) Und schließlich noch der Hinweis, ich solle doch meinen Bruder mitnehmen für »so ein aufwendiges Unternehmen«.

Ob sie wollte, dass ich jemand zu meinem Schutz dabeihatte, jemand, der nicht ganz so tolldreist war wie ich und mich vielleicht einmal zurückhielt? Ach, mein großer Bruder machte eigentlich immer, was ich plante. Er war nie die treibende Kraft.

Samuel und ich, wir stürzten uns also in das Abenteuer, das sie uns mit halben Worten vorgeschlagen hatte und das ich zu Ende dachte – ein bizarres Wagnis, das letztlich nichts einbrachte.

Im Nachhinein kommt es einem vor wie eine der phantastischen Geschichten aus Tausendundeine Nacht, *die mir immer öfter einfallen als verwandte Fabeln, die sich unserem Leben anpassen wie Gewänder.*

Joseph Nasi lehnt den Kopf an den Fensterbogen, schließt die

Augen. Die Bilder ziehen an ihm vorbei, als kämen sie aus einer anderen Welt.

Dicker Nebel liegt über der Lagune Venedigs am Abend jenes 4. Januar des christlichen Jahres 1553. Es ist die Zeit zwischen den Festen. Neujahr ist vorüber, der Dreikönigstag steht bevor, und bis zum Karneval dauert es noch Wochen. Die Stadt schläft; Handel, Wandel und Vergnügen haben sich in ihre Höhlen zur Ruhe zurückgezogen wie die Winde des Himmels.
Das große Boot, von acht Ruderern bewegt, trägt Schwerbewaffnete und zwei Männer im Kapuzenmantel, den Degen an der Seite, den Kanal entlang bis zum Ausleger des Palazzo Gritti.
Wie verabredet, gibt man ein Zeichen mit der Laterne und wartet.
Ein Riegel knirscht, das metallbeschlagene Tor öffnet sich einen Spalt weit.
Ein Wesen wie ein Kobold huscht heraus; Knabenkleidung, dazu Seidenpantöffelchen. Etwas anderes war wohl nicht zu finden bei der Heimlichkeit der Flucht.
Auf dem feuchten Bootssteg gleitet das Wesen aus, verliert einen der Pantoffel, der Fuß rutscht ab. Ein schwacher Schrei. Um ein Haar wäre es ins Wasser gefallen. Einer der Ruderer greift zu, zieht es ins Boot.
Der nackte weiße Fuß, zart, die beweglichen Zehen, die sich krümmen vor Kälte … Samuel verfällt auf die Idee, diesem Fuß seinen Handschuh überzuziehen. Ein Laut kommt von dem Wesen, es kichert.
Ich hatte sie das letzte Mal vor fünf Jahren gesehen, ein Kind, zu dem ich mich hin und wieder herabließ, um mit ihm zu albern, ein Mädchen, das ich nicht besonders beachtet hatte.

Nun hier ein Geschöpf zwischen Kind und Frau und in diesen Männerkleidern; etwas, was sich nicht festlegen lässt. Die Laterne verleiht dem zarten Gesicht einen Bernsteinschimmer. Eine leicht gebogene Nase, ein unkindlicher Mund. Sie kneift die Augen zusammen, weil sie nicht gut sieht. Ich küsse ihr die eine Hand, Samuel die andere. Sie lächelt und zittert vor Aufregung. Mein Bruder legt einen Mantel um sie, und ich erteile den Ruderern Befehl, die Gewässer der Serenissima mit voller Kraft zu verlassen.
So entführen wir La Chica aus dem Haus ihrer Mutter.
Und das war der erste Teil unseres Plans. –

Auf die geheimen Botschaften, die wir ihr hatten zukommen lassen, erhielten wir unverzüglich und mit Selbstverständlichkeit Antwort. Es war klar: Nie wollte ein Mädchen sich bereitwilliger rauben lassen als meine dreizehnjährige Cousine. Nie wollte jemand dringender fort von zu Haus.
Während unserer ganzen Reise verliert sie kein einziges Wort über ihre Mutter, weder im Guten noch im Bösen. Sie ist schweigsam, aber wach, beobachtet mit gerecktem Hals, die Augen schmal, welchen Weg wir ziehen.
Wir haben ihr zunächst die Knabenkleidung gelassen; es dient der Tarnung, obwohl wir es damit nicht so genau nehmen, seit wir venezianisches Hoheitsgebiet verlassen haben. Inzwischen sind wir alle drei zu Pferd unterwegs, sie sitzt zierlich und mit geradem Rücken im Sattel und beklagt sich nicht, auch wenn ihr der Hintern weh tun muss, denn sie ist es ja nicht gewohnt, zu reiten. Ihr Haar (Locken, so störrisch wie die ihrer Tante Gracia) hat sie unter einer Kappe verborgen, trägt nun Degen und Stiefel. Ihre Brüste, spitz wie die Zitzen einer jungen Ziege, zeichnen sich unterm Wams ab.

Samuel kann seine Blicke kaum von ihr abwenden.
Unterwegs wird es kälter. In einem Ort, durch den wir kommen, entdecken wir einen Kürschner. Samuel besorgt Pelze für uns, Umhänge aus Otterfell für uns Brüder. Für das Mädchen bringt er eine Kostbarkeit aus rauchfarbenem Zobel herbei, einen Mantel, wie ihn die Kaufleute aus dem eisigen Norden, aus Sibirien, holen und für die man schweres Geld bezahlen muss. Sei's drum.
Wir sind unterwegs in einem Wirbel von Erwartung, Fröhlichkeit und ausgelassenem Staunen über das, was wir da gerade tun.
Der zweite Teil unseres Plans steht noch aus.
Wir reisen südwärts. Unser Ziel ist der Kirchenstaat. Samuel und ich haben sichere Papiere zu jenem Zeitpunkt, freies Geleit in den Ländern des Vatikans, sehr gute Beziehungen zu den Beamten des Heiligen Vaters und, was nie fehlen darf, die Taschen voller Geld.
Inzwischen laufen die Venezianer Amok.
Die aufgebrachte Brianda dichtet zum Raub ihrer Tochter gleich noch dazu, dass wir auch sie entführen wollten – aber diese Geschichte zu erfinden, wäre gar nicht nötig gewesen. Der Entzug der reichen Erbin genügt. Die Herren der Adria haben es gar nicht gern, wenn man ihre Oberhoheit missachtet und ihnen etwas wegnimmt, von dem sie annehmen, dass es ihnen, beziehungsweise einem von ihnen, irgendwann gehört.
Auf das Auslieferungsersuchen, das die Repubblica di Venezia an alle Staaten Italiens schickt, betreffend die »ruchlosen Schurken Juan und Bernardo Micas mitsamt ihrem unschuldigen Opfer, der geraubten Jungfrau« hatten wir gewartet.
In Faenza, auf dem Gebiet des Kirchenstaats, werden wir verhaftet.

Die päpstlichen Beamten überraschen uns beim Essen. Das Mädchen sitzt zwischen uns Brüdern, die Wangen gerötet vom Wein, sie lässt sich von uns füttern wie ein Vogel im Nest vom Elternpaar; abwechselnd schieben wir ihr eine Scheibe geräuchertes Lammfleisch, einen Löffel Quittengelee, einen Schnitz Apfel, einen Stengel Rauke in den Mund; herzhaft, süß, sauer, bitter. Sie lacht und kaut und schluckt, nur die Garnele, die ich ihr anbiete, lehnt sie entsetzt ab: nicht koscher! (Zugegeben, Samuel und ich nehmen es da nicht so genau.)
Als die Sbirren, die Häscher, eindringen, bleiben wir geruhsam sitzen, laden sie ein, mit uns zu speisen. Sie lehnen nicht ab.
Dann reisen wir in gutem Einvernehmen, Gefangene und Fänger, nach Ravenna; die Beamten wohl ursprünglich in der Absicht, uns mit dem nächsten Schiff nach Venedig zu verfrachten. Aber schon unterwegs kommen wir mit den freundlichen Männern überein, dass sie uns »aus den Augen verlieren« sollen. Wir geben unser Wort, freiwillig nach Ravenna zu reisen, und füllen die Taschen der »Bewacher« mit guten Goldstücken. Sie verabschieden sich freundlich.
Ravenna ist uns gerade recht für das, was wir vorhaben.

Der Tag, den wir wählen, ist für Januar ungewöhnlich milde. Es ist windstill. Eine blasse Wintersonne erleuchtet die Stadt. In ihrem weißen Kleid mit dem perlenbestickten Mieder, Federn und Goldschnüre ins Haar geflochten, sieht La Chica aus wie ein Wesen aus einer anderen Welt, eine Elbenprinzessin, wie sie im Norden sagen, in Irland, wo ich einmal war, in Geschäften.
Es ist ein Flirren um sie, um dies Mädchen, das nicht mehr Kind, aber noch nicht Frau ist.

Ich sitze neben ihr, Juwelen an jedem Finger, flämische Spitzen am Kragen, eine Pfauenfeder ziert das Barett.
Wir spielen Braut und Bräutigam.
In der Kathedrale von Ravenna, die acht Ecken hat und aus Ziegeln besteht, hat uns ein Priester gerade eben feierlich getraut, mich, Juan Micas, und die Signorina de Luna. Ein Chor hat gesungen, und Kinder haben Grünzeug gestreut.
Nun haben wir eine große Tafel aufstellen lassen und bewirten zu unserer Hochzeit die halbe Stadt; jedermann, der teilnehmen will, ist willkommen. Musikanten spielen auf. Die Stimmung der Bürger von Ravenna ist prächtig.
Unsere inzwischen beklommen.
Ja, es war meine Idee. (Oder doch die Gracias, eingepflanzt in meinen Kopf. Sie musste die Dinge ja nicht unbedingt aussprechen, damit ich sie begriff – so, wie wir zueinander standen.)
Wir hatten gestritten, mein Bruder und ich, vor meinem Gang zum Altar. Als ich sagte, dass wir etwas Spektakuläres unternehmen müssten, damit La Chica ein für alle Mal unerheblich wird für die gierigen Venezianer, da meinte er gleich: »Für das Spektakuläre bist ja nun eher du zuständig.«
Und ich hatte erwidert: »Ich also. Gut. Dann werde ich sie heiraten nach christlichem Ritus.«
Mein Bruder war auf einmal totenblass. »Sie ist ein Kind«, murmelte er.
»Ebendarum!« Ich lachte. »Machen wir uns den Spaß.«
»Das ist kein Spaß, Joseph!« Er kaute auf seiner Lippe herum, senkte die Lider. Da begriff ich, dass Samuel sich in die Kleine verliebt hatte.
»Es wird nichts geschehen, Bruder!«, beschwor ich ihn. »Ich werde das Mädchen nicht anrühren.«

Er sah mich an, misstrauisch und angewidert zugleich. Er kannte mich. Er traute mir nicht über den Weg.

Spätestens in der Kirche hatte ich begriffen, dass ich wirklich der Einzige war, der eine Farce in dem sah, was wir taten. Meine »Braut«, eingeweiht, war Mitspielerin in der Komödie – eine christliche Hochzeit ist null und nichtig im Judentum –, aber als wir dann vor diesen Traualtar traten, im Duft des Weihrauchs, den Gesang der hellen Knabenstimmen im Ohr, da senkte sich die Macht der feierlichen Zeremonie wie eine Taucherglocke über uns, und sogar so ein liederlicher Hund wie ich verstand, dass man mit gewissen Dingen nicht scherzen kann, ganz gleich, ob man an sie glaubt oder nicht.

Und dann das Mädchen! Ihr Erröten, als ich ihr den Ehering über den Finger streifte, ihre eiskalte Hand, das Beben in ihrer Stimme beim Jawort … Als ich sie hinausführte, über den Teppich aus Efeu und Wintergrün, musste ich sie fast tragen.

Dagegen half nur, schnell und laut zu feiern.

Und so sitzen wir nun auf dem Platz zu Ravenna, sie und ich unter einem schattenden Schutzdach, Samuel neben uns auf ihrer Seite, und um die Stimmung Purzelbaum schlagen zu lassen, fordere ich meine »Angetraute« auf, mit mir eine Volta zu tanzen, einen schnellen Tanz, der nicht gerade als sehr züchtig gilt, weil man dabei seine Partnerin an Hüfte und Hintern fassen und herumschwenken muss, und meistens sieht man dabei mehr als nur die Beine bis zum Knie, sondern bestimmt auch das Strumpfband.

Ich fordere sie also auf, und sie sieht mich erschrocken an und bewegt die Lippen, ohne etwas zu sagen, doch dann lächelt sie und steht auf, weiß und flirrend, und während ich den Musikanten ein Zeichen gebe, schreitet sie vor mir her in die Mitte

des Platzes, erhebt sich auf die Zehenspitzen, schließt die Augen und hebt die Arme mir entgegen.
Und während ich das Kind unterm Jubel und Händeklatschen durch die Luft schwinge, habe ich so ein Gefühl, dass ich gerade etwas Frevelhaftes betreibe, wenn ich es auch nicht benennen kann, denn ich tue ja nur, was getan werden muss, um dem Plan letztlich zum Erfolg zu verhelfen. Fünfzigtausend Mendes-Golddukaten …
Honoratioren erheben sich nach unserem Tanz von der Festtafel und halten Ansprachen, in denen sie es als eine hohe Ehre bezeichnen, dass wir gerade hier in Ravenna …
Ich höre nicht so recht hin und überschlage im Kopf, wie viel der Spaß hier auf dem Platz vor der Kathedrale uns kostet, und an meiner Stelle erwidert Samuel in gebührender Ernsthaftigkeit.
Lautenlieder, weitere Tänze, an denen wir nicht mehr teilnehmen nach unserer Volta.
Ich trinke viel, und Samuel trinkt gar nicht.
Es wird dämmrig, man zündet Fackeln an ringsum, die Perlen auf La Chicas Mieder schimmern sanft. Ich bin betrunken.
Stolpernd und mit schlechtem Gewissen erhebe ich mich und führe die Braut in unsere Herberge; das Volk von Ravenna grölt herum und reißt schlechte Witze, und natürlich muss ich mit ihr ins »Brautgemach«; wir wollen schließlich glaubwürdig wirken.
Dann werfe ich mich angekleidet auf dieses Hochzeitsbett, ohne mich um meine »Angetraute« zu kümmern, und schlafe ein, und das ist wahrscheinlich das Beste, was ich tun kann.
Ich wache auf, weil mich mein Bruder an der Schulter rüttelt. La Chica sitzt am Tisch, ihr Kopf ist auf die Arme gesunken.

Ihr Haarschmuck hat sich gelöst, um sie herum sind Federn und Goldschnüre verteilt. Ob sie schläft, weiß ich nicht.
Samuel steht da in Reisekleidung und sagt: »Du hast vollendet, was nötig war, und ich habe dir geholfen, wo es nur ging. Jetzt verlasse ich dich. Ich reise zurück nach Konstantinopel und berichte der Señora, wie alles geregelt wurde. Du hast es sehr gut gemacht.« In seiner Stimme klingt Bitternis.
Dann zieht er mich am Arm von diesem Bett hoch und sagt leise und streng zugleich: »Lass das Kind schlafen. Ich weiß nicht, was du weiter vorhast, aber für mich ist unsere Arbeit nun getan.«
Und ich, taumelig vor Müdigkeit und Wein, folge ihm wortlos auf die Straße, wo sein Pferd schon gesattelt ist.
»Gib gut auf sie acht!«, sagt Samuel hastig zu mir und umarmt mich. Der Hufschlag seines Pferdes verhallt in den engen Gassen hinter der Kathedrale.
Für den Rest der Nacht nehme ich mir ein anderes Zimmer.

Am nächsten Morgen ist es, als sei ein Spuk verflogen. Als hätte es diese Hochzeit nie gegeben …
La Chica ist heiter und gefasst, während wir frühstücken; nach Samuel fragt sie nicht.
Es stellt sich heraus, dass wir keinen Tag zu früh dieses Spektakel veranstaltet haben. Gegen Mittag galoppiert ein venezianischer Gesandter in Ravenna ein und verlangt vom Magistrat und von einem päpstlichen Offizialen, der sich inzwischen auch eingefunden, jedoch dezent im Hintergrund gehalten hat, die Auslieferung der Entführer und des Mädchens. (Eine Abteilung Bewaffneter, so eröffnet er mit steinerner Miene, läge vor den Toren der Stadt.)
Auf höchster Ebene, so ist zu erfahren, hat man in Venedig

strengste Bestrafung der Jungfrauenräuber verfügt: den Tod. Samuel und ich werden steckbrieflich gesucht, und auf unsere Köpfe ist ein Preisgeld ausgesetzt, dessen Höhe mich denn doch erstaunt: dreitausend Dukaten für Juan und zweitausend für Bernardo Micas. (Die feine Differenzierung kann nur auf Briandas Hinweis geschehen sein, die mich, wie sollte es anders sein, als den Bösewicht Nummer eins ansieht. Schließlich ist sie von mir schon einmal misshandelt worden, als ich von ihrer Schandtat erfuhr …) Die Venezianer wollen uns gern lebend haben und dann öffentlich zwischen den beiden Säulen auf dem Platz von San Marco hängen; falls wir ihnen entwischen sollten, ist uns ewige Verbannung aus der Stadt sicher. Es gibt auch noch die Möglichkeit, dass uns jemand totschlägt: Auch der würde noch belohnt, wenn auch nur mit der Hälfte der Summe.

Das muss man erst einmal überbieten!

Die Höhe des Kopfpreises und die Brutalität der angedrohten Strafe erschütterten mich denn doch. (Später erfuhr ich, dass der Sohn des Dogen in Person der bevorzugte Bewerber um La Chicas Hand war; das Oberhaupt der Repubblica di San Marco fühlte sich persönlich brüskiert durch die Entführung.)

Der päpstliche Beamte, mit dem ich nun zu verhandeln habe, zeigt sich unerbittlich, was die Auslieferung des Mädchens – und zunächst auch meine – angeht. Denn der Venezianer setzt ihn unter Druck. Er besteht darauf, die »geraubte Jungfrau« und ihren Räuber unverzüglich mitzunehmen, andernfalls würde man Gewalt anwenden müssen. Die Serenissima betrachtete La Chica als ein ungebundenes junges Mädchen, und ihre »Ehe« mit mir sah sie als erzwungen und nichtig an und würde in Rom gegen diese »Verheiratung« protestieren. So die Argumente.

»Auf einen Kampf mit den Soldaten der Serenissima wollen wir uns lieber nicht einlassen, Signor Micas«, sagt der Beamte leicht verlegen. »Also, diplomatische Verwicklungen, bloß wegen so einer privaten Geschichte – das steht nicht dafür.«
Ich sehe ein: Man darf die Sache nicht auf die Spitze treiben. Also zucke ich die Achseln. Sollen sie »die Signora Madonna Micas«, eine verheiratete Frau, doch mitnehmen.
Ich allerdings, so erkläre ich, werde mich unverzüglich nach Rom begeben, um den Venezianern zuvorzukommen und vom Papst direkt die Gültigkeit unserer Ehe bestätigen zu lassen.
Meine Dreistigkeit macht den Beamten zunächst einmal sprachlos. (Ich folge der stets erfolgreich angewandten Taktik des Hauses Mendes, beziehungsweise seiner Prinzipalin, offensiv zu operieren und niemals eine Niederlage einzustecken. Und wenn man irgendwo einen Fußbreit nachgeben muss, heißt es, sogleich anderswo Land zu gewinnen.) Meine guten Papiere und meine prallgefüllte Börse überzeugen schließlich den Mann. Vor allem das letztere Argument. Ich habe auf das ausgesetzte Kopfgeld der Venezianer genau noch einmal tausend Dukaten draufgelegt und bin ein bisschen überrascht, dass ich wirklich so viel wert bin.
Man lässt mich zu ihr.
»Darf ich mich von meiner Gattin verabschieden?«, frage ich.
»Aber selbstverständlich, Euer Gnaden. Euer Gnaden können auch gern noch ein paar Vaterunser lang mit ihr unter vier Augen … also wenn Euch nach einem längeren Abschied gelüstet …« Er zwinkert komplizenhaft.
»Haltet Euch zurück, Signor«, sage ich kurz angebunden. »Wie wir Abschied nehmen, geht Euch wahrhaftig nichts an.« Er hat sein Geld, jetzt brauche ich mich nicht mehr um Höflichkeit zu

bemühen. »Tragt nur Sorge, dass Madonna Micas aufs feinste behandelt wird und es ihr auf der Reise an nichts fehlt.«
La Chica ist schon bereit; sie kommt mir auf der Treppe unserer Herberge entgegen, den Zobelpelz um die Schultern, das Haar unter der Knabenkappe verborgen. Ich sehe zu ihr auf, kann den sanften Ansatz eines Doppelkinns sehen, die geblähten Nüstern dieses fein gebogenen Näschens, die runden Wangen – eine Perspektive, die ich vielleicht irgendwann auch im Brautbett zu genießen das Vergnügen gehabt hätte, falls ich denn ihre kleinen Brüste gestreichelt und von dort aufgeschaut hätte zu ihrem Gesicht.
»Lebt wohl, Juan Micas«, sagt sie. »Lebt wohl, Joseph. Ich hoffe, alles wird sich fügen, wie Ihr es wünscht. Küsst mich zum Abschied.«
Da sie nun unten steht, auf der letzten Treppenstufe, ist ihr Gesicht auf gleicher Höhe wie meines. Sie schließt die Augen und bietet mir ihren Mund an. Aber ich bezwinge mich und küsse sie nur auf die Stirn. –

Später, wenn La Chica sich an diese Entführung und ihre erzwungene Rückreise nach Venedig erinnert, kommt ihr das alles vor wie ein merkwürdiger Traum, etwas, das in ihrem Leben gleichsam wie Knoten in einem Gewebe war.
Die paar Tage in der Gegenwart der tollkühnen und heiteren jungen Männer, die sie behandelten wie ein Kleinod, waren in dieser Erinnerung wie mit einem goldenen Rahmen versehen. Und dann diese Hochzeit. Sie wusste ja, dass es eigentlich nur Lug und Trug war, ein Trick, um ihre Mitgift loszueisen aus der Zecca und sie der Familie wieder zuzuführen. Trotzdem. Nachdem sie, benommen von Weihrauch und Gesängen, draußen vor dieser Kirche neben Joseph auf dem Platz saß, geschmückt

und geziert wie ein Opfertier, da hatte sie das Gefühl, dass etwas Endgültiges geschehen sei.
Zitternd und bebend hatte sie mit ihm die Volta getanzt. Zitternd und bebend war sie mit ihm ins »Brautgemach« gegangen.
Und dann lag er auf dem Bett und schlief, bäuchlings, den Kopf in den Armen verborgen, so betrunken, wie man nur sein kann, und sie stand da, ein Kind, das nicht wusste, wie ihm geschah. Sie wusste nur eins: Der Anblick dieses schlafenden Mannes erweckte einen Aufruhr in ihr, den sie bis dahin noch nie verspürt hatte. Aber sie war es gewohnt, sich zu beherrschen. Im Haus ihrer Mutter lernte man das, wenn man heil und gesund an der Seele bleiben wollte.
Und dann – dann wurde sie ausgeliefert. Musste zurück. Sie vergisst es nicht, dass sie ihm den Mund bot, aber er küsste sie auf die Stirn …
Später saß sie in einer verschlossenen Sänfte, die sie zum Schiff brachte, draußen klirrte das Eisenzeug der venezianischen Soldaten, und sie vergrub ihr Gesicht bis zu den Augen in dem Zobelpelz, den ihr die Brüder geschenkt hatten, atmete den Geruch des Fells ein und dachte an Joseph. Seine Blicke, sein Lachen, die Art, wie er die Mundwinkel verzog, wenn er sich über etwas lustig machte, seine langfingrigen Hände, die sie nicht berührt hatten, der schmale Goldreif, den er um das eine Handgelenk trug. (Sie konnte stundenlang darüber nachdenken, ob es das rechte oder das linke gewesen war, als sie dann wieder eingefangen war in dem Pferch, der sich Palazzo Gritti nannte.)
Etwas war zu ihr gekommen – wie wenn man einen Samen im Winter pflanzt und nicht weiß, was für eine Blume daraus erwachsen wird …

Es stellte sich heraus, dass die ganze Posse dann doch vergebens war. Ich antichambrierte fast einen Monat im Vatikan, und Kardinäle in Purpur und Violett, alt und jung, dürr wie die sieben mageren Kühe aus Pharaos Traum oder fett wie die Götzen eines Tempels, die ich in Asien gesehen hatte, scharwenzelten um mich herum, ließen sich von mir bewirten, schielten auf meinen Geldbeutel und versprachen mir die Audienz beim Heiligen Vater, über kurz oder lang.
Ich besuchte jede Messe. So viel Weihrauch wie in diesen Wochen hatte ich in den letzten sechs Jahren nicht mehr einatmen müssen; ich bekam einen Husten davon.
Zum Glück waren die Huren der urbs aeterna *auf dem Niveau, das man von einer Weltstadt erwarten kann. Da war ich wenigstens sicher, dass ich eine Leistung für meine Dukaten erhielt.*
Ich war dann genötigt, diesen Versuch, die Mitgift La Chicas für uns zurückzugewinnen, abzubrechen, bevor die Kosten ins krasse Missverhältnis zum Nutzen gerieten.
Brianda hatte inzwischen das Mädchen in Venedig untersuchen lassen und festgestellt, dass sie Jungfrau war – also die Ehe nicht vollzogen worden war.
Die Römer lachten hinter vorgehaltener Hand; sie hatten die Neuigkeit eher als ich vernommen. Juan Micas in der Hochzeitsnacht zu betrunken, um mit seiner Frau zu vögeln! Niederlage auf der ganzen Linie.
Die Signoria triumphierte. (Eigentlich hätten die Venezianer ja nun den Haftbefehl gegen mich wieder aufheben können, alles war schließlich beim Alten. Aber ihre Rachsucht war wie die des Löwen; schließlich ist ja so ein Tier ihr Wahrzeichen.)
Ich hätte mit dem Kopf gegen die Wand laufen müssen ob meiner Dummheit.

Da hatte ich mich nun einmal nicht als der Mistkerl, Wüstling und Bösewicht erwiesen, für den man mich so gern hielt, sondern die Unschuld eines Mädchens geachtet, das, nimmt man denn alles in allem, durchaus nicht abgeneigt gewesen wäre, sie an mich zu verlieren. Und prompt missglückte der Streich. Trotz alledem war ich auf eine gewisse Weise fröhlich. Ich dachte an meinen Bruder Samuel. Ich hatte es ihm zugesagt.
Lass das Kind schlafen, waren seine Worte an mich.
Vielleicht war es gut so.
Übrigens löste La Chica unser Problem mit ihrem Geld zwei Jahre später auf verblüffend einfache Weise.

Konstantinopel

1556

DU liest den *Pseudolus?*«

Gracias Stimme trifft ihn unvorbereitet, er zuckt zusammen, wirft unwillkürlich einen Blick auf ihre Füße. Ihr fester Tritt, das Klappern ihrer Absätze kündigten sie sonst unmissverständlich an: Hier komme ich, die Señora! Aber heute trägt sie die weichen Saffianpantoffeln, wie sie die Frauen im Harem des Sultans an den Füßen haben, und so hat er sie nicht gehört.

Sie steht am Tisch, hält das Buch in der Hand, sieht zu ihm hinüber, spöttisch, die Lippen gekräuselt.

Trickser, sagt ihr Blick. Zwillingsbruder dieses alten Römers, dieses pfiffigen Skaven, der alle Geschäfte seines Herrn mittels Lug und Trug regelt. Guckst du dir deshalb so etwas an? Willst du was dazulernen?

Er hat keine Lust auf das Wortgefecht, das sie ihm da indirekt anbietet. Geht auf sie zu, nimmt ihr das Buch fort und legt es zurück.

»Ich habe gar nicht gelesen«, erwidert er. »Du siehst ja. Ich stand bloß so da und habe nachgedacht.«

»Worüber?«

(Noch immer klingt es kriegerisch.)

»Über La Chica«, sagt er.

Ihre Augen gehen an ihm vorbei, suchen etwas in der Ferne.

»Merkwürdig. Ich musste an die Mutter der Kleinen denken, meine Schwester. Seit gestern schon. Wir waren wie Feuer und Wasser, und sie hat mir mehr angetan, als man je vergeben kann. Und trotzdem. Ich fühle keinen Zorn mehr auf sie. Möge sie ihre letzten Jahre in Frieden verleben in Ferrara, mit der Tochter an der Seite, die ihr tapfer beisteht.«

»Brianda war schon krank, als sie Venedig verlassen konnte.« Sie hebt leicht die Stimme, ungeduldig schon wieder. »Ich sage ja: Möge sie ihre letzten Jahre in Frieden verleben. Es wird ihr ja wohl nicht mehr gelingen, die ganze Mitgift La Chicas aufzuzehren.« Und nach einem Atemholen: »Nachdem du gescheitert bist damals mit deiner Aufgabe.«

Seine Wange zuckt. »Dir hätte es also gefallen, wenn ich das Kind entjungfert hätte, ja?«

»Du bist doch sonst nicht so zimperlich«, sagt sie eisig.

»Gracia!« (Das sind Momente, wo er sie am liebsten schütteln würde, sie zurechtrücken und -rütteln, damit sie wieder zurückkehrt in einen Zustand, in dem man sie lieben kann.) Sie steht vor ihm, klein und gerade und das Kinn hochgereckt, und ihre Augen fordern ihn heraus.

»Was willst du?«, fragt er und bemüht sich, seine Hände locker zu halten zu beiden Seiten, obwohl es ihm in den Fingern zuckt. »Willst du Streit? Ich habe keine Lust auf Streit mit dir. Die Tage, die uns bleiben, sind mir zu kostbar, um sie mit Streit zu vergeuden.«

Er wendet sich ab und geht zurück zum Fenster, wo er stand, bevor sie hereinkam, lehnt die Stirn wieder gegen den Stein der Einfassung. Der Tag ist halb herum. Morgen, wenn die Christen Sonntag feiern, wird er erneut zum Serail auf dem Topkapi gehen, wird versuchen, Selim zu irgendetwas zu bewegen, was den Lebenswillen seiner Freundin wieder entfacht – was genau, muss ihm noch einfallen, und dann zu Esther Kyra, wie er es ihr versprochen hat, ein frisches Gift zu holen …

Ihre Hand berührt ihn an der Schulter. Andere Frauen würden vielleicht einlenken, um Verzeihung bitten. Das hat sie nicht gelernt. Das hier, diese Berührung, ist viel. Und dann fühlt er, wie sie ihren Kopf an seinen Rücken schmiegt. Er strafft sich, beunruhigt.

»Gracia?«

»Ich fühle mich nicht gut an diesem Sabbat«, sagt sie leise.

Er beschließt, so eine Aussage zunächst einmal auf das Einfachste, das Körperliche, zurückzudrehen, wie man das Licht einer Lampe herunterdreht.

»Hast du gegessen?«, fragt er nüchtern.

»Ich faste diesen Tag«, erwidert sie. (Schon ist die bekannte Strenge wieder in ihrer Stimme.) »Eine Gemüsebrühe am Morgen, ein Stück ungesäuertes Fladenbrot.«

»Wir essen!«, beschließt er, und sie widerspricht nicht. Er berührt den Gong, der neben der Tür hängt.

Eins der muslimischen Mädchen, die zur Bedienung der jüdischen Familie extra am Sabbat gedungen sind (denn sie, die Familie, tut ja an diesem Tag keine Arbeit), huscht herein, zieht schnell den Schleier vors Gesicht, als sie das Mannsbild, den attraktiven Schwiegersohn der Herrin, erblickt, und fragt mit über der Brust gekreuzten Händen nach den Wünschen.

Binnen kürzester Zeit ist ein transportables Metalltischchen herbeigeschafft und wird nun beladen mit Kleinigkeiten: Schafskäse und Oliven, mit Lammfleisch gefüllte Weinblätter, Hummus, Petersiliensalat, aber auch süße Küchlein, mit Sirup übergossen. Wasser in beschlagenem Tonkrug.

Joseph will den Wein von seinem Leseplatz herbeibringen,

aber auf Gracias strengen Blick hin gibt er dem Mädchen ein Zeichen, das Getränk zu holen: Gracia nimmt es mit den Sabbatregeln sehr genau, und an diesem Tag darf ein Jude nicht einmal etwas tragen. Eigentlich gilt das nicht für die Wohnung, aber im Haus der Señora ist man strenger als jeder Rabbi. Jedenfalls manchmal.

Sie lassen sich auf Kissen nieder an dem kleinen Tisch, Joseph kreuzt die Beine und sieht mit stillem Vergnügen, dass sie es unter ihrem weiten Kleid genauso macht, statt sich züchtig hinzuknien.

Gracia hat Appetit, zumindest reicht es für die ersten vier, fünf Bissen. Sie nimmt einen Schluck Wein, gut so. Aber dann tritt wieder dieses Fremde, Abwesende in ihren Blick.

Was ist es nur, dass sie beide zugleich an diesem Sabbat in Konstantinopel mit ihren Gedanken so ganz woanders sind?

»Ich wollte, ich könnte meiner Schwester vergeben«, sagt die Señora aus ihren Gedanken heraus, die sie heute so gar nicht zu bändigen versteht.

Joseph schenkt ihr Wein nach. »Vielleicht am nächsten Versöhnungstag, am Jom Kippur?«

Ihre Augen kehren zu ihm zurück, finster die Brauen. »Du weißt, dass ich dann nicht mehr auf der Erde wandeln werde.«

Er beißt sich auf die Lippe.

»Du verrätst dich, Joseph Nasi! Du hast meinen Willen immer noch nicht zu deinem gemacht!«

Er schweigt, fühlt sich ertappt.

Sie lässt nicht nach. »Ich habe dir etwas schwören müssen. Jetzt wendet sich das Blatt. Jetzt schwöre du mir, dass du nichts unternehmen wirst, mich abzuhalten von meinem Vorhaben.«

(Das hat er die ganze Zeit befürchtet. Also gut. Ein Meineid.)

»Natürlich schwöre ich, meine Herrin«, sagt er besänftigend. »Hier und bei deinen schönen Augen.«

»Mach keine Farce daraus!«, sagt sie eindringlich. »Schwör beim ewigen und alleinigen Schöpfer der Welt.«

»Ich schwöre«, sagt er und fragt sich, ob am Sabbat geleistete Eide eigentlich wirklich gültig sind.

»Lass uns also«, sagt er und fühlt denn doch das Unbehagen über den falschen Eid wie eine fremde Hand zwischen Hals und Kragen, »lass uns also heute deinen Jom Kippur vorziehen und vergib deiner Schwester, um ihrer kleinen Tochter willen.«

»Wie? Soll ich Kol Nidre sprechen und alle Gelübde und Aussagen, die ich in Hinsicht auf sie getan habe, für ungültig erklären? Das sollte *sie* lieber tun! Sie hat mich öfter verflucht, als Blätter am Feigenbaum sind!«

»Meine Taube!«, sagt er, und ihre Unversöhnlichkeit füllt sein Herz mit einer bitteren Mixtur aus Verzweiflung und Ungeduld, »vielleicht ist sie ja schon tot.«

Sie setzt ihren Weinbecher ab. »Was?«, erwidert sie scharf, »du meinst, sie läuft mir im Sterben den Rang ab? Das darf nicht sein!«

Am liebsten hätte Joseph losgelacht, so wie, dem Vernehmen nach, jener Senator oder Bankier in Venedig loslachte bei La Chicas berühmtem Bekenntnis. Aber er hält sich zurück und entgegnet mit aller gebotenen Sanftmut: »Wie dem auch sei, lass uns auf die Tochter dieser Mutter trinken, die das geschafft hat, was mir misslang.« Darauf lässt sich Gracia ein, stillschweigend.

Ferrara und Venedig

Im gleichen Jahr

1556

LA Chica sitzt Schiwa an der Bahre ihrer Mutter, die Kerzen brennen. Sie hat den Saum ihres Kleids zerrissen und Kaddisch gesagt gemeinsam mit Lusitanus und den Juden ihres Hausgesindes, und sie darf nicht einschlafen.

Jetzt ist sie frei. Aber der Mann, der ihr damals in der Kathedrale von Ravenna den Ring ansteckte in einem falschen Spiel, der ist nicht mehr frei – und er war auch nicht der Rechte für sie, sosehr sie sich das manchmal erträumt hat.

Ein anderer wird es sein.

Sie versucht sich vorzustellen, wie der, jener, jetzt in Konstantinopel mit seiner Gattin Reyna den Sabbat feiert, singend, betend, voller Freude. In Konstantinopel soll es wie im Paradies sein, grünende Gärten und springende Wasser überall, und in der Mitte zieht sich die nasse Straße zwischen zwei Meeren durch die Stadt, so wie in Venedig der Canale della Giudecca den Sestiere Dorsoduro von der Insel Spinalunga trennt.

Sie liebt Venedig, trotz allem, was da geschah. Und sie wird nie nach Konstantinopel gehen. Weil sie es nicht mit diesen ihren Augen sehen möchte, wie jener Mann an der Seite einer anderen durch den Palazzo stolziert.

Um den Schlaf von ihren Lidern fernzuhalten, denkt sie daran, wie sie ihren Abschied bei der Serenissima erlangt hat.

Es war ganz einfach. –

Es ist eine größere Versammlung, die sich da an diesem Augusttag im Jahre des Heils 1556 in den Prokuratien zusammengefunden hat: Unter Vorsitz des *Avogadore di Comun,* des Generalstaatsanwalts, tagen die Signori der Ausländerbehörde, die Mitglieder des Rates der Zehn und die führenden Köpfe der Zecca, der venezianischen Staatsbank.
Stöhnend unter der Geißel der Hitze, die sich auch in den Schattenräumen der Verwaltungsgebäude eingenistet hat wie eine Krake, die sich am Schiffsleib festklammert, sitzen die Herren in ihren schweren Roben in Schwarz oder Scharlachrot, Filzkappen auf dem Kopf, und der Schweiß rieselt ihnen die Schläfen entlang.
Die Weltlage zwingt sie – zu einer Zeit, in der jede ehrbare venezianische Familie die Stadt verlassen hat und die Sommerfrische in ihrer Villa im Veneto verbringt –, gemeinsam mit dem armen Volk, den Buchhaltern in den Kontoren, den Huren und den Ausländern in dieser fieberverdächtigen Stadt auszuharren und Befragungen durchzuführen. Der neue Papst, dieser Caraffa, zieht strengere Saiten auf gegen Juden und Conversos, da und dort brennen schon Scheiterhaufen, und obwohl man hier der Inquisition längst nicht so viel Raum gibt wie anderswo, gilt es doch, zum Wohl von San Marco abzuwägen und zu klären, was man verantworten kann und was nicht.
So ist eine Reihe von ausländischen Residenten vorgeladen, vermögende Kaufleute, versteht sich (mit poverem Pack gibt sich die Signoria nicht ab), deren Verbleib in der Stadt der Serenissima zum Vorteil gereicht. Man hat nicht vor, Zusicherungen zu brechen und Verträge zu kippen. Aber man muss sich schützen gegen Anwürfe der Kirche. Muss, zumindest nach außen, vorzeigen können, dass man alles getan hat, das Christentum der Betreffenden von offizieller Stelle aus auf

Herz und Nieren zu prüfen, bevor die Inquisition auf die Idee kommt.
Außerdem hat es einige anonyme Denunziationen gegeben in letzter Zeit; so manch einer wittert da wohl Morgenluft und sieht eine Gelegenheit, einen erfolgreichen Konkurrenten auszuschalten.
Und so wird Fall auf Fall behandelt. Die honorigen Herren stehen vor dem Gremium wie arme Sünder. Alle wirken, als wenn sie sich etwas haben zuschulden kommen lassen, auch wenn sie eine weiße Weste haben. Hand in Hand mit den Verhandlungen gibt es auch noch die Mitteilung an die Geladenen, dass die Fremdensteuer angesichts des »Drucks von außen« um zehn Prozent erhöht worden ist …
Die Mitglieder des Gremiums wollen an diesem Tag dies unliebsame Geschäft zu Ende führen, um endlich auch die Stadt verlassen zu können wie ihre Standesgenossen.
Bisher lief alles recht gut. Sie haben nur in vier Fällen wegen erwiesenen Judaisierens eine Verbannung verhängen müssen – niemand hier denkt daran, die Überführten dem Heiligen Offizium auszuliefern; wir sind in Venedig.
Nachdem die »normalen« Fälle verhandelt worden sind, gibt es noch eine Spezialität, auf die man eigentlich gespannt war, aber bei dieser Hitze und zu dieser Stunde möchte man »eigentlich« lieber gar nichts mehr tun.
Angezeigt, mitsamt ihrer Tochter eine heimliche Jüdin zu sein, ist nämlich Madonna Brianda Mendes, pikanterweise von einem ihrer einstigen Liebhaber. Man munkelt dies und jenes. Die einen sagen, der Mensch wolle sich rächen, weil sie ihm den Laufpass gegeben, andere wiederum, er habe es voller Wut getan, als er entdeckte, dass sie ihn … angesteckt habe (Letzteres wird hinter vorgehaltener Hand gezischelt).

Der Fall ist kritisch.
Man weiß inzwischen, dass die Leiterin des Mendes-Imperiums, Dona Gracia Nasi, wie zu erwarten, sich samt ihrer Haushaltung in der Türkei zum Judentum bekannt hat, und gegen ihre beiden Neffen, die Madonna Brianda und der Serenissima gleichermaßen einen Tort angetan haben, liegt ein Todesurteil vor. Verdächtig ist die Familie schon.
Aber immerhin war die jetzt Angeklagte diejenige, die einst selbst ihre nächste Verwandte denunziert hatte, heimliche Jüdin zu sein, was damals für viel Aufsehen sorgte. Nun dreht jemand den Spieß um …
Was die hohen Herren auf keinen Fall wollen, ist, dass ihnen die reiche Erbin abhandenkommt. Wenn auch der Sohn des Dogen sich nach der Sache mit der Entführung abgewandt hat – es gibt genug *nobili,* die freudig bereit sind, das Mädchen als Schwiegertochter zu begrüßen, wenn sie nur leidlich in der Lage ist, ihr Vaterunser zu sprechen, und in der Kirche im richtigen Moment niederkniet.
Einige Würdenträger vom Rat der Zehn mahnten zur Geduld. Die Mutter sei krank, so hatten sie argumentiert. Vielleicht war mit ihrem baldigen Ableben zu rechnen. Dann könnte man das Mädchen in einem Konvent unterbringen und ihr noch einmal einen gehörigen Schwall christlicher Gesinnung und christlichen Benehmens ins Hirn blasen und sie dann zur Vermählung freigeben.
Aber da man von Amts wegen verpflichtet ist, jeder Anzeige nachzugehen, ließ es sich nicht vermeiden, nun auch die beiden Frauen vor das Tribunal zu bestellen. Der *Avogadore di Comun* selbst hat die Herren unmittelbar vor der Verhandlung beschworen, entgegenkommend zu den Damen zu sein. Schließlich will man es sich mit den Mendes nicht verderben,

seien sie nun christlich, jüdisch, muslimisch oder, am allerschlimmsten, protestantisch gesinnt. Das Handelshaus ist aus dem Levantehandel nicht wegzudenken, seit es seinen Hauptsitz in Konstantinopel hat. Die Geschäfte mit den Türken dürfen nicht gefährdet werden.

Der Tag ist schon fortgeschritten, umso mehr hat sich die feuchte Hitze in eine Brutglocke verwandelt. Die Herren finden, es reicht langsam. Längst sind ihre Hemden unter den Amtsroben durchgeweicht vor Schweiß, sie benutzen reichlich mit Zitronenwasser getränkte Tücher, sich das Gesicht zu erfrischen, und die Saaldiener haben zu tun, immer wieder Karaffen mit frischem Wasser herbeizubringen.

Die Stimmung ist dementsprechend. Einige lockern schon ihre Kragen und streifen die Ärmel bis zu den Ellbogen hoch. Man ist unaufmerksam, flüstert, Lachen kommt auf.

»Der letzte Fall für heute!«, verkündet also der *Avogadore,* der merkt, dass die Aufmerksamkeit des Gremiums sehr zu wünschen übriglässt. »Signori! Sammelt Euch! Danach entlasse ich Euch in die *villeggiatura* auf Eure Häuser an der Brenta.«

Papier raschelt, der Schreiber an seinem Seitentisch kramt in den Akten, verkündet dann: »Die Damen Mendes.«

Der *Avogadore* schlägt vor, die Frauen zunächst einzeln zu vernehmen. –

Brianda betritt den Raum, gestützt auf den Arm ihres jungen lockenköpfigen Haushofmeisters, von dem am klatschsüchtigen Rialto behauptet wird, er sei ihr gegenwärtiger Liebhaber, und verneigt sich.

Die Männer sehen: Diese Frau ist von Krankheit gezeichnet. All die Schminke, die sie im Gesicht trägt, vermag nicht zu verbergen, dass ihre Augen tief in den Höhlen liegen und ihre Wangen eingefallen sind. Die nackten Schultern ragen knochig aus dem Spitzenkragen des prachtvollen Kleids. Peinlich auch, dass sie versäumt hat, ihr Haar von ihren Zofen bleichen zu lassen. Immer wollte sie venezianisch aussehen in all der Zeit, unterzog sich, wie viele Weiber, der Tortur, mit einer Mischung aus Kalkerde, indischem Tinkal und Salzwasser stundenlang in der Sonne auszuharren, um die natürliche Farbe aus dem Haar zu entfernen. Nun weist Madonna Brianda unter ihrer Schleierhaube, die ihren Scheitel nur unvollkommen bedeckt, einen Ansatz von Schwarz, mit Grau untermischt, vor. Männer mögen es nicht, wenn Frauen nicht perfekt aussehen. Es ist ihnen – unerfreulich.

Brianda indessen spricht. Das heißt, sie spricht nicht, sondern ihr Begleiter hat ihr ein vorbereitetes Papier in die Hand gedrückt. Sie führt es dicht vor die Augen und liest ab, stockend.

»Hochberühmte Herren«, beginnt sie. »Ich verließ … das Land … wo ich glücklich lebte, um der Inquisition zu entkommen. Darum kam ich in diese Stadt … die Stadt, die Freiheit bot. Aber ich habe viele Feinde und Verfolger, die mich ständig quälen.«

Sie lässt das Blatt sinken, schaut verwirrt um sich.

Verwirrt sind auch die Signori des Tribunals. Was in aller Welt will sie eigentlich sagen? Niemand hat sie bisher aufgefordert, irgendeine Erklärung abzugeben.

Einer der Beisitzer des *Avogadore* beugt sich vor, fragt: »Sagt uns einfach frei und offen: Welchen Glauben bekennt Ihr, Madonna?«

Brianda verbeugt sich erneut: »Ich bin in dieser Stadt stets als eine Christin aufgetreten, hohe Herren.«

Gemurmel. Was meint sie damit, sie, die Frau, die ihre Schwester bezichtigte, sie an der Ausübung ihres christlichen Glau-

bens zu behindern? Heißt »aufgetreten« vielleicht, dass sie doch keine …
Von den Beamten der Zecca meldet sich einer zu Wort. »Signori, ich schlage vor, dass wir zunächst die Tochter befragen. Madonna Brianda scheint mir … nun, etwas überfordert zu sein im Moment. Wir sollten sie bitten, ins Nebenzimmer zu gehen währenddessen.«
Allgemeine Zustimmung. –

In einem anderen Raum sitzt La Chica und wartet. Gleichmäßig bewegt sie ihren Fächer, aber das nützt wenig, die Hitze lässt sich nicht verjagen. Durch den offenen Fensterbogen dringt der faulige Geruch der Lagune herein.
Ihr enggeschnürtes Mieder ist unerträglich.
Vieles ist unerträglich, seit sie zurück ist von ihrem Abenteuer, das sie hätte befreien können.
Sie hat ihre Mutter angefleht, ihr die Untersuchung durch die Hebamme zu ersparen.
Vielleicht hätte ihnen beiden das ja eine Atempause gegeben vor den immer dreister werdenden, zudringlichen Werbungen der *nobili*. Selbst wenn es Joseph gelungen wäre, die Gültigkeit der Ehe vom Papst bestätigen zu lassen – es hätte sie zumindest in ein Zwielicht gerückt in den Augen der christlichen »Anwärter«, das hätte wohlgetan.
Seit ihrer Rückkehr hat sich der Zustand Briandas rapide verschlechtert. Sie, La Chica, übernimmt nun oft die Rolle der Krankenpflegerin, der Vorleserin, der Gesellschafterin, selbst die der Zofe, denn jemand mit dieser Seuche im Leibe wird selbst von seiner Dienerschaft vernachlässigt. Da Costa, der Haushofmeister, hängt einzig deshalb noch an ihr, weil er nichts zu befürchten hat. Er ist selbst krank, und wer wen an-

gesteckt hat, das ist unerfindlich und auch gleichgültig. Jedenfalls hofft da Costa nach dem Tod seiner Herrin auf ein ansehnliches Legat im Testament.
Als La Chica ein Kind war, hat sie die Launen und Marotten ihrer Mutter ertragen, wie man eben etwas erduldet, an das man gewohnt ist.
Aber nach ihrer Rückkehr, nachdem sie mit den beiden jungen Männern unterwegs gewesen war, hatte sich alles verändert.
Zuerst war sie voller Bitterkeit und Hass. Aber dann, als die Krankheit ihre Mutter am Genick packte und sie beutelte, wie ein Lamm im Würgegriff des Wolfs gebeutelt wird, als sie sie erlebte zwischen Aufbegehren und Verzweiflung, zwischen Hoffnung und Hilflosigkeit, wandelte sich ihr Zorn gegenüber dieser Frau in Mitgefühl. Auf einmal verstand sie, was Brianda zu alldem getrieben hatte – zu ihrer Ausschweifung und ihrer Bosheit, zu der Verräterei und ihrer unbeherrschten Gier nach Luxus. Sie war nie die gewesen, die man geliebt hatte. Immer die Zweite. Immer verschmäht, obwohl sie leicht wie eine Feder war und lachen und scherzen konnte und gern schöne Augen machte. Irgendwann machte sie eben jedem schöne Augen. Irgendeiner musste sie doch einmal wirklich lieben …
La Chica rückt ihren Stuhl ein Stück weiter, denn die Sonne bahnt sich zu dieser Stunde ihren unerbittlichen Weg in die Gemächer der Prokuratien.
Bald wird Brianda tot sein. Bevor sie, La Chica selbst, volljährig ist.
Sie heißt eigentlich Gracia, wie ihre berühmte und von ihrer Mutter so inbrünstig gehasste Tante. La Chica weiß wenig von ihr. Außer, dass die – so hat sie es verstanden – der Grund des Unglücks ihrer eigenen Schwester ist. Aber sicher ist sie stolz

und kennt keine Feigheit. Vielleicht sollte auch sie, ihre Namensvetterin, einmal so kühn sein, wie diese Frau es dem Vernehmen nach ist. Wie all ihre Erfolge beweisen.
La Chica greift nach dem großen goldenen Kreuz, das der Sitte gemäß an einer Kette im Ausschnitt ihres Kleides hängt. Das Metall brennt ohnehin unerträglich auf der Haut.
Das bringt mich um. Das soll mich nicht umbringen.
Sie löst den Verschluss der Gliederkette, fängt das christliche Zeichen in ihrer hohlen Hand auf und lässt es in der Tasche verschwinden.
Keinen Moment zu früh. Der Saaldiener ruft sie vor das Tribunal.

Ihre Mutter ist nicht im Raum, das sehen selbst ihre kurzsichtigen Augen. Da flimmern nirgendwo Gold und Diamanten. Alles nur in Rot und Schwarz. Die illustren Vertreter der glorreichen Republik Venedig. Ihr Publikum.
Sie macht ihre Reverenz, steht dann da, den Kopf leicht zur Seite geneigt, bereit zum Zuhören und zum Antworten, ein zierliches Mädchen in einem hellen Kleid, der Fächer baumelt ihr am Perlenband vom Handgelenk. Eine heißersehnte Beute, fünfzigtausend Golddukaten plus Zinsen wert.
Der *Avogadore* macht den Anfang mit der wohlwollenden Frage, ob sie wisse, weshalb man sie gebeten habe, vor dem Auditorium zu erscheinen.
»Ja, erlauchte Herren«, entgegnet sie, und ihre helle klare Stimme ist bis in den letzten Winkel des Raums zu hören. »Ich weiß und hoffe, dass die Mitglieder dieses Tribunals mir helfen werden, das zu tun, was ich schon immer gewünscht habe.«
Die Antwort ruft Verwunderung hervor. Verwunderung und

Ungeduld. Man will die Sache endlich hinter sich bringen und sich nicht auf die, wie man meint, gewundenen Floskeln höflicher Konversation einlassen. Einige der Anwesenden stapeln schon ihre Papiere vor sich auf dem Tisch, damit die Saaldiener sie besser einsammeln können, und richten ihre Kleidung.
»Was meint Ihr damit, Signorina Mendes?«, fragt der *Avogadore*. Und La Chica: »Ich möchte nach dem Gesetz leben, das auch meine Mutter befolgt.«
»Und das wäre?«
»Es ist das jüdische Gesetz, meine Herren. Meine Mutter und ich, wir sind bekennende Jüdinnen.«
Die Feder des Protokollanten knirscht über das Papier. Es ist das einzige Geräusch, was zu hören ist in diesem stickigen Saal, bis auch der Schreiber begreift, was hier eben gesagt worden ist, und innehält. Es ist, als ob die anwesenden Standespersonen alle zugleich Luft holen und vergessen, wieder auszuatmen.
Und da geschieht etwas Unvorhergesehenes. Der heiße Tag hat die Männer zermürbt, sie sind so angespannt, dass sie ihre strenge Würde nicht aufrechterhalten können, und die Situation ist allzu grotesk. Da erscheinen Dutzende von ängstlichen Leuten vor diesem Tribunal, die hoch und heilig schwören, um alles in der Welt *keine* Juden zu sein – und hier steht nun die Tochter jener Frau, die seit einem Jahrzehnt darum gekämpft hat, als Christin zu gelten, und behauptet schlicht, sie und ihre Mutter …
Es heißt, es sei einer der Männer von der Zecca gewesen, der losprustete, losbrüllte vor hysterischem Gelächter, und sosehr der *Avogadore di Comun* auch mit seinem kleinen Silberhammer, Ordnung fordernd, auf den Tisch schlug und sie ermahnte, zu ruhigem Anstand zurückzufinden – alles biegt sich vor

Lachen, schlägt sich auf die Schenkel, wischt sich mit dem Handrücken die Tränen weg.
La Chica hat das gestrenge Tribunal der Serenissima zum ersten Heiterkeitsausbruch seit seinem Bestehen veranlasst. Die Geschichte bleibt noch lange in der Erinnerung der Beamten. –

Der Gerichtsdiener führt das Mädchen auf Veranlassung des Vorsitzenden hinüber in den Nebenraum zu ihrer Mutter, während sich die Herren langsam beruhigen.
Brianda sitzt, an den Herrn da Costa, ihren Haushofmeister, gelehnt, und fragt mit ängstlicher Miene, wieso sich die Männer im Saal so erheitern würden.
La Chica zuckt mit den Achseln. »Ich habe ihnen nur die Wahrheit gesagt, *mi madre*.«
Auch sie lächelt.
Ihre Mutter muss auf die Auflösung des Rätsels nicht lange warten.
Man ruft die beiden Frauen zurück vor das Tribunal.
Der *Avogadore* wendet sich erneut an Brianda: »Madonna, Eure Tochter hat uns eben offenbart, Ihr würdet nach dem Gesetz der Juden leben. Hat das Mädchen gelogen?«
Brianda sieht verwirrt vom Staatsanwalt zu den Beisitzern und dann zu ihrer Tochter.
Da steht dieses Mädchen, Diogos Kind, ein Wesen, das nicht schmutzig geworden ist bei all dem, was sich um sie herum abgespielt hat, jemand, der unbefleckt von ihrem, Briandas, verwirrendem und verworrenem Leben geblieben ist.
Soll sie sie verleugnen – und damit auch sich selbst? Einst, vor vielen Jahren, noch in Lissabon, war sie ein Kind wie ihre Tochter, sie war sicher in ihrem Glauben, ihrer Familie, ihrem Herkommen …

Sie strafft sich.
Und plötzlich ist sie eine Mendes, welche Rollen sie auch bisher durchgespielt hat in ihrem Leben. Ein Moment des Stolzes und der Tapferkeit, der vieles aufwiegt in den Augen von La Chica. Mit einem tiefen Seufzer sagt sie: »Meine Tochter hat recht. In meinem Herzen bin ich Jüdin.«
Und hier, in diesem Moment, kann das Mädchen sie lieben.
Minuten später schon wieder nicht mehr, als die erlauchten Herren eröffnen, dass sie beide aufgrund dieses Bekenntnisses mit ihrem gesamten Haushalt verbannt sind und innerhalb eines Monats Venedig zu verlassen haben.
Denn da breitet sie die Arme aus und kreischt: »Und unser Geld, *signori?*«
Der Mann von der Zecca, jener, der vorhin losgelacht hat wie ein Satyr, winkt müde ab.
»Das Geld, Madonna, wird Euch, sobald wir wissen, welchen Aufenthaltsort Ihr wählen werdet, auf das dort residierende Bankhaus überwiesen, mit allen Zinsen, abzüglich der Bearbeitungsgebühr, versteht sich.«
Zustimmendes Nicken ringsum. Die »Aktie La Chica« ist innerhalb dieser Minuten in den Augen der Venezianer von fünfzigtausend auf null gesunken. Denn als Heiratskandidatin für die edlen Söhne der Stadt kommt eine Jüdin natürlich nicht in Frage.
Bedauerlich, ja. Aber nicht zu ändern.
Die Herren des Tribunals fahren nun die Brenta hinunter, verlassen die Stadt, um diesen heißen August im Grünen zu verbringen.
Im Palazzo Gritti muss man packen. Immerhin: Das Geld ist gerettet.

Konstantinopel

1556

SO erinnern sich die beiden in der Bibliothek im Belvedere in Galata, denn all diese Geschehnisse wurden gleichsam wie auf Flügeln über den ganzen Kontinent unter Neuchristen und Juden verbreitet – den Venezianern war die Geschichte eher peinlich, und sie hielten sich zurück.
Donna Gracia hebt ihren Weinbecher. »Lechaim! Auf das Leben dieses Kindes! Ich werde sie bald verheiraten, natürlich innerhalb der Familie. Was meinst du, ob dein Bruder Samuel der Richtige für sie ist? Eigentlich naheliegend. Er war ja bei der Entführung auch dabei.«
»Samuel ist schon im Himmel für sie bestimmt«, erwidert Joseph und denkt an die Blicke seines Bruders, damals vor drei Jahren. Immerhin war er es, der La Chica seinen Handschuh über den nackten schmalen Fuß gezogen hat; nebenbei registriert er, Joseph, hoffnungsvoll, dass Gracia eben gesagt hat: »*Ich* werde sie verheiraten«, aber sie hat es auch schon selbst bemerkt und sagt hastig: »Du wirst das tun müssen, Joseph. In einem Jahr.«
»Gut, in einem Jahr«, erwidert er still.
»Übrigens«, fährt sie fort und steckt sich ein Stück des süßen Gebäcks in den Mund, ganz gelöst jetzt durch die Erinnerung an diese Vorkommnisse, »es ist bezeichnend für den wankelmütigen Charakter Briandas, dass sie sich nun gleichsam mit

Nägeln und Zähnen an San Marco festgeklammert hat. Sich als Jüdin zu bekennen, war das eine. Die Stadt des süßen Lebens zu verlassen, ein anderes. Sie hat die Signoria angefleht, im Ghetto wohnen zu dürfen – auch so eine Torheit von ihr, denn die strenggläubigen Rabbis und deren demütig züchtige Frauen hätten ihr die Hölle auf Erden bereitet. Immerhin wären wir von ihren weiteren Intrigen verschont geblieben, wenn sie die Erlaubnis erhalten hätte.«

»Was meinst du?«, fragt Joseph unbehaglich. Er ahnt schon, dass jetzt ein Kapitel aufgeschlagen wird, das seinen wunden Punkt berührt, einen seiner wunden Punkte. Frankreich.

»Nun, dass sie sich nach der ersten Ablehnung durch den Rat der Zehn ausgerechnet an den französischen Gesandten in Venedig wenden musste, damit der ein gutes Wort für sie einlegen und den Rat bewegen möge, sie doch wenigstens im Judenviertel zu belassen! Was für ein Affront! Sie war schließlich nicht aus der Welt gefallen, sie wusste doch, dass wir Mendes mit Frankreichs König auf gespanntem Fuß lebten – einem Monarchen, der nicht einmal in der Lage ist, die Zinsen des Kapitals aufzubringen, das sein Vorgänger sich geliehen hat! Stattdessen hat sie diesen Leuten in Paris sogar angeboten, vom Kapital der Mitgift La Chicas, wenn sie denn freigegeben ist, etwas auszuleihen! Als wenn die sich mit Kleinigkeiten abgeben würden!«

(»Diese Leute in Paris«, denkt er, immer noch halb amüsiert, das sind schließlich die Majestäten eines der größten Staaten Europas …)

Sie ballt einmal wieder ihre Fäuste und presst sie gegeneinander, dass die Fingerknöchel weiß werden; eine zornige, eine erregte Frau, keine, die sich zum Sterben bereitmacht … Ihre Brauen fahren in die Höhe. »Der Ewige weiß, wie schlechte

Zahler Europas Fürsten im Allgemeinen sind. Auch Seine Kaiserliche Majestät, der Habsburger, versucht uns zu erpressen und immer neue Kredite herauszuschinden, wo es nur geht. Aber wir haben zumindest unsere Zusagen und können auf die Zinszahlung bauen. Nur Frankreich benimmt sich unehrenhaft. Wie soll es noch Handel und Wandel geben, wenn Treu und Glauben dahin sind?«

Wir. So spricht die Prinzipalin des Hauses Mendes.

Sie nimmt noch einen Schluck, sagt dann knapp, im Befehlston: »Bring das in Ordnung nach dieser Woche, Joseph. Es ist schließlich *dein* Stück Blei, das du versenkt hast. So kann ein Bankhaus nicht überleben.«

»Ja, Señora«, sagt er und bemüht sich um einen demütigen Tonfall. Aber in ihm kocht es. Wie kann sie so ungerecht sein! Er war ganze neunzehn Jahre damals, als sie ihn auf die große Mission nach Frankreich geschickt hatte (»Ich vertraue dir, Juan Micas!«), und wie sie ihn gelobt hatte für das Riesendarlehen, das die französische Krone bei den Mendes aufgenommen hatte. (»Du bist ein Zauberer, Juanito!«)

Unterdessen fährt sie fort, immer im gleichen selbstgerechten Ton: »Hättest du dir nicht diesen Patzer bei der Entführung geleistet, in der Hochzeitsnacht« (schon wieder!), »dann hättest du in Venedig sein können, man hätte dich als ihren rechtmäßigen Ehemann akzeptiert, und du hättest Brianda zur Räson rufen können. Stattdessen lässt du dir ein Kopfgeld verpassen von einer unserer wichtigsten Handelspartnerstädte, so dass ich dort nur mit mittelmäßigen Agenten rechnen kann. Nicht, dass Ippolito Herreiras ein schlechter Mann wäre. Aber …«

Sie bricht abrupt ab. Immerhin sieht sie, wie es im Gesicht ihres Freundes arbeitet, wie seine Wange zuckt und die Muskeln seinen Mund klein und hart machen.

»Was faselst du da eigentlich?«, sagt er zornig, zorniger, als er eigentlich sein wollte. »Was du redest, hat nicht Hand noch Fuß, Señora. Du müsstest doch am besten wissen, dass die Serenissima diesen Brautraub eigentlich nur zum Vorwand genommen hat, um mich in der moralischen Falle zu fangen, statt in der politischen, denn natürlich wussten sie seit langem, dass ich geheime Informationen über neue Schiffstypen und über militärische Bewegungen auf der *Terra ferma* an die Hohe Pforte weitergeleitet hatte – und zwar, um den Boden für deine Auswanderung in die Türkei vorzubereiten! Falls du so gnädig wärest, das nicht zu vergessen. Es war einfach nur bequemer, jemandem den Galgen zu verordnen wegen einer ›Schandtat‹ statt wegen des Vorwurfs der Spionage. Ich weiß nicht, was du von mir erwartest, Gracia. Siehst du in mir nur den helfenden Arm bei Familienfehden? Dann übergib die Leitung des Hauses Mendes an jemand anderen. Ich werde als Enfanghi Bey der Hohen Pforte auch ganz gut leben.«
Er ist aufgesprungen.
»Wohin gehst du?«
»Irgendwohin«, entgegnet er, ohne sie anzusehen. »Vielleicht fahre ich übers Wasser und vergnüge mich in Selims Pavillon mit ein paar Sklavinnen, er hat es mir oft genug angeboten.«
»Du willst den Sabbat entweihen?!«
Er dreht sich zu ihr um. Sie erhebt sich in ihrer ganzen mädchenhaft kleinen Majestät von den Kissen, ihre Augen sprühen.
»Es ist nicht zu fassen«, sagt er und lacht bitter auf. »Ich darf für dich lügen und betrügen, Meineide leisten, Jungfrauen verführen und alte Frauen betören – aber den Sabbat entweihen, das darf ich nicht.«

»Was meinst du damit: alte Frauen betören?«, fragt sie, und er sieht, wie ihr die Röte den Hals hinaufsteigt in Wangen und Stirn.

»Erbarmen! Was denkst du nun wieder? Ich rede von der Statthalterin der Niederlande. Falls du dich denn noch erinnerst. Du, Gracia Nasi, bist keine alte Frau, und wie du mir versicherst, bist du auch nicht gewillt, eine zu werden. Einen schönen Sabbat noch! Und falls es dich beruhigt: Bis nicht der dritte Stern am Himmel erscheint, der das Tagesende ankündigt, werde ich nichts tun, was diese nächsten Stunden entweiht – außer, dass ich das Haus verlasse …«

Seine Schritte verhallen.

Gracia steht da, leicht schwankend. Sie streicht sich mit den Fingerspitzen über die Stirn.

Er darf nicht fortgehen. Er darf nicht.

Das Zimmer kreist schon. Fang mich auf, Joseph Nasi! Aber er ist fort.

Da sind die Kissen. Auf die kann sie hinsinken. Dunkel. –

Im Kontor brennt Licht. Immer brennt dort Licht, obwohl der Raum, das Herzstück des Belvedere, komfortable Fenster hat. Aber an den Arbeitstischen und -pulten der Faktoren, Buchhalter, Rechnungsführer und Bankangestellten, die oft aus Sicherheitsgründen sehr klein geschriebene oder gar unter einer anderen Schrift verborgene und verschlüsselte Informationen, Zahlen, Berechnungen entziffern müssen, braucht man mehr Helligkeit, als der Tag allein gibt, und hat dort Lampen mit großen Reflektoren aus geschliffenem Glas aufgestellt. Hier kann man Tag und Nacht arbeiten.

Joseph zögert. Am Kontor vorbeizugehen, ohne nachzuschauen, ob irgendwelche wichtigen Informationen eingegangen

sind, das ist, findet er, schon fast eine genauso große Sünde wie die, den Sabbat zu entweihen.
Er stößt die Tür auf.
Heute arbeiten nur drei christliche Schreiber an ihren Pulten, die jüdischen heiligen den Feiertag.
Die Männer erheben sich, höchst erstaunt, den Hausherrn und Schwiegersohn der Señora an diesem Tag hier zu sehen, im festlichen schwarzen Samt, goldene Knöpfe an Hemd und Manschetten.
Sie machen ihren Bückling, wünschen höflich einen guten Sabbat und warten ab, was das soll und was der Herr an diesem Tag hier wohl will.
»Signori!« (Die Männer sind Italiener.) »Sind Schiffsmeldungen eingegangen? Aus Ragusa, aus Adrianopel, vom hiesigen Hafen?«
(Schiffsmeldungen sind lebenswichtig für das Geschäft. Ein eigens eingerichteter Kurierdienst versorgt das Belvedere mit allen neuen Nachrichten über einlaufende Schiffe, über Typ und Größe, über die Reiserouten, die Nationalitäten, die Ladung. Nur so kann das Handelshaus blitzschnell reagieren, eigene Waren abstoßen, bevor die Preise fallen, anderes aufkaufen, in Engpässe vorpreschen oder bestimmte Waren gleich vom Schiff weg erwerben.)
»Zu Diensten, Don Joseph!«
Die Schreiber breiten die Listen auf dem großen Tisch der Señora aus (wird er bald der meine sein?, fragt er sich und schüttelt den Gedanken schnell wieder ab). Er fächert die drei engbeschriebenen Blätter (für jeden Hafen eins) mit der Hand und überfliegt die Angaben.
Und dann versetzt es ihm einen Schlag: Fünf französische Schiffe mit Kurs auf ihren Heimathafen Marseille, vom

Schwarzen Meer kommend, haben in Konstantinopel angedockt, um notwendige Kalfaterarbeiten vornehmen zu lassen. Ladung: Pfeffer von den Gewürzinseln, Seide aus Indien, Nelken, Tragant, feinste Baumwolle in Ballen, Weihrauch aus Reicharabien …
Fünf französische Schiffe. Das könnte es sein.
Wir haben den Vorteil, dass morgen Sonntag ist, der christliche Ruhetag. Die Kapitäne werden auf der faulen Haut liegen, die Wachmannschaften samt den Matrosen sich im europäischen Viertel an dem eisgekühlten Bier und den heißblütigen Weibsbildern gütlich tun und auch am kommenden Montag erst langsam aus ihrem Rausch aufwachen. Wir aber können handeln. Blitzschnell und, hoffentlich, mit Unterstützung des Padischahs. Nun, wohl nicht des Padischahs, aber doch mit der Selims oder des Großwesirs.
Seine Augen werden hart. Gracia Nasi, dein Mann fürs Unmögliche wird dir das zurückbringen, was du als Beatrice de Luna durch Juan Micas verloren hast.
Er gibt seine Anweisungen.

Ich erwache, und mein Kopf liegt im Schoß meiner Tochter. Nein, die Augen muss ich nicht öffnen, ich spüre sie.
Das ist falsch. Ich sollte in den Armen des Mannes liegen, der …
Ich schlage die Lider auf, blicke direkt in das Gesicht Reynas, und ihre besorgte Miene macht mich wütend.
»Was ist los? Was willst du hier?«, frage ich und richte mich auf, bringe Abstand zwischen uns.
»Das kleine Moslemmädchen, das dich bedient hat, kam herein, um den Tisch fortzutragen«, erwidert meine Tochter. »Da fand sie dich so. Sie hat sich sehr erschrocken und …«

»Ja, ja, die Musliminnen und die Christinnen, die am Sabbat hier aushelfen! Die haben natürlich keine Ahnung. Jeder andere hier weiß, dass diese Zustände mich von Zeit zu Zeit überfallen und dass es kein Grund ist, sich aufzuregen. Man bettet mich, reibt mir die Schläfen mit Wein …«

»Öfter in letzter Zeit«, entgegnet Reyna und sieht mich nicht an.

»Du erinnerst dich ja vielleicht, was mir zugestoßen ist mit den Rabbinern und mit Ancona«, sage ich unwirsch. »Das zehrt an den Nerven.«

Ich erhebe mich, und wir knien jetzt voreinander auf dem Boden, sie sabbatmäßig geputzt, ich immerhin in diesem lässigen Kleid nach türkischer Art, geschlitzt an den Seiten, das ich angezogen hatte seinetwegen, und in den leichten Haremsschuhen – hat er es überhaupt bemerkt? Wir mussten ja unbedingt über meine Schwester sprechen und über ihr Kind.

Mein Kind lässt indessen den Blick über das Tischchen mit den Speisen schweifen, das die Dienerin in ihrem Schreck natürlich nicht weggeräumt hat, sieht zwei Weinbecher, zwei Schalen, zwei Kupfermesser, zwei Mundtücher.

»Wo ist er?«, fragt Reyna. »Wo ist mein Mann?«

»Dein Mann«, sage ich und schlucke schwer, »ist im Zorn hier fortgegangen, und obgleich es noch Sabbat ist, verlässt er unser Haus und begibt sich auf die andere Seite, um … wahrscheinlich, um Enfanghi Bey zu sein.«

Er hat mir »bis zum dritten Stern« Treue versprochen …

Ich stehe auf, gehe zu dem Tisch und stecke mir eine Olive in den Mund. Sie ist zu stark gesalzen.

Reyna, noch an der Erde, sieht zu mir auf. Ihre Lider flattern.

»Er kommt doch … bald wieder?«

»Vielleicht nicht heute und vielleicht auch nicht morgen«, er-

widere ich und denke: Entbehr ihn nur jetzt noch ein paar Tage. Du hast ihn nachher viele Jahre allein für dich, in seiner ganzen Herrlichkeit und Verletzbarkeit und mitsamt dem ganzen Dreck, den er mit sich schleppt. (Und schon, während ich das denke, spüre ich, wie maßlos ungerecht ich bin.)
»Mutter, was ist geschehen?« Reyna steht auf vom Boden, schwerfällig kommt sie hoch, in einer Bewegung, die mich an das langsame Aufstehen eines Tiers erinnert. (Warum kann ich nicht aus meiner Haut und sehe sie immer nur mit den Augen der Rivalin, nicht der Mutter? Immer wieder muss ich mir sagen: Du hast es selbst so gewollt, Gracia Nasi, du allein.)
Ich bemühe mich um ein Lächeln, sage leichthin: »Wir haben uns gestritten, und ich war ungerecht. Das hat ihn verärgert.«
»Du solltest nicht so zu ihm sein«, bemerkt sie, und es klingt beinah schulmeisterlich. »Schließlich verdanken wir ihm so viel.«
Ich will auffahren, aber dann sagt sie mit einem Kinderlächeln: »Stell dir vor, ich wäre jetzt die Gattin von Mosche Hamon, Leibarzt des Padischahs, und wohnte im Neuen Serail, eine Jüdin unterm Schleier.«
»Ich möchte mir das nicht vorstellen«, sage ich und muss ebenfalls lachen. Immerhin hatte Joseph dem Mann Reynas Hand so gut wie versprochen, um für uns günstige Arbeitsbedingungen und Steuererlasse im Osmanischen Reich zu erwirken, und musste dann ganz schnell selbst der Bräutigam sein.
»Oder«, fährt sie eifrig fort, da sie merkt, ich gehe darauf ein, »denk an Antwerpen! Denk an den dicken Mann, mit dem mich die Regentin verheiraten wollte!«
»Don Francisco d'Aragon«, erwidere ich. »Du kannst dich an ihn erinnern? Du warst erst zehn!«

»Er hat mich geküsst!«, sagt Reyna schaudernd. »Und wie! Sein Mund schmeckte nach faulem Fleisch.«
»Antwerpen«, sage ich und fahre in meinen Gedanken zurück in die Zeit vor – ja, wie lange ist das her? Fast vierzehn Jahre. »Das waren verzwickte Geschichten.«
»Wann gab es keine verzwickten Geschichten?«, bemerkt meine Tochter. Und dann, ohne Übergang: »Es ist nicht recht von ihm, dass er am Sabbat aus dem Haus geht.«
»Nein, es ist nicht recht«, stimme ich zu. »Wenn er mehr als die Wegstrecke zurücklegt, die man für den Gang zur Synagoge braucht, bricht er ein Gebot. Schließlich gibt es keinen Eruv hier, keinen Erlaubnisbezirk.«
Sie sieht mich verwundert an. »Das meine ich nicht, Mutter. Ich meine, wir sollten einfach beieinanderbleiben.«
Es ist ein Moment – wahrhaftig, einfach und fast rührend. Reyna, meine Tochter. Sie legt den Arm um mich, und ich lasse es geschehen. Antwerpen – da fing es an. Da wurde sie zum Opfer ausersehen.
Auf einmal erfüllt mich eine große Traurigkeit. Es ist die Traurigkeit meines Lebens, eines jüdischen Lebenslaufs, eine Folge von Fluchten und Listen und von mehr Niederlagen als Siegen – bis hin zu der letzten, vernichtenden, die ich jetzt erlitten habe.

Antwerpen

Vor zwölf Jahren

1544

ES begann in Antwerpen.

Bis zu Diogos Tod hatte ich nur im Haus gelebt, allerdings bis in die Nächte hinein Kopf an Kopf mit ihm, dem Chef des Unternehmens, um das Metier von ihm zu lernen. Das änderte sich, als ich die Leitung des Mendes-Imperiums übernahm; dreiunddreißig Jahre alt und Witwe.

Der Geschäfte wegen konnte ich keine Rücksicht auf ein Trauerjahr nehmen, ich musste an die Börse, musste mit den Angestellten in der Stadt und außerhalb und mit fremden Kaufleuten verhandeln, und vor allem musste ich das Kostbarste am Leben erhalten, was Diogo in langen Jahren geschaffen hatte: das Netzwerk gegenseitiger Hilfe für verfolgte Conversos von Portugal bis an den Bosporus. Es war gleichsam eine zweite Firma in der Firma, die ich führte, mit allem, was für so ein untergründiges Unternehmen anfällt: codierte Mitteilungen, mit Kennwort versehene Waren- und Geldsendungen, Botschaften, die nur mündlich über vertraute Kuriere übermittelt wurden, Warnungen vor bevorstehenden Aktionen der Inquisition oder eines Fürsten, Übermittlung von Bestechungsgeldern an christliche Stellen, die manchmal fast unsere Einnahmen übertrafen, Rettungsaktionen bei Nacht und Nebel, um bedrohte »Neuchristen« vor dem Zugriff des Heiligen Offiziums zu retten.

Sehr bald nach Diogos Tod bestand ich an seiner Stelle das erste Mal die Probe: Unser Netzwerk funktionierte.
In den nördlichen Provinzen Portugals hatte ein neuer Inquisitor – ein Fluch auf ihn! – sein Amt angetreten. In Vigo und La Coruña wurden Neuchristen des Judaisierens verdächtigt, in die Kerker verbracht, angeklagt. Es war unseren Agenten gelungen, einige Gefängniswärter zu bestechen. Von den bereits Angeklagten konnten manche fliehen; andere warteten nicht ab, dass man ihnen ebenfalls den Prozess machte, und liefen vor ihrer Verhaftung fort mit allem, was sie retten konnten.
Nach und nach kamen sie in Antwerpen an, manche zu Schiff, einige auch auf einem endlosen Landweg, versteckt unter fauligen Mehlsäcken oder stinkendem Fleisch; es gab sogar jemanden, der sich in einem Sarg hatte transportieren lassen.
Und in welchem Zustand befanden sie sich! Bis aufs Hemd von gierigen christlichen »Helfern« ausgeplündert, die ihnen selbst die letzte Silbermünze abgenommen hatten, verdreckt, in Lumpen gehüllt, halb verhungert und fast verrückt vor Angst, noch im letzten Augenblick zurückgewiesen zu werden im Hafen oder an den Stadttoren. Mit nichts ausgestattet als mit dem Namen Mendes als Rettungsanker. Mendes war ihr Schibboleth, ihr Erkennungswort. Die Erwähnung unseres Namens öffnete ihnen die Passage durch die Schranken des von uns gutgeschmierten Zolls und durch die Stadttore der ebenfalls bestochenen Wächter.
Damals wimmelte unser Haus von Elendsgestalten, die nur sehr langsam wieder ins normale Leben zurückfanden; von Männern, die jede Nacht im Schlaf aufschrien, von Kindern, die ins Bett machten, von Frauen, die heimlich, wenn die anderen im Haus schlafen gegangen waren, in die Küche schlichen,

um Brot zu entwenden, weil sie von dem Wahn besessen waren, sie und die Ihren würden verhungern.
Diese alle hatten wir zu nähren und zu kleiden, wir mussten ihnen behutsam das Gefühl geben, in Sicherheit zu sein, und sie schließlich ins Leben zurückführen, ihnen ein Auskommen schaffen in Antwerpen und anderswo, aufgenommen in anderen Haushalten oder mit Geld ausgestattet für einen Neuanfang.
Da erst begriff ich, was es hieß, die Erbin von Diogo Mendes zu sein …
So führte ich unsere verzweigten Geschäfte und hatte mehr als alle Hände voll zu tun, und alle Bewerber, die zunächst gemeint hatten, leichtes Spiel mit der jungen unerfahrenen Frau zu haben, merkten bald, dass es keinen Weg gab, über eine Heirat an das Vermögen der Mendes heranzukommen, für das ich einen anderen, einen besseren Verwendungszweck sah, als es zu verschwenden an einen Mann.
Und außerdem: Wo in Stadt und Land gab es jemanden, der mir an Einfluss und Reichtum ebenbürtig war? Ein Fugger hätte mir das Wasser reichen können, vielleicht. Aber einen Christen zu ehelichen, kam überhaupt nicht in Frage.
Damals begriff ich, und bald begriffen es auch alle anderen, dass ich mich nach Francisco nie wieder verheiraten durfte, wenn ich nicht mit einem Schlag das Erbe, das mir sein Bruder hinterlassen hatte, die Leitung des Hauses Mendes, einbüßen wollte, denn wie es Brauch ist, würde ein Mann mir sofort die Führung aus der Hand nehmen.
Dass Brianda und ihr Kind sozusagen enterbt worden waren, sprach sich natürlich schnell herum. Im Leben meiner Schwester gab es viele Kavaliere, aber keinen, der bereit gewesen wäre, sie zu heiraten. Wozu auch? Über sie gewann man kei-

nen Einfluss, und ihre Gunst konnte man auch ohne Ring am Finger bekommen, wenn man es wollte.
Aber ich nun hatte eine Tochter …
Und nicht nur die Begehrlichkeiten der Männer unseres Standes richteten sich auf das Kind Reyna, oder vielmehr auf das Geld, das hinter ihr stand.

Königin Maria von Ungarn, aus dem Geschlecht der Habsburger, kinderlos, ist die Statthalterin der Niederlande, mit Regierungssitz Antwerpen – eine grämliche Person von hagerer Statur, den Kopf stets von einer auch Hals und Kinn verhüllenden Haube verdeckt, mit dem typischen Gesicht ihrer Familie: das markante Kinn und die vorgewölbte Unterlippe. Maria ist die Schwester Kaiser Karls V., und sie wurde mit ihrem Amt beauftragt, weil der Monarch der sehr vernünftigen Meinung ist, dass man sich am sichersten auf Familienmitglieder verlässt, wenn man die Gewalt schon teilen muss. Und was Maria angeht, so hat er da einen guten Griff getan. Sie verwaltet das Stück flaches Land zwischen Maas und Schelde mit Umsicht und, wenn es sein muss, mit harter Hand.
Ihre Hofhaltung ist eher bescheiden, von großartigen Festen oder Bällen hält sie wenig. Sie ist sparsam und nüchtern.
Das ändert sich, als ihr Neffe Maximilian von Habsburg in die Stadt kommt. Der lebenslustige junge Mann, Studienkollege jenes »Portugiesen«, der sich offiziell Juan Micas nennt, langweilt sich entsetzlich an Marias Hof und sieht sich nach Abwechslung um.
Joseph ist gerade von seiner Mission in Frankreich zurück; der »junge Fuchs« hat das enorme Darlehen für den König der Franzosen vermittelt, von dem zu diesem Zeitpunkt noch

niemand wissen kann, dass es nicht zurückgezahlt wird, und er darf sich im Glanz seines Ruhmes sonnen.
Das Wiedersehen der beiden ehemaligen Kommilitonen ist stürmisch und herzlich. Zunächst leicht befremdet, stellt Beatrice de Luna alias Gracia Mendes-Nasi fest, dass ihr Adlatus nicht nur halbe Tage mit dem Prinzen Maximilian auf dem Fechtboden verbringt, nein, er wurde von ihm zum Kapitän einer Abteilung der Bürgerwehr Antwerpens befördert und reitet, Sturmhaube auf dem Kopf, Brustharnisch umgeschnallt, mit seiner Truppe Patrouille durch die Stadt.
Die junge Prinzipalin des Hauses Nasi weiß nicht so recht, was sie davon halten soll.
Sie hat ohnehin das Gefühl, dass Juan nach Beschäftigungen sucht, die ihn aus dem Haus führen. Bei allem Verständnis für ein bisschen männliche Glorie – was hat ein Mitglied des Bankhauses Mendes bei einer Bürgerwehr zu suchen?
Einmal hört sie zufällig ein Gespräch zwischen den Brüdern – aufmerksam geworden durch Josephs Lachen, ein Lachen, wie sie es sonst nicht an ihm kennt, sehr laut, sehr … gewöhnlich. Die beiden unterhalten sich über Frauen.
»Sei nicht immer so zurückhaltend, Samuel. Man nimmt, was man bekommen kann. Warum soll ich es nicht ausnutzen, wenn sie mir schöne Augen macht, die kleine Lea aus der Küche? Ich fasse ihr unter den Rock, und schon fällt sie fast in Ohnmacht. Und wenn du erst einmal die Hand da gehabt hast, dann ist es nur eine Frage von ein paar Stunden … bis zur Besenkammer. Im Übrigen ist es belanglos.«
Sie verlässt eilig das Kontor, ihr Gesicht glüht, und das Herz klopft ihr bis zum Hals. Ist sie – empört? Verletzt? Sie versteht sich selbst nicht. Sagt sich: Das ist ein junger Mann mit männlichen Wünschen. Es ist natürlich. Und: Wie sagte er selbst?

Belanglos. Warum bewegt mich das so? Sie beschließt, zu vergessen, was sie gehört hat ...
Joseph ist viel außer Haus, aber wenn er da ist, scheint es Gracia, als würde er sie meiden. Ein-, zweimal kommt er ihr auf einem der langen Korridore entgegen, die das Gebäude durchziehen. Er zögert, verhält wie ein Wild vor dem Jäger, dreht sich um und geht zurück ... Und an der freitäglichen Sabbattafel sucht er einen Platz weiter unten – so, dass man nicht gemeinsam nach einem Salzfass greifen kann ...
Trotzdem. Sie spürt es, wenn er im Haus ist. Sie hat das Gefühl, als ob unsichtbare Bänder ihn und sie vereinen, und sobald er im Kontor auftaucht, strafft sich ihr Rücken, als würde jemand die Muskeln zu Seiten ihrer Wirbelsäule berühren.
Und was jener ständige Umgang mit diesen christlichen, diesen »ritterlichen« Welten wirklich für ihn bedeutet – sie weiß es nicht. Aber offenbar hat er seinem Prinzen von ihr und dem Haus Mendes erzählt.
Denn dann – gut oder schlecht? Schwer zu sagen in diesem Augenblick! – überbringt ein hochnäsiger Bote mit gestärkter Halskrause eine Einladung an die Familie Mendes, sich am Hof der Regentin vorzustellen.
Natürlich eine Ehre, die Maximilian arrangiert hat, denn eine Kaufmannssippe hat eigentlich am Adelshof der Habsburgerin nichts verloren.
Er ist es denn auch, der es übernommen hat, uns, die vier »Portugiesen«, vorzustellen.
Eine feierliche Szene: die Regentin auf erhöhtem Stuhl, lang und steif wie das Möbelstück, auf dem sie sitzt, Haube tief in die Stirn gezogen; das einzige Insignium der Macht, das sie trägt, ist ein Hermelinkragen über ihrem dunklen Kleid. Alles ringsum, Hofdamen (durchweg reizlos, wie Joseph feststellt)

und Kavaliere, hat zu stehen, gleich ob alt oder jung. Der Einzige, der sich natürlich benimmt in dieser würdevollen Runde, ist Maximilian. Er steht auf dem Podest neben dem Stuhl Marias, den Unterarm auf die hohe Rückenlehne gelegt, und hat, Zeichen seines hohen Rangs, das Barett mit der Reiherfeder auf dem krausen Haar. Sein pockennarbiges Gesicht weist die habsburgischen Merkmale – Kinn und Unterlippe – in angenehmer Mäßigkeit auf.

Die zur Audienz Angetretenen absolvieren ihre Reverenzen, und Maximilian beugt sich vor und sagt: »Erlauchte Tante, darf ich dir präsentieren: die Witwen Mendes und ihre Neffen, die Herren Micas.«

Maria nickt gnädig. Ihre Augen, sehr dunkle, eng zusammenstehende, sehr »spanische« Augen, gleiten forschend über die Besucher hin, scheinen zunächst ihre Kleidung zu mustern. Alle vier sind zwar in bescheidenes Schwarz gehüllt, aber die feinen Tuche der Männer und die dezent gemusterten Brokate der Frauen müssen, das sieht jeder, ein Vermögen gekostet haben, und was die eine der beiden Witwen an Schmuck mit sich herumschleppt, ist schon beinah unanständig.

Dann werden sie einzeln zum Handkuss vorgelassen. Maximilian kommentiert: »Die ehrenwerte Kaufherrin Beatrice de Luna – ihre Schwester Brianda, die Witwe des kürzlich verstorbenen Don Diogo Mendes – Don Samuel und Don Juan Micas, die Söhne eines berühmten portugiesischen Arztes und Schwagers der verstorbenen Herren Mendes, beide Doktoren der Jurisprudenz, mir vom Studium her vertraut, besonders der Jüngere; er führt eine gute Klinge.« Er zwinkert Joseph zu, während der sich über die kräftige, bereits von den ersten Altersflecken gezeichnete Hand der Königin beugt.

Die forschenden Augen der hohen Frau verweilen etwas län-

ger bei dem schlanken jungen Mann, der so gar nicht bereit ist, demütig die Lider zu senken.
Dann geruht die Statthalterin, das Wort an ihn zu richten: »Ich erinnere mich, dass mein Neffe mir berichtet hat, Ihr habt Euch bereits trotz Eurer Jugend in diplomatischer Mission am Hof zu Frankreich aufgehalten, Don Juan.«
Ihre Stimme ist überraschend warm und dunkel und passt nicht zu der steifen Person.
Joseph lächelt verbindlich: »In diplomatischer Mission, Madame … nun ja. Ich hatte die Ehre, dem König einige Mittel bereitzustellen.«
Maximilian beißt sich auf die Lippen, um nicht loszuprusten. Der Freimut seines Freundes, die Regentin zu korrigieren und so offen von Geld zu sprechen – so etwas ist in diesen Kreisen ein neuer Ton.
Was die Dame nicht zu stören scheint. »Vielleicht kommen auch wir einmal auf Eure Dienste zurück, Don Juan. Ihr seid an meinem Hof willkommen, wann immer Ihr wünscht.«
Dann wandern die »spanischen Augen« über die beiden Frauen hin. »Welche von den Damen hat eine Tochter?«
Gracia-Beatrice runzelt die Stirn. (Wer mag ihr das mitgeteilt haben?) »Wir haben beide Töchter, Hoheit zu dienen«, erwidert sie zögernd. »Das Kind meiner Schwester ist allerdings noch im Säuglingsalter. Auch meine Tochter zählt erst zehn Jahre.«
»Zehn Jahre? Gut. Ich möchte sie bei Hofe sehen. Euer Neffe Don Juan möge sie mir so bald wie möglich präsentieren.«
Die Audienz ist zu Ende.

Kein *gutes Zeichen. Ich war sogleich höchst besorgt damals.*
»Dein Freund Maximilian hat uns einen Bärendienst erwie-

sen!«, sagte ich zu Joseph. »Es kann gewiss nichts schaden, wenn wir auch zu den Habsburgern Geschäftsbeziehungen anknüpfen, aber was diese Frau da vorhat, das ist etwas ganz anderes.«

»Wegen der kleinen Reyna?«, fragte er, sichtlich überrascht.

»Klein mag sie sein, aber für gekrönte Häupter stellt Jugend keinen Hinderungsgrund für eine Vermählung dar«, erwiderte ich. »Fürstensprösslinge werden schon in der Wiege miteinander verheiratet. Wir haben unseren Reichtum wohl zu deutlich gezeigt. Ich habe schlimme Ahnungen. Zum Glück ist die Regentin an dir interessiert. Halt sie dir warm, aber halt uns Unheil vom Hals.«

Er gab mir einen Blick, den ich damals nicht zu deuten wusste oder nicht deuten wollte. Forschend? Unwillig? Ich gab nichts darauf …

Für die Audienz putzten wir Reyna auf eine Weise heraus, die ihre Kindlichkeit betonte. Sie trug einen engen Schnürleib, der eindeutig verriet, dass sie noch keine Brüste hatte, und setzten ihr eine Rüschenhaube auf, unterm Kinn gebunden, die ihre runden, rosigen Mädchenwangen zur Geltung brachte. Aber ich wusste wohl, dass all diese Manöver nichts bringen würden, wenn Maria wirklich darauf aus war, meine Tochter christlich zu verheiraten und irgendjemandem ihre Mitgift zuzuschanzen. Da hätte sie auch schielen oder einen Buckel haben können. Allzu große Jugend war zudem ein »Makel«, der sich mit der Zeit auswuchs …

Meine schlimmsten Befürchtungen bestätigten sich.

Meine Tochter war am Hof sofort einem ältlichen Edelmann namens Francisco d'Aragon vorgestellt worden, der auf eine Weise um sie herumscharwenzelte wie ein geiler alter Rüde um eine junge Hündin – jedenfalls so drückte sich Joseph in seiner Unverblümtheit aus. Da er selbst voll von der Regentin mit Beschlag belegt wurde, hatte er kaum Gelegenheit, gegenzusteuern.

Reyna weinte, als sie wieder zu Haus war. »Ich will diesen schrecklichen Menschen nicht wiedersehen! Und ich will nicht wieder dorthin gehen!«

Leichter gesagt als getan. Wie wir herausbekamen, war dieser Francisco d'Aragon eine wichtige Person am spanischen Hof, in Sondermission hier in Antwerpen und zu allem Übel auch noch ein illegitimer Sohn König Joãos von Portugal – also hoch genug angebunden, um Forderungen zu stellen und sie durchzusetzen. Sicher war da auf dem Gipfel bereits eine Abmachung getroffen worden, dass die Mitgift meiner kleinen Tochter zum Teil auch in die Taschen der Habsburger fließen würde – als Provision für die geglückte Vermittlung sozusagen.

»Stopf dieser Regentin die Taschen voll!«, drängte ich Joseph. »Biete ihr ein kurzfristiges Darlehen an, rückzahlbar nach Belieben! Vielleicht lässt sie dann erst einmal von ihrem Plan ab.«

Das Darlehen wurde dankend angenommen und die Gesellschaft von »Don Juan Micas« immer häufiger angefordert. Aber das änderte nichts an der Sache.

Ich konnte mich schlecht weigern, das Kind an den Hof zu schicken, wenn nach ihm gerufen wurde, und wusste, dass Joseph ihr kaum beistehen konnte, da er ja Königin Maria zu unterhalten hatte. Reyna war mit dem alten Kerl und einer »Anstandsdame« allein.

Schließlich wurde Pater Sebastian, mein Beichtvater, vom Hofe gegen uns vorgeschickt.

»Dona Beatrice«, ließ er sich vernehmen, »ich bin gekommen,

um Euch vorzubereiten. Eine sehr schmeichelhafte Verbindung steht Eurer Familie bevor. Der höchst edle Don d'Aragon wird sich demnächst herablassen, um die Hand Eurer Tochter anzuhalten. Ihr werdet …«

Ich unterbrach ihn schroff.

»Ich habe nicht vor, meine Tochter zu verheiraten.«

Er sah mich an, zweifelnd, als hätte er sich verhört. »Aber gnädige Frau! So eine gute Partie …«

»Eine gute Partie für den Herrn d'Aragon!«, gab ich wütend zurück. »Was sollte mich daran reizen, mein Kind mit einem schmerbäuchigen alten Kerl zu verkuppeln?«

»Es würde«, bemerkte er so vorsichtig, als gingen seine Worte über zerstoßenes Glas, »Euch und Euer Haus dauerhaft an die altchristliche, die wahrhaft gläubige Seite binden.«

Daher also wehte der Wind.

Pater Sebastian war mit unserer Familie vertraut. Er wusste, dass wir die jüdischen Riten ausübten, mehr oder weniger geheim, jedenfalls so, dass er es mitbekam. Er hatte immer weggeschaut. Und nun? Kam der »Hinweis«, dass es bei uns nicht immer nach dem christlichen Katechismus zuging, vielleicht gar von ihm? Ich wies ihm an dem Tag einfach die Tür.

Was nicht bedeutete, dass nach dieser Vorhut nicht prompt die offizielle Werbung kam.

Ich bedankte mich für die Ehre und wiederholte, dass ich nicht vorhätte, meine Tochter zu vermählen.

Woraufhin mich die Regentin zu einem Gespräch bestellte. Ich ließ ausrichten, ich sei krank.

Was nur zum Teil gelogen war. Weder die Leitung des Mendes-Imperiums noch die Pflege der »Netze«, die Diogo geknüpft hatte, oder die Versorgung der Flüchtlinge brachten mir jemals Beschwerden ein, im Gegenteil. Ich verrichtete meine

Arbeit mit Freude und Genuss. Aber die Vorstellung, mein Kind an einen Nichtjuden aufzugeben und damit alles, weswegen wir bisher von Land zu Land geflüchtet waren – das brachte mir nächtliche Magenkrämpfe ein. Ich aß nur noch wie ein Spatz. Ich … ich hatte Angst.

Angst auch, das aufgeben zu müssen, was Diogo mit Mühe errichtet hatte. Angst, zu versagen. Mich selbst als Jüdin aufgeben zu müssen.

Und natürlich hatte ich Angst um mein Kind. Reyna wurde zu den Besuchen bei d'Aragon in der Kutsche abgeholt, und sie bestieg das Gefährt jedes Mal so steif und starr wie ein Lamm, das man zur Schlachtbank führt, und kam zurück, blass und erschöpft. Aber wenn ich in sie drang, schüttelte sie nur den Kopf. »Da war nichts, Mutter. Ich kann ihn nur nicht leiden.« Weiter nichts. Sie sprach nicht. Ich forschte nicht weiter …

Bald gab es keine Warnungen mehr. Es gab Drohungen.

Wieder wurde Pater Sebastian vorgeschickt. Er äußerte Besorgnis. Die Behörden, so berichtete er verlegen, hätten mit Argwohn beobachtet, wie ein »Strom zweifelhafter Portugiesen« gleichsam durch das Haus Mendes geschleust und »im Lande verteilt« worden sei. Man vermute illegale Geschäfte und unredliche Praktiken. Es wurde gemunkelt, dass demnächst die Konten des Hauses überprüft werden sollten …

Was so etwas bedeutete, wusste ich: Man würde unsere Gelder unter Zwangsverwaltung stellen. Es war Gefahr im Verzug.

Ich musste mich mit einem Partner beraten, mit jemandem, dem ich vertraute, der sich gleichermaßen auskannte in der höfischen Welt und im Geschäft und der bereits bewiesen hatte, wie geschickt er bestimmte Dinge handhabte.

Dass das nicht Samuel war, lag auf der Hand. Samuel war stattdessen unersetzlich im Kontor.

Irgendwie hatte ich bisher immer davor zurückgescheut, mich Joseph anzuvertrauen. Er war so jung … Aber war das der wirkliche Grund?
Und dann geschahen noch andere Dinge …

Wenn Beatrice de Luna jedoch einen Entschluss gefasst hat, fackelt sie nicht lange, ihn umzusetzen. So kennt sie denn auch keinerlei Scheu, ihren Neffen zu stören und ihn da aufzusuchen, wo er sich nach Aussage der Dienerschaft gerade befindet: im großen Saal des Hauses. Und dort hat er ein Stelldichein mit Prinz Maximilian.
Wie dies Stelldichein beschaffen ist, kann man schon von außen hören: Degengeklirr, lautes Gelächter, Rufe und die schweren Ausfallschritte bestiefelter Füße: Man absolviert eine Fechtstunde.
Gracia drückt die Klinke.
Die Freunde, beide ohne ihr Wams, nur in Hemd, Hosen und Stiefeln, sind so eifrig bei der Sache, dass sie den Eintritt der Frau zunächst gar nicht bemerken. In untadeliger Fechthaltung, lachend und unter »He!« und »Hoh!« treibt der Sohn eines jüdischen Arztes gerade den Neffen des deutschen Kaisers mit seinem Rapier von einer Ecke des Saals in die andere.
Sie steht und sieht mit einer Mischung von Faszination und Unbehagen zu. Es wirkt so … unseriös, dies Spiel, und der Mann, den sie da um Rat und Hilfe bitten will, ist so jung. Er ist erst zwanzig, dieser ihr Geschäftspartner … Beinah wäre sie wieder gegangen.
In dem Augenblick bemerkt Maximilian sie. Er hebt die Hand, um den Kampf zu unterbrechen, und dreht sich zu Gracia um. »Welch unverhoffter Besuch! Verehrte Frau!« Er verbeugt sich lachend. »Euer Neffe macht mich gerade nach allen Regeln

der Kunst zum Narren! Wollt Ihr zuschauen, wie ich von ihm Prügel beziehe?«

»Verzeiht, Hoheit, wenn ich störe«, entgegnet Gracia ernst. »Aber ich müsste mit Juan Micas etwas besprechen, was keinen Aufschub verträgt. Würde es Euch genehm sein, Eure Mensur zu vertagen?«

Der Prinz geht zum Tisch, den man beiseitegerückt hat, um Raum genug für die Fechtenden zu schaffen, und auf dem eine Weinkaraffe und zwei Becher stehen. Er schenkt sich ein, trinkt. »Zu Diensten, Gnädige! Es ist sowieso nicht so angenehm, wenn man seine Unterlegenheit zur Schau stellt. Ihr seht, ich bin am Verlieren.«

Er wirft Joseph sein Rapier zu, greift sich sein Wams, das an der Erde liegt. »Auf bald, Juanito! Schließlich will ich Revanche!« Und geht.

»Die sollt Ihr bekommen, Hoheit!«, ruft Joseph ihm nach. Er steht einen Moment, schwer atmend, wischt sich die Stirn mit dem Unterarm. Unter den Achseln ist er durchgeschwitzt. Im offenen Hemd sieht sie den Ansatz seines dunklen Haars. Er ist in diesem Moment so viel Mann, dass Gracia fast vergisst, weswegen sie herkam. Der Augenblick ist wieder präsent, das Salzfass, ihre Finger, der Funke …

(Gütiger Himmel, was soll das? Bezwing dich, Weib!)

»Du bist nicht gerade zaghaft!«, bemerkt er spöttisch. »Schickst einen kaiserlichen Sprössling einfach nach Haus?! Also, höfische Manieren sind das nicht.«

Es ist, als habe sie seine Worte gar nicht gehört. »Zieh dich an, wie es sich für einen ehrbaren Kaufmann schickt, und komm dann zu mir. Ich habe Dringendes zu bereden«, sagt sie statt einer Antwort. –

Wie ist sie hierhergekommen? Wo waren ihre Gedanken beim Weg durch das Haus?
Das ist ihr Zimmer mit der hohen Decke und den dunklen Balken, da sind ihre Bücher und ihr Schreibtisch mit Tintenfass, Federn und Streusand. Da ist die Mesusa, die sie, um christliche Besucher nicht zu verschrecken, am inneren Türpfosten angebracht hat statt außen, wie es eigentlich sein muss. Da ist ihr Bett.
Dies Bett, aufgeschlagen, die Vorhänge zurückgezogen. Sie sollte es vielleicht lieber in einen anderen Raum ... aber was geht sie das Bett an? Sie hat andere Sorgen. Lebenssorgen. Es geht um die Zukunft.
Warum in aller Welt hat sie ihn nicht ins Kontor bestellt? Komm dann zu mir, hat sie gesagt ... Nebensächlich, jetzt.
Sie presst die Fäuste gegeneinander. Jedenfalls ist sie nun einmal hier und wartet auf diesen jungen Mann, von dem sie Rat und Hilfe erhofft.
In ihr ist ein verzweifelter Wunsch nach Heimat, nach Trost. Sie weint nicht, aber hinter ihren Augenlidern brennen die ungeweinten Tränen, unzählige.
Joseph tritt ein, ohne anzuklopfen. Er trägt nun ein hochgeschlossenes Wams mit Stehkragen und Halskrause, berührt gewohnheitsgemäß die Mesusa, führt die Finger dann an seine Lippen und bemerkt lässig: »Nun, liebe Tante – ausreichend für einen ehrbaren Kaufmann?«
Sie hat heute wahrhaftig keinen Sinn für Scherze, vor allen Dingen für keine, die auf ihre Kosten gehen, und außerdem reizt und ärgert es sie, wenn er sie Tante nennt; wieso, wüsste sie nicht zu sagen.
»Setz dich dahin«, kommandiert sie und weist auf den Stuhl hinter ihrem Schreibtisch (oft arbeitet sie nachts in diesem

Zimmer). Er gehorcht und passt sich sofort ihrer Stimmung an, ernst jetzt, gesammelt, nichts als Vernunft und Sachlichkeit, die Augen hart. »Was befiehlst du?«
Sie ist stehen geblieben. Ein, zwei Atemzüge noch Zeit, dann muss es gesagt werden: »Joseph, wir müssen fort.«
Seine Brauen fahren in die Höhe. Kein Wort des Widerspruchs. »Wegen Reyna?«
Gracia nickt. Der Zorn macht ihre Züge streng. »Lieber sähe ich sie tot, als dass sie diesen Menschen heiratet.«
Sie blicken einander an, und ihr ist, als würde diese ihre Bürde leichter, weil sie spürt, dass er widerspruchslos bereit ist, sie mitzutragen. Er ist Jude genug, um zu wissen, wie weit man seine Füße auf fremdes Gebiet setzen kann, ohne sich selbst zu verlieren.
»Es braucht Zeit«, sagt er und ist schon am Überlegen, was die Ausführung ihrer Flucht angeht. »Wir müssen so viel Vermögen wie immer nur denkbar ins Ausland transferieren, nach … Italien, dachtest du an Italien? Venedig womöglich?« (Sie nickt.) »Venedig also. Und andere Orte. Nota bene, wir dürfen nicht vergessen, die Venezianer im Voraus über dein Kommen zu informieren – sie werden hoch entzückt sein. Schutzgelder sind zu überweisen für die sichere Durchreise, und bestimmt werden die Herren der Adria auch eine Art Kopfsteuer für die Einwanderung erheben … Ja, und einiges sollte vielleicht in die Levante gebracht werden, in die Türkei, wenn es dir recht ist. Dort können sich Juden frei zu ihrem Glauben bekennen, du weißt das, ja?«
»Warum nicht gleich dorthin, wenn wir schon am Laufen sind?«, fragt sie grimmig.
»Eins nach dem anderen. Da muss man vorarbeiten. Aber Geld dort zu deponieren, das wäre auf alle Fälle vernünftig. Gibt es

nicht eine Faktorei in Ragusa, der Seestadt an der Grenze zum Reich des Padischahs? Gut. Das erledigt mein Bruder Samuel, unauffällig und schnell. Du musst ihn instruieren. Nur ihn und Ugarte. Nicht einmal die vertrautesten Geschäftsfreunde hier in Antwerpen dürfen etwas ahnen, auch nicht Diogos alte Partner. Und vor allem müssen wir den Hof täuschen.«

Er erhebt sich, geht auf und ab, grübelt, nagt an den Fingerknöcheln.

»Gracia, es hilft alles nichts, du musst zur Regentin. Inzwischen ist es Stadtgespräch in Antwerpen, dass du es einfach ignorierst, wenn sie dich vorlädt. Die Stadt lacht über sie. Welche Frau kann das vertragen?« (Ein Seitenblick zu Gracia.) »Wir können sie nur hinhalten, wenn wir sie in Sicherheit wiegen. Du bleibst dabei, ihr zu erzählen, dass Reyna noch zu jung ist zum Heiraten und …«, er überlegt laut … »Ach, richtig! Hattest du nicht schon erwähnt, dass deine Gesundheit angegriffen ist? Deswegen konntest du Maria ja nicht aufsuchen. Ihr müsst nach Aachen, du und deine Tochter, eine Brunnenkur machen.«

»Aachen? Aber das ist …«

»Das ist noch sehr nah dran, liebe Herrin, aber ihr müsst dort wirklich ankommen und die Wasser nutzen. Sie wird euch kontrollieren lassen, argwöhnisch, wie sie ist. Erst auf der Rückreise dürft ihr … in die andere Richtung.«

Gracia nickt. Er hat sofort begriffen. Er schwingt mit auf ihrer Schaukel, ohne Für und Wider, und ihr Herz schlägt höher. Es ist Geborgensein, wenn die Menschen um sie herum mit ihr eines Sinnes sind. Und außerdem gefällt es ihr, wenn sie merkt, dass jemand etwas sehr gut kann, einfach sein Metier versteht – und dieser junge Mann gehört zu diesen Leuten.

Dann fällt ihr etwas ein. »Und du?«

»Ich muss hier die Stellung halten, solange es geht, damit allen klar ist, ihr kommt zurück. Samuel und Ugarte betreiben weiter das Kontor. Ich bemühe mich, die Gelder zu transferieren – und halte die Statthalterin bei Laune.«

Sie spürt ihr Herz im Hals. »Und dann?«

»Je länger es uns gelingt, eure Flucht geheim zu halten, desto weniger lauft ihr Gefahr, eingefangen und zurückgebracht zu werden. Maria ist die Schwester des Kaisers, sie kann ihren Bruder bitten, eure Reise zu stoppen – obwohl, die Mendes sind nicht Kammerknechte irgendeines Fürsten, und sie müsste schon einen triftigen Grund erfinden, dass man euch irgendwo auf dem Weg festhält.« Er zuckt die Achseln. »Ihr Fiskus hier wird sich schon etwas ausdenken. Steuerhinterziehung oder dergleichen. Darum …«

Er vollendet den Satz nicht. Sie dagegen. Während ihr die Röte den Nacken hochsteigt, sagt sie: »Und darum, meinst du, musst du Königin Maria unter die Röcke kriechen?«

Erst will er lachen, aber dann sieht sie ihr Gesicht.

»Gracia, glaubst du, dass ich das tue?«, fragt er ernst.

Sie wendet sich ab. »Was sonst?«, sagt sie und presst die Fäuste gegeneinander.

»Du verkennst die Tugend dieser Dame«, bemerkt er halblaut, beiläufig. »Natürlich würde sie mich gern verschlingen, aber sie ist viel zu prüde, sich etwas zu trauen. Unbesorgt. Bei unseren Begegnungen sind ständig zwei ihrer Hofdamen zugegen, und die sind auch nicht schöner als sie. Ich darf ihr spanische Poesie vorlesen und ihr die Hand küssen – zugegeben, hin und wieder auch die Innenfläche und das Handgelenk. Dabei wird sie steif wie eine Marionette und schielt an mir vorbei. Das ist alles. Und denke nicht, dass mir das Vergnügen bereitet.«

»Ach«, sagt sie wütend. Und nichts weiter.

Und sie fragt sich selbst, was sie eigentlich wütend macht. Was sie so durcheinanderbringt. Auf einmal ist diese Erinnerung wieder da – eine körperliche Erinnerung, der Funkenflug zwischen ihren Fingerspitzen, damals, als das Salzfass umfiel.

Sie hat ihn weggeschickt danach. Wohl nicht lange genug, um etwas auszulöschen …

Plötzlich fühlt sie seinen Griff auf ihrer Schulter. »Ungnädige Gnädige«, sagt er mit einem halben Lachen. »Bitte. Sieh mich an.«

Er dreht sie zu sich herum, und sie steht vor ihm, den Kopf erhoben, aber die Lider über die Augen gesenkt, damit er nicht allzu viel aus ihrem Blick lesen kann.

»Soeben haben wir beschlossen, dass das Haus Mendes seine Zelte in Antwerpen abbrechen wird und mit seiner Herrin in Venedig Zuflucht sucht. Wir bereiten eine große Transaktion vor und ein Unternehmen, über das halb Europa staunen wird. Wir planen einen Meisterstreich, und jede Einzelheit muss stimmen. Und da erregt sich die Leiterin unseres Imperiums darüber, dass ich der Regentin der Niederlande das Handgelenk küsse? Gracia, querida, darf ich dich so nennen? Was ist mit dir?«

Jetzt hebt sie den Blick.

»Erinnerst du dich noch an das Salzfass, an jenem Sabbatabend?«

»Das ist lange her«, entgegnet er. »Aber natürlich erinnere ich mich. Meinst du, so etwas kann man vergessen? Da ist etwas fürs Leben erwacht.«

»Deswegen habe ich dich verbannt. Nach Frankreich geschickt.«

»Das habe ich mir gedacht. Und habe auf den Moment gewartet, wo du ›Komm!‹ sagst.«

Er fasst behutsam ihr Gesicht in seine Hände, beugt sich zu ihr herunter und küsst sie auf den Mund.
Dann sind alle Dämme gebrochen, und sie vergessen die Zeit.

»Was haben wir getan, Joseph?«
»Das, was wir schon lange tun wollten. Du und ich auch.«
Seine Fingerspitzen gleiten über ihren nackten Körper, der elfenbeinblass aus den verstreuten und zerknüllten Kleidungsstücken herauswächst, ihre mädchenhaft kleinen Brüste, den Schwung der Hüfte; seine Hand verwandelt sich zwischen ihren Beinen zu einer Pranke, die zugreift und festhält. »Wie schön du bist, mein Stern«, flüstert er. »Meine Taube, meine Perle, meine Herrin.« Und plötzlich sind es die Worte des Lieds der Lieder, die er, in halbem Singsang, anstimmt: »Dein Schoß gleicht einer gewölbten Schale, nie soll es ihr an Mischwein fehlen …«
Sie lacht leise, ein bisschen spöttisch: »Liebeslyrik? Soll ich antworten? Ich bin meines Liebsten, und nach mir steht sein Verlangen …«
Er vergräbt seine Hand tiefer in ihr, und sie seufzt. »Allzu lange haben wir gewartet. Aber du, Joseph – du warst noch fast ein Kind …«
»Kommt dir mein Tun wie das eines Kinds vor, dort, wo ich gleich wieder sein werde, nicht nur mit meiner Hand?«
»Lass uns später reden«, murmelt sie und stemmt ihre gespreizten Finger gegen seine dunkel behaarte Brust, um seine Wildheit zu zähmen und sein Eindringen zu verlangsamen. »Und denke daran, eine Witwe muss es erst wieder lernen …«
»Ach, Gracia!«
Und dann ist es doch wieder das Lied der Lieder.

»Seine Linke unter meinem Kopf, und seine Rechte, die soll mich umfangen. Wie es mir gefällt …« –

»Und denke nicht, dass dies ein Spiel war«, sage ich und setze mich auf, zitternd nicht nur vor Erschöpfung, denn der Schweiß trocknet auf meiner Haut und kühlt mich. Im Zimmer ist es halb dunkel, und ich kann ihn nicht sehen. »Du bist mein, und ich bin dein, und ich setze dich wie ein Siegel auf mein Herz. *Einmal werden wir alle Verkleidungen der Fremde ablegen und wieder unseren alten fürstlichen Namen tragen, Gracia und Joseph Nasi, und gleichgültig, wie auch immer wir heißen und wo wir leben werden, du wirst mir dienen mit allem, was in dir ist. Und wenn du mich betrügen musst – und gewiss wird das nötig sein –, dann sollst du wissen, dass es Verrat an mir ist, auch wenn es zu meinem oder zum Wohl der Mendes geschieht.«*
Meine Zähne schlagen aufeinander. Ich bebe vor Aufregung.
Er antwortet nicht.
»Bist du noch bei mir?«
»Ganz nah«, sagt er. Aber er berührt mich nicht.
»Du kannst mein Trost sein. Verrat mich nicht allzu sehr.«
»Ein bisschen Falschheit wird sich nicht vermeiden lassen«, erwidert er, und seine Stimme schwingt, ist es ein unterdrücktes Lachen, wer weiß? Aber ich bewahre es in mir, dass er, auch ohne Worte zu benutzen, an diesem Tag mit mir einen Bund geschlossen hat. Und dass ich mit der Treue, die ich fordere von ihm, und dem Beharren an meiner Seite nicht seine belanglosen Affären einschließe, obwohl auch die mir Stiche versetzen werden, glühender als Nadeln.
Doch das wird später sein.
»Komm zurück in meine Arme, Herrin und Liebste«, sagt er. »Du frierst ja.« –

Die Audienz bei der Regentin findet schließlich statt, unter vier Augen zwar, aber der ganze Hof bestaunt den Einzug der »Portugiesin«; um die Höhe eines perlenverzierten Stöckelschuhs dem Wuchs anderer Menschen angenähert, rauschend in chinesischer Taftseide, der Kragen aus Brüsseler Spitze, auf dem Kopf eine Toque mit wippenden Federn, das Gesicht mit Bleiglanz weiß geschminkt (schließlich gilt es, Maria von ihrer Kränklichkeit zu überzeugen!), so dass ihre wunderschönen melancholischen Augen noch strahlender wirken.
Was zwischen den beiden Damen verhandelt worden ist, bleibt der Öffentlichkeit verborgen, aber offensichtlich wusste Beatrice de Luna die Statthalterin von zwei Dingen zu überzeugen: nämlich, denn doch, dass ihre Tochter für eine Vermählung noch zu jung sei und dass sie, zweitens, wegen ihrer beider angekränkelten Gesundheit sich nebst Tochter im Herbst zur Kur nach Aachen begeben wird.
Dass noch am gleichen Tag das Bankhaus Mendes Ihrer Hoheit Maria von Ungarn einen beträchtlichen Barkredit zu niederen Zinsen gewährt, hat damit gewiss nichts zu tun.

Bevor sie abreist, hält Gracia noch eine Beratung mit ihren Vertrauten, den Brüdern Micas, und Raphael Ugarte ab.
»Du wirst im kalten Herbst durch Deutschland und über das Gebirge, Alpen genannt, reisen müssen«, sagt Joseph zu ihr. »Das ist zwar beschwerlich, lässt sich aber nicht vermeiden. Keiner wird so schnell vermuten, dass du diese Tortur auf dich nimmst, noch dazu zusammen mit einem Kind. Und wenn du aus Aachen nicht unverzüglich zurück bist, so kann man das auch noch eine Weile auf die Witterung schieben. Wir werden alles vorbereiten, Kutsche, Stationen zum Übernachten, Pferdewechsel. Ihr werdet die Alpen geradezu überfliegen – falls

der Ewige, sein Name sei gelobt!, uns vergönnt, dass auf den Pässen noch kein Schnee liegt.

Samuel und Ugarte können sich von hier, aus Antwerpen, absetzen, sobald wir wissen, dass du aus der Reichweite der deutschen Fürstentümer heraus bist. Ich« – er lächelt – »werde noch etwas länger ausharren.«

Gracia runzelt die Stirn. »Maria wird toben. Was, wenn sie dich als Geisel behält?«

»Ach!« Joseph winkt ab. »Maximilian wird mir helfen.«

»Ein deutscher Prinz, der einem Juden hilft?«

»Meinen wahren Kern nimmt er nicht zur Kenntnis. Für ihn bin ich der Portugiese, der Studiengenosse, der Kumpan bei dummen Streichen und Raufereien. Sorg dich nicht, er ist ein wahrer Freund. Und wenn es hart auf hart kommt, bringt er mich wohl in einer Nacht-und-Nebel-Aktion aus den Niederlanden heraus. Wenn er seiner überkorrekten Tante einen Streich spielen kann, ist ihm das ein Vergnügen.«

Ugarte mischt sich ein, mit der ruhigen Erfahrung des langgedienten Geschäftsführers. »Natürlich wird sie unser Haus beschlagnahmen lassen und die Konten, die wir hier noch aufrechterhalten, unter Zwangsverwaltung stellen. Aber das können wir irgendwann später regeln, denke ich. Es tut sich etwas auf der politischen Bühne; der Kaiser, ihr Bruder, plant, gegen seine Protestanten ins Feld zu ziehen. Außerdem liegt er in ständiger Zwietracht mit den Türken – ein schwelender Konflikt. Das heißt, er braucht demnächst Geld, mehr, als seine Hausbank Welser in Augsburg bereitzustellen in der Lage ist … Der Ewige geleite dich auf deiner Fahrt, meine Herrin, und gebe dir gutes Glück.«

Gracia seufzt. »Diese Kur in Aachen wird für mich sein, als säße ich auf feurigen Kohlen.«

»Lass dir nichts anmerken!«, sagt Samuel eindringlich.
Sie zuckt die Achseln. »Was für ein Ratschlag! Wir alle sind es schließlich von Kindesbeinen an gewohnt, uns ›nichts anmerken zu lassen‹. Sonst wären bereits unsere Eltern auf dem Holzstoß gelandet. Hoffentlich gibt es in diesem Aachen auch eine Arznei für meinen Magen! Der krümmt sich in mir zusammen und schreit vor Schmerz, wenn ich daran denke, wie ihr hier … ausharrt.«
Ihr Blick gleitet flüchtig über Joseph hin, und er senkt die Lider.

Und so verlassen sie denn Antwerpen, gewiss, die hohen Giebelhäuser und die engen Straßen nie wiederzusehen, ganz zu schweigen vom offenen Innenhof der Börse, wo das Haus Mendes in Gestalt seiner Leiterin Beatrice de Luna Geschäfte abwickelte und wo man den kraftvollen Stil dieser Dame schätzte und fürchtete.
Sie reisen mit aufwendigem Tross, denn Brianda mit ihrer kleinen Tochter ist selbstverständlich mit von der Partie. Mehrere Wagen mit dem Gepäck und der Dienerschaft folgen.
In Aachen ist Brianda wirklich einmal von Nutzen, denn ihre Eskapaden ziehen das Augenmerk auf sich – und natürlich ihrer Schwester das Geld aus der Tasche. Aber die extravagante Dame lenkt von Gracia ab.
Als die Bäume kahl geworden sind, begibt man sich auf die »Rückfahrt«.
In Gracias Armen, in der Kutsche, liegt ihre Tochter Reyna, und es ist, als ob sich alle Ängste und Befürchtungen der Reisenden ganz und gar auf dieses Kind gestürzt hätten, wie sich ein Rudel Wölfe auf das schwächste Tier einer Herde stürzt. Reyna weint, sie zittert bei jeder Brücke, an der man ihnen

Zoll abverlangt, und bei jedem entgegenkommenden Trupp von Landsknechten (es sind viele unterwegs), sie schreckt in den Herbergen nachts hoch und kriecht ins Bett ihrer Mutter, um sich an sie zu klammern.

Vielleicht ist das ganz gut so, denn so kommt Beatrice-Gracia gar nicht dazu, sich selbst ihrer Besorgnis und ihren Zweifeln hinzugeben, denn sie muss ja das Kind beschützen und beruhigen.

Aber die deutschen Fürstentümer, die zu durchqueren sie so gefürchtet hatten, weil sie unter kaiserlicher Kontrolle stehen, erweisen sich als Orte des Chaos und der Selbstzerfleischung, und niemanden kümmert es, dass sie hier reisen, außer dass man ein begehrliches Auge auf den Konvoi wirft, der zum Glück mit starkem Geleitschutz unterwegs ist.

In diesen Ländern haben sie nichts Besseres zu tun, als einander zu bekämpfen; katholische und protestantische Christen stecken sich gegenseitig die Dächer überm Kopf an, verheeren die Ernten und treiben dem »Gegner« das Vieh fort. Die Mendes-Damen fahren in ihren Kutschen mit dunkel verhängten Fenstern über die holprigen Wege, um nicht mit ansehen zu müssen, was da draußen vor sich geht; Gracia hält ihr Kind in den Armen und Brianda, im anderen Wagen, ihren Haushofmeister (deren kleine Tochter muss sich mit den Liebkosungen einer Amme zufriedengeben).

In diesen Stunden, bei der gefahrvollen Reise durch die Länder, in denen Mord und Totschlag herrschen, erinnert sich Gracia jenes Gesprächs, das sie vor ihrer Flucht aus Antwerpen mit Joseph geführt hat. Es ging um das Türkenreich, es ging darum, dass Juden dort unbehelligt ihren Glauben ausüben können. Und sie fragt sich: Warum sollen wir in Venedig endgültig vor Anker gehen, wenn man doch nur übers Meer

fahren muss, um in eine andere, eine wirkliche Freiheit zu gelangen? Joseph hatte damals davon gesprochen, dass solch eine Umsiedlung langer Vorbereitung bedürfe – ja, warum denn nicht? Was sollte sie daran hindern?
Schließlich könnte man von der Lagunenstadt aus Kontakte knüpfen zu den Osmanen, herausbekommen, unter welchen Bedingungen man dort willkommen war …
Und so erscheint ihr in ihrem Geist Venedig nur als eine Station auf ihrem Weg – freilich eine Station, in der man für eine Zeit heimisch zu werden hofft. Aber nicht für alle Zeit.
Schließlich, unter Aufatmen, verlassen sie die deutschen Länder und fahren nun durch Frankreich, immer weiter gen Süden, und pausieren in Lyon, in der großen Niederlassung des Mendes-Imperiums vor Ort, wo sie gleichsam zu Atem kommen. Das Schneegebirge aber zu überqueren, dafür ist es zu spät, der Winter hat schon begonnen.
Und noch immer schläft Reyna im Bett ihrer Mutter, an sie geklammert wie ein junges Äffchen; manchmal weint sie im Schlaf, die Tränen rollen über ihre runden Wangen, so dass sich Gracia hin und wieder fragt, ob es Don Francisco d'Aragon, der vorbestimmte Bräutigam, wirklich dabei belassen hat, seine kleine Braut zu küssen …
Und sie selbst denkt an andere Küsse und an die Statthalterin.

Konstantinopel

1556

NOCH immer liegt Reynas Arm auf meiner Schulter, an diesem Sabbat in Konstantinopel, als *er* mich einfach zurückgelassen hat, nicht eingedenk, wie knapp unsere Zeit bemessen ist, und ich dulde es, erinnere mich an das verstörte Kind in unserem Fluchtwagen und in den Nächten in deutschen und französischen Herbergen und in Lyon, und gebe einer Eingebung nach und frage in beiläufigem Ton: »Was hat er mit dir gemacht, dieser … Bräutigam?«

»Er hat mir die Zunge in den Hals gesteckt«, erwidert sie. »Und – und anderes getan. Ich habe mich nie getraut, es dir zu erzählen, Mutter.«

Ich warte ab, spüre, wie mein Blut plötzlich schmerzlich in der Halsader klopft.

»Er hat mir alles gezeigt, seine ganze abscheuliche … Männlichkeit. Die Anstandsdame sah weg oder kicherte hinter vorgehaltener Hand. Und er hat mich angefasst.«

»Wie sehr?«, frage ich trockenen Mundes.

»Ich habe geblutet«, entgegnet sie mit einer seltsamen Ruhe. »Lass nur, es ist lange her, und ich hatte es vergessen.«

Langsam, wie in Zeitlupe, befreie ich mich vom Arm meines Kindes, der plötzlich wie eine schwere Bürde auf meiner Schulter liegt.

Ich stehe auf und gehe zum Fenster und segne den Himmel,

dass wir rechtzeitig flohen, und dann wird mir die ganze Tragweite dieser Mitteilung klar.
Diese Frau war also zur Zeit ihrer Eheschließung keine Jungfrau mehr. Das hätte bedeutet, dass Mosche Hamon, der Arzt, die »beschädigte« Braut, das zugerittene Fohlen, ohnehin am Morgen nach der Hochzeitsnacht zu uns zurückgebracht hätte, das hätte seine Ehre verlangt. Wir hätten ihm mit einer Abfindung den Mund stopfen müssen, aber Reynas Mitgift wäre nicht ausgezahlt worden an ihn.
Stattdessen … stattdessen habe ich sie Joseph zur Frau gegeben. Es ist unnötig gewesen!
Ich höre mich sagen: »Was hast du getan, als du das erste Mal mit deinem Gatten geschlafen hast? Lass mich raten. Versucht, ihn zu täuschen mit einer Blase Taubenblut? Nein, bestimmt nicht, auf so etwas fällt ein erfahrener Mann wie er nicht herein. Hat Esther Kyra dich zugenäht oder …«
»Nichts von dem«, sagt sie arglos. »Ich hatte es ihm vorher gebeichtet. Er hat gelacht und gesagt, das wäre ihm egal.«
Es war ihm egal.
Begreift sie überhaupt, diese üppige, nach Weib duftende Person, was sie da sagt?
Es hätte gar nicht sein müssen. Sie, Gracia Mendes, hätte ihren Liebsten nicht verkuppeln müssen. Aber sie, ihre Tochter, war gierig nach ihm. Und er griff sich, was immer er greifen konnte. Auf diese Weise sicherte er sich außerdem auf die natürlichste Art und Weise seine Stellung als mein Nachfolger im Mendes-Imperium.
Dieser schwarze Verräter hat es nicht einmal für nötig gehalten, mir wenigstens danach zu bekennen, was für einen Streich er mir gespielt hatte!
Wenn er es erst in der Nacht entdeckt hätte, mit ihr auf den

Laken des Brautbetts – nun gut, da hätte es kein Zurück gegeben. Aber er wusste es die ganze Zeit und hat mir vorgespielt, meine Tochter und ihr Geld vorm Zugriff des Arztes zu retten. Lügner, Betrüger, Eidbrüchiger, verräterischer Hund!
Mir ist, als sollte ich zerspringen.
»Es war ja gewiss kein Fehler«, sagt meine Rivalin und Tochter da hinter meinem Rücken. »Du wolltest doch ohnehin, dass das Familienvermögen zusammenbleibt.«
»Völlig richtig!«, erwidere ich, ohne mich zu ihr umzudrehen. »Und nun lass mich noch ein bisschen allein. Ich möchte beten, bis die drei Sterne am Himmel sind. Wenn Don Joseph kommt, werde ich ihn unverzüglich zu dir schicken, zu seiner rechtmäßigen Ehefrau. Ich verspreche es.«
»Ja, Mutter.« Und zaghaft: »Dir geht es gut jetzt, ja?«
»Mir könnte es gar nicht besser gehen!«, antworte ich und halte mühsam an mich.
Ja, es wird wirklich höchste Zeit, dass ich mich aus diesem Leben verabschiede.
Weg von dem allen. Weg von diesem Mann, der jetzt wahrscheinlich im Vergnügungsviertel da drüben in einer Spelunke sitzt und die Schenkel eines liederlichen Frauenzimmers streichelt. (So etwas male ich mir aus …)
Was erwarte ich eigentlich von ihm? –

Er hat zwar diesen Sonntag für das, was er vorhat, aber es kommt noch besser. Denn während er sitzt und die Summen aus den Schuldverschreibungen der französischen Residenten im Osmanischen Reich addiert (alles, was sich diese Herren vom Haus Mendes liehen), so, wie sie ihm die Schreiber herausgesucht und vorgelegt haben, tritt einer von denen an ihn heran und sagt, die Mütze in der Hand: »Halten zu Gnaden,

Don Joseph, ich und meine beiden Gefährten hier werden erst am Dienstag wieder im Kontor erscheinen.«
Joseph zieht ahnungsvoll die Brauen hoch. »Was gibt es, Tonino? Habe ich wieder einen eurer Feiertage übersehen?«
Der Schreiber grinst. »In der Tat, Signor. Am Montag feiert die Christenheit Mariä Heimsuchung.«
»Mariä Heimsuchung. Richtig. Das hatte ich vergessen.« (Wusste ich es jemals? Selbst als wir noch als fromme »Neuchristen« in Lissabon, in Antwerpen und Venedig jeden Tag in die Kirche liefen, wussten wir bis auf die höchsten Feiertage nicht, was gerade dran war, und machten nur unsere Kniefälle und Kreuze wie die anderen. Heimsuchung? Ich habe nicht die leiseste Ahnung, was das sein soll, aber es kommt mir sehr zupass.) »Sicher werden ja die christlichen Schiffsbesatzungen auch feiern. Da ist bestimmt am Hafen nicht viel zu tun. Ja, natürlich dürft ihr euren Feiertag heiligen.«
Sie gehen unter Bücklingen und Segenswünschen, und er frohlockt. Da hat ihm der Papst, oder wer auch immer für diese Festtage verantwortlich ist, ein schönes Geschenk gemacht. Zwei Tage christliches Faulenzen hintereinander werden mehr als genug sein, den Plan in die Tat umzusetzen.
Er wendet sich wieder seinen Berechnungen zu, ohne den Abakus zu Hilfe zu nehmen, notiert die Summen auf einem Stück Papier.
In seinem Gesicht arbeitet es, seine Mundwinkel zucken. Mehr als zwanzig Schuldscheine. Die französischen Herrschaften lieben es, auf großem Fuße zu leben – der Gesandte Seiner Majestät, Monsieur de Charme, vornweg, von dem gibt es sogar fünf Papiere, jedes über eine nicht unbeträchtliche Summe.
Sie alle sind – wie sollte es im Osmanischen Reich anders

sein – in türkischer Sprache ausgestellt, mit einer Kopie in Latein, der Sprache der großen Welt. Und sie alle enthalten die Klausel, dass der französische Souverän für seine Untertanen haftet, falls diese zahlungsunfähig sein sollten. Alle Scheine wurden ohne Verfallsdatum ausgestellt, das heißt, zahlbar bei Präsentation durch den Gläubiger, wann auch immer.
Die Herren haben ausnahmslos unterschrieben, ohne sich die geringsten Gedanken über diesen Modus zu machen, im Glauben, auf die Kulanz des Bankhauses Mendes rechnen zu können. Keiner von ihnen, das weiß er, ist momentan in der Lage, die gesamte Summe zurückzuzahlen.
Joseph zieht den Schlussstrich und summiert.
Das Ergebnis kann sich sehen lassen. Wir werden den Herren einen unangenehmen Dienstag nach der »Heimsuchung« verordnen; obwohl es sie weniger am eigenen Leib treffen wird als im Verlust ihrer Ehre und ihres Ansehens daheim.
Die Beziehungen zwischen der Pforte und Paris sind im Augenblick sehr gut. Das könnte hilfreich sein oder auch nicht. Aber das soll ihn jetzt nicht kümmern.
Er taucht die Feder wieder ein, stellt einen neuen Gesamtschuldschein aus, unterschreibt dreimal, in lateinischen, arabischen, hebräischen Buchstaben, zieht die Kerze in die Nähe, erwärmt den Siegellack und lässt ihn auf das Blatt tropfen.
Dann drückt er das Petschaft mit dem Siegel der Mendes darauf: ein Schiff mit dem zerbrochenen Mast, das auf Gracias Wunsch hin das Frontispiz der Bibel in Ladino zierte, die sie in Ferrara in Auftrag gab – melancholisches Symbol für die zerstörten Illusionen, welche die Conversos nach Columbus' vergeblicher Suche nach einer neuen Heimat für die Juden hegten.
Seine Pläne werden erfolgreich sein.

Anschließend fährt er übers Wasser, ohne auf das Ende des Sabbats zu achten (drei Sterne am Himmel? Was soll's?), vermeidet die Umgebung des Topkapi und des Serails, sucht jenes Viertel auf, in dem man sich amüsieren kann, und versucht, Entspannung zu finden, denn der Zorn über die ungnädige Gnädige sitzt ihm genauso in den Knochen, wie ihn sein Vorhaben umtreibt … Aber die sanftäugigen fußkettchenklirrenden Mädchen riechen ihm zu sehr nach Moschus, und das mag er nicht. –

Wesir Rustem Pascha starrt auf das Papier, auf *die* Papiere, die vor ihm auf dem niederen Tischchen liegen, und saugt so heftig an seiner Schicha, dass das Wasser gurgelt. Dann hebt er die Lider und wirft seinem Gegenüber einen Blick zu, als habe er es mit einem verwirrten Geist zu tun.

»Weißt du, was du da verlangst, Enfanghi Bey?«, zischelt er am Pfeifenmundstück vorbei. »Im Augenblick ist der französische König unser bester europäischer Verbündeter – ich habe mit dir darüber gesprochen und kann mir nicht vorstellen, dass dein Gedächtnis so schwach ist, es von heute auf morgen zu vergessen. Was soll das, Nasi? Die Pforte soll dir helfen, französische Schiffsladungen zu requirieren? Ich glaube, du träumst.«

Joseph hält die Lider gesenkt und gibt sich Mühe, ein gleichgültiges Gesicht zu machen, frei von Zeichen irgendeines Gefühls.

(Natürlich spricht er nicht davon, dass diese Schuldscheine nur der Vorwand sind, den Wesir zur Unterstützung seines Vorhabens zu gewinnen. Denn die Altschulden des französischen Hofs bei den Mendes gehen die Hohe Pforte ja nun wirklich nichts an …)

»Erhabener Pascha«, argumentiert er, »prüft diese Dokumente. Aus ihnen geht eindeutig hervor, dass die Unterzeichneten sich einverstanden erklären, dass die französische Krone bei Zahlungsunfähigkeit für sie in die Bresche springt. Ich kann mir kaum vorstellen, dass sie so einen Vertrag ohne Abstimmung mit ihrem Souverän geschlossen haben«, sagt Joseph unschuldig und ist sich sicher, dass davon keine Rede sein kann; die Herren haben es nur für eine leere Floskel gehalten. »Und *dass* sie zahlungsunfähig sind, habe ich bereits heute Morgen überprüfen lassen«, fährt er mit einem Lächeln fort. »Das Haus Mendes hat schwere Einbußen hinnehmen müssen durch den Boykott von Ancona – und gleichgültig, ob nun der Schatten Allahs auf Erden, der Beherrscher der Gläubigen, seine Gnade für diesen Moment von der Señora abgezogen hat oder nicht: Wir sind, das weiß der Padischah genau wie Ihr, treue Diener des Osmanischen Reiches. Natürlich würde sich das Bankhaus erkenntlich zeigen, wenn die Pforte uns erlaubt, unsere Schulden einzutreiben. Ich erbitte nichts als eine Handvoll Janitscharen, die uns bei der Ausführung …«

Er kommt nicht dazu, weiterzureden. Der Großwesir schlägt mit der Hand auf das Tischchen, auf die Papiere. Die Pfeife gleitet ihm aus dem Mundwinkel.

»Jüdische Unverschämtheit!«, schreit er. »Unsere Soldaten sollen euch beschützen, wenn ihr die französischen Schiffe ausplündert?«

»Wenn die Hohe Pforte unsere Aktion legalisiert, was wäre daran so absonderlich, wenn sie uns Schutz bietet?«, fragt Joseph scheinbar ungerührt zurück.

Rustem Pascha schnieft durch die Nase, bleibt eine Antwort schuldig, und sein Gegenüber spricht weiter.

»Eine Trübung des Verhältnisses zwischen den Staaten wäre

nicht zu befürchten, hoher Herr, denn erstens: Es dauert Monate, bis man in Paris von der Sache überhaupt erfährt. Wer weiß, wie die weltpolitische Lage dann aussieht? Und zweitens: Was soll schon groß geschehen? König Henri wird protestieren, die Pforte wird die Angelegenheit für ein Missverständnis erklären und sich entschuldigen – die Einzigen, die zu Schaden kommen, sind einige Schiffsreeder und Kaufleute von Marseille bis Toulouse, aber der Verlust verteilt sich schließlich.«
Er holt Luft.
»Du bist nicht zu schlagen, Nasi, was?«, sagt der Wesir, nun wieder ruhig, und muss sich eingestehen, dass sich das alles ganz plausibel anhört, so, wie dieser Fuchs es darlegt. Er schüttelt den Kopf. »Das, was du eine Aktion nennst, ist ein Raubzug, würdig eines Korsaren!«
»Nicht, wenn es mit offizieller Genehmigung erfolgt«, wendet der Enfanghi Bey ein und sieht nun Rustem Pascha ins Gesicht. »Ich schätze, erhabener Pascha, dass man mit so einer Bagatelle den Padischah, Schatten Allahs auf Erden – Allah segne ihn und gebe ihm Heil! –, überhaupt nicht belästigen muss. Sie liegt, so wie ich Eure Hoheit kenne, durchaus gut in Euren machtvollen Händen. Natürlich würde sich das Haus Mendes dankbar erweisen. Ich dachte an einen Anteil von zehn …«, er hält inne, beobachtet die Miene seines Gegenübers, korrigiert sich eilig, »nein, von zwanzig Prozent vom Reingewinn.« (Befriedigt stellt er fest, dass die Augen des Wesirs aufflammen. Die Gier des hohen Herrn ist geweckt und wird seine Skrupel besiegen.)
»Zwanzig Prozent?«
»Fünfundzwanzig, Euch zu dienen«, sagt Joseph und verbeugt sich, die Hände über der Brust gekreuzt. (Damit hatte er ohnehin gerechnet.)

Der Großwesir knurrt. »Es ist und bleibt ein krummes Ding, Nasi. Aber sei's drum. Wenn ich es mir recht überlege, ist es ohnehin besser, den Großherrn nicht mit euren Angelegenheiten zu belästigen. Bei der Erwähnung des Namens Mendes bekommt er schlechte Laune. Gut also, abgemacht. Und denk nicht, dass du mich übers Ohr hauen kannst – außer den Janitscharen werde ich Beamte des Rechnungshofes schicken, die genau registrieren, was ihr da an – hm – Beute an Land zieht.«
»Es handelt sich nur um unser Eigentum, das zurückzuholen unser gutes Recht ist«, erwidert Joseph bescheiden, und es gelingt ihm, sein Gesicht weiter unter Kontrolle zu behalten.
Die Audienz ist beendet.
Triumph!
Trotzdem gilt es noch, möglichem Schaden vorzubeugen. Zwar schirmt der Wesir den Großherrn perfekt ab, eigentlich gelangt nichts zu ihm, was Rustem Pascha nicht will. Wenn der Sultan aber durch irgendeinen Zufall doch von diesem Streich erfährt, muss jemand da sein, der ihm seinen Zorn abschmeichelt.
Frauen natürlich. Wer sonst. –

Selim lacht Tränen.
Der Schechsade sitzt beglückt inmitten von zwanzig Flaschen mit Zypernwein, einer weiteren Lieferung, die ihm sein lieber Freund Joseph Nasi gerade verehrt hat. (Der große Korb war, von einer Schicht Schweinespeck getarnt, ins Serail geschmuggelt worden, einer Ware, die kein Moslem anrührt; Joseph Nasi übrigens auch nicht. Aber es gibt ja Christensklaven.) Der Prinz sitzt da und lässt sich ein Veilchendessert schmecken, hergestellt in der Küche des Hauses Mendes, mitgeschickt als Zugabe zu dem Wein.

»Ich sehe die Szene vor mir!« Er klatscht in die Hände wie ein Kind. »Unsere Janitscharen tauchen im Hafen auf und sperren die Docks ab, an denen die französischen Segler vor Anker liegen. Dann kommen von der einen Seite zwei Beamte unseres Rechnungshofes, und von der anderen Seite kommst du.«
»Jeweils in Begleitung von zwei Schreibern mit Klemmbrett und Rechentafel«, ergänzt Don Joseph. »Aber wir tun so, als wenn wir uns gegenseitig nicht wahrnehmen würden.«
»Ihr tut so, als wenn ihr euch nicht wahrnehmen würdet«, wiederholt Selim und hält dem halbnackten Mädchen, das, zur Bedienung bereit, im Hintergrund hockt, erneut den Weinbecher hin, damit es ihn füllt. Eine der Flaschen ist schon halb leer, ohne dass Joseph nennenswert mitgetrunken hätte.
»Dann …«
»… kommen unsere Hafenarbeiter, unsere Träger und meine Mitarbeiter aus dem Kontor. Eure Janitscharen lassen sie passieren. Ziemlich viel Leute sind jetzt auf den Docks versammelt.«
»Ziemlich viel Juden!«, sagt Selim vergnügt. »Denn die christlichen Seeleute einschließlich der Kapitäne sind alle zum Gottesdienst in ihrer Kirche, weil sie irgendeinen Festtag zu feiern haben.«
Joseph nickt. »Mariä Heimsuchung«, sagt er ernsthaft. »Wer auch immer sie heimgesucht hat.«
»Wer auch immer. Nun, jetzt seid ihr die Heimsuchung für fünf französische Segler, beladen mit Gewürzen und anderen Köstlichkeiten, beschützt allein von einer verschlafenen Doppelwache, die nicht weiß, wie ihr geschieht, als deine Leute über die Planken an Bord kommen und die Frachträume stürmen. Die Männer, die schon den Tag vorher gefeiert haben und nicht so recht auf dem Posten sind – ein kluger Schachzug,

einen Tag zu warten, Freund! –, die Kerle also protestieren, aber ihr nehmt gar keine Notiz von ihnen, und als sie unsere Soldaten so richtig wahrnehmen …«

»… die mit gezogener Waffe dastehen!«, ergänzt Joseph.

»Richtig, die mit gezogener Waffe dastehen, getrauen sie sich ohnehin nichts zu unternehmen. Es wird ihnen nicht einmal gestattet, ihre Schiffe zu verlassen, um die Kapitäne zu benachrichtigen. Indessen beginnen deine Leute – eifrig wie Ameisen, die einen Kornspeicher plündern – die Waren herauszuschleppen, zu verladen und zu deinen Lagerhäusern zu bringen. Deine Schreiber rechnen und notieren, die des Großwesirs ebenfalls. Du selbst …«

»Ich notiere auch, auf meiner elfenbeinernen Schreibtafel, dieser hier«, sagt der Enfanghi Bey und zieht das kostbare kleine Stück aus der Tasche seines Kaftans, den er heute trägt; nicht der Bequemlichkeit halber, sondern um anzuzeigen, dass sein Besuch beim Kronprinzen rein privater Natur ist. »Doppelte Buchführung, habe ich von der Leiterin des Bank- und Handelshauses Mendes gelernt, ist das A und O des Geschäftes.« Er sieht Selim an, ohne eine Miene zu verziehen, und wieder will der sich fast ausschütten vor Lachen.

»Ich kann es mir vorstellen!«, sagt er und greift nach dem nächsten Porzellanschälchen mit der Veilchen-Süßspeise. »Ah, warum schmeckt mir alles so viel besser, was aus eurer jüdischen Küche kommt? Ich bin die ewigen Vorspeisenteller und die überwürzten Fleischgerichte leid, die mir hier täglich serviert werden.«

»Wenn es Euch so zusagt, was bei uns zubereitet wird«, sagt Don Joseph lebhaft, »dann bin ich gern bereit, Eurer Hoheit jeden Tag einen Korb mit Speisen aus unserem Haus zukommen zu lassen. Ich werde sie persönlich vorkosten und dann versiegeln lassen, damit Ihr sicher sein könnt, dass nichts zu Euch gelangt, was nicht von mir geprüft wurde.«

»Das würdest du tun, mein Jude?« Selim erhebt sich von seinem Kissensitz, geht um den Tisch herum zu Joseph, der sich höflich erhebt, und küsst ihn auf beide Wangen. »Ich liebe dich, und du liebst mich, ich weiß es.«

Joseph zieht sich aus der Umarmung. »Eure Hoheit beschämen mich«, sagt er mit gesenkten Lidern. »Ich tue gern alles, um Euch zufriedenzustellen.« Sein Blick streift die halbleere Weinflasche; hoffentlich ist Selim nachher noch in der Lage, seine Bitte richtig aufzunehmen und nicht wieder zu vergessen, was er ihm suggerieren will (auch das ist schon passiert).

»Kommen wir zum Ende deines Streichs«, fordert der Prinz und nimmt wieder Platz.

»Irgendwann erschienen die Kapitäne, nicht wahr?«

»Richtig«, sagt Joseph. »Sie kamen, als wir die Bäuche ihrer Schiffe schon fast leer geräumt hatten. Ich hatte meine Leute angespornt, sich zu beeilen. Schließlich weiß ich aus eigener Erfahrung, wie lange eine Messe dauert.« Um seinen Mund zuckt es, er verkneift sich das Lachen. »Die Herren kamen, und irgendwie musste sich unser, nun ja, Vorgehen doch über den Hafen hinaus herumgesprochen haben, denn auch Monsieur de Charme kreuzte auf, ob in seiner Funktion als Geschäftsträger der französischen Krone, habe ich nicht herausbekommen. Er schrie ziemlich herum und fuchtelte mit seinem Degen.«

»Es muss gewaltig was los gewesen sein an den Docks!«

»Nun ja, ein bisschen Radau war schon, und natürlich fielen einige unschöne Bezeichnungen für Euren Diener, so etwas wie ›jüdischer Betrüger‹ oder ›räuberischer Blutsauger‹ war dabei. Aber das bin ich ja gewohnt, und es stört mich wenig.«

(Seine zuckende Wange verrät, dass es ihn sehr wohl kümmert …) »Jedenfalls, ich hatte ja nun nicht nur ein paar Schuldscheine vorzuweisen, sondern darüber hinaus auch ein Legitimationsschreiben von Rustem Pascha. Es blieb beim Lärm. Meine Leute brachten die restlichen Waren in Sicherheit, und Monsieur de Charme wird sich nun gewiss beim Großwesir beschweren. Wahrscheinlich, so nehme ich an, wird er vorbringen, dass der Wert der beschlagnahmten Güter das übersteigt, was die französischen Herren dem Bankhaus Mendes geschuldet haben. Aber …«

Er macht eine Pause und trinkt nun seinerseits einen Schluck Wein. Der zyprische Tropfen hat es in sich, schwer und süß. Man muss vorsichtig damit umgehen.

»Aber?«, drängt Selim. »Wo steckt das Aber?«

»Nun, ganz einfach, Hoheit.« Don Joseph dreht seinen Weinbecher in den Händen. »Seine Gnaden der Großwesir sind mit einigen Prozenten am Rückgewinn unserer Gelder beteiligt. Da würde er sich ja ins eigene Fleisch schneiden, wenn er die Menge limitieren würde.«

Der Schechsade prustet los, verschluckt sich fast an seinem Getränk.

»Was bist du nur für ein gerissener Fuchs, mein Jude! Und Rustem Pascha ist also bestechlich – na, das hatte ich mir schon immer gedacht. Wenn ich erst Sultan bin, mache ich dich zu meinem Großwesir, Enfanghi Bey, auch wenn du nicht zum Islam übertrittst.«

»Das mögen Allah und der Gott meiner Väter abwenden!«, sagt Don Joseph, ehrlich erschrocken. »Nein, teurer Prinz, glaubt mir, es gibt unendlich viele Gebiete, auf denen ich Euch nützlicher sein kann als in so einer Position.« (Wahrscheinlich würde ich das erste Vierteljahr meiner Amtszeit nicht über-

leben, Zielscheibe des Hasses für alle Moslems und Christen der osmanischen Welt gleichermaßen.) »Übrigens möchte ich nicht versäumen, wenn ich erst gesichtet habe, was wir an schönen Dingen haben, Euch und vor allem dem Frauenhaus etwas zukommen zu lassen. Für Nur Banu und die Sultana – Seide, Perlen, Duftwasser.« Er seufzt. »Wie schade, dass der Anstand verbietet, die Gaben selbst zu überreichen. Es ist so unpersönlich, einfach nur etwas schicken zu lassen. Schließlich ist es der schönste Lohn für den Gebenden, die Freude im Gesicht des Beschenkten zu sehen.«
Er wartet einen Moment, ob Selims Alkoholnebel noch durchlässig genug ist für die Botschaft, und fügt dann sicherheitshalber hinzu: »Die Frauen des Hauses Mendes würden sicher außer sich vor Entzücken sein, eine einstige Angehörige der Familie von Zeit zu Zeit wiederzusehen.«
Jetzt hat der Kronprinz begriffen. »Aber das ist doch eine ausgezeichnete Idee!«, ruft er und macht eine große Handbewegung, mit der er beinah seinen Becher vom Tisch fegt. »Schicke doch deine Frau mit diesen erlesenen Gaben zu Nur Banu, oder nein, besser noch, die hochgeschätzte Señora, denn die kennt meine Erste und Rechte doch länger und inniger. Da können sie über alte Zeiten plaudern, und vielleicht gesellt sich meine Mutter auch noch dazu. Soviel ich weiß, war Haseki Hürrem immer sehr angetan von der Gelegenheit, mit der Señora Konversation zu machen.«
Langsam wird seine Zunge schwer. »Also, überbringe der verehrten Dona Gracia meine huldvollen Grüße. Wir erwarten sie so bald als möglich im Frauenhaus.« –

Die Barke – eine aus der kleinen Flottille der Mendes, die bereitliegt, das Hindernis des Goldenen Horns zu überwinden, welches das Galata-Viertel von den anderen Stadtteilen, vor allem vom Neuen Serail auf dem Topkapi, trennt – tänzelt auf den Wellen; ein leichter Wind weht vom Marmarameer herüber, er kräuselt die Wasseroberfläche und riecht verlockend nach Salz und Frische.

Don Joseph Nasi hält sein Gesicht diesem Wind entgegen und fühlt sich gut, wie immer, wenn er einen Erfolg erzielt hat, wenn ihm eine Unternehmung geglückt ist – und diesmal hat er Hoffnungen obendrein.

Vielleicht habe ich gewonnen, und nicht nur an Gut und Geld. So gebe ich Gracia also nun doch noch einen Teil des Frankreich-Darlehens zurück, das sie schon ganz verloren glaubte. Wenn ich ihr jetzt die Bilanz dieses Abenteuers zu Füßen lege – ist das nicht so, als wenn uns ein Stück Reputation, jener Reputation, die sie in Ancona verspielt zu haben glaubt, wieder zurückgegeben würde? Es wird ihr gefallen. Sie könnte die Hälfte des gewonnenen Kapitals ja anlegen, um unsere Netze noch mehr zu verstärken, und aus anderen italienischen Kommunen, in denen die Inquisition mächtiger wird, Conversos ins Osmanische Reich holen … Eine Tat, mit der sie einen Teil davon wiedergutmachen könnte, was sie als ihr Versagen ansieht.

Und ein Besuch bei den hohen Damen des Serails bringt gleich doppelten Nutzen.

Durch die Geschenke stimmt sie diese Frauen günstig, und falls doch etwas von meinem Streich zu den Ohren Suleimans dringt, kann Roxelane-Hürrem sänftigend wirken.

Außerdem stärkt so ein Treffen ihr Ansehen. Sie wird spüren, dass sie ihr Gesicht nicht verloren hat. Und der Großwesir wird es sich gewiss überlegen, ob er mir noch einmal vorschlägt, die Señora von den Geschäften unseres Hauses zu entbinden.

Vielleicht kann ich das Blatt wenden …
Trotzdem, fällt ihm nun ein, muss ich ihr das verfluchte Gift besorgen. Ich habe es versprochen.
Er beugt sich vor und gibt dem Schiffsführer das Kommando, wieder zu wenden. Zurück auf die andere Seite.

Esther Kyra, die Vertraute aller Haremsfrauen des Serails genauso wie der vornehmen Jüdinnen und der reichen Christinnen, handelt mit allem und mit allen.
Esther Kyra geht bei Haseki Hürrem genauso ein und aus wie bei Nur Banu, sie trägt Nachrichten aller Art hin und her, ist verschwiegen, wenn sie verschwiegen sein muss, und schwatzhaft, wenn es sich lohnt; sie informiert die Europäerinnen über die neueste Mode aus Venedig und Florenz und die Türkinnen über die Art, wie man sich gerade im Fernen Osten die Augen schminkt, und sie bringt allüberall jene Mittelchen in Umlauf, mit denen man eine Blutung, die zur falschen Zeit eintritt, stoppen kann, sich einer unerwünschten Schwangerschaft entledigen oder eine gewünschte herbeiführen oder eine Rivalin unfruchtbar machen kann. Sie weiß, wie man kostbare Düfte so mischt, dass der Mann vor Begierde den Kopf verliert, und kennt andererseits die Tränke, die einen Ehemann im Bett abschlaffen und in Schlaf versinken lassen, bevor der Liebhaber seiner Gattin dann zur Stelle ist, sie hat Pulver zur Hand, die einen Greis wieder zum Lüstling werden lassen, und Kräutermixturen, die, richtig angewendet, sowohl Schwangerschaftsstreifen als auch Peitschennarben binnen kurzem verblassen lassen, als seien sie fortgezaubert.
Dass sie sich außerdem mit Hexerei abgibt, ist wahrscheinlich ein Gerücht; das hat sie gar nicht nötig. Als sicher gilt allerdings, dass sie sowohl an die Damen des Serails als auch an

die reichen Kaufmannsfrauen unter den Muslimen, Juden und Christen Geld verleiht.

Und sie verkauft gewisse Phiolen …

Esther Kyra wohnt in einem ärmlichen Viertel, in einem kleinen Haus. Man muss ja nicht nach außen zeigen, dass man eine Macht ist.

Sie, die Vertraute aller Weiber. Männer gehen ihr eher aus dem Weg.

Und so mutet es schon merkwürdig an, als der große, elegant gekleidete Europäer, der lässig einen offenen türkischen Kaftan über seinem Wams trägt, an die Tür des schäbigen Hauses klopft, das zwischen anderen schäbigen Holzhäusern steht. (Alle sehen aus, als seien sie kürzlich abgebrannt, denn Balken und Balkone sind schwarz und wirken wie rußverschmiert.) Die Nachbarn sind eigentlich nur daran gewöhnt, dass hier manchmal verschleierte Damen abends im Dunkel aus ihren Sänften steigen.

Der Besucher geht einen Schritt zurück, um der Bewohnerin des Hauses Gelegenheit zu geben, ihn durch das Guckloch oder durch das Gitterwerk des geschnitzten Fensterladens zu beobachten und abzuschätzen, und wartet geduldig, bis nach einer gewissen Zeit die Tür in den Angeln knarrt und ein kleines Mohrenmädchen, die Arme über der Brust gekreuzt, ihn ins Innere einlädt.

Er berührt die Mesusa am Türpfosten mit den Fingern (Esther Kyra ist Jüdin) und führt die Hand zum Mund, bückt sich, um sich den Kopf nicht am niedrigen Querbalken zu stoßen, und geht hinein. Er ist sich sicher, dass ein Dutzend spähende Augen hinter den Fenstergittern und von den Balkonen ringsum ihn beobachtet haben.

Der Raum – offenbar ein Vorraum –, den er betritt, gleicht einem Basar der Absurditäten.

Ausgestopfte Luchse stehen zähnefletschend neben rissigen griechischen Vasen, wie man sie hin und wieder in der türkischen Erde findet und ausgräbt (die Italiener sind ganz verrückt nach diesen Scherben), Bahnen bunter Stoffe bedecken die Wände, aber es kann auch sein, dass es Vorhänge sind, die den Raum verkleinern; glitzernde Zöpfe aus Silberzindel unterteilen sie. Büschel getrockneter Kräuter verbreiten einen scharfen, stechenden Geruch. Lederne Peitschen und gestickte Schabracken, Federn von Strauß, Pfau und Kormoran zu Gebinden verflochten, in allen Farben schimmernde Mäntel aus der Neuen Welt, wie sie die Ureinwohner dort aus dem Flaum von Hunderten ihrer Vögel herstellen, Truhen und Kassetten mit welchem Inhalt auch immer, Pelze von Bär, Wolf und Zobel, große metallene Gongs, fremdartig geformte Goldgebilde, die entfernt an die Gewürzbüchsen auf einem Sabbattisch erinnern, und natürlich mit Troddeln verzierte metallgetriebene Schichas.
Licht erhält diese Höhle des Wirrwarrs von ein paar großen, von der Decke hängenden Öllampen mit Prismenaufsätzen aus venezianischem Glas. Dazwischen schaukelt in einem Käfig ein bunter Papagei.
Der Besucher tritt näher, und das Tier beobachtet ihn einäugig, mit schiefgelegtem Kopf. Gerade öffnet es den Schnabel, vielleicht, um die Unterhaltung zu eröffnen, als sich in seinem Rücken eine andere Stimme vernehmen lässt, eine Stimme, die die Worte dehnt, als stünde hinter jedem ein Punkt: »Don. Joseph. Nasi. Der. Große. Jude. Bei. Mir.«
Er dreht sich um, verneigt sich, die Hände vor der Stirn zusammengelegt. »Schalom, Esther Kyra. Ich grüße dich«, sagt er, so ehrerbietig wie nur möglich.
Die Augen der Frau, helle, wässrige Augen von verblichenem Grün, gleiten über ihn hin, abschätzend.

Esther Kyra ist dick und alterslos. Sie trägt türkische Kleidung – weite Hosen unter einem Kaftan, eine Weste und auf dem Kopf einen Tarbusch mit auf den Rücken herabhängendem Schleier –, aber diese Tracht wirkt an ihr wie eine Jahrmarktsverkleidung, denn alle Teile sind in so schreienden Farben gehalten, dass dagegen der Vogel im Käfig nahezu matt wirkt. Blutrot und kürbisgelb, apfelgrün und himmelblau, geblümt und kariert, umrahmt von goldenen Litzen, geschmückt mit Reifen an den rundlichen Armen und schaukelnden Münzgebinden in den Ohrläppchen: So präsentiert sich die wichtigste Händlerin jener Dinge, die weibliche Sehnsüchte erfüllen.
Ein Mann ist ein Fremdkörper in ihrem Reich. Und sie bringt es auch gleich zum Ausdruck.
»Kerle. Kommen. Hier. Nicht. Her. Die. Haben. Hier. Nichts. Zu. Suchen.«
Joseph beißt sich auf die Lippe. Was für ein unverschämtes Weib! Aber bevor er antworten kann, redet sie weiter.
»Kommst. Du. Im. Auftrag?« Die nächste lapidare Frage. Wort für Wort einzeln.
Don Joseph verbeugt sich. »Die Señora bat mich, etwas für sie …«
Die Hand mit den Reifen am Gelenk fährt klirrend in die Höhe. Ein Finger weist auf einen gerafften Vorhang.
Während er dem Hinweis folgt und hinübergeht in einen anderen Raum, löst der Papagei endlich sein Versprechen des geöffneten Schnabels ein und kreischt: »Zeig mir, was du in der Hose hast!« Gefolgt von ohrenbetäubendem Gelächter.
Joseph wirft ihm einen wütenden Blick zu, dann rauscht der Vorhang herunter. –
Die nächste Höhle. Fenster scheint das Haus nicht zu haben.

Im trüben Licht der Lampen (diesmal ohne Prisma) entdeckt er dicke, grell gefärbte Kissen, dazu einen der niederen Metalltische, hierzulande üblich, um die Speisen zu servieren. (Wie auch im Haus der Señora; wann saß er bei ihr am Sabbat bei Oliven, Hummus und süßen Küchlein? Vor drei Tagen, vor zwei? Er hat sie seitdem nicht wiedergesehen. Noch nicht.) Auf dem Tisch steht keine Wasserpfeife, sondern ein Ungetüm, das Joseph von seinen Reisen in den Osten kennt: Man bereitet damit jenes Getränk zu, das die Chinesen Chai nennen, ein bitterer, anregender Aufguss aus bestimmten gedörrten Blättern. Der einzige Vorzug, den Joseph zu nennen wüsste, ist, dass dies Getränk munter macht – was Kaffee auch tut. Der Geschmack ist abscheulich.

Ergeben lässt er sich auf den Kissen nieder, und Esther Kyra gleitet trotz ihrer fetten Hüften geschmeidig auf ihren Sitz, hantiert umständlich mit den Blättern und dem heißen Wasser und serviert ihm dann schweigend eine Schale voll grünlichen Absuds, an dem er sich fast die Zunge verbrennt.

Er ist es zwar gewohnt, langatmige Verhandlungen mit Geschäftspartnern zu führen, aber nun beginnt er ungeduldig zu werden. Esther Kyra schweigt noch immer, nach den wie in Stein gemeißelten Worten vorhin. Ihr breites, leicht sommersprossiges Gesicht unter dem Rand des flachen Tarbuschs scheint völlig regungslos. Sie hat lautlos die Lippen bewegt, vielleicht eine Broche, einen Segensspruch, über ihre Tasse gesprochen und schlürft nun das Getränk, als sei es Nektar der Götter.

Schließlich stellt sie ihre Schale beiseite, und nun, unversehens, geht ihre Redeweise gleichsam vom schwerfälligen Schritt in einen Renngalopp über, sie plappert sozusagen in »Einheiten«.

»Warumistdie Señoraaufdieldeegekommen einenKerlzuschicken?«

»Ihr wisst vielleicht«, entgegnet der »Große Jude«, »dass ich der engste Vertraute der Señora bin und also …«

Wieder die Hand mit den klirrenden Armreifen, die ihn bremst.

»IhrseidderVertraute vondemundjenem. SteckteurenFingerinalleHonigtöpfe. SeideinTunichtgut. Warumkommtihr?«

Die Anmaßung der Person geht ihm mehr auf die Nerven, als die Sache wahrscheinlich wert ist. Er beherrscht sich. Will die Verhandlung schnell zu Ende führen und dann hier weg. Das alles ist äußerst unangenehm. Hat Gracia nicht gewusst, was ihn hier erwartet – eine Männerfeindin offensichtlich, das, was man eine böse Sieben nennt …?

Also: Eine Lüge ist immer besser als die Wahrheit. »Ich habe aus Versehen etwas zerbrochen, was die Señora von Euch erhalten hatte. Darum hat sie mir aufgegeben, es wieder zu besorgen.«

»Nu, ach so.« Das hört sich unverfälscht jüdisch an. Und dann wieder eine Pause.

Was erwartet sie eigentlich von ihm? Soll er einen Fußfall machen, damit sie ihm ihre Ware verkauft? Sie hockt da, ihm gegenüber, und mustert ihn mit der Unverfrorenheit eines Einkäufers auf dem Sklavenmarkt, und ihre Augen glitzern belustigt und boshaft.

»EinMannwieIhr solltedochvorsichtigumgehen mitdenSchätzenderDamen. WisstIhrdasnicht? OderistEuchdasegal, wennIhransZielwollt?«

Wovon redet diese Frau? Joseph fühlt, wie seine Schläfe pocht, wie immer, wenn die Wut in ihm aufsteigt. Er drückt die Hand gegen die pulsierende Ader und sieht, wie sie diese Geste mit der dreisten Neugier verfolgt, wie man jemandem zuguckt, der dabei ist, ein Insekt zu zerquetschen. (Wenn mir dies Weibsbild nicht bald meine Ware gibt, gieße ich ihr ihren Chai ins Gesicht!) Immer noch höflich, sagt er: »Ich wäre Euch sehr verbunden, wenn Ihr mir das Gleiche wie vordem noch einmal für die Señora verkaufen könntet.«

Endlich. Sie erhebt sich mit einer fließenden Bewegung von den Kissen, ihre bemerkenswerten Hüften wogen. Ohne ein weiteres ihrer exzentrisch artikulierten Worte zu verschwenden, begibt sie sich in einen anderen Teil dieses Hauses, das von außen so winzig wirkt und doch offenbar immer noch einen Raum mehr zu enthalten scheint, als man erwartet.

Es dauert.

Joseph fühlt sich nicht verpflichtet, bei diesen Teeschalen im Dämmerlicht sitzen zu bleiben; er steht auf und begibt sich wieder in den kunterbunten Trödelladen des Vorzimmers. Vor dem Käfig des Papageien stellt er sich auf, die Arme hinterm Rücken verschränkt. Er kann sich des Eindrucks nicht erwehren, dass dieser Vogel etwas gegen ihn hat. Genau wie seine Herrin. Das Tier beäugt ihn, und er starrt zurück.

Dann öffnet sich der gebogene Schnabel und entlässt folgende Worte: »Haben sie dir den Schwanz beschnitten?«

Er prallt zurück. Der Vogel lacht sein durchdringendes Lachen, und Joseph kann sich nicht bremsen und schlägt wütend mit der Faust gegen die Stäbe des Bauers, bringt das Ding zum Schaukeln, was aber den Papagei nicht im Geringsten stört, er spreizt seine Flügel und balanciert geschickt auf der Sitzstange. Am liebsten würde er diese Kreatur …

Das Duell zwischen Mensch und Tier unterbricht die Herrin des Vogels, die nun zurückkommt und das Verlangte (es wird es ja wohl hoffentlich sein) in der geschlossenen Faust trägt. Und sie nennt den Preis.

Joseph glaubt, sich verhört zu haben. Für bedeutend weniger, schießt ihm durch den Kopf, könnte man die Wirkung dieses Mittels durch die Spitze eines Dolchs ersetzen, wenn der Griff dazu in der richtigen Hand ist …

Er ruft sich zur Ordnung. Was er hier kaufen will, ist nicht Tod, sondern Leben. Er will den Befehl seiner Herrin befolgen, um ihn dann – wie auch immer – umso leichter umgehen zu können.

Als guter Kaufmann, Geschäftsträger und Jude will er sich aufs Feilschen verlegen, aber Esther Kyra lacht nur.

»Don Joseph!« Ihre Sprache ist jetzt, wo es ums Geld geht, ganz normal. »Ja, es ist mehr, als ich gewöhnlich nehme. Aber das ist nun einmal so. Mannsbilder schröpfe ich gern. Zu etwas anderem sind sie nicht gut. Seht es als Eure Buße dafür, dass Ihr offenbar leichtsinnig mit wirklich wertvollen Substanzen umgeht. Lernt daraus und seid das nächste Mal vorsichtiger.«

(Hält sie mich für einen Schuljungen? Rechtzeitig fällt ihm ein, dass diese Frau bei der Sultana ein und aus geht.)

Er beißt sich auf die Fingerknöchel. »Nun gut, um das Einvernehmen zwischen Euch und der Señora nicht zu gefährden …«

Dann zahlt er die geforderte Summe.

»Gern würde ich Euch noch ein halbes Pfund von diesem kostbaren Chai mitgeben«, sagt Esther Kyra nun gleißend liebenswürdig. »Ihr bekommt ihn zum Vorzugspreis.«

Er begreift, dass er auch das nicht ablehnen kann. Die Frau hat ihre Finger an den Schaltstellen der Macht, sofern sie weiblich sind – und wann sind sie das nicht? Außerdem muss sie ihm nicht sagen, was es bringt, wenn sie seinen Besuch und den Grund dafür herumerzählt. Und er verflucht den Augenblick, als er sich darauf einließ, das Gift selbst zu holen, und die Barke wenden ließ, um hierherzufahren.

Der Chai wird gebracht und bezahlt (Joseph nimmt sich vor, die Blätter bei der Rückfahrt ins Wasser des Bosporus zu schütten), und während dieser Transaktion erklärt der verfluchte Papagei erstens, der Besucher sei ein jüdischer Hurensohn, und zweitens, er solle seine Hose aufmachen.

Etwas anderes hat er offenbar nicht gelernt.

Die Herrin des Tiers scheint nichts davon zu bemerken.

»Habt Ihr sonst noch Wünsche, Herr Großer Jude, Enfanghi Bey?«

(Ich hoffe, diesem Weib irgendwann einmal richtig und mit Wucht schaden zu können!)

»Ja«, sagt er, und in seinem Gesicht zuckt es. »Verkauft mir diesen Vogel. Ich würde ihm gern den Hals umdrehen.«

Nun lacht Esther Kyra. »Da sei der Ewige vor. Für Euch ist es vielleicht ein bisschen unangenehm. Aber was meint Ihr, wie sich meine weiblichen Kundinnen – und das sind eigentlich alle – bei solchen deftigen Sprüchen über Juden amüsieren! Sie haben selten Gelegenheit, sich über Männer lustig zu machen, und Juden eignen sich besonders gut als Opfer. Die meisten Frauen finden sie …«, sie macht eine Pause, sagt dann: »… potentundkomischzugleich.«

»Ihr seid selbst Jüdin!«, sagt Joseph, seine Stimme erstickt vor Zorn.

Die Frau ist wieder bei ihrer Anfangsdiktion angekommen. »Es. Belebt. Das. Geschäft. Schalom. Don. Joseph.«

Auf der Überfahrt macht er seinen Vorsatz wahr und wirft den Chai über Bord. Es juckt ihm in den Fingern, die verdammte Phiole hinterherzuwerfen.

Was er nicht tut.

Und nun zu ihr …

Es gehörte zur Selbstverständlichkeit, dass die Señora jeden Tag im Kontor erschien, sobald die Schiffsmeldungen eingegangen waren und die Boten auf dem Landwege die neuesten Entwicklungen von den Börsen und Märkten, aus den Mendes-Niederlassungen von weit her und von ungewöhnlichen Vorkommnissen überall in der Welt hereingebracht hatten. Sie ließ sich von Ugarte Rapport erstatten, entschied, was zu tun sei, wo man sich einmischen und wo heraushalten solle, was zu kaufen und was zu verkaufen sei, welche Gelder auf andere Konten zu transferieren oder umzuwandeln seien – rasch, zielsicher, unbeirrt.

Bis zum frühen Mittag waren die Strategien für den Tag festgelegt, setzte sich die Maschinerie des Mendes-Imperiums in Bewegung.

Seit der Tragödie von Ancona hat sich die Herrin des Handelshauses nicht mehr im Kontor blicken lassen. Ugarte oder einer seiner Untergebenen erstattet ihr kurz Bericht und bittet sie um Zustimmung für das, was man vorhat, und sie nickt zu allem, als sei es ihr egal, ob die Mendes-Flotte im Indischen Ozean Schiffbruch erleiden oder die Venezianer erfolgreich ausmanövrieren würde.

Natürlich ist ihr am Ende des Montags von einem frohlockenden Raphael Ugarte die Sache mit den französischen Schiffen zugetragen worden.

Er kommt beschwingt herein an diesem Abend, zu einer Zeit, in der sie eigentlich nichts mehr von Geschäften hören will, außer, es gehen ungewöhnliche Dinge vor, und sie fragt sich, ob es irgendetwas geben könnte, was sie aufmuntert, nachdem sie hier zwei Tage gesessen und darauf gewartet hat, dass Joseph endlich wiederkommt …

Ihr Buchhalter schwenkt das Pergament mit den Berechnun-

gen. »Der Ewige hat unsere Feinde in unsere Hand gegeben!«, verkündet er mit etwas mehr Pathos, als vielleicht nötig wäre; Gracia merkt ihm an, dass er sie um alles in der Welt erheitern will.
»Was bringt Ihr, Raphael!?«, fragt sie freundlich, aber gleichmütig.
Ugarte berichtet, und seine Augen leuchten. Dann überreicht er seiner Herrin mit einer ausladenden Verbeugung das Blatt.
Sie überfliegt die Zahlen.
Erstaunlich.
Ihr Herz macht einen unregelmäßigen Sprung, galoppiert kurz aus der Reihe, ehe es sich wieder in den gewohnten Rhythmus einklinkt, und für einen Augenblick fühlt sie jene erstaunte Genugtuung, mit der sie früher immer auf die Winkelzüge und Listen ihres »Tricksers« reagierte.
Don Joseph hat den vor Jahren so leichtsinnig erteilten Kredit an die Krone Frankreichs nun weitgehend eingefahren durch seine Umsicht und seine berühmte Dreistigkeit, hat sich schadlos gehalten an den edelsten Importen.
Sie bremst sich, zügelt ihr Gefühl.
Er hat wieder einmal Glück gehabt. Nun gut. Das Vermögen der Mendes zu mehren, ist er der richtige Mann. Ich muss ihm nur noch einmal dringend nahelegen, dass all das Geld nicht etwa zu seinem Vergnügen zusammenfließt, sondern zur Rettung unserer Brüder. (Manchmal fürchte ich, er könnte es vergessen – aber sicher ist das ungerechtfertigt.)
»Richtet Don Joseph meinen Dank aus«, sagt sie ruhig. »Und bestellt ihm gleichzeitig, dass ich mich nicht imstande fühle, ihn zu empfangen. Meine Gesundheit ist angegriffen. Sagt ihm meinen Gruß, und seine Frau würde auf ihn warten.« (Er ist am Sonntag nicht gekommen, wo er noch Zeit gehabt hätte,

vor der Aktion im Hafen. Nun soll er heute auch wegbleiben. Nachdem ich von Reyna erfahren habe, was es mit dieser Hochzeit auf sich hatte.)

Ugarte geht erstaunt. Es ist ihm neu, dass es für Don Joseph notwendig ist, von der Señora »empfangen« zu werden, als sei sie die Sultana. Normalerweise geht er einfach zu ihr, wie ihre Tochter es ja auch tut.

Ugarte richtet am Abend aus, was die Herrin ihm aufgetragen hat, und er registriert am Vorwölben der Muskeln um Don Josephs Mund, am Spiel der Brauen, dem Zucken der Wange, dem ganzen Wellenschlag der Emotionen dieses beweglichen Gesichts, dass der Enfanghi Bey betroffen ist, gekränkt und verärgert.

»Die Wünsche der Señora sind mir natürlich Befehl«, hört Ugarte ihn mit eisiger Stimme sagen. Und sieht, wie sich Don Joseph denn wirklich umdreht und zu Reynas Zimmern geht. Wahrscheinlich – Ugarte schmunzelt in seinen Bart – wird er nun wenigstens einer der Frauen dieser Familie heute Abend zu einem unverhofften Glück verhelfen. (Natürlich weiß er, wissen es alle im Haus, was sich in diesem »Dreieck« – die beiden Frauen und der Mann zwischen ihnen – abspielt.)

Was für ein unseliger Abend, was für eine unselige Nacht. Er hat es wirklich gewagt. Er hat mir gehorcht und ist nicht zu mir gekommen.

Nun ist es schon Dienstag. Nein, er verdient es nicht, dass ich ihm diese Woche geschenkt habe. Warum spürt er nicht, wie sehr ich mich nach ihm sehne, nach seiner lebendigen Gegenwart, seinen schmeichlerischen Worten, nach dem Duft seiner Haut?

Ich habe im Dunkeln gesessen und gewartet. Gewartet und auf

Schritte gehorcht. Aber er ist wahr und wahrhaftig nicht gekommen.
Was ist aus dir geworden, Joseph Nasi? Hättest du dich vordem abhalten lassen von meinem Verbot? Und wenn ich Hürden und Barrieren vor dir aufgebaut hätte, du hättest sie übersprungen, und selbst durch eine Dornenhecke wärest du zu mir gedrungen und hättest mit deinen blutenden Händen meine Wangen berührt.
Ach, wie verzweifelt brennt die Ungeduld, wenn man weiß, dass die Tage gezählt sind, und wie vergiftet die Eifersucht mein Herz.
Ich schicke ihn zu Reyna, und er geht! Zieht ihr frisches üppiges Fleisch meinem alternden Leib vor.
Sie kämpft mit sich, nun doch noch nach ihm senden zu lassen. Aber dann malt sie sich aus, in welchem Zustand er vielleicht bei ihr ankommt, das Wams lose übers aufgeknöpfte Hemd geworfen, das Haar zerwühlt, noch außer Atem und fremd … ja, fremd riechend. Gracia presst vor Zorn und Verzweiflung die Fäuste gegeneinander.
Und schließlich – die ersten Hähne irren sich in der Morgenstunde und krähen schon los, aber bald wird auch der Muezzin rufen – schläft sie ein.

Und du träumst, Gracia Nasi, du träumst einen Traum vom Glück.
Du träumst, dass du dahin gelangt bist, wo jeder gläubige Jude leben und sterben möchte – im Heiligen Land, in Erez Israel, und in der Ferne sieht man die hochgebaute Stadt Jerusalem.
Du träumst von Rosen und Weihrauch, von Dattelpalmen im Wüstenwind, unter denen du dahingehst, und dein Leib fühlt die Wärme dieses Winds, als seiest du von lauer Milch umflossen.

Du träumst von lebendigem Wasser, von Flüssen und Brunnen, deren Feuchte die Einöde zum Ergrünen bringt, denn der Ewige wird den Felsen in einen Teich verwandeln und den Kiesel in einen Springquell, wie es geschrieben steht. Und du träumst von schönen Mauern, hinter denen sich Marmorbäder und Blumengärten verbergen.
Die biblische Sonne scheint auf dich hernieder; du musstest dein Haupt verhüllen vor ihren Strahlen, so, wie du es verhüllst, wenn du am Pessachabend den Wunsch- und Segensspruch sagst: »Heute noch Sklaven, im nächsten Jahr freie Menschen, heute noch hier, nächstes Jahr in Jerusalem.«
Und du gehst mit allen denen, die zu dir gehören – mit deinem ganzen Volk –, dahin, wo Friede, Überfluss und Gerechtigkeit herrschen.
Und dann? Wie es geschrieben steht: Dann werden die Berge springen wie Widder und die Hügel wie junge Lämmer vor Glück.
Und die Zeit ist erschienen, wo der verheißene König, der Gesalbte des Herrn, wo Messias zu seinem Volk zurückkehren wird und das Reich stiftet, in dem Löwe und Lamm nebeneinander weiden. Sein Schritt ist schon zu hören.
Und er, dein Geliebter, wird bei dir sein in diesem Reich.
Ach, wäre ich schon da. –
Sie erwacht vom Geheul des Muezzins. Kann keine Stunde geschlafen haben. Zwischen Seligkeit und Benommenheit spürt sie, dass ihr Schoß trieft und ihre Augen übergelaufen sind. (Sie weint nie, außer wenn es sie im Schlaf übermannt.)
So heißt es in der Thora: Wenn der Allmächtige das Geschick seines Volkes wandelt, werden wir sein wie die Träumenden.

Gracia Nasi schläft wieder ein, und als sie die Frauen mit Musik wecken, wie anbefohlen, scheint ihr die Sonne bereits in die Augen, und sie hat den Traum fast vergessen.
Ihre Seele aber ist so weich wie ein duftendes Hefegebäck an diesem Morgen. Weich und zum Verzeihen geneigt.
Aber Don Joseph, so erfährt sie, ist zum Schechsade Selim übers Wasser gefahren, so dass sie niemanden hat, an dem sie ihr Verzeihen ausüben kann. (Verzeihen, was sie eigentlich sich selbst verzeihen müsste …)
Nun, so lässt sie sich doch herbei, noch einmal anzuschauen, was Raphael Ugarte ihr gestern schon im Groben unterbreitet hat.
Der Fuchs, der Trickser! Das Stück Blei, das er versenkt hat damals – und wie ungerecht bin ich doch, ihm das vorzuwerfen! Wir waren alle stolz auf ihn und glücklich über sein Geschick, und niemand auf der Welt konnte ahnen, dass sich die Franzosen als so säumig im Rückzahlen erweisen würden – nun, jetzt hat er es so weit geborgen, dass weit mehr als die Oberfläche wieder aus dem Wasser schimmert.
In die dunkle Traurigkeit, die schon so lange ihr Gemüt umwölkt, dringt heute ein bisschen Helligkeit ein, als wenn es irgendwo Sonne geben würde …
Sie legt die Warenlisten und die sorgfältige Auspreisung der Güter durch Josephs und Ugartes Hand beiseite und geht, ein Buch in der Hand, den Finger zwischen den Seiten, an jene Stelle des Gartens, wo sie gesessen hat im Zitronenhain unter dem Feigenbaum und von ihrer Niederlage erzählt hat. Sie sitzt, die Augen geschlossen. Hier hat sie ihn gebeten, keine Zeit zu verschenken … Und sie selbst? Sie hat ihn von sich gewiesen, mit dem Zorn einer gekränkten Ehefrau, die gerade erfährt, dass ihr Gatte sie betrogen hat. Was für eine Närrin bin

ich nur! Diese letzten Tage sollten Glanz haben. Stattdessen …

Schritte. Andere Schritte.

Sie hebt die Lider, glaubt ihren Augen nicht zu trauen. Der Zorn drückt sie zurück auf ihren Sitz. Das Buch rutscht ihr vom Schoß, und ihr ist, als wenn sie sich mit beiden Händen festhalten müsse; sie presst die Handflächen mit ausgestreckten Armen neben sich auf das Holz der Bank.

Da kommt durch ihren Garten der Mann auf sie zu, der ihr Leben zerstört hat, tritt vor sie hin und grüßt sie mit einem demütigen »Schalom«.

»Von allen Lebenden möchte ich Euch jetzt am wenigsten sehen, den Papst und den Großinquisitor einmal ausgenommen. Wie könnt Ihr Euch erdreisten, hierherzukommen – und wer hat Euch zu mir vorgelassen, Rabbi Soncino?«, sagt sie, und ihre Stimme klingt gepresst, als würde ihr der Atem stocken.

Der kleine Mann mit dem dünnen grauen Kinnbart, im Kaftan, das Haar unter einer Kappe verborgen, steht mit gebeugten Schultern vor ihr. »Nun«, sagt er sanft, »im Belvedere der Mendes war ein Mann meines Standes bisher allezeit willkommen. Vielleicht habt Ihr Eure Dienerschaft noch nicht davon unterrichtet, dass zwischen uns im Augenblick eine – hm – Meinungsverschiedenheit steht.«

»Eine Meinungsverschiedenheit?«, wiederholt Gracia langsam. »Ihr habt mir das Werk zerschlagen, das wahrscheinlich der ganzen Judenheit Respekt verschafft hätte in Europa, und redet von einer Meinungsverschiedenheit? Zwischen uns herrscht Fehde, Rabbi – ein schwarzes Jahr auf Euch! –, Fehde für jetzt und immer!«

»Ihr solltet mir nicht fluchen, Señora«, erwidert der kleine Mann, unvermindert mild. »Und die Sache, die Ihr mit so großen Worten bedenkt – Ihr wisst, dass ich sie anders sehe, nämlich gefährlich für alle und ganz und gar nicht dazu angetan, unserm Volk zu helfen. Aber darüber müssen wir ja nun nicht noch einmal streiten. Die Würfel sind gefallen. Geschehen ist geschehen. Ich bin gekommen, um Euch zu bitten, wieder versöhnt und in Eintracht mit mir und den Rabbinern der anderen Städte zu leben. Es ist nicht gut, wenn die Gemeinden nicht zusammenhalten.«

Gracia steht langsam auf, stößt sich mit den Händen von der Bank ab. Ist nun Auge in Auge mit Soncino – einer der wenigen Menschen, zu denen sie nicht aufsehen muss … Sie zischt wie eine Viper.

»Ihr wagt es, von Eintracht zu reden? Wer war es denn, Rabbi Joshua Soncino, der die Zwietracht hereingetragen hat, wer hat denn den Keil getrieben zwischen mich und die Rabbiner? Von Euch kam doch zuerst der von Feigheit getriebene Vorschlag, die Weiterführung meines großen Projekts abzulehnen! Dass die Conversos in Italien auf den Scheiterhaufen geschickt werden, das war Euch und Euren bequem gewordenen Gemeinden von Bursa, von Ragusa und Adrianopel so gleichgültig wie ein Regen im Winter. Hauptsache ist, es gibt keine Repressalien gegen die wahren, die ›eigentlichen‹ Juden, die niemals ihren Glauben aus Not verleugnen und verschweigen mussten! Was seid ihr nur für Menschen, ihr Schriftgelehrten!«

Sie wendet sich kurz ab und versetzt ihrem Buch, das da vor ihr im Staub liegt, einen Fußtritt. Soncino bückt sich, hebt es auf, staubt es vorsichtig mit dem Handrücken ab. Seine Augen sind gesenkt.

»Ihr tut mir Unrecht, Dona Gracia«, sagt er, und jetzt rauht Bitternis seine Stimme auf. »Ihr habt mich in Ferrara kennengelernt, vor Jahren, und Ihr wisst, dass ich dort mit Conversos

genauso umging wie mit bekennenden Juden. Wir waren einst so etwas wie Freunde, studierten gemeinsam die Schriften, Ihr lerntet durch mich die Kabbala, wir träumten von Jerusalem und übersetzten die heiligen Texte …«
Sie unterbricht ihn scharf. »Ihr habt recht. Wir *waren* Freunde. Und abgesehen davon, dass Ihr mir mein Vorhaben zerschlagen habt, hat mich das besonders geschmerzt: dass ein Mann, zu dem ich mich hingezogen fühlte wie zu einem Vater, mich so schändlich verraten konnte.«
Er schweigt, noch immer das Buch in der Hand.
Sie fährt fort: »Und nun? Dankt es Euch der Schurke auf dem Papstthron wenigstens? Hat er den jüdischen Gemeinden in Italien oder anderswo Vergünstigungen gewährt? Oder müssen unsere Brüder weiterhin in Ghettos wohnen, wie er angeordnet hat, müssen sie ein Zeichen an der Kleidung und einen Schandhut auf dem Kopf tragen, dürfen sie keine Geschäfte mehr mit Christen machen, und müssen sie sich nicht weiterhin vor jedem Nichtjuden verbeugen und selbst den christlichen Abdecker mit ›Herr‹ anreden? Hat er das alles zurückgenommen, der Heilige Vater? Nichts dergleichen. Wunderbare Privilegien habt Ihr erkauft mit dem Verrat an denen, die Ihr wie jene ›Marranen‹ nennt!«
Soncino will etwas einwenden, aber sie wirft beide Arme hoch und schneidet ihm das Wort ab. »Geht, Rabbi Joshua Soncino, geht! Ich will mich nicht mit Euch versöhnen, und ich will nicht einmal, dass Ihr Schiwa sitzt an meiner Leiche. Geht! Ich habe Euch nicht eingeladen. Glaubt nicht, dass Ihr mit meiner Verzeihung rechnen könnt. Macht mit Eurem Gewissen aus, was Ihr angerichtet habt.«
Soncinos blasses Gesicht ist noch bleicher geworden zwischen seinen grauen Schläfenlocken. Er hebt die Hand.

»Wollt Ihr mich segnen? Ich brauche Euren Segen nicht«, sagt Gracia schroff.
Der Rabbi legt das Buch zurück auf die Bank – eine kleine, fast schüchterne Geste. Dann wendet er sich stumm ab und geht.
Gracia sinkt auf den Platz und verbirgt das Gesicht in den Händen. Sie wiegt sich hin und her.
So findet sie Don Joseph.

»Warum hast du mich so lange warten lassen?«, flüstert sie und sieht mit trockenen, heißen Augen zu ihm auf.
Er schnappt nach Luft. Mit jener Mischung von Wut, Verblüffung und Heiterkeit, die ihn so oft ob ihrer sprunghaften Launen überfällt, sagt er zwischen Lachen und Ärger: »Wie denn, meine Taube? Hattest du mich nicht ausdrücklich ausgeladen, obwohl ich dir beinah das halbe französische Darlehen zurückerstattet zu Füßen legen wollte?«
»Ugarte hat es mir erzählt. Ich habe es mir heute genauer angesehen und danke dir«, sagt sie sanft. »Du hast viel gewagt.«
»Nicht mehr als sonst auch«, erwidert er achselzuckend, immer noch verwirrt über ihre nachgiebige Stimmung. Er hatte gedacht, kämpfen zu müssen um ihre Gunst …
Sie fasst ihn an der Hand, zieht ihn zu sich auf die Bank. »Warst du schon bei Esther Kyra?« fragt sie, im gleichen Ton der Sanftmut.
»Noch nicht«, lügt er und wiedersteht dem Reflex, nach der Phiole zu greifen, die in der Tasche auf der Innenseite seines Wamses steckt. Und sie: »Tu es bald!«
»Ist dir – etwas zugestoßen?«, fragt er ahnungsvoll.
Sie nickt. »Rabbi Soncino war hier«, sagt sie.

»Ein schwarzes Jahr auf ihn!«, knurrt er. Gracia lacht auf. »Das habe ich ihm auch an den Hals gewünscht.« Sie schmiegt sich in Josephs Arm. »Sein Kommen hat es mir noch einmal klargemacht. Klar wie die Sonne.«

»Was hat er dir klargemacht?«

»Dass ich keine Wahl habe, außer zu gehen.«

Er hütet sich, Widerworte zu geben; schließlich sind sie in einem Bündnis miteinander. (Dass er alles daransetzt, es zu brechen, sie zum Leben zu bewegen, weiß sie wohl, aber man muss sie nicht extra daran erinnern.)

Sie wechselt das Thema, so sprunghaft, wie es ihre Art ist, wie sie es sich erlauben kann, als die, die sie ist.

»Was wäre, wenn du nicht diesen Mächtigen so gut zum Munde reden würdest? Wo stünden wir da?«, fragt sie träumerisch.

Er runzelt die Stirn. »Wenn der Zufall mich nicht mit Prinz Maximilian auf eine Universität geschickt hätte …«

»… und wenn du nicht so charmant zu hochgestellten Damen wärest …«

Eigentlich will er sich rechtfertigen – für wen, wenn nicht für sie, hat er getan, was zu tun war! –, aber sie liegt weich an ihn hingelehnt, den Kopf auf seiner Schulter, und ihre kleine Hand mit dem Ring, der so schmerzhaft zuschlagen kann, ist mit den Fingern seiner Hand verschränkt, wie es wohl bei alten Liebesleuten zu sein pflegt. Keine Stunde für Streit.

»Ohne Maximilian wärst du damals nicht so schnell entkommen!«, mutmaßt sie. »Als du zurückgeblieben warst in Antwerpen.«

»Nein, ganz gewiss nicht.«

Antwerpen und Venedig

Vor elf Jahren

1545

SOBALD ich hörte, dass die »Witwen« mit ihren Kindern aus Aachen abgereist waren, galt es, keine Zeit zu verlieren. Ich hatte keine Lust, als Geisel bei Königin Maria zu bleiben. Ihr Misstrauen war ohnehin schon geweckt, und ich war es satt, von ihren Handlangern auf Schritt und Tritt beobachtet zu werden. Außerdem hatte ich genug von ihrer Art, mich anzustarren, wenn ich ihr spanische Poesie vorlas, oder mir hin und wieder die Hand auf den Arm zu legen. Nichts ist schrecklicher als prüde Weiber, die sich verliebt haben.

Das Glück kam mir zu Hilfe: Kaiser Karl war im Krieg gegen seine Protestanten, und ich schlug Maximilian vor, zunächst einmal mit ihm gemeinsam ins Feld zu ziehen.

Der Prinz krümmte sich vor Lachen.

»Ein portugiesischer Kaufmann als Krieger im Heer des Kaisers, neben Landsknechten in bunt zerschlissenen Wämsern und dick ausgepolsterten Schamkapseln! Juanito, ich glaube, da bist du fehl am Platze!«

»Ich habe nicht vor, mich unter die Landsknechte zu mischen«, entgegnete ich kühn. »Ich war Offizier der Bürgerwache von Antwerpen und will Offizier bleiben. Wie wäre es als Euer Adjutant, Hoheit?«

Maximilian sah mich überrascht an. »Das ist wirklich keine schlechte Idee! Mit dir wäre so ein Feldzug bestimmt bedeu-

tend amüsanter, Micas. Nun darf ich also nur noch meine Tante davon überzeugen, dass du für mich unabkömmlich bist.«

Es muss ein hartes Stück Arbeit gewesen sein, aber schließlich setzte der Prinz seinen Kopf durch. Also machte ich mich an der Seite meines hochgeborenen Freundes auf ins Feldlager, während Samuel und Ugarte unser Haus in Antwerpen bestellten, so gut es ging, und sich dann ebenfalls davonmachten. Anstrengende Ritte durch Matsch und Nieselwetter wurden wettgemacht durch Abende im Zelt bei Wein und Kartenspiel, und in meiner Position hatte ich außerdem die Möglichkeit, Nachrichten zu versenden und zu empfangen. So erfuhr ich, dass die Flucht der Frauen geglückt war.

Wer es natürlich auch erfuhr, war die Regentin.

Königin Maria tobte. Sie ließ das Mendes-Haus versiegeln und die Reste unseres Vermögens, das, um nicht allzu viel Aufsehen zu erregen, noch bei Bankhäusern in Antwerpen deponiert war, konfiszieren. Allen Kaufleuten, die mit den Mendes in Verbindung gestanden hatten, verbot sie, ihnen eventuelle Außenstände zu zahlen, und erklärte in Rundschreiben, die nicht nur in den Niederlanden, sondern auch in den deutschen Fürstentümern kursierten, die beiden »Witwen« seien flüchtige Ketzerinnen und auf dem Weg ins Osmanische Reich. (Wie sehr sie damit letztlich recht hatte, ahnte sie wohl nicht.)

Als ich die Mitteilung erhielt, dass die Damen de Luna in Lyon und also in Sicherheit waren, nahm ich meinen Abschied von Maximilian, um ihnen auf schnellen Pferden nach Venedig vorauszueilen und für sie Quartier zu machen.

Der Prinz nahm meinen Entschluss mit der gewohnten heiteren Lässigkeit auf. »Du willst also desertieren, Juanito? Ist dir nicht klar, dass man im Krieg nicht einfach so aufstehen und weggehen kann wie aus dem Bett einer Frau am nächsten Morgen? Es gibt so etwas wie einen Fahneneid!«

»Den ich nie geleistet habe!«, entgegnete ich. »Ich habe mich einzig und allein verpflichtet, Eurer Hoheit als Adjutant und Sekretär zur Seite zu stehen. Über die Dauer dieser Aufgabe haben wir nie verhandelt.«

»Ich werde dich nicht anbinden, Micas!«, sagte er stirnrunzelnd. »Aber ich gestehe, dass du mir fehlen wirst. Dieser Krieg wird noch langweiliger werden, als er ohnehin schon ist – und seine Länge ist nicht abzusehen. Und mit den Türken wird es auch bald Ärger geben, die wollen ins Heilige Römische Reich Deutscher Nation einmarschieren. Die Lage ist ernst. Gerade deshalb will ich dich nicht anbinden, Juanito.«

Wir nahmen Abschied als die guten Freunde, die wir waren, und ich eilte leichten Herzens nach Venedig, jener Stadt, die zu betreten mir acht Jahre später, nach La Chicas missglückter Entführung, auf ewig verwehrt werden sollte.

»Erinnerst du dich an unsere Ankunft in der Lagunenstadt?«, sagt Gracia.

Sie haben nicht gesprochen, aber ihre Gedanken sind den gleichen Erinnerungspfad entlanggeflogen und halten nun am gleichen Knotenpunkt an.

»Wir kamen auf dem Naviglio di Brenta, dem Brentakanal.«

»Ja, ihr kamt auf dem Naviglio di Brenta. Fünf Schiffe, hoch beladen, braune Segel und Ruderer dazu. Im sechsten, dem mit einem purpurnen Sonnendeck geschützten, saßest du.«

»Saß ich«, korrigiert sie, »mit meiner Schwester und den Kindern.«

»Ja.«

Es ist ein warmer, heiterer Apriltag, die Sonne hat schon Kraft. Das Wasser der Lagune glitzert wie in tausend kleinen Spiegeln, die verschwinden und wieder auftauchen, vom Wind gekitzelt.
Don Joseph fährt den Ankömmlingen entgegen, hoch aufgerichtet, stehend im Boot, das von zwei Gondolieri bewegt wird. Er überquert die Lagune und lässt die Barke schließlich an der Einfahrt des Kanals am Steg festmachen. Hier will er warten. Viele Monate hat er die Mendes-Frauen nicht mehr gesehen, seit ihrer Abreise nach Aachen.
Die Mendes-Frauen? Die *Mendes-Frau.*
Venedig und Gracia-Beatrice. Sie passen zueinander wie Hand und Handschuh, findet er.
Während er kreuz und quer durch die Stadt zog, zu Wasser oder durch die schmalen Gassen, während er die wie ein Katzenbuckel gewölbten Brücken überquerte, malte er sich aus, wie sie Besitz nahm von der gleißenden Stadt. Für sie waren die Plätze gebaut, für sie die Stufen, die sie, die Röcke gerafft, in jenen hölzernen Zoccoli betreten würde, wie sie die Frauen hier trugen – hochgesohlte Schuhe, um die Schleppe des Kleides nicht zu beschmutzen und bei Hochwasser sicher über San Marco zu gelangen.
Für sie fuhren die schwarzgetönten Barken mit den hohen Schnäbeln über das Wasser; er sah sie im Geist bereits darin sitzen, immer noch in ihren Witwenkleidern, das Haar unterm Schleier, das ernste herzförmige Gesicht verklärt durch den feuchten Dunst der Lagune, der alle Konturen weicher macht, und in dem strengen Funktionieren dieses Staatswesens, das nach außen so viel Anmut zuließ und im Inneren unerbittlichen Gesetzen folgte, fand er ihren federnden, stählernen Wesenskern wieder, die nie ermüdende Triebkraft, die alle Mitglieder

des Mendes-Imperiums bis zum letzten Agenten in irgendeiner abgelegenen Stadt der Levante bewegte, wie das klopfende Herz eines lebendigen Körpers.

Er hat mit dem Rat der Zehn verhandelt und mit der Ausländerbehörde. Er hat die Absicht des Handels- und Bankhauses Mendes in Aussicht gestellt, sich hier niederzulassen, und ist auf allerfreundlichstes Entgegenkommen gestoßen. Venedig erwartet die reiche Frau und ihre Familie mit offenen Armen.

Der Zuzug von Ausländern, soweit sie vermögend sind, ist der Serenissima hochwillkommen. Denn Ausländer, die hier Handel treiben wollen, müssen nicht nur eine Kaution von beträchtlicher Höhe bei der Zecca, der Staatsbank, hinterlegen – sie sind auch gezwungen, mit venezianischen (gut christlichen) Kaufleuten zusammenzuarbeiten, denn für sich allein bekommen sie keine Zulassung. Man muss sich also einkaufen bei einer ansässigen Firma. Die weltweiten Verbindungen des Hauses Mendes kommen auf alle Fälle der Stadt zugute, von den deftigen Steuern, mit denen Ein- und Ausfuhr von Waren jeglicher Art belegt werden, einmal ganz abgesehen.

Venedig hat den Neuankömmlingen großzügig einen Palazzo, den Palazzo Gritti am Canal Grande, angeboten, und Don Joseph hat ihn angemietet und ausgestattet. Der Palazzo soll der Mendes-Repräsentation dienen, doch gestattet Gracia ihrer Schwester, darin ihr Luxusleben zu führen, aber gleichzeitig hat Joseph sich nach einem zweiten Quartier umgesehen. Dies zweite Haus ist allein für Gracia und ihre Tochter bestimmt und dient der Arbeit sowie dem Gebet.

So hat er die Zeit zwar ohne die Prinzipalin, aber in ständigen Gedanken an sie verbracht, hat sich als ihr Geschäftsträger zunächst von Ippolito Herreiras, ihrem Agenten vor Ort, in die Verhältnisse einweihen lassen und dann mit den Magistraten verhandelt, Kontakte zu einem möglichen »altchristlichen« Partner geknüpft – und als ihr Liebhaber ein Haus in der Nähe des Rialto, beim Fondaco degli Turchi, ausgesucht und eingerichtet in dem Stil, von dem er weiß, dass sie ihn liebt: Teppiche an Wand und Boden sowie schlichte, aber bequeme Möbel aus edlem Holz. Auch hier ein geräumiges Kontor und dazu … einen geheimen Raum hinter ihrem Schlafzimmer, jetzt noch leer: bestimmt, die jüdischen Kultgegenstände aufzunehmen, die sie im Gepäck haben wird.

Für Briandas Palazzo lässt er alles an Tand herbeischaffen, was gerade alla moda *ist, viele Spiegel natürlich, duftige Vorhänge, leicht schlüpfrige Bilder der venezianischen Meister in vergoldetem Rahmen und viel Glas. Die schönsten Kelche und Pokale aber, die er auftreiben konnte, und die schönsten Spitzen aus Murano wanderten schließlich doch in Gracias Haus.*

Während der ganzen Zeit hat er im Geheimen weiter daran gearbeitet, möglichst viel Kapital in den Osten, in die Türkei zu transferieren, denn irgendwann könnte es allüberall in Europa kritisch werden für Conversos wie für Juden, und der Sultan, so ist zu erfahren, freut sich über jeden Flüchtling, falls der nicht mit leeren Händen kommt.

Joseph wartet. Er weiß, wann die Schiffe in Padua abgelegt haben, reitende Boten haben ihn unterrichtet. Er malt sich aus, wie sie unter Brücken und zwischen den frisch begrünten Mauern der Gärten dahingleiten im sanften Takt der Ruder und wünscht sich, eine kräftige Brise von Westen her würde die Segel blähen, so dass sie schneller vorankämen. Wenn er sich umdreht und den Blick über die Lagune schweifen lässt, erfüllt ihn Stolz auf die Schönheit dieser Stadt, als habe er sie zwar nicht erbaut, aber doch ausgesucht für seine Herrin, um sie ihr zu Füßen zu legen – eine Stadt, für sie gemacht.

Und sie wird Augen haben für das von bunten Schiffen befahrene Wasser und für die heitere Anmut des Campanile, aber auch für ihn, nach all der Zeit.
Dann tauchen die Schiffe in der Kanalbiegung auf, ein braunes Segel nach dem anderen, und er gibt seinen Ruderern den Befehl, abzulegen und den Ankömmlingen entgegenzufahren. Vor Aufregung presst er seine Fingerknöchel gegen die Zähne.
Eins nach dem anderen gleiten die Frachtschiffe an ihm vorüber, und auf Befehl der Kapitäne grüßt das Schiffsvolk, indem es die Ruder salutierend aus dem Wasser hebt; die Nässe perlt funkelnd von den Ruderblättern.
Das fünfte Schiff trägt vorm Mast die purpurne Krone eines Sonnensegels.
Helfende Hände strecken sich ihm entgegen.
Er geht an Bord. –

Die Kaufmannsfamilie, die Joseph mit Herreiras' Hilfe ausgesucht hat, um sich als stille Teilhaber einzubringen, ist Träger eines altehrwürdigen venezianischen Adelsnamens: Molin. Marco da Molin und sein Sohn Nicolá haben zehn Schiffe auf der Orientroute im Einsatz – eine stattliche Anzahl –, sie handeln hauptsächlich mit Pfeffer, sind aber auch nicht unbeträchtlich an Unternehmungen nach Übersee beteiligt; das Hauptgeschäft dort ist Zucker. (Das Risiko ist nicht unerheblich; die Piratengefahr auf dem Mittelmeer kann man gar nicht hoch genug einschätzen. Immer wieder werden Schiffe gekapert und ausgeplündert und die Mannschaften in die Sklaverei verkauft, falls sie nicht gleich abgeschlachtet werden. Aber je mehr Fracht man auf dem Wasser hat, umso größer ist die Chance, trotzdem Profit zu machen. Ohne Wagnis kein Gewinn.)

Man hat sich im Palazzo Gritti versammelt, nicht in Gracias Kontor, um die Söhne der Stadt zunächst einmal sozusagen mit ihren eigenen Waffen zu schlagen: Der Luxus hier ist üppiger und modischer als der strenge Stil bei der Herrin des Unternehmens und beeindruckt vielleicht mehr. Und beeindrucken muss man schließlich, um nicht den leisesten Zweifel an der Bonität des Handelshauses zu erwecken.

So sitzt man nun im andron, *der weiträumigen Eingangshalle des Palazzo mit dem marmornen Schachbrettfußboden, zusammen; auf der Platte eines großen Mahagonitischs sind Schiffskarten und Tabellen, Rechnungsbücher und Stapel sauberen Papiers ausgebreitet, Tinte und Feder stehen bereit, und der Wein in der Karaffe ist eisgekühlt. (Man schafft das Gletschereis auf Maultierkarren von Belluno im Friaul nach Venedig und bewahrt das, was davon übrig bleibt nach dem Weg, in tiefen Brunnenschächten auf.)*

Das Licht fällt in schrägen Streifen durch die geöffneten Fenster im oberen Teil der Wand.

Die Herren da Molin sind offenbar beeindruckt vom Lebensstil der Neuankömmlinge, bewundern das flüssige Italienisch, das sich Don Juan Micas während seines Venedigaufenthalts bereits angeeignet hat – ein paar spanische oder portugiesische Brocken stören kaum; und schnell kommt man zur Sache, denn Madonna Beatrice de Luna, klein von Statur, aber aufrecht wie ein Zedernbäumchen, ist keine Frau, die lange um den heißen Brei herumredet. Bei ihr müssen die Dinge schnell, klar und präzis geregelt werden. Also beugen sich die Venezianer mit der Chefin des Handelshauses, ihrem Ersten Geschäftsträger, ihrem Hauptbuchhalter und dem rothaarigen Herreiras gemeinsam über die Papiere. Die Kugeln des Abakus werden klickend hin und her geschoben. Das Haus Mendes

kauft sich bei den da Molin ein, wird ihr Teilhaber. Die Profitanteile werden ausgehandelt.
Man einigt sich schnell, und der Seniorchef, Marco da Molin, äußert anerkennend, es sei ihm eine Freude, mit so versierten Partnern, die so klare Vorstellungen haben, Geschäfte zu machen.
Signor Micas ruft nun Schreiber und Kontorgehilfen herbei, die bei den Verhandlungen auf höchster Ebene nur gestört hätten.
Durch den Raum wandernd, diktiert Juan Micas den Text der Abmachung, nur hin und wieder unterbrochen durch leise Ergänzungen der Dame de Luna-Mendes oder Einwürfe des Herrn da Molin.
Punktum, Streusand. Unterschriften, Siegel. Der ganze Akt hat kaum mehr als zwei Messen gedauert.
Zwei Mitarbeiter der Mendes holen im Folgenden nun eine eisenbeschlagene Kiste herbei, öffnen sie und legen die Geldrollen verschiedenster Währungen (von Dukaten, Dublonen und Gulden bis zum türkischen Piaster) sowie Kreditbriefe und einen Stapel Wechsel auf auswärtige Handelspartner auf den Tisch; die beiden da Molin verbergen hinter gleichmütigen Mienen, wie beeindruckt sie sind.
Und dann … fliegt die Tür zur Wasserseite des Palazzo auf, helles Tageslicht bricht ein ins strenge Halbdunkel der Geschäftewelt, und eine im Glanz ihres goldbordierten grünen Samtkleids erstrahlende Brianda, umweht von einem Spitzenschleier, die Füße in zollhohen Zoccoli, duftend nach Rosenwasser und Amber, dirigiert aufgeregt eine Schar Arbeiter oder Diener herein, die vorsichtig ein überdimensionales Bett vom Boot über den Landesteg ins Haus bugsieren. Das Luxuslager ist geschnitzt, der Kopfteil üppig mit Intarsien aus Perl-

mutt und Elfenbein verziert, die Beine aus Marmor, mit Auflagen aus Gold geschmückt. Ein noch zu montierender Betthimmel, goldgelber Atlas mit riesigen Troddeln daran, wird als zweites Stück herbeigeschleppt.

Und so stehen sie sich gegenüber, die Geschäftsleute auf der einen Seite, vor ihnen der Tisch voller Geld und Geldeswert, und auf der anderen die Frau mit dem Bett, das kaum von draußen durch die Flügeltür gepasst hat und das nun irgendwie an ihrem Arbeitstisch vorbei und die gewundene Treppe vom andron *hinauf in den ersten Stock transportiert werden müsste.*

Aber zunächst ist die Szene wie eingefroren: hier die Handelspartner, die auf dies Monstrum von Bett und die geschmückte Frau starren, dort Madonna Brianda vor dem Hintergrund ihres Lagers, deren Augen geradezu fiebrigen Glanz bekommen beim Anblick der Goldstücke.

Schließlich verbeugen sich die Herren (Gracia-Beatrice hingegen verschränkt die Arme über der Brust), und die Dame versinkt in einem Knicks. Stumm.

Eilige Schritte. Licentato da Costa, der lockenköpfige Majordomus Briandas, ein Converso aus Antwerpen, den Gracia nicht leiden kann, weil sie (sicher mit Recht) vermutet, dass ihre Schwester mit diesem Untergebenen schläft, kommt die Treppe hinunter und löst die Situation auf, indem er seine Herrin wortreich bei der Prinzipalin entschuldigt. Madonna Brianda habe nicht gewusst, dass heute hier wichtige geschäftliche Verhandlungen stattfänden, sonst hätte sie den Transport dieses kostbaren Stücks auf eine andere Zeit verlegt und …

»Hätte ich nicht!«, unterbricht ihn die junge Frau hochfahrend. »Ich bewohne diesen Palazzo genauso gut wie meine Schwester und habe das Recht, ein und aus zu gehen, wann es

mir passt und womit es mir passt.« Und zu da Costa: »Trag Sorge, dass das Bett an seinen Platz kommt. Ich will heute Nacht darin schlafen.« Dann erst wendet sie sich an ihre Schwester: »Es freut mich, Beatrice, dass so viel Geld im Haus ist. Dieser Gegenstand da« (sie weist mit der ringgeschmückten Hand hinter sich) »muss auch noch bezahlt werden und einige andere Verbindlichkeiten, die ich eingegangen bin.«
Erneute allseitige Verbeugung, dann rafft Madonna Brianda ihre Röcke und rauscht die Stufen hinauf, während der Majordomus, dessen dunkler Bart kaum sein Grinsen verbirgt, die Arbeiter mit dem wertvollen Gegenstand ihr hinterher nach oben dirigiert; zum Glück ist die Treppe breit genug.
Währenddessen hat Gracia dagestanden wie ein Stock, und nur Joseph bemerkt am Beben ihres Kleidsaums, dass sie zittert vor Wut. Er beginnt, sich wortreich bei den Venezianern zu entschuldigen, aber die Herren erklären höflich, sie hätten es sehr genossen, beide Seiten des edlen Hauses Mendes kennengelernt zu haben, die geschäftliche und die des Luxus und der Eleganz.
Dann rufen sie ihre eigenen Diener und ihre eigene Barke, verfrachten das Kapital, mit dem Gracia sich an ihrem Handel beteiligen wird, und fort sind sie.
Nachdem sich die Tür hinter ihnen geschlossen hat, platzt Joseph los. »Dass sich unser Luxus und unsere Eleganz ausgerechnet am neuen Bett deiner Schwester manifestieren – das muss man zu würdigen wissen, findest du nicht, Madonna Beatrice?«
Aber sie kann darüber nicht lachen. –
Die Geschichte mit dem Bett war einer der Gründe, warum sich Dona Gracia damals entschloss, die Mitgift La Chicas bei der Zecca zu deponieren, um zu verhindern, dass ihre Schwes-

ter die Zukunft der eigenen Tochter verschleuderte, und Brianda eine monatliche Apanage auszusetzen, mit der die bei ihrer Verschwendungssucht niemals auskam.

Das Verhältnis zwischen den Schwestern war unheilvoll schlecht.

Damals freilich ahnte noch keiner, wie weit Brianda in ihrer Wut gehen würde.

Konstantinopel

1556

WARUM durfte ich gestern nicht zu dir kommen?«, fragt er.
»Das ist sehr ungeschickt, dass du mich jetzt daran erinnerst!«, entgegnet sie. Angelehnt an ihn hatte sie gesessen. Nun richtet sie sich auf und zieht ihre Hand weg, die unter seinem Wams war. (Er dankt dem Himmel, dass er die Phiole auf der anderen Seite in der Innentasche trägt, sonst hätte sie die unfehlbar erspürt.) »Ich wollte es aus meinen Gedanken verbannen, und ja, es war fast fort, war nur noch als ein kleiner dunkler Punkt vorhanden, wie er einem vor Augen steht, wenn man zu lange in die Sonne gesehen hat. Aber ich hatte nicht in die Sonne, sondern in die schwarze Nacht gesehen – und nun wächst es wieder an.«
»In welche schwarze Nacht, *querida?*«, fragt er besorgt. (Hat er sich etwas vorzuwerfen?) Und prompt sagt sie: »In die schwarze Nacht deines Verrats.«
Sie rückt von ihm ab, starrt ihn mit gerunzelten Brauen an, eine einzige Anklage.
»Señora«, sagt er gelassen, »es gibt keinen Verrat, den ich je begangen habe, der nicht zu deinem Besten war.«
»Und Reyna?«
»Was ist mit Reyna? Du hast sie mir vermählt.«
»Ja, als Jungfrau – um die Ehe mit diesem Arzt zu verhindern!«

»Worauf willst du hinaus?«

»Sie war keine Jungfrau mehr, dieser schändliche d'Aragon hat sie – zerstört. Und erklär mir nicht, du hättest es erst in der Hochzeitsnacht gemerkt! Sie hat sich dir vorher anvertraut. Leugne nicht! Sie hat es mir selbst gesagt!«

Er sieht sie an, noch immer verständnislos. »Ja, gewiss. Das arme Mädchen hatte Angst, ich würde sie so nicht wollen.«

»Das arme Mädchen?« Sie ist aufgesprungen, und er hat das Gefühl, es fehlt wenig, und sie würde die Hände in die Hüften stützen wie ein Waschweib. »Du warst lüstern auf das üppige Stück Fleisch, gesteh es! Dir war es völlig egal, dass es nur eine … eine taktische Vermählung sein sollte! Wenn Reyna gar keine Jungfrau mehr war, so hätten wir sie doch ohne weiteres dem Arzt verheiraten können. Er hätte sie uns am nächsten Tag zurückgeschickt, um sich nicht zu blamieren! Und wir hätten diese Ehe mit dir und …«

Sie bricht ab. Joseph sitzt noch immer auf der Bank, seine Wange zuckt. Er blickt auf seine Schuhspitzen hinunter. Dann sagt er leise: »Wie erbarmungslos du sein kannst, Señora. Hättest du wirklich deine einzige Tochter zuerst ins Bett dieses Wüstlings schicken wollen, um sie am nächsten Tag, mit Schimpf und Schande bedeckt, zurückzubekommen? Ein Mädchen, das schon die Attacken dieses ekelhaften d'Aragon über sich ergehen lassen musste. Das vielleicht diese ›Ehe‹ mit dem Arzt völlig … völlig aus der Bahn geworfen hätte? Meinst du, Reyna hat nicht auch das Recht auf ein bisschen Glück? Zumindest auf das Stückchen Glück, abgezwackt von deinem, mit dem angetrauten Mann im Bett zu liegen?«

Er ist ebenfalls aufgestanden, stößt Kiesel an mit dem Fuß, als wollte er etwas forttreten. Langsam gewinnt seine Stimme an Lautstärke.

»Du bist mit deiner kleinen Tochter im Arm aus Antwerpen geflohen, und ich weiß noch, was du damals gesagt hast: Lieber würde ich sie tot sehen denn als Gattin dieses Mannes. Um was ging es dir? Um dein Kind, um unsere Familie und unseren Glauben – oder nur um das Vermögen der Mendes? Allmächtiger, was willst du von uns allen, Señora? Wir sind keine Schachfiguren auf deinem Spielbrett, die du hier und da hinführst. Wir sind lebendig, wir fühlen. Deine Tochter fühlt, Gracia Nasi. Ja, sie hat sich mir anvertraut damals, und ich habe ein einziges Mal jemanden nicht an dich verraten. Ich bin nicht zu dir gegangen und habe es dir erzählt. Und weißt du auch, warum? Nicht, weil ich dachte, du könntest sie tatsächlich noch diesem Arzt geben – der Gedanke ist mir gar nicht gekommen. Ich bin nicht so sehr Geschäftsmann, wie du Geschäftsfrau bist, tut mir leid. Sondern, weil es keinerlei Bedeutung für mich hatte, denn irgendwann hätte ich ja doch mit einem der beiden Mädchen unter dem Hochzeitsbaldachin gestanden – mit La Chica oder mit ihr. So, wie es gut und richtig ist in unserer Familie. Blut ist dicker als Wasser – heißt dieser dumme Spruch nicht so? Dabei soll ja nur das Kapital zusammenbleiben.«

Er bricht ab. Bleibt vor der Frau stehen. Sagt plötzlich leise, traurig, zärtlich: »Ist es nur, weil du eifersüchtig bist, Gracia Nasi?«

Ihr Herz macht, was es will. Sie fühlt, wie das Blut aus ihren Fingerspitzen weicht, wie sie taub werden. Sie öffnet den Mund, schließt ihn wieder.

Schließlich sagt sie: »Nicht ungeschickt, wie du deine Verteidigung vorbringst.« Sie sieht an ihm vorbei.

Joseph schüttelt den Kopf. »Ich muss mich nicht verteidigen, ungnädige Gnädige. Du hast *mich* mit ihr verheiratet und nicht

Samuel, was ja auch möglich gewesen wäre. Aber ging es dir nicht auch darum, dass *ich* und kein anderer der Erbe des Hauses Mendes sein sollte nach deinem – Ableben? Sag mir nicht, dass du es nicht bedacht hast. Immer wohnten bei dir Kalkül und Gefühl im gleichen Haus.

Wenn ich nicht wüsste, was du zu tun vorhast, und dass die Zeit, die uns bleibt, so bemessen ist, würde ich unseren Streit gern weiterführen, mit allem dazugehörigen Temperament. Aber so bitte ich dich, meine Königin, lass uns Frieden schließen und verzeih mir. Gib mir Generalpardon für alles, was ich dir wissentlich oder unwissentlich angetan habe vor Jahren oder neuerdings oder wann auch immer. Lass uns diese Tage miteinander leben. Es zerreißt mir die Seele.«

»Hast du überhaupt eine Seele?«, flüstert sie mit zuckenden Lippen (und weiß, wie sehr sie übers Ziel hinausschießt in diesem Augenblick).

»Nun«, erwidert er und legt behutsam die Arme um sie, immer gewärtig, dass sie ihn von sich stößt, »ich fürchte, es ist noch nicht heraus, wer da weniger Seele aus der Hand des Allmächtigen zugeteilt bekam – du oder ich.«

Sie schweigt. Dann fragt sie mit nüchterner Stimme: »Hättest du eigentlich lieber La Chica geheiratet als Reyna?«

»Du hast nicht nur keine Seele. Du hast auch kein Herz, mich das jetzt zu fragen«, sagt er ernsthaft. Aber er lässt sie nicht los.

Ein Windstoß fegt durch den Zitronenhain, beugt die Zweige.

»Lass uns hineingehen. Vom Bosporus kommt ein Wetter auf«, sagt er. »Ich muss Geschenke für Selim und sein Frauenhaus aussuchen und sie möglichst noch heute übers Wasser schicken. Und den Großwesir darf ich auch nicht vergessen. Eine Hand wäscht die andere. Kann ich am Abend zu dir kommen?«

»Was fragst du, Übeltäter? Du fragst doch sonst auch nicht.«

Ferrara

Zur gleichen Zeit

1556

DIE Wände des Zimmers sind schwarz ausgeschlagen.
La Chica sitzt auf dem nackten Fußboden, barfuß, das Kleid zerrissen, zwischen den brennenden Kerzen, ihr Haar ist aufgelöst. Eine Woche lang wird sie Schiwa sitzen, das Trauerritual durchführen und ihre Mutter mit Gedenken und Fasten ehren. Auch wenn sie nicht so sicher ist, ob die solche Ehren wirklich verdient hat. Aber es war ihre Mutter, und sie, La Chica, hat sie umsorgt in der Zeit ihrer Leiden.
Sie sitzt allein da. Die meisten der Hausgenossen sind weniger mitfühlend. Sie haben die Geschenke entgegengenommen, die ihnen aus dem Besitz der Verstorbenen zuteilwurden, und haben sich dann verabschiedet. La Chica hat fast alle Luxusgegenstände weggegeben, die der Mutter gehört hatten, und das war nicht wenig gewesen. Zierlich gearbeitete Möbel, Spiegel und Glas aus Venedig, kostbare Vasen und Silbergeschirr, Teppiche aus Tibet und Wandbehänge, von flandrischen Nonnen gewebt, Spitzen, Bänder und wallende Federn, Gewänder aus Samt und Seide und bestickte Pantöffelchen – alles hat sie verteilt, sie wollte nicht mehr von den Dingen umgeben sein, die ihre Mutter so sehr allen anderen Werten vorgezogen hatte – und die Empfänger haben es aus dem Palazzo geschleppt und zum Teil mit Maultierkarren fortgebracht, wer weiß, in welche Schlupfwinkel.

Sie kann nicht verstehen, warum sie sich davongemacht haben, als würden sie das Haus eines Pestkranken fliehen. Sie hätte niemanden vor die Tür gesetzt. Aber es liegt wohl in der menschlichen Natur, dass man mit einer Beute erst einmal fortlaufen muss.

Mit Hilfe eines Notars, den ihr der gute Herzog Ercole, der Herr von Ferrara und Freund der Mendes, zur Seite gestellt hat, verschaffte sie sich dann einen Überblick über das Barvermögen Briandas – aber das gab es nicht. Es gab nur Schulden. Sie hatte es nicht anders erwartet.

Um, wie es Sitte ist beim Tod eines angesehenen Mitglieds der jüdischen Gemeinde, die Spende an die Armen, an die Waisen und Witwen abliefern zu können, wird sie morgen einen Juwelier kommen lassen, der den Schmuck der Verblichenen taxiert und aufkauft. Verkaufen wird sie auch die Bücher, wertvolle Bücher, die Brianda besessen hat, meist Geschenke von Poeten, die um ihre finanzielle Unterstützung buhlten mit so einer Gabe. Das beides wird reichen, um sich nicht in Grund und Boden schämen zu müssen, weil das Legat zu gering ist.

Sie ist durch die Räume des Palazzo gegangen. Er ist sehr groß, und nun, so verwaist von allem Aufputz und so menschenleer bis auf die wenigen verbliebenen Diener, wie er nun ist, kommt sie sich darin entsetzlich verloren vor.

Sie hatte erwartet, dass sich wenigstens zur Schiwa einige alte Freunde der Familie Mendes einfinden würden, oder zumindest von jenen, die hier noch bis vor vier Jahren die Gönnerschaft ihrer großzügigen Tante Dona Gracia genossen hatten. Aber heute scheint der Raum leer zu bleiben, bis auf sie.

Sie beginnt, flüsternd Kaddisch zu sagen für Brianda Mendes, die ihr Leben fortgeworfen hat, weil sie es nicht aushielt, Gracia Mendes zur Schwester zu haben. –

Die Tür geht so leise, dass sie es erst am Flackern der Kerzen merkt. Jemand scheint bereit zu sein, ihre Einsamkeit zu teilen.
Sie streicht sich das Haar aus dem Gesicht und sieht auf. In der Tür steht der gute Arzt Amatus Lusitanus, die Schuhe in der Hand. Er hat die Tefillin angelegt und den blau-weiß gestreiften Gebetsmantel über den Kopf gezogen.
»Kommt herein«, sagt sie. »Wollt Ihr wirklich mit mir gemeinsam Schiwa sitzen? Das ist sehr …«, sie sucht nach Worten, »sehr großmütig von Euch. Wie Ihr seht, hatte meine Mutter nicht sehr viele Freunde.«
»Nein, das hatte sie wohl nicht«, antwortet er. »Aber mir geht es um Euch. Wenn ich Nichum Awelim, das Trösten der Trauernden, mit Euch vollziehe, so erfülle ich eine Mizwa, ein Gebot des Talmuds, das mir im Buch des Lebens zugutegerechnet wird.« Er lächelt kurz, dann sagt er die traditionelle Formel: »Der Herr tröste dich inmitten aller übrigen Trauernden Zions und Jerusalems.« Und La Chica erwidert: »Amen.«
Sie hat an diesem Abend und den ganzen Tag über nicht mehr geweint, aber nun wird ihr ihre Einsamkeit schmerzlich bewusst, und ihre Augen fließen über, und Lusitanus nimmt sie väterlich in die Arme, bevor sie gemeinsam die Totengebete sprechen. –
»Ist es Euch recht, dass ich mich, gemeinsam mit Notar Eugenio Lasso, den Euch der Herzog geschickt hat, um Eure Angelegenheiten kümmere?«, fragt der Arzt schließlich.
Die Kerzen sind halb heruntergebrannt. Die beiden Trauernden sitzen noch immer auf dem Boden – wie es sich ziemt, die ganze Nacht über, aber der Arzt hat veranlasst, dass ihnen ein leichter Imbiss bereitgestellt wurde. La Chica, dunkle Ringe unter den Augen vor Schlaflosigkeit, löffelt dankbar eine Gers-

tensuppe, die auf Anweisung von Lusitanus mit Ingwer gewürzt wurde, um sie wach zu halten.
»Ich wüsste nicht, was mir lieber wäre«, sagt sie und stellt die geleerte Schüssel beiseite. »Ich bin ziemlich allein.«
Er nickt. »Darum ist es sehr nötig, dass Eure Verwandten in Konstantinopel benachrichtigt werden. Jemand muss zu Eurem Beistand hierherkommen – und sicher wird man Euch bald vermählen, spätestens nach Ablauf Eures Trauerjahrs. Von Eurer in Venedig so sorgfältig gehüteten Mitgift wird wohl nicht mehr viel vorhanden sein …«
»Doch«, sagt sie rasch. »Nachdem die Zecca in Venedig das Geld freigegeben hatte, fiel es ja wieder unter die Kuratel der Señora, entsprechend den Verfügungen meines Vaters Diogo und sehr zur Wut meiner Mutter. Ich glaube, Don Samuel hat es fest angelegt.«
»Don Samuel also.« Ja, wer sonst.
»Es wird wohl in Konstantinopel nicht allzu viel Trauer herrschen über diesen Todesfall«, fährt sie bedrückt fort, »zudem sie ja dort nach dem Scheitern des Ancona-Boykotts bestimmt andere Sorgen haben.«
»Ihr seid ein sehr vernünftiges junges Mädchen«, sagt der Arzt. (Fast zu vernünftig, denkt er.)
Und sie: »Ach, *dottore,* das liegt nun einmal in der Familie.«
Nach einem kurzen Schweigen fährt sie fort: »Die Feindschaft zwischen den Schwestern – es hing mit dem Testament damals zusammen, nicht wahr?«
»Unmittelbar ja«, bestätigt Lusitanus. »Aber Eure Mutter hat auch nichts unversucht gelassen, Dona Gracia zu provozieren, sie zu reizen – und ihr zu schaden.«
La Chica sieht nachdenklich vor sich hin. »Es muss da etwas gegeben haben in Venedig … ich habe es nie verstanden. Ich

war acht Jahre damals, glaube ich. Trotz des Altersunterschieds war ich gern mit Reyna zusammen, Dona Gracias Tochter. Wir lernten die Gebete und die hebräische Sprache beim gleichen Lehrer. Reyna war sehr klug, ich habe zu ihr aufgeblickt. Aber dann, von einem Tag auf den anderen, waren sie beide fort, Reyna und ihre Mutter, und es passierte etwas Schreckliches. Mein Onkel Don Joseph … er kam in unseren Palazzo …« Sie stockt. Sagt dann leise: »Es heißt, er habe meine Mutter geschlagen …«

»Das habe ich damals auch gehört«, erwidert der Arzt, »und bei aller Achtung vor einer Toten, verzeiht, wenn ich das sage: Sie hatte es wohl verdient.«

»Aber was war denn geschehen?«

Der Arzt blickt zu Boden. »Ich denke schon, dass Ihr es wissen müsst, Signorina. Eure Mutter Brianda hat ihre eigene Schwester, Dona Gracia, beim Gerichtshof für Ausländer und beim Rat der Zehn als heimliche Jüdin angezeigt.«

Venedig

Vor acht Jahren

1548 –

und Ferrara

1556

IN Venedig finden Verhaftungen im Morgengrauen statt, wenn die Leute am tiefsten schlafen.

Wenn die Signori de notte criminal, *die Herren über das nächtliche Verbrechen, ihre Überwachung der Gassen und der Kanäle abgeschlossen haben und kurz bevor sich die ersten* arsenalotti, *die Arsenalarbeiter, auf den Weg zu ihrem Arbeitsplatz machen, dem Hafenbecken hinter den gewaltigen Mauern, da gibt es eine Stunde der Stille. Und da sind die Sbirren unterwegs, um einzusammeln, was demnächst vor die* Quarantia, *den obersten Gerichtshof, kommen wird – oder auch gleich ohne Richterspruch in die Gefängnisse.*

Die heitere, blühende Stadt der Kunst und der Liebe hat ihre Kehrseite – ihre sorgfältig gehüteten Geheimnisse, auf denen ihre Existenz beruht. Eins davon ist die Glasherstellung. Das andere sind die Dinge, die auf der riesigen Schiffswerft, dem Arsenal, geschehen. Wer etwas von diesem Wissen an andere verliert, der verschwindet für ewig. Im Kerker oder im Wasser.

Hinterm Dogenpalast gibt es die bocca della verità, *den Mund der Wahrheit. Jeder kann hier bei Nacht und Nebel eine Botschaft einwerfen, ohne dass er seinen Namen nennen muss. Eine Botschaft, die einen anderen denunziert und ihn verdächtig macht.*

Um die Verdächtigen zu verhaften, ziehen die dunklen Barken der Sbirren ihre Bahn durch die Kanäle. Das Wasser ist schwarz wie der Schlamm des Grundes, zu dieser frühen Zeit, wo die Sonne noch fern ist, und die Laternen der Häscher sind abgedunkelt. Das Klatschen der Ruder ist das einzige Geräusch, bis das Boot an irgendeinem Landesteg anlegt. Leise Befehle; die Diener der Gerechtigkeit springen ans Ufer. Drei Schläge mit einem ehernen Hammer an eine Haustür. Dann der Befehl: »Öffnet im Namen des Rates der Zehn!«

Und so weit diese Worte über das Wasser tönen, ziehen sich die Anwohner schaudernd die Bettdecken über die Ohren und bekreuzigen sich in ihren Kissen: Heilige Mutter Gottes, beschütze uns! Wir sind, zum Glück, nicht gemeint!

Während der Delinquent, meist nur notdürftig bekleidet, in Fesseln aus dem Haus geführt und ins Boot gezerrt wird, stehen seine Familie und sein Gesinde, sofern er das hat, bleich und zitternd am Tor und wagen nichts zu sagen, als habe sie eine Lähmung betroffen.

Selten freilich werden Standespersonen verhaftet, noch seltener Ausländer, und wenn es doch geschieht, dann kaum aufgrund anonymer Anzeigen.

Und so ist man im vornehmen Sestiere in der Nähe des Rialto ziemlich alarmiert, als man die drei Schläge und den Ruf hört.

Anders als in den engen Kanälen und ärmlichen Gassen gehen hier in den Palazzi die Fensterläden auf, freilich ohne dass jemand Licht anzündet – erschrockene und sensationslüsterne Nachbarn stecken den Kopf heraus, um zu sehen, was es gibt.

Es ist das Haus der reichen Portugiesin, in dem jemand verhaftet werden soll, stellt man erstaunt tuschelnd fest, der Frau, die einem Handelshaus vorsteht. Und es sind außer den Sbir-

ren der Republik noch zwei Vertreter der Geistlichkeit – schwarze Soutane und schwarzer breitkrempiger Hut – in der Barke.
Jemand von der Dienerschaft scheint nun zu öffnen, und die Schwarzröcke gehen noch vor den Sbirren ins Haus.
Es dauert eine Weile, bis sich die Tür erneut öffnet. Anders als beim einfachen Volk hat man hier den Angeklagten offenbar Zeit gelassen, sich zumindest anzukleiden.
Im matten Schein der Amtslaternen kommen sie heraus, Mutter und Tochter, die Portugiesin und ihr Kind, beide schwarz verschleiert. Das junge Mädchen klammert sich an den Arm der Frau und wird mehr geschleift, als dass sie geht. Die Sbirren wollen der Älteren ins Boot helfen, aber sie macht sich mit einem Ruck frei und steigt selbst ein. Dann streckt sie die Hand nach der Tochter aus, die ihr folgt und sich erneut an ihr festhält.
Es fällt kein Wort. Vertreter der Geistlichkeit und der weltlichen Obrigkeit steigen ebenfalls in die Barke. Sie legen ab. Im Gleichtakt der Ruder entfernt sich das Boot. Die Tür des Hauses bleibt verschlossen und dunkel, nichts regt sich.
Am nächsten Tag trägt es die Fama durch ganz Venedig: Madonna Beatrice de Luna ist verhaftet worden wegen der Ketzerei des heimlichen Judaisierens. Ihre Tochter Reyna wird zur christlichen Erziehung in ein Kloster gebracht. Ihre Mutter kommt ebenfalls zu den Nonnen.

Don Joseph-Juan Micas befindet sich zum Zeitpunkt der Verhaftung seiner Herrin und Freundin in Geschäften auf der venezianischen Terra ferma. *(Als Ausländer dürfen die Mendes zwar keine Immobilien besitzen, aber handeln können sie durchaus damit, und als Mittelsmann und Makler zwischen zwei* nobili, *die sich selbst zu fein für so einen Handel dünken, kann man immer noch seinen Schnitt machen.)*

Er kommt ahnungslos und gut gelaunt von seiner Reise zurück, voller Vorfreude auf die Begegnung mit Gracia. Aber er findet das Haus in der Nähe des Rialto still und wie verlassen. Erst nach langem Klopfen öffnet ihm Hernan Fernandes, einer der Buchhalter, der noch von Diogo selbst angelernt wurde, ein altgedienter Angehöriger des Bankhauses, ruhig, gediegen, solide, und lässt den Ankömmling ein. Die Tür geht hinter ihm so schnell zu, als gelte es, etwas Feindliches auszusperren.

»Schalom, Hernan!«, grüßt Joseph ungeduldig. »Wo finde ich die Herrin?«

Dann sieht er: Der Mann wirkt verstört, und er trägt ohne äußeren Anlass – es ist weder Feiertag noch die Stunde des Gebets – die Tefillin um Kopf und Arm und den Gebetsmantel darüber.

»Was ist geschehen, Hernan?«

Fernandes hebt Augen und Hände klagend zum Himmel. »Wehe uns! Der Herr hat seine Gnade von uns abgezogen und seinen Grimm über uns ausgegossen! Don Joseph, wir sind verloren. Die Señora wurde festgenommen und bis zur Verhandlung in einen Konvent außerhalb der Stadt gebracht.« Jetzt laufen ihm die Tränen über die Wangen, versickern im Grauschwarz seines Bartes.

Einen Moment kommt es Joseph so vor, als wäre das Licht des Tages plötzlich verdunkelt. Gracia verhaftet …

Langsam lässt er sich auf einen der Stühle fallen, die im andron *stehen, wartenden Besuchern Bequemlichkeit anzubieten.*

Er bewegt die Lippen, bringt kein Wort heraus. »Was für eine Verhandlung?«, fragt er schließlich. Seine Worte stehen klein und hilflos im Raum, so scheint es ihm.

»Sie wird angeklagt, eine heimliche Jüdin zu sein. Und außerdem soll sie mit ihrem Vermögen in die Türkei fliehen wollen.«

Joseph holt Luft. Langsam sammelt er sich. »Wenn jemals eine Anklage berechtigt war, dann letztere!«, sagt er sarkastisch. »Nur, wer tut so etwas? Wer hat sie denunziert? Die Venezianer schneiden sich doch ins eigene Fleisch, wenn sie es sich mit uns verderben! Das mit den Türken kann ihr ohnehin keiner nachweisen, die Verhandlungen habe *ich* geführt. Und das andere ... meine Güte, halb Venedig weiß schließlich, wie es bei den Conversos zugeht. Wir sind ja nicht die Einzigen hier in der Stadt. Madonna Brianda schickt sogar offen ihren Majordomus ins Ghetto, um für ihre Tafel koschere Lebensmittel einzukaufen, wie andere es auch tun!«

»Madonna Brianda«, sagt der Buchhalter und schluckt, »Madonna Brianda ist eine gute Christin, eine gute Katholikin, so hat sie dem Rat der Zehn und der Ausländerbehörde versichert.«

Joseph zuckt die Achseln. »Wenn es ihr gelingt, das glaubhaft zu erklären – umso besser für sie. Aber was hat das mit Dona Gracias Verhaftung zu tun?«

Hernan Fernandes sieht seinen Herrn nicht an. »Ebendeshalb«, sagt er bedrückt. »Weil sie so eine gute Christin ist. Deswegen hat ihr Gewissen sie gezwungen, ihre eigene Schwester anzuzeigen.«

Joseph hebt den Kopf, sieht Fernandes an. »Das ist nicht wirklich wahr, oder?«, murmelt er fassungslos. »Sag, dass es nur ein Gerücht ist, Hernan.«

»Leider nein, Don Joseph. Sie rühmt sich dessen selbst. Sie erwartet, dass es beim Gerichtshof für Ausländer zu einer Verurteilung ihrer Schwester kommt und dass ihr dann die Vormundschaft über ihre Tochter und die Verfügung über das ge-

samte Mendes-Vermögen zugesprochen wird. Gestern, so heißt es, hat sie sogar ein großes Fest gegeben im Palazzo Gritti.«
Joseph steht langsam auf. »Das Blut steigt mir zu Kopfe«, sagt er, und zwischen seinen Brauen erscheint eine steile Falte. »Ich wusste immer, dass sie eine Närrin ist. Aber dass sie eine Verräterin ist und noch dazu eine von der Sorte, die in die Hand beißt, die sie füttert – das ist ungeheuerlich. Ich werde …«, er unterbricht sich: »Wo um Himmels willen ist Ugarte? Wo Herreiras? Was unternimmt man?«
»Ugarte ist bei der Ausländerbehörde und versucht, etwas für Dona Gracia zu tun. Der Rat der Zehn verhandelt nur indirekt mit uns, also über diese Behörde, außer man wird von ihr vorgeladen. Es ist wohl … sehr schwierig.«
»Das glaube ich auch«, entgegnet Joseph wütend. »Mit denen zu verhandeln hat ohnehin keinen Zweck. Man muss gleich nach ganz oben.« Er seufzt. »Dabei können wir noch von Glück sagen, dass die Inquisition in Venedig bisher nicht Fuß gefasst hat. Undenkbar, was geschehen würde, wenn die unsere Señora in die Finger bekommen hätten.« Er verbirgt kurz die Augen hinter der Hand, es schüttelt ihn. »Und wo ist Reyna?«
»In einem Kloster, einem anderen als ihre Mutter. Man will sie christlich erziehen.«
»Ein schwarzes Jahr auf diese Hunde! Wir dienen dem Ewigen, gepriesen sei sein Name, und nicht den Götzen der Katholiken.« Dann strafft er sich: »Viel Arbeit, Hernan. Ich gehe in den Dogenpalast, hinein in den Rachen des Löwen. Aber zuerst muss ich etwas im Palazzo Gritti erledigen.«

»Ja, es war tatsächlich so«, sagt der Arzt, hingelehnt an die schwarzbespannte Wand des Zimmers, denn der Rücken tut ihm weh. »Er hat deine Mutter geschlagen. Er hat sie regelrecht verprügelt. Er ließ nach mir schicken, damit ich nach ihr sehen sollte, und wartete dann auf mich, verstört, aber ohne Reue und immer noch wütend.«

»Ich schlage weder Hund noch Pferd«, sagte er zu mir. »Ich habe noch nie einen Diener geprügelt, gleichgültig, was er sich zuschulden kommen ließ. Ich kann fechten, kämpfen, schießen, jemanden herausfordern und mich duellieren. Ich kann hin und wieder auch schon mal eine Ohrfeige verteilen. Aber ich habe noch nie jemanden zusammengeschlagen – schon gar nicht eine Frau.« Er sah mich nicht an. »Ist es sehr schlimm, was ich angerichtet habe?«, fragte er.

»Blutergüsse, Platzwunden«, erwiderte ich, so sachlich ich konnte. »Nichts gebrochen, keine Prellungen. Sie wird ihr Gesicht ein paar Tage nicht zeigen können.«

»Das Gesicht!«, sagte er mit einem verächtlichen Schnauben, und in *seinem* Gesicht arbeitete es, als wenn ein Dutzend Ameisen unter seiner Haut umherliefen. »Du hast keine Ahnung, Arzt. Als sie schon am Boden lag, habe ich noch auf sie eingetreten. Und die, die ihr helfen wollten, den Majordomus und ihre Diener, die habe ich mit dem Degen in Schach gehalten und bin noch einmal auf sie losgegangen.« Er näherte sein Gesicht dem meinen und sagte leise: »Weißt du was, Arzt? Ich empfinde auch gar keine Reue. Ich würde es wieder tun. So voll Hass bin ich auf diese Frau.«

»Sie ist eine Törin«, sagte ich begütigend zu ihm, »wenn auch eine gefährliche Törin.«

Lusitanus wendet nun sein Gesicht La Chica zu. »Verzeih, aber du hast mich gefragt. Damals haben wir es von dir ferngehalten.«

»Es ist gut, dass ich diese furchtbare Geschichte erst jetzt erfahre«, entgegnet sie leise, die Hände im Schoß gefaltet. »Ich weiß wirklich nicht, ob ich sonst … ob ich meine Mutter so hätte umsorgen wollen, wie ich es in den letzten Monaten getan habe.«

Sie blickt auf ihre Hände herunter.

Lusitanus betrachtet sie mitleidig; das Gesicht wirkt noch schmaler zwischen den Wellen ihres aufgelösten Haars, ihre Lider wie durchsichtig. Die Bögen ihrer Brauen haben den gleichen vollkommenen Schwung wie die der Señora, entdeckt er jetzt. Sie trägt ja auch ihren Vornamen, das hat man fast vergessen.

»Nichum Awelim wollte ich Euch spenden, Trost der Trauernden. Ich war ein schlechter Tröster mit meinen Erinnerungen. Aber als Euer Arzt verordne ich Euch jetzt, die Schiwa für heute Nacht zu beenden. Ich rufe Euer Mädchen, dass es Euch hilft. Geht zu Bett, Gracia.«

Sie sieht auf, erstaunt, dass er sie so anredet. Der Schimmer eines Lächelns erhellt ihre verweinten Augen.

»Der Allmächtige tröste Euch und gebe Euch sanfte Träume«, sagt er.

»Und Euch, guter Arzt«, erwidert sie. »Amen. Und danke für die Wahrheit, die ich nicht wusste.«

Amatus Lusitanus ist noch einmal hinausgegangen und streift durch die nächtlichen Straßen Ferraras. Er hat kein Auge für all die Orte, wo er vor ein paar Jahren mit der Señora und denen, die ihr anhingen, hier so etwas wie Glück erlebt hat – ein Refugium inmitten der endlosen Fluchten und Verfolgungen. Sein Kopf und sein Herz sind voller Sorge.

Wie lange wird Ferrara noch der Inquisition widerstehen können?

An diesem Vormittag hat er zwei Kleriker in roter Soutane ge-

sehen, die aus ihren Sänften stiegen und den Palazzo Ducale betraten, mit einer Attitüde der Hoffart und Selbstherrlichkeit, die ihm Angst gemacht hat.
Sie werden Ercole bedrängen. Mit ihm verhandeln. Und irgendwann wird der Herzog alle anderen opfern, um seine geliebte Frau damit freizukaufen.
Paradiese sind immer nur von kurzer Dauer.
Lusitanus ist froh, dass seine Nachricht nach Konstantinopel schon unterwegs ist. Jemand muss kommen, muss sich des Mädchens annehmen, mit ihr fortgehen, wohin auch immer. Sicher wird es Don Samuel sein …
Und er selbst? Nun, er wird sehen, wo er bleibt.

Konstantinopel

1556 –
Venedig
vor acht Jahren
1548

NUN kämmst du mir schon zum zweiten Mal das Haar«, sagt Gracia. »Ich brauche vielleicht gar keine Zofen mehr für diese letzten Tage.«

Josephs Hand mit dem Kamm zuckt kurz, aber er geht nicht auf den zweiten Teil ihrer Bemerkung ein. Sie merkt es wohl, registriert es, dass er nicht widerspricht.

Draußen hinter den Fensterbögen zuckt der fahle Schein eines Wetterleuchtens. Kann sein, das Gewitter kommt nicht übers Wasser.

»Ich bin nur auf der Suche nach etwas«, sagt er, halb scherzhaft.

»Was suchst du auf meinem Kopf, Gauner?«

»Die schmale weiße Strähne, die du trugst, als ich dich aus dem Kloster herausholte«, antwortet er. »Hast du sie danach gefärbt?«

»Nein«, erwidert sie, kurz angebunden. »Ich habe sie ausgerissen. Es hat weh getan, aber es musste sein.«

Er erinnert sich, wie er sie abholte von der Insel Popilia, nachdem es ihm und den anderen Partnern mit Strömen von Geld und vielen Kompromissen an die Serenissima gelungen war, sie freizubekommen – sogar mit Unterstützung des Hauses da Molin, das mit den Mendes gemeinsam bessere Geschäfte gemacht hatte als je zuvor und sich nun dafür erkenntlich zeigte.

Die Kaution des Hauses Mendes fiel der Republik Venezia zu, und von dem, was an die einzelnen Mitglieder des Rates der Zehn gegangen war, konnte man Alpträume bekommen.
Dafür ordnete der Gerichtshof für Ausländer an, dass Madonna Beatrice de Luna und ihre Tochter aus Venedig verbannt seien und die Stadt unverzüglich zu verlassen hätten, und zwar in Richtung Ferrara.
Dass sie ins tolerante Ferrara durften, war der letzte Erfolg von Josephs hartnäckigem Verhandeln mit den Richtern und noch ein paar Silberbeuteln mehr gewesen. Ursprünglich wollte man die Frauen in den Kirchenstaat abschieben.

Er nimmt sie am Tor des Ursulinerinnenklosters auf der Insel Popilia in Empfang; sie wird herausgeschoben, wie wenn man einen Fremdkörper entfernen will (der sie ja ist), schnell und scheu, und die Türflügel schlagen so hastig hinter ihr zu, dass sich ihr Schleier zwischen den Flügeln verfängt; sie reißt ihn mit einem wütenden Ruck an sich, ohne sich umzublicken.
Sie trägt ein schwarzes Habit und unter besagtem Schleier eine Haube, die ihre Stirn verhüllt und die Wangen umschließt. Ihr Gesicht wirkt unglaublich klein in dieser Umrahmung, und ihre Augen haben einen starren Glanz.
Joseph kann zunächst nichts sagen, dann flüstert er: »Gelobt sei der Ewige, er ist unsere Rettung«, und zieht ihre Hand an die Lippen. Sie ist rauh und aufgesprungen, diese Hand, die sonst so weich war wie ein Rosenblatt.
Gracia erwidert nichts, lässt sich von ihm zur Barke führen; es ist eine felze, *ein Schiffchen mit einem Baldachin, unter dem man vor Blicken geschützt ist. Während die Ruderer ablegen und Joseph sie zu der gepolsterten Bank hinleitet, sagt sie: »Und meine Tochter?«*

»Samuel holt sie von San Clemente ab, jetzt im Moment«, erwidert er. »Sie wollten eine Ordensschülerin aus ihr machen.«

»Das ist ja fast noch schlimmer, als einen christlichen Wüstling von altem spanischem Adel zu heiraten wie diesen d'Aragon«, bemerkt sie, und ihre Stimme klingt heiser. »Natürlich hätte sie dann ihre Mitgift dem Kloster stiften müssen.«

Joseph beißt sich auf die Lippe. Bevor sie Mutter ist und als Mutter empfindet, ist sie die Prinzipalin des Hauses Mendes, die verhindern muss, dass gutes jüdisches Geld in die Hände der Kirche fällt …

»Wir müssen vor Sonnenuntergang die Republik verlassen«, sagt er. »Man hat euch ausgewiesen aus der Stadt. Unsere Reise wird uns nach Ferrara führen.«

»Ferrara? Ferrara ist gut. Zumindest als Zwischenstation, bis wir den Weg in die Türkei geebnet haben.« Sie lehnt sich zurück, tief aufatmend, und dann reißt sie sich mit beiden Händen Schleier und Haube vom Kopf und wirft sie über Bord; einen Moment sehen sie den Stoff noch auf dem Wasser treiben, dann sinkt er unter.

Gracias Haar fließt frei über ihre Schultern. Und da ist an ihrer Schläfe eine weiße Strähne. Joseph blinzelt.

»Was starrst du mich an?«, fragt sie, und er merkt, dass die Ursulinerinnen ihr wohl keinen Spiegel gegeben haben.

»Alles muss ich von mir werfen, alles, was sie mir da aufzwangen. Dieses nach Weihrauch stinkende Kleidungsstück, diesen Gürtel mit dem Kreuz daran, die Wäsche aus rauhem Gewebe, die meine Haut wund gescheuert hat. Den Rosenkranz, den sie mir in die Hand gedrückt hatten und den ich unter ihren Augen herunterleiern musste … ihn habe ich schon drinnen im Klosterhof weggeschleudert, denen vor die Füße.«

Ihre Augen sind unergründlich, Iris und Pupille nicht zu unterscheiden.

»Gib den Ruderern Befehl, um das Arsenal herum und ins stille Wasser zu fahren. Ich will ins Ghetto.«

»Was willst du im Ghetto?«, fragt er mit einem kleinen Erschrecken. (Ihre schnellen Entschlüsse können manchmal Folgen haben, die sie nicht abzusehen bereit ist.)

»Ins Tauchbad will ich, in die Mikwe«, erwidert sie wild, »und den götzendienerischen Unrat von mir abwaschen, mit dem ich mich während dieser Wochen besudelt habe.«

Ihre Hand schnellt vor, packt die von Joseph, und ihre Fingernägel bohren sich in seine Haut.

»Sie haben mich gezwungen, am Sabbat Schweinefleisch zu essen. Wenn ich dann in meiner Zelle war, habe ich mir den Finger in den Hals gesteckt und das Erbrochene durchs Fenster in den Garten geworfen, darum haben mich die Klosterkatzen so geliebt. Ich muss mich reinigen, Joseph. Was tut es schon noch, wenn man uns jetzt bei einem Besuch des Tauchbads im Ghetto ertappt. Wir haben doch ohnehin nichts mehr verloren in dieser Stadt.«

Sie lässt ihn los. Auf seinen Handrücken haben ihre Nägel vier feurige Halbmonde gedrückt, der fünfte ziert seinen Handballen. »Tut mir leid«, sagt sie ohne die Spur eines Lächelns. »Vielleicht solltest du in nächster Zeit Handschuhe tragen im Umgang mit mir. Kann sein, dass ich ziemlich unleidlich sein werde.«

Das Schiffchen steuert hinaus auf die Lagune; nimmt den Weg zwischen den Fondamente Nuove und der Insel San Michele, wo die Stadt ihre Toten begräbt. Das Wasser glitzert in der Sonne, fern im Dunst sind andere Eilande zu sehen. Joseph nimmt mit Wehmut Abschied von der Stadt, die ihnen drei Jah-

re Heimat gewesen ist; diese Sonne und dieser Seewind haben seine Stirn gebräunt, die Feuchte der Luft hat seine lockigen Haare noch mehr gekräuselt, Männer und Weiber haben ihm nachgeschaut, und so manches Spitzentuch ist in den Gassen zu seinen Füßen niedergeflattert von einem der Balkone, Zeichen, dass eine willfährige Schöne ein Auge auf ihn geworfen hatte …

Gracia hat keinen Blick für Land und Meer. Andere Gedanken kreisen in ihrem Kopf.

»Weißt du, wer mich denunziert hat?«, fragt sie.

Er nickt, muss nicht antworten.

»Ich dachte es mir. Diese …« Ihr fällt keine Bezeichnung für Brianda ein, jedenfalls keine, die sie aussprechen möchte. »Sie war einmal meine fröhliche kleine Schwester. Bis ich … ja, bis ich ihr den Bräutigam ausspannte, jedenfalls für eine Zeit, und bis Diogo – das Andenken des Gerechten sei gesegnet! –, ja, bis er sie enterbte.« Sie schüttelt den Kopf, ungläubig. »Trotzdem – gerade sie, die in ihrem Haus ganz offen die Jüdin herauskehrt! Ich … natürlich werde ich sie und La Chica weiter unterstützen. Aber ich will sie nie wieder sehen.«

Es ist der harte, der endgültige Ton der Entscheidung.

Der Wind frischt auf, fährt unter den Baldachin der felze, *fängt sich in Gracias Haar. Sie bündelt es energisch mit der Hand im Nacken, schlingt es zu einem unordentlichen Knoten. Schwarz mit einer Verheißung von Rot. Und nun eine Strieme weiß, ein Menetekel der Vergänglichkeit. Schwarz wie der Tod, rot wie Blut, weiß wie das ewige Vergessen.*

Hat er das damals gedacht? Vielleicht. –

Die christlichen Wächter am Tor des Ghettos verfolgen sie mit misstrauischen Blicken: die Frau mit dem unbedeckten Kopf und dem nonnenhaft schlichten Kleid und den Mann in elegan-

ter spanischer Tracht, den Degen an der Seite. Sie sind angehalten, sich Menschen zu merken, die nicht hier wohnen, nicht durch einen gelben Fleck auf der Kleidung als Juden gekennzeichnet sind, wie die Serenissima es vorschreibt, und zumeist hierherkommen, um Geschäfte zu machen, die außerhalb der Legalität sind – vielleicht Geld zu leihen oder zu verleihen vorbei an den offiziellen Banken. Gracia wirft den Aufpassern einen verächtlichen Blick zu.

Während ihrer Zeit in Venedig ist sie ein paarmal heimlich hier gewesen, tief verschleiert, um einen Gottesdienst in der Synagoge zu besuchen, die Gesänge eines Chasans zu hören, eine Lesung aus der Thora, und gemeinsam mit ihrem Volk zu beten, sehnsüchtig, ungeduldig und aus tiefstem Herzen. Getrieben von der Hoffnung, bald, bald übers Meer zu fahren ins Türkenland und dort frei, nicht mehr im Geheimen, ihren Glauben zu bekennen.

Sie ist in die wimmelnde Enge des Ghettos eingetaucht wie jemand, der sich fallen lässt und weiß, dass er aufgefangen wird, in einer Art Taumel ist sie unter den Menschen ihrer Religion und Lebensform umhergegangen – verborgen, geborgen, versteckt. Die Häuser, die den Platz umschließen, vielstöckig gebaut aus Mangel an Raum, gleichsam Schulter an Schulter stehend, waren ihr vorgekommen wie steinerne Wächter für den Lebensraum Israels hier in dieser Stadt.

Aber kann man sich als Jude nur geborgen fühlen, wenn man sich auf einem Fleck zusammendrängen lässt von denen, die unser Leben bestimmen? So hatte sie jedes Mal gedacht. Gibt es keine andere Art des Beisammenseins als eine solche? Es muss doch eine Möglichkeit geben, seine Wohnstatt aufzuschlagen, wo man will, ohne verschlossene Tore und Schandmale!

Große Engel, gegürtet mit einem Flammenschwert, hatten sie danach einmal in ihrem Traum besucht, Wesen, die ihr, ohne zu sprechen, Forderungen ins Herz hämmerten: Hilf deinen Brüdern und Schwestern, befrei sie aus der Erniedrigung! Ist es denn genug, was du tust? Kannst du nicht viel mehr bewirken?

Meist hat sie dann am nächsten Tag eine anonyme Spende ins Ghetto senden lassen; für die Ausschmückung der Synagoge, als Mitgift für Waisen, für den Unterhalt der Alten und Kranken.

Aber immer war ihr so, als wenn alles Geld der Mendes nur ein Tropfen auf den heißen Stein war. Es gab einen Weg in die Freiheit – ins Türkenland. Das war ihr damals klar geworden, als sie durch Europa fuhren, sie und ihre Tochter, umtost vom Krieg der Christen gegen die Christen. Aber die letzte, die wahre Freiheit, die wäre ohnehin nur die Heimkehr ins Land der Väter, wie es in den Gebeten herbeigesehnt wird …

Jedenfalls, nun ist es vorbei mit der Heimlichkeit und der Anonymität. Die letzten Stunden in dieser Stadt schreitet sie erhobenen Kopfes über das holprige Pflaster des Platzes, auf die enge Tür zu, die zum Tauchbad führt. Man hat sie des heimlichen Judentums bezichtigt. Nun kann sie es offen zur Schau tragen.

Herrisch ordert sie, ihre besten Kleider zu holen aus der Wohnung am Rialto. Sie wird keine einzige Stunde länger im Bußkleid der Nonnen durch die Welt laufen. –

Am Abend dann sind sie unterwegs nach Ferrara. Sie reisen über Land, ihre Kutschen, hoch beladen mit vielen buntbemalten Koffern aus edlem Leder, werden von kräftigen Pferden gezogen. Die Brüder Micas reiten neben den Fuhrwerken her;

Joseph befehligt eine Eskorte von zwanzig Bewaffneten – die schwere Fracht der Verbannten könnte Begehrlichkeiten erwecken.
Reyna, vierzehnjährig, liegt wieder in den Armen ihrer Mutter, so, wie sie es bei der langen Flucht aus Aachen nach Lyon und weiter nach Venedig getan hat. Der Aufenthalt bei den Nonnen hat ihr zunächst einmal die Sprache verschlagen, sie sagt kein Wort.
Als Samuel sie am Klostertor von San Clemente in Empfang nahm, brach sie in einen Strom von Tränen aus und klammerte sich an ihm fest, als würde sie fürchten, man könnte sie im letzten Moment doch wieder zurückzerren hinter die Mauern. Seitdem sagt sie nichts.
Ihre Mutter hält sie im Arm, unter ihrem Mantel, wiegt sie, als sei sie ein Kind, und nimmt in Kauf, dass Reynas Kleider noch klösterlich muffig stinken.
»Es ist nur eine kurze Reise«, sagt sie. »Wir sind zwar vertrieben, aber müssen nicht bis ans andere Ende der Welt. Noch *nicht.« Sie stockt, fährt schnell fort: »Heute übernachten wir in Padua. Morgen schon sind wir in unserer neuen Zuflucht.«*
Noch einmal, an diesem Tag der Ausfahrt aus der Stadt, hat sie der Wasserweg am Palazzo Gritti vorbeigeführt. Dona Gracia wendet den Kopf ab. (Da weiß sie noch nicht, dass auch Brianda Venedig verlassen wird, acht Jahre später und todkrank …)

Konstantinopel

1556

DAS Gewitter hat sich seinen Weg übers Wasser gebahnt. So plötzlich, als würde jemand alle Lichter auf einmal auslöschen, verdunkelt sich der Himmel. Eine Windbö fährt in die Seidenvorhänge der Fenster, dass sie sich aufbäumen wie toll gewordene Pferde auf der Weide.

Joseph hat von hinten beide Arme um Gracia geschlungen, dreht sie von ihrem Spiegel fort zu den Fenstern, hält sie fest.

»Sieh einmal!«

»Ja, ich will sehen!«

Sie macht sich los, feuchtet Daumen und Zeigefinger an und geht schnell zu den Kerzen, die den Raum erhellen. Eine nach der anderen erstickt sie mit ihren nassen Fingern, der Rauch steigt auf als wehmütige Arabeske.

Er sieht ihr zu. »Was machst du?«, fragt er leise.

»Das ist das letzte Gewitter, das ich erleben werde«, erwidert sie und steht vor ihm, den Kopf zu ihm emporgereckt, eine dunkle Silhouette vorm aufflackernden Himmelsfeuer. Um sie ist die große Ruhe eines Menschen, der ein für alle Mal einen Entschluss gefasst hat. »Ich glaube nicht, dass uns der Ewige – gepriesen sei er! – noch einmal so etwas beschert in diesen wenigen Tagen. Komm, mein Geliebter. Ich bin bereit für dich.«

Langsam, fast feierlich, beginnt sie, sein Wams Knopf für

Knopf zu öffnen. Er steht vor ihr mit hängenden Armen, macht nur diese kleinen helfenden Bewegungen mit der Schulter, um es ihr zu erleichtern, erst den Samtrock, dann das Hemd abzustreifen. Noch immer rührt er sich nicht, als sie die Schnüre ihres Mieders löst, als ihr Kleid knisternd zu Boden gleitet und sie, mit einem großen Schritt, erst aus den Schuhen und dann aus dem starrenden Ring von Brokat heraustritt, als würde sie einen Bannkreis durchbrechen.

Hinter ihr flammt erneut ein Blitz, umrahmt ihr Haar mit Helligkeit. Wütender Donner rollt übers Wasser hin. Sie steht da, zerbrechlich, hinter sich das Toben der Elemente. Ihr Hemd gleitet herab.

»Wenn du nicht bald näher kommst, friere ich.«

Anders als erwartet ist er bei ihr.

Er kniet, die Hände auf dem warmen Rund ihrer Hüften, drückt sein Gesicht gegen ihren Leib. Seine Lippen liebkosen ihren Nabel. Dann ist es mit seiner Fassung vorbei.

»Verlass mich nicht, meine Königin. Wo soll ich bleiben ohne dich? Die Welt wird alle Farben verlieren.«

»Joseph, du weinst?«

»Ja, ich weine«, sagt er zornig. »Sonst weine ich nur, wenn du nicht zusiehst. Aber so erlebst du doch so kurz vorm Ende noch einmal etwas Neues. Don Joseph Nasi weint, und seine Tränen ergießen sich in deinen Schoß. Geh nicht von mir, Gracia, Schwester, Braut. Geh nicht.«

Sie legt ihm die Hände auf die Schultern, eine Geste, zarter, als er sie sonst von ihr kennt.

»Aber ich bin doch hier. Jetzt, in diesem Augenblick.«

»Aber … aber ich …« Der Donner übertönt seine Worte.

»Ich hab dich nicht verstanden.«

»Wozu auch«, erwidert er leise ins Rauschen des Sturms hin-

ein. »Es ist ohnehin ein vergeblicher Versuch, dein Herz zu rühren, nicht wahr?«
Jetzt bricht draußen der Regen los, als habe jemand die Schleusen des Himmels aufgerissen, Kühle schwappt in den Raum.
Gracia verfällt ins Hebräische, sie zitiert in singendem Tonfall das Lied der Lieder, wie damals, als sie das erste Mal zusammen waren, wiederholt jene Worte.
»Ausgezogen habe ich schon mein Hemd, wie sollte ich's wieder anziehen? Mein Liebster schob seine Hand durch den Türspalt, alles in mir verlangte nach ihm. An unseren Türen sind allerlei köstliche Früchte, frische wie alte, dir, mein Liebster, hab ich sie aufgespart.«
Jetzt ist auch sie auf den Knien, lehnt ihre Stirn gegen seine.
»Spar dir dein Weinen auf für die Zeit danach. Jetzt verbiete ich es dir.«
Sie beginnen, sich zu küssen.
Behutsam legt er das nackte blasse Wesen auf den Estrich, ist über ihr. Ihre Augen sind geschlossen. Während er sich die restlichen Kleider vom Leib reißt, illuminieren die Blitze pfirsichfarben ihr Gesicht, ihren Leib.
Als er in sie eindringt, öffnet sie den Mund zu einem Schrei, der eingeht in den Donner.
Dann spricht sie weiter, das Lied der Lieder, spricht im Rhythmus ihrer Lust, stoßweise, Regen und Wind reißen ihr die Worte vom Mund, die Worte, die sie beide kennen.
»Mein Liebster ist – weiß und rot – seine Locken Rispen – schwarz wie der Rabe. – Seine Finger –« (Sie stöhnt.) *»Sein Leib ist aus Elfenbein – geschnitzt – seine Schenkel gleichen –«*, eine Windbö wütet gegen die Vorhänge, sie zerren an den Ringen, klirrend schlägt das Metall gegeneinander, ein Regenschwall schwappt durch die Fenster. *»Denn stark wie*

der Tod – ja, wie der Tod! – ist die Liebe – wie eine Feuerflamme – wie Blitze!«
Blitz und Donner sind eins.
Gracia klammert sich an die Schultern des Mannes, der in ihr ist. Neue feurige Halbmonde, nun nicht auf seiner Hand, sondern an seinem Leib. Sie schreit mit ihm gemeinsam. Er fällt auf sie, verdeckt sie mit seinem Körper, birgt seinen Kopf neben ihrem Gesicht. Der Regen, vom Wind hereingetrieben, durchnässt beide mit einem erneuten Guss. Sie scheinen es kaum zu spüren.
Und sie merken auch nicht, dass sich die Tür leise öffnet, sehen nicht den Schein, der für einen kurzen Augenblick, einem Irrlicht gleich, durch den Raum zuckt.
Der Regen lässt nach. Grollend verziehen sich die Wolken hinüber nach Anatolien, haben immer noch genügend Wasser in ihren Bäuchen, das Land zu befeuchten. –

»Was tun wir hier, auf dem harten Boden, begossen wie die Katzen? Gracia, steh auf, du wirst dich erkälten.«
»Als wenn das noch wichtig wäre!«, erwidert sie, muss sie erwidern, erlässt es ihm nicht.
Er hebt sie hoch, hält sie auf den Armen, wie man ein Kind trägt, zögert. »Wohin mit uns?«
Sie lacht leise. »Es gibt doch Betten und Lagerstätten genug in diesen Räumen!«
»Willst du schlafen?«
»Schlafen? Ich gewiss nicht. Aber du?«
Jetzt verfällt *er* ins Hebräische. *»Solange meine Freundin bei mir ist, verströmt meine Narde den Balsamduft.«*
»Nicht ganz korrekt zitiert«, sagt sie spöttisch, »aber sonst durchaus vertretbar.«

Das Gewitter ist vorüber. Es regnet zwar noch, aber nun fließt das Wasser sanfter.
Er trägt sie durch die dunklen Räume, findet den Weg auch ohne Licht, und sie hat die Arme um seinen Hals geschlungen, vertrauend, sanft, gesänftigt, besänftigt.
»Weißt du«, sagt sie plötzlich, »dass sich Reyna bei Gewitter fürchtet? Früher kam sie dann immer zu mir.«
»Sie sollte heute Abend vielleicht nicht mehr zwischen uns erwähnt werden«, sagt er, schärfer, als es nötig wäre. Und fügt hinzu: »Und auch von Tod und Sterben möchte ich heute Abend verschont bleiben.«
»Was für einen Ton nimmt sich der Mann heraus!« Ihre gewohnte Weise, halb neckend, halb ernst. Aufreizend. Sie drückt sich fester an ihn. Murmelt dann an seinem Hals: »Für heute will ich Don Joseph Nasis Wünsche erfüllen. Wenn er mir meine erfüllt.«
»Es gibt nichts, wozu ich mehr geneigt wäre, meine Señora.«
Er stößt versehentlich mit dem Fuß an einen der Diwane, die überall stehen. »Gesucht, gefunden.« Sogar eine Decke aus Eichhörnchenfell liegt da bereit, unter der sie sich wärmen können, denn inzwischen frösteln sie doch. –

Reyna hockt auf der Treppe, die zwischen ihren Räumen und denen der Mutter die Verbindung ist. Neben sich hat sie die Blendlaterne abgestellt, mit der in der Hand sie unterwegs war, sich vor dem schrecklichen Wetter zu Dona Gracia zu flüchten, da sie ihre Kammerfrauen für die Nacht bereits entlassen hatte und niemanden wecken wollte. Es ist kindisch, sich bei Gewitter zu fürchten. Und ihr Mann war leider nicht da. (Nun weiß sie, wo er geblieben ist.)
Barfuß ist sie durchs Haus gelaufen. Vorhin kam es ihr vor, als

würde der Marmor unter ihren Sohlen glühen. Nun ist er kalt, und von irgendwoher kommt ein unaufhörlicher Strom kalter Luft, der durch die Gänge, Flure und Treppenhäuser des Belvedere weht, als würde ihn ein boshafter Götze, wie sie auf den Bildern der italienischen Meister zu sehen sind, mit prallen Backen pusten.

Reyna friert. Sie hat die Knie an den Leib gezogen und den Rock ihres Kleides bis zu den Zehenspitzen heruntergezerrt, und sitzt da, die Arme um die Knie geschlungen und ihren Kopf darauf gebettet. Es ist unbequem. Ihr mit Fischbein verstärktes Mieder drückt in dieser Stellung gegen den Magen und schnürt ihr die Luft ab, aber das ist nun auch gleich, denn übel ist ihr ohnehin, und das Atmen fällt ihr auch schwer.

Sie hat es ja schließlich gewusst. Die ganze Zeit hat sie gewusst, dass ihr wundervoller Mann Don Joseph Nasi, Enfanghi Bey der Hohen Pforte und Erster Geschäftsträger des Bank- und Handelshauses Mendes, mehr ist als nur die rechte Hand von Dona Gracia.

Es gibt niemanden in diesem Haus, der es inzwischen nicht als … Selbstverständlichkeit betrachtete, dass Dona Gracias und Don Josephs Beziehung über die von Geschäftspartnern hinausging. Die Zeit, die sie zusammen verbrachten, über die Zeit der Arbeit hinaus, ihre Blicke, ihr Beieinandersein an den hohen Festtagen. Wie sie zusammen an der Tafel des Sabbatmahls saßen … Und sie erlebte, wie oft er zu *ihr* ging, nachdem sie verheiratet waren … ganze Abende, nächtelang …

Sie hat gewusst, dass er sie nur auf Befehl und zum Wohl des Judentums heiraten musste, und des Geldes wegen, damit alles in der Familie bleibt für die großen Rettungsprojekte der Mendes und wie es Sitte ist. Und damals, als sie ihm in gestammelter Beichte bekannt hatte, dass sie keine *virgo intacta* mehr sei,

da hatte er das mit freundlicher Duldsamkeit hingenommen. Aber war seine Duldsamkeit nicht einfach nur Gleichgültigkeit gewesen?
Er war mit ihr ins Brautbett gestiegen, aufmerksam, routiniert, bereit, ihr so viel *voluptas* wie nur möglich zu geben – er hätte das Gleiche wahrscheinlich jedem beliebigen Hirtenmädchen an einer staubigen Wegkreuzung zuteilwerden lassen, wenn sie Lust darauf gehabt hätte.
Ihr Unglück war, dass sie sich verlieben musste …
Sie wiegt sich hin und her, vor und zurück, so, wie in der Synagoge gebetet wird und wie man es tut, wenn man seinem Schmerz ein Bett geben will.
Nun hat sie es gesehen. Im Schein der Blitze, zwischen Regen und Sturm lagen sie auf dem nackten Fußboden, zwei Leiber, miteinander verschmolzen, das Tier mit zwei Rücken. Ihre Schreie, ihr Gestammel – Bibelverse!
Der schöne Hintern des Mannes, ihres Mannes, der sich auf und ab bewegte; seine Muskeln, die sich zusammenzogen, seine Kraft, seine Sanftheit. Das Wesen darunter, das er aufgespießt hat, gepfählt hat, ihre Arme und Beine sind lebendig, noch lebendig, möge er sie töten!
Oh, Allmächtiger und Ewiger, verzeih mir, was denke ich da? Es ist meine Mutter!
»Ein schwarzes Jahr auf sie beide!«, murmelt sie und versteht zum ersten Mal, warum ihre Tante Brianda ihre eigene Schwester verraten hat – diese Person, der einfach immer alles gehört.
Die Worte ihres Gebetes verdrehen sich ins Gegenteil von dem, was sie sonst begehrt und erfleht – sein Erscheinen. Heute bittet sie: Gerechter, gib, dass er, *er* sich nicht erdreistet, diese Nacht noch zu mir zu kommen! Ich könnte ihn nicht ertragen.

Und sie malt sich aus, wie sie ihn anspucken würde, spucken in dies Gesicht, das in seiner lebendigen Beweglichkeit alle Lügen, die sein Mund ihr vielleicht erzählt, zunichtemacht. Wenn man ein solcher Lügner und Betrüger ist, sollte man nicht so sprechende Mienen haben, denkt sie böse und kann sich vorstellen, dass auch andere das schon gedacht haben. Möge sein Gesicht versteinern, ach, möge sein Leib verdorren.

Sooft er auch bei ihr war – nie hat sie erlebt, dass er außer sich war. Alles ging schnell. Keine Ekstase, und keiner sprach Verse aus dem Lied der Lieder. Eine ruhige Flamme wie die Laterne, die neben ihr steht … während ebendas dadrin sich unter Donner und Blitz vollzog.

Sie krümmt ihre Zehen; der Marmor scheint ihr nun wirklich unerträglich kalt. Sie greift nach ihrem Licht, steht auf. Vielleicht wird sie doch noch eines ihrer Kammermädchen wecken, damit sie ihr die Füße massiert und einen heißen Würzwein zubereitet. Dann kann sie schlafen. Vielleicht.

Aber noch besser wird sein, wenn sie jemanden in die Küche schickt, um ihr eine Süßigkeit zu holen. Früher machte sie sich nichts aus solchen Leckereien. Erst, seit sie eine Ehefrau ist …

Sie verzieht den Mund zu einem höhnischen Lächeln.

Halwa will sie haben, Halwa am liebsten, das türkische Gebäck. Honig, der die Hände klebrig macht, Mandeln, die krachend im Mund zersplittern, Würze des Kardamoms, der aufsteigt in ihre Nase und mit feuriger Schärfe ihren Rachen kitzelt.

Ja. Sie will auf ihrem Bett sitzen und Halwa essen.

»Warum hast du mich belogen?«

Er schreckt auf aus einem wonnigen Halbschlaf, hinter ihr liegend, tief in ihr versenkt, seine Hände umschließen ihre kleinen Brüste; sie passen ganz genau, es ist wie Aufatmen jedes Mal, ein Nachhausekommen nach längerer Reise, sie zu umspannen und zu bedecken.

Und nun dies. Für so etwas wie Ruhe ist Gracia Nasi nicht die geeignete Frau.

»Wobei sollte ich dich belogen haben, meine Taube?«, schnurrt er. Sein Atem bewegt ihr Haar, es riecht klar und bitter.

»Als ich die Knöpfe an deinem Wams aufgemacht habe, da habe ich etwas Hartes gespürt in der Tasche. Du warst bereits bei Esther Kyra, nicht wahr?«

Er seufzt, bewegt sich in ihr, ganz langsam, wie ein Streicheln ihres feuchten Landes, wie ein Versprechen und eine Beschwörung. Bleib sanft, meine Königin!

Sie atmet tief. »Ich spüre dich bis ganz oben in meinem Bauch«, sagt sie, »und es ist wunderschön. Aber warum hast du mich belogen?«

»Weil ich«, erwidert er, »ein notorischer Lügner bin, wie du ja weißt. Ich kann gar nicht anders.«

»Ich will keine Ausflüchte hören!«, sagt sie streng.

Gleich wird sie seine Hände von ihren Brüsten wegstoßen, wird sich zu ihm umdrehen wollen. Er kommt ihr zuvor, lässt diese süßen Äpfel los und greift nach ihren Hüften, um sie fester an sich zu ziehen, und seine Stöße werden härter und schneller.

Gracia beginnt zu stöhnen. Geredet wird jetzt nicht mehr. Vorerst nicht mehr.

Aber natürlich bringt keine Lust der Welt eine Dona Gracia ab, eine Frage zu wiederholen, wenn sie noch keine Antwort bekommen hat.

»Also warum?«, fährt sie fort, sobald sie wieder zu Atem gekommen sind. »Ich hatte dir diese Aufgabe gestellt, und du hast sie erfüllt. Warum wolltest du es verschweigen?«

Er richtet sich halb auf, stützt sich auf den Ellbogen, um sie zu betrachten, obwohl er ihr Gesicht im matten Dunkel des Raums nur schattenhaft sehen kann.

»Darum, Señora«, sagt er. »Du hast mir diese Aufgabe gestellt, um meine Unterwerfung unter deinen Willen zu prüfen, mich zum Komplizen zu machen bei dem, was du vorhast. Um zu prüfen, mit anderen Worten, ob ich unseren Pakt halten will. Das hat mir nicht gefallen. Und dann: Du hast es doch bestimmt gewusst, wie diese verrückte Frau mit männlichen Besuchern umgeht. Dieser Papagei …«

Von Gracia kommt ein leises Geräusch.

»Lachst du?«, fragt er zornig. »Wolltest du mich demütigen, dich über mich lustig machen? Ich bin bereit, für dich alles zu tun, das weißt du. Aber ich lasse mich nicht gern auslachen.«

Ihre Hand verschließt ihm den Mund mit einer Geste, die fast Schlagen ist.

Dann hört er, wie sie sich aufrichtet, umdreht.

Ihr Haar streift seinen Bauch. Ihre Hände sind an ihm, und ihre Lippen umschließen das, was zu dieser Stunde sein Mittelpunkt ist. Er lässt sich zurücksinken, die Arme weit gebreitet, überlässt sich ihr, um aufs Neue erweckt und erlöst zu werden. –

Später sagt er: »Wenn auch nie eine Entschuldigung über deine Lippen kommen würde: Falls du auf diese Weise Abbitte leistest, lasse ich es mir gefallen.«

»Dass du es so auffasst, gefällt *mir* nicht«, sagt sie ungnädig im Dunkeln. »Ich wollte dir … meinen Respekt erweisen, damit du es denn weißt. Dass ich dich zu Esther Kyra schickte, war, um mir sicher zu sein, dass du eingebunden bist in mein … in meine Pläne. Dass dir die harmlose Neckerei missfallen würde, konnte ich nicht ahnen. Es ist mir neu, dass du so eine Mimose bist, die sich gleich beleidigt fühlt.«

»Ich mag nicht, wenn wir uns im Bett streiten«, erwidert er, aufgebracht von der Schärfe, die ihr seine Bemerkung entlockt. (So dreist war sie schließlich nicht.)
»Nun«, sagt sie gelassen, »dazu wird es ja nicht mehr viel Gelegenheit geben.«
Da ist es wieder! Es war nur kurz fortgespült von jener Form von Leben, die mehr ist als nur Vegetieren, von den Springquellen und Stürmen der Lust und des gegenseitigen Verlangens. Und nun hält sie ihm wieder das Ende vor Augen, und es erfüllt ihn mit dem, was sonst gerade verjagt werden soll von der Vereinigung der Körper: der Angst, der Beklemmung, dem Verrinnen der Zeit.
»Meine Señora! Ich beschwöre dich! Quäle mich nicht. Wie kannst du so ruhig, so kalt darüber sprechen?«
»Nicht, um dich zu quälen, Joseph Nasi. Nur, um dir vor Augen zu stellen, dass wir im Grenzland spielen. Mit dir bin ich glücklich. Aber es gäbe unzählige Stunden ohne dich, und da bin ich nur die Frau, die gescheitert ist an ihrer Lebensaufgabe. Und bitte, widersprich mir nicht – ich höre doch, wie du Luft holst zu einer Erwiderung: Gib mir nachher, wenn es hell wird, die Phiole. Ich danke dir, und es ist gut so.«
»Nein«, erwidert er entschlossen. »Du weißt nun, dass es da ist, das Gift. Warum reden wir immer von der Phiole, als wenn es sich um ein Stück Glasbläserarbeit handeln würde? Es ist Gift, es ist der Tod. Dein Tod. Und ich werde ihn aufbewahren bei *mir,* bis es denn so weit ist, und werde es dir geben, wenn die Frist abgelaufen ist, und werde in dieser Stunde dabei sein.«
»Oh!«, sagt sie. Und dann noch einmal: »Oh. Aber das …« In ihrer Stimme ist ein Zögern. »Aber das ist, als wenn ein Mannsbild bei einer Geburt dabei sein würde.«
»Ach«, entgegnet er, »vielleicht gibt es das auch einmal auf

der Welt, später, wer weiß. Wenn du schon gehst, dann will ich es auch miterleben, wie du es übers Herz bringst, mich unglücklich zu machen.«

»Dazu«, sagt sie, »könnte ich jetzt eine ganze Menge sagen. Aber ich mag nicht.«

Unerbittlich schlägt über ihnen das große Pendel der Zeit.

Wie, Geliebte, finde ich das Tor, das ich aufstoßen kann, dich zu retten – für mich?

Der Morgen ist sonnig. Welcher Morgen ist nicht sonnig, sommers hier in Konstantinopel? Heute aber weht Frische vom Wasser herauf; das gestrige Gewitter hat die Luft gewaschen. Gracia ist früh wach. Sie wirft einen Blick auf den Schlafenden neben sich – der Himmel weiß, wie es sie beide dann doch noch hierher verschlagen hat in das große Bett mit den Vorhängen; sie erinnert sich nur an die nackte Erde und an irgendeinen Diwan. Joseph liegt mit dem Gesicht nach unten zwischen den Kissen, sein Haar ist verwirrt. *(Seine Locken Rispen – schwarz wie der Rabe.)* Ich sollte ihn nicht wecken, bis er sich selber regt … *(Meine Freundin ist schön – als ich aufstand, war sie gegangen.)*

Vorsichtig schlägt sie die Decke zurück und setzt ihre bloßen Füße auf den Teppich. Die Vorhänge zieht sie sorgfältig zu, steckt die Fibel als Verschluss quer, zum Zeichen, dass keine unbefugte Hand sie öffnet; ihre Mädchen kennen das und würden den Hinweis achten, wenn sie hier aufräumen kommen.

Es darf nicht sein, dass ich mich gehenlasse in diesen letzten Tagen. Der Ewige vergönnt mir, noch einmal jene Liebe zu genießen, die mir die Zeit versüßt hat, mehr als zehn Jahre, zwischen den Spielen der Macht.

Und gerade darum ändert die Señora jetzt ihren Entschluss.

Sie zieht sich nicht sang- und klanglos von den Aufgaben zurück, die ihr von ihrem Freund und Schwager Diogo – das Andenken des Gerechten sei gepriesen! – einst in seinem Testament aufgetragen wurden.
Nun muss ich *mein* Testament machen, muss festlegen, wie viel Teile unserer Einnahmen jährlich an die Gemeinden verteilt werden, wie es Brauch ist, und wie viel für die Fluchtnetze verwendet werden, denn dass weiter geflüchtet werden muss, das wissen wir ja nun spätestens seit Ancona.
Einen Moment spielt sie mit dem Gedanken, sich jetzt Esther Kyras Gabe aus der Tasche des Schlafenden zu nehmen.
Nein. Wir agieren hier nicht in einem Schelmenstück, wenn er es auch manchmal so aussehen lässt. Soll er seinen Willen haben.
Die Mädchen kommen, sie mit Musik zu wecken. Sie legt den Finger auf den Mund, winkt sie lächelnd hinaus. Sie gehen, tuschelnd, werfen verstohlene Blicke. Vielleicht denkt die eine oder die andere: Arme Herrin Reyna!
Meiner Tochter bleibt noch viel Zeit. Gracia schließt für einen Moment die Augen. Sie wird mir verzeihen, nach dieser Woche, wenn sie gemeinsam mit ihrem Gemahl Schiwa sitzt zu meinem Gedenken.
Sie lässt sich ankleiden, dunkelgrüne Seide aus Indien, das Mieder hebt ausnahmsweise einmal ihre Brüste in den Ausschnitt. *(Deine Brüste sind zwei Rehlein – gleichen Gazellenzwillingen.)* Sie muss lächeln. Haben wir das ganze Lied der Lieder durchgespielt diese Nacht?
Die Schneppenhaube, ein kleines Diadem aus Stoff, mit Silber bestickt.
Sie weiß nicht, wo sie ihren Ring gelassen hat diese Nacht. Irgendwann habe ich ihn abgelegt, wollte niemanden verlet-

zen, falls mich die Lust ankäme, zuzuschlagen. Aber so war diese Nacht nicht …

Dass das Wissen um den Tod die Liebe so strahlend machen kann!

Vorbei an den sich neigenden Frauen verlässt sie ihr Schlafgemach, begibt sich, angetan mit spitzen Pantoffeln aus Saffian, auf den Weg ins Kontor, und das herrische Klappern ihrer Absätze auf den Fliesen ist das vertraute Geräusch für alle. Es meldet, dass die Señora ihres Amtes walten wird.

Ugarte grüßt, freudig und unterwürfig zugleich, die Schreiber und Prokuristen auch, und ihr ist, als ginge ein Aufatmen durch den Raum: Die Herrin ergreift wieder die Zügel des gewaltigen Wagens, der da Bank- und Handelshaus Mendes heißt; alles wird gut.

Wenn sie wüssten.

Vorbei an den vielen Tischen und Schreibpulten, an den Land- und Seekarten, die die Wände bedecken, versehen mit eingezeichneten Wegen und Schiffsrouten und den Fähnchen, die anzeigen, wo sich gerade eigene Frachtwagen und Geleitzüge oder Handelsschiffe befinden, steuert sie auf ihren Tisch zu.

Die Schiffsmeldungen. Die Nachrichten, die durch Boten aus aller Welt per Kurier hereinkommen. Die Briefe der Geschäftsträger aus den Niederlassungen in Lyon und Bursa, in Saloniki, Ragusa und Alexandria, in Marseille und Marrakesch.

Ugarte steht neben ihr, hat, wie immer, alles nach Relevanz geordnet.

Die Señora gibt ihre Anweisungen, ebenfalls wie immer, schnell, klar, entschieden. In die Maschinerie kommt Bewegung. Boten eilen hin und her, Schreiber kopieren Papiere oder hocken überm Diktat der Prokuristen, hier und da klappern die Kugeln eines Abakus, wird gerechnet.

Auf Dona Gracias Schreibtisch liegt der übliche Stapel von Schreibtafeln und zurechtgeschnittenen Papierbogen, auf denen sie persönliche Anweisungen notiert oder einen kurzen Brief an Leute verfasst, die ihr bedeutend genug erscheinen, mit einem Handschreiben beehrt zu werden. Sie schreibt in hebräischen Buchstaben auf Ladino, in lateinischen auf Spanisch, Italienisch und Niederländisch; das Türkische muss sie diktieren, die Schrift irritiert sie. Ihre Unterschrift ist stets beides: hebräisch und lateinisch. Sie unterschreibt mit Gracia Nasi, nichts sonst. Man kennt es, wie sie firmiert, und nicht nur in der Handelswelt.
Ständig brennt das Licht, an dem ein Schreiber das Wachs bereithält, damit sie das Siegel verwenden kann, ihr Siegel: die Karavelle mit dem zerbrochenen Mast – Rettung in höchster Not.
Es sind die üblichen zwei Stunden morgendlicher Hektik, die Stunden, in denen die Señora entscheidet, wie der Tag weitergeht, wie und wohin das Haus Mendes sich demnächst wendet, die Stunden, wo die Wegweiser aufgestellt werden für die nächste Strecke.
Das geschmeidige Imperium, wendig, schnell und allwissend, folgt dem Willen des einen Kopfes, wie ein Tintenfisch seine vielen Arme ausstrecken oder einziehen, mit ihnen umschlingen oder loslassen kann, gesteuert durch *ein* Gehirn.
Dona Gracia Nasi erledigt ihre Arbeit.
Nach diesen zwei Stunden haben sich die zahllosen Einzelaktionen der Firma nach dem Willen der Prinzipalin geordnet, so, wie sich in einem Kaleidoskop die Teile neu sortieren, wenn man es schüttelt – nur eben ohne Willkür.
Nun erst frühstückt die Señora, noch im Kontor: ein Fladenbrot, eine saure Schafsmilch, ein Glas klares, möglichst kaltes Wasser. Die Mitarbeiter haben Pause.

Danach, während das Kontor nun wieder summt und surrt wie ein arbeitsreicher Bienenstock, zieht sie sich mit Ugarte in dessen kleines, stets zu heißes Südzimmer zurück, den »Raum des Vertrauens«.
Sie hat beschlossen, Don Raphael ihr Testament in die Feder zu diktieren.
»Es ist schön«, sagt ihr alter Vertrauter und küsst ihr die Hand, während sie sich an dem kleinen Schreibtisch niederlässt, »schön, dass Ihr wieder die Leitung der Geschäfte übernehmt.«
Gracia zieht die Brauen in die Höhe. »Aber es ist doch auch ohne mich gutgegangen!«
»Gewiss, Señora. Ein gutgeschmierter Wagen läuft wie von selbst. Aber mit Euch kommt die Seele zurück.«
»Don Raphael, ich bitte Euch! Seid nicht so poetisch. Auch braucht ein Handelshaus keine Seele, sondern kluge Köpfe, und die sind ja reichlich vorhanden.« Sie klopft mit den Nägeln auf die Tischplatte, ein wenig ungeduldig. »Ich möchte Euch etwas diktieren«, sagt sie. »Einen Text.«
»Gleich«, entgegnet Ugarte. »Aber zuerst solltet Ihr dies hier lesen, Señora.«
Er geht zu dem geschnitzten Spind, in dem er neben dem Hauptbuch der Firma all jene Dokumente aufbewahrt, die außer ihm selbst nur für Dona Gracia und Don Joseph, die Leiter des Unternehmens, bestimmt sind, zieht einen mehrfach gesiegelten Brief hervor und legt ihn vor seiner Herrin auf die Tischplatte …

Ich starre auf diesen Brief.
Er kommt von einem unserer Agenten aus Deutschland, wie lange kann er unterwegs gewesen sein? Zehn Tage? Oder

mehr? So viel Zeit, wie verstrichen ist, seit ich in Ancona scheiterte?
Ein anderer ist gescheitert. Einer, der größer war als ich.
Kaiser Karl V., Gebieter eines Reiches, in dem die Sonne nicht unterging, hat abgedankt und zieht sich in ein Kloster zurück.
Abgedankt. Gescheitert.
»Er auch?«, sage ich halblaut. Ugarte sieht mich fragend an, aber ich schüttele nur den Kopf.
Hinter meiner Stirn wirbelt es, als ginge ein Mühlrad herum, während ich weiterlese. Ich sehe seine Vorschläge für die Nachfolge …
»Jemand soll mir Don Joseph holen, unverzüglich«, sage ich, »er muss das erfahren.« Und dann fällt mir ein, wo sich Joseph gerade befindet, und ich korrigiere: »Nein, Ihr selbst holt ihn, bitte. Er … er ist in meinem Zimmer.«
(Die Sache duldet keinen Aufschub. Ich kann keine Rücksicht nehmen. Ich muss nicht aufblicken, denn ich weiß auch so, dass sich in Raphael Ugartes Miene nichts abspielt. Er wird nicht einmal mit der Wimper zucken.)
Ich warte.
Der Anblick eines unrasierten Joseph Nasi dürfte für die Mitarbeiter des Kontors ungewöhnlich sein, aber natürlich verliert niemand ein Wort darüber, und sie verneigen sich vor ihm genauso tief wie vor mir.
Ich schiebe ihm wortlos das Blatt über den Tisch, sehe, wie es in seinem Gesicht zu arbeiten beginnt.
Er sieht auf, unsere Augen treffen sich.
»Hat die Welt schon einmal dergleichen gesehen? Ein Kaiser, der abdankt?«
»Und ein Kaiser, der sein Reich teilen will!«, ergänzt Ugarte.
Ich kann mir ein höhnisches Lächeln nicht verkneifen. »Der

Padischah hat ihn kleingekriegt«, sage ich. »Karl hat den schmählichen Frieden, den er eingehen musste, nicht verwunden. Was musste er an Geldern entrichten, was an Gebieten aufgeben, damit die Türken nicht bis vor Wien zogen! Nun streckt er die Waffen und geht ins Kloster.«
Joseph nagt an seinen Fingerknöcheln. »Ob die Pforte es schon weiß?«, fragt er grübelnd.
Ich zucke die Achseln.
»Seit wann seid Ihr im Besitz dieses Briefs, Don Raphael?«
Mein Majordomus und Hauptbuchhalter erwidert: »Er kam diese Nacht beim ersten Ruf des Muezzins mit eiligem Boten, Señora.«
»Auf dem Landwege?«
»Auf dem Landwege«, bestätigt Ugarte.
Joseph springt auf. »Dann kann es sein, dass unsere Kuriere die des Sultans überholt haben. Das Haus Mendes ist schneller und besser organisiert als die Botenstationen des Großherrn. Ich mache mich fertig und fahre übers Wasser. Wer dem Großwesir diese Nachricht als Erster überbringt, kann einer Belohnung sicher sein.« Er umarmt Ugarte und küsst ihn auf die Wange. »Wichtige Botschaft zu günstiger Stunde! Der Ewige, sein Name sei gepriesen, meint es gut mit seinem Volke! Alles kann anders werden jetzt.«
Er wirft den Kopf zurück, hat für mich einen triumphierenden Blick.
Was will er erbitten? Und was denkt er sich? Meint er, die Weltlage würde sich nun so gründlich ändern, dass mir der Grund für meinen Entschluss genommen würde? Ich schüttele den Kopf, aber er nimmt es schon nicht mehr wahr, ist fort.
Natürlich hat er recht, wenn er jetzt in den Serail aufbricht. Trotzdem. Gern hätte ich mit ihm, nur mit ihm, das Für und

Wider dieser vorgeschlagenen Nachfolger erörtert. Karls Verwandte. Philipp in Spanien, sein Sohn, und Ferdinand in Deutschland und Österreich, sein Bruder. Und Ferdinand ist … der Vater Maximilians. Da musst du dich nicht sorgen, Señora, über das, was nach dir sein wird.

Sie verlässt das Kontor, den Brief aus Deutschland in der Hand. Umherlaufen durch die verzweigten Flure des Hauses hat ihr schon immer geholfen, eine Situation zu durchdenken und zu klären.

Ja, es wäre mir lieb gewesen, jetzt, nach dieser Botschaft, nicht allein zu sein. Aber du wirst ja nicht ein halbes Leben lang Erfahrungen gemacht haben im Abschätzen und Abwägen, Señora, im Ausrechnen von Gelegenheiten und Sondieren von Chancen, wenn du jetzt nicht für dich allein deine Schlüsse ziehen könntest.

Was wird geschehen, oder vielmehr, was geschieht vielleicht schon jetzt in diesen Tagen im Land jenseits der Alpen?

Der Reichstag. Den hat er, der Kaiser, wahrscheinlich zu seiner Abdankung noch selbst einberufen, in Nürnberg. Aber daran nimmt er nicht mehr teil. Während er unterwegs ist ins Kloster – was stand in diesem Schreiben? – San Jeronimo de Yuste in der Estremadura, während er also dahin unterwegs ist, schlagen sich die Kurfürsten in Nürnberg bereits die Köpfe ein: Folgen wir seinen Vorschlägen? Wählen wir, wen er haben möchte. Und das Reich geteilt? Nicht schlecht. Keinem der Herren ist ein einzelner starker Herrscher lieb. Zwei Köpfe könnte man gegeneinander ausspielen. Man könnte intrigieren und unterwandern und Lügen verbreiten. Aber, überlegt Gracia, wie sieht es mit den Kandidaten aus?

Der Sohn, Philipp. Freund der Inquisition. Judenhasser. (Auch wenn der nur Spanien erhält: Wir werden wieder unsere Netze ausbauen müssen. Er würde sich bestätigt fühlen in dem, was er macht, und die Verfolgungen verschärfen. Vor allem nach Flandern und in die Niederlande muss Geld fließen, damit Freunde und Verwandte aus Spanien sich dorthin retten können.) Tief verschuldet beim Bankhaus Welser, dieser Philipp, obwohl das Gold der Völker von Peru in seine Taschen fließt ...

Und Ferdinand? Wenn sie wirklich ihn zum deutschen Kaiser ausrufen, wird der Papst – ein schwarzes Jahr auf ihn! – toben, denn Ferdinand liebäugelt mit den protestantischen Fürsten, die sein Bruder Karl V. in Deutschland so wacker bekämpft hat.

Und Maximilian, Ferdinands Sohn ... er wäre der Kronprinz. Auf der Zielgeraden zur Macht.

Sie geht mit rauschenden Röcken durch die Gänge. Verharrt.

Viel Arbeit. Aber nicht mehr meine Arbeit. Ich sollte diese Gedanken gar nicht denken. Die anderen werden tun müssen, was zu tun ist, ohne dass ich an meinem Tisch im Kontor sitze. Werden sich mit den Sorgen der Welt herumschlagen.

Nein, es gibt keinen Grund, nicht Abschied zu nehmen.

Ein Vers des Dichters Horaz fällt ihr ein – kein Bibelwort in dieser Stunde, sondern die klare und nüchterne Stimme des Poeten: *Tempus abire tibi est.* Für dich ist es Zeit, zu gehen.

Einen Augenblick steht sie, den Kopf gesenkt.

Ich wollte doch Ugarte mein Testament diktieren.

Karl abgedankt.

Don Joseph, in seinem Schiff zwischen anderen buntbewimpelten Barken übers Wasser fahrend, hofft inständig, dass Rustem Pascha noch nichts weiß. Er legt sich seine Worte zurecht; überlegt, was ihm diese Botschaft einbringen kann. Vielleicht eine Entsendung nach Deutschland, als Beobachter und Unterhändler für die Interessen der Pforte. Und dort ein Wiedersehen mit Maximilian, vielleicht dem Kaiser der Zukunft, um sich der alten Freundschaft zu versichern … Keine schlechten Zeiten für das Haus Mendes, so hofft er.

Aber trotz alledem.

Es müsste ihr doch genauso klar sein wie ihm, was auf sie zukommt. Auf sie, Gracia Nasi. Wozu sie gebraucht wird. Ihr Wort, ihre wache und gebieterische Gegenwart. Ihre, unsere Rolle in diesem Streit der Mächtigen. Niemals kann man mehr für sich, für die Sache der Juden, erreichen, als wenn man, sollte das Reich geteilt werden, in so einer Situation den einen gegen den anderen ausspielt.

Aber ihr Kopfschütteln war deutlich genug – obgleich er so getan hat, als würde er es nicht mehr sehen.

Er zieht seine Handschuhe über; die Feuermonde auf der Rechten, die Male ihrer Finger. Sie erinnern an die anderen auf seinen Schultern, nun spürt er das leise Brennen. *(Ihre Finger träufelten Myrrhenharz auf mich – alles in mir verlangte nach ihr.)* Ewiger, gib, dass ich sie rette aus dem selbstbereiteten Untergang.

Er zwingt sich, die möglichen Aufgaben zu durchdenken, die ihn jetzt erwarten, für die Hohe Pforte und für das Haus Mendes.

Noch ist Ferdinand nicht gewählt. Noch ist Maximilian nicht Kronprinz.

Angelegentlich wandern seine Gedanken zurück zu seinen Erlebnissen mit dem Haus Habsburg.

Er selbst hat einmal vor Kaiser Karl gestanden. Und natürlich war es um Geld gegangen. Um das Geld der Mendes, das in Antwerpen zurückgeblieben war.

Von Venedig aus hatte Gracia ihn damals noch einmal nach Antwerpen geschickt – ihn, ihre Trumpfkarte im Spiel mit den hohen Tieren. Wer, wenn nicht er, sollte es schaffen, die eingefrorenen Depots loszueisen, das Stadthaus gewinnbringend zu verkaufen und die restlichen Vermögenswerte zu transferieren, am besten gleich in die Türkei? Schließlich ist er der Mann fürs Unmögliche. Hat er nicht der Regentin Maria so lange schöne Augen gemacht, bis Gracia-Beatrice mit Tochter und Schwester aus Aachen gen Süden geflohen war, und sich dann selbst sang- und klanglos zum Heer des Kaisers abgesetzt (wo es ihn auch nicht lange gehalten hat)?

Aber er weiß auch: Eine gefoppte Frau kann unversöhnlich sein, besonders, wenn es sich um eine regierende Herrin handelt. Sie wird eine Mauer vor dem Vermögen der Mendes hochziehen, wenn sie den einstigen Günstling und seine Familie strafen will.

Er hatte auf der Reise Zeit genug, sich seine Strategie zu überlegen. Doch es wurde schwerer als erwartet.

Antwerpen

Vor zehn Jahren
1546

KURZ vor Pessach unseres Jahres 5307, nahezu übereinstimmend mit Ostern 1546 nach christlicher Zeitrechnung, kam ich in Antwerpen an und nahm Quartier bei einem Converso-Kaufmann namens Abraham Dordeiro, der mit Don Diogo befreundet gewesen war. Gracia war nun in Venedig.
Wir gingen gemeinsam zur Ostermesse, und mein Erscheinen erregte Aufsehen – was ich beabsichtigt hatte. Ich grüßte freundlich ringsum und schlug mein Kreuz so routiniert wie jeder gute Christ, verpasste keine einzige Kniebeuge und sprach alle Gebete auswendig und mit gefalteten Händen.
Die Regentin saß vorn in ihrer eigenen Kirchenbank; die weiße Haube war mir nur allzu bekannt. Irgendwann während dieser endlos währenden Ostermesse näherte sich ihr eine ihrer Hofdamen, flüsterte und wies nach hinten; ihr Kopf fuhr herum, und ihre Augen taxierten mich. Ich sah weg.
Nun also wusste sie, dass ich in der Stadt war.
Wir feierten dann Pessach abgeschirmt in Dordeiros Haus, er hatte einige andere gewichtige Converso-Kaufleute eingeladen, und wer nun noch nicht wusste, dass ich da war, der erfuhr es in den nächsten Stunden; Fama, die Göttin des Gerüchts, hat zwar eine Trompete, aber von Mund zu Ohr verbreiten sich Nachrichten am schnellsten.
Fleißig spazierte ich durch die Stadt, den großen Mantel mit

dem Nerzkragen so umgelegt, dass er meinen Degen, den ich als Bürgerlicher eigentlich innerhalb der Stadtmauern nicht führen durfte, mehr hervorhob, als dass er ihn verhüllte. Ich wollte provozieren.

Natürlich streifte ich auch an unserem Haus vorüber: die sonst stets glänzenden Butzenscheiben der Fenster blind vor Staub, die Tür mit einem Querbalken verriegelt. Schmutz auf der Schwelle. Einige Dachziegel hatten sich gelöst, sicher war, dass der Regen, der hier so häufig fiel, bereits Schaden angerichtet hatte. Das Haus, in dem Gracias Bett stand, wo wir uns das erste Mal mit den Worten des Lieds der Lieder ansprachen – es sah aus wie geschändet und danach weggeworfen. Hätte man es nicht wenigstens jemandem zur Nutzung überlassen können? Wut und Hass sind schrecklich uneffektiv.

Ich ging zum Palast der Statthalterin und suchte um eine Audienz nach. Man vertröstete mich. Nun, sie würde sehen, was sie davon hatte.

Nach Ende der christlichen Feiertage ging ich zur Börse. Dordeiro hatte mir seinen banco, *den Geldwechslertisch, zur Verfügung gestellt. Ich lieh mir von ihm außerdem zwei Schreiber aus und stellte meine Kassetten mit Bargeld und Papieren auf. Das Haus Mendes war präsent.*

Bald wimmelte es von Geschäftsleuten – Conversos, Christen und Juden, die noch alte Verbindlichkeiten einzulösen hatten uns gegenüber und neue Kontakte knüpfen wollten. Ich kassierte Obligationen, stellte Wechsel aus, überschrieb Depositen und vergab Lombardkredite auf Sicherheiten in Italien oder der Levante.

Am zweiten Tag kamen Abgesandte des Magistrats, um mich zu verhaften – wegen von der Stadt Antwerpen nicht genehmigter Geldgeschäfte.

Ich tat erstaunt. Das Haus Mendes sei ein in Antwerpen angesiedeltes Unternehmen, seine Gelder lägen auf den hiesigen Banken. Man solle nur die Statthalterin fragen.
Die Stadtwache nahm mich in Gewahrsam und geleitete mich – nicht ins Gefängnis, sondern in eins der bekanntesten Gasthäuser der Stadt, wo ich unter Bewachung zu bleiben hatte.
Ein ganzer Haufen von Kaufleuten begleitete mich und protestierte gegen die Behandlung, die mir zuteilwurde. Ich revanchierte mich, indem ich sie alle zum Essen einlud, und ließ ein fürstliches Mahl servieren.
Am Tag darauf wurde ich zur Regentin bestellt und hatte erneut Gelegenheit, mich über die Hand mit den Altersflecken zu beugen.

Ihre harten spanischen Augen messen ihn von oben bis unten.
»Juan Micas! Anmaßend und unverschämt! Erst stehlt Ihr Euch davon wie der Dieb in der Nacht, dann kommt Ihr zurück und spielt den königlichen Kaufmann. Was erdreistet Ihr Euch, in dieser Stadt so einen Wirbel zu veranstalten?«
»Der Wirbel, halten zu Gnaden, Hoheit, hatte einzig den Zweck, zu Euch zu gelangen, um mein Anliegen vorzutragen«, sagt er demütig. »Nun, da ich mein Ziel erreicht habe, werde ich mich so bescheiden aufführen, wie Eure Majestät es von mir erwarten. Und außerdem habe ich mich nicht davongestohlen damals, sondern bei dem erlauchten Bruder Eurer Hoheit Kriegsdienst genommen.«
»Wobei Ihr ja wohl nicht lange geblieben seid!«, entgegnet sie hämisch. »Also, was wollt Ihr? Heraus mit der Sprache, denn ich habe nicht vor, mich länger mit Euch aufzuhalten.«
»Wie schade!«, wagt er zu sagen. »Ich habe die huldvolle Gegenwart Euer Gnaden immer sehr genossen.«

Sie zieht tief die Luft ein zu einer Entgegnung, unterlässt es dann, darauf einzugehen. Fordert stattdessen knapp: »Eure Bitte, Señor.«

Er verneigt sich. »Gern. Ich bin bevollmächtigt von Dona Beatrice de Luna, der Leiterin des Hauses Mendes. Ich bitte um Freigabe der zu Unrecht beschlagnahmten Gelder der beiden Witwen, Beatrice de Luna und Brianda Mendes, und um die Erlaubnis, das ebenfalls widerrechtlich zugesperrte Haus der Damen zu verkaufen.«

Maria sitzt da, beide Hände auf den Lehnen ihres Thronstuhls, gerade aufgerichtet, ihr Blick geht jetzt an Joseph vorbei in irgendeine Ferne.

»Die Witwen Mendes haben die Niederlande ohne meine Erlaubnis verlassen, sie sind sozusagen durchgebrannt. Die Geschäftslage war unklar. Ich sah mich gezwungen, ihre Güter unter Verwaltung des Staates zu stellen.«

Joseph wiegt den Kopf, setzt ein mitleidiges Lächeln auf. »Euer Hoheit sind im Irrtum«, sagt er gönnerhaft. »Man hat Euch sicher falsch informiert. Die Damen Mendes sind keine Untertanen Eures erlauchten Bruders und keine Bürgerinnen der Niederlande. Sie sind aus freien Stücken aus Portugal hierhergekommen und haben, wie ich gewiss weiß, ihre Steuern und Abgaben pünktlich gezahlt – einschließlich der versprochenen Darlehen, die Eure Majestät so gnädig waren, anzunehmen.«

Er sieht, dass sich Marias Finger fester um ihre Stuhllehnen spannen (die Knöchel werden weiß), und fährt fort: »Die Witwen sind gegangen, ohne Schulden zu hinterlassen. Sie haben nichts gestohlen oder mitgenommen, was ihnen nicht gehörte. Sie haben vor ihrem Fortgang ihren hiesigen Agenten ausreichend detaillierte Instruktionen hinterlassen, die Geschäfte hier abzuwickeln.«

»Mir liegen andere Fakten vor«, entgegnet sie eisig. »Die Damen Mendes mögen hier erscheinen, damit wir in einer öffentlichen Verhandlung ihre Angelegenheiten regeln.«

»Dafür gibt es keinen Grund!«, fährt Joseph auf. »Warum sollen die Frauen sich einer so beschwerlichen Reise unterziehen? Ich sagte doch, ich bin ihr bevollmächtigter Unterhändler. Wenn Euer Gnaden also spezielle Forderungen an das Bank*haus haben«, er unterbricht für einen Moment, »bin ich befugt, Euch entgegenzukommen. Habt Ihr eine bestimmte Summe im Auge?«*

»Was erdreistet Ihr Euch, Micas? Meint Ihr, ich sei bestechlich?«

Joseph schweigt, was schlimmer ist als eine Antwort. Er hat die Lider halb über die Augen gesenkt und lächelt. (Es wäre ein vorzügliches Geschäft. Das Vermögen frei und Maria neu verschuldet …)

Die Statthalterin sitzt wie versteinert.

Schließlich sagt ihr Gegenüber: »Hohe Frau, wir sollten die Fronten nicht verhärten, denke ich. Ihr habt selbst gesehen, welchen Empfang mir die hiesige Kaufmannschaft bereitet hat; er galt natürlich nicht mir, sondern dem Haus Mendes. Aber Euer Gnaden können daraus ersehen, dass niemand in Antwerpen Forderungen an uns hat – Euch ausgenommen, offenbar … Wie würde es aussehen, wenn wir diese pauschal mit zehntausend Dukaten abgleichen? Dafür erhält das Haus Mendes weiter die Erlaubnis, in den Niederlanden Handel zu treiben – und Ihr gebt Anweisung, unsere Gelder freizugeben.«

Maria räuspert sich. »Möglich«, sagt sie. »Aber nur, wenn die Witwen hierher zurückkommen, damit mein Fiskus mit ihnen die Angelegenheit klärt.«

Joseph nagt an der Lippe. Er hat genug von diesem Katz-und-Maus-Spiel. Und langsam wird er wütend. Dieser Frau ist nicht beizukommen. Er presst seine Hand gegen die pochende Ader an seiner Schläfe, bringt sich zur Ruhe.
»Ich sehe«, sagt er beherrscht, »dass ich bei Eurer Hoheit auf Marmorstein stoße. Eure Forderung, die Frauen hierherzuholen, ist nicht akzeptabel. Solltet Ihr immer noch darauf spekulieren, meine Cousine Reyna hier günstig zu verehelichen – was zweifellos eine hohe Ehre wäre!, – so muss ich Euch sagen, dass ihre Mutter nicht dazu bereit ist. Genauso wenig, wie ich Eurem Hof zur Verfügung stehe.«
Maria ist aufgefahren, auf ihren blassen Wangen zeichnen sich zwei kreisrunde Flecken ab. »Die Audienz ist beendet«, sagt sie. Ihre tiefe Stimme bebt. »Verlasst meinen Regierungssitz, verlasst Antwerpen. Ich will nicht, dass Ihr Euch auch nur noch einen Tag länger in meiner Residenz aufhaltet.«
»Ich reise unverzüglich«, entgegnet er. »Meine Route wird mich nach Regensburg führen, zu Eurem kaiserlichen Bruder. Mit Hilfe meines Freundes Maximilian hoffe ich, einen vernünftigeren Handel eingehen zu können – klar und übersichtlich und ohne die … verzeiht schon! … unvernünftigen Forderungen einer gekränkten Frau.«
Er beugt kurz das Knie, darauf hallen seine Schritte auf den Fliesen des Flurs wider.
Maria von Ungarn verschränkt die vor Wut zitternden Finger zum Gebet.

Regensburg

Vor zehn Jahren

1546

ES war einerseits die Gönnerschaft Maximilians, die es mir in Regensburg tatsächlich leichtmachte, Zutritt zum Herrn des christlichen Abendlandes zu erlangen – andererseits wusste ich ja, in welcher finanziellen Zwickmühle Karl sich befand. Der Kaiser hatte sich übernommen in seinem Zweifrontenkrieg. Einerseits bekämpften seine Heere auf dem Balkan und seine Schiffe im Mittelmeer die Türken, andererseits hatten ihm sein frommes Gemüt und die heilige Kirche aufgetragen, die Protestanten in seinem Land zu bekriegen. (Letzteres eine Unternehmung, die unsereinem nur willkommen sein konnte, denn wenn er gegen diese »Ketzer« vorging, würde er die anderen »Häretiker«, nämlich Conversos und Juden, erst einmal links liegenlassen.) Samuel und Ugarte hatten genaue Kenntnisse über den Stand der Verschuldung des Kaisers bei den Fuggern. Diese Kuh ließ sich nicht mehr melken. Andererseits war es eine Tatsache, dass die protestantischen Fürsten im Augenblick militärisch in der besseren Position waren. Ihre Reiterei war der kaiserlichen zahlenmäßig überlegen, und auch die Feuerkraft ihrer Kanonen übertraf die von Karl. Die katholischen Söldner waren zudem kampfunlustig: Ihr Sold stand seit Monaten aus. Maximilian musste sich also nicht allzu sehr anstrengen, um bei seinem Onkel für mich ein Privatgespräch unter vier Augen zu erlangen.

An einem Freitag nach dem Morgengebet des Kaisers stand ich ihm, dem mächtigsten Herrscher der Christenheit, gegenüber. Ich beugte mein Knie vor einem blondbärtigen Hünen, in schlichtes Schwarz gekleidet (wie ich selbst ebenfalls), und wurde der Ehre gewürdigt, die schlaffe, rötlich behaarte Hand zu küssen. Karls Gesicht wurde, mehr noch, als ich es von den Bildern her kannte, beherrscht von jenem gewaltigen Kiefer und der vorspringenden Unterlippe der Habsburger. Angetan, Schrecken zu erregen, waren aber vor allem seine Augen – trübe Seen unbestimmbarer Farbe, die ohne eine Regung geradeaus glotzten. Erst später wurde mir klar, wieso dieser Blick so unheimlich wirkte. Karl blinzelte so gut wie nicht. Sein Blick hatte die Starre eines Reptils.

Von dem Mann ging eine furchtbare Kälte aus. Nie, auch nicht bei der ersten Audienz an der Hohen Pforte, vor dem Angesicht des Beherrschers der Gläubigen des Islam, habe ich mich so vor einem Mächtigen gefürchtet.

Und dann diese Stimme, rasselnd und polternd wie Kieselsteine, die das Meer bewegt: »Meine Schwester aus den Niederlanden beschwert sich über Euch, junger Mann. Sie schreibt mir, dass Ihr nicht nur mit unredlichen und unlauteren Mitteln Eure Geschäfte führt, sondern dass Ihr und Eure Familie im Geruch stehen, das Christentum nur pro forma zu betreiben. Was sagt Ihr zu diesen Vorwürfen?«

(Ich hätte mir denken können, dass Maria vor nichts zurückschrecken würde.)

Ich schluckte meine Angst hinunter.

Und das Bild meiner Taube, meiner Perle, meiner geliebten Señora vor Augen, so, wie der gläubige Christ wohl in einer Schlacht sich das Bild der Mutter Maria vorhält wie einen Schild, fasste ich Mut und begann zu sprechen, demütig und dringlich zugleich, beschwor bei allen Heiligen, dass wir zwar eine Familie von Konvertiten seien, aber wahre und glühende Anhänger der heiligen Kirche und des katholischen Glaubens. Und kam dann ganz schnell auf unsere beschlagnahmten Werte in Antwerpen zu sprechen, deren Freigabe es dem Haus Mendes ermöglichen würde, Kaiserlicher Majestät mit einem schnellen und flexiblen Darlehen zum Sieg über seine Feinde zu verhelfen.

Bei den Worten »in diesem Falle zinslos« schienen sich die Augenlider des Herrschers zum ersten Mal zu bewegen, jedenfalls kam es mir so vor.

Ich ging bis auf dreißigtausend Dukaten – zwei Drittel mehr, als ich der Regentin angeboten hatte. Das war ein Zehntel unseres beschlagnahmten Besitzes in Silber, Perlen, Edelsteinen und Obligationen in Antwerpen, von dem Haus an der Dorengracht einmal ganz abgesehen, aber das wusste Karl natürlich nicht. Außerdem geruhte die Majestät noch einen weiteren Kredit von zweihunderttausend Dukaten, hoch verzinst, anzunehmen. (Dass wir die dreißigtausend nie wiedersehen würden, war klar.)

Das Geschäft brachte nicht nur die Freigabe unseres Vermögens ein (Maria schäumte!), sondern auch noch, ganz unerwartet, den Titel »Ritter des Reiches« für mich und – entschieden wertvoller! – ein Zertifikat der kaiserlichen Kanzlei, das unsere Familie von jeder Form der Ketzerei freisprach und bestätigte, dass wir allesamt gute Christen seien.

Maximilian verabschiedete mich lachend, während unsere Kisten mit Geld, Gold und edlen Steinen schon auf meine Veranlassung unter starker Bewachung von Antwerpen quer durchs deutsche Kriegsgebiet nach Italien unterwegs waren.

»Cavaliere! *Ich hoffe, wir sehen uns bald wieder!«*

Damals war mir der Gedanke eher unangenehm. Ich wollte nichts mehr mit diesen Habsburgern zu schaffen haben. Meinem alten Studiengefährten hatte ich für seine Vermittlungsdienste ein edles andalusisches Pferd zukommen lassen. Seine Gefälligkeiten waren abgegolten. Und um mit ihm freundschaftlich die Klinge zu kreuzen, dazu hatte ich zu viele andere ernsthafte Beschäftigungen.

Konstantinopel

1556

NUN sieht es wohl anders aus. Vielleicht werde ich dem Prinzen als dem Sohn des designierten nächsten Kaisers bald wieder gegenüberstehen – als Enfanghi Bey, als *Tschausch,* Abgesandter der Hohen Pforte, in Deutschland.

Und während ich aus dem Schiff steige und meinen Läufer vorausschicke, um meine Ankunft bei Rustem Pascha anzukündigen – mit dem Hinweis, ich hätte Nachrichten von höchster Wichtigkeit zu überbringen –, schwebt mir noch einmal diese Audienz vor mit dem Kaiser, dem Mann, der nun seine Riesengestalt in eine Mönchskutte hüllt und den Rosenkranz zwischen den schlaffen Fingern dreht, und ich sehe seine verschwimmenden Augen vor mir, die das Blinzeln verlernt zu haben schienen, und mich erfasst eine grimmige Vorfreude auf das, was nun wohl kommen wird. Die Welt verändert sich. Aber diese Veränderungen will ich mit dir gemeinsam erleben, Gracia Nasi.

Ich fasse nach der Giftflasche über meinem Herzen. Die Zeit drängt.

Kurz nachdem Joseph fort ist, treffen die Boten fast gleichzeitig im Belvedere ein: Der eine kündigt die bevorstehende Ankunft von Don Samuel Nasi an, hergeeilt aus Adrianopel, das versteht sich, zum Familienrat. Offenbar hat auch ihn die

Nachricht von der Abdankung Karls V. bereits erreicht – der Weg unseres Kurierdienstes führt durch Adrianopel. Das Bankhaus Mendes muss eine Strategie festlegen, je nachdem, wer von den Kandidaten gewählt wird.
Don Samuel. Das ist gut. Wenn der sachliche, der nüchterne Bruder in der Nähe ist, dann … ja, was dann?, fragt Gracia sich. Geht durch seine Anwesenheit das Feuer, das Salz, die Glut, die Schärfe dieser letzten Tage verloren – und das eisige Ende?
(Nein, natürlich nicht.)
Trotzdem. Es ist gut, wenn auch Samuel zugegen ist, wenn sie zum zweiten Mal die Tropfen zählt. Nicht ganz nah. Aber doch dabei. Damit er mit den anderen Schiwa sitzen kann.
Der zweite Bote, den man zu mir leitet, ist ein Überbringer aus dem Serail. Aber er kommt nicht von Joseph. Ein großer Eunuch in feierlich dunkelblauer Montur, blitzende Agraffe am Turban, verlangt, zur Señora selbst vorgelassen zu werden. Nachdem sie sich schnell verschleiert hat, um nicht wieder einen Etikettenfehler zu begehen im Umgang mit dem Hof, empfängt sie den Abgesandten des Harems, und dieser überreicht ihr ein rotlackiertes Kästchen mit Siegel, das sie, wie es sich gehört, demutsvoll an Stirn, Mund und Herz führt.
Daraufhin verschwindet der große Mensch, ohne ein Wort zu ihr gesprochen zu haben, und sie erbricht das Siegel und findet darin ein beschriebenes Seidentüchlein, einen Brief also. Sie steht da und ruft nach einem der osmanischen Schreiber, die im Kontor Mendes arbeiten, denn sie spricht das Türkische zwar fließend, hat ja aber doch Probleme mit der Schrift.
Und so erfährt sie denn, nachdem der Mann ebenfalls dem Tuch-Brief alle erforderlichen Ehrbezeigungen erweisen hat, dass sie nach dem Abendgebet eingeladen ist, für diese Nacht

den Hamam, also das Bad, gemeinsam mit der Sultana Roxelane zu besuchen – eine hohe Ehre, die ihr bisher nur einmal, kurz nach ihrer Ankunft, zuteilgeworden ist.
Eine bemerkenswerte Auszeichnung. Nur warum? Und warum *jetzt?*
Gracia ist beunruhigt. Sie weiß, dass im Hamam von alters her Politik gemacht wird, denn die Frauen des Harems können dort, ohne die lästigen Lauscher, die Eunuchen, an ihrer Seite, Neuigkeiten austauschen, unter der Hand Intrigen spinnen, ihre Söhne und Töchter verkuppeln und sich verabreden, um Posten zu verteilen, so, wie sie es ihrem hohen Eheherrn gerade abschmeicheln können.
Sie weiß auch, dass Esther Kyra zumindest in der Vorhalle des Hamam gern gesehen ist – sie hat ohnehin Zutritt zum gesamten Frauenhaus des Großherrn.
Hat es etwas mit ihr zu tun? Mit der zweiten Phiole, die geholt wurde? Soll sie, Gracia, ausgehorcht werden über den Verwendungszweck?
Oder hat die Sultana, genannt Haseki Hürrem, die Mutter des Kronprinzen, schon von dem erfahren, was sich in Europa abspielt – falls es denn für sie überhaupt von Wichtigkeit ist?
Eins ist sicher: Roxelane spielt gern die Drahtzieherin, führt ihren Einfluss auf den Großherrn vor, zumindest im engeren Kreis. Aber wozu braucht sie dazu Gracia Nasi?
Die Señora hat nicht gern mit Frauen zu tun, die ihr ebenbürtig oder gar überlegen sind. Sie fühlt sich in der Männerwelt der Bilanzen und des Kalküls wohl, findet sie überschaubarer als die oft verwirrenden Entscheidungen der weiblichen Tatkraft. Frauen sind ihr unheimlich. Aber es kann auch sein, dass *sie* den Frauen unheimlich ist …
Das einzige Mal, wo sie mit Frauen in einer Art freundlichem

Wettstreit lebte, war die Zeit in Ferrara. (Überhaupt erscheinen ihr, wenn sie jetzt zurückdenkt, jene drei Jahre unterm Schleier der Verklärung zu liegen, wie wenn ein Morgennebel einen schönen Garten verhüllt. Dabei wurden sie sogar einmal vertrieben – aber immerhin in etwas vertrieben, was für viele eine Idylle war.)

Es wird ein Tag des Wartens werden. Joseph wird erst spät kommen, dann, wenn sie schon unterwegs ist zum Hamam, und es bringt nichts, wenn sie sich den Kopf zerbricht über die Gründe, weshalb die Herrin Roxelane sie so dringend unter vier Augen sprechen möchte – denn darauf läuft es ja hinaus.

Sie bittet die Mädchen, die sie bedienen, ihr Henna in das Haar zu waschen, um den rötlichem Schimmer im Schwarz zu verstärken, und ihre Haut mit den sanftesten und duftlosesten Essenzen zu behandeln. Sie will geruchlos und seidenweich daherkommen. Will dort hingehen als eine, der man anmerkt, dass sie nicht der Pflege wegen ins Bad geht.

Ihre Gedanken kommen und gehen, schweifen immer wieder um Ferrara, als sei es ein leuchtender Punkt in ihrer Vergangenheit, den sie bewahren muss …

Ferrara

Vor acht Jahren

1548

BEFREIT verließen wir also die Lagunenstadt, befreit und ohne zurückzublicken. Joseph begleitete die Kutschen mit unserem Hab und Gut zu Pferde.

Don Samuel war uns vorausgereist, beim Herzog Aufenthaltsgenehmigung und Zuweisung eines Quartiers zu besorgen – beides Dinge, die uns ohne Zweifel mit Freuden gewährt würden. Schließlich gab es kein europäisches Fürstentum, welches das schwerreiche Haus Mendes nicht gern in seinen Mauern gehabt hätte – aber Herzog Ercole war nahezu der Einzige, der es bisher verstanden hatte, sich die Inquisition ganz und gar vom Leibe zu halten.

Ich jedoch war krank.

Mein Magen, den die Nonnen – nicht gedacht soll ihrer werden! – mit grobem Schrotbrei, halbgarem Gemüse und vor allem mit jenem Schweinefleisch gequält hatten, revoltierte gegen beinah jegliche Art von Nahrung. Unser guter Arzt Amatus Lusitanus, der die Fahrt mit uns unternahm, verordnete mir weißes Brot ohne Salz, wie es in der Toskana üblich ist und das er unterwegs besorgte, dazu gesottenes Hühnerfleisch, ausschließlich Brüstchen, und in Zucker geschmortes Obst. Am hilfreichsten aber war mir jener Aufguss aus gelben Rosenblättern, den er mir während jeder Rast eigenhändig zubereitete. Während ich das Getränk dann beim Fahren zu mir nahm, saß er neben mir und unterhielt mich in seiner ruhigen Art mit irgendwelchen Belanglosigkeiten; ich glaube, seine Stimme und die Aura seines sanften Wesens halfen mir mehr als seine Medizin. Er versuchte, mich abzulenken von dem, was mir immer wieder das Herz abdrückte wie die Tatze eines bösen Tiers und sich nagend an meinem Magen festsetzte: der Gedanke an den Verrat meiner jüngeren Schwester.

Was war aus ihr geworden, dem fröhlichen Mädchen von einst, leichtsinnig freilich, unbesonnen freilich, vergnügungssüchtig freilich … aber dass sie aus Neid so weit gehen würde, mich zu denunzieren – das hatte ich nie für möglich gehalten.

Aber in diesen Stunden verhehlte ich mir auch nicht, dass ein gerüttelt Maß an Schuld für ihre Veränderung mit mir, mit meinem Wesen, mit meinem Verhalten zu tun hatte. In Antwerpen hatte ich mir gegriffen, was ihr gehörte: den Mann, dem sie versprochen war. Sie hatte mir nie verziehen. Ihre Verschwendungssucht – schon in der Zeit ihrer glücklosen Ehe –, ihr ganzer späterer Lebenswandel sollten die Pflaster sein, die sich auf ihre Verletzungen legten. Verletzungen, die ich ihr zugefügt hatte.

Und La Chica? Was würde aus ihr werden an der Seite dieser Mutter?

So machten meine Grübeleien wieder zunichte, was mir Lusitanus an Linderung verschafft hatte.

Ich fuhr mit meiner Tochter in einem Wagen, wenn Lusitanus nicht bei mir war. In Reynas träumerische Augen hatte sich der Schmerz des Verlassenseins eingenistet, als würde er dort ewig bleiben. Sie lag mir im Arm.

Und ich dachte, dass wir lieber zu Schiff hätten reisen sollen, ausgeliefert der Willkür der Winde, bald schnell, bald langsam, so dass uns vielleicht mehr Zeit geblieben wäre, die Wun-

den zu heilen, die unsere Seelen in den Klöstern empfangen hatten.

In Padua nahmen wir in einem Gasthof Quartier – auch hier hatte Samuel auf der Durchreise unser Kommen schon angekündigt; wir wurden mit frisch bezogenen Betten und Kohlenbecken empfangen, die unnötig gewesen wären, schließlich war es Sommer.

Wir aßen zur Nacht, was Lusitanus uns in der Küche bestellte, das heißt, ich nahm ein paar Bissen Fleisch und krümmte mich alsbald wieder über mir selbst zusammen.

Der Arzt brachte mich zu Bett, gab mir erneut von seinem Elixier.

Meine Tochter kam und schmiegte sich an mich. Sie schlief schnell ein, ihr erster Schlummer war begleitet von kleinen jammervollen Schluchzern; es drückte mir das Herz ab.

Dann öffnete sich leise die Tür, und Joseph kam herein. Er schlüpfte aus den Schuhen, legte sich neben mich, nahm meine Hand und schob sie unter sein Hemd. Sein Herz schlug stark und ruhig.

Mehr geschah nicht in Padua – außer, dass ich immer wieder aufschreckte aus dem Schlaf, gewärtig, die Glocke zum Mitternachtsgebet überhört zu haben und gleich mit harten Schlägen an die Tür geweckt und in die Kapelle befohlen zu werden.

Wir waren entkommen, aber ich fühlte mich auf der Flucht. Schon oft hatten wir den Aufenthaltsort wechseln müssen, um Verfolgungen zu entgehen. Nun, zum ersten Mal, war es eine atemlose Flucht, obgleich uns niemand verfolgte.

Vielleicht war es deshalb – weil uns das offene Stadttor Ferraras, an dem uns neben Samuel eine kleine Abordnung der Stadtältesten mit Brot und Salz willkommen hieß –, dass wir auf einmal das Gefühl hatten, in ein kleines Paradies einzuzie-

hen. Man geleitete unseren Konvoi ehrerbietig durch die Stadt zu jenem Palazzo Magnanini direkt im Zentrum, den uns der Herzog zur Verfügung gestellt hatte, einem prachtvollen Bauwerk mit schönem begrüntem Innenhof – eine Weite, wie sie in Venedig nicht einmal in dem üppigem Palazzo Gritti zur Verfügung gestanden hatte, wo Brianda nun allein residierte.

Ich ging durch die Räume, Reyna neben mir wie ein kleines Tier, das Angst hat, sich zu verlaufen in neuer Umgebung, mir aber war, als federe der Boden unter meinen Füßen, obwohl er aus klingendem Marmor bestand. Mit der Hand strich ich da über ein gedrechseltes Geländer, berührte einen Gobelin oder einen Samtvorhang, lehnte den Kopf gegen ein schmiedeeisernes Fensterkreuz mit Rosettenverzierung. Es war ja alles nicht so sehr viel kostbarer oder besser als in Antwerpen oder Venedig; die wertvollen Gemälde, die ich in der Lagunenstadt an den Wänden hatte, fehlten hier, und auch den größten Teil unserer Bibliothek hatte ich zurückgelassen.

Aber es war anders. Das hier war das erste Haus der Freiheit. Hier durfte ich mich als Jüdin bekennen, ohne fürchten zu müssen, der Ketzerei angeklagt zu werden. Hier brauchte ich mich weder zu verstellen noch zu verstecken.

Meine Hausgenossen und Freunde, die beiden Brüder, der Arzt Lusitanus, die Sekretäre Guillaume Fernandes und Raphael Ugarte, die Frauen, die mich hier bedienten – sie alle waren mir bei diesem Rundgang gefolgt, heimlich und leise, wie wenn man jemanden nicht aus den Augen verlieren will, ohne dass derjenige es merkt. Sie blieben auf Abstand, ließen mir diese Momente ganz für mich allein – ein scheuer Hofstaat, der mich beobachtete.

Ich legte den Arm um Reyna, wandte mich um und sagte zu Ugarte: »Don Raphael, geht zu meinem Gepäck und nehmt jemanden von der Dienerschaft mit. Eine meiner Frauen soll unten aus meiner Reisetasche das Etui aus gepunztem Leder hervorholen. Darin befindet sich die Mesusa, die wir sonst immer nur im Inneren unserer Wohnstätte, an intimer Stelle, anbringen mussten. Ich will, dass sie draußen am Eingangstor befestigt wird, jetzt, sofort. Damit man in dieser Stadt weiß, der Palazzo Magnanini ist ab jetzt ein jüdisches Haus.

Mein Name ist ab heute nur noch Gracia Nasi, und ich will, dass meine Verwandten die aufgezwungenen christlichen Namen ablegen und ihre geheimen jüdischen Namen offenbar machen: Samuel und Joseph Nasi.«

Und ich reckte mich auf, warf den Kopf in den Nacken und sprach laut, nein, ich schrie die Worte unseres Gebets: »Schma Israel! Höre, Israel! Der Ewige ist unser Gott, der Ewige ist einzig. Du sollst den Ewigen lieben mit ganzem Herzen, ganzer Seele und ganzer Kraft!«

Sie standen wie erstarrt, wie Lots Weib, das zur Salzsäule wurde, aber nicht vor Entsetzen, sondern vor Glück.

Als Erste schluchzte meine Tochter auf, sie hing an meinem Hals. Und dann …

Dann waren da nur noch Tränen, Umarmungen, Gesang und Gebet. –

Im Innenhof des Palazzo Ducale, dem Wohnsitz des Herzogs von Ferrara, erklingt die allerlieblichste Musik. Viola da Gamba, Chitarrone und Flauto wetteifern miteinander im stile Veneziano.

Es spielen edle Frauen.

Die Kniegeige streicht Herzogin Renata, blass, lieblich, in weiße wolkige Seide gekleidet, und die Augen des Herzogs, wild und dringlich unter buschigen Brauen, hängen an ihrem

Gesicht und an dem gewölbten Bogen in ihren Händen mit der Verehrung eines Liebenden.
Vor dem zweiten Notenständer sitzt eine Schwarzhaarige, mit großer Nase und üppigem Mund. Sie traktiert die langhalsige Chitarrone, und ihre bräunlichen Arme bewegen sich, als leiste sie schwere Arbeit. Ihre nackten Schultern glänzen im Licht der Fackeln. Man nennt sie Pomona, nach der Göttin der Reife und der Ernte.
Hinter ihr steht die Dritte, vornübergebeugt, die Flöte an den Lippen, schaut mit ins Notenblatt der Chitarrone-Spielerin und wiegt sich im Takt der Musik. Sie als Einzige hat ihr Haar unter einer Haube verborgen und trägt ihr Kleid hochgeschlossen, geschuldet ihrem reiferen Alter. Aber die Jahre scheinen nichts von ihrer Lebhaftigkeit und Anmut fortgenommen zu haben. Darum hat sie auch den Beinamen Fioretta, die Blume, obwohl sie Bathseba heißt und, wie man sagt, so gelehrt sein soll wie ein Rabbi – und so überheblich.
Noch ist es hell genug, dass die Spielerinnen ihre Noten erkennen können. Aber überall in den Lorbeerbüschen und zwischen den Zweigen der feinblättrigen Myrten hängen schon wie große leuchtende Blüten Lampen; Nachtfalter umschwirren sie und werfen irrlichternde Reflexe über die Damen und Herren, die da im Kreis sitzen, der Musik zu lauschen, Weinglas oder Fächer in den Händen.
Der Musik, die eine protestantische Fürstin, eine Conversa und eine bekennende Jüdin gemeinsam spielen.
Als die Musikantinnen auf ihre Plätze zurückgehen, kommen die jungen Pagen, die sich im Hintergrund aufgehalten haben, reichen Schalen mit Früchten herum, füllen die Weingläser neu.
Ercole küsst seiner Frau die Hand, dann gehen seine Augen

suchend über die Gesellschaft hin, verharren bei Gracia, die auf einem geflochtenen Schemel unter einer Kastanie sitzt, den Rücken gegen den Stamm gelehnt. Sie hält keinen Weinkelch in der Hand, sondern nippt aus einem Zinnbecher das Elixier, das ihr Lusitanus gebraut hat.

Der Herzog kommt auf sie zu, und sie erhebt sich hastig.

»Bleibt sitzen, Madonna Gracia!«, sagt Ercole gut gelaunt. »Seht! So ist Ferrara. So sind die Abende in meiner Residenz oder in den Innenhöfen der Palazzi, wie Eurer einer ist. Früchte, Wein und Lichter, Lieder und Gedichte. Erfreut Euch daran, erfreut Euch unseres Sommers.

Ihr müsst wissen, Madonna, und haltet es uns zugute: An diesem Hof sind alle närrisch. Alle sind vom gleichen Fieber ergriffen, dem Fieber der schönen Künste. Das verdankt Ferrara meiner Mutter Lucrezia, der geborenen Borgia, Tochter eines Papstes. Ihr wisst vielleicht, dass sie nicht den besten Ruf hatte – aber in Ferrara an der Seite meines Vaters war sie wie verwandelt. Ihr hättet sie erleben müssen, so schön, so lebhaft und voller Ideen und eine so eifrige Patronin der Künstler. Sie hat wie ein Magnet Poeten und Musiker angezogen, und so ist es in meinem Herzogtum geblieben bis heute.«

Er winkt einen Pagen heran, nimmt eine Traube vom Silbertablett und pflückt genüsslich die Beeren ab.

»Blickt um Euch!«, sagt er und spuckt die Schalen der Trauben ungeniert in die Gegend. »Da drüben sitzen die Poeten, alle in einer Ecke; sitzen und stecken die Köpfe zusammen, ermuntern sich gegenseitig, wer zuerst ein Gedicht oder ein Lied vortragen soll: Der freche Junge da mit der roten Kappe, das ist Ortensio Lando, einer, der freiheraus erklärt, die Welt sei nichts weiter als ein Irrenhaus. Sein Humor wird Euch gefallen. Und der Dicke da, sein Freund Girolamo Ruscelli, ein

Dichter, der gern die Frauen besingt – lasst Euch von ihm huldigen, demnächst! Beides übrigens brave italienische Christen, die ihre Werke aber beim berühmten Drucker Samuel Usque herausbringen, der ein Converso ist, an dessen Christentum hier allerdings niemand glaubt. Da sitzt er.«
Gracia späht durch die beginnende Dämmerung zu den Männern. An dieses Gesicht unter dem weißen Haar glaubt sie sich noch undetulich aus den Tagen ihres portugiesischen Aufenthalts erinnern zu können – er gehörte zu denen, die bereits vor ihr, vor dem Tod ihres Mannes, Lissabon verließen.
»Und der da«, fährt der Herzog fort und zeigt mit seiner Weintraube in der Hand auf einen braunhäutigen und bärtigen Menschen im dunklen Gelehrtentalar, der an den Wirbeln einer Vihuela dreht, »das ist Alonso Nuñez de Reinoso aus Spanien, der hier seit langem Zuflucht gefunden hat, melancholischer Sänger und Mittler zwischen den Sprachen. Sie alle warten nur darauf, Euch zu Diensten zu stehen – natürlich gegen den Preis Eures Mäzenatentums.« Er zwinkert ihr zu. »Habt Ihr einen besonderen Wunsch an unsere Künstler, als Willkommen, Madonna?«
Gracia ist verwirrt. Sie ist ja nicht unbeleckt im Umgang mit den Mächtigen, aber dass ihr hier ein Fürst so freundlich auf Augenhöhe entgegenkommt, das erlebt sie zum ersten Mal.
Sie schließt für einen Moment die Augen. Der klagende Ruf eines Nachtvogels ist zu hören, das leise Geplauder der Gesellschaft, ein Frauenlachen, das aufkommt, Gläserklirren, das melodische Geschwirr der Instrumente, deren Saiten gestimmt werden.
Dann sagt sie: »Hoheit, wenn dieser Señor Reinoso aus Spanien stammt – könnte er wohl eines jener Lieder auf Ladino singen, an die ich mich aus meiner Kinderzeit erinnere, trauri-

ge Romanzen, die an den Fall Granadas erinnerten? Es würde mich sehr freuen.«
Ercole nickt bedeutungsvoll. Ohne zu antworten, geht er zunächst zu Lusitanus, der umringt ist von Damen, die gewiss alle seinen medizinischen Rat suchen. Er tuschelt mit ihm, lacht, winkt dann Reinoso herbei.
Alsdann ist er mit seinen langen Schritten wieder bei Gracia, schnipst einen Pagen mit den Fingern heran, nimmt ihr mit festem Griff das Teegefäß weg und drückt ihr stattdessen einen Weinbecher in die Hand. »Nur unter der Bedingung, dass Ihr unseren Wein kostet. Er kommt aus dem Norden und ist leicht und herb. Euer Arzt sagt, zu einer guten Musik könntet Ihr ihn wohl vertragen.«
Er klatscht in die Hände. Die Gespräche verstummen, wie eine Quelle, die aufhört zu plätschern. Reinoso tritt in die Mitte des Zirkels, seine Vihuela im Arm. Er beginnt. Die traurige, ach, die wehmütigste Melodie der Welt steigt auf in den dunkelnden italienischen Abendhimmel, als sei sie die Klage der Klagen.
»Qu' es de ti, desconsolado/qu'es di te, Rey de Granada?/Qu'es de tu tierra y tus moros/donde tienes tu morada?«
Das Lied, das den unglücklichen Maurenkönig besingt, der Granada an die Christen aufgegeben hat. »Was wird aus dir, Untröstlicher? Was wird aus dir, König von Granada? Wo ist dein Land und wo deine Mauren? Wo hast du nun deine Heimstatt?«
Plötzlich geschieht etwas mit Gracia Nasi, etwas, wogegen sie sich sonst wehrt: Sie spürt, wie ihr die Tränen in die Augen steigen. Sie hält ihr Weinglas mit beiden Händen umklammert, als sei es ein Trost, an dem man sich festhalten kann, und aus ihrer Brust steigt ein Schluchzen auf, gegen das sie nicht ankommt. Was wird aus uns Untröstlichen? Finden wir hier Ruhe?

Eine Hand legt sich auf ihre Schulter. »No lloras, mi reyna.« Weine nicht, meine Königin. Es ist die Stimme Josephs, er hat sich zu ihr herabgebeugt, flüstert dicht an ihrem Ohr, sein warmer Atem streift sie.
Sie schluckt, schüttelt den Kopf, wütend auf sich selbst. Schüttelt diese Tränen fort, sie springen irgendwohin wie winzige Kristalle.
Unsere Heimat ist, wo man unsere Sprache spricht, Ladino, Hebräisch. Wo wir unseren Gott – der Ewige sei gepriesen! – anbeten. Wo wir ihn anbeten dürfen.
Sie blickt zu ihrem Freund auf, lächelt. Trinkt von dem Wein. Keine Schmerzen mehr. Keine Schmerzen mehr heute. –

Es erwies sich bald, dass unser weiträumiger Palazzo fast zu eng wurde für den »Hofstaat«, der sich ansammelte um mich und die Meinen. Viele Converso-Häuser der Stadt schickten ihre »armen Verwandten« zu mir – zu Verwandten hatte man sie bei ihrer Flucht erklärt, damit sie ungehindert mit den vermögenden Familien aus den bedrohten Gegenden, wo die Scheiterhaufen brannten, ausreisen und anderswo Wohnrecht erhalten konnten. Viele dieser Leute waren einst auch durch das Geld der Mendes gerettet worden. Sie hatten vor Jahren von uns gelebt, nun taten sie es wieder, wie es recht und billig ist in unseren Gemeinden. Man hilft den Armen und unterstützt sie.
Besonders nahmen wir uns der Waisenkinder an, Jungen und Mädchen, wir ließen sie von einem Rabbi in Lesen und Schreiben unterrichten, die Knaben lernten ein Handwerk, und für die Mädchen stellten wir eine Mitgift in Aussicht, wenn sie ins heiratsfähige Alter kommen würden.
Bei diesen Dingen stand mir neben Ugarte auch Samuel zur Seite, dessen angeborene Wendigkeit sich mit bodenständiger

Vernunft paarte. Denn von Joseph sah ich wenig; Herzog Ercole litt an der Spielsucht und hatte meinen »Ersten Geschäftsträger« (so sein offizieller Titel hier in Ferrara) zu seinen Karten, seinen Würfeln und seinem Schachbrett beordert. Dass der Kaiser einem gewissen Juan Micas den Rittertitel verliehen hatte, machte nun meinen Freund zum cavaliere *Joseph Nasi für den Herzog, und damit war er hoffähig. Ein Glück für ihn, den Fürsten, denn natürlich hatte er in aller Unschuld vor, den reichen Spielpartner auszunehmen.*

Es war allgemein bekannt, dass der hohe Herr nicht gern verlor, und wenn er verlor, dachte er doch nicht daran, seine Spielschulden zu bezahlen, sondern »ließ anschreiben«, während er darauf bestand, dass der andere sofort die Dukaten über den Tisch schob.

Da sich das Verlieren des Herzogs bei den simplen Glücksspielen wie dem Würfeln ab und zu nicht vermeiden ließ, schlug Joseph vor, lieber mit ihm am Kartentisch oder am Schachbrett zu sitzen, da konnte er sich geschickter geschlagen geben – denn natürlich waren wir gern bereit, zusätzlich zu unserer Aufenthaltssteuer und der nicht unbeträchtlichen Miete für den Palazzo Magnanini diesen Obolus an den Herzog zu entrichten; es konnte schon einmal vorkommen, dass Joseph tausend Dukaten an einem Abend »verlor«.

Sehr bald begriff ich, dass Ferraras noble Gesellschaft von den Frauen dominiert wurde. Die Pomona genannte Conversa und die Jüdin Fioretta-Bathseba, die ich an jenem Abend beim Herzog als Musizierende erlebt hatte, führten große Häuser und luden zu ähnlichen Gesellschaften in den Innenhöfen und Gärten ihrer Palazzi ein; man wetteiferte nicht etwa mit üppigen Tafeleien, sondern darin, die besten Musiker, Sänger oder Poeten bei sich bewirten zu können.

Wir betrachteten uns gegenseitig mit Neugier und Höflichkeit. Freundschaften mit Frauen waren mir fremd – bis auf eine. Die Person, ebenfalls eine bekennende Jüdin, vielleicht ein Jahrzehnt älter als ich, führte ebenfalls ein Bankhaus, nachdem ihr Mann verstorben war, natürlich in kleinerem Stil als ich. Diese Frau, Bienvenida mit Namen, wohnte nur wenige Straßenzüge vom Palazzo Magnanini entfernt im Judenviertel, das gleich hinterm Herzogspalast lag und, anders als das Ghetto Venedigs, keiner Beschränkung und Absperrung unterlag.

Über Bienvenida hatte ich rühmliche Dinge gehört: Sie hatte viele jüdische Flüchtlinge bei sich aufgenommen und sogar Gefangene aus den Kerkern freigekauft.

Das erste Mal sah ich sie auf dem Fest, mit dem ich mich, dem Vorbild der anderen Donnen folgend, der ferraresischen Gesellschaft präsentierte …

»Worüber ärgert Ihr Euch, Madonna?«, fragt Lusitanus mit der Andeutung eines Lächelns – natürlich weiß er ganz genau, dass ihr das Verhalten Josephs diese kleine Unmutsfalte auf die Stirn treibt: Der cavaliere *Nasi steht inmitten eines Kreises junger Hofdamen und flirtet, was das Zeug hält.*

»Ich ärgere mich nicht«, entgegnet sie und bewegt den Fächer so heftig, dass er schwirrt. »Ich finde nur, Don Joseph könnte …« Sie bricht ab.

»Aber Herrin, er hat schließlich Pflichten als Gastgeber!«

»Die Gastgeberin bin ich!*«, fährt sie ihm über den Mund.*

»Nun«, sagt er begütigend, »dann als Erster Geschäftsträger des Hauses Mendes, adliger Freund Seiner Hoheit – nach dem Fürsten natürlich – und damit vielleicht doch das bedeutendste männliche Wesen hier.« Jetzt lächelt er unverhohlen.

»Richtig!«, schnappt sie. »Und darum sollte er sich nicht mit diesen … diesen Gänsen abgeben! Was lacht Ihr?«
»Madonna, seid unbesorgt. Dort kommt der Herzog. Euer Erster Geschäftsträger wird sich jetzt bestimmt ganz und gar ihm widmen.«
In der Tat, Seine Hoheit lässt sich herab, die wohlhabende neue Bürgerin Ferraras mit seinem Besuch zu beehren, und Dona Gracia eilt ihm entgegen mit wehenden Röcken und klappernden Absätzen. (Damals wohl hat sie das erste Mal jene Schneppenhaube auf dem Kopf, die dann gleichsam ihr Wahrzeichen wird: herzförmig in die Stirn hineinreichend und eine perfekte Wiederholung der Linie ihrer Brauen, der edelsteinbesetzte obere Rand wirkt wie eine Krone.)
Von der anderen Seite kommt natürlich Don Joseph, das Barett schwungvoll ziehend (eine Geste, die er sich seinerzeit auf der Universität in Löwen erst angewöhnen musste, denn in seinem jüdischen Lebensbereich gilt es als Ehrerbietung, wenn man den Kopf bedeckt lässt).
Huldvoll hebt der Herr des kleinen Landes die Dame des Hauses auf aus ihrer tiefen Verbeugung und erweist Don Joseph sogar die Auszeichnung einer Akkolade, der Andeutung einer Umarmung. (Josephs Augen glitzern vor Stolz.)
Dann begutachtet der Landesherr mit Wohlwollen die Szene.
Dona Gracias Innenhof ist wohlweislich ein bisschen weniger aufwendig beleuchtet als der des Palazzo Ducale, ein bisschen schlichter sind die Sitze (nur der für das Herzogspaar ist mit Kissen und Teppichen belegt), ein wenig bescheidener die Trinkgefäße (die zweite Garnitur), die Dienerschaft schlicht gekleidet. Aber was angeboten wird an Wein, an Brot mit Anis und Käse mit Pistazien, an Oliven und geräuchertem Lammschinken (kein Schweinefleisch!), das ist an Feinheit nicht zu

übertreffen. Im Hintergrund musiziert dezent eine Truppe von Berufsmusikern, kein bisschen virtuos, denn sie dürfen keinesfalls besser sein als die hochgeborenen Laien des Musenhofs, die sich später produzieren werden.
In summa: Es ist alles mit Bedacht getan, um Seine Herzogliche Hoheit nicht zu überbieten. Jedenfalls nicht dem ersten Anschein nach.
Der Herzog entschuldigt Madonna Renata: Die Duchessa sei leicht unpässlich.
Soll Lusitanus sofort …? Nein? Nur eine Weibersache? Man lacht, Gracia hinterm vorgehaltenen Fächer, züchtig.
Die Hausherrin kennt nur die Hälfte ihrer Gäste; mit einigen war sie an dem Abend beim Herzog zusammen, andere hat sie auf Anraten ihres Haushofmeisters geladen, der sich kundig gemacht hat, wer hier passend und von Wichtigkeit ist. Ihre Augen schweifen über die Damen in freizügig ausgeschnittenen Roben, eng geschnürt, weit fallenden Schleppen, und über die Herren, von denen einige Bein zeigen in eleganten Strumpfhosen, Zierdegen an der Seite, während andere im dunklen Talar des Gelehrten oder des Poeten daherkommen.
Mit dem Eintreffen des Herzogs und seines Gefolges kann das Fest beginnen.
Gracia klatscht in die Hände und bittet um Aufmerksamkeit. Sie hat eine besondere Attraktion vorbereitet, sich und die Ihren einzuführen.
»Hoheit und illustre Herrschaften! Es ist mir Ehre und Vergnügen, eine so noble und kunstreiche Gesellschaft in meinem Haus versammelt zu sehen. Bevor wir uns an den Freuden der Tafel und vor allem an den Darbietungen derjenigen erfreuen, die ihre Poesien oder ihre Musik vorstellen werden, erlaubt mir, dass meine junge Tochter Sie mit ihren bescheidenen

Möglichkeiten an unseren Glauben und unsere Traditionen erinnert, die zu praktizieren Seine Herrlichkeit der Herzog uns so großzügig gestattet.« (Beifall ringsum, und Ercole, geschmeichelt, neigt zustimmend den Kopf.) »Reyna wird uns ein Lied aus Córdoba singen, es stammt aus der Zeit, als wir Juden dort noch willkommene Bürger an der Seite von Christen und arabischen Muslimen waren, und es ist eine Weise, mit der die Kinder, aber nicht nur die Kinder, am Freitagabend den Einzug des Sabbats begrüßen – wie ein kleines Gebet. Señor Reinoso hat sich erboten, Reyna mit seiner Vihuela zu begleiten. Wenn es den Ohren unserer italienischen Freunde ein wenig fremd vorkommen mag, so haltet zugute: Das Lied ist mehrere hundert Jahre alt, und seine Melodie klingt ein wenig nach den Gesängen der Mauren. Es ist geschrieben in unserer heiligen Sprache, in Hebräisch.«

Sie schweigt einen Moment, lässt ihre Worte wirken und fährt dann fort: »Für unsere italienischen Gastgeber, allen voran für Euch, Hoheit, will ich mit Eurer Erlaubnis beschreiben, wovon das Lied handelt. Da heißt es: ›Mein Name ist Sabbat, und ich will Freiheit für all meine gläubigen Kinder verkünden, Ruhe und Frieden. Sucht den Tempel auf, und du, pflanze Weinstöcke, Myrte und Pinien, Ulmen und Ölbäume inmitten der Wüste für uns, o Herr. Hör unsere Klagen, führ uns dahin, wo die Flüsse fließen, so will ich dich lobpreisen und will die Krone über deiner Stirn sein, Heiliger, um den Sabbat zu feiern.‹«

Sie verneigt sich. Beifälliges – vielleicht auch erstauntes? – Gemurmel ringsum.

Und dann tritt Reyna aus dem Schatten und nimmt ihren Platz ein auf dem kleinen Podest, das für die Vortragenden vorgesehen ist, gemeinsam mit Alonso Nuñez de Reinoso, der im

flackernden Licht der aufgepflanzten Fackeln in seiner dunklen Bärtigkeit wirklich wie ein Araber ausschaut.
Und Reyna?
Reyna ist vierzehn Jahre, und das erste Mal wird Dona Gracia wohl bewusst, dass dies Geschöpf, das ihr noch auf der Flucht hierher nach Ferrara in den Armen lag wie einst das verschüchterte Mädchen auf der Reise von Antwerpen nach Aachen, längst kein Kind mehr ist. Sie hat noch die runden Wangen der Kindlichkeit, aber ihre wehmütigen Augen sind die eines zärtlichen jungen Weibes, und ihre Brüste wölben sich unter dem Samt des hochgeschlossenen Mieders. Mit dem Perlenschmuck im Haar, das ihr jungfräulich offen in Locken auf die Schultern fällt, sieht sie aus wie eine Prinzessin.
Reyna verbeugt sich schüchtern. Dann schließt sie die Augen, atmet durch, spreizt die Arme vom Körper fort, als wolle sie zu einem Flug ansetzen, und beginnt ohne Umschweife; ihre Stimme ist warm und dunkel.
Wie Grüße aus einer verlorengegangenen Welt steigen die orientalischen Klänge über den Köpfen der ferraresischen Gesellschaft auf, und plötzlich – fast wie ein Wunder – beginnen die Vögel, die bereits zur Ruhe gegangen waren, wieder mit Gezwitscher und Gepfeife, als hätten die Töne ihre kleinen Kehlen zum Schwingen gebracht.
»D'ror yiqra leven im bat, v'yintsarkhen k'mo vavat/ne'im shim'khem velo yushbat, sh'vu v'nukhu beyom Shabbat«, singt Reyna.
Es ist ein Lied, das sie und ihre Cousine La Chica schon gesungen haben, als sie noch gemeinsam in Antwerpen aufwuchsen, und das ihnen das Erlernen des Hebräischen versüßte damals. Für sie ist es nichts Besonderes, außer, dass Reinoso sie so schön auf der Vihuela begleitet. Dass es für die Versam-

melten eine Sensation ist, weiß sie nicht, und auch ihre Mutter hat noch keine Ahnung, was sie mit diesem Auftritt ihrer Tochter auslösen wird.

Als sie endet, herrscht zunächst Schweigen, bis Ercole lächelnd die Hand hebt und das junge Mädchen zu sich heranwinkt. Sie knickst vor ihm, und er beugt sich vor und küsst sie auf die Stirn.

Dann wendet er sich an Gracia, die bescheiden im Hintergrund steht. »Ein schönes altes Lied war das, und eine reizende Frucht habt Ihr da hervorgebracht, Madonna – sicher wird sie bald jemand pflücken wollen.«

In Gracias Augen tritt der Schrecken. Wird Ercole etwa wie die Statthalterin sein und einen zweiten Grafen d'Aragon aussuchen wollen? »Noch soll meine Tochter bei mir bleiben, Hoheit«, sagt sie hastig. »Sie hat noch viel zu lernen.«

Zum Glück hat der Herzog wohl nur ein Kompliment machen wollen; er wendet sich jetzt mit sichtlichem Vergnügen einem Tablett mit Früchten und Käse zu, das gerade herbeigetragen wird, und auf dem Podest etabliert sich unterdessen die schwarzhaarige Pomona, die beim Herzog die Chitarrone spielte, um eine Frottola des bekannten Komponisten Giovanni Nanini zum Besten zu geben; Don Joseph lässt es sich nicht nehmen, ihr das Notenblatt zu halten.

Sicher hätte das Gracias Aufmerksamkeit sehr in Anspruch genommen, wenn nicht zwei auf den ersten Blick merkwürdige Menschen auf sie zugekommen wären, in der Absicht, mit ihr zu sprechen.

Ein kleiner Mann, dessen graue Schläfenlocken und der Kinnbart nebst schwarzem Talar ihn eindeutig als einen Rabbiner ausweisen, geht neben einer sehr hochgewachsenen Frau mit energischem Blick einher – klein und groß, aber beide sehr entschlossen. Der Mann stellt sich als Joshua Soncino vor, die Frau ist Bienvenida Abrabanel, Leiterin eines Bankhauses. (»Wie Ihr, Madonna«, wird sie sagen, »wenn auch viel bescheidener.«) Sie gehen direkt aufs Ziel los, wollen dringend mit ihr reden.

»Wisst Ihr, Madonna«, sagt Soncino, nachdem Gracia die beiden in eine abgelegene Ecke ihres Innenhofs hinter ein paar Kübelpflanzen mit Myrte geführt hat, »dass von all den Conversos, die heute in Eurem Palazzo versammelt sind, viele vorhaben, wieder gute Juden zu werden? Sie geben sich alle Mühe, zum Glauben ihrer Väter zurückzukehren. Aber kaum einer von ihnen hat verstanden, was Eure Tochter vorgetragen hat. Und selbst die Mitglieder unserer Gemeinde sind von erschreckender Unbildung. Auch unter ihnen – kaum jemand versteht noch wirklich Hebräisch, außer ein paar Gebete, die gedankenlos nachgeplappert werden, kaum jemand hat jene Bildung, die Euch und Eurer erlauchten Familie eigen ist. Man weiß ja nicht einmal, warum man den Sabbat feiert! Gerade werden noch die Hochzeits- und Trauergebräuche eingehalten!«

Gracia nickt, eifrig und voller Zorn. »Das Erste, was sie uns und unseren Brüdern angetan haben, war, uns unsere heiligen Bücher fortzunehmen. Und die Angst vor den Verfolgungen hat viele Familien sich hinducken lassen wie die Hasen im Versteck. Sie haben mit Zittern und Zagen nur noch das ausgeführt, was sie für unabdingbar für den verborgenen Glauben hielten: unser großes Gebet, die Sabbatbräuche oder wie man Seder feiert zu Beginn des Pessachfestes. Und Ihr habt recht, Rabbi. Vieles wird nur noch geplappert, der Sinn ist dunkel.«

Der kleine Rabbiner sagt leidenschaftlich: »Aber das ist kein Judentum mehr! Judentum beruht auf Wissen, auf Lernen! Und darum muss etwas geschehen.«

»Und Ihr könnt mir sagen, was?«

Die beiden vor ihr sehen sich bedeutungsvoll an. Dann beginnen sie mit ihrer Erklärung.

Und Gracia beginnt zu ahnen: Das also wird Ferrara für sie sein. Hier ist vielleicht nicht nur eine Zuflucht, eine Insel. Hier braucht man sie. Hier können Diogos Netze auf eine andere Weise erweitert werden.

Es ist ein unglaubliches Projekt. Bienvenida, hochgebildet und versiert in vielen Sprachen, durch Schwiegervater und Gatten gelehrt in den Gesetzessammlungen und Auslegungen der Thora, also in Mischna, Talmud und sogar in kabbalistischen Praktiken, ist, so erfährt sie, schon seit Jahren damit beschäftigt, die Thora zu übersetzen – ins Judenspanische.

»Stellt Euch vor, Dona Gracia, was das für unseren Glauben bedeuten würde! Dann könnten all jene, die unsere alte Sprache verlernt haben, das Wort des Herrn rein und unverfälscht lesen! Denkt an jenen deutschen Mönch – es ist noch gar nicht so viele Jahre her: Er hat die ganze Schrift, also unseren Tanach und das, was die Christen das Neue Testament nennen, vom Lateinischen ins Deutsche übertragen und einen Sturm damit ausgelöst!« Bienvenidas grobes großflächiges Gesicht glüht vor Begeisterung, und Rabbi Soncino meint sie bremsen zu müssen und bemerkt streng: »Wir wollen keinen Sturm auslösen, Madonna – wir wollen nur unseren Brüdern zum wahren Glauben zurückhelfen!«

»Das wollte dieser Luther auch!«, sagt Bienvenida abweisend, aber natürlich wird sie sich nicht mit einem Rabbi anlegen, sondern sie fährt fort: »Ich bin bereits weit fortgeschritten mit meiner Übertragung, und Rabbi Soncino hilft mir, wenn ich Fragen habe. Es gibt vor Ort die beste Druckerei ganz Norditaliens, die der Gebrüder Usque. Sie könnten das Werk …«

Sie unterbricht sich. Gracia hat einen Finger erhoben, nur einen Finger. Bei ihr immer eine eindrucksvolle Geste. »Sucht Ihr das, was die alten Römer einen Mäzen nannten, für dies Projekt? Nun, mit tausend Freuden ist das Haus Mendes bereit, das zu leisten, was mit verstreuten Kräften vielleicht sonst nicht zu schaffen ist.« –

Es dauerte fast zwei Jahre, bis das Buch der Bücher erschien. Während dieser Zeit war ich zur Patronin der Poeten Ferraras geworden, die ebenfalls ihre Werke auf unsere Kosten bei den Gebrüdern Usque in Druck gaben, und alle versahen ihre Bücher mit den schmeichelhaftesten Widmungen für mich und Don Joseph. »Die einmalige Frau, deren Güte mich glücklich macht« wurde ich da genannt, und Joseph Nasi war »der große Förderer der Künste«.
Was nicht falsch war. Er entdeckte, ermutigte, gab Ratschläge. Schon immer war er ein wilder Leser gewesen, sammelte Bücher der verschiedenen uns vertrauten Sprachen mit Leidenschaft, schleppte sie auf seinen Reisen mit sich herum, kaufte auf, was er unterwegs vorfand.
Die Selbstverständlichkeit, mit der man in diesen Jahren ihn und mich in einem Atem nannte, uns als Paar sah, hätte so etwas wie Glück sein können. Aber vielleicht habe ich keine Begabung zum Glück. Ich wusste, dass er mich liebte. Wen sonst! Aber die anderen, die gab es auch …
In der Enge dieser Stadt erlebte ich das, was mir bisher höchstens meine eifersüchtige Phantasie vorgegaukelt hatte, aus nächster Nähe. Immer war er in meinem Auftrag unterwegs gewesen, und nie hatte ich vermutet, dass er seinem biblischen Namensvetter in Keuschheit nachgeeifert hätte. Was er in Antwerpen, in Nürnberg, in Rom oder sonst wo tat, das konnte ich

nur argwöhnen – und vergessen, wenn er bei mir war. Hier jedoch sah ich es mit meinen Augen.
Auch dieser beglückende Abend, wo mir meine Bestimmung, meine Arbeit für die nächsten Jahre, wie ein schimmernder Teppich vor die Füße gelegt wurde – er endete mit einem Missklang.
Wir tanzten zum Schluss, nachdem der Herzog gegangen war. Ich hatte lange nicht mehr getanzt, nicht mehr seit der Hochzeit meiner Schwester mit Diogo – und das war für mich kein Vergnügen gewesen.
Nun schreitet Joseph mit mir eine getragene Sarabande. Ich fühle, dass ich förmlich leuchten muss vor Glück, aber er? Sein Lächeln mit schiefem Mundwinkel, ein bisschen überheblich und ein bisschen frech, ist das gleiche, das er nach einem gelungenen Geschäftsabschluss zeigt, am liebsten, wenn er jemanden über den Tisch gezogen hat, als der Trickser, der er ist. Mir hingegen ist anders zumute, feierlich und froh; unsere Stimmungen passen nicht zusammen an diesem Abend, und er hat viel mehr getrunken als ich. Eigentlich möchte ich ihn gleich ganz für mich haben, wenn der letzte Gast gegangen ist, ihm von den Plänen mit der Thora auf Ladino erzählen, aber ich komme nicht dazu, es ihm zu sagen; er lässt seine Augen über mich weggleiten und sucht sich, als höflicher Gastgeber, für den nächsten Tanz eine andere Partnerin aus, die dunkle Pomona mit dem üppigen Mund.
Danach sitze ich und mag nicht mehr tanzen, sooft er mich auch noch auffordert, ich bewege meinen Fächer, und der Groll wächst in meinem Herzen an, während ich mich einer meiner Lieblingsbeschäftigungen hingebe: zählen. Wie oft er mit der und mit jener tanzt und – wie oft mit dieser Pomona.
Er bringt sie auch noch bis zu ihrer Sänfte, und ich sehe da im

Halbdunkel, er setzt sich für einen Moment (Einen Moment? Wie lange dauert ein Moment? Was kann man in einem Moment tun?), ja, einen Moment zu ihr hinein, kriecht hinter die halbgeschlossenen Vorhänge. Dann kommt er zurück, pfeift leise vor sich hin. Ist mit sich zufrieden. Und ich trete ihm entgegen und fühle mich elend.

»Was hatte sie denn mit dir vor da bei der Sänfte?«, sage ich und höre mir zu, höre, dass meine Stimme kratzt wie ein Reibeisen. »Wollte sie sich vielleicht noch schnell überzeugen, ob du beschnitten bist?«

Und da wagt er, zu lachen. »Meine Taube, was redest du für Unfug …«

Damals schlage ich zu, meine Hand klatscht in sein Gesicht. Das erste Mal.

Er steht, hält sich die Wange, starrt mich an.

Dann sagt er leise: »Ich wüsste nicht, womit ich das verdient habe, Gracia Nasi, Señora.«

Und indem er das sagt, verstehe ich mich nicht mehr.

Ich drehe mich um und gehe.

Später kommt er zu mir, und wir lieben uns, stumm und heftig wie die Tiere.

Habe ich nicht vorhin noch das Gefühl gehabt, mich an ein Paradies zu erinnern? Ach, Paradiese sind brüchig.

Und irgendwann zerbrach es ja auch …

Daran mochte ich eben nicht denken. Wollte nur das bewahren, was mich glücklich gemacht hatte.

Die Ferrara-Bibel. So nannten sie unser Werk im christlichen Italien. Dabei war es ja nur das, was sie als das Alte Testament bezeichneten, mitsamt den Psalmen und den Schriften der Propheten. Nicht ihre »Bibel«.

Die Übersetzung des Buchs der Bücher lag nahezu ausschließlich in der Hand von Frauen. Die große, äußerlich eher grobschlächtige Bienvenida war, sobald es um das Übertragen der Texte aus dem Hebräischen in unser Ladino ging, so feinfühlig und genau wie eine zitternde Kompassnadel, dabei unerbittlich präzise und besessen vor Eifer. Sie war federführend bei der Arbeit. Fioretta-Bathseba stand ihr zur Seite, ich warf hin und wieder einen Blick auf den Fortgang der Arbeit, und wenn es um Fragen der richtigen Formulierung in Glaubensdingen ging, musste Soncino herhalten, der zwar plötzlich seine Skrupel hatte, was das Projekt anging – durfte man die Werte unserer Religion eigentlich aus der Heiligen Sprache herauslösen? (Schon damals hätte ich sehen müssen, dass er wankelmütig war …!) Aber schließlich konnten wir ihn mit dem Argument überzeugen, dass wir auf diese Weise viele Conversos zum Glauben ihrer Väter zurückführen konnten – obwohl es ja viel mehr war.

Unsere Sprache, die hebräische, und dann auch das Ladino – das waren wir. Die Sprache, die heiligen Schriften und ihre Kenntnis, sie hielten unser Volk zusammen, mit ihr kämpften wir an gegen das Vergessen, gegen die Auslöschung.

Joseph, falls seine Zeit es ihm erlaubte, zwischen dem Spieltisch Herzog Ercoles und den Aufträgen, die ich ihm außerhalb Ferraras erteilte – damit nicht die Betten allzu vieler Ferrareser Schönen sich seiner Anwesenheit erfreuten, wie ich stets argwöhnte –, griff an manchen Textstellen ebenfalls ein und verwirrte Bienvenida und Fioretta durch seine verblüffenden Formulierungen, die immer ganz irdisch und ganz schlicht waren, da, wo mit den Frauen die Gelehrsamkeit durchgegangen war. Ich amüsierte mich.

Als es darum ging, das Lied der Lieder zu übertragen, unseren geheimen Liebes-Schlüssel, war er unschlagbar. Soncino übrigens betrachtete seine Arbeit mit Argwohn. Er betrachtete den ganzen Mann mit Argwohn. (Es lag ja nun einmal in seinem Amt begründet, unsere außergewöhnliche Beziehung zu missbilligen ...) Aber da wir Mendes schließlich das ganze Unternehmen, Übersetzung einschließlich Drucklegung, finanzierten, konnte er schlecht Einspruch erheben.

Abraham Usque, der weißhaarige Drucker, den ich noch aus Lissabon kannte, hatte, wie ich gleich zu Beginn gehört hatte, zusammen mit seinem Bruder eine hochgerühmte Werkstatt innerhalb der Mauern des guten Herzogs eingerichtet. Außer den Arbeiten unserer »Hofpoeten« brachte er schöne Gebet- und Liederbücher in Judenspanisch heraus. Aber manchmal zweifelte ich, ob wir unser Werk jemals druckfrisch und schön gebunden vor uns sehen würden. Ich hatte das Gefühl, er zögerte das Erscheinen heraus. Er schob es darauf, dass er unendlich viel zu tun hätte. In Wirklichkeit machte er sich wohl Sorgen, wie kirchliche Stellen auf diese »Bibel« reagieren würden. Natürlich hatte er keine Lust, seine Werkstatt wegen Ketzerei schließen zu müssen. Schließlich wurde jedes gedruckte Buch, wo auch immer es erschien, von der Kirche begutachtet.

Joseph (wer sonst?) fand eine salomonische Lösung.

Mein Trickser schlug vor, das Buch in zwei Ausführungen herzustellen. In zweierlei Format und auf unterschiedlichem Papier gedruckt. Eine schlichte, preiswerte Ausgabe für die Allgemeinheit und eine zweite auf edlem Bütten und mit Goldschnitt; den Ledereinband zierten Metallschließen. Eine Anzahl dieser edlen Exemplare war respektvoll Herzog Ercole gewidmet, mit dem Hinweis, dass das Werk als ein Teil der christlichen Bibel angesehen werden konnte; der Vermerk:

»Durchgesehen und geprüft vom Offizium der Inquisition« war eine atemberaubende Unverschämtheit im Stil Don Josephs, aber die Sache flog nicht auf. Offenbar hatten die Schnüffler der allwissenden Behörde es verabsäumt, das Werk zur Kenntnis zu nehmen; sie hatten es nicht gelesen. Vorsichtshalber hatte die Druckerei Abraham Usque darauf verzichtet, diese Exemplare unter ihrem jüdischen Namen herauszubringen, sondern die Brüder firmierten hier unter den Converso-Namen Duarte Pintel und Jeronimo de Vargas.
Die schlichtere Ausgabe ging unter der Hand weg. Sie war nicht dem Herzog gewidmet, sondern mir: »Der allerherrlichsten Señora Gracia Nasi und ihrem Verwandten Don Joseph«. So waren wir beide denn vereint auf einem Stück Papier, das uns vielleicht gemeinsam in die Ewigkeit tragen würde, und daneben das Bild der Karavelle des Columbus, die ich als mein Siegel gewählt hatte: das Schiff mit zerbrochenem Mast und zerrissenem Segel zwar, aber noch auf hoher See und nicht bereit, unterzugehen – so wie das jüdische Volk.
Aber inzwischen weiß ich, dass nicht nur Bücher verbrennen, sondern auch Schiffe untergehen, und Ancona war mein Flaggschiff, das mit Mann und Maus versunken ist.

Konstantinopel

1556

UGARTE hat mein Testament nun mit mir gemeinsam aufgesetzt; er hält es für einen normalen Vorgang, dass die Prinzipalin eines Unternehmens wie des unseren irgendwann die letzten Dinge regelt, ohne dabei auch nur annähernd auf die Idee zu kommen, dass der »Ernstfall« so nahe sein könnte, wie er wirklich ist.
Dann hat er es den Schreibern zur Abfassung in Hebräisch, Ladino, Spanisch und Türkisch übergeben, und nun signiere ich alle vier Exemplare – einmal von rechts nach links, dann von links nach rechts, und petschiere mit dem Siegel jener Karavelle mit zerbrochenem Mast.
Gut. Das wäre getan.

Während ich mich im Kopf vorbereiten will für den Besuch bei der Sultana, meldet man mir einen Gast. Eine Frau. Offenbar ein Wesen, dem man einen gewissen Respekt zollen muss, nach der Art, wie man es ankündigt.
Und siehe da: In meinen Räumen erwartet mich, unterm geöffneten, wohlanständig dunklen Straßenumhang plus Schleier bunt angetan wie ihr Papagei, die Zuträgerin von Modeneuheiten und finsteren Gerüchten, die Verkäuferin von Intrigen, Heilmitteln, Pillen gegen oder für Schwangerschaften, Aphrodisiaka und schönen Giften: Esther Kyra.

Esther Kyra bei mir im Haus? Das beunruhigt mich.
Hausbesuche behält sie eigentlich den Haremsdamen des Serails vor, jeder andere Sterbliche hat zu ihr zu gehen, sogar ich. Was will sie mir übermitteln? Und kommt sie von sich aus, oder hat sie jemand geschickt?
Esther Kyra erhebt sich von dem Taburett, auf dem sie gesessen hat, trotz ihrer Fülle mit bemerkenswerter Leichtigkeit und geht mit wogenden Hüften auf mich zu. Ich versinke in ihrer Umarmung und dem Geruch des kostbaren Moschusparfüms, das sie mehr als reichlich über sich ausgegossen hat, und werde auf beide Wangen geküsst.
»Schalom. Señora. Glücklich. Euch. Zu. Sehen.«
(Ich kenne die Marotten ihrer Redeweise.)
»Und ich fühle mich geehrt, teure Dame«, erwidere ich höflich. »Gewiss hat Euch ein wichtiges Anliegen zu mir geführt.«
(Ich bin es gewohnt, direkt aufs Ziel loszugehen, so, wie ich meine Geschäfte mache; kann das ewige orientalische Drumherumreden schlecht ertragen. Außerdem ist mir die Zeit, die mir verbleibt auf dieser Welt, zu schade, sie mit einer Esther Kyra zu verbringen.)
Sie legt den Kopf schief und macht ein schelmisches Gesicht, was ihr denkbar schlecht steht.
Inzwischen ist sie bei normaler Redeweise angekommen.
»Es geht um nichts mehr und nichts weniger, als der Señora eine kleine Gefälligkeit zu erweisen, eine Wohltat sozusagen. Ihr einen guten Auftritt am heutigen Abend zu verschaffen, mit einer Bekleidung, die Bewunderung bei der Sultana erregt.«
Sie weiß also um diese Einladung, das war zu erwarten. Sie steckt allüberall mit drin. Aber was sie mit der Bekleidung meint, ist mir rätselhaft. Schließlich trägt man im Hamam nur ein blaugemustertes Baumwolltuch um die Hüften, und auch

das nur zeitweise, und versteckt sein Haar unter einem Turban. Nicht einmal ein Schmuckstück behält man an, da die Hitze des Metalls auf der Haut Verbrennungen erzeugen würde. Einzig …

Jetzt erst nehme ich den geflochtenen Deckelkorb wahr, der neben ihrem Taburett steht, gleichsam im Schatten ihrer weiten Pluderhose.

Sie zieht ihn jetzt nach vorn, öffnet den Deckel und entnimmt ihm – drei Paar Galendschi.

Galendschi sind die hohen hölzernen Kothurne, auf denen man im Innenraum des Hamam einherstöckelt, weil der Boden so heiß ist, dass einem sonst die Fußsohlen schmerzen würden. Sie sind vergleichbar den Zoccoli, die ich aus Venedig kenne. (Die allerdings zieht man über den Schuh, um zu verhindern, dass man sich draußen den Kleidsaum schmutzig macht.) Da aber dieses Schuhwerk das einzige »Kleidungsstück« ist, das man im Hamam trägt, ist es zum Statussymbol geworden. Reichverzierte und aufwendig gearbeitete Galendschi gehören zur Ausstattung jeder muslimischen Dame. Und da ich das nicht bin und sonst die Mikwe besuche und kein türkisches Bad, besitze ich keine Galendschi. So etwas weiß Esther Kyra natürlich.

Und nun stehe ich und starre auf die Holzschuhe, die mir diese Frau angeschleppt hat – Gebilde, deren Bestimmung man vor lauter Zierat eigentlich nur erraten kann.

Hauchdünne Riemchen aus feinstem Leder, besetzt mit bunten Muscheln und dem Flaum von Schwanenfedern, die Holzstützen mit Miniaturmosaiken überzogen, vergoldete Reptilienhaut, inkrustierte Edelsteine, die bei jeder Bewegung des Fußes gleichsam ein kleines Feuerwerk erzeugen …

Aber deswegen kann diese bunte Hexe doch unmöglich gekommen sein? Wenn mir die ganze Sache nicht so undurchsichtig vorkäme, würde ich laut loslachen. Drei Tage vor meinem Tod schleppt mir diese zwielichtige Person elegantes Schuhwerk ins Haus …

»Wollt Ihr nicht probieren?«, fragt sie einladend und lässt sich vor mir auf ein Knie nieder. Bevor ich widersprechen kann, bemächtigt sie sich meines linken Fußes, streift den Pantoffel ab, schiebt meinen Rock hoch und beginnt, den Strumpf übers Knie herunterzurollen. (Fast hätte ich das Gleichgewicht verloren.) Im letzten Augenblick unterdrücke ich die Regung, sie vor die Brust zu treten. Ich mag es nicht, wenn man an mir herumhantiert, außer, ich befehle es …

Dann, während sie meinen Fuß mit beiden Händen festhält, sieht sie zu mir auf, und statt mir den Schuh anzuziehen, flüstert sie: »Ich habe gehört, die Gnade des Großherrn ist Euch nicht mehr sicher? Aber seid beruhigt. Haseki Hürrem ist Euch wohlgesinnt.«

(Was soll mich an dieser Mitteilung beruhigen? Ich bin im Gegenteil höchst beunruhigt. Ruft mich Roxelane aus diesem Grund zu sich? Ich habe das Gefühl, dass es hinter meiner Stirn knistert. Nicht, dass ich um mich fürchte. Das ist mir inzwischen wirklich gleichgültig. Aber …)

»Ob meine Person der Zuneigung oder dem Missfallen des Padischahs ausgesetzt ist«, sage ich mit Bedacht, »bewegt mich zwar, aber wenn sich die Veränderungen in der Stimmung des Beherrschers der Gläubigen nicht auf mein Handelshaus auswirken, kann ich damit leben.«

Esther Kyra antwortet nicht. Sie hantiert zwischen den Schuhen, nimmt einen ganz und gar vergoldeten und schiebt meinen Fuß in die weichen Lederschlingen. Sie sind mit Rubinen versetzt. Dann, mit plötzlicher Energie, stellt sie die Stelze auf

den Boden; ich verliere wieder fast das Gleichgewicht und muss mich an ihrer Schulter festhalten.
Sie sieht zu mir auf. Ihre merkwürdigen hellen Augen verraten nichts von dem, was in ihr vorgeht.
»Welche von den Galendschi wollt Ihr, verehrte Señora? Ich rate Euch zu allen drei Paaren. Dieser Luxus zahlt sich aus.«
Ja, für dich, denke ich. Ich werde mit Sicherheit nur noch ein einziges Paar benutzen … Wieder kommt mich so ein irrwitziger Wunsch zu lachen an. »Ich folge Eurem Rat und nehme sie alle«, entgegne ich, und sie nennt ihren Preis, der, wie immer, gepfeffert ist. Ich ziehe meinen Fuß aus dem hölzernen Gehgestell, hinke zu meinem Frisiertisch unterm Spiegel und hole die Goldstücke aus der kleinen Schatulle, die da steht für Trinkgelder oder Belohnung an Boten, und Esther Kyra streicht sie ein, als wären es Glasmurmeln. (Schon immer hat mich die Art geärgert, wie sie Geld behandelt – verächtlich, herablassend. Dabei ist sie die schlimmste Wucherin.)
Nun verneigt sie sich, spricht wieder im »Galopp«. »EntbietetEurem bedeutendenSchwiegersohn meineGrüße. SeinBesuchhatmichgefreut. UndeinenschönenAbend mitderHaseki-Hürrem. IchwünscheEuch einengesegnetenSchlaf mitmeinem Mittel.«
»Esther Kyra – was ist Eure eigentliche Botschaft?«, sage ich, unterbreche dies Geplapper ohne Punkt und Komma und sehe ihr in die Augen, bis sie den Blick senkt und lächelt.
»Oh«, sagt sie. »Eine. Botschaft. Hatte. Ich. Nicht. Ich. Bin. Nur. Eine. Händlerin.«
Und dann: »Es würde mir leidtun, wenn Euch etwas zustoßen sollte.«
Weg ist sie.
Ich stehe zwischen den Galendschi herum, einen Fuß nackt,

den anderen bekleidet, wie eine Närrin, und versuche herauszubekommen, was sie nun eigentlich wirklich wollte. Mich warnen – ja, aber wovor?
Oder sah sie einfach nur eine Gelegenheit, Geld herauszuschinden, weil sie ja wusste, dass ich diese Badeschuhe nicht habe? –

Sie steht am gleichen Fensterbogen, wo ihr das Glas mit den Tropfen Esther Kyras zerbrochen ist, lehnt die Stirn gegen das noch sonnenwarme Gestein.
Allmächtiger, gib mir die Neige, die ich aus dem Kelch des Lebens noch zu schöpfen habe, gib sie mir voll und üppig, lass mich nicht darben.
Indessen ist da Getümmel an der unteren Pforte, derjenigen, die zur Landseite des Belvedere führt. Pferdegetrappel, Gewieher und Schnauben, das Klirren von Zaumzeug und Kandare, erregte Stimmen schließlich.
Joseph? Nein. Ein Ankömmling von weiter her. Samuel. Es muss Samuel sein.
Sie streicht sich das Haar unter die Haube zurück, sieht ihm entgegen. Ugarte bringt ihn zu ihr.
Im ersten Augenblick versetzt es ihr einen Stich, wie sehr er von der Statur her seinem jüngeren Bruder gleicht – sogar die Art, wie er sich verbeugt und sie danach in die Arme schließt, hat etwas von Don Josephs Auftreten, nur dass er sich bedächtiger bewegt, gerader geht, sein Gesicht ernster ist und weniger bereit, Gefühle auszudrücken.
»Verzeih, Señora, dass ich noch im Staub der Reisekleider zu dir komme! Aber Don Raphael hat mir gesagt, du hättest heute Abend Audienz – und zuvor wollte ich mit dir reden.«
Sie nickt. »Das war wohlgetan, Samuel«, erwidert sie, beor-

dert Wein und Erfrischungen und setzt sich zu ihrem älteren Neffen, greift sich seine Hände, die sich trocken und brennend anfassen vom Halten der Zügel. »Berichte.«
Samuels nüchterne Art tut ihr gut.
»Ich habe den Kurierdienst des Padischahs hinter mir gelassen auf der Höhe von Ipsa«, sagt er. »Einer hatte sein Pferd zu Tode geschunden, und es war so schnell kein Ersatzpferd zur Stelle.«
»Also waren wir die Ersten!«, sagt sie mit Genugtuung und löst ihren Griff von seinen Händen. »Gelobt sei Er, der niemals schläft!«
Der Boten- und Geleitschutz des Hauses Mendes ist entschieden effektiver als der des Sultans, weil die Stafettenstrecken kürzer sind und also Mensch und Tier ausgeruhter. (Einen Augenblick erwägt sie, ob man nicht dem Großwesir anbieten sollte, das gesamte Kurierwesen des Osmanischen Reiches gegen Entgelt zu organisieren, schließlich hat man ja Erfahrungen mit Netzwerken – verwirft es aber wieder. Das Misstrauen, den Juden die Geheiminformationen der Türkei anzuvertrauen, wird wohl zu groß sein.)
»Ist Joseph …?«
Sie nickt. »Er ist gleich nach Erhalt der Nachricht übers Wasser gefahren. Da er bis jetzt nicht zurück ist, wird er wohl Aufsehen erregen.«
»Gelobt sei der Herr!«, wiederholt Samuel befriedigt und nimmt einen großen Schluck von dem kühlen Weißwein, den Gracias Mädchen gebracht haben. Über den Rand des Bechers wirft er Gracia einen forschenden Blick zu. »Es gibt noch eine andere Nachricht. Lusitanus hat geschrieben, und unser Kurierdienst hat den Brief im Hafen von Zadar abgefangen, der Wind war wohl günstig. Willst du sie hören, oder wollen wir bis morgen warten?«

»Seit wann warte ich bei irgendetwas bis morgen?«, sagt sie und spürt, wie ihr das Blut zum Herzen steigt. Sie strafft sich. »Was ist mit dem Arzt? Ich weiß, er hat sich aus Ancona retten können. Ist ihm seither etwas zugestoßen?«

Samuel schüttelt den Kopf. »Es geht ihm gut. Er hat es bis nach Ferrara geschafft. Nein, sein Brief meldet etwas anderes.« Er lässt seinen Finger um den Rand des Weinbechers kreisen. Hebt dann den Blick und sagt einfach: »La Chica muss Schiwa sitzen. Deine Schwester Brianda ist versammelt zu unseren Erzvätern und den großen Frauen unseres Volkes, zu Lea, Rahel und Sara.«

Langsam führt Gracia eine Hand zu ihrem Gesicht, streichelt mit Daumen und Zeigefinger ihre Nasenwurzel, verbirgt die Augen. Es ist still im Raum.

»Ich weiß, dass ich jetzt sagen müsste: ›Das Angedenken der Gerechten sei gesegnet‹«, erwidert sie schließlich mit spröder Stimme. »Aber das kann ich nicht, Samuel. Ich kann es nicht. Möge ihr die Erde leicht sein, unter der sie liegt. Ich weiß, dass es für sie so erscheinen musste, als hätten Diogo und ich sie erniedrigt und beleidigt. Ach, wie unbesonnen sie doch war – und wie viel Unheil sie angerichtet hat!« Sie schüttelt den Kopf, immer noch hinter vorgehaltener Hand. »Alles wendet sich, alles kehrt sich um in diesem Jahr. Was der Allmächtige über uns beschlossen hat – wer kann es ahnen?«

Sie hebt den Kopf, fährt sich mit dem Handrücken über die Stirn. »Das Kind, La Chica! Sie ist ganz allein.«

»Lusitanus ist bei ihr.«

»Gut. Für den Augenblick gut. Also … es gibt hier noch ein paar Dinge zu regeln in den nächsten Tagen. Dabei wirst du gebraucht. Eine Woche lang …« (Sie stockt. Ein Testament anhören. Eine Woche lang Schiwa sitzen. Wenn alles vorbei

ist.) »Danach … gebe ich dir den Auftrag, nach Ferrara zu reisen und das Mädchen nach dem Gesetz Moses' und Israels zu deiner Frau zu machen.«
Samuel schluckt. Sein Kehlkopf bewegt sich ein paarmal über seinem von der Reise angestaubten Spitzenkragen. Dann sagt er ein einziges Wort: »Warum?«
Gracia reißt die Augen auf. »Was ist das für eine merkwürdige Frage? Sie soll nicht länger allein sein, das habe ich doch gesagt. Außerdem: Dein Bruder meinte, ihr wäret füreinander wie geschaffen.«
»Mein Bruder, Señora, redet dir gern nach dem Mund.«
Sie lehnt sich zurück, befremdet. »Was ist mit dir, Samuel? Bist du auf ein Wortgefecht aus mit mir? Ich dachte, du würdest mir danken, wenn ich dir das Mädchen anbiete.«
Er schweigt.
Sie fährt fort: »Magst du sie nicht, weil du denkst, sie ist noch zu kindlich? Wie lange ist es her, dass ihr beide sie aus Venedig entführt habt? Drei Jahre? Nun, inzwischen wird sie wohl nicht mehr La Chica sein, die Kleine. Inzwischen wird sie sich zu einer Gracia ausgewachsen haben.«
»Keine ist wie du, Gracia Nasi. Keine sollte deinen Namen führen.«
»Lenk nicht ab, Samuel. Was hast du gegen das Mädchen?«
»Nichts. Ganz im Gegenteil. Ich sollte dir fußfällig danken. Trotzdem frage ich: Warum?«
Zwischen ihren Brauen bildet sich eine Falte. »Ich könnte ganz einfach sagen: Weil ich es so will. Auch das müsste dir genügen.«
»Das weiß ich, Señora. Ich meine nur … gesetzt den Fall, ich würde nicht … ich würde nichts für sie empfinden – hättest du dann trotzdem auf der Ehe bestanden?«

»Natürlich«, entgegnet sie ungerührt.

Er nickt. »Denn fünfzigtausend Dukaten müssen der Familie Mendes erhalten bleiben, so ist es doch.«

»Worauf willst du hinaus?« Sie verschränkt die Arme über der Brust.

»Verzeih mir. Es ist bestimmt nicht der rechte Augenblick, ich weiß. Gerade, wo du mir das anbietest, was ich am allermeisten erhofft habe. Aber wird das Mädchen auch glücklich? Oder wird sie so unglücklich werden wie deine Tochter, die, um ihre Mitgift dem Haus zu bewahren, jetzt ihren Mann mit dir teilen muss?«

Aus Gracias Gesicht ist alles Blut gewichen. »Was nimmst du dir heraus?«, sagt sie mit kalter Stimme.

Samuel breitet die Arme aus, und seine sonst so ruhige Miene wirkt bewegt und verletzlich. »Ich weiß, dass La Chica mich nicht liebt!«

Die Frau schweigt einen Moment, senkt die Lider. Augenscheinlich ringt sie um Fassung. Was Samuel soeben ausgesprochen hat, das hat sie tiefer getroffen, als sie vor sich selbst zugeben möchte. Schließlich sagt sie ruhig: »Liebe kann man lernen. Sie kann aus Respekt erwachsen. Ich habe Francisco, meinen Mann, Reynas Vater, auch auf Geheiß der Familie geheiratet, wie es Brauch ist. Was willst du, Samuel? Bezichtigst du mich, Gracia Nasi zu sein? Ich habe diese Familie zusammenzuhalten, und ich habe dies Handelshaus zusammenzuhalten. Ich stelle dich ausnahmsweise vor die Wahl: Willst du die Tochter meiner Schwester heiraten, ja oder nein? Oder soll ich sie irgendeinem minderen Mann zur Ehe geben, den sie gewiss auch nicht liebt, mit Verlust für unser Haus?«

Samuel streicht sich mit beiden Händen übers Gesicht. »Natürlich will ich«, sagt er leise. »Verzeih mir.«

»So lass uns diese Unterredung vergessen, und du bist ab heute der erklärte Bräutigam der kleinen Gracia.«
Sie erhebt sich. »Ruhe dich aus, Don Samuel, nach anstrengender Reise. Morgen reden wir weiter.« Sie wirft einen gleichgültigen Blick auf die luxuriösen Badeschuhe, die noch immer auf dem Fußboden herumliegen, so, wie sie Esther Kyra dagelassen hat.
»Ich habe noch zu tun.«

Es geht auf Mitternacht zu, als Joseph seinen Bruder aus tiefem Schlaf aufrüttelt. Am Bett brennen zwei Öllampen, das Buch, in dem Samuel gelesen hat, die *Consolationes,* Tröstungen, aus Samuel Usques Druckerei, liegt aufgeschlagen neben seinem Bett.
»Samuel, werde wach. Gut, dass du da bist. Es geht alles drunter und drüber. Ich muss mit dir reden!«
Joseph spricht hastig, sein Gesicht zuckt. »Wo ist die Señora?«
Samuel öffnet mit Mühe die Augen. Er setzt sich auf. »Ugarte sagte mir, die Sultana hat sie in den Hamam bestellt«, sagt er und unterdrückt mit Mühe ein Gähnen. (Wenn er schläft, schläft er.)
»In den Hamam? Aber so war das nicht vorgesehen! Ich wollte, dass Hürrem und Nur Banu sie zu einer Audienz empfangen, bei der sie Geschenke überreicht und – anscheinend hatte dieser Trunkenbold von Selim doch schon zu viel geschluckt und hat etwas verwechselt. In den Hamam? Das gefällt mir gar nicht.«
»Ich verstehe nicht, was dich daran aufregt.«
Joseph schnaubt ungeduldig durch die Nase. »Lass nur! Auch das noch zu dem ganzen Tohuwabohu!«

»Worin besteht das Tohuwabohu? Dass ein Kaiser abgetreten ist? Die Christen werden sich zu behelfen wissen.«
Joseph geht nicht darauf ein. »Komm, steh auf. Wir gehen ins Kontor. Als ich hörte, dass du gekommen bist, habe ich die Diener geweckt und Anweisung gegeben, Bohnen rösten zu lassen, damit du munter wirst. Wir müssen uns beraten.« Er hält dem anderen den grauseidenen Hausmantel hin, der zu Füßen des Betts liegt. Er selbst ist noch in spanischer Tracht (dem Gewand für offizielle Anlässe), freilich das Wams aufgeknöpft und der Hemdkragen gelockert.
Samuel setzt die Füße auf den Boden und seufzt. Er hat es schon während ihrer Studienzeit aufgegeben, sich dem stürmischen Temperament des Bruders zu widersetzen.
Sie eilen nebeneinander durch die Flure des Belvedere zum Kontor, von wo schon der Duft des frischen Kaffees sie empfängt. (Da Dona Gracia sowohl den Geruch als auch das Getränk verabscheut, ist es Brauch, wenn überhaupt, es fern von ihren Wohnräumen einzunehmen und zu einer Zeit, wo sie nicht hereinkommt.)
Das Kontor ist hell erleuchtet.
Das Kohlenbecken mit der Messingkanne und dem brausenden, zischenden Getränk steht schon bereit, ebenso die winzigen Tassen aus chinesischem Porzellan, die Silberlöffel und die Schale mit dem »weißen Gold«, dem Zucker aus Kairo.
Joseph winkt die Diener beiseite, greift selbst nach dem Stiel der Kanne und verbrennt sich beim Eingießen fast die Finger.
»So, also …«
»Bruder!« Samuel sieht ihn an, mit einem Lächeln. »Paz y schalom zunächst! Wir haben uns noch nicht begrüßt!«
»Oh!«
Sie ziehen sich gegenseitig in eine Umarmung, legen die Stir-

nen aneinander, altvertraute Geste, zwei Zweige eines Stammes, getrennt und doch vereint. Dann nehmen sie einander gegenüber am Tisch Platz, und während er genug Zucker in seine Tasse schaufelt, um die Flüssigkeit in Sirup zu verwandeln, sagt der Enfanghi Bey: »Ich habe mir etwas erlaubt, das scheint sich jetzt gegen uns zu wenden. Dieser Kaiser hat wirklich zur Unzeit abgedankt.«

»Du wirst mir sicher gleich erklären, worin da der Zusammenhang besteht!«, entgegnet Samuel bedächtig und nippt mit gespitzten Lippen an seiner Tasse (er trinkt den Kaffee schwarz).

Joseph holt tief Luft. »Bruder, du weißt sicher, wie ich einen Teil unserer französischen Gelder eingetrieben habe – über die belanglosen Schulden dieser Gesandten. Der Wert der geplünderten Schiffe lag weit darüber, wie du dir denken kannst.«

Samuel nickt. »Ein Meisterstreich von Joseph, dem Trickser!«, bemerkt er anerkennend. »Ich hab auf dem Weg hierher davon gehört.«

»So sah es bis heute aus!«, erwidert Joseph. Er schlürft von seinem Kaffee und verzieht angewidert den Mund. »Puh, nur Chai ist noch ekelhafter. Zurück zur Sache. Natürlich hat der Geschäftsträger Frankreichs hier am Hof protestiert, und das wurde mit Bedauern vom Großwesir zur Kenntnis genommen. So weit, so gut.

Heute nun hatte ich das Glück, als Erster von den Vorgängen da oben jenseits der Alpen zu berichten. Das trug mir ein Ehrenkleid ein und ein Privilegium, das ich mir noch erwählen kann. Aber dann die Kehrseite der Medaille! Suleiman bestellte seinen Wesir zu sich, und die beiden Herren – Allah beschütze sie, wie man zu sagen pflegt! – klärten mit erhellender Logik, dass ja nun ein Friedensvertrag, den der Padischah mit

Karl geschlossen hatte, null und nichtig wäre. Dass kein Nachfolger sich an das zu halten hätte, was der ›gezähmte‹ Karl ausgemacht hatte.
Und dass es auf diese Weise plötzlich neue Gegner gäbe, wie der scheidende Kaiser vorgeschlagen hat: der bigotte Spanier Philipp oder der kampflustige Deutsche Ferdinand. Im Übrigen *beide* erklärte Feinde des Islam wie ihr Vorgänger und damit der Türkei. Eine doppelte Bedrohung also, gegen die man sich wappnen müsste. Und dass man sich in dieser Lage einmal genauer nach Verbündeten in Europa umsehen sollte. Zwei Mächte als Verbündete für den Großtürken kämen ins Spiel: der scheußliche Papst Caraffa – ein Fluch auf sein Haupt! –, der weder den Spanier noch den Deutschen leiden kann … und Frankreich!
Auf einmal hatte der Protest des Geschäftsträgers aus Paris schwerwiegende Bedeutung, und ich war ein unverschämter Schacherjude, der das Ansehen der Pforte geschmälert hatte.«
Er dehnt die Arme, lehnt sich zurück. »Samuel, so ging das beinah den ganzen Tag. Mal wurde ich gelobt, mal gescholten. Ich habe mich gewunden wie ein Aal und mir tausend Finten ausgedacht, um die Lage in anderem, für uns vorteilhafterem Licht erscheinen zu lassen.
Um ein Haar hätte ich selbst vor dem Padischah erscheinen müssen, um in Demut das allerhöchste Gewitter über mich ergehen zu lassen, aber Rustem Pascha ist zum Glück ›Diplomat‹ genug. Gegen das Versprechen einer Nürnberger Präzisionsuhr – du weißt, er sammelt so etwas! – wendete er die Audienz ab.
Schließlich, so schien es, war ich wieder in Gnade.«
Er zuckt die Achseln. »Ich ging zu Selim, um bei ihm den aufregenden Tag ausklingen zu lassen.«

Nun steht er auf und wandert im Kontor zwischen den Pulten und Schreibtischen herum. Samuel folgt ihm aufmerksam mit den Augen, seinem schillernden, vielgewandten Bruder, auf dessen samtenen Schultern heute die ganze Wucht schwerer Lasten zu ruhen scheint.

»Ich dachte, es sei ausgestanden«, fährt Joseph leise fort. Er setzt sich halbseitig auf den großen Schreibtisch Ugartes. Sein Gesicht liegt jetzt im Dunkel. »Selim hat mir dann noch etwas erzählt – eine Sache, die mir Rustem Pascha schon vor ein paar Tagen angedeutet hatte. Ancona hat unserer Señora die Sympathien des Beherrschers der Gläubigen verscherzt, wie man weiß. Und so dreht und wendet der hohe Herr die Sache nun so, als sei die Plünderung der Franzosenschiffe *ihre* Idee gewesen, nicht meine. So bin ich meine Sünden los und habe sie ihr angehängt. Samuel, und das macht mir Sorgen. Sie darf doch nicht …« Er bricht ab.

Samuel schenkt sich noch einmal die kleine Tasse voll, hält die Kanne in der Schwebe. »Du auch?«

Joseph schüttelt den Kopf. »Verschone mich!« Heftig fährt er fort: »Der Großwesir vermeinte in seiner ganzen Arroganz, unsere Prinzipalin möge vielleicht doch erst einmal in die zweite Reihe zurücktreten – was denkt sich dieser Mann!«

»Er denkt sich, was Männer im Allgemeinen über Frauen denken, mögen sie nun Muslime, Christen oder Juden sein: dass Frauen eben in der ersten Reihe nichts zu suchen haben«, sagt Samuel ruhig. »Damit können wir schließlich umgehen.«

»Aber jetzt auch noch das, in dieser Zeit der Anspannung und Verzweiflung … Es wird sie noch näher heranbringen an …« Er bricht jäh ab.

»Wovon sprichst du?«

»Ach, lass nur. Ich mache mir Sorgen wegen dieser Einladung

zur Sultana. Ich hatte selbst angeregt, ein Gespräch unter Frauen zu erwirken – aber nicht in dieser Form! Diese Einladung kann doch nur bedeuten, dass der Padischah sehr schnell etwas gegen Gracia vorhat und die Damen des Serails sie warnen oder auf irgendeine Weise – beschützen wollen …«

Samuel betrachtet den Bruder, der nervös an seinen Manschetten zerrt. »Und *ich* mache mir Sorgen um *dich*«, bemerkt er. »Was ist mit dir? Du springst hin und her in deinen Gedanken wie ein Wassertropfen auf der heißen Herdplatte. Wir sind doch schon mit anderen Schwierigkeiten fertig geworden als mit dieser hier.«

»Es ist unsere letzte Zuflucht, dies Konstantinopel, dies Türkenreich, nicht wahr? *Ihre* letzte Zuflucht«, murmelt Joseph. »Denkst du noch daran, wie es war, als unser kleines Paradies in Ferrara zusammenbrach?«

»Wie kommst du jetzt darauf?«

»Ach. Wer weiß.«

Ferrara

Vor vier Jahren

1552

IM dritten Sommer, den wir in Ferrara verbrachten, legte sich die Hitze wie eine Glocke aus Glut über die ganze Halbinsel. Ich war längere Zeit in Geschäften unterwegs gewesen und auf dem Rückweg nach Ferrara, erleichtert, nach den misstrauischen Habsburger Landen wieder in den Vatikanstaaten zu sein und es nicht mehr weit zu haben nach Ferrara. (Caraffa war noch nicht Papst!) Aber als ich weiter nördlich kam, machte ich üble Entdeckungen.

Einige der kleinen Landstädte verschlossen ihre Tore vor mir und meiner Eskorte. In anderen sahen wir vernagelte Häuser, Leichenzüge ohne Begleitung eines Priesters, große Feuer, die an den Straßenecken brannten und die Luft mit beißendem Qualm und dem Geruch von Wacholderbeeren, Beifuß und Rauke erfüllten … Die Gasthäuser waren entweder geschlossen, oder in ihnen tobte ein wilder Haufen halbnackter entfesselter Menschen, Orgien feiernd, so dass kein halbwegs vernünftiger Reisender beabsichtigen konnte, sich unter sie zu mischen.

Die Zeichen waren klar: Es gab eine Seuche. Und jede Seuche nimmt in diesen Zeiten sofort das allerbedrohlichste Gesicht an: Es musste *die Pest sein, gleich, ob die Kranken die schrecklichen Symptome zeigten oder nicht. Auch ohne Beulen unter den Achselhöhlen, Fieberwahn und Flecken im Gesicht* – alles *ist Pest.*

Ich trieb meine Truppe zur Eile an, gepeinigt von nagender Sorge. Nicht, dass ich die Krankheit fürchtete. Ich fürchtete für unsere Sicherheit. Denn wenn eines in den letzten Jahrhunderten in diesem von Kriegen und Krisen geschüttelten Europa unumstößlich feststeht: Für die Pest sind immer die Juden verantwortlich. Die Juden vergiften aus Bosheit die Brunnen.
In Bologna sah ich die ersten Pestärzte, jene unheimlichen Gestalten, die aus Furcht vor Ansteckung ihre Gesichter mit spitz zulaufenden Masken verhüllten – makabre Vögel des Unheils. Auf den Straßen überholten wir lange Trecks, die mit Pferd und Wagen oder zu Fuß samt all ihrer Habe unterwegs waren, auf der Flucht vor der – vermeintlichen – Pest, der man, so glaubte man, am besten entkommen konnte, wenn man der Enge der Städte auswich und sich in die frische Luft der Gärten und Hügel begab.
Ich ließ meine Begleitung zurück und jagte mein armes Pferd vorwärts.
Die Stadttore Ferraras standen weit offen. Ich preschte hindurch; die Hufe des Tiers schlugen Funken aus dem Straßenpflaster. Vorm Palazzo Magnanini standen Wachen. Sonst war alles still. Ich saß ab; die Männer salutierten vor mir mit erhobener Hellebarde. Dann hob ich meine Hand, um die Mesusa am Torpfosten zu berühren und die Finger danach an die Lippen zu führen.
Aber da war keine Mesusa. Kein Zeichen mehr, dass dies ein jüdisches Haus war, in dem man versuchte, die Gebote des Herrn zu erfüllen.

Gracia stürzt mir auf dem Innenhof entgegen – ist es ein Zufall, oder hat sie meine Ankunft vorhergesehen? Sie trägt ein dunkles Kleid, ihr Haar ist zu einem kunstlosen Knoten ge-

schlungen, zwischen den Nesteln ihres Obergewands drängt sich unordentliches Leinen hervor. Sie stürzt in meine Arme, wortlos, und ich spüre, wie sie am ganzen Leib zittert.

Ich wiege sie, küsse ihr Haar. Presse ihren Kopf an mich.

»Querida! *Was ist geschehen?«*

»Wir sollen weg«, flüstert sie schließlich. »Aber ich will nicht. Sie geben uns die Schuld an der Krankheit – wie sollte es anders sein. Dabei ist es gar nicht die Pest, sagt Lusitanus. Und der Herzog hat befohlen, unsere Mesusa zu entfernen. Aus Gründen unserer Sicherheit, hieß es. Ich habe es verboten, aber seine Leute haben es trotzdem gemacht, obwohl ich mich dazwischengeworfen habe.«

Sie löst sich aus meinen Armen, sieht mich an, die Augen voll dunkler Verzweiflung, Iris und Pupille sind eins. So habe ich sie noch nie erlebt, so völlig außer sich. Zornig, ja, wild, ja, energisch, ja – aber so klein, so zagend?

Und nun sagt sie, und sie sagt es mit tödlichem Ernst: »Nun hat es uns ereilt, Joseph. Nun haben sie uns. Nichts hat uns genützt, nicht die Ströme von Geld, die wir in ihre gierigen Hände haben fließen lassen, nicht unser Lügen und unsere Verstellungen, nicht all unser Bemühen, mit ihnen auszukommen. Sie werden uns umbringen.«

»Gracia Nasi!«, sage ich eindringlich, »was ist in dich gefahren?« Ich packe sie an den Oberarmen. »Rede mit mir!«

Sie schluckt. »Joseph«, erwidert sie, und ihre Stimme ist ein Flüstern, »ich kann mich daran erinnern. Als sie die Mesusa abmachten von unserer Tür – da war es wieder da. Lissabon. Ich war ein kleines Mädchen. Sie drangen in die Häuser ein, Leute, Christen – geführt von irgendwelchen Mönchen, die schwenkten in ihren Händen große Holzkreuze und schrien irgendetwas, ich glaube, sie suchten nach Beweisen, dass alle

Marranen nur zum Schein Christen seien. Sie haben meinen Vater … geschlagen. Und sie haben Bücher aus dem Haus geschleppt, hebräische Bücher. Und sie haben die Tefillin gefunden, die Tefillin meines Vaters. All das andere, die Leuchter und die große Thorarolle, die er aus Spanien hatte retten können, das haben sie nicht entdeckt, das war in einem guten Versteck. Aber dann fanden sie die Mesusa, auf der Innenseite des Türpfostens. Sie zerhackten den Pfosten und schlugen das heilige Zeichen herunter, und sie warfen alles auf die Straße und legten Feuer daran. Es war … ein Scheiterhaufen, nur ohne Menschen. Ich hatte es … vergessen.«

»Und dein Vater? Ist dem etwas geschehen?«, frage ich und bemühe mich, den Sturzbach ihrer Angst mit ein wenig Vernunft einzudämmen.

Sie schüttelt den Kopf. »Nein. Er konnte sich schließlich freikaufen. Sich und uns. Mit einer Menge Geld.«

»So. Also er lebte und ihr auch, er hat es geschafft, so wie wir es schaffen werden. Und jetzt weg mit diesen bösen Erinnerungen!«, sage ich mit Bestimmtheit. »Komm, du bist kein Kind, das sich fürchten muss. Du bist Dona Gracia Nasi, und du musst unser Vorbild sein. Was genau sagt der Herzog?«

Meine Worte haben ihre Wirkung nicht verfehlt. Etwas ruhiger entgegnet sie: »Er hat uns diese Wache gestellt. Aber mehr kann er auch nicht tun. Wenn der Pöbel wirklich zuschlägt, sind ein paar Männer mit Spießen nutzlos.«

»Und warum gehen wir nicht fort, wenn der Herzog es so will?«

»Fortgehen?« Sie sieht mich voller Unverständnis an. »Wohin denn, Joseph?«

Inzwischen sehe ich das besorgte Gesicht Raphael Ugartes oben im Bogengang des Palazzo. Er wagt sich offenbar gar nicht mehr zu seiner Herrin, jetzt, wo sie so außer sich ist … Natürlich, niemand kennt sie so.

Ich winke ihn herunter zu uns. »Wo ist Don Samuel? Und wo ist Lusitanus?«

Ugartes Gesicht zwischen den grauen Haar- und Bartsträhnen ist eine einzige Falte. »Dem Ewigen sei Dank, dass Ihr zurück seid, Don Joseph! Euer Bruder macht mit mir gemeinsam eine Abschlussbilanz, wie es die Señora angeordnet hat, und Lusitanus ist beim Herzog.«

Abschlussbilanz? Ich traue meinen Ohren kaum. Was verspricht sie sich von einer Abschlussbilanz? Es ist völlig irrational! Meine stets besonnene Herrin gibt Befehle, die weder Hand noch Fuß haben.

Ich zwinge mich zu einem beruhigenden Lächeln. »Ich gehe ebenfalls zum Herzog. Wir stehen unter seinem Schutz. Und«, ich blicke zu Ugarte, »sagt meinem Bruder, er soll mit dem Unsinn aufhören und lieber anordnen, einen Vorrat an Lebensmitteln und Bargeld zusammenzupacken – falls wir denn wirklich wegmüssen.«

Ercole empfängt mich sofort, und noch während ich vor ihm das Knie beuge, sehe ich, dass zu meiner Erleichterung auch Amatus Lusitanus im Raum ist, nebst ein paar uns wohlgesinnten Höflingen.

Ich breite die Arme aus, dramatisch. »Um der Liebe des Allmächtigen willen, Herrlichkeit, ist es wirklich die Pest? Dann erflehen wir den Schutz von Euer Gnaden. Ihr wisst, was mit den Juden in Pestzeiten geschieht. Die Unwissenden behaupten, wir würden die Brunnen vergiften. Die Señora ist außer sich …«

»Und Ihr auch, Don Joseph, wie mir scheint«, sagt Ercole mit

einem Seufzer. »Setzt Euch, trinkt einen Schluck Wasser, und hört Euch an, was der gute Arzt zu sagen hat.«
Ich zwinge mich, Platz zu nehmen, und greife nach einem Tonbecher. Als ich ihn fasse, merke ich, dass meine Hand zittert. Gracias Panik hat mich angesteckt.
Lusitanus wiegt den Kopf. »Es ist nicht die Pest, Don Joseph«, sagt er, und er seufzt wie der regierende Herr. »Es ist ein Brechdurchfall, und was das Schlimme ist, er rührt tatsächlich von den Brunnen her. Die Hitze hat das Wasser verseucht. Es ist eine ganz einfache Sache. Die Leute müssen sich nur dazu überwinden, das Wasser abzukochen. Ich predige das seit Beginn der Hitzezeit. Aber die wenigsten halten sich daran. Wie soll nun das unwissende Volk begreifen, dass es kein Gift ist und dass niemand von außen die Verunreinigungen verursacht hat? Und zudem sind die Menschen misstrauisch gegen meine Ratschläge, weil sie von einem Juden kommen. Vielleicht, so mutmaßen sie, macht das Abkochen alles ja noch schlimmer. Die Lage ist ernst.«
Ich blicke auf meine staubbedeckten Stiefel herunter. »Sind viele erkrankt?«, frage ich.
»Ein gutes Dutzend vielleicht«, erwidert Lusitanus. »Und Todesfälle hat es bisher nicht gegeben. Trotzdem rate ich Seiner Hoheit, dem Herzog, sowie allen Personen am Hof, die Stadt zu verlassen. Wie sagte doch ein großer Arzt aus Arabien? Cito, longe fugeas et tarde redeas. *Fliehe schnell und weit und komme spät zurück.«*
Herzog Ercole schüttelt den Kopf. »Was mich und die Duchessa angeht, so werden wir selbstverständlich in unserer Stadt bleiben. Aber ich halte niemanden. Vor allem aber rate ich meinen Juden, für eine Weile aufs Land zu gehen, bis die Seuche abklingt. Auch wegen der Erkrankungsgefahr, doch vor allem

wegen der Volkswut. Ich kann für nichts bürgen, Don Joseph. Meine Stadtwachen vermögen nichts, wenn der Pöbel losrast. Ich habe befohlen, die heiligen Zeichen von den Türpfosten der Judenhäuser zu entfernen, denn das lenkt ja den Blick der Übelwollenden erst recht darauf. Es tut mir leid, dass Madonna Gracia deswegen so außer sich geriet.«

Ich schweige. Natürlich kann er nicht verstehen, dass die Mesusa für uns Schutz *bedeutet, die Nähe des Ewigen bei unserer Heimstatt, und dass die Entfernung des Zeichens uns – nach unserem Verständnis – erst recht preisgegeben macht.*

Im Raum herrscht überhaupt bedrücktes Schweigen, und wenn ich mich umsehe, stelle ich fest, dass von Ercoles Höflingen es offenbar schon eine ganze Reihe vorgezogen hat, die Stadt zu verlassen, gleich ob sie Conversos sind oder italienische Christen.

»Habt Ihr vielleicht Gärten vor den Toren der Stadt, in die Ihr Euch zurückziehen könntet, in saubere Luft und unter starker Bewachung?«, fragt mich der Herzog.

Ich schüttele den Kopf. Wozu brauchten wir Gärten? Wir hatten den herrlichen Innenhof zum Feiern, den weiträumigen Palazzo, das ambiente *der schöngebauten Stadt.*

Lusitanus ergreift das Wort. »Am Ufer des Po di Volano, draußen vor den Toren, ist die Luft gesund und mild, auch ein Wald ist in der Nähe, wo man sich verbergen kann, wenn Raubgesindel kommen sollte. Sobald die Hitze nachlässt, wird die Krankheit abklingen, das kann ich versichern. Nur ein paar Tage, dann können alle in ihre Häuser zurückkehren. So lange müsstet Ihr dort ein Provisorium errichten.«

»Was meint Ihr, Don Joseph? Könnt Ihr die Señora wohl zu einem solchen Schritt überreden?«, fragt Ercole. Er sitzt da, groß und blond und hilflos, unglücklich über die Grenzen sei-

ner Macht und seines guten Willens. Ich mag ihn, er ist uns wohlgesinnt und zudem ein tapferer und redlicher Mann, wenn er mit seiner Frau in der verseuchten Stadt zurückbleibt.
»Euer Hoheit geruhen, uns sicheres Geleit bis vor die Tore zu gewähren«, sage ich. »Dann übernehme ich. Ich habe meine Reiseeskorte noch nicht entlassen, wir sind gut bewaffnet. Wir werden gegen Morgengrauen aus Ferrara fortgehen, unsere Habseligkeiten bleiben hier fest verschlossen unter herzoglichem Schutz zurück, sicher vor Plünderungen. Könnt Ihr uns das zusagen?«
Ercole nickt ernst.
»Eins noch, Hoheit. Gestatten Euer Gnaden, dass Signor Lusitanus mit uns kommt. Auch wir könnten erkranken.«
Erschrocken will der Herzog auffahren, aber der Arzt sagt beruhigend: »Hoheit, Ihr habt einen Leibarzt, und einen sehr guten. Er verfügt über die gleichen Kenntnisse wie ich. Seid Ihr auf mich angewiesen? Er wird sich, wie ich, an die Vorschriften halten. Kocht das Wasser und das Geschirr ab, wascht Eure Hände mit Seife, vermeidet, jemand anderen zu küssen als Madonna Renata. Alles wird gut.«

Unsere Wagen – fast zwanzig, mit Dienerschaft und Hausgenossen – verließen im Morgengrauen die Stadt, umgeben von den graublitzenden Eisenhüten und Harnischen der Stadtwache, die uns mit ihren hohen Piken umringte wie eine Igelshaut. Alles war still, bis auf das Trappeln der Pferdehufe und das Rollen der Räder auf dem Pflaster. Hinter der Wagenkolonne kam meine Eskorte, die außer Spieß und Schwert auch Feuerwaffen führte, dann die Packesel und die ledigen Ersatzpferde. Sogar die Hunde des Hauses hatten sich unserem Exodus angeschlossen, aber auch sie gaben nicht Laut, sondern

zogen still mit hängenden Ruten unter den Wagen oder neben den Pferden her.
Die Tore des Palazzo Magnanini waren fest verrammelt worden, unsere Barschaften, die Bücher der Firma und die Effekten in den Kellern hinter mehrfach verriegelten und verschlossenen Türen verborgen. Mehr konnten wir nicht tun. Wir hatten die christlichen Dienstboten mit mehr Geld als guten Worten gebeten, zu verbreiten, dass alles von Wert auf unseren Wagen sei, und da diese Leute auf unsere Rückkehr hofften, denn es ging ihnen gut bei uns, würden sie vielleicht klug sein und für uns lügen.
Die Hitze hatte nachtsüber kaum nachgelassen, sie hing wie eine dicke Wolke zwischen den erwärmten Steinen der Häuser.
Die Juden hatten sich in ihrem Viertel verbarrikadiert. Wir hatten ihnen angeboten, mit uns zu ziehen. Aber sie wollten nicht fort.

Gracia Nasi sitzt neben mir im Wagen, erschöpft nach einer schlaflosen Nacht. Wegen der aufdringlichen Wärme hat sie sich nur in einen Schleier gehüllt statt einer Decke, ihre Hand ruht, Zeichen liebender Vertrautheit, unter meinem Hemd auf der Brust, ihr Kopf ist weggewandt, auf die Schulter ihrer halbwüchsigen Tochter neben ihr gefallen; Reyna starrt mit weit geöffneten Augen in den grauenden Morgen, als erwarte sie eine schreckliche Zukunft …
Sobald wir das Weichbild der Stadt verlassen haben, sobald die Stadtwache umkehrt, werde ich Gracias Hand mit den langen Fingernägeln vorsichtig von meiner Haut entfernen und aus dem Wagen aussteigen, um auf meinem Pferd gemeinsam mit Samuel unsere Eskorte zum Geleitschutz für den Konvoi zu

formieren. Wir haben die Pistolen in unseren Satteltaschen, die Männer tragen ihre Musketen über der Schulter.
Wir sind nicht hilflos ausgeliefert dem Hass der anderen, wie das wohl in Lissabon war.
Wir wissen uns zu wehren. Mir jedenfalls gefällt das.

Sie sind ja keine Wandernomaden.
Überall, wohin sie kommen, seit man ihnen ihre Heimat Palästina genommen hat, bitten sie um Wohnrecht, errichten ihre festen Häuser, bauen ihre Synagogen, den Herrn zu preisen, ihre Akademien, zu lernen und zu studieren, ihre Schulen für Kinder, Jungen und Mädchen gleichermaßen. Sie erbitten einen Fleck Erde, um ihre Toten nach ihren Bräuchen zu bestatten. Eröffnen ihre Gewölbe, um mit Waren zu handeln, und ihre Kontore, um mit Geld und Obligationen Geschäfte zu machen, vor Ort sowohl wie im Land. Sie wohnen zusammen, sie feiern zusammen, und ein jeder hat sein Heim und seinen Hausstand für sich. Sie benötigen ihre Riten und Rituale und die Dinge, mit denen man sie ausübt – ihre Bücher im Schrein, ihre besonderen Gewänder, ihre Gerätschaften, dem Herrn nach althergebrachter Weise zu dienen.
Ja, sie brauchen das Feste, das Beständige, das Beieinander im Innenraum.
Hier nun, am ulmenbestandenen Ufer des Po di Volano, ist alles neu und anders. Hier – nachdem sich bald herausstellt, dass die Hitze und mit der Hitze die Krankheit weit länger dauert, als Lusitanus vorhergesagt hat – beginnen sie, sich einzurichten im Vorläufigen: *So schieben sie die Karren zu einem Kreis zusammen, durch den es nur ein paar enge Durchgänge gibt, bilden eine Wagenburg zu ihrem Schutz, als seien sie Geächtete, Menschen außerhalb der Gesellschaft. Sie er-*

richten auf den Karren Nachtlager, trennen mit Sackleinwand Bereiche ab, hinter denen Holzbottiche stehen, in denen sich Männer wie Frauen getrennt waschen können, bauen so etwas wie eine Feldküche auf. Die Dienerinnen sind unsicher und verwirrt, sie haben hier Arbeiten zu verrichten, wie sie sie bisher nur selten tun mussten – ein Feuer unter freiem Himmel entfachen, Platz für Geräte des Alltags schaffen, die man braucht: Man kann ein Schüreisen so wenig wie einen Kochlöffel von seinem bisher angestammten Platz holen, sondern muss diese Stelle erst erfinden (ein Krug vielleicht, in dem das alles zusammen steckt), man muss sich überlegen, wo man das Geschirr spült, und muss zum Wäschewaschen an den Fluss; die Laken werden zum Trocknen an die Bäume gehängt.

Es gibt Tiere, die den Städtebewohnerinnen Angst und Schrecken einjagen: große Käfer und Grashüpfer, die zwischen den Kesseln herumlaufen oder -springen und sich auch schon einmal auf ein Hackbrett oder in einen Kochtopf verirren; am Fluss hausen Wasserratten und Krebse. Die Frauen kreischen, benehmen sich hysterisch.

Man streitet sich.

Die Schreiber und Mitarbeiter aus dem Kontor stehen herum und haben zwei linke Hände.

Raphael Ugarte mit den zwei Haushofmeistern, die ihm unterstellt sind, und die Brüder Nasi haben zu tun, das Chaos in geordnete Bahnen zu lenken.

Die Männer der Eskorte begreifen nicht, warum sie nicht gemeinsam mit den anderen essen und trinken sollen, sondern an einem eigenen improvisierten Tisch sitzen müssen. Wenn man ihnen erklärt, dass die Gebote es Juden verbieten, mit Nichtjuden gemeinsam zu speisen, schütteln sie ungläubig den Kopf und fluchen auf das hochmütige jüdische Pack, das sich wohl für etwas Besseres hält, und argwöhnen, man würde sie mit minderwertigem Essen abspeisen. Nur der großzügige Sold, der ihnen jeden Morgen pünktlich ausgezahlt wird, hält sie bei der Stange.

Die Nächte sind voller Ängste. Schreie unbekannter Vögel durchreißen die Stille und lassen die Vagabunden wider Willen immer wieder aus unruhigem Schlummer auffahren. In ihren angstvollen Phantasien erscheinen ihnen diese Stimmen wie die unheimlicher Wesen oder Dämonen; manchmal scheinen diese Wesen ganz nah zu sein!

Joseph, Samuel und Ugarte teilen sich in die Nachtpatrouillen und kontrollieren mit blanker Waffe, ob die ausgestellten Wachen ihr Amt versehen; sie kommen nicht mehr aus den Kleidern.

Hin und wieder jagen große schwere Wolken ihre unheimlichen Schatten über das Judenlager hin, aber es gibt keinen Regen, und die Schwüle lässt nicht nach, und so erscheinen ihnen diese Wolken wie finstere Bedrohungen.

Dona Gracia Nasi – nun wieder gefasst – erinnert sich nicht, in ihrem Leben schon einmal unter freiem Himmel geschlafen zu haben. Sie hat ihren Fuß nie auf die nackte Erde oder auf ein wildwachsendes Grün gesetzt – da gab es immer geglättete Wege, geharkt, mit Kies bestreut oder steingepflastert, und Wiese bedeutete Rasen, glatt geschoren und sanft.

Hier stechen einen Disteln ins Bein, Kletten bleiben am Kleid hängen, Dornen können in den Finger stechen, und das Schilf am Ufer des glatt und schnell fließenden Po di Volano ist scharfkantig und hart wie der Rand eines schlecht zugeschnittenen Blatts Papier.

Sie mag Innenhöfe mit Pflanzen in Terrakottakübeln, sie liebt gepflegte Gärten. Die Natur, wenn sie sich so darbietet, wild und ungezügelt, gefällt ihr nicht. Sie beschließt, sie zu ignorieren, so wie sie dieses ganze Wanderlager zu ignorieren beschließt.

Sie ordnet an, dass zwischen ein paar Ulmen am Flussufer eine Art Zeltdach mit Seitenbahnen aufgespannt wird, darunter, mehr schlecht als recht, ein extra für dieses Zelt grob aus Kiefernbrettern zusammengefügter Tisch und ein paar Stühle. Auf den Tisch kommt eine Brokatdecke, die Stühle erhalten Kissen.

Es ist so etwas wie eine Laubhütte, die man zum Sukkothfest errichtet, finden die anderen und haben damit eine Erklärung, etwas, das ihnen vertraut ist.

Und in diesen luftigen Raum werden Rabbi Soncino und Amatus Lusitanus gebeten, zusammen mit einem Mann, der unterwegs zu ihnen gestoßen ist, ein Jude wie sie, und der sich Marsilio nennt.

Er kam zu ihnen, als sie gerade dabei waren, das Lager einzurichten, und bat, bleiben zu dürfen. Man habe ihn aus Rovigo vertrieben, da man seine Künste für Magie hielt. Und wirklich war er ein Kabbalist, einer, der sich auf Geheimlehren versteht, ein Mensch mit strähnigem Haar, stechenden Augen und struppigem Bart, um den alle einen Bogen machen aus Scheu, er könne sie verhexen, nur Dona Gracia nicht. Auf dem Tisch, dessen frisches Holz noch durch den Brokatteppich hindurch duftet, liegen Bücher. Die Señora hat vor, mit den Männern des Glaubens und des Geistes zu disputieren.

Joseph und Samuel betrachten diese »Laubhütte« mit Besorgnis. Für die Brüder sieht es so aus, als habe sich die Herrin des Hauses Mendes in unfruchtbare Spekulationen zurückgezogen, anstatt ihre Stellung als Führerin und Leiterin einzu-

nehmen, wie man es gewohnt war und worauf man sich verlassen konnte.

Sie sitzen beide am Ufer dieses Flusses, haben sich unter dem Vorwand, Enten für den Mittagstisch schießen zu wollen, zurückgezogen. Ihre Jagdgewehre liegen neben ihnen im Gras.

»Über was, um des Himmels willen, redet sie mit diesen Männern?«, fragt Samuel.

Joseph zuckt die Achseln. »Wir profanen Weltkinder werden nicht gewürdigt, teilzuhaben an diesen Höhenflügen. Und da Rabbi Soncino, die Leuchte der Weisheit, mich überhaupt nicht leiden kann – was auf Gegenseitigkeit beruht –, darf ich nicht einmal meine Nase zwischen die Zeltbahnen stecken, ohne dass die vier verstummen. Immerhin …«

»Immerhin was?«, drängt ihn Samuel. »Ich müsste dich schlecht kennen, wenn du nicht etwas herausbekommen hättest!«

Der Bruder verkneift sich ein Grinsen. »Ich habe Lusitanus ausgefragt, und er erklärte es mir mit einfachen Worten. Sie haben mannigfaltige Themen. Astrologie und Auslegung der Welt mittels des Zahlenzaubers der Kabbala und auch Fragen der Medizin.« Er wird ernst. »Aber das Eigentliche dieser Gespräche ist etwas anderes. Es kreist um eine einzige Frage: Wo können wir eine bleibende Heimat finden?«

Samuel runzelt die Stirn. »Eine bleibende Heimat?«

»Ich glaube, hier zwischen Wald und Wiese, die ihr so fremd sind wie einem Mann vom Lande ein steinerner Palast – hier und nach dem Schrecken dieses jähen Exodus ist unserer Herrin klar geworden, dass unseres Bleibens in Europa nicht sein kann. Auch dies Exil, das uns der gute Herzog Ercole gewährt, ist nur eine Atempause. Wir müssen fort von hier.«

»Das, meinst du, das bespricht sie da unterm Zeltdach?«

Joseph nickt. »Das und anderes. Eins steht fest: Diese Idylle von Ferrara – sie ist bei den ersten rötlichen Flecken auf der Haut einer beliebigen christlichen Frau, beim ersten Fieberanfall eines christlichen Kindes und den ersten blutigen Exkrementen irgendeines kleinen Mönches zusammengebrochen wie ein Kartenhaus. Und der Herzog, der Sohn der aufregenden Lucrezia Borgia, die sich an überhaupt keinen Zwang hielt, ist nun eingebunden in vielfältige Zwänge. Seine *Macht ist begrenzt, und die der anderen wird ihn schließlich zur Strecke bringen.«*

Er spielt mit dem Abzug der Waffe neben sich – die Enten schwimmen unbehelligt vor ihrer Nase herum, eine ganze Flottille.

»Wahrscheinlich hast du recht«, sagt Samuel nachdenklich. »Was also praktisch heißt: Wir Mendes müssen fort aus Europa. Hattet ihr nicht schon Pläne gemacht … in der Richtung?«

Er deutet mit dem Daumen in Richtung Osten.

Joseph knurrt zustimmend. »Leider hat man uns dann zunächst ein Stück in Richtung Westen fortgejagt – obwohl ja nichts gegen Ferrara einzuwenden ist. Aber ich will, dass sie es plant!*«*

»Und nicht weiter in dieser ›Laubhütte‹ hockt!«, ergänzt Samuel.

»Natürlich. Und vielleicht müssen alle Juden fort aus Europa«, entgegnet Joseph, und es klingt fast grimmig. »Ach, und dann ist da noch etwas: Dieser merkwürdige Kabbalist, dieser Marsilio, soll unserer Herrin aus seinem Buchstabensalat prophezeit haben, sie *würde auf alle Fälle ins Heilige Land gelangen!«*

Samuel schüttelt den Kopf. »Was für ein Phantast! Komm, wir lassen die Enten. Wir sind ohnehin nicht in Jagdlaune.«

Joseph schnaubt verächtlich durch die Nase und jagt einen Schuss über die Wasseroberfläche.

Kein Treffer. War wohl auch nicht geplant.

Konstantinopel

1556

WIE in aller Welt sind wir auf Ferrara gekommen?«, fragt Joseph seinen Bruder. »Beziehungsweise, wie bist *du* auf Ferrara gekommen?«

Samuel schweigt und sieht vor sich hin, und Joseph ahnt: Die Señora hat seinem Bruder gerade eröffnet, dass er sehr bald in Ferrara zu tun haben wird …

Der lenkt schnell ab. »Sie plante also in dieser Hütte den Auszug in die Türkei?«

Joseph lacht ein bisschen, freudlos. »So gut müsstest du unsere Herrin doch kennen, um zu wissen, dass bei ihr jede Spekulation immer sehr bald zu einem handfesten Plan führt. Denn die Türkei, das war nur so eine Art Nahziel. Ich hatte dir doch von der Prophezeiung jenes Marsilio gesprochen, falls du dich erinnerst. Diese Gedanken gingen noch weiter. Sie redeten da von einer *wahren* Heimkehr. Von einer Rückkehr in unser Heiliges Land. Nach Erez Israel.«

»Puh!«, erwidert sein Bruder und reißt die Augen auf, »das kann sich wohl wirklich nur so ein kabbalistischer Wirrkopf ausdenken! Weißt du, wie es der Handvoll Juden geht, die zur Zeit in Jerusalem leben? Christen und Muslime behandeln sie schlechter als die Straßenhunde.«

»Ich weiß«, sagt Joseph nickend. »Aber es ist trotz allem ein heiliger Ort. *Der* heilige Ort. Und dann gibt es da noch Safed,

wo die große Akademie des Talmuds war und ist, und Tiberias und …« Er unterbricht sich.
Und es hört sich fast an wie Scheu, als er mit gesenkter Stimme fortfährt: »Außerdem sprachen sie über das Erscheinen von Messias.«
Samuel ist still. Schließlich fragt er bedrückt: »Wo sollte Messias wohl erscheinen in unserem gequälten Israel?«
Der andere zuckt die Achseln. »Heißt es nicht, jedes Jahr wird irgendwo ein Zaddik ha-Dor geboren, ein Gerechter, der alle Möglichkeiten göttlicher Vollmacht in sich trägt, sein Volk zu erlösen?«, sagt er beiläufig. »Wie ich gesehen habe, Bruder, liest du doch auch gerade die *Consolationes,* ›Tröstungen‹, ein Buch voller Prophezeiungen …« Plötzlich lacht er auf. »Vielleicht hielt sich ja auch Rabbi Soncino für Messias, wer weiß. Nun, diese Meinung über ihn teilt unsere Señora jetzt wohl kaum mehr, falls sie je daran glaubte.«
Er rutscht von Ugartes Tisch, fächert nach seiner Gewohnheit die daraufliegenden Papiere mit einer Hand auseinander und wirft einen Blick darauf, stutzt. »Verdammt!«, knurrt er durch die Zähne.
»Was ist denn?« Samuel steht ebenfalls von seinem Platz auf und kommt heran.
»Sie hat ihr Testament gemacht!«, sagt Joseph leise.
»Das ist zu jeder Zeit eine vernünftige Angelegenheit«, merkt Samuel in all seiner Nüchternheit an. »Was gibt es daran so Aufregendes?«
Joseph packt ihn an der Schulter, und Samuel ist, als klammere sich der Bruder an ihm fest. »Du verstehst nicht«, sagt er. »Du kannst und musst nicht verstehen. Es ist … ich war zu lange fort, gerade in diesen Tagen, war da drüben überm Wasser, statt bei ihr zu sein und …«

»Joseph, noch einmal: Was ist mit dir? Mit dir und Gracia? Wovor – wovor fürchtest du dich?«

Der Bruder schüttelt den Kopf, blickt auf den Text des Testaments. »Lass nur. Trink deinen Kaffee und bleib bei mir. Tu mir die Liebe und warte mit mir gemeinsam auf sie, wenn sie heute Abend zurückkommt aus dem Bad bei der Sultana – nein, das ist wohl dann schon morgen früh.«

»Wenn du darauf bestehst …« Samuel geht zum Kohlenbecken zurück, wo über dem verglimmenden Feuer noch immer einiges in der langstieligen Messingkanne braust und zischt, zieht sich den Ärmel des Hausrocks über die Hand, greift vorsichtig zu und gießt mit Bedacht den Rest des Getränks vom körnigbraunen Satz ab. »Danach kann ich ohnehin nicht schlafen«, bemerkt er, mehr für sich als für Joseph, der noch immer mit gerunzelten Brauen das Testament der Prinzipalin überfliegt. »Was soll es schon Neues darin geben?«, fragt Samuel achselzuckend. »Das berühmten Drittel, aufgeteilt für die Armen, für die Gefangenen, für die Waisenmädchen, die eine Mitgift brauchen. Die Stiftungen: Synagogen und Akademien. Sicher bist du der Universalerbe, du und Reyna. Übrigens: Brianda ist tot.« Er atmet tief aus, sagt stockend: »Dona Gracia hat mich gebeten, demnächst nach Ferrara zu gehen und – nun ja, ich soll La Chica heiraten.« Er lacht, verlegen.

»Das dachte ich mir schon, als du von Ferrara anfingst«, erwidert Joseph abwesend. »Das ist schön.«

Samuel sieht auf den Bruder, der immer noch das Papier in Händen hält. Warum reagiert er so … ohne Teilnahme?

»Joseph! Was hast du?«

»Es gibt doch etwas Neues in diesem Testament«, sagt er, ohne auf Samuel näher einzugehen. Er dreht sich um zu ihm und verschränkt die Hände hinterm Rücken. »Vielleicht stammt das aus den Tagen der ›Laubhütte‹. Sie will nämlich in Palästina begraben werden.«

Die Brüder sehen sich an.

Dann sagt Samuel mit schiefgelegtem Kopf: »Nur gut, dass das noch eine Weile hin ist damit. In diesen Jahren jetzt ist eine Überfahrt dorthin nicht gerade zu empfehlen. Überall Piraten.«

Joseph nickt, nachdenklich, wie's scheint. Er nagt an seinen Fingerknöcheln.

»Palästina«, murmelt er. »Gefällt es dir, zurück nach Ferrara zu gehen?«

Samuel breitet die Arme aus – eine Geste der Unentschlossenheit. »Wir sind hier, wir sind dort. Waren immer unstet wie der Wind. Wenn ich La Chica beschützen kann – warum nicht auch in Ferrara?«

»Ercole hätte uns gern behalten. Aber unser Aufbruch vom Ufer des Flusses damals hatte etwas Endgültiges.«

»Weil *sie* es so wollte. Sie wollte fort, fort um jeden Preis.«

Joseph schnaubt verächtlich durch die Nase. »Um jeden Preis nicht. Aber doch um einen ziemlich hohen. Und die Sache war heikel.«

Ferrara und Venedig

Vor vier Jahren

1552

DASS wir noch einmal in Venedig Station machen würden, hatte niemand gedacht – geschweige denn, dass wir bei der Serenissima für eine Zeit so etwas wie Gastfreundschaft genießen würden, die freilich – bei genauem Hinsehen – eine gewisse Ähnlichkeit mit einem Gefängnisaufenthalt hatte.
Nachdem in Ferrara nach endlosen Wochen die Seuche endlich abgeklungen war, weil es kühler geworden war und regnete, schickte der Herzog Boten und vermittelte uns die Bitte, in die Stadt und in unseren Palazzo zurückzukehren.
Wir entließen unsere Schutztruppe, beluden die Wagen und folgten der Aufforderung – ungeduldig und mit Freude die meisten von uns.
Endlich wieder in einem Bett schlafen, Mahlzeiten, die in einer Küche zubereitet worden waren, an einem Tisch und in einem Zimmer einnehmen, unsere Gebete in einem geschlossenen Raum verrichten und den Sabbat im Haus feiern …
Nun zogen wir also erneut in Ferrara ein.
Ja, der Palazzo war unversehrt. Unsere christliche Dienerschaft und die Conversos in der Umgebung hatten ein Auge darauf gehabt, wie wir sie gebeten hatten. Aber unsere Freude erlosch langsam, so wie ein Feuer erlischt.
War es, weil die Räume so muffig rochen, weil die Pflanzen im Innenhof verdorrt waren, weil sich Spinnen und Kakerlaken in

Küche und Keller angesiedelt hatten? Damit konnte man ja fertig werden.
Oder färbte auf uns alle nur die seltsam bedrückte Stimmung der Señora ab, die mit steinerner Miene den Palazzo inspizierte, als würde sie ein fremdes Terrain abschreiten?
Joseph bemühte sich um sie, versuchte, ihre Laune aufzubessern.
Ich selbst, Samuel, ging mit Raphael Ugarte in die unterirdischen Gewölbe, um unsere Wertgegenstände, Gelder, Wechselbriefe und Papiere aus dem Versteck zu holen und zu sichten. Alles war unversehrt und in einem Zustand, wie man ihn sich besser nicht wünschen konnte; zudem zeugten Stapel von Briefen, die ein Converso der Nachbarschaft für uns entgegengenommen hatte, davon, dass unsere Agenten in allen Städten so effektiv weitergearbeitet hatten, als hätte das Herz des Unternehmens nicht für einige Wochen nur noch matt geschlagen. Das Haus Mendes erfreute sich trotz allem sozusagen bester Gesundheit.
Nur Gracia nicht. Sie war von einer Unruhe befallen, die ansteckend zu sein schien.
Sehr bald sahen und hörten wir auch noch anderes: Die bunte Gesellschaft der Feste und Feiern war in ihrer alten Form nicht mehr vorhanden. Die Seuche hatte dem Herzogshof Abstinenz aufgezwungen und unser Auszug die meisten zusätzlich verunsichert. Die Anhänger des Alten Bundes hatten sich ja in einer Art freiwilligem Ghetto eingeschlossen, um sich vor Anfeindungen von außen während der Krankheit zu schützen (was allerdings nicht durchweg gelungen war), und sie hielten sich nun auch weiter vom Hof fern. Eine Reihe von Conversos war abgewandert, in anderen Gegenden ihr Glück zu versuchen. Die Lust an Musik und Poesie schien allen vergangen zu

sein. Die Drucker Abraham Usque und sein Bruder hatten ohnehin die Stadt verlassen – der Plan dazu war schon vor der Seuche entstanden.
Ferraras Zauber war erloschen.
Umso eifriger betrieb die Señora nun auch unseren Exodus. Ihr Wahlspruch, wohl inspiriert von Soncino, hieß: Näher zum Heiligen Land!
Während Ugarte und ich die Reisevorbereitungen einleiteten und uns um Schutz- und Geleitbriefe bemühten, war mein Bruder Joseph vorausgeeilt nach Venedig, denn von dort aus sollte schließlich unsere Überfahrt ins Osmanische Reich starten. Joseph hatte schon einmal sehr effektiv mit den Behörden verhandelt, um Gracia und Reyna aus der Klosterhaft zu befreien.
Dass die Abgeschobenen nun erneut um eine Art Transit-Asyl ersuchten, war eine so vertrackte Situation, dass mit ihrer Lösung wirklich nur einer fertig werden konnte: »Juan Micas«, der Trickser.
Dona Gracia wies uns an, zu unseren portugiesischen Namen zurückzukehren auf unserer Reise durch Italien und für den kurzfristigen Aufenthalt in Venedig, um so wenig wie möglich aufzufallen.
Unsere Fahrt musste uns auch durch den Vatikanstaat führen, um wieder in die Lagunenstadt zu gelangen.
Wir bekamen großartige Pässe, ausgestellt auf unsere Converso-Namen; insonderheit »Beatrice de Luna« wurde für die Passage durch den Papststaat bescheinigt, dass sie eine treue Tochter der Kirche sei. Wir waren zu angespannt, um darüber zu lachen.
Wenn es sich bei alldem um eine jener Transaktionen gehandelt hätte, die wir nun schon fast routinemäßig durchführten:

von Portugal nach Antwerpen, von Antwerpen nach Venedig, von Venedig in dies kleine Herzogtum des Ercole und nun zunächst übers Mittelmeer zum kleinen Grenzstaat Ragusa und dann über Land weiter ins Türkenreich – aber nein!
Das Streben der Señora ging dahin, möglichst viele Conversos aus Ferrara und aus den umliegenden Städten wie Modena und Padua zu »erlösen«, mitzunehmen in die Glaubens- und Handelsfreiheit der Türkei – alles bedürftige Leute, die auf die Mendes-Hilfe angewiesen waren. Unsere Familie vergrößerte sich, sie schwoll an wie der Kropf eines Ochsenfroschs. Lauter arme »Verwandte« mussten mit gültigen Papieren versehen werden, einige wurden zum Schein verheiratet, Waisenkinder wurden vermeintlichen Eltern untergeschoben, Großmütter und Großväter, Tanten und Onkel aus dem Boden gestampft. Schließlich war die Reisegruppe der Señora, einschließlich Dienerschaft, Handelsgehilfen, Agenten und Mitarbeitern des Kontors, auf rund dreihundert Köpfe angewachsen – und für die alle mussten Ugarte und ich Legitimationen und Geleitbriefe verschaffen. Eine Aufgabe, die all unsere Findigkeit auf den Plan rief und uns manchmal fast verzweifeln ließ.
Joseph war, wie gesagt, nach Venedig vorausgeeilt, um unseren Aufenthalt dort zu organisieren, doch auch, um über unsere gewaltige »Völkerwanderung« mit der türkischen Seite zu verhandeln. (Damals ahnten wir Brüder noch nicht, dass dies unsere letzten Tage und Wochen in der Seestadt werden sollten – die Entführung La Chicas ein Jahr später machte uns für alle Zeit zu Geächteten in Venedig.)
Und noch immer hauste Brianda im Palazzo Gritti und verprasste einen Teil von dem, was wir erarbeiteten.
Ich hatte von Lusitanus gehört, unterm Siegel der Verschwiegenheit, dass Joseph Brianda gegenüber seinen Zorn nicht

hatte mäßigen können. Es war also kaum zu erwarten, dass er sie jetzt aufsuchen würde.
Dass er es doch tat, wie später zu erfahren war, hing mit dem Tschausch zusammen, dem Gesandten der Hohen Pforte, mit dem er zu verhandeln hatte, oder vielmehr mit dessen Herren in Konstantinopel.

Don Josephs Türkisch ist zu diesem Zeitpunkt noch ein bisschen holprig, aber da er Sprachen einsaugt wie der Schwamm das Wasser, wird sich das innerhalb der nächsten Wochen sehr schnell ändern.
Im Augenblick stört es aber überhaupt nicht, denn der Tschausch, Mustafa Bey, ein Mann mit einem Gesicht wie ein freundlicher Kürbis, spricht sehr gut Italienisch. Er ist ein Renegat, ein übergelaufener Christ von der Insel Sizilien, der sich im Dienste des Sultans mehr Möglichkeiten ausrechnete denn als ein christlicher Verwaltungsbeamter – nicht von Adel, also auch nicht fähig, zu höherer Stellung zu gelangen im Abendland. Solche Vorurteile kennt man im Osmanischen Reich nicht, da steigt man auf durch Tüchtigkeit, nicht durch Herkunft.
Mustafa Bey hat, wie Don Joseph – jetzt wieder der cavaliere *Don Juan Micas – nun mit eigenen Augen sieht, einen hohen Grad der Anerkennung bei der Serenissima. Unser venezianischer Agent Herreiras, der Rotschopf, Kontaktmann auch zu den da Molin, hatte das bereits ausgespäht: Der Herr wohnt auf der Insel Spinalunga, mit Blick übers Wasser auf den Dogenpalast und San Marco, in einer üppig ausgestatteten Residenz, mit einer venezianischen Leibwache, mit Dienerschaft und einer kleinen Privatflotte versehen, und bezieht zusätzlich eine Apanage vom venezianischen Staat.*

Erstaunlich.

Herreiras hatte grinsend bemerkt, dass die Serenissima wirklich gut daran tue, sich mit dem »Erzfeind« auf diplomatischem Weg gut zu stellen. Niemand ist mächtiger als die Türken – gerade auf dem Gebiet, wo die Venezianer inzwischen ihren wunden Punkt haben: in der Seefahrt und im Seehandel. Denn das Mittelmeer ist nur noch ein großer Teich, seit vor über fünfzig Jahren weit im Westen die »beiden Indien« entdeckt wurden, und in diesem großen Teich sind die Türken die Hechte und die Venezianer nun die kleinen Fische.

Ein Gespräch mit dem Tschausch zu erlangen – für jemanden wie cavaliere *Don Juan Micas: kein Problem.*

Mustafa Bey hockt mit gekreuzten Beinen auf seinen Kissen (eine Übung, die Juan Micas inzwischen auch nahezu perfekt beherrscht) und nuckelt an der Wasserpfeife, die seinem Gegenüber in Zukunft noch so häufig zur Qual werden wird.

Man handelt.

Man balanciert Konditionen aus.

Da will also eine größere Gruppe von Ungläubigen in das Osmanische Reich einwandern. Die Bürgschaft für diese Immigranten leistet das Bank- und Handelshaus Mendes, dessen Prinzipalin das eigentliche Wunschobjekt des Großherrn ist, denn die Vermögenssteuer für Ausländer richtet sich nach deren Realbesitz.

Für den Seetransport der Personengruppe soll, nach den Vorstellungen der Hohen Pforte, die Serenissima aufkommen, da die Handelsflotte des Hauses Mendes gerade im Nahen und Fernen Osten gebunden ist und zudem die Hohe Pforte sich außerstande sieht, sicheren Geleitschutz zu versprechen – wegen der Piraten.

Nach den intensiven Verhandlungen, die cavaliere *Don Juan*

Micas mit dem Rat der Zehn geführt hat (er kennt sich ja aus mit diesen Herren, hat schließlich vor vier Jahren mit ihnen um die Freiheit der Señora gefeilscht), ist die Repubblica di San Marco bereit zu dieser Dienstleistung, falls die Pforte Zusagen gibt, sich während des nächsten halben Jahrs der Angriffe auf die venezianischen Faktoreien auf Candia und Negroponte zu enthalten.

So weit also hat es die emsige Arbeit des »Mannes für das Unmögliche« gebracht, der in diesen Tagen zwischen dem Wohnsitz des Tschausch auf Spinalunga, den Prokuratien, wo der Rat der Zehn residiert, und den einstigen Geschäftspartnern vom Hause da Molin hin und her eilt wie die Spinne, die ihre Netze knüpft. Aber nun kommen die Türken, kommt dieser Mustafa Bey mit einer neuen Forderung: Der Sultan, Schatten Allahs auf Erden, will beide *Schwestern Mendes in Konstantinopel haben!*

Don Joseph bleibt, was nicht häufig geschieht, zunächst einmal die Sprache weg. Er öffnet den Mund zu einem »Oh!« und betrachtet mit schiefgelegtem Kopf das Kürbisgesicht seines Gegenübers, als versuche er, hinter dessen mit buntem Turban gezierte Stirn zu dringen. In seinem eigenen Kopf greift das Räderwerk der Schlussfolgerungen ineinander.

Eigentlich logisch. Selbst wenn jener Teil des Mendes-Vermögens, der Brianda gehört, von Gracia verwaltet wird – die Einwanderungssteuer kann nur für Madonna de Luna erhoben werden. Käme die Schwester aber mit, würde sich die Summe verdoppeln. (Sie haben keine Ahnung, dass Brianda am Tropf hängt bei Gracia.) Und La Chica und ihre Mitgift noch dazuaddiert – kein Zweifel, auch an der Hohen Pforte kann man rechnen.

Aber abgesehen davon, was die Señora dazu sagen würde (auf keinen Fall wäre sie bereit, mit Brianda gemeinsam zu hausen, ja, nicht einmal das gleiche Schiff würde sie mit ihr betreten!) – was für einen Grund sollte diese zu diesem Zeitpunkt noch so »christliche« Person bewegen, in den Orient auszuwandern, wo sie doch hier in Saus und Braus leben kann, umschwärmt von edlen und weniger edlen Herren?

»Verehrter Mustafa Bey«, sagt Joseph-Juan langsam, »ich weiß nicht, ob Euch bekannt ist, dass zwischen den beiden Damen ein sehr – hm – angespanntes Verhältnis besteht. Welches Angebot könnte ich meiner Tante Brianda de Luna-Mendes denn unterbreiten, das sie bewegen würde, gemeinsam mit ihrer Schwester das Abendland zu verlassen?«

Darüber, stellt sich heraus, hat sich der Tschausch der Hohen Pforte noch keine Gedanken gemacht. Erst jetzt wird ihm klar, dass die attraktiven Chancen, die das Osmanische Reich für europäische Männer bereithält und die er selbst ja zu nutzen verstanden hat, für Frauen überhaupt nicht vorhanden sind. Im Gegenteil, außer einer Karriere als Dame unterm Schutz eines Mannes (also in einem Harem) hat man wohl, falls man denn keine Geschäftsfrau ist wie Dona Gracia, eher Nachteile zu erwarten.

»Signor Don Micas«, sagt er. »Ich stelle das Eurem berühmten Scharfsinn anheim. Versucht, die Dame zu überzeugen, womit auch immer. Irgendwelche Argumente werden Euch doch gewiss einfallen. Wir sprechen uns demnächst, und ich hoffe auf Euren Erfolg.« –

So kommt es denn, dass ich mich zähneknirschend im Palazzo Gritti einfinde (zu einer Zeit, wo die Hausherrin schon ausgeschlafen, aber das nächste abendliche Fest noch nicht begonnen hat, also kurz nach der Siesta) und den hochnäsigen

Majordomus Licentato da Costa um ein Gespräch mit jener Frau ersuche, die ich bei unserer letzten Begegnung verprügelt habe, wie man keinen unbotmäßigen Sklaven zusammenschlägt.
Ich werde mit merkwürdigen Blicken bedacht. Man habe von meiner Anwesenheit in Venedig bereits gehört und Vermutungen angestellt, was wohl dahinterstecken könne. Signor da Costa streicht sich den gepflegten Bart und ist sich nicht sicher, ob Madonna Brianda bereit sei, mich zu empfangen.
»Ich komme in Geschäften, Signor«, sage ich kühl, »nicht, um meine Aufwartung zu machen.« Setze mich im vestibulo *auf einen Sessel, schlage die Beine übereinander und warte, ohne mich weiter um das Tun und Lassen des Herrn Hofmeisters der Dame zu kümmern.*
Schließlich erscheint sie – zu dieser Stunde noch im Hausmantel, ungeschminkt, das blondierte Haar nur mit einem Band gehalten. In dieser Aufmachung, wo die Spuren der vergangenen Nacht verblichen sind und sie sich noch nicht in eine Kleiderpuppe alla moda *verwandelt hat, ist sie, das muss ich zugeben, wunderschön. Ihr Gesicht, das weich und eigentlich konturlos ist, hat ohne die übliche Tünche fast etwas Kindliches, die Linie vom Kinn über den gebogenen Hals ist makellos, die Haut straff bis herunter zu den Brüsten, die sie ungeniert aus ihrem Hausgewand hervorquellen lässt, Brüste, die viel üppiger sind als die ihrer Schwester …*
»Was willst du hier?«, sagt sie und bleibt auf der vorletzten Treppenstufe stehen. »Du Barbar, du Ungeheuer. Das letzte Mal, als du hier warst, hast du mir fast die Rippen gebrochen!«
Ich wollte, ich hätte es, denke ich reuelos, und sage: »Lass uns nicht über die Vergangenheit reden, sondern über eine mög-

liche Zukunft, liebe Tante«, und wähle mit Bedacht diese Anrede. »Ich habe dir einen Vorschlag zu unterbreiten.«
Sie sieht mich misstrauisch an, nähert sich zögernd, setzt sich ebenfalls. Ihr Morgenkleid rutscht auseinander und entblößt ihr Bein bis übers Knie.
Ich zwinge mich, wegzusehen, schließlich bin ich kein Stück Holz. Sie bemerkt es und lächelt ihr wissendes Lächeln.
»Also, was willst du.« Ihre Fußspitze im Seidenpantoffel kreist.
»Hast du dir schon einmal Gedanken darüber gemacht, in die Türkei zu gehen?«, sage ich ohne lange Vorsprüche. »Das Klima in Istanbul ist dir gewiss zuträglicher als die feuchte Luft Venedigs. Bestimmt würde man dir einen eigenen Palazzo stellen, prächtiger vielleicht als diesen. Und du müsstest keine Sorge haben, dass irgendein geldgieriger nobile *deine Tochter nebst Mitgift krallen würde. Diese Tochter hättest du da nämlich unter Verschluss.«*
Sie starrt mich an, und ihr Fuß steht still. »Steckt meine Schwester hinter diesem Vorschlag?«
»Ganz im Gegenteil«, erkläre ich. »Ich glaube, sie wäre von der Idee, die sie noch gar nicht kennt, nicht sehr begeistert.« (Natürlich muss ich ihr verschweigen, dass von ihrer Zusage im Augenblick die Ausreise Gracias abzuhängen scheint, noch darf sie überhaupt nichts von diesen Plänen wissen, sie hätte sonst sofort abgesagt. So aber glitzern ihre Augen …)
»Aber warum sollte ich es tun?«
»Nun«, sage ich so beiläufig wie möglich, »ich bin gerade in Verhandlung mit dem Tschausch aus Istanbul, du hast vielleicht davon gehört. Ich mache mit ihm … Geschäfte. Und da kam dieser Vorschlag. Weißt du, eine Person wie du würde eine ziemlich hohe Ausländersteuer zahlen müssen, um im Osmanischen

Reich aufgenommen zu werden. Du und deine Tochter. Diese Steuer würde natürlich das Haus Mendes tragen müssen.«
»Aha«, sagt sie, und ich sehe, wie sie nachdenkt. Diese Ausreise würde also, wie sie das jetzt versteht, ihrer Schwester ans Vermögen gehen. Und der zu schaden, ist ja wohl das Hauptziel ihres Lebens! (So spekuliere ich und weiß natürlich eigentlich, dass das Unsinn ist. Sie wird nie fortgehen ...)
Ich warte.
»Und du, Joseph, hast gewiss auch deinen Profit dabei, nicht wahr?«, sagt sie leise. (Ich erwidere nichts. Lasse sie in dem Glauben.)
»Interessant. Ich erwische dich das erste Mal, wie du deine angebetete Herrin verrätst.« Sie ist aufgestanden, nähert sich mir, geht vor mir in die Hocke. Der Morgenrock rutscht auf die Schultern. Ihr Busen ist nackt, die bräunlichen Warzen stehen steil in die Höhe.
»Ich verstehe«, sagt sie leise. »Manchmal hat man es satt, immer nur die Füße einer Frau zu lecken und in Demut all ihre Wünsche zu erfüllen. Manchmal möchte man auch den ganzen Kerl raushängen lassen, stimmt's, Juanito? Hat's dir deshalb solchen Spaß gemacht, mich zu verdreschen wie eine bockige Eselin? Fehlt dir so eine Abwechslung?«
Und dann ist ihre Hand genau da, wo ich sie jetzt nicht spüren möchte. Ich beiße mir auf die Lippe und versuche, des unwillkommenen Aufruhrs Herr zu werden.
»Lass das, Brianda«, sage ich heiser – und weiß schon, dass ich hier mein Ziel nicht erreichen werde. Die Mittel sind unverhältnismäßig.
»Was, meinst du, könnte ich in Istanbul oder Konstantinopel, wie immer auch, tun?«, fragt sie gurrend und fingert weiter an meiner Hose herum.

»Das, was du gerade machst«, erwidere ich wütend und schiebe ihre Finger beiseite. »Am besten, du eröffnest ein Bordell – obwohl die Muselmanen ja alle mehrere Frauen zur Verfügung haben.«
Ich stehe auf, ordne meine Kleider.
Sie lacht. »Juanito, der Schoßhund meiner Schwester. War das Angebot mit der Auswanderung eben ernst gemeint?«
»Ja«, sage ich, »aber vergiss es.« –
Venedigs Huren sind in allen Künsten erfahren, ihre Körper sind weiß und üppig. Ich komme an diesem Abend nicht zur Ruhe, wechsle mehrmals die Räume und die Frauen und liege schließlich in meinem Quartier noch immer unbefriedigt und denke an Gracia und tue es in Gedanken an sie, und dann endlich kann ich schlafen.

Das Geschäft mit dem Türken wickelte ich dann anders ab. Mit dem Sprössling der Familie da Molin spann ich ja einen ganz guten Faden. Ich suchte ihn auf, und er vermittelte mir die Bekanntschaft des Maestro della sicurezza, *des Sicherheitschefs vom Arsenal, der riesigen Schiffswerft der Repubblica – ein Mann, dessen Lippen von Amts wegen versiegelt sein mussten, denn Schiffsbau war Staatsgeheimnis.*
Aber es gibt kaum ein Siegel, das man nicht mit der entsprechenden Menge Goldstücke aufbrechen kann, und wenn dann noch eine Kanne Zypernwein, der man den Absud eines bestimmten Pilzes beigemischt hat, ins Spiel kommt, sprudeln die Auskünfte. Inwieweit sich in diesen dann Phantasie und Wirklichkeit mischen, steht auf einem anderen Blatt. Zumindest erfährt man genug, um eine glaubwürdige Mixtur daraus herzustellen – so glaubwürdig, dass ein Tschausch der Hohen Pforte der felsenfesten Überzeugung ist, hochbrisante Aus-

künfte über die Baupläne der künftigen venezianischen Flotte zu erhalten: eine Galeasse genannte Wunderwaffe von Schiff. (Sie soll erst viel später entstehen. Zu dem Zeitpunkt sind es nur vage Pläne.)
Als Dreingabe hatte ich dann noch einiges über geheime venezianische Truppenbewegungen auf dem Festland zu bieten.
Die Angaben schienen den Türken plausibel und ausreichend genug, auf Madonna Brianda und ihre Tochter zu verzichten.
So konnte die Señora zu einem letzten Aufenthalt nach Venedig einreisen – Zwischenstation vorm Verlassen des christlichen Europa, einem Aufenthalt, reich an Merkwürdigkeiten, damals, vor vier Jahren.

Konstantinopel

1556

IN dieser Nacht, heimkommend, lehnt Gracia Nasi erschöpft in den Kissen der Sänfte.

Ein Besuch in einem Hamam sollte eigentlich so etwas wie ein großes Fest sein, bei dem der Leib gereinigt und von allen Schlacken befreit wird und Geist und Sinne entspannen können. Wenn man allerdings in den Hamam der Favoritin des Sultans eingeladen wird, muss man sich alle Mühe geben, nicht zu entspannen und wach und auf der Hut zu bleiben. Denn die Herrin führt dann etwas im Schilde, und was sie wirklich vorhat, ist manchmal nicht so einfach zu entschlüsseln.

Immerhin konnte man davon ausgehen, dass Haseki Hürrem einem wohlgesinnt ist. Und Intrigen spinnt sie nur zugunsten ihres Sohns Schechsade Selim …

Schweigend wird sie nun von vier nubischen Sänftenträgern zurück durch die Gärten des Neuen Serails getragen; die weichen Sohlen der Schuhe aus Ziegenleder gleiten so sanft über den Kies der Wege, wie wenn ein Griffel über eine Schiefertafel fährt. Läufer mit Fackeln sind vor und zu Seiten der Sänfte; der Lichtschein, der durch die Spalten der Vorhänge irrlichtert, beunruhigt Gracia; sie schließt die Augen.

Umso stärker wirken die Düfte auf sie ein, die sie immer noch umhüllen wie vordem die Tücher des Bades. Schäumende Oli-

venseife als Fond; ihr noch immer feuchtes Haar unter dem Turban ist parfümiert mit Rosenwasser, die Mischung der Massageöle sodann, ermunternde Minze und lösendes Lavendel, belebendes Balsamgewürz des tiefen Orients. Alles vernebelt die Sinne.
Neben ihr in dieser Sänfte die Geschenke, anmutige Kleinigkeiten: lackierte chinesische Kästchen mit Halwa, dem süßen Konfekt aus Mandeln und Honig, Flakons aus Elfenbein, mit Silber eingelegt, sorgfältig verstöpselt, angefüllt mit anderen Aromen. (Bei ihrem Anblick fällt ihr die Phiole ein, die Joseph bei sich trägt. Ja. Bald.) Ein großer Bernstein schließlich, in einer Fassung aus rosa Chalzedon, die Gabe Nur Banus … die Abschiedsgabe …
Chalzedon soll Seelenstärke verleihen, Bernstein gegen Schmerzen im Leib helfen. Das hätte sie vielleicht auch einmal probieren sollen, zu den Zeiten, als sie sich über ihrem Magen zusammenkrümmte, zusätzlich zu Lusitanus' Rosenblätterabsud, wer weiß. Aber das ist ja nun egal.
Der Nachtwind bläht die Vorhänge der Sänfte. Ein Wind, der vom Wasser kommt. Kühl. Sie zieht den Kragen ihres Umhangs dichter am Hals zusammen.
Lässt noch einmal in ihrem Kopf diesen Abend vorüberziehen.

Man erwartet mich schon, am von unten beheizten Nabelstein des Bades, im Allerheiligsten, als mir die dienenden Frauen endlich meine Kleider abgenommen, mir den blauen Baumwollschurz umgelegt, das Haar unterm Turban hochgebunden und mir – voller Bewunderung – die vergoldeten Galendschi an die Füße gezogen haben.
(Ich bin es zwar gewohnt, dass man mich ankleidet, auszieht und frisiert, aber die Art, wie diese Musliminnen mit meinem

Körper umgehen, als sei ich ein kleines Kind, das man hätscheln und wickeln und hierhin und dorthin zerren darf, die widerstrebt mir.)

Überschüttet mit abwechselnd heißem und kaltem Wasser inmitten von feuchten Dämpfen, bin ich dann wohl nach Ansicht der dicken Badeweiber mit den Hängebrüsten endlich würdig, den Hauptraum zu betreten, und auf meinen Kothurnen schreite ich über die glühend heißen Fliesen hin zu dem Marmor des Nabelsteins, groß wie ein Doppelbett, eingelegt mit Jaspis und Achat, wo sich die Herrinnen befinden, halb liegend hingestreckt.

Die Herrinnen. Ich hatte nur mit Haseki Hürrem gerechnet, aber meine Verwandte Rahel, die nun als Kronprinzessin Nur Banu heißt, ist zu meinem Erstaunen ebenfalls da und räkelt sich auf dem warmen und nassen Stein, halb aufgestützt, halb liegend. Ihr Leib leuchtet wie Elfenbein neben der eisigen Weiße der Sultana.

Das Bad ist nicht der Ort für große Demutsbezeugungen. Hier muss man niemandes Hände oder Füße küssen, sondern schwesterlich berühren wir unsere Wangen, bevor ich mich mit einem lächelnden »Schalom« ebenfalls auf dem Nabelstein niederlasse. Fürs Reden kommt die Zeit erst später, ich weiß. Ich widerstehe der Versuchung, mich gehenzulassen in dieser feuchten Wärme, in dieser – Weiblichkeit.

Vor allem im Moment, wo die blauen »Pestemal«, die Badeschurze aus hauchdünner Baumwolle, fallen, die bisher unseren Unterkörper verhüllten. Denn nun erscheinen die gigantischen »Waschweiber«, um uns mit der »Kese«, dem Knäuel aus Ziegenhaar, abzuschrubben und danach mit Strömen von aufgeschäumter Olivenseife zu übergießen. Man zerfließt. Man wird zerflossen.

Als ich vor drei Jahren zum ersten und zum Glück bisher einzigen Mal in diesen Hamam eingeladen wurde (sonst begegneten wir uns in normalen Räumen und waren vernünftig bekleidet), erlebten wir einen wechselseitigen Schock: Muslimische Frauen nämlich lassen sich Schoß und Achselhöhlen enthaaren. Jüdinnen nicht.

Haseki Hürrem und die Badefrauen starrten damals mit einer Mischung von Befremden und Belustigung auf den schwarzen Haarbusch zwischen dem Dreieck meiner Schenkel. Und ich, mit kaum verhehltem Ekel, blickte auf die schamlose Entblößung ihres Intimsten. Wozu hat der Allmächtige – sein Name sei gepriesen! – Männern und Weibern diesen geheimnisvoll krausen Vorhang gegeben, den man erst durchdringen muss, um zu dem zu gelangen, was man begehrt?

(Sicher rührt auch von daher mein Widerwille gegen eine Weltordnung, in der die Frauen zwar ihr Haupthaar verstecken müssen, aber ihre Kleinodien ohne Verhüllung dem Mann darbieten müssen, als seien sie alle Preisgegebene.)

Während nun die Helferinnen damit anfangen, unsere Körper zu kneten, als wollten sie uns die Knochen im Leibe zerbrechen, werfe ich zwar verstohlene, aber genaue Blicke zu den beiden anderen. Und was ich sehe, erschreckt mich.

Zunächst einmal: Nur Banu ist schwanger. Der Bauch des Mädchens, das einst in meinem Haus aufwuchs und das Joseph dem Prinzen seinerzeit auf den Schoß gesetzt hat, wölbt sich wie eine kleine Kugel hervor aus dem noch immer kindlich zarten Körper – wie etwas, das nicht dazugehört.

Die Schwangerschaft einer Haremsfrau, noch dazu die einer Favoritin, ist eine zwiespältige Angelegenheit. Sie kann Glück oder Unglück bedeuten. Wird ein Mädchen geboren – gut. Eine Prinzessin mehr im riesigen Frauenhaus, verwöhnt, verhätschelt, bestimmt zu einem Leben jenseits des wirklichen Lebens. Zwischen Klatsch, Langeweile und belanglosen Intrigen. Aber sicher.

Ein Sohn jedoch, und noch dazu der Sohn des Thronfolgers? Ja, wenn es denn der einzige bleibt. Wenn keine anderen männlichen Kinder folgen – und vor allen Dingen keine Söhne von anderen Frauen! Hier einen Knaben in die Welt setzen heißt, Kriegerin zu werden in einem gnadenlosen Kampf auf Leben und Tod. Denn wie im Bienenstaat nur *eine* Königin überleben kann, so kann im Reich des Padischahs – so will es das Gesetz! – nur *ein* Kronprinz überleben. Alle anderen bekommen früher oder später die seidene Schnur zugesandt. Auch Schechsade Selim, der jetzige Thronfolger, steht auf den Gebeinen seiner gemeuchelten Brüder.

Und indes ich ein Gebet zum Allmächtigen schicke, diesem armen Kind, das nun Nur Banu heißt, ein Mädchen zu bescheren, wandert mein Blick zu Roxelane, Haseki Hürrem, der »Lachenden Geliebten« des Sultans.

Als ich sie bei jenem ersten Hamambesuch vor drei Jahren ohne Kleidung sah, so wie jetzt, erblickte ich ein fast knabenhaftes Wesen, langbeinig, schmalhüftig, mit straffer Haut und festem Fleisch, eine Frau, der man ihre Jahre nicht ansah. Und nun? Ich sehe eingefallene Flanken, hagere Rippen, Brüste, die sich in sich selbst zurückziehen, Warzen wie winzige Knöpfe. Die Sultana muss krank sein. Sehr krank.

Während die Badefrauen mir die Haare gnadenlos mit der gleichen schäumenden Seife behandeln wie vorher meinen Körper, überlege ich fieberhaft, die Augen zugekniffen, damit mir der Schaum keine Tränen verursacht:

Der Großtürke ist seit Ancona nicht gut zu sprechen auf mich. Erst hat er beim Papst sein Gesicht eingebüßt. Die beiden, die

er auf meine Initiative hin retten wollte, waren schließlich längst tot, und er fühlte sich an der Nase herumgeführt. Dann habe ich meinen »Privatkrieg« auch noch verloren.
Wenn Roxelane ihren Einfluss bei ihrem Gemahl einbüßt, weil sie dahinsiecht oder gar stirbt – wer ist dann noch für die Mendes, für uns? Der Großwesir? Hoffentlich, solange unsere Bestechungssummen hoch genug sind und er in der Lage ist, seinen Herrn zu lenken. Das ist natürlich auch Glückssache.
Der Kronprinz? Ein haltloser Säufer. Gut, wenn er erst Sultan wird, hat Joseph ausgesorgt. Aber das kann dauern. Und jetzt kann noch ein Steinchen im Getriebe der Macht alles verändern.
Rahel; Nur Banu? Gebe der Himmel, dass sie in der Gnade ihres Geliebten bleibt …
Ich lasse mich weiter mit Wasser begießen und mit weichen Tüchern abtrocknen, mit Ölen salben und nun mit sanfteren Bewegungen massieren, erdulde alles, wie man einen Wirbelsturm erdulden würde, und fühle Bangigkeit zwischen Brust und Zwerchfell.
Und dann endlich liegen wir zu dritt, das Haar unterm Turban, die Leiber eingehüllt in weißwollene Tücher, vor unseren Schalen mit Minztee und den Süßigkeiten, im Hintergrund spielt eine sanfte Musik, und Haseki Hürrem lässt sich die Fußnägel polieren.
»*Hanum* Nasi! Was für eine Freude, Euch gemeinsam mit meiner lieben Schwiegertochter in meinem Bad begrüßen zu können!«, beginnt sie. »Nehmt dies!« Und mir wird ein Stück Zuckerwerk in den Mund geschoben.
Nur Banu lächelt mir zu, vorsichtig und aufmunternd zugleich. Und nun werde ich erfahren, weswegen ich hier bin. –

Die Sänfte wird in das Boot gehoben, so geruhsam und ohne jede Erschütterung, dass ihr nur das Plätschern des Wassers da draußen sagt, dass die Überfahrt beginnt.
Ihre letzte Überfahrt.
Ach, armer Joseph. Das, womit er hoffte, ihr neuen Lebensmut einzuflößen – genau das verkehrt sich ins Gegenteil.
Die Aktion gegen die französischen Schiffe, dieser Streich nach alter Trickser-Art, er hat nichts gefruchtet, denn irgendwie hatte er, Joseph, wohl nie begriffen, dass es nicht um irgendwelche kleinen Erfolge ging, sondern ums große Ganze. Um ihren gescheiterten Lebensplan.
Und nun, durch die Abdankung des deutschen Kaisers, schlägt die Wirklichkeit Purzelbaum.
Fast muss sie lachen.
Zwischen dem Mittagsgebet und dem Abendgebet, von den Muezzins ausgerufen, hatte sich alles verändert, wie wenn man seine offene Hand umdreht, und die Münzen, die auf der Fläche lagen, fallen in den Dreck.
Der Großherr, so erfuhr sie von der besorgten Haseki Hürrem, hatte de Charme, den Franzosen, aufgrund der veränderten Weltlage nun zur Audienz empfangen und dabei seine Klage persönlich angehört. (Das hatte Rustem Pascha bisher zu verhindern gewusst.) Ihr, Roxelane, war sogleich zugetragen worden, wie sehr der Schatten Allahs auf Erden sich erzürnt habe. Aber natürlich wusste er seinen Zorn so zu steuern, dass er sich mit Vernunft paarte. Dem Handels- und Bankhaus Mendes-Nasi zu nahe zu treten, zum Beispiel, wäre Unvernunft gewesen. Aber den Unmut, den man der Prinzipalin dieses Unternehmens gegenüber hegte, jetzt zum Anlass zu nehmen und gewisse Sanktionen gegen sie zu vollstrecken – das war in den Augen Sultan Suleimans durchaus vernünftig. (Er hatte schon

immer mit Missbilligung registriert, dass ein Weib sich in die Geschäfte der Männer einmischte.)
Seine erste Überlegung war, die unverfrorene Person, die durch ihre Aktion (ihre, nicht Josephs – denn eindeutig geht er davon aus, dass sie, die Señora, hinter der Ausplünderung der Franzosen steckt …) das Verhältnis zwischen Frankreich und dem Osmanischen Reich in einer Weise getrübt hatte, die es nahelegte, nicht nur eine Entschuldigungsnote nach Paris zu schicken – nein, zudem einfach sie, diese Unverschämte, den Franzosen auszuliefern, diese Jüdin, und die Leitung des für das Reich so wertvollen Geschäfts den bewährten Händen der Brüder Nasi und der anderen Mitarbeiter zu überlassen.
Auf diese Neuigkeit hin hatte Haseki Hürrem nichts Eiligeres zu tun gehabt, als zu ihrem Herrn und Geliebten zu eilen, um das Schlimmste abzuwenden. Was ihr auch gelang. Noch immer ist sie die Eine und Einzige des Großherrn – aber wie lange noch?

Sie sind auf der anderen Seite. Sie spürt, wie das Schiff mit sanftem Stoß anlegt, hört, wie Leinen festgemacht werden, hört das Trappen der nackten Füße der Besatzung. Die Sänfte wird aufgehoben und an Land getragen. Keiner sagt ein Wort. Diese Lautlosigkeit ist das Kennzeichen des Hofs von Suleiman …
Alles andere als leise war freilich Roxelane gewesen, als sie mit ihr und der Schwiegertochter, eingehüllt in die wolkengleichen Tücher, gestikulierend bei Minztee und Baklava saß. »Ich habe mit Engelszungen geredet«, sagt die Sultanin (und ihr, Gracia, wird bei dieser Formulierung bewusst, dass die mächtigste Frau des Osmanischen Reichs einst eine Christensklavin aus dem Kaukasus war), »aber erst, als ich ein bisschen drohte – womit auch immer …«, sie lacht und zeigt ihre

herrlichen Zähne im großen Mund, »erst da ließ er sich bewegen, diesen beängstigenden Plan aufzugeben. Aber ich musste ihm versprechen, Euch dazu zu bringen, Istanbul zu verlassen, und dass Ihr Euch, sagen wir einmal, innerhalb der nächsten Monate etwas kleinmacht. Er hat nun einmal eine Antipathie gegen Euch gefasst.« Sie lächelt und wird dann wieder ernst. »Manches im Willen und Wollen des Großherrn kann man nicht erklären, man muss es hinnehmen … Er hat große Pläne mit Frankreich und darf den König jetzt nicht verärgern. Da passt es gut, wenn er versichern kann, er habe Euch – nun ja – bestraft.

Könnt Ihr mir das zusagen, *hanum,* dass Ihr … ein bisschen verschwindet? Ich denke, Ihr könnt die Geschäfte Eures Unternehmens auch über Eure Agenten von auswärts lenken. Gern biete ich Euch eins meiner Lusthäuser auf dem Land als Unterschlupf an. Es würde Euch an nichts mangeln, und einen Kurierdienst könnten wir auch einrichten, liebe Freundin, damit Ihr nicht aus der Welt seid.«

Es ist dies der Moment, in dem du hinübersiehst zu Rahel, und in den Augen der jungen Frau blitzt ein Funke von Heiterkeit auf, ein geheimes Einverständnis.

Glaubst du wirklich, große Sultana, sagt dieser Blick, dass es jemals geschehen könnte, die Señora an irgendeinen Staat auszuliefern? Glaubst du, sie würde dort ankommen, egal, wie auch immer sie bewacht wäre? Glaubst du, sie hat ein Asyl in einem deiner Pavillons nötig? Und glaubst du, irgendein osmanischer Kurierdienst wäre besser als der des Hauses Nasi?

Du hast keine Ahnung, sagt dieser Blick, von uns und von den Fäden, die wir quer durch Europa und überallhin in der bewohnten Welt gesponnen haben, von unseren Netzen, die uns und unseresgleichen auffangen. Du kennst uns nicht.

Dann senkt die Erste und Rechte des Schechsade Selim die bräunlich umschatteten Lider über die Mendes-Augen und sagt: »Valide, erlaubt mir, dass ich mich zurückziehe. Mir … ist nicht gut.«

»Geh nur, mein Kind«, sagt Roxelane huldreich und pustet einen Luftkuss zu der jungen Frau hinüber. Nur Banu erhebt sich und schlüpft aus dem Raum.

»Die Ärmste, ich bedaure sie«, sagt die Sultana und drückt damit aus, was sie selbst auch empfunden hat vorhin, als sie ihre Schwangerschaft sah. »Habt Ihr gehört, dass sie mich Valide genannt hat: Mutter Selims, als Sultan? Ein bisschen voreilig, aber ich bin ihr nicht böse.« Wieder lacht sie, und Gracia erinnert sich an die Zeichen des Verfalls an diesem Leib unter dem weißen Wollflausch. Ob sie noch Valide wird …?

»Und nun zu uns«, fährt die Gattin Suleimans fort. »Was haltet Ihr von meinem Vorschlag, *hanum* Nasi?«

Und ich lege die Hände vor der Stirn zusammen und verneige mich vor ihr. »Euer Vorschlag, hohe Frau, ist so klug, wie Eure Güte groß ist, und der Einsatz für meine Person beschämt mich zutiefst. Ich kann Euch hiermit versprechen, dass ich binnen kürzester Zeit an einem anderen Ort sein werde. Euer Gemahl – den Allah segnen möge – wird mich nicht mehr vor Augen haben. Ja, ich werde verschwinden. Sehr bald.«

»Wenn ich irgend kann, versuche ich, Euch dabei zu helfen. Verlasst Euch auf mich. Ich habe, wie immer, Pläne!«

Und so schieden wir.

Aus dem Kontor kommt ein Geruch, der mich reizbar macht. Kaffee. Ich hasse das. Konnten sie sich die Wartezeit nicht anders vertreiben, wenn sie denn schon warten müssen?

Ach, ich sollte gelassener sein. Erschöpft, wie ich bin. Aber

Erschöpfung war bei mir noch nie mit Gemütsruhe zu verwechseln.
Dabei – es ist doch nun alles gut. Mein Tod passt in das Spiel von Macht und Geld so genau hinein wie ein fehlender Stein in ein Mosaik. Mit der Schuldigen vom Debakel in Ancona, der Verliererin im Kampf gegen Europas Judenhasser geht auch gleich diejenige, die fast die strategische Balance des Osmanischen Reiches ins Wanken gebracht hätte – auch wenn sie nicht wirklich die Verursacherin war. Perfekt.
Versuche, Frieden zu finden und Frieden zu geben. Es ist ja nur noch für eine kurze Zeit.

Die Brüder Nasi haben ein Schachbrett hervorgeholt und beschäftigen sich, wie sie mit einem Blick von weitem sieht, nur halbherzig mit dem Spiel. Samuel trommelt mit den Fingern ungeduldig auf das Tischchen und wartet auf Josephs nächsten Zug. Aber der starrt mit gerunzelten Brauen ins Leere.
Sie ist sehr leise eingetreten, nicht das Tocktock der Absätze; trotzdem kränkt es sie schon wieder fast, dass *er* ihre Nähe nicht gespürt hat.
»Wie schön und lieblich ist es doch, wenn Brüder einträchtig beieinandersitzen«, zitiert sie aus der Schrift, und die beiden springen auf und reißen das Schachbrett herunter, die Spielfiguren kollern über den Fußboden.
Und sie hat keinen Grund, kleinlich zu sein mit ihrer Zuwendung; sie breitet die Arme für beide aus.
»Dem Ewigen sei Dank, du bist zurück!«, murmelt Joseph und presst sie an sich, wie man ein verlorenes Kind ans Herz drückt, und sagt im gleichen Atemzug: »Wie riechst du denn?«
»Wie Hamam und wie Harem«, sagt sie und kann sich nicht

verkneifen, hinzuzufügen: »Den Weibergeruch müsstest du doch kennen.«
Gemeinsam leiten sie sie zu ihrem Tisch, rücken den Stuhl, fürsorglich, als sei sie krank. Sie lässt es mit stillem Lächeln geschehen.
Samuel stellt als Erster eine vernünftige Frage: »Was hat Haseki Hürrem von dir gewollt?«
Gracia sieht von einem zum anderen, in die besorgten, die forschenden Mienen der Brüder. Es gibt ja nichts, was Anlass zur Besorgnis gäbe …
»Ach«, sagt sie beiläufig und schiebt Papiere hierhin und dahin, rückt das Tintenfass an die Stelle, wo sie es am besten erreichen kann, und spielt mit dem Stempel des Petschaftsiegels, als sei er ein Kreisel, »da gibt es nichts, was ihr nicht bereits wisst. Innerhalb kürzester Zeit haben sich die Dinge zweimal umgekehrt, und nun liegen sie wieder genau an der Stelle, wo sie hingehören.
Der Padischah war zornig, das wirst du ja gespürt haben, Enfanghi Bey. Roxelane hat ihn besänftigt. Das wollte sie mir sagen, von Frau zu Frau. Das ist alles. Darum hatte sie mich bestellt. Nun ist Frieden. Frieden für mich. Und für euch auch. Punktum.«
Sie hält das Siegel fest und stellt es mit einem energischen Ruck auf seinen Platz zurück.
Vielleicht liegt es daran, dass Samuel mehr Abstand zu ihr hat. Vielleicht spürt er deswegen, dass sie etwas verschweigt.
»Da habe ich nun Unmengen von diesem Getränk in mich hineinschütten müssen«, sagt er verdrießlich, »so dass ich wohl wach bleiben muss bis zum Tag des Jüngsten Gerichts, nur um zu erfahren, dass – wie hast du gesagt? – die Dinge wieder an der Stelle liegen, wo sie hingehören. Dabei hat ein

Kaiser abgedankt. Und die Hohe Pforte beäugt uns offenbar so misstrauisch wie ein Jäger die künftige Beute. Bei so einschneidenden Neuigkeiten ist das ein etwas mageres Resultat, findest du nicht?«
Sie sieht ihn nicht an. Schafft es nicht, friedlich und duldsam zu sein.
»Ich habe dich nicht gezwungen, dieses Zeug zu trinken«, sagt sie hart. »Wenn dir das Ergebnis deiner Nachtwache zu unbefriedigend vorkommt, dann fahr übers Wasser und hol dir zufriedenstellende Erlebnisse bei den Huren des Vergnügungsviertels, wie es dein Bruder tut.«
Samuel sieht sie befremdet an.
Selten ist er von ihr so abgefertigt worden. Das ist die Quittung, denkt er, für meinen Freimut ihr gegenüber. Vorhin, als es um die Ehe mit La Chica ging. Dergleichen kann sie nicht vertragen.
Er öffnet den Mund zu einer Erwiderung, schließt ihn wieder. Dreht sich brüsk herum und verlässt den Raum.
»Kannst du deine Launen nicht an mir auslassen, brauchst du meinen Bruder auch noch dazu?«, fragt Joseph. Seine Wange zuckt.
Ihre Augen sind schwarz vor Zorn. »Oh, ich wusste nicht, dass die Herren Nasi empfindlicher sind als Seidenpapier. Demnächst werde ich mir einen Knoten in die Zunge machen, wenn ich mit einem von euch rede. Aber keine Sorge, so oft müsst ihr mich ja nicht mehr ertragen.«

Sie hat befohlen, die Lampen brennen zu lassen auf den Gängen zu ihren Räumen und in den Zimmern, als Zeichen, dass sie ihn erwartet, aber auch wenn es stockfinster wäre in den Fluchten des Belvedere, wäre er heute Nacht noch zu ihr gegangen mit einer Fackel in der Hand, und wäre die Tür verschlossen gewesen, hätte er sie wohl eingetreten.

Da liegt sie, eingeschlafen nach all diesen Anspannungen von Leib und Geist. Liegt zwischen ihren Laken und atmet. Die Vorhänge sind offen.

Sie hat die morgenländischen Gewänder, die sie beim Besuch im Hamam der Sultanin trug, abgelegt, aber was sie nicht ablegen konnte, sind all die Düfte, mit denen man sie gleichsam getränkt hat.

Er zieht diese Gerüche mit geblähten Nüstern ein, unwillig.

Gracia Nasi riecht nach Harem. Ich will das nicht. Ich will nicht, dass sie stinkt, parfümiert mit Rosenöl und Bergamotte, mit Zimt, Anis und Vanille, und ich will nicht, dass ihr Haar, dessen bitterklaren Geruch ich liebe, jetzt von Lavendel- und Birkenwasser vollgesogen ist.

Am liebsten würde ich sie nehmen, so, wie sie da liegt, und mit ihr ins Tauchbad, in die Mikwe, gehen und sie drei-, viermal untertauchen lassen ganz und gar, damit sie wieder nach sich selbst riecht.

Ich will, dass der einzige Geruch, der an ihr haftet, der Geruch ihrer Lebenssäfte ist, wenn ich in ihr war, vermischt mit den meinen. Ich habe oft, nachdem sie schon schläfrig neben mir lag, nicht nur meine Finger eingetaucht und beleckt und berochen, sondern auch eins ihrer kleinen Seidentücher getränkt mit dieser starken Essenz ihrer selbst, und es bei mir gehabt, wenn ich unterwegs war, um es immer wieder an meine Nase und meine Lippen zu führen, um *sie* mitzunehmen.

Aber auch so ein Duft verfliegt irgendwann, selbst wenn man das Tuch immer wieder an die Nase presst und tief einatmet, so wie ein Süchtiger noch den letzten Tropfen Opium aus seiner Schale schlürft.

Und nun? Wie lange wird dein Duft mir noch bleiben, dein wahrer Duft, meine schöne Liebe, wenn du es wahr machst und gehst?
Denn ich fühle ja: Du wirst es tun. Gibt es wirklich nichts, was dich zurückhalten kann?
Er beißt sich auf die Lippen, ohnmächtig.
Schließlich kniet er sich neben sie auf das Lager. Nimmt ihre Hand und schiebt sie auf seine Brust unter den häuslichen Kaftan, dem einzigen Kleidungsstück, das er trägt.
Sie regt sich, ohne die Augen zu öffnen, seufzt, murmelt. *»Ich schlafe, doch mein Herz ist wach. Weckt nicht und schreckt nicht die Liebe, bis es ihr selber gefällt.«*
Ihre Finger nahe seinem Herzen. Der letzte Trost, der noch da ist.
Er zählt. Zählt die Tage.
Am Sabbat, am Sonnabend also, trennten sie sich im Streit. Am Sonntag und am Montag war er beschäftigt, die französischen Schiffe zu plündern, um die alte Schuld zu begleichen – in der törichten Hoffnung, es könne ihr den Lebenswillen zurückgeben, sie ermuntern, wenn die Mendes, wenn er einen Erfolg hatte. Am Dienstag musste er zu Selim und zu der schrecklichen Frau, das Gift zu besorgen. Dann endlich kehrte die Liebe bei ihnen ein mit Blitz und Donnerschlag.
Voll Leben schien sie am Beginn des Mittwochs, war wieder in ihrem Kontor. Dann die Nachricht aus Europa. Ein Kaiser muss abdanken und sich zwischen unsere letzten gemeinsamen Stunden schieben, und ich zog los am Abend, ja, natürlich, das musste ich tun – aber was hat es bewirkt? Das Leben, das gleichgültige, das fühllose Leben, der Lauf der Welt, das Uhrwerk der Zeit … alles geht einfach weiter. Irgendwie.

Die Stunden sind davongelaufen. Dies ist die Frühe des Donnerstags.

Dann Freitag. Der letzte Tag, so wie es aussieht? Oder kann ich sie noch halten bis zum Aufgang der drei Sterne am Ende des Sabbats, am Sonnabend?

Morgen müsste ich wohl nichts weiter tun, als sie im Arm zu halten. Aber da ist diese schreckliche Unruhe in mir.

Hin- und hergerissen zwischen dem Wunsch, bei ihr zu sein, und dem verzweifelten Versuch, doch noch etwas zu finden, was sie zurückhält, steh ich wie mit gespreizten Beinen auf zwei galoppierenden Pferden. Wie die Balance halten?

Zeit. Tage, Stunden, Minuten – ihr sollt verflucht sein.

Höre, Israel. Rette sie mir, Ewiger.

Ferrara

Zur gleichen Zeit

1556

GEHEIMBOTSCHAFT aus dem Vatikan?«
Der Sekretär nickt. Der Überbringer habe Auftrag, zu warten. Die Epistel selbst liege auf dem Schreibtisch Seiner Hoheit, meldet er – und verschwindet schnell. Unangenehmen Dingen geht man lieber aus dem Weg, und dass so eine Botschaft nichts Angenehmes beinhalten kann, das dürfte eigentlich jedem klar sein, der das Verhältnis zwischen Herzogtum und Kirchenstaat kennt. Herzog Ercole ist kein furchtsamer Mann. Aber so eine Meldung bringt ihn ins Schlottern. Langsamer, als er sich sonst bewegt, geht er in seinen Arbeitsraum hinüber.
Schon vor kurzem haben ihm zwei dieser Rotstrümpfe eingeheizt, indem sie voller Hochmut von ihm forderten, er solle endlich die Inquisition in seinem Staat zulassen. Er hat sie vor die Tür gesetzt.
Wenn Renata doch nur ein wenig vorsichtiger wäre! Aber sie behauptet, die Bekenner des wahren, des lutherischen Glaubens dürften keine Furcht zeigen, denn der Herr sei mit ihnen, und auch ihr – ja, was nun? Apostel? –, also dieser ehemalige Mönch aus Wittenberg hätte niemals Furcht gezeigt. Und so geht sie zu keiner Messe und zu keiner Beichte, singt mit ihren vertrauten Frauen laut ihre Lieder und begehrt, das Abendmahl in Fleisch *und* Blut zu sich zu nehmen, wo Letzteres doch dem geweihten Priester vorbehalten ist.

Und nun ein geheimes Sendschreiben. Da liegt es, eingewickelt in mehrere Lagen Leder, aus denen er es erst persönlich herausschälen muss, als gelte es, eine Frucht zu entkernen – eine giftige Frucht zweifellos, bedeutungsschwer.
Geht es um die Herzogin? Um das Beispiel einer hochgeborenen Widersetzlichkeit hier auf dieser Seite der Alpen, vor der sie Angst haben? Was haben sich die teuflischen Gehirne des Heiligen Offiziums ausgedacht, um ihrer habhaft zu werden?
Ercole steht, beide Hände aufgestützt, vor seinem Schreibtisch und starrt auf das versiegelte Schreiben, von dem er vorerst nur die äußeren Hüllen entfernt hat.
Er gibt sich einen Ruck und packt zu, erbricht mit beiden Händen das rote Wachssiegel mit der Darstellung des heiligen Petrus beim Einholen der Netze, wütend, wie man ein allzu hartes Stück Brot bricht.
Aber das Siegel hat getäuscht. Nicht der Papst selbst hat sich an ihn gewandt, sondern einer seiner Kardinäle.
Was soll das Versteckspiel?
Ercole setzt sich langsam und beginnt, mit gerunzelter Stirn den lateinischen Text Wort für Wort zu entziffern. »In großer Sorge um den Heiligen Vater und voll Hoffnung auf die Verschwiegenheit von Eurer Hoheit …«
Nun, dem Himmel sei Dank: Es geht nicht um die Herzogin. Aber es ist nicht so, dass ihn der Inhalt nicht beunruhigen würde. Er stützt den Kopf in beide Fäuste, murmelt leise vor sich hin, was er da für sich übersetzt. Liest es noch einmal.
Dann, mit einem Seufzer, streckt er zögernd die Hand aus, greift die Metallkugel und lässt sie in die Schale aus Marmor fallen, um den Sekretär herbeizurufen.
»Was ist mit diesem Boten? Erwartet er eine Antwort?«
Der Sekretär, schmal, dunkeläugig, das Haar unter der Gelehr-

tenkappe verborgen, blickt vor sich hin. »Halten zu Gnaden, so wie ich ihn verstanden habe, will er nicht fortgehen ohne – eine gewisse Person …«

Ercole nickt langsam. »Ich begreife.« Er liest die Sorge aus der Haltung des anderen, legt ihm kurz die Hand auf den Arm. »Seid Ihr nicht auch ein Converso, Signor Floriano?«

Der Mann nickt, schlägt schnell ein Kreuz. »Ein treuer Sohn der Kirche und …«

Der Herzog fällt ihm ins Wort. »Ihr müsst Euch nicht bekümmern. Euch und den Euren droht keine Gefahr. Seid so gut und holt mir – die gewisse Person.«

Der Wind streicht durch die Räume des Palazzo Magnanini – allzu viele stehen leer inzwischen; La Chica und ihre wenigen Diener und Kammerfrauen haben sich zurückgezogen auf den Nordflügel, wo es kühl ist sommers und winters und wo zwei große Kamine angezündet werden können, mit Blick aufs Grün des Innenhofs.

Nun soll noch eine weitere Zimmerflucht geräumt werden. Der Insasse ist mit nichts gekommen, und mit wenigem geht er wieder fort.

Während man in seine zwei Reisetaschen packt, was ihm wert ist, mitzunehmen – ein paar schmale Büchlein in arabischer und lateinischer Sprache, Säckchen mit getrockneten Kräutern und Behälter mit Tinkturen und Absuden, blitzende Instrumente, Messerchen, Scheren, Zangen und ein paar Spiegel an langen Metallstielen –, sitzt er selbst daneben und versucht, die Tränen eines Wesens zu stillen, das untröstlich scheint ob seiner Abreise.

»Eure schönen Augen sind schon ganz entzündet«, sagt er, halb scherzhaft, halb betrübt. »Beruhigt Euch, mi Chica.

Macht mir den Abschied nicht noch schwerer, als er mir ohnehin schon wird.«

»Ach, guter Arzt«, sagt das Mädchen, das ihm zu Füßen sitzt und die Hände des Mannes umklammert hält, »wenn Ihr fortgeht, dann bin ich so allein, als wäre ich auf einer Insel ausgesetzt. Am liebsten würde ich mit Euch ziehen.«

Lusitanus schüttelt den Kopf. »Ihr seid jetzt in Ferrara ›Mendes‹, eine Art kleiner Señora, und Ihr müsst die Stellung halten, bis man Euch den Mann schickt, der an Eurer Seite sein wird. Ihr könnt nicht fortlaufen. Das würde der großen Señora nicht gefallen. Ich – ich *kann* nicht bleiben und nicht tun, was man von mir verlangt, und das hat der Herzog dann auch verstanden. Ich bin ihm dankbar, dass ich so davonkann, bei Nacht und Nebel, dass er begriffen hat, warum ich mich weigerte, diesen ›ehrenvollen Auftrag‹ auszuführen und er dem Boten aus dem Vatikan glaubhaft machen konnte, ich sei schon seit Tagen nicht mehr in seinem Herzogtum.«

La Chica lehnt den Kopf gegen die Knie des Arztes. »Ich kann es immer noch nicht ganz glauben, was man Euch angetragen hat.«

»Angetragen?« Er schnalzt mit der Zunge. »Hinbefohlen hat man mich nach Rom! Das Oberhaupt der Christenheit, jener Mann, der gesagt hat, er würde nicht zögern, falls sein Vater ein Ketzer wäre, für ihn eigenhändig das Holz für den Scheiterhaufen zusammenzutragen – dieser Mann, der verboten hat, dass jüdische Ärzte Nichtjuden behandeln, der will einen Converso, den seine Schergen aus Ancona vertrieben haben mit beinah nichts als dem Hemd auf dem Leib …« Er holt tief Luft. »Verzeiht, mi Chica. Verzeiht diese Tirade. Aber es ist so ungeheuerlich … Was für eine Angst um sein Leben muss dieser Mann haben, wenn er zu so einem Schritt fähig ist.«

Seine Gedanken wandern zurück.
Der Abgesandte des Herzogs führt ihn, ohne einen Kommentar abzugeben, weshalb, durch Seitengassen zu einer Nebenpforte des Palazzo, und Ercole erwartet ihn in einem alles andere als repräsentativen Raum, abgelegen; fast sieht es nach der rasch freigeräumten Kammer eines Dieners aus.
Der Herzog hält sich nicht mit Begrüßungsfloskeln auf. Er streckt ihm das Blatt entgegen, den Brief, und Amatus Lusitanus spürt, wie ihm das Blut zum Herzen strömt, als er das erbrochene Siegel mit dem heiligen Petrus als Fischer sieht – das Siegel der päpstlichen Kanzlei.
»Hoheit, was soll ich …«
»Lest einfach«, sagt Ercole und lehnt sich mit verschränkten Armen an die Wand.
Und der Arzt liest mit wachsendem Entsetzen, was man da von Seiner Hoheit verlangt. Und von ihm.
Kardinal Pietro Arditi ersucht Seine Hoheit d'Este, einen dem Vernehmen nach in seinem Land befindlichen Mediziner namens Amatus Lusitanus, alias João Rodrigues, einen Marranen, unverzüglich und mit dem wartenden Boten nach Rom zu entsenden, da der Heilige Vater an einem Emphysem der Lunge leide und Heilung von der Kunst dieses Arztes erhoffe.
Die Überführung habe unter strengster Geheimhaltung zu erfolgen. Der Arzt dürfe sich – seine Verschwiegenheit und natürlich die Heilung der Krankheit vorausgesetzt – danach eines Honorars, würdig seiner Arbeit, erfreuen. Für seine Person bestünde keinerlei Gefahr.
Lusitanus gibt das Blatt an den Herzog zurück, und der wirft noch einmal einen Blick darauf, bevor er es wütend zu Boden schleudert.
»Nun, *caro dottore,* was sagt Ihr?«

»Nichts«, erwidert der Arzt lakonisch. Er steht dem regierenden Herrn gegenüber, die Arme hängen ihm am Körper herab. »Es ist an Euch, Herrlichkeit, zu handeln.«
»Da habt Ihr wohl recht«, entgegnet d'Este finster. »Zunächst einmal: Wie ist er auf Euch gekommen, dieser … dieser Statthalter Christi?«
»Oh«, sagt Lusitanus ruhig, »das ist ganz einfach. Ich habe Madonna Elisa, die Schwester des vorigen Papstes, mit Erfolg operiert – eben an so einem Lungenemphysem, an dem Seine Heiligkeit nun ebenfalls zu leiden scheint. Da ist es ja naheliegend …«
Ercole explodiert. »Und da will dieser Heuchler, der lieber die halbe Christenheit krepieren lässt, ehe er einem Juden erlaubt, die Hand an einen Nichtjuden zu legen – da will dieser Nachfolger des heiligen Petrus Eure Dienste in Anspruch nehmen? Einfach so?« Er bückt sich nach dem Blatt, zerknüllt es in den Händen. Sein Gesicht ist rot vor Zorn.
»›Einfach so‹ eigentlich nicht«, erwidert Lusitanus bedächtig. »Seine Heiligkeit fordert ja keinen jüdischen Arzt an, sondern einen Marranen namens João Rodrigues – der Ewige weiß, wie lange es her ist, seit ich diesen Namen, der mir in der Zwangstaufe verliehen wurde, nicht mehr benutzt habe. Ich glaube, man nennt das in der Politik des Heiligen Stuhls eine salvatorische Klausel. Einfacher ausgedrückt, etwas, womit man sich herausreden kann. Erlaubt, dass ich es erläutere.«
Er steht da, den Kopf gesenkt, spielt an seinen Fingern, den schönen langen ausdrucksstarken Fingern eines Mannes, der heilen kann, schneiden, zurechtrücken und trennen, was getrennt werden muss.
»Wenn Ihr mich, wie der Brief es fordert, mit dem Abgesandten nach Rom schickt, werde ich den Papst behandeln müssen.

Ich kann mich nicht weigern. Das verbieten mir jene Regeln meines Berufes, wie sie von Hippokrates und dem großen Avicenna für alle Ärzte festgelegt worden sind.
Wenn es mir nicht gelingt, ihn zu heilen – nun, dann komme ich ohnehin auf den Holzstoß, denn ich habe ihn, als ein heimlicher Jude, böswillig umgebracht.
Wenn ich ihn aber kuriere …« Lusitanus seufzt. »Wenn ich ihn kuriere, dann habe ich den Erzfeind meines Volkes gerettet, und er wird weiter wüten. Und ich selbst? Eine Ehrenkette und ein ewiges Fernsein von meinem Judentum ist der Preis, und aus Amatus Lusitanus ist wieder der Converso Rodrigues geworden, ein treuer Diener der Kirche. Natürlich werde ich meine Erkenntnisse nicht mehr veröffentlichen können. Dass das Blut durch die Venen des Körpers mit einer Art von Ventilen strömt, dass das Herz Klappen hat, dass man die weibliche Gebärmutter, falls es nottut, entfernen kann und darf – das alles sind Ketzereien. Dies der Welt kundzutun, bleibt anderen Generationen vorbehalten.«
Er lächelt müde, breitet die Arme aus. »Verfahrt mit mir, hoher Herr, nach Eurem Belieben.«
»Ja, das werde ich tun«, entgegnet Ercole. Noch immer ist er rot vor Zorn, und die Muskeln seines Gesichts sind grimmig angezogen. »Glaubt mir, *dottore,* ich habe eine Mutter, die der Sudelküche Roms mit Müh und Not entkommen ist, und ich kenne die Ränke und Tücken der Statthalter Christi. Manchmal denke ich, dass der zügellose Borgia-Papst, mein Großvater, der Christenheit weniger Schaden zugefügt hat als ein Caraffa, der das Kreuz des Herrn hochhält wie eine Brandfackel und, wenn es um ihn selbst geht, aus Angst ums nackte Leben all seine scheußlichen Prinzipien verleugnet und vergisst.«
Lusitanus hebt begütigend die Hand. »Hoheit, wenn ich das

recht verstanden habe – Seine Heiligkeit leidet an einem Lungenemphysem. Das heißt, sein Inneres weigert sich, jene Atemluft anzunehmen, die der Ewige – sein Name sei gepriesen! – seinen Geschöpfen im himmlischen Äther zugedacht hat. Caraffa erstickt gleichsam an sich selbst. Das ist keine schöne Krankheit. Todesangst bewirkt wohl auch, einen Arzt des verfluchten Stammes herbeizuholen, wenn niemand anderer helfen kann.«

»Ihr habt Mitleid mit ihm?« Ercole sieht sein Gegenüber mit gerunzelten Brauen an.

Lusitanus verzieht die Lippen zu einem traurigen Lächeln. »Das ist ein Gefühl, das ein Arzt schwer unterdrücken kann, da er in der Lage ist, sich auszumalen, was ein Kranker leidet, Herrlichkeit.«

Der Herzog knurrt gereizt. »Aber ich, lieber *dottore,* ich kann solch ein Gefühl in diesem Fall sehr gut unterdrücken. Mag den Heiligen Vater kurieren, wer will und kann – Ihr jedenfalls werdet es nicht sein. Was für eine Schande, wenn ich Euch ausliefern würde! Abgesehen davon, dass ich mir nicht den Zorn der Señora Nasi zuziehen möchte durch so eine Tat. Ich lasse dem Boten ausrichten, dass Ihr bereits nach dem Tod der Madonna Brianda über die Adria nach Ragusa abgereist seid und von dort ins Türkenland, um ihrer Schwester die traurige Nachricht zu überbringen. Euch befehle ich: Packt das Nötigste zusammen. Mein Sekretär bringt bei Anbruch der Dunkelheit ein Maultier und geleitet Euch sicher bis an die Landesgrenze. Ein Schiff nach Ragusa wird zu bekommen sein. Reisegeld …« Er zögert.

Der Arzt senkt den Kopf. »Reisegeld, Hoheit, wird sich bestimmt in der Schatulle der Signorina Mendes-Nasi anfinden. Die Großherzigkeit, die Euer Gnaden mir erweisen, muss nicht auch noch mit Silber verziert werden. Ich gehorche Eurem Befehl und verlasse Ferrara, diese Stadt, die mir so unendlich viel

Wohltaten erwiesen hat.« Er verneigt sich. »Lebt wohl, guter Herzog Ercole d'Este.«
»Lebt wohl, Amatus Lusitanus, bester aller Ärzte.« –
»Und so schieden wir«, sagt Lusitanus zu der noch immer an sein Knie hingelehnt sitzenden Chica, »und wenig hätte gefehlt, er hätte mich umarmt. Kleine Gracia! Seid tapfer. Ich bin sicher, er wird Euch nicht vergessen und wie ein Vater zu Euch sein, bis derjenige hierher nach Ferrara kommt, der Euer Beschützer werden soll.«
Behutsam löst er sich von dem Mädchen. »Sobald ich an der Grenze zum Türkenland bin, sende ich Nachricht nach Konstantinopel und berichte von Eurer – Einsamkeit.«
Sie nickt, richtet sich auf und streicht sich die Tränen aus dem Gesicht. Von draußen ist Hufgetrappel zu hören.
»Wartet noch«, sagt sie. »Das Haus Mendes schuldet Euch dies und jenes, soviel ich weiß.« (Eine liebenswerte Lüge …) »Ich hoffe, das wird reichen.«
Zwischen den Maschen des aus feinem blonden Haar gewebten Geldbeutels schimmert es golden. Mehr als erwartet.
»Der Ewige segne Euch, La Chica«, sagt der Arzt, »er mache Euch unseren Erzmüttern Sara, Rahel und Lea gleich – und natürlich unserer Señora, die Ihr schon in ihrer Güte erreicht.«
Dann ist er fort, und das Mädchen lauscht den verhallenden Hufschlägen und fürchtet sich ein bisschen davor, wie ihre eigenen Schritte in dem halbleeren Palazzo klingen werden.
Sie kneift die Lider schmal und versucht, sich Samuel, den ihr bestimmten Mann, vorzustellen, so, wie sie ihn zuletzt sah bei der falschen Hochzeit mit dem anderen, vor Jahren.
Vor ihren kurzsichtigen Augen scheinen die beiden zu verschwimmen, gehen ineinander über. Ja, von der Statur her waren sie einander wohl fast gleich …

Konstantinopel

1556

DAS Morgenlicht ist gnadenlos.

Da ist nicht der leiseste Schatten, der Konturen verwischt oder sie in sanftem Sfumato, in den gefälligen Hauchschleiern der Toskana, oder den feuchten Nebeln Venedigs verschwimmen lässt. Das ist Dona Gracia Nasis ungeschminktes, nacktes Gesicht, geformt wie ein vollkommenes Herz, ein Gesicht, dem das Leben seine Zeichen eingegraben hat: Die kleine Falte zwischen den Brauen, die feinen Linien auf der Stirn und um die Mundwinkel, die sich gewiss vertiefen werden in den nächsten Jahren – wenn es diese nächsten Jahre denn gibt für sie. Der straffe Hals, dessen Haut nicht mehr ganz so seidig glatt ist wie vor Jahren, die inzwischen porigen Flügel der Nase.

Wie kann jemand schlafen in diesem unerbittlichen Licht, ohne sich wegzuwenden, ohne wenigstens zu blinzeln oder traumverloren eine Hand zu heben und die Lider zu schützen, Lider wie aus chinesischem Papier. Die Kränze der seidigen Wimpern rühren sich nicht. Vielleicht schläft man so, wenn man aller Sorge ledig ist, weil man gerade dabei ist, fortzugehen …

Der Betrachter, auf den Ellbogen aufgestützt neben ihr, überlegt, ob er die Bettvorhänge nicht schließen, weiches Dämmerlicht um sie beide ausbreiten soll.

Dann selbst den Kopf wegdrehen, die Arme um ein Kissen schlingen, es an seinen Leib pressen, um dem Druck entgegenzuwirken, der ihm das Herz abschnürt wie die seidene Garotte des Sultans die Kehle der Feinde.
Aber er kann die Augen nicht von ihr lassen.
Keine auf der Welt hat diesen Mund, klein, fest, üppig, und die Einkerbung zwischen Oberlippe und Nase, dies Wegstück, das ihr Gesicht von der Süße weg ins Entschlossene verkehrt.
Weckt sie nicht, eh sie selber sich regt …
Ja. So schläft nur, wer seinen Frieden mit der Welt gemacht hat. Habe ich dich schon verloren? Vielleicht noch drei Tage – nach meiner Auffassung. Denn wer weiß, ob deine eigensinnige Rechnung mit der meinen übereinstimmt. Ob sie mir nicht wieder mit all ihrer zornigen Energie einen Trick nachweisen will. Von Sabbat zu Sabbat, so wurde es versprochen.
Leise geht die Tür auf.
Die jungen Frauen mit Laute und Vihuela stehen im Rahmen, ihre Herrin wie üblich mit der Musik aus der spanischen Heimat zu wecken. Sie erstarren, als sie ihn sehen, und verbergen ihr Gesicht hinter dem weiten Ärmel ihres Oberkleids. Er aber legt den Finger auf den Mund und winkt sie fort.
Er lächelt wegwerfend.
Es gibt niemanden im ganzen Belvedere, der nicht wüsste, dass zwischen der Señora und ihrem – Teilhaber? Geschäftsträger? Vermittler?, was auch immer – mehr stattfindet als nur sachliche Gespräche im Kontor. Das Weggucken, die Diskretion ist vor allem Reyna geschuldet – und vielleicht auch der Tatsache, dass niemand sich eingestehen will, dass die beiden wichtigsten Personen des Hauses Nasi in permanenter Verletzung der Gebote des Herrn leben.
Nun zieht die Nähe des Todes den Schleier weg von einem

Geheimnis, das nie eines war. Nun haben sie nicht mehr vor, sich zu verbergen.

Das Auf und Zu der Tür, das leise Klirren einer Saite vielleicht oder seine Bewegung haben den Schlaf von Gracias Lidern verscheucht. Sie blinzelt gegen das Licht, seufzt, dreht sich zur Seite.

»Schlaf, meine Schöne«, sagt er. »Ich habe die Musikantinnen weggeschickt. Es gibt nichts, wozu du dich zwingen musst, schon gar nicht, wach zu werden, wenn du es noch nicht willst. Schlafe.«

»Nein«, sagt sie. Und: »Mach die Vorhänge zu.«

Dämmerung nun. Sie schlingt ihre schlafwarmen Arme um seinen Hals. Die Gerüche des Hamam sind nur noch schwach auf ihrer Haut und ihrem Haar. Er verbirgt seine Nase unter ihrer Achselhöhle. Murmelt: »Ich will dich da riechen, wo du nur nach dir selbst duftest.«

»Tu's doch.«

»Und schmecken.«

»Ja. Aber erst deine Hand. *Mein Liebster ging hinab in seinen Garten, zu den Balsambeeten.*«

»Ich kam in meinen Garten, meine Schwester Braut, ich pflücke meine Myrrhe samt meinem Balsam, aß meine Wabe samt dem Honig«, kommt seine Erwiderung.

»Still jetzt. Deinen Mund solltest du jetzt nicht zum Reden nutzen.«

Das Betttuch bläht und bauscht sich über ihren Körpern wie ein Segel.

»Ein Gartenquell bist du, ein Brunnen lebendigen Wassers, wie es vom Libanon rinnt.«

Dann vergessen sie das Lied der Lieder und die glühenden Verse und erfinden alles neu, und schließlich kommen sie zu-

rück durch den gewohnten Lärm, der über die Stadt dahingeheult wird, der Mitteilung, dass Allah der Größte ist und es keinen Gott außer ihm gibt.
»Ist das schon das Mittagsgebet?«, fragt Dona Gracia Nasi ihren Liebhaber und bewegt den Kopf auf den schweißfeuchten Kissen, und er erwidert: »Ich kann es auch nicht sagen.« Liegt da mit geschlossenen Augen, Nässe auf Schläfen und Oberlippe, und der Atem bewegt heftig seine Brust.
»Ein guter Jude sollte es den Muslimen nachtun und wenigstens einmal am Tag zum Herrn beten.«
»Das habe ich gerade getan. Habe zu meiner Herrin gebetet.« Er schweigt einen Moment, lauscht seinen Worten nach, sagt dann: »So ein frivoler Spruch wäre früher einmal Anlass für eine Ohrfeige gewesen, nicht wahr?«
»Ich verteile keine Ohrfeigen mehr, *mi amor*«, entgegnet sie. »Die letzte hast du zu Beginn dieser Woche empfangen.«
Zu Beginn dieser Woche. *Dieser* Woche. Da ist es wieder.
»Meine Königin – wie kann man so voll Lust und Leben sei, wie du es eben warst, und fortgehen wollen aus diesem Erdental? Erbarme dich meiner und deiner.«
»Jetzt beginnst du wieder *damit* und machst mich traurig«, sagt sie. »Bitte, lass es. Ich möchte heute den ganzen Tag mit dir zusammen sein, und wir wollen uns der vergangenen Zeiten erinnern. Du wirst doch heute nicht schon wieder übers Wasser fahren müssen?«
Er schüttelt den Kopf. »Nein, aber du hast mir bisher verschwiegen, was die hohen Frauen im Hamam wirklich von dir gewollt haben. Man hätte dich wohl kaum dahin zitiert, um dir zu sagen, dass der Padischah besänftigt ist.«
»Sie haben mich bestärkt in meinem Entschluss«, erwidert sie. Er fährt hoch. »Was denn? Du hast ihnen davon berichtet?«

»Beruhige dich. Nein. Haseki Hürrem hat mich vorm Unmut des Großherrn gewarnt, mich persönlich. Sie hat mir nahegelegt, mich zunächst zurückzuziehen und für eine gewisse Zeit aus Istanbul zu verschwinden.« Sie verzieht die Lippen zu einem spöttischen Lächeln, sagt dann ernst: »Nun, das konnte ich ihr ohne weiteres zusagen.«

Ihre Augen halten ihn in Schach, zügeln seinen Ausbruch von Zorn und Verzweiflung. »Es ist gut, dass du dazu schweigst«, sagt sie dann. »So wünsche ich dich für diese letzte Zeit. Komm, lass uns aufstehen. Nein, ich brauche niemanden. Kleide du mich an. Kämme mich. Ich mag das. Danach gehen wir in den Garten. Wir trinken Wein und essen Brot und ein paar Früchte, und wir sind zusammen und sehen, wie die Sonne ihren Lauf vollendet überm Wasser, bis hin zu dem Augenblick, wo sie versinkt.«

Ja, denkt er. Und dann ist er vorüber, dieser Tag. Vielleicht der letzte. Aber ich wage sie nicht zu fragen, ob sie morgen schon …

Der Schattenplatz unter dem Feigenbaum im Zitronenhain ist auch an diesem Tag Gracias Wahl. Don Josephs kurzer Abstecher ins Kontor wird geduldet, genauso, dass er, wie nun schon die Tage zuvor, die für den Kronprinzen vorbereiteten Spezialitäten in seinem Beisein versiegeln lässt (das Vorkosten schenkt er sich, es reicht, dass Selim daran glaubt).

Während er noch auf dem Weg zu dem Platz ist, wo sie wartet, fängt ihn eins der Mädchen ab, die Reyna bedienen.

»Señor Don Joseph, mit Verlaub!«

Er bleibt stehen, ungeduldig. Soll er jetzt ein schlechtes Gewissen gegenüber dieser seiner jungen Frau haben? Vielleicht wird sie ihn ja bald mit Haut und Haar und für immer haben.

»Was willst du?«, fragt er barsch.
Das Mädchen sieht schüchtern zu ihm auf. »Meine Herrin lässt fragen, wann sie mit dem Besuch von Euer Gnaden rechnen kann. Es geht ihr schlecht, sie hat Kopfschmerzen. Eure Gegenwart, so sagt sie, würde ihr guttun.«
Joseph seufzt. »Bestell meiner Frau, dass ich nach diesem Sabbat ganz für sie da sein werde, falls sich nichts anderes ergibt. Und wegen ihrer Kopfschmerzen möge sie sich an …«, er stockt, fährt dann trotzdem fort, obwohl er sich der Bosheit seiner Bemerkung bewusst ist: »… an Esther Kyra wenden, diese vortreffliche Dame weiß bestimmt Hilfe.«
Das Mädchen knickst, geht.
Aber seine Herrin bemerkt den Schatten auf seinem Gesicht, als er sich nun endlich bei ihr niederlässt.
»Wer hat dich geärgert?«, fragt sie spöttisch – sehr irdisch, sehr gegenwärtig, gar nicht wie jemand, der sich verabschieden will …
»Ich mich selbst«, entgegnet er, sieht sie nicht an und zerrt an seinen Manschetten. »Ein Mädchen von Reyna hat mich gebeten, zu ihr zu kommen. Sie habe Kopfschmerzen. Ich habe sie an Esther Kyra verwiesen.«
Sie lacht auf. »Was bist du doch für ein Halunke! Das ist, als wenn man jemanden, der einen Schluck Wasser haben will, ans Ufer des Meeres schickt. Nun, sie wird es aushalten können, bis – ich fort bin. Versprich mir, dass du dann immer freundlich zu ihr bist.«
»Ich für mein Teil bin immer freundlich«, sagt er. »Im Gegensatz zu dir.«
Sie seufzt. »Was soll ich machen? Als sie ein Kind war, habe ich sie geliebt, wie eine Mutter ihr Kind nur lieben kann. Und als sie eine Frau wurde, *deine* Frau, Joseph, da war sie nur

noch meine Rivalin. Ich wusste das nicht über mich, dass ich so … so verletzt sein würde, wo ich diese Verbindung doch selbst beinah befohlen hatte.«
»Du *hast* sie befohlen«, verbessert er ruhig.
»Ja. Das habe ich. Aber du bist sie ja wohl nicht ungern eingegangen.«
Er sieht sie ungläubig an, das Lachen zuckt um seine Mundwinkel. »Du willst mir allen Ernstes an diesem Tag vorwerfen, dass ich …«
Sie hebt die Hand, Einhalt gebietend. »Ich mag nicht darüber sprechen. Damals sah alles klar aus. Es war einfach – zwingende Notwendigkeit, so vorzugehen.«
Venedig, ja. Ihr letzter, ihr zweiter Venedigaufenthalt, ihr merkwürdiger Transit zwischen Okzident und Orient, ein Käfig, der sich plötzlich um die im großen Stil Fliehenden schließt, sie in ihrer Bewegung aufhält, ihnen noch einmal Westeuropas Gesetze aufzwingt. Ein Gitter schiebt sich vors Schlupfloch.

Venedig

Vor vier Jahren

1552

ALLES schien bestens geregelt. Der Padischah hatte von seinem Tschausch die mehr oder weniger wahrheitsgemäßen Geheiminformationen über die Kampfkraft der Venezianer erhalten, der Rat der Zehn war nach allen Regeln der Kunst, nämlich in der richtigen Reihenfolge, der richtigen Höhe und mit der nötigen Diskretion bestochen worden und hatte sich bereit erklärt, die Überfahrt der Juden von Venedig aus in die Türkei zu übernehmen.

Die Lagunenstadt zu wählen, war zwingend gewesen: Erstens existierte nur dort ein diplomatischer Vertreter des Sultans, mit dem man die Einzelheiten aushandeln konnte, und zweitens hatte kein anderer Mittelmeerhafen die Schiffskapazität, die wir brauchen würden.

Denn es gab eine Überraschung. Als ich Ferrara verließ, hatte ich nicht damit gerechnet, dass die Señora mit einem Tross von fast dreihundert ebenfalls ausreisewilligen Conversos aufkreuzen würde, aber die brachten wir vorübergehend auf der Terra ferma *unter, bis genügend Schiffe beordert werden konnten. Die Papiere der ganzen Truppe waren übrigens dank der hervorragenden Arbeit unseres Kontors in tadellosem Zustand, in der Hinsicht konnte uns niemand etwas anhängen.*

Ich selbst war bereits in Istanbul gewesen, hatte mit den Behörden gesprochen, dem Großwesir die Lage dargestellt, und

das wunderschöne Anwesen hier oben in Galata war auch bereits angemietet und ausgebaut worden – eine zusätzliche Einnahmequelle für die Beamten der Pforte.
Aber dann machten die Osmanen einen Rückzieher.
Der kürbisgesichtige Tschausch eröffnete mir am Tage von Gracias Ankunft in Venedig, der Beherrscher der Gläubigen, Allahs Schatten auf Erden, habe zwar nichts gegen die Einwanderung von ein paar hundert Juden, vor allem, wenn die Kopfsteuern pünktlich und in ausreichender Höhe gezahlt würden, aber er hätte seinem Leibarzt Mosche Hamon gegenüber Bedenken geäußert, dahin gehend, dass dies Handelshaus von einer Frau geführt würde. So etwas sei in der muslimischen Welt eigentlich nicht statthaft. Insofern wolle der Statthalter Allahs seine Entscheidung noch einmal überdenken …
Niemals war über etwas anderes verhandelt worden als über die Einreise ins Osmanische Reich und das Wohnrecht in Istanbul für die Señora Dona Gracia Mendes und ihr Handels- und Bankhaus.
Ich glaubte zunächst, mich verhört zu haben!
Irgendetwas war da faul, und ich erfuhr auch ganz schnell, was. Tschausch Mustafa Bey und des Sultans jüdischer Leibarzt waren dicke Freunde. Sie steckten unter einer Decke. Die beiden hatten ausgeklüngelt, dass für eine so wichtige Persönlichkeit wie Mosche Hamon aus dem ganzen Vorgang etwas mehr herausspringen müsse – nämlich, als Lohn für seine Fürsprache bei Suleiman, die Hand (und also die Mitgift) der Tochter Gracias. Ich hatte diesen Mann kennengelernt und, im Vertrauen darauf, dass er ebenfalls Jude war, gebeten, seinen Einfluss beim Großherrn geltend zu machen. Der kahlköpfige Hundesohn hatte das versprochen. Von einer Gegenleistung

war nicht die Rede gewesen – zumal in solch astronomischer Dimension.

Die ganze Sache war einfach nur der Versuch einer Täuschung, wie wir später erfuhren. Der Sultan hatte mit keiner Silbe erwähnt, dass er seine Zusage zurückziehen wollte. Aber diese Täuschung, von Tschausch Mustafa »unter der Hand« als Tatsache herumerzählt, bewog die misstrauischen Venezianer, ihre Transportzusage zu stornieren: Sie hatten verständlicherweise keine Lust, mit ihrer Menschenladung vor der Reede von Ragusa zu liegen, der Stadt am Rande des türkischen Reichs, und schließlich unverrichteter Dinge wieder zurückzusegeln (auch wenn man es bezahlt bekommen hatte), falls man in der Türkei sozusagen die Annahme der Fracht verweigerte.

Ohne dass die höhere Ebene auch nur die leiseste Ahnung davon hatte, spielten Gesandter und Doktor ihr falsches Spiel: Wir mussten zusagen, Reyna dem Arzt zu verheiraten. Und diese Zusage, das Mädchen diesem Leibarzt zu opfern, musste erst Istanbul erreichen, die Rückantwort dann Venedig.

Das dauerte.

Und so lange lagen wir fest. Das heißt, Gracia lag fest.

»Ich kann es nicht glauben«, sagt sie. Ihr Gesicht ist blass und die Falte zwischen den Brauen eine steile Kluft. »Ich trete auf den Balkon und schaue hinunter auf den Canale. Und da unten auf dem Bootssteg stehen zwei Sbirren mit geschulterter Pike. Und dann gehe ich durch das Haus zur Landseite, und vor der Pforte stehen ebenfalls Bewaffnete. Was soll das, Joseph? Bin ich eine Gefangene?«

Er hebt die Schultern.

»Ist das alles, was du mir als Antwort anbieten kannst? Ein Schulterzucken? Sind wir hier in eine Falle gelaufen? Ich und

die anderen? Hunderte mir anvertraute Seelen, und mein Unterhändler lässt *sie in eine Falle laufen? Und dann zuckt er die Schultern?«*

Joseph weiß, dass es keinen Sinn hat, so etwas wie »Beruhige dich!« zu sagen. Das bringt sie nur noch mehr auf.

Sie stapft durch diese handtuchschmale Casa, die sie ihr, der Durchreisenden, zur Verfügung gestellt haben, es sollte ja nur für ein paar Tage, höchstens für eine Woche sein, bis sie und der Haufen »Flüchtlinge«, wie die Venezianer die Auswanderer verächtlich nennen, zu Schiffe gebracht worden wären.

»Es ist keine Falle, Señora! Alles wird sich zum Besten wenden.«

Er sagt es laut, sagt es zu ihrem Rücken; er hat keine Lust, ihr hinterherzulaufen wie ihr Hündchen. Und er ist wütend.

Zunächst einmal ist diese Verzögerung nicht seine Schuld. Der Scheinhandel mit dem Mädchen war abgesprochen worden, und niemand hatte erwartet, dass sich die Sache nach der Zusage der Mendes noch hinziehen würde. Und dass sich Reyna fürchtete, soviel man ihr auch versicherte, dass diese Vereinbarung nur eine Finte sei, das begriff er sehr wohl, im Gegensatz zu ihrer Mutter, die mit Sicherheit von der Tochter auch dies Opfer gefordert hätte, wenn es zum »Ernstfall« gekommen wäre – ein Opfer für die Mendes und für das Judentum ist jedem aus ihrem Umkreis zuzumuten.

Auch darüber ist er wütend, dass die Señora so wenig Empathie zeigt für jenes Kind, das sie noch vor kurzem wie eine Löwin vor einer arrangierten Heirat beschützt hatte – allerdings vor der Heirat mit einem Christen.

Und nicht zuletzt regt ihn auf, dass auf dem engen Raum dieser Casa nicht nur die Familie Mendes haust, sondern dass sich auf Einladung der Herrin auch noch die geistlichen Autoritä-

ten hier eingenistet haben: dieser Scharlatan Marsilio mit seiner Sternenguckerei und seiner Kabbala und der gestrenge Rabbi Soncino, der so etwas wie den Berater in Sachen Glauben bei Gracia abgibt und unter dessen missbilligenden Augen an Zärtlichkeiten zwischen ihm und ihr nicht zu denken ist. Solange diese Leuchte der Weisheit mit ihnen unter einem Dach haust, stecken Mann und Frau nicht unter einer Decke. So sieht das aus.

Dass man nun Dona Gracia Nasi – oder vielmehr hier in Venedig: Madonna Beatrice de Luna – unter Hausarrest gestellt hat, zeugt von der Hilflosigkeit der Serenissima. Man will diese merkwürdigen Gäste nicht unter sich haben, will die venezianischen Schiffe gut vermieten … und dann weg mit denen allen. Aber auf keinen Fall wollen die »Gastgeber«, dass die Señora Kontakt aufnimmt zu irgendjemandem; am wenigsten zu ihrer Schwester Brianda, denn sie fürchten, dass ihnen dieser Goldfisch aus dem Netz schwimmen könnte.

In dieser Hinsicht schätzen sie die Lage völlig falsch ein. Dona Gracia würde sich lieber die Zehen abhacken lassen, als auch nur einen Fuß in den Palazzo Gritti zu setzen. Aber das können die Herren der Serenissima nicht kapieren. Sie befürchten, die eine Schwester könne die andere vielleicht überreden, mit in den Orient auszureisen – sehr zum Nachteil der Zecca und der darin deponierten Gelder.

Wobei sie in einem recht haben: Die Gelder *würde die Prinzipalin des Bankhauses schon gern mitnehmen. Aber die sind nicht an Brianda gebunden, sondern an ihre Tochter …*

Diese Überlegungen gehen Don Joseph durch den Kopf, als er seine erzürnte Gnädige einfach stehenlässt und die Treppe herunterläuft in den andron, *zur Wasserseite, wo die Barke wartet.*

Die Wachen lassen ihn mit ungerührter Miene passieren. Sie haben den Auftrag, die beiden Frauen, die ältere und die junge, nicht aus dem Haus zu lassen, das ist alles. Die anderen mögen kommen und gehen, wie es ihnen beliebt.
Joseph gibt Anweisung, zur Insel Spinalunga hinüberzurudern. Beim Kürbiskopf lauschen, ob es Neuigkeiten von jenseits des Meeres gibt.
Sein Schiff will gerade den Canal Grande verlassen, als aus einem Seitenkanal eine Gondel hervorschießt, schwarz wie der Tod – der Schiffsführer hat versäumt, sich mit einem Ruf anzukündigen, und so berühren sich Bug und Gondelspitze, zwar nur leicht, aber immerhin verliert der Gondoliere für einen kurzen Moment die Gewalt über sein Fahrzeug, es trudelt, und ein Kind (Ein Kind? Ein Mädchen? Eine Frau?) kreischt leise auf; es klingt wie das Zwitschern eines Vogels. Don Joseph taumelt von dem Stoß, hält sich am Bord der Barke fest (er steht gern im Schiff, hat die Augen überall und will natürlich auch gesehen werden); er flucht, aber der leise Vogelzwitscherschrei macht ihn neugierig. Ein verschleiertes Wesen sitzt in der Gondel und hat nun beide Hände fest auf die Seiten des gepolsterten Sitzes gepresst, um sich abzustützen: Jetzt scheint es unter seinem Schleier zu kichern …
Wenn er nicht so in Zeitnot wäre, würde er jetzt sein Barett lüften, sich verneigen, sich bei der Schönen entschuldigen, ihr die Hand hinstrecken und sie bitten, umzusteigen in seine Barke, damit er sie, sicherer als in der schmalen Gondel, zu ihrem Ziel bringen könnte – ein Abenteuer vielleicht, nicht mehr.
Aber die Gondel hat schon beigedreht, die beiden Schiffsführer haben sich mit den landesüblichen Schimpfworten bedacht, und Don Josephs Barke strebt aufs Offene zu, auf die Mündung des Canal Grande in den Canale di Fusina, wo man

schon das Meer riecht, und nimmt Kurs hinüber nach Spinalunga. Es gilt schließlich, Nachrichten aus Konstantinopel abzufragen.
Indessen hat das andere Schiff genau da angelegt, von wo er eben gestartet ist, und der Gondoliere hilft dem verschleierten Wesen vom Schwankenden aufs Feste.
Die Wachen vor der Tür erheben keine Einwände gegen einen Besuch.

Sie hatten sich kaum wiedererkannt nach vier Jahren: eine Reyna, die man jederzeit unter den Brautbaldachin stellen kann (die es auch will, wie man hört), und La Chica, ein zartes Persönchen auf der Schwelle zwischen Kind und Frau.
Nun liegen sie sich in den Armen und schluchzen, betroffen davon, wie die Jahre an ihnen herumgeschnitzt und sie zu etwas anderem gemacht haben, als sie in ihrer kindlichen Erinnerung bewahrt hatten.
Sie sitzen in einem der schattigen Zimmer, die zur Wasserseite liegen, und flüstern auf Ladino miteinander.
»Ach, mi chicita*«, sagt die eine leise, »wie gern würde ich hierbleiben! Nicht, dass sie mich wieder zu den bleichen Nonnen hier in Venedig stecken, gewiss nicht. Das würde mir nicht gefallen. Aber in Ferrara war ich glücklich. Und nun haben sie mich als eine Art Preis ausgesetzt, als eine falsche Münze, die nicht eingelöst werden soll – aber ich habe Angst. Was, wenn es doch geschieht? Ich will nicht!«*
Und sie verbirgt ihr tränennasses Gesicht an der Schulter der Kleinen.
»Ich aber«, sagt La Chica, »wüsste nichts, was mir lieber wäre, als mit euch allen zusammen ins Türkenland zu gehen, statt hier zu leben in diesem Palazzo voll von Menschen, die

mir fremder sind, als jeder Muselmann es sein kann, und mit einer Mutter, die sich … die sich unwürdig benimmt. Und wenn du Angst hast, dass sie dich an einen verkuppeln wollen, den du nicht kennst: Er ist wenigstens ein Jude, dieser Arzt, nicht wahr? Was weiß ich, ob meine Mutter nicht eines Tages aus einer Laune heraus mich an den nächstbesten Christen weggibt? Sie ist nicht berechenbar.«

Reyna nickt. »Wir sind wie Gegenstände.«

»Mädchen sind wie Gegenstände, so ist es«, bestätigt die andere. »Aber deine Mutter, die Señora, nicht.«

»Ach«, entgegnet deren Tochter, »es heißt, man hat sie auch verkuppelt damals, an meinen Vater, weil es für die Familien und für das Geld gut war. Dann starb Don Francisco, bevor ich noch ein Jahr alt war. Dass wir dann nach Antwerpen kamen, wo deine Mutter – dem Ewigen sei Dank! – mit deinem Vater schon aus der Ferne verlobt war, nun ja, das waren glückliche Umstände. Wenn dein Vater ihr nicht so sehr vertraut gewesen wäre, dann wäre sie heute auch nicht die Señora.« Sie lächelt traurig. »Immer sind Männer im Spiel. Ich … ich kann sie nicht leiden!«, bricht es plötzlich aus ihr hervor. »Sie sind grob, sie sind eitel, sie verletzen einen, und selbst wenn sie freundlich tun, sind sie eigentlich nur herablassend.«

La Chica sieht sie erstaunt an. »Meinst du jemanden Bestimmtes?«

Aber Reyna schüttelt den Kopf und sieht beiseite.

Der Kleineren ist das nicht geheuer. Sie möchte lieber von etwas anderem sprechen.

»Weißt du, was lustig wäre?«, flüstert sie und schmiegt sich an Reyna. »Wenn wir die Rollen tauschen würden. Du hängst dir meinen Schleier um, und der Gondoliere bringt dich zum Palazzo Gritti. Ich weiß nicht einmal, ob meine Mutter das

bemerken würde. Sie sieht mich neuerdings so selten. Und ich, ich reise mit Dona Gracia und ihren Leuten.«

Reyna gluckst leise. »Ich stelle mir das vor – wie ich in eurem Palazzo umherlaufe, immer den Schleier vorm Gesicht. Ich könnte ja sagen, ich hätte, na … vielleicht einen Ausschlag im Gesicht. Oder eine dicke Backe vom Zahn. Und wenn ihr dann weg seid …« Sie wird ernst. »Aber meine *Mutter – die würde es sofort merken. Und außerdem: Wenn es doch passiert … Würdest du wirklich mit dem Leibarzt des Sultans verheiratet werden wollen?«*

»Doch nicht wirklich! Der junge Mann, mit dem wir in Antwerpen gemeinsam gespielt haben – der hat das doch alles in der Hand. Es ist nur so ein Dreh, eine Täuschung von Joseph, nicht wahr?«

»Der Ewige gebe, dass es dabei bleibt!«, sagt Reyna. Sie erhebt sich. Ihre weichen Züge sind plötzlich streng. »Ich mag nicht mehr darüber sprechen. Sicher willst du meine Mutter begrüßen, nicht wahr?« Ohne eine Antwort abzuwarten, geht sie vor La Chica aus dem Zimmer.

Die folgt ihr.

Die mit den Siegeln des Großherrn versehene Schriftrolle, eingehüllt in hochrote Seide, wird von Tschausch Mustafa Bey an Stirn, Mund und Herz gedrückt und dann mit strahlender Miene Don Joseph Nasi zur Betrachtung hingehalten.

»Allah sei Dank! Endlich ist die Zustimmung des Beherrschers der Gläubigen eingetroffen! Nun steht der Abreise der erlauchten Prinzipalin des Hauses Mendes und ihres Trosses nichts mehr im Wege. Wir werden sofort die venezianischen Behörden unterrichten, damit die alles in die Wege leiten können!«

»Wann ist der Firman des Padischahs eingetroffen, Herr Ge-

sandter?«, fragt Joseph beiläufig, während er die gleiche ehrfürchtige Prozedur mit der Rolle vollführt wie das Kürbisgesicht vor ihm.
»Unmittelbar mit dem letzten Schiff aus unserem Land!«, entgegnet der Tschausch eilfertig.
»Damit wir keine Zeit verlieren und Euch und Eurem Hausstand, verehrter Gesandter, weitere Mühen ersparen, erlaubt mir, dass ich dies erhabene Sendschreiben gleich eilig und persönlich den Zuständigen überbringe!«, schnurrt Joseph. »Für Eure Mühen wird mein Handelshaus Euch noch heute ein Präsent überbringen lassen, unwürdig gewiss, gemessen am Anlass, aber vielleicht erfreut es Euch – ich habe mir sagen lassen, dass Ihr ein Freund schön gearbeiteter Feuerwaffen seid. Ein paar Pistolen, den Griff eingelegt in silberner Niello-Arbeit, werdet Ihr hoffentlich nicht verschmähen!«
In Mustafa Beys Augen kommt der Glanz der Gier. Auf solche Pistolen ist er schon lange erpicht.
Natürlich wissen sie beide, dass die Überbringung des Firman eigentlich Sache des Gesandten wäre, aber der willigt ein, die Sache dem Juden zu überlassen, wenn der es so eilig hat …
Der Jude hat es eilig, aber nicht, um zu den Prokuratien zu rennen, sondern er begibt sich zunächst schleunigst zum Palazzo da Molin. Hier haben die Mendes ein paar Räume als provisorisches Kontor gemietet.
Als der Partner Nummer eins der Señora eintritt, den seidenen Sultansbrief in der Hand schwenkend, weiß man, was zu tun ist. Der Rotschopf Herreiras, Leiter der venezianischen Dependance, braucht keine Anweisungen zu geben. Blitzende Scheren und Messerchen von extremer Schärfe, Nadeln, Faden und Kordeln verschiedener Farbe und Stärke, Wachs, Lupe und Tinte zur Ausbesserung eventuell auftretender Fehler stehen bereit.

Dann wird der Firman nach allen Regeln der Kunst seziert; zuerst wird ihm sein Seidenkleid ausgezogen, ohne das äußere Siegel zu brechen, dann löst man genauso vorsichtig Schnur und zweites Siegel und entblättert unter Wärme die Wachshaut, die das eigentliche Schriftstück umschließt.
Und dann liegt das herrscherliche Sendschreiben da, nackt. Es ist zweisprachig, also in Türkisch und in Latein. Und in der Zeitrechnung der Muslime und der Christen.
Don Joseph Nasi ist blass vor Wut.
Natürlich. Er hatte es geahnt. Das Sendschreiben Suleimans liegt schon seit mehr als drei Wochen in der Schublade des Tschausch.
Und während kundige Hände den Brief wieder in seinen »Originalzustand« versetzen, nimmt Joseph sich fest vor, Mustafa Bey die schlechtesten Pistolen vom levantinischen Basar zu besorgen, deren er habhaft werden kann, solche, die nach etwas aussehen, aber möglichst um die Ecke schießen, und deren Einlegearbeiten nicht aus Silber, sondern aus billigem Nickel bestehen, Betrüger-Stücke, so wie man einen Gaul auf dem Pferdemarkt mit schwarzer Schmiere und Arsen aufpeppt, was genau so lange vorhält, bis der Käufer mit dem Tier vom Platz ist.
So erleichtert, wie man nur sein kann, wenn man weiß, dass eine Gracia Nasi bald am Ziel ihrer Wünsche sein wird, gibt er Anweisungen, trinkt mit dem jungen Herrn da Molin eine beschwingte ombra, *ein Gläschen Wein zu Mittag, erledigt gleichsam schwebend und mit leichter Hand alle weiteren behördlichen Angelegenheiten, immer noch* cavaliere *Don Juan Micas, obwohl inzwischen ja jeder hier weiß, dass er binnen kürzester Zeit wieder zu Don Joseph Nasi mutieren wird.*
Reynas Hochzeit mit dem Leibarzt wird auf die lange Bank geschoben. Da werden sie sich schon herauswinden …

Venedig

Vor vier Jahren

1552

UND dann, erinnerst du dich, nahmst du Abschied, Señora. Jetzt, unter deinem Feigenbaum sitzend, gedenkst du noch einmal dieses Geschehens.
Es war die Nacht vor der Abreise.
Im Innersten aufgewühlt vom Wissen, nun endlich den Weg in die Freiheit zu betreten, trafst du dich mit dem Mann an jenem letzten Abend auf einem Schiffswrack, dich loszusagen für immer vom Abendland und für eine unerträgliche Spanne Zeit auch von ihm. Er, dem ich nun den Auftrag erteilen musste – denn nur er konnte das –, unser gesamtes Vermögen sicher in die neue Heimat zu transferieren. Und sich deshalb zu scheiden von seinem Atem, der auf dir war, seinen Händen, die dich berührten – und all dem anderen.
Auf einem Schiffswrack, ja.
Du hattest es entdeckt und mit einer dir selbst merkwürdigen Neugier betrachtet, als wir, der ganze Tross, auf dem Landwege ankamen. Es lag im stillen Wasser hinter dem Arsenal, und du erkanntest an der Takelage und dem geheimen Signet – unserem Siegel, der Karavelle mit dem gebrochenen Mast, kaum sichtbar eingebrannt unterm Vordersteven –, dass es ein Handelsschiff unserer eigenen Flotte war. Sie sagten dir, dass es nach schwerer Havarie auf seine Instandsetzung wartete. Die Ladung, ägyptische Baumwolle, verpackt in Jutesäcken, und

Weihrauch aus Abessinien, sei noch nicht gelöscht, da unsere Partner da Molin in ihren Speichern vorübergehend keinen Platz hatten. So hatte man stattdessen die Laderäume versiegelt und Wachen aufgestellt.
Und während der Zeit, als du, vor Ungeduld und Zorn, einer Gefangenen gleich, in der viel zu engen Casa umherliefst wie ein Wildtier im Käfig, kehrten deine Gedanken immer wieder zu diesem angeschlagenen Schiff zurück, angeschlagen wie unser Lebensboot, wo auch immer es stranden würde.
Dann kam diese Nacht.
Warum musste es gerade dieses Schiff sein? Eine Insel unterm Sternenhimmel da draußen in der Lagune, die felze *eines verschwiegenen Gondoliere, ein Liebesnest in einer der zahlreichen Absteigen der Stadt, wo man sich einmieten konnte, ohne dass jemand nach dem Namen fragte – alles wäre möglich gewesen.*
Nein.
Eine Wache ist schnell abgezogen, ein Siegel leicht erbrochen, wenn man die Señora ist. Schließlich ist sie Eignerin des Schiffes …

Hattest du dich schon jemals so beklommen gefühlt, dich auf eine so fremde Art gefürchtet wie in dem Moment, als du, Schuhe in der Hand, Röcke und Kapuzenmantel gerafft, über das feuchte glitschige Holz den Steg hinaufstrebtest?
Das Schiff liegt da wie ein Tier aus Urzeiten, finster, formlos. Und die beiden Positionslaternen, angebracht, um Kollisionen zu verhindern, wirken wie böse Augen.
Du streckst die Hand nach der einen aus, nimmst sie vom Haken. Leuchte mir, böses Auge. Dann, den Kopf geneigt, nur dem Lichtkreis folgend, der aus deiner Hand den Boden vor dir erhellt, gehst du durch die Luke nach innen.

Stickige Hitze schlägt dir entgegen, benimmt dir den Atem. Alles *benimmt dir den Atem. Der Geruch nach muffiger Baumwolle und gedörrten Kräutern, vermischt mit der Fäulnis des Brackwassers, das sich unten im Kielraum angesammelt hat. Es riecht wie etwas Uraltes, etwas Grausames, etwas, das dir schaden will.*

Ob so die Kerker der Inquisition riechen?, schießt es dir durch den Kopf. Bist du deshalb hierhergekommen, um dir noch einmal vorzuführen, wem du entrinnen willst, du mit vielen anderen?

Es raschelt, es quiekt. Ratten.

Und in der Finsternis plötzlich ein paar smaragdgrüne Augen. Fast hättest du die Laterne fallen lassen.

Bienvenida, gatto. *Wo Ratten sind, sind auch Katzen.*

Die Anwesenheit der Jägerin lässt deinen Mut zurückkehren, Señora. Jäger, Gejagte. Man kann den Spieß auch umdrehen. Wir jedenfalls versuchen es. Wir Mendes.

Christliches Europa, schwere Bürde auf unseren Schultern, drückender Panzer, der uns umschließt – noch einmal fühle ich dich mit all deiner dumpfen Gewalt. Aber ich rühre mich in dir, unverdrossen, ungeachtet deines düsteren Hasses. Du musst mit mir rechnen.

Tastende Schritte durch das Dunkel. Endlich.

Du stellst die Laterne ab, löst die Halsschlaufe deines Mantels. Nicht mehr verhüllt sein.

Seine Stimme, halblaut, erstickt von der fehlenden Atemluft.

»Querida? *Bist du hier?«*

Ich kann nicht antworten. Um mich kreist dieser Laderaum. Das Schiff, Venedig, Europa, das Universum mit all seinen Sternen.

Er wird mich doch auffangen?

Ihre Ohnmachten gehen meistens ganz schnell vorüber. Diesmal ist es kein Wein, der ihr Stirn und Wangen netzt – wo sollte der herkommen? Es belebt sie die Härte der Jutesäcke in ihrem Rücken, auf die er sie gebettet hat. Seine besorgten Augen über ihr, voller Liebe und Nachsicht und Spott.
»Was machst du für absurde Dinge, meine Perle? Bestellst mich auf dieses lecke Schiff – hörst du, wie das Wasser im Kielraum gluckert? –, und dann fällst du zudem noch um!«
»Höre, Joseph«, sagt sie, und ihre Finger umschließen seine Arme wie Klammern. »Hör drauf. Auf dies Gluckern. Auf die Ratten. Auf die Katze – war da nicht eben noch eine Katze? Riech das alles hier.«
»Ja«, sagt er. »Scheußlich. Bis auf dich, du riechst gut.«
»Sehr komisch«, sagt sie und hat schon wieder die Kraft, sich zu erzürnen. »Meinst du, ich habe dich zum Spaß hierherbestellt?«
Er geht nicht darauf ein, zunächst. »Ich glaube, da oben ist so etwas wie eine Kapitänskajüte. Komm, meine Seele, ich trage dich dorthin. Nimm du die Lampe.«
»Nein.« Ihr entschiedenes Nein, dem keiner widerspricht. »Ich will, dass wir hierbleiben.«
Er seufzt. »Ja, wenn du es willst *… Ich verstehe zwar nicht, welche Laune dich auf diesen maroden Kahn getrieben hat, hier zwischen die eingenähten Baumwollballen. Für diesen letzten Abend, bevor wir uns wieder einmal trennen müssen …«*
Sie sucht nach Worten. »Ich wollte noch einmal – noch einmal spüren, wie es ist, wenn man gefangen ist. Gefangen in allem. In den falschen Namen, die wir uns geben, und den falschen Bräuchen, in denen wir uns üben mussten, um nicht auf den Scheiterhaufen zu wandern. Und täglich zu sehen, wie unsere

Brüder, die sich nicht gebeugt hatten, zusammengepfercht wurden wie Tiere – denk an das Ghetto, gleich hier, im ach, so weltoffenen Venedig –, das Schandzeichen am Kleid, angespien von jedem Schindersknecht, wenn ihm danach war …, oh, Joseph!« Wie ein Sturzbach bricht es nun aus ihr heraus. »Wie sich die Mauern immer enger um uns schlossen, auch um uns Conversos! Es gab keinen Tag, wo ich es nicht gespürt hätte. Sie waren uns ja beharrlich auf den Fersen, sosehr wir ihnen auch unser Gold vor die Füße warfen. Da mussten sie sich zwar bücken, um es in die Finger zu bekommen, und wir gewannen einen kleinen Vorsprung, aber gaben sie wohl auf? Ganz gewiss nicht.

Als Diogo noch lebte, habe ich ihn manchmal verzweifelt gefragt: Warum bist du, warum ist mein Mann Francisco nicht nach der Zwangstaufe in Portugal irgendwann offen zurückgekehrt zum Glauben unserer Väter? Ja, es hätte den sicheren Tod bedeutet, aber ist Kiddusch-ha-Schem nicht besser als diese Art von Angst und Gefangenschaft? Und er antwortete mir: ›Wir leben, damit wir anderen helfen können zu überleben, vergiss das nie, Gracia, wenn ich nicht mehr bin.‹ Und weil er wusste, dass ich es mir zu eigen machen würde, darum hat er mir das Haus Mendes überschrieben.«

Sie schweigt, atmet schwer. Ihr Gesicht ist im Dunkeln. Der runde Lichtkreis der Lampe erhellt nichts weiter als die rissigen Schiffsplanken. Auf lautlosen Pfoten nähert sich die Katze, sie hat keine Scheu vor den beiden, venezianische Katzen sind es gewohnt, dass Menschen ihnen Respekt entgegenbringen; schließlich sind sie Verbündete im Kampf gegen die Ratten der Wasserstadt. Sie tritt ins Licht.

Joseph streckt die Hand aus und streicht ihr sanft über den Rücken, hin und zurück, Funken knistern, genau wie aus Gra-

cias Haar, wenn man es kämmt; seine feste, langfingrige Hand nun auch im Lichtkreis, das Gelenk, von dem schmalen Reif umschlossen. Die Katze buckelt, sie schnurrt.

»Und nun musst du dich heute Abend kasteien, wo es doch morgen schon in die andere Welt geht?«, fragt er sanft.

Sie will auffahren, aber dann betrachtet sie die Hand auf der Katze und schweigt. Schließlich sagt sie leise, fast traurig: »Ich weiß nicht, Joseph. Vielleicht … vielleicht wollte ich es an meinem verwöhnten, in Spitzen und Seide gehüllten Körper spüren, wie wirkliche, reale Bedrängnis ist, nicht nur die, vor der man sich fürchtet. Nur, als man mich ins Kloster gesperrt hatte, habe ich so etwas empfunden.

Aber ich habe dich nicht hierherbestellt, um mit dir gemeinsam bitteren Erinnerungen nachzugehen. Ich habe gehofft, dass es mir beweist, dass wir uns lebendig regen und immer geregt haben, auch wenn uns diese … Kruste, dies Gefängnis umschließt. Ich werde …«

Sie kommt nicht weiter in ihrer Rede. Die Katzenstreichelhand ist aus dem Lichtkreis verschwunden. Das Tier schnurrt, streicht um ihre Röcke, zieht sich dann ins Dunkel zurück. Will wohl nicht stören.

»Der König liegt gefesselt in Schlingen«, *murmelt Joseph. –*

»Was ist das? Das da an dir?«, fragt Gracia. Sie klingt erschrocken. Hält die Lampe in der Hand, beleuchtet den nackten Rücken des Mannes.

Er zuckt die Achseln. »Woher soll ich wissen, was hinter mir ist?«

Ihre Finger gleiten vorsichtig über seine Schultern. »Tut das weh?«

»Nein. Sollte es denn?«

»Oh, alle Genien der Liebe!« Sie lacht auf. »Du trägst das Muster der Ballen auf deinem Rücken herum! Die Jutehüllen, in die man die Baumwolle verschnürt hat.«
»Da siehst du, was ich dir erspart habe, indem ich mich unter dich gelegt habe!«, sagt er mit einem Lachen. Dann wird er ernst. »Wenn es doch Male gäbe, die ich sichtbar mit mir herumtragen könnte, zum Gedenken an dich! Es wird Monate dauern, bis ich dich wiedersehe. Wieder rieche. Wieder spüre.«
»Jammere nicht!«, sagt sie herrisch. »Sollten wir nicht lieber dem Ewigen danken dafür, dass er uns so geschaffen hat, wie wir sind, und uns die Fähigkeit gab, so zu fühlen, wie wir es tun?«
»Jedes Mal aufs Neue«, stimmt er zu.
»Du redest mir nach dem Mund, Heuchler.«
»Natürlich. Ich rede dir immer nach dem Mund. Was sollte ich anders tun?«
»Dein Hemd anziehen, damit ich dieses Jutemuster an dir nicht mehr sehen muss. Und mir in meine Kleider helfen.«
Aber während er zurücktritt, um ihr den Weg freizugeben zum Ausgang, stößt er mit dem Fuß an die Lampe. Das Öl läuft aus, ergießt sich in trägem Lauf in die Nähe des einen Baumwollballens. Kleine Flammen züngeln auf. Die Katze, die irgendwo im Dunkeln gehockt und alles gesehen hat, entflieht mit einem entsetzten Fauchen.
»Gib mir deinen Mantel«, sagt Joseph. »Ich schlag das Feuer aus. Die zweite Laterne von draußen reicht wohl als Beleuchtung, hier herauszutappen.«
»Nein«, erwidert Gracia. »Ich will sehen, wie es brennt.«
»Das kann gefährlich werden, meine Seele. Baumwolle brennt wie Zunder. Ganz schnell ist uns die Ladung verdorben.«
»Ja«, sagt sie. »Ich weiß.« Ihre Stimme hat einen merkwürdigen Klang.

»Señora! Du willst …«

»Ich will einmal einen eigenen Scheiterhaufen entzünden.«

»Dona Gracia Mendes! Das hier hat einen Wert von …«

Sie fällt ihm ins Wort. »Du musst mir nichts vorrechnen, Don Joseph. Ich kenne den Geldwert dieser Waren genau. Ich denke, das Handelshaus wird den Verlust verkraften.« Sie strebt zum Ausgang; beißender Rauch sammelt sich bereits im Laderaum. Joseph folgt ihr zögernd.

Auf dem Kai bleibt sie stehen. »Außerdem«, bemerkt sie beiläufig, »hat diese Stadt eine ausgezeichnete Feuerwehr. Es wird binnen kurzem Alarm geben, und diese Feuerwehr wird retten, was zu retten ist. Hoffentlich nicht allzu viel.«

Der Horizont hinten über Sant'Elena färbt sich schon hellgrau, die Sterne weichen.

Sie hat die Kapuze des Mantels zurückgeschlagen, der Morgenwind fährt ihr ins Haar.

»Herrin, was soll das?«

»Die Jüdin will sich von dieser grausamen Stadt verabschieden, vom Kerker Europa. Aber wie immer muss sie dabei etwas opfern, was ihr gehört. Sei's drum. Gönn mir, dass ich diese Fackel entzündet habe. Sieh einmal, nicht einmal eine Ratte stirbt auf meinem Scheiterhaufen.«

Sie huschen an ihnen vorbei, eine lange Prozession grauer Leiber, eilig, stumm, springen ihnen fast über die Füße.

Aus dem Schiffsrumpf dringen seltsame Geräusche, ein dumpfes Ächzen, ein Krachen und Prasseln.

Biegen sich bereits die Planken, wölben sich nach außen, als wollten sie aufplatzen und etwas gebären?

»Leg deine Arme um mich, Joseph Nasi. Beide. Und bring mich zurück zur Casa. Morgen reise ich.« –

Ragusa und Osmanisches Reich

Vor drei Jahren

1553

SO schieden wir damals.
Da konnte Joseph noch nicht ahnen, dass er Venedig nicht wiedersehen sollte. Nicht wiedersehen durfte, *denn nach dem missglückten Versuch, ein Jahr später – von Konstantinopel aus – La Chica zu entführen, hatte die Serenissima das Todesurteil über ihn verhängt, falls er die Stadt wieder betreten würde … Nein, Venedig war uns nicht günstig gesinnt.*
Bei unserem Auszug damals zeigten sich die Venezianer bereits von ihrer übelsten Seite. Sie verhinderten nämlich, dass die Abreise aller Juden, die mit uns unterwegs waren, von der Riva degli Schiavoni aus erfolgte. (Vielleicht dachten sie, ein paar gutbetuchte Ghettobewohner würden sich uns anschließen.) Nur die Familie Mendes und ihr Geleitschutz wurden »offiziell« eingeschifft. Die anderen Wartenden mussten sich von der Lagune her, in Marghera, an Bord begeben. Beiboote gab es dort nicht. Die Menschen mussten bis zu den Hüften durchs brackige Wasser waten, um die Strickleitern der Galeeren zu erreichen. Alle hatten Angst. Das Schiffsvolk rührte keinen Finger.
So gingen wir fort, und niemand rief uns einen Segensspruch hinterher.
Das christliche Europa ließ uns mit einer Gleichgültigkeit ziehen, als hätten wir nicht sein Wohl und Wehe miterlebt und mitgestaltet über viele Jahre. Die »Fremden« durften gehen.

Zwei Dreimaster hatten mich und meine nächsten Vertrauten aufgenommen. Wir waren separat von den anderen unterwegs.

Ich habe nie verstanden, wie sich jemand auf einem Schiff wohl fühlen kann, und sei es auch noch so komfortabel. Ich für mein Teil war während der Überfahrt nur wenige Stunden auf dem Oberdeck. Oft war mir übel, und leider war kein Lusitanus bei mir; er hatte es vorgezogen, in Europa zu bleiben, in Ancona (sehr zu seinem Nachteil, wie wir ja sehen sollten). Notdürftig kurierte ich mich einigermaßen mit Zitronensaft und Ingwer und hielt, sobald es mir besserging, mit den engsten Vertrauten Rat. Wir studierten Landkarten, legten unsere Reiseroute und unsere Strategie fest, planten, rechneten, verteilten und verschoben auf dem Papier das, was in soliden Geldkästen im untersten Unterdeck verstaut war, und beteten zum Herrn, dass unser eindrucksvoller Geleitschutz, den wir von der Serenissima erkauft hatten, den Piraten genügend Respekt einflößen würde, so dass sie einen Bogen um uns machten.

Die Republik Ragusa ist formal unabhängig, aber sie steht unterm Schutz der Hohen Pforte. Genau wie im Türkenland können sich hier Juden zu ihrem Glauben bekennen, wir waren schon außerhalb christlicher Borniertheit. Wir wurden mit militärischen Ehren empfangen; vom Kastell donnerten die Salutschüsse.

In Ragusa verließen wir die Schiffe, aber ich gab Anweisung, auf die anderen zu warten, auf all diejenigen, welche von den Venezianern gleich Vieh verladen worden waren. Ich war entschlossen, keinen Fuß vom Hafen weg oder gar ins türkische Landesinnere zu setzen, bis nicht auch jene Auswanderer ge-

landet waren, die man im christlichen Abendland bis zur letzten Minute schikaniert hatte.
Wir hielten uns in den Hafengebäuden auf, die wie große Schwalbennester an die Stadtmauern geklebt waren, und ich empfing unsere Agenten, die vom Stand der Vorbereitungen für unsere Landreise berichteten.
Der Allmächtige – sein Name sei gelobt! – gewährte uns die Gnade, dass auch die anderen Schiffe binnen weniger Tage eintrafen.
Dann öffneten sich die Tore für uns.

Sie haben ihr eine Sänfte zugeschickt, einen Tragstuhl, und zur Auswahl ein lammfrommes weißes Reitpferd, geschmückt mit bunten Wollblumen am Halfter und einem Sattel aus vergoldetem Leder, aber sie hat beides ausgeschlagen.
An der Spitze ihrer Schutzbefohlenen will sie zu Fuß einziehen, will ihr Volk aus der Gefangenschaft in die Freiheit führen, wie einst Moses die Seinen aus dem ägyptischen Fronhaus führte.
Und so sehen die Bewohner Ragusas und die Abordnung wartender Stadtväter denn eine Schar von Leuten durch das Hafentor pilgern, die nahezu Schiffbrüchigen gleichen, so abgerissen, ermüdet und von Seekrankheit gezeichnet sind die meisten, aber an ihrer Spitze geht diese kleine Frau in Schwarz, das Kleid mit einer Hand gerafft, hoch aufgerichtet, den Kopf eng umschlossen von einer Haube, die fast wie eine Krone wirkt, und um sie ist eine Aura von Kraft und Entschlossenheit.
Hinter ihr ein paar ebenfalls schwarzgekleidete Männer, manche bärtig, manche nicht,.manche im Kaftan, andere in europäischer Tracht – die nächsten Verwandten und Mitarbeiter –, und ein junges Mädchen, das sein Gesicht verschleiert

hat – wie die Ragusaner wissen, die Tochter jener Frau, die man die Señora nennt.

Es sind ihrer drei, die den Zug erwarten auf dem Platz Luza, auf den die Straße vom Hafen mündet. Und obwohl sie der Sprache nach aus Italien stammen, wie man hören wird, sind sie schon einer anderen Welt zugehörig, der Welt, in der die Ankömmlinge leben werden, denn sie tragen hohe Filzkappen und osmanische, mit Borten verzierte Gewänder, die sie um die Taille mit bunten Schärpen raffen, und verneigen sich mit über der Brust gekreuzten Armen vor der Frau.

Der Mittlere, ein hochgewachsener Mann mit einem gewaltigen Schnurrbart, tritt vor und ergreift das Wort:

»Verehrte Dame, es ist uns eine hohe Ehre, Euch, eine jüdische Fürstin, empfangen zu dürfen, die unter dem Schutz des Sultans – Allah segne ihn! – steht und die von hier aus das Reich des Beherrschers der Gläubigen betreten wird. Erweist uns die Gnade, hohe Frau, dass Eure Schutzbefohlenen bei uns ausruhen von den Anstrengungen der Überfahrt und die Gastfreundschaft der Stadt Ragusa genießen, solange Ihr wollt.«

Dona Gracia steht sehr gerade da, das Kinn hochgereckt, die Lider halb über die Augen gesenkt. Und sie schweigt. Ihr Schweigen geht von ihr aus wie eine Welle der Stille, verbreitet sich über den ganzen Platz, erreicht alle, die hier stehen, Offizielle, Neugierige, Zuschauer und eine Gruppe von bärtigen Männern in dunklen langen Mänteln im Hintergrund.

Das weiße Pferd, reiterlos geführt, schnaubt und schüttelt sein klirrendes Zaumzeug. Irgendwo bellt ein Hund. Niemand scheint zu atmen für einen Moment.

Raphael Ugarte (natürlich neben ihr) bewegt sich schließlich einen kleinen Schritt vorwärts, durchbricht den Bann. Mahnt leise: »Señora …«

»Ja.«

Noch ein paar Atemzüge. Dann breitet sie die Arme aus. »Baruch Ha Schem! Der Name des Ewigen sei gepriesen! Wir sind angekommen, und fast ist es wie ein Vorgeschmack des Gelobten Landes, von Erez Israel, in das wir alle zu ziehen hoffen, irgendwann.

Signori, ich danke Euch. Für mich und meine Brüder und Schwestern beginnt jetzt, was Euer großer Dichter Dante geschrieben hat: Incipit vita nova. *Es beginnt ein neues Leben.«*

Gemurmel. Dann schreit irgendwo aus der Menge eine helle junge Stimme: »Evviva! Evviva la Señora! Evviva la principessa ebrea!«

Und der Platz scheint zu bersten von Geschrei und Jubel. Die Männer schwenken ihre Mützen und werfen sie in die Luft, die Frauen heben ihre Kinder hoch, damit sie einen Blick auf die kleine Frau und ihre Truppe werfen können.

Durch die Menge hindurch drängen sich jetzt jene Männer nach vorn, die bisher im Hintergrund gestanden haben, jene bärtigen Männer in ihren langen dunklen Mänteln. Sie tragen Turbane oder farbige Tücher um den Kopf, und sie kommen auf Gracia zu in gebeugter Haltung, die Hände ausgestreckt wie Bittsteller. Einer von ihnen hält ihr ein Buch entgegen: die Heilige Schrift, so wie sie in Ferrara übersetzt und gedruckt worden war …

Dann sind sie bei ihr, beugen das Knie, küssen ihr die Hände. Tränen fließen. Und nun hört sie zum ersten Mal den hebräischen Ehrentitel: Ha Gewereth. Die Herrin. Die Fürstin.

Später, bei dem – für sie streng koscheren – üppigen Essen, das der Senat der Republik Ragusa für sie und einen ausgewählten Kreis von Ankömmlingen und Bewohnern veranstaltet

(Juden und Christen an unterschiedlichen Tischen), erfährt sie, dass jene Juden, die sie so enthusiastisch mit dem Buch der Bücher begrüßten, durch die Netzwerke des Hauses Mendes der Inquisition entkommen und hierhergebracht worden waren.

»Zum ersten Mal«, sagt sie, während sie ihren Weinbecher hebt, »gewährt mir der Herr – sein Name sei gepriesen! –, die Früchte jener Arbeit zu sehen, die mein Schwager Diogo mit so viel Mühe begonnen hat und die ich mit meinen Helfern fortzusetzen bemüht war. Möge der Himmel uns weiter gewähren, dass wir in der Lage sind, Gutes zu tun, zum Segen unserer Brüder und Schwestern und in Dankbarkeit für das Türkenland, das uns aufnimmt.«

Sie nickt Samuel zu, und der zieht mit einer Geste, die fast so schwungvoll ausfällt wie die seines Bruders, eine Schriftrolle aus der Tasche.

»Doch bevor wir den Boden des türkischen Reichs betreten, erlaubt die Señora sich, der Republik Ragusa mit einem Gastgeschenk von fünfhundert Dukaten für die freundliche Aufnahme zu danken«, hebt er in seiner sachlichen Art an. »Und sie hofft, dass auch diese Stadt denjenigen aus ihrer Begleitung Wohnrecht einräumt, die gewillt sind, hierzubleiben. Jeder Einzelne wird mit einem Startkapital von hundert Dukaten ausgestattet, und das Haus Mendes übernimmt außerdem für sie die Einwanderungssteuer. Der hiesigen jüdischen Gemeinde spendet die Señora – Ha Gewereth – eine neue Synagoge und eine Jeschiwa, eine Schule, um die Thora und die Gesetze zu lehren; die Gelder werden beim Gemeindeältesten zu treuen Händen hinterlegt. Für die Weiterreise nach Konstantinopel benötigt die Señora folgende Wagen, Pferde, Maultiere und Geleitschutz-Eskorten, um deren Bereitstellung – selbstver-

ständlich gegen Entgelt – wir den ehrenwerten Senat von Ragusa bitten: …«

Und nun prasseln auf die sprachlosen Ragusaner Zahlen über Zahlen hernieder, die Anzahl der jeweils benötigten Gegenstände und ihre Entsprechung in Geldwert, alles minutiös aufgelistet.

Und sie begreifen, dass die großzügige Wohltäterin keine Fee aus den Märchen von Tausendundeine Nacht *ist, die ihr Füllhorn ausschüttet, sondern eine genau kalkulierende Geschäftsfrau, die Prinzipalin des Mendes-Imperiums, und dass hier Kommerz und Almosen Hand in Hand gehen. –*

Ragusa gefiel mir, diese Stadt mit den weiß leuchtenden Straßen (sie waren immerhin mit Marmorplatten belegt!), den türkisgrün gekachelten Fassaden der Häuser, gedeckt mit Ziegeln in verblasstem Orange, mit den blumengeschmückten Balkonen. Und ich konnte es gut verstehen, dass einige meiner Schutzbefohlenen gleich hier heimisch werden wollten. Hier war ein letztes Stück Europa, ein Zwischenreich zwischen Italien und der Türkei. Hier konnte man, ähnlich wie vordem in Ferrara, Jude sein und trotzdem Europäer bleiben.

Ich hatte meine Zuwendungen für die Stadt, die Gemeinde und die neuen Bürger besonders generös ausfallen lassen, weil ich wollte, dass sich die Großherzigkeit der Señora (oder Ha Gewereth) herumsprach in den Gegenden, durch die wir jetzt ziehen würden, und uns überall der Empfang zuteilwürde, den man braucht, um einen Ruf als »Wundertäterin« aufzubauen und allen klar zu zeigen, wer wir waren. Wir, die Mendes. Wir, die Nasi. Händler und jüdische Fürsten.

Und so begannen wir nach etwas mehr als zehn Tagen der

Ruhe mit der Reise über Land. Das Land, in dem wir nun leben sollten.
Bevor wir aufbrachen, wollte ich eine Eskorte anwerben, denn es hieß, die Landstriche, durch die wir zu ziehen hatten, seien unsicher, und es gäbe Räuber. Aber es stellte sich heraus, dass uns der aufmerksame Großherr zu unserem Schutz Truppen bereitgestellt hatte: Truppenverbände von Spahis, von Bogenschützen zu Pferd, lösten sich auf unserem Weg ab, unsere Sicherheit zu gewährleisten. Später, kurz vor unserem Ziel, kamen auch noch Janitscharen hinzu, die Elitetruppe des Sultans. Mit ihren hohen weißen Mützen, gekrönt von Federbüschen, und den kreuzweise im Gürtel steckenden Waffen, Pistolen sowie Dolche, sahen sie furchterregend aus, und meine Mitreisenden hatten zuerst Angst vor ihnen. Erst, als die martialischen Männer bei Sonnenuntergang niederknieten, alle in die gleiche Richtung gewandt, und ihr Gebet zu Allah sprachen, verloren die Meinen ihre Angst vor ihnen. Gebete wussten sie zu schätzen, solange es keine in einer christlichen Kirche waren, an denen sie gezwungen waren, teilzunehmen.

Konstantinopel

1556

HA Gewereth«, sagt Joseph, neben ihr im Schatten des Feigenbaums im Zitronenhain sitzend, hingelehnt an ihren Arm. »Ha Gewereth klingt gut. Aber erlaube mich, dich weiter Señora zu nennen.«
»Wie du mich diese kurze Zeit nennst, das ist mir wirklich ganz gleich, mein Lieber«, sagt sie lächelnd. »Aber die Worte aus dem Lied der Lieder, die du für mich findest, sind mir am liebsten.«
Er küsst ihr Handgelenk. »Wie hast du an mich gedacht, während der Zeit, als wir getrennt waren – du auf dem Weg durch die Türkei, ich noch im europäischen Westen, um unser Geld einzutreiben?«
»Wenn ich denn Zeit fand, an dich zu denken!«, sagt sie, und wieder einmal ist es ihr gleichgültig, ob sie ihn verletzt. »Glaub mir, ich hatte anderes zu tun.«
Er unterdrückt seine Empfindlichkeit. Was soll das jetzt noch …
»Es heißt, du habest den Weg nach Konstantinopel mit Gold gepflastert«, sagt er.
»Mit Gold, das ist übertrieben. Aber Silber kommt der Sache schon näher, denke ich. Das war vonnöten.«
Er nickt. Was die Señora damals vollbrachte, ja, das berechtigte wirklich dazu, den Kopf hoch zu tragen.

»Eure Karawane zog also los, so hat mir mein Bruder berichtet. Durch das kalkige Land, unter Steineichen und Olivenbäumen dahin, eingehüllt in den Geruch von Thymian und Salbei …«

»Ich wusste gar nicht, dass Don Samuel eine poetische Ader hat!«, unterbricht sie ihn spöttisch. »Für mich war da nur sengende Sonne und viel zu viel weißer Staub. In meiner geschlossenen Kutsche habe ich weder Thymian noch Salbei gerochen. Nun gut, Samuel war schließlich zu Pferd.« Sie zuckt die Achseln.

»Wir reisten von Ort zu Ort, immer dorthin, wo es nahe von Marktflecken oder in Dörfern jüdische Ansiedlungen gab. Unsere Handelsbevollmächtigten und die Ragusaner hatten unsere Landkarte mit wertvollen Hinweisen ergänzt, und unterwegs erfuhren wir jeweils, wohin wir uns wenden konnten. Es wurde eine Reise mit Umwegen, zunächst sehr zum Unwillen der türkischen Eskorte, die sicher den Auftrag hatte, uns schnell nach Konstantinopel zu bringen. Bis sie begriffen, was wir machten.«

»Die Straßen, meinst du?«

»Exakt. Die Straßen. Es waren nämlich keine da, zumindest keine, auf denen man schnell vorankam. Wenn jemand von A nach B will, sollte man eigentlich keine Umwege gehen. Aber unsere Trödelei schuf die Voraussetzungen, es allen anderen Reisenden nach uns bequemer zu machen.«

Joseph schüttelt den Kopf. Noch immer erfüllt Gracias unglaubliche Fahrt durch die Türkei, von Ragusa nach Konstantinopel, sein Herz mit einer Art vergnügtem Stolz; die Idee, so findet er, könnte von ihm selbst gewesen sein.

Dona Gracia Nasi schenkte nämlich dem Beherrscher der Gläubigen eine neue Straße durch sein Reich.

Um dem Großherrn die Dankbarkeit des Hauses Mendes zu bezeugen, so erklärte sie später den versammelten Abgesandten der Pforte, die sie voller Erstaunen in Konstantinopel in Empfang nahmen, habe sie sich erkühnt, die Wegverhältnisse zwischen Ragusa und Istanbul, via Saloniki, zu verbessern, zumal sie selbst den Beschwerlichkeiten einer langen Kutschfahrt über Land auf ungebahnten Pfaden nicht gewachsen gewesen sei.

Die Sache, so berichteten die Bediensteten des Großwesirs, jene, die Dona Gracia Nasi, die jüdische Fürstin, mitsamt ihrem Hofstaat (wie sie sich ausdrückten) und der Janitscharenbegleitung an den Stadttoren Istanbuls in Empfang nahmen, um sie zu ihrem inzwischen fertiggestellten Palast in Galata zu geleiten, die Sache also, so berichteten sie ihrem verblüfften Dienstherrn, sei nach Aussage der Dame ohne weitere Schwierigkeiten vonstattengegangen.

Die Señora (Ha Gewereth, wie die Juden sie nannten) mit ihren Schützlingen habe jeweils bei den kleinen jüdischen Gemeinden rechts und links der vorgesehenen Wegstrecke haltgemacht. Sie habe ihre Glaubensbrüder und -schwestern mit Wohltaten überschüttet, ihnen neue Bet- und Lehrhäuser, Tauchbäder oder Armenasyle gestiftet, bei ihnen Wohnung bezogen und so lange dort ausgeharrt, bis die dankbaren Beschenkten mit Hilfe der anderen Anwohner, die reichlich entlohnt wurden, Steine herbeigeschafft, Blöcke behauen, den Grund geebnet und festgestampft und einen Abschnitt jenes Weges geschaffen hätten, den zu bereisen die Dame mit ihrem Gefolge dann für angemessen gehalten habe. Und so habe sie sich von Etappe zu Etappe zunächst bis Saloniki bewegt, deren jüdische Gemeinde ihr einen triumphalen Empfang bereitete, mit Lorbeerzweigen am Stadttor, Palmwedeln und einem roten Teppich, über den sie einziehen konnte, denn natürlich war ihr Ruf ihr vorausgeeilt.

Nachdem sie auch diese Gemeinde reich beschenkt hatte, zog sie dann auf einer nun ausgebauten türkischen Straße am Meer entlang weiter zur Hauptstadt.

Was die Abgesandten des Großwesirs nicht wissen konnten, war die Tatsache, dass all jene neuen, zuvor von ihr hergerichteten Wege durchaus nicht nur die dankbare Gabe einer Geretteten an ihre neue Heimat waren.

Dona Gracia hatte überall den schnellen Kurierdienst des Hauses Mendes organisiert – gleichsam einen langen Faden im Gewebe der Netze, um ständig über alle Geschehnisse von jenseits des adriatischen Meeres informiert zu sein, von Italien über die deutschen Länder und Frankreich bis hin nach Spanien und Portugal. Schnelle Pferde aus dem thrakischen Hochland wurden angekauft und innerhalb der Dörfer stationiert. Ihre Kuriere würden von den Mitgliedern der dankbaren jüdischen Gemeinden am Wegesrand versorgt werden, und überall waren einige von den Auswanderern zurückgeblieben, um sich anzusiedeln in guter Nachbarschaft mit den Einheimischen – geheime Emissäre des Willens der Señora.

Gracias Reise durchs Türkenland war beides: der Triumph einer Frau, die von ihrem Volk mit Esther und Deborah, den Heldinnen der Vorzeit, verglichen wurde, und ein ebenso praktischer wie effektiver Schachzug der Prinzipalin des Mendes-Imperiums, um weiter zu expandieren. –

»Ach, wie stolz ich damals war, Joseph, als ich, begleitet von Janitscharen, der Ehrengarde des Sultans, und empfangen von den Abgesandten des Großwesirs, in Konstantinopel einzog! Ich hatte unsere Vergangenheit unter den Christen versenkt

und verbrannt, wie jenes Schiff im stillen Wasser hinter dem Arsenal Venedigs, und ich hatte begonnen, eine neue Spur zu legen jenseits der Adria – eine Spur der Kraft und der Befreiung.
Damals vermisste ich dich an meiner Seite. Es hätte mir gefallen, wenn du neben meiner Kutsche hergeritten wärest und, gleich mir, Silbermünzen unter die Gaffer geworfen hättest.«
»Damals und sonst nicht?«, sagt er, halb wehmütig, halb scherzhaft.
»Du musst nicht alles glauben, was ich sage«, entgegnet sie und fährt ihm mit der Hand durchs Haar, zaust ihn derb, spaßhaft, als wären sie nur irgendein Liebespaar an irgendeiner beliebigen Stelle auf der Skala ihres Miteinanders – und nicht an dem Punkt, wo bald alles aufhört. Dann fährt sie fort, und ihre Stimme klingt weich: »Der Wahrheit die Ehre. Es gab keinen Tag, wo ich nicht in Gedanken bei dir war. Was glaubst du denn? Ich bin vor Sehnsucht fast umgekommen – das heißt natürlich, immer, wenn ich Zeit hatte.« Um ihren Mund zuckt es. »Ich habe mir vorgestellt, wie du an den Höfen und den Faktoreien agierst, in den Kanzleien der Christen und den Kontoren der Conversos. Ich sah dich vor mir, so, wie ich dich kenne: wie dein Blick hart wird, wie du den Mund verziehst zu deinem hochmütigen, schiefen Siegerlächeln, wie du dreist und geschickt agierst und jemanden an der Nase herumführst, ohne dass derjenige es überhaupt merkt, wie du dein Gegenüber umschmeichelst und mit Liebenswürdigkeit seine Wachheit schwächst … und dann wieder, wenn ich abends allein lag, stellte ich mir andere Sachen vor – wie du es mit Huren und ehrbaren Frauen treibst und dabei keinen einzigen Gedanken an mich verschwendest.« Sie lacht, es klingt fast fröhlich. »Nun, diese Sorgen muss ich mir nicht mehr machen.«

»Hör auf. Ich ertrage es nicht.«

»Du wirst es noch lange ertragen müssen, dass ich nicht da bin, mein armer Geliebter«, sagt sie sanft.

Er presst die Fingerknöchel gegen die Lippen, um nicht zu schreien.

»Erzähl mir weiter«, zwingt er sich zu sagen. »Erzähl von deiner Reise.«

»Sie ist zu Ende, diese Reise«, entgegnet sie und streicht erneut durch sein Haar. »Ich kam an und bin da. Bin noch da.«

»Was war eigentlich unterwegs mit deinen Weltweisen? Fandest du Gelegenheit, dich mit ihnen zu unterhalten und von ihnen zu lernen?«

»Meine Weltweisen? – Ach, du meinst den Rabbi und den Kabbalisten? Nun, der Rabbi … wie konnte er nur so zum Verräter werden! Wir lasen zusammen im Midrasch und im Talmud und sprachen über unsere überlieferten Gebote und ihre Nützlichkeit und Wirksamkeit. Er … ich mag nicht an ihn denken. Übrigens, weißt du, dass sich die beiden überhaupt nicht grün waren? Soncino hielt den Kabbalisten für einen Wirrkopf, und Marsilio erklärte seinerseits den gelehrten Mann für einen Pedanten, wenn auch einen scharfsinnigen. Ich musste ständig zwischen ihnen vermitteln.«

»Wenn ich Anlass hätte, mich zu erheitern, würde ich das bestimmt sehr amüsant finden«, murmelt Joseph.

Aber sie geht nicht darauf ein, tut, als hätte sie es nicht gehört.

»Die Kabbala machte mir Vergnügen.«

»Vergnügen?« Joseph hebt die Brauen. »Ich habe das nie verstanden. Das ist doch so eine Geheimlehre! Magische Rituale, nicht wahr? Man findet heraus, was die Welt zusammenhält? Es sind nur Buchstaben und Zahlen! Wie kann einem das Vergnügen bereiten?«

»Ach«, sagt sie, »ich mag nun einmal Zahlen. Und die Kabbala … ist einfach eine Sache mit Zahlen. Man konnte alles Mögliche errechnen. Nur, irgendwann verschwamm es dann wieder.«
»Was meinst du damit?«
»Eins hing immer vom anderen ab. Also, wenn *das* geschieht, dann kann auch *jenes* geschehen.«
Joseph muss wider Willen lachen. »Selten habe ich meine Señora so ungenau sprechen hören«, sagt er und lehnt sich enger an sie. »Ist es nicht immer so in der Welt, dass, wenn das Erste und Zweite nicht wäre, das Dritte und Vierte nicht geschehen könnte?«
Sie gibt ihm einen kleinen Stoß. »Zügle deine Zunge, Schurke. Es ging um große Dinge. Zum Beispiel …« Sie zögert, und unwillkürlich dämpft sie die Stimme. »Zum Beispiel um die Ankunft von Messias.«
»Er konnte die Ankunft von Messias errechnen?« Auch Joseph spricht leiser.
»Eben nicht direkt. Er sagte, unser Trost würde kommen, wenn das Volk wieder im Heiligen Land hausen würde.«
Joseph atmet tief aus. Seine Spottlust kehrt zurück, nach diesem Moment des Berührtseins. »Das kann wohl noch dauern. Gerade hat mir mein Bruder Samuel erzählt, dass in Jerusalem selbst ein streunender Hund besser behandelt wird als ein Jude.«
»Oh, von Jerusalem war zunächst nicht die Rede. Marsilio sprach von Safed, wo es einst wie heute eine berühmte Akademie für Talmudstudien geben soll. Und von Tiberias, das einmal ein Wallfahrtsort gewesen sei, Ort der Gräber von einigen Großen unseres Volks. Ein Wallfahrtsort in Erez Israel, dem Land Israel. Dann … Marsilio hatte mir geweissagt, dass ich dort hingelangen würde. Ob lebend oder tot, dazu hatte er

nichts verlautet. Nun ja.« Sie sagt fast heiter: »Du begleitest mich doch?«

»Ja.« Die Stimme versagt ihm. Ein Wallfahrtsort, wo die Großen Israels bestattet liegen … Plötzlich ist ihm übel. Er sieht sich auf jenem Schiff, das ihren toten, langsam zerfallenden Körper nach Palästina bringt, sieht sich Schiwa sitzen in der Gluthitze unterm Besanmast, um ihn der Geruch der Verwesung, und am Horizont tauchen die ockerfarbenen Segel der Piraten auf, die kostbarste Beute auf diesem osmanischen Kauffahrer vermuten, ach, wie kostbar, wie unwiederbringlich dahin …

»Was ist dir, Joseph? Du zitterst ja.«

»Es ist nichts, meine Taube.«

Der erste Muezzin beginnt zu rufen, die anderen fallen ein und ermahnen die Gläubigen zum Abendgebet.

»Wie die Zeit dahinfliegt!«, sagt sie fast träumerisch. »Die Schatten sind länger geworden, und wir haben es nicht einmal bemerkt. Sieh dort, der erste Stern! Morgen werde ich ihn nicht mehr sehen.«

Er ist aufgesprungen. »Was sagst du da?«, stammelt er. Sein Gesicht zuckt, seine Lippen beben.

Sie sieht zu ihm auf, ruhig, verwundert. »Aber das weißt du doch. Morgen, am Freitag vor Beginn des Sabbats, habe ich mein … mein Rendezvous mit Azrael. Du wolltest sogar dabei sein. Die Zeit ist gut gewählt. Danach kannst du allen am Tisch des Sabbatmahls verkünden, dass die Señora zu unseren Erzvätern und den Müttern unseres Volkes gegangen ist.«

»Gracia, nein! Segne noch einmal das Licht für uns, bleib noch diesen Sabbat bei den Deinen, lass uns gemeinsam beten und fasten, und dann …«

Sie unterbricht ihn streng. »Vielleicht solltest du im Angesicht des Todes ein einziges Mal aufhören zu tricksen. Wir haben es besprochen und beschworen, und du kannst mir nicht glaubhaft machen, dass du es vergessen hast. Lass diese Spiele, Don Joseph, und sei, was dein Name sagt: Nasi, ein Fürst, ein König, mein Gefährte aus dem Lied der Lieder, und mach dich nicht klein jetzt und hier.

Sei nicht geizig wegen ein paar Stunden. Reicht es dir nicht als Trost, dass ich dich bei mir haben will, bis zur letzten Minute?

Es wird bald dunkel. Komm mit mir, komm zu Bett. Gönn mir noch einmal das, was mir als Einziges geblieben ist von allen Freuden der Welt, das größte Geschenk, das der Allmächtige – sein Name sei gepriesen – seinen Geschöpfen gegeben hat zu Geist und Verstand und Wissen dazu: die Lust.«

»Du hast mich gefangen, meine Schwester Braut, ich pflücke meine Myrrhe samt ihrem Balsam«, sagt er mit erstickter Stimme.

»So lass uns gehen.«

Aber es wird ganz anders.

Den großen Liebhaber schüttelt das Grauen des sich nähernden, angekündigten Todes, und jener sonst immer willfährige und bereite Teil seines Körpers verweigert ihm den Dienst.

Schluchzend liegt Don Joseph Nasi in den Armen seiner Taube, seiner Königin; da gibt keine Narde mehr ihren Duft, und keine Wabe samt dem Honig wird gegessen.

Sie muss ihn trösten und streicheln wie ein Kind.

»Ich wusste nicht, dass es so schwer sein würde, Abschied zu nehmen«, sagt sie irgendwann, und er antwortet nicht.

Und dann schläft sie, und er liegt wach, gerade ausgestreckt, die Fäuste geballt, die Zähne aufeinandergepresst.

Es darf nicht sein. Herr, tu das Wunder.
Im Morgengrauen (Hat er überhaupt geschlafen? Er weiß es nicht.) steht er leise auf, um sie nicht zu wecken.
Sie wird es nicht ohne ihn tun. Kann es nicht ohne ihn tun. In seiner Tasche ist die Phiole.
Irgendetwas muss er doch unternehmen, etwas versuchen – wenn er nur wüsste, was.
Er muss hinüber zum Serail. Vielleicht kann er Haseki Hürrem bewegen … ja, zu was? Er weiß es nicht. Er kann ja schlecht einen Firman erwirken, der die Señora zwingt, weiterzuleben. Aber er darf doch nicht einfach die Zeit verstreichen lassen, Minute für Minute bis zum Ende.
Schechsade Selim. Der Liebling seiner Mutter. Das Muttersöhnchen. Vielleicht erreicht der Prinz Roxelane, und dann …
Was bildet er sich nur ein, das ist doch alles Unsinn …
Trotzdem. Er wird Selim heute früh den täglichen Korb mit Speisen und Weinflaschen selbst bringen. Gut. Wenigstens etwas tun.
Noch vorm ersten Ruf des Muezzins begibt er sich, das neue Ehrenkleid des Sultans überm Arm, hinüber zum Neuen Serail.
Er benutzt nicht die Imperiale Pforte, weder wurde er gerufen, noch hat er eine wichtige Botschaft, er hat überhaupt nichts, außer einem Korb mit Essen. An der Seitenpforte ist gerade Wachablösung; die Janitscharen sehen mit Verwunderung auf den frühen Besucher. Enfanghi Bey, ja, zum Schechsade Selim, ja, da ist der Jude stets willkommener Stammgast, kann passieren.
Über die knirschenden Kieswege begibt er sich zum Pavillon des Kronprinzen, auch da macht man erstaunte Augen über den allzu frühen Besucher.

Seine Hoheit sei noch beim Morgengebet, wird ihm bedeutet, er möge warten.
Schließlich erscheint Selim, das blassblonde Haar zerzaust, das Gesicht noch gezeichnet von den Weinexzessen des Vorabends, er umarmt seinen Freund Joseph und riecht aus dem Mund nach Pfefferminz.
»Das ist ein guter Einfall, mir das Frühstück zu bringen!«, lobt er. »Ich lasse auspacken und anrichten, und dann können wir zusammen essen.«
Er habe keinen Hunger, wehrt Don Joseph mit gequältem Lächeln ab; die Speisen stammen zwar aus der eigenen koscheren Küche, aber mit einem Nichtjuden zu speisen, das hieße ein Gebot brechen; andererseits, wie viele Gebote hat er nicht schon gebrochen, jetzt und früher, und wird es sicher auch in Zukunft tun; man schläft zum Beispiel nicht mit der eigenen Schwiegermutter; nun, diese Sünde wird er wohl kaum mehr begehen können nach diesem Sabbat.
»Aber was ist dir denn, mein Jude, du hast ja feuerrot entzündete Augen. Hat dich eine Krankheit ereilt?«
Joseph winkt ab und lächelt. »Das ist vom Staub, Euer Hoheit. Zu viel Staub, wenn man viel auf Reisen ist.« (Eine bessere Ausrede fällt ihm nicht ein.)
»Heute Staub in den Augen und gestern Wespenstiche an der Lippe – du lebst gefährlich, wie mir scheint, Enfanghi Bey.«
Er lacht, und Joseph lacht mit.
Indessen macht sich Selim über die Speisen aus dem Belvedere her und preist ihren Wohlgeschmack, lädt seinen Gast auch wiederholt ein, doch mitzuhalten, aber der lügt, er sei schon vom Vorkosten satt, obwohl er keinen einzigen Bissen davon zum Mund geführt hat; zweifellos duftet es, wie es duften soll, aber ihm wird schon vom Essensgeruch übel.

Danach wird die unvermeidliche Schicha gebracht, und die beiden hocken einander gegenüber auf ihren Kissenbergen und ziehen wechselweise an der Pfeife (zumindest dazu muss man sich überwinden).

Wie immer ist es tödlich ruhig ringsum im Serail. Kein früher Vogelruf, kein Laut von Wachen oder Dienern. Sonst hat er dem nicht große Beachtung geschenkt. Heute kommt es Joseph vor, als sei er in eine Welt unter Wasser geraten; in seinen Ohren dröhnt die Stille. Die Stille, in der die Zeit abläuft, unerbittlich.

»Weißt du«, beginnt Selim das vertrauliche Gespräch, und seine Stimme dringt zu dem anderen wie durch dicke Schichten von Baumwolle, »was ich dir da bei deinem letzten Besuch erzählt habe, du erinnerst dich – dass mein Vater übel gestimmt war, die Señora betreffend –, in der Hinsicht gibt es Neuigkeiten.«

»Ich höre, Hoheit«, sagt Joseph leise. Sein Wangenmuskel zuckt. Immerhin, sie sind beim Thema.

»Meine süße Nur Banu hat mir alles erzählt«, fährt der Prinz fort. »Sie weiß es von meiner Mutter.« Er beugt sich näher vor, sagt geheimnisvoll: »Stell dir vor, mein Vater hat mit dem Gedanken gespielt, Dona Gracia an die Franzosen auszuliefern.«

Joseph lacht rauh auf. »Das kann er gar nicht! Dona Gracia Nasi ist eine Schutzbefohlene des Großherrn und zahlt dafür Steuern. Sie ist keine Untertanin. Vielleicht sollte der Padischah lieber gleich mich an die Venezianer verkaufen, das würde bestimmt mehr von Nutzen für das Osmanische Reich sein. Und außerdem«, schließt er mit versagender Stimme, »kann man die Señora ohnehin nicht mehr ausliefern, an wen auch immer.«

Selim sieht ihn erstaunt an. »Ich verstehe dich nicht, mein

Jude. Warum bist du so – gereizt und so – durcheinander? Ich berichte dir doch nur vom Stand der Dinge und was die Frauen sich an Listen ausgedacht haben!«

»Ja, Hoheit. Verzeiht, Hoheit. Ich bitte um gnädigen Pardon. Ich habe wenig geschlafen.«

»Wenig geschlafen, ich verstehe.« Selim zieht mit dem Zeigefinger sein unteres Augenlid herab und gibt somit zu verstehen, was er sich darunter vorstellt, und sein Gegenüber sieht sich wieder gezwungen, zu lächeln.

»Also, darf ich jetzt fortfahren?«, fragt der Prinz leicht pikiert.

»Ich hänge an Euer Hoheit Lippen!«, beteuert Joseph müde. Er fragt sich, was das Ganze soll. Warum ist er nur hergekommen?

»Meine Mutter, so sagt mir das Licht meines Lebens, Nur Banu – sie ist übrigens schwanger, Joseph, ich erwarte ein Kind! Nein, wünsch mir noch kein Glück, ich bin abergläubisch, Allah möge sie schützen –, Nur Banu also sagt mir, meine Mutter habe zunächst angeboten, die verehrte Dona Gracia für eine Zeit bei sich zu verstecken. Aber das habe die Señora nicht gewollt. Da habe Haseki Hürrem mit dem Sultan gesprochen, und der meinte: Wo auch immer sie hingeht, wenn sie nur weg ist … Und da fiel ihr eine lohnende Aufgabe ein, der sie sich nicht entziehen kann.«

(Leider gibt es bald keine Aufgabe mehr, mein lieber Thronfolger, für die Señora …) »Und zwar wird ihr eine Steuerpacht angetragen. Sie wird Mültezim, Steuer-Statthalterin. Was hältst du davon, mein Jude?«

»Das Amt einer Steuerpacht ist eine Angelegenheit, die sowohl ehrenvoll als auch gewinnbringend ist«, sagt er mechanisch. (Ich muss zusehen, dass ich diesen Besuch schnell hinter mich bringe. Ich will zurück zu ihr, wenigstens die letzten Stunden mit ihr teilen. Wozu bin ich nur hierhergefahren?)

»Du sagst es!«, erwidert Selim triumphierend und schnipst eines seiner Mädchen herbei. Der Morgentrunk ist angesagt. »Zwar geht es um einen gottverlassenen Winkel Erde, aber warum sollte nicht auch da etwas herauszuholen sein. Die Señora müsste dorthin verschwinden. Du weißt ja, aus den Augen, aus dem Sinn. Ist das nicht ein großartiger Gedanke von meiner Mutter, den Padischah dazu zu überreden?«

»Durch nichts zu übertreffen!«

Der Wein (er ist von dem eben mitgebrachten?) gluckert aus der Kanne im hohen Bogen in einen feuervergoldeten Silberbecher. »Ah, der Rote aus Syrakus! Du bist wirklich mein guter Geist, Joseph. Willst du auch …«

»Ich trinke um diese Zeit nicht, Hoheit«, sagt er, und ihm ist es völlig egal, ob er den Prinzen damit vielleicht beleidigt. Aber Selim zuckt nur gutmütig mit den Schultern.

»Auch gut. Umso mehr bleibt für mich.« Selim lacht über seinen eigenen Scherz und nimmt den ersten Zug. »Du kannst ihr ja die Nachricht bringen. Ich glaube, der Vorgang ist dann so, dass sie sich offiziell beim Großwesir um die Stelle der Steuereintreiberin bewerben muss und die Summe angeben, mit der sie die Pacht abgelten will. Was sie dann erwirtschaftet, ist ihre Sache, wie du weißt … Ich nehme an, dieses Tiberias wird nicht allzu viel abwerfen, aber …«

Durch den Nebel der Resignation und Traurigkeit, der Joseph Nasis Geist und Sinne umfangen hält, dringt ein Wort. Ein Name. Ein Schlag aufs Herz.

»Verzeihung, Hoheit. Sagten Euer Gnaden *Tiberias?*«

»Tiberias, ja. Hatte ich das vergessen, zu erwähnen? Tiberias und die Gegend um Safed. Das liegt irgendwo in Palästina, ich glaube, sogar in der Nähe von Jerusalem. Galiläa heißt der Landstrich. Das ist für euch Juden doch eine heilige Stätte, nicht wahr? Für Muslime übrigens auch. Und in diesem Safed sollen sogar viele eures Volkes wohnen. Aber es ist leider wirklich eine Einöde, Joseph!«

»Oh«, sagt er langsam, während er sich vorsichtig von den Kissen erhebt (ihm ist schwindlig, und die Stille hat aufgehört, in seinen Ohren zu brausen), »das wird sicher keine Schwierigkeit bedeuten. Wir Mendes haben schon öfter im Handumdrehen aus Einöden blühende Gegenden gemacht.«

»Ja, Kunststück, mit eurem verfluchten Geld!«, lacht Selim. »Wohin willst du denn, Nasi? Warum hast du's so eilig auf einmal?«

»Entlasst mich, Hoheit, ich bitte. Ich muss diese Nachricht sogleich der Señora überbringen.«

Gepriesen seiest du, Ewiger, unser Herr. Deine Güte ist wie ein nie versiegender Brunnen.

Das Wunder. Ewiger, du hast das Wunder geschehen lassen, um das ich dich gebeten habe.

So weit mich meine Füße tragen, will ich deinen Namen lobpreisen, will ihn herausschreien, will ihn des Morgens laut singen und des Abends, schon den Schlaf auf den Augenlidern, flüstern, und selbst im Traum will ich dich heiligen.

Ja, ich werde dich ins Gelobte Land bringen, nach Erez Israel, meine Schöne, meine Taube, meine Herrin, aber nicht deinen kalten, toten und verwesenden Leib, sondern dein lebendiges Leben mit all seiner Kraft und seinen Möglichkeiten.

Dieser Kabbalist hat uns einen großen Gefallen getan, als er die Señora in ihren frommen Phantastereien und Zahlenspielen bestätigt hat. Sicher hat er sich nie vorstellen können, dass

die Wolkengebäude ihrer Wünsche einmal greifbare Realität werden könnten.
Eine Steuerpacht, das ist im Osmanischen Reich gleichbedeutend mit der autonomen Verwaltung einer Provinz. Nur der Gouverneur steht über einem. Das bedeutet, man kann … sie kann …
Er hat sich verirrt in den Gärten des Serails, ist vom Weg ab quer über den üppig grünenden Rasen und zwischen den Blumenrabatten hindurchgestolpert; das ist ihm noch nie passiert. Jetzt hält er inne, lehnt sich an den Stamm eines Baums, umfängt ihn rücklings mit den Armen, als müsse er sich an einem Schiffsmast festklammern, am Mast des Schiffs, das ihn mit ihr nach Palästina trägt. Statthalterin im Heiligen Land. Oh, Ewiger, deine Güte ist unerschöpflich.
Er schließt die Augen, sammelt sich. Ruhig, besonnen, Joseph Nasi. Mit so einer Geschichte kannst du ihr nicht kommen, sie würde denken, es ist einer deiner letzten verzweifelten Versuche, sie abzuhalten von dem, was sie tun will. Die Sache muss Hand und Fuß haben. Und wer weiß, ob mein trunksüchtiger Prinz das alles richtig verstanden hat, was ihm seine Frau Rahel, genannt Nur Banu, erzählt hat.
Das muss ich absichern, das muss von oberster Stelle bestätigt werden mit Brief und Siegel. Ich muss zum Großwesir.
Ihm fällt ein, dass er sein neues Ehrengewand im Vorzimmer des Prinzen vergessen hat. Besser damit bekleidet bei Rustem Pascha aufkreuzen, das verleiht einem Besuch mehr Nachdruck. Schließlich hat er keine Audienz, wurde nicht gerufen. Der hohe Herr könnte ihn abweisen, schließlich ist er noch nicht dazu gekommen, ihm die Uhr als Geschenk zusenden zu lassen, um ihn wohlwollend zu stimmen. Er hat Samuel davon erzählt …

Er läuft gleichsam auf seiner eigenen Spur zurück – niedergetrampeltes Gras und zertretene Blumen zeigen ihm den Weg –, holt sich atemlos aus Selims Vorzimmer den reichbestickten Mantel aus schwerer dunkelblauer Seide mit Goldborten an den Nähten. (Zum Glück merkt der Prinz nichts von seiner Rückkehr, er ist mit seinem Weinbecher beschäftigt.) Das Staatskleid übergeworfen, eilt er zum Haupthaus, wo um diese Stunde des Vormittags, wie er weiß, der Großwesir seine Amtsgeschäfte abwickelt und Besucher empfängt. Unterwegs ordnet er seine Gedanken.
Hoffentlich lässt man ihn nicht zu lange warten.

Er ist nicht da. Sie wacht auf, und er ist nicht da. Der letzte Tag, der Freitag, bricht an, und er ist nicht da.
Auf ihr Händeklatschen kommen die Mädchen. Nein, sie will auch diesmal kein spanisch-jüdisches Lied hören. Sie will wissen, wo Don Joseph ist.
Gesehen hat ihn keiner. Man wird sich erkundigen.
»Sucht ihn!«, befiehlt sie.
Während sie sich anziehen und frisieren lässt, wächst in ihr eine schreckliche Unruhe, ein hartes Knäuel von Angst und Zorn ballt sich in ihrem Magen zusammen.
Wohin ist er an diesem Morgen gegangen?
»Ich will, dass meine Tochter zu mir kommt«, sagt sie. Während sie auf Reyna wartet, steht sie am Fensterbogen, dort, wo sie vor etwas mehr als einer Woche die Tropfen in das venezianische Glas zählte. Da war es Abend, und irgendwann hörte sie die Schritte desjenigen, der sie für eine abgegrenzte Frist ins Leben zurückholte. Jetzt ist es heller Tag, und das grelle Licht blendet ihre Augen.
Dann kommt die Tochter, noch im Morgenkleid, das Haar ein-

gebunden in einen lose geschlungenen Turban, blass und mit verquollenen Zügen, und die Mutter herrscht sie an: »Wo ist Don Joseph, Reyna?«

Die junge Frau sieht sie mit großen Augen an.

»Wo Don Joseph ist?«, fragt sie verständnislos zurück.

Gracia macht eine ungeduldige Handbewegung. »Du hörst doch! Wo ist er?«

Reynas Lippen beben. Sie führt ihre Finger an die Schläfen, als wolle sie irgendwelche Schmerzen wegdrücken. Dann bricht es aus ihr heraus: »Das fragst du *mich,* Mutter? Die du mir meinen Mann tagelang schon vorenthältst, kaum, dass er mich einmal nach seiner Rückkehr von der Reise eine Nacht lang umarmen durfte? Such ihn zwischen deinen Bettvorhängen, hast du da schon nachgesehen? Und vielleicht fragst du dich einmal – ob du ihn heute früh nun findest oder nicht –, was er da verloren hat, der Mann, den du mir aufgedrängt hast, um das Mendes-Vermögen zusammenzuhalten! *Mein* Mann! Oh, Mutter, wenn du dereinst vor den ewigen Richter trittst, wie willst du das verantworten, was du mir angetan hast?«

»Du weißt nicht, was du redest und wovon du redest«, entgegnet die Señora, während sie das Gefühl hat, dass der schreckliche Knoten in ihrer Mitte aus Eis und Stahlspitzen besteht und ihr die Luft abschnürt. »Und offenbar auch nicht, mit wem du redest.«

»Mit wem ich rede?« Reynas Stimme wird so schrill, wie die Briandas es einst war. »Ich rede mit dem Menschen, für den ich nichts weiter bin als ein Posten im Hauptbuch des Bankhauses Mendes. Der sich aber selbst alles nehmen kann, was er sich wünscht. Ich rede mit der Frau, die vergessen hat, dass sie meine Mutter ist. Ich rede mit dem Stück Fleisch, das meinem Mann besser schmeckt als ich. Ich rede mit meinem Unglück.«

Sie verbirgt das Gesicht in den Händen, bricht in wütendes Schluchzen aus.

Gracia steht da mit hängenden Armen, ungeduldig und furchtbar traurig.

Es ist der letzte Tag ihres Lebens, und sie hinterlässt bei den beiden Wesen, die ihr am nächsten stehen, bei Joseph und bei der Tochter, nichts als eine Wüstenei.

»Setz dich«, sagt sie. »Setz dich da auf dieses Taburett.« Sie spricht leise, aber wie voller Zorn Reyna auch gegen sie sein mag, sie gehorcht dieser Stimme heute so, wie sie ihr immer gehorcht hat. Hockt da, vornübergebeugt, die Hände noch immer vorm Gesicht, und zwischen ihren Fingern quillt es heraus, ein Sturzbach von Worten, mit Schluchzen vermischt.

»Ich habe euch gesehen ... bei diesem Gewitter. Ich habe mich gefürchtet, wollte zu dir ... ich hätte mir ja denken können, wo er war, wenn er nicht an meiner Seite lag – aber ich bin einfach losgerannt, wie ein dummes Kind. Und dann wart ihr da zusammen, auf der Erde, zwischen Blitz und Donner, und habt Verse gesprochen, während ihr euch liebtet, Verse aus dem Tanach. Da habe ich begriffen, was ich für ihn bin: nichts. Und dass ich ewig und für alle Zeiten nichts für ihn sein werde. Oh, ich wollte, ich wäre weit fort!«

Gracia nähert sich zögernd der jungen Frau, hockt sich vor ihr nieder, ohne sie zu berühren. Nein, berühren geht nicht. Sie spricht bestimmt und klar.

»Kind, still dies Weinen, damit du mir zuhören kannst und verstehst, was ich sagen werde. Du hast recht. Was zwischen mir und Joseph geschieht, das ist – ja, das ist unerhört. Aber du musst wissen, ob du es mir nun glaubst oder nicht: Ich hatte den redlichen Willen, das zu beenden, nach deiner Hochzeit. Ich und auch er. Aber es war unmöglich. Nur noch ein einziges

Mal, schworen wir uns damals …« Sie lächelt traurig. »Ein einziges Mal und dann immer wieder. Es ist etwas … ich kann es nicht erklären. Es ist … außerhalb. Du sollst es nicht vergleichen mit … mit anderem.«
Sie weiß selbst, wie hilflos sie sich anhört. Aber sie ist in dieser Stunde, an diesem Tag nicht mehr bereit, etwas zu erklären, was sie selbst kaum versteht.
Sie fährt fort – denn das ist der einzige Trost, den sie geben kann: »Hör mir genau zu: Ich werde fortgehen. Sehr bald werde ich fort sein, und ich verspreche dir, dass du bereits am heutigen Sabbatabend das Licht anzünden wirst als die Frau des Hauses. Und wenn ich nicht mehr da bin, wird Joseph dich lieben und ehren, so, wie es sein muss. Dass er mich nicht vergessen wird, das musst du hinnehmen, Reyna.
Aber heute, verstehst du mich, heute muss er bei mir sein. Es geht um ein Versprechen. Du wirst die Gründe später verstehen.
Und nun trockne dein Gesicht und veranlasse, dass die Dienerschaft ihn mir findet.
Bitte. Und verzeih mir.«
Reyna hebt das verweinte Gesicht aus dem Schutz ihrer Hände. »Wohin willst du gehen, Mutter?«
Sie hebt die Schultern, versucht ein Lächeln. »Ja, wer das wüsste. Und nun tu, was ich dir gesagt habe.«
Sie sieht der jungen Frau nach, die mit gebeugten Schultern den Raum verlässt, und presst beide Hände gegen ihren Magen, um das Gewölle von Unruhe und Furcht und Enttäuschung in Schach zu halten, das sich immer mehr verdichtet von dem Zeitpunkt an, als sie aufwachte und er nicht neben ihr war.
Da hatte er in Tränen neben ihr gelegen, und dann war er einfach gegangen …? Sie versteht es nicht.

Endlich kommt Botschaft. Aus der Küche wird gemeldet, dass Don Joseph in aller Frühe, noch vor dem Ruf zum Morgengebet, einen Korb mit kalten Speisen, alle in versiegelten Gefäßen, und eine Kanne Wein aus Syrakus geordert hat und damit fortgegangen ist. Mehr wisse man nicht.
Mehr muss man auch nicht wissen. Die Weinkanne und die versiegelten Speisen sind sichere Zeugen, dass Joseph Nasi zu Schechsade Selim übers Wasser gefahren ist.
Gracia geht im Raum auf und ab, drückt die geballten Fäuste gegeneinander.
Es ist ganz klar. Er will mit irgendeinem allerletzten Trick verhindern, dass sie tut, was sie sich vorgenommen. Himmel, wie und womit sollte Selim ihm denn helfen?
Der Narr, der verzweifelte Narr! Und Verräter an dem, was sie einander versprochen haben, noch dazu.
Und jetzt fällt es ihr erst ein, und es treibt ihr die Zornesröte ins Gesicht: Er hat ja die Phiole bei sich! Sie hat ihm vertraut, dass er damit zur Stelle sein wird, wenn die Zeit heran ist!
Kindische Dummheit. Was meint er, damit zu erreichen? Wenn man jemandem das Messer wegnimmt, mit dem er eine Auster öffnen wollte, und er will um jeden Preis an diese Auster heran, dann wird er einen anderen Gegenstand suchen, um die Schale aufzubrechen.
Und wenn Dona Gracia Nasi sterben will, dann wird sie Mittel und Wege finden, es zu tun. Blutig oder unblutig, mit einem Dolch, mit einem Strick, mit einem Sprung von einem Balkon des Belvedere.
Vielleicht ist es überhaupt nur Feigheit, Gift zu nehmen, um weniger zu leiden.
Soll er doch bleiben, wo er will.

Aber das denkst du nicht wirklich. Du bist verletzt, verletzt bis in die tiefste Tiefe deiner Seele, dass er fortgegangen ist, dass er die wenigen Stunden, die du nun zählst, nicht an deiner Seite ist, dass er dich alleinlässt.
Du gehst durch die Räume des Belvedere, als seiest du umgeben von einem Nebel, der dich unsichtbar macht, fühlst nicht, wie und wo du deine Füße aufsetzt, spürst deine Hände nicht und nicht deinen Kopf, erwiderst jeden Gruß von Dienern oder Hausgenossen mit lächelndem Mund, ohne zu wissen, wer gerade an dir vorbeigeht, deine Augen nehmen nichts wahr.
Wie du schließlich in die Bibliothek gekommen bist, vermagst du nicht zu sagen.
Aufs Geratewohl greifst du dir ein Buch heraus und setzt dich an den gleichen Platz, an dem du am Sabbat ihn sahst mit dem *Pseudolus* in der Hand, der römischen Komödie um einen pfiffigen Sklaven.
Du schlägst den Band auf und blätterst, und erst nach geraumer Zeit fällt dir auf, dass du ihn verkehrt hältst; es ist gar kein hebräisches Buch, das du genommen hast, sondern ein italienisches. Du drehst es herum und tust so, als würdest du lesen.
Das Licht geht über den wolkiggrauen Naxos-Marmor des Fußbodens, als spiegele sich darin ein verhangener Himmel, durch den die Sonne nur als Schemen wandert. Die Zeit wandert mit.
Jemand fragt nach deinen Wünschen. Ob du etwas essen oder trinken willst. Du verneinst.
Ob du später in die häusliche Synagoge kommen wirst, zum abendlichen Gottesdienst vor dem Sabbat.
Nein, heute nicht. Während der Zeit, wenn alle zum Gebet versammelt sind, wirst du zu tun haben.

Die Stimmen der Muezzins verkünden die Stunde. Mittag vorüber.
Du legst das Buch aus der Hand, lehnst dich zurück und schließt halb die Augen.
Atmen. Ein und aus. Die Bewegung des Blutes spüren in den Pulsen, in den Adern am Hals und an den Schläfen. Das zuverlässige Schlagen des Herzens. Die Bewegung der Augenlider, hell und dunkel.
Bald nur noch dunkel.
Diesmal kostet es mehr Kraft als beim ersten Versuch. Du hättest nicht fortgehen sollen, Verräter. Geliebter.

Selten hat die Barke des Hauses Mendes einen so ungeduldigen Passagier übers Wasser getragen. Don Joseph, was so gar nicht seine Art ist, schreit die Ruderer an, schlägt sich selbst mit den Handschuhen, die er nicht angezogen hat, in die offene Handfläche der Linken, verliert aber die Lederhülle vor sich auf der Ruderbank nicht aus den Augen, in der eine Schriftrolle steckt. Das Ehrenkleid, der große Mantel, liegt ihm noch auf den Schultern, er hat wohl vergessen, es auszuziehen nach getaner Arbeit, wie es angemessen gewesen wäre – wer fährt schon in Gala übers Wasser? –, nun bewirkt es, dass man ihn von allen anderen Schiffen her ehrfurchtsvoll grüßt, die Hände über der Brust gekreuzt. Er erwidert die Grüße nicht. Seine Gedanken sind woanders.
Ein Schwarm Möwen nähert sich im Sturzflug, dreht im letzten Moment kreischend ab; vielleicht haben sie das Glitzern des Mantels für das Aufblitzen silbriger Fische gehalten. Joseph blinzelt gegen das Licht. Warmes, goldenes Nachmittagslicht.
Schneller, verdammt! Jede Minute, die vergeht, ohne dass sie es weiß, ist eine Minute zu viel.

Noch klingt ihm die hämische Bemerkung Rustem Paschas im Ohr, als der das Petschaft der Pforte ins Siegelwachs drückte: »Und du, Nasi? Was ist deine Rolle bei der Sache? Willst du König von Palästina werden? Der Jude will mit den großen Hunden pissen gehen, wie?«
Zu anderen Zeiten hätte ihn das bestimmt so getroffen, wie es beabsichtigt war. Heute kann er nur verächtlich lächeln darüber. König und Königin von Palästina? Von Erez Israel? Wer weiß …

An der Anlegestelle nimmt er sich den ersten besten Gaul aus dem Botenstall der Mendes, wartet nicht darauf, dass man ihn »standesgemäß« aufzäumt, und jagt das Tier hoch nach Galata. Morgens ist er zu Fuß vom Belvedere hinuntergegangen, aber nun würde er am liebsten Flügel haben.
Die Señora sei in der Bibliothek, erfährt er.
Er läuft mehr, als er geht. Merkt im Rennen, dass er immer noch das Staatskleid trägt, zerrt es sich von den Schultern und lässt es achtlos zu Boden fallen, zusammen mit den Handschuhen. Reißt die Tür auf.
Sie sitzt da wie schlafend, und für einen Augenblick fasst eine eiskalte Hand nach seinem Herzen – hat sie es schon … getan? Aber da ist die Phiole, der Giftflakon, sicher aufbewahrt bei ihm, unversehrt.
Und nun hebt sie die Lider und steht auf, geht zwei zögernde Schritte auf ihn zu. Sagt nichts außer: »Du bist da.«
»Ich bin da«, bestätigt er, noch außer Atem. Die lederne Rolle in der Hand, aber da sieht sie nicht hin, blickt ihm nur ins Gesicht, in seine Augen.
Ihre Stimme klingt spröde. »Hast du dir wieder etwas einfallen lassen, Trickser, wovon du annimmst, es könnte mich von meinem Vorhaben abbringen? Du strahlst ja förmlich.«

»Nicht *ich* musste mir etwas einfallen lassen, Señora. Der Ewige selbst – sein Name sei gepriesen! – hat das Wunder getan, um das ich ihn angefleht habe diese ganze Zeit. Dem Herrn sollen wir danken und niemandem sonst. Was du begonnen hast, meine Königin, das wirst du auch zu Ende führen können. Der Herr will es, dass du sein Volk nach Haus führst, ins Heilige Land. Ja, du wirst nach Palästina gelangen, aber nicht kalt und starr und in ein weißes Laken gewickelt, sondern warm und lebendig und voller Kraft … Und Kraft wirst du brauchen. Soeben habe ich es erfahren. Die Sultana hat es bewirkt. Du wirst die Steuerpacht von Safed und Tiberias und weiteren sieben Orten in Galiläa bekommen – was bedeutet, du bist Mültezim, Statthalterin des Sultans in einem Teil Palästinas. In Erez Israel.«

Er streckt ihr die Rolle hin.

»Safed und Tiberias?«, wiederholt sie tonlos.

Er wartet, bereit, um sie aufzufangen, falls sie umfällt, aber sie steht aufrecht da.

»Wie hast du … das gemacht?« Das Sprechen scheint ihr schwerzufallen.

»Gar nichts hab ich gemacht. Der, dessen Name immerdar gelobt werden soll, hat dir, hat uns das Wunder geschenkt. Ich war nur zur rechten Zeit zur Stelle, um die Nachricht zu hören und sie dir zu überbringen, ehe es zu spät ist. Gracia Nasi, du Auserwählte des Herrn! In Frieden wird unser Volk wohnen im Land, wo Milch und Honig fließen, und du wirst es weiden, so wie der gute Hirte seine Lämmer weidet.«

»Und von Honig trieft deine Zunge, Don Joseph, wenn du mir Ungeheures erzählst«, sagt sie, vorsichtig Wort für Wort wählend, als müsse sie die Sprache neu erfinden. »Ist das nur eine Finte, um die gewisse Sache hinauszuzögern?«

»Ich glaube es ja, meine Schöne, dass es dir schwerfällt, von der dunklen Seite auf die helle zurückzuwechseln, vom Tod zum Leben. Keine Finte, kein Trick, kein Manöver! Hier, so nimm doch endlich!«

Wieder hält er ihr die Lederrolle hin.

Sie streckt die Hand aus, langsam, öffnet die Schnüre, die dies Futteral zusammenhalten, zieht behutsam die Schriftrolle heraus, erbricht ohne Eile das Siegel der Pforte.

Dann, nachdem sie das Papier enthüllt hat, sagt sie: »Ich kann schwer Türkisch lesen, wie du weißt.«

Sie ist blass bis in die Lippen.

»Ich werde es für dich lesen, meine Taube. Komm, setz dich, setzen wir uns.« Er legt den Arm um sie, führt sie zu dem Platz, von dem sie aufgestanden ist. »Wie kalt du dich anfühlst, Señora! Ich lese dir vor.«

Durch den seltsamen Nebel, der sie umgibt, dringen Bruchstücke seiner erregten Stimme, die voll des kaum zurückgehaltenen Triumphes ist.

»… bieten Wir der Señora genannten Jüdin namens Dona Gracia Nasi an, sich zu bewerben um die Steuerpacht Unserer Hoheitsgebiete Tiberias, Safed und sieben weiterer Ortschaften … Unserer wohlwollenden Unterstützung kann sie sicher sein … der Aufbau der zerstörten Ortschaften liegt bei der genannten Person … eine im Voraus an die Hohe Pforte zu entrichtende Gesamtsumme von …, die Unser Herr, Allahs Schatten auf Erden, zu wohltätigen Stiftungen verwenden wird …«

Gracia legt die Hand auf das Papier, hindert den Vorleser daran, fortzufahren.

»Das stammt vom Großwesir?«, fragt sie leise.

»Du hast das Siegel selbst erbrochen.«

»Und den Gedanken hatte der Padischah?«
»Roxelane. Soll ich weiterlesen?«
»Nein. Jetzt nicht. Es ist das, was wir uns in Ferrara erträumt hatten. Am Ufer des Flusses. Das Heilige Land. Tiberias.«
Und nun geschieht es doch noch: Ihr Kopf sinkt schwer auf Josephs Schulter, und es wird schwarz vor ihren Augen.
Er hat keinen Wein, ihre Schläfen und die zarten Adern des Halses zu benetzen, so wartet er ab, wenn auch voller Ungeduld, wiegt sie sanft im Arm, bis sie mit einem Seufzer zu sich kommt, die Augen aufschlägt und ihn ansieht mit einem Blick voll ruhiger Klarheit. »Der Ewige hat seine Hand ausgestreckt im letzten Moment und mich aus dem Abgrund der Verzweiflung herausgezogen, und nun erhöht er mich und macht mich zum Werkzeug für die Rettung seines Volkes. Der Name des Ewigen sei gepriesen.«
»Amen«, erwidert der Mann, der sie im Arm hält. –

»Siehst du, wie lang der Schatten der Zeder vorm Fenster ist? Die Muslime versammeln sich bestimmt schon zum Freitagsgebet. Und wir sollten auch zum Abendgottesdienst gehen«, sagt Joseph. »Damit du nachher das Licht segnen kannst am Sabbattisch, Gracia, *querida,* jetzt, wo das Leben dich wiederhat!«
»Ja, das Leben hat mich wieder. Mir ist, als würde ich mich frei machen und auftauchen aus einem dunklen Schacht. Joseph, weißt du, dass ich in dieser Woche einen Traum hatte, einen Traum von Glück in meiner tiefsten Traurigkeit? Ich habe geträumt, dass wir in Palästina wären, wir beide, du und ich.
Die biblische Sonne schien auf mich hernieder; ich verhüllte mein Haupt vor ihren Strahlen, so, wie man es verhüllt, wenn

man am Pessachabend den Wunsch- und Segensspruch sagt: ›Heute noch Sklaven, im nächsten Jahr freie Menschen, heute noch hier, nächstes Jahr in Jerusalem.‹

In diesem Traum ging ich dorthin, mit unserem ganzen Volk. Dorthin, wo Friede, Überfluss und Gerechtigkeit herrschen. Und dann, dann war es, wie es geschrieben steht: Dann werden die Berge springen wie Widder und die Hügel wie junge Lämmer vor Glück. Und Messias kam!«

»Messias?« Er muss schlucken. »Das hast du geträumt?«

»Ja. In der schlimmsten Verzweiflung hat der Ewige mir diesen Traum geschickt wie eine Prophezeiung. Aber ich hatte ihn vergessen. Nun weiß ich ihn wieder. Ach, mit wie viel Dankbarkeit werde ich die Aufgabe annehmen, die mir gestellt wurde!«

Er sieht sie an, seine Königin, und sie scheint zu leuchten und zu funkeln.

»Komm und segne das Licht deines neuen Lebens!«

Aber Gracia schüttelt den Kopf. »Ich habe es Reyna versprochen, dass sie heute die Aufgabe der Hausfrau übernimmt – und die Herrin dieses Hauses wird sie ja auch werden müssen, wenn ich in Palästina lebe. Das wird sie ein wenig aufrichten und trösten. Wir haben miteinander gesprochen, als ich wissen wollte, wo du geblieben warst heute früh. Sie ist sehr verzweifelt. Joseph, sie hat uns gesehen und gehört – in der Gewitternacht.«

»Das ist nicht gut«, sagt er bedrückt.

»Nein, das ist nicht gut. Aber, wie gesagt, alles wird sich ändern, wenn ich fort bin.« Sie geht zur Tagesordnung über, wie es ihre Art ist, ernst, sachlich. »Kann ich auf deine Hilfe rechnen da drüben – wenigstens zu Anfang?«

»So lange, bis sich das ›europäische Chaos‹, wie sich Rustem Pascha ausdrückt, gelichtet hat. Wenn die Kurfürsten gesprochen haben, wenn die Herrschaftsverhältnisse in Deutschland und Spanien klar sind, werde ich als Unterhändler der Pforte in Europa unterwegs sein müssen. Das war eine Bedingung für das – Angebot.«

Sie nickt. »Ich verstehe. Doch dazu später. Lass mich jetzt allein, Lieber, und sage den Hausgenossen, die Señora will heute in der Einsamkeit meditieren.«

Er sieht sie an. »Du schickst mich aber heute Abend nicht zu Reyna?«, fragt er, und es klingt zaghaft.

Gracia seufzt. »Sie würde es selbst nicht wollen, denke ich. Nein, Joseph. Ewiger, wenn ich es recht bedenke, verdanken wir es Reyna, dass ich noch am Leben bin. Als sie kam vor einer Woche, habe ich aus Versehen das Glas mit der Essenz zerbrochen.« Sie lächelt. »Aber heute gibt es Sachen, die keinen Aufschub dulden. Dies hier.« Ihre kleine Hand zeigt auf den Brief des Wesirs, und die Geste ist so energisch wie eh und je. »Da gilt es Einzelheiten zu besprechen.«

Joseph runzelt die Brauen. »Es ist Sabbat, meine strenge Señora!«

»Wir lassen um uns unseren eigenen Eruv errichten«, sagt sie entschlossen, »heben die Sabbatgrenzen auf. Der Chasan kann es abstecken.«

Er grinst. »Da hat dich der Ewige gerade gerettet, und zum Dank schwindelst du dich um seine Gebote herum?«

»Du lästerst!«

Er war auf die Ohrfeige nicht vorbereitet. Zum Glück hat sie nicht mit der beringten Hand zugeschlagen. Er hält sich die Wange, starrt sie an zwischen Fassungslosigkeit, Empörung und Belustigung, und da tut sie etwas Unerhörtes, sie sagt: »Entschuldige. Es tut mir leid. Ich bitte dich um Verzeihung, Don Joseph Nasi.«

Er muss zwinkern, weil ihm das Wasser in die Augen steigt.
»Schon gut«, murmelt er leise. Und dann: »Ich habe noch etwas gutzumachen, denke ich. Wegen der letzten Nacht.«
Sie legt beide Arme um ihn, presst ihren Kopf gegen seine Schulter. »Nie«, sagt sie ruhig, »habe ich dich so sehr geliebt wie in dieser Nacht deiner Hilflosigkeit.« –

Nach einem freitäglichen Sabbatessen, das in seltsam gelöster Stimmung verläuft – wohl, weil die in der letzten Zeit so bedrückte Señora der Tafel nicht vorsitzt und Don Joseph das »Lob der guten Hausfrau«, an Reyna gewandt, so beschwingt vorträgt –, erfahren die erstaunten Hausgenossen, dass mit dem Chasan, dem Vorbeter, abgesprochen wurde, den gesamten Palast Belvedere zum Eruv, zur sabbatfreien Zone, zu erklären.
Die Prinzipalin des Hauses Mendes beordert ihre engsten Mitarbeiter, also Raphael Ugarte, Levi Alkabetz als Spezialist für Palästina, und die Brüder Nasi ins Kontor, wo die Präsenz der diensttuenden christlichen Schreiber zum Erstaunen der Männer heute durch zwei weitere, zwei Juden, verstärkt wird.
Zu den bisherigen Lampen werden noch mehr entzündet, bis es keine einzige dunkle Ecke mehr im Raum gibt. Wein, Wasser, eisgekühlte Scherbette werden bereitgestellt. Sogar den überm Kohlenbecken brodelnden messingnen Kaffeetopf duldet die Herrin heute Abend, schließlich sollen alle munter bleiben.
Zunächst bittet die Señora Don Joseph, das Schreiben des Großwesirs zu verlesen.
In die atemlose Stille, die diesem Akt folgt, sagt die Herrin des Hauses nüchtern: »Der Allmächtige – der Name des Herrn sei gelobt! – hat uns, die Mendes-Nasi, ausersehen, sein Volk

heimzuführen. Sicher wird es eine langwierige und mühsame Arbeit, vielleicht über viele Generationen. Aber an uns ist es nun, die Angelegenheit anzugehen. An die Arbeit, Señores!«

Sie nimmt an ihrem Tisch Platz, den Schreiber, der protokolliert, schräg hinter ihr, Feder in der Hand, Ersatzfeder hinterm Ohr, das Brett mit dem Papier auf den Knien. Joseph und Ugarte, als ihre Stellvertreter, sitzen ihr schräg gegenüber. Abakus, Papier, Stift und Tinte, Siegelwachs und Petschaft, alles steht bereit.

Die Señora plant eine Kampagne. So sind sie es gewohnt; es ist so, wie sie es kennen. Diesmal aber offenbar ist es eine von den Ausmaßen des Ancona-Boykotts.

Zusätzlich zur Karte, die an der Wand hängt, werden noch andere Pläne und Faustskizzen aus den Schubfächern gezogen und aufgerollt, das bewusste Terrain wird mit Zirkel und Stift umrissen, und dann bittet die Señora Levi Alkabetz, einen Vortrag zu halten.

Alkabetz, ein magerer junger Mann um die dreißig, mit großer Nase im schmalen Gesicht und Augen, die unter den Brauen fast versinken, ist der Sohn eines berühmten Kabbalisten und Weisen, der in Safed lehrt. Levi ist in Safed aufgewachsen, dann nach Istanbul als Jeschiwa-Schüler gekommen und lebt nunmehr als Rabbi seit drei Jahren im Haus Nasi und als Adlatus, nachdem Dona Gracia bei einem Gespräch mit Soncino und anderen Gelehrten seine Kenntnis vieler Sprachen und seine Kombinationsgabe aufgefallen waren.

»Señora und verehrte Herren«, beginnt er, »es gilt zu unterscheiden zwischen Safed und Tiberias. In Safed, meinem Geburtsort, leben, wie die Herrin ja weiß, mehr schlecht als recht eine Anzahl jüdischer Siedler. Sie bauen Aprikosen und Trauben an, flechten Körbe und stellen schöne Webwaren her, und diese Erzeugnisse verkaufen sie in die umliegenden Dörfer und arabischen Marktflecken oder an die umherstreifenden Beduinen, die keine Arbeit ausüben, außer ihre Herden durchs dürre Land zu treiben. Vom Erlös dieser Dinge unterhalten die Juden dort in Safed eine der größten und bedeutendsten Schulen der Gottesgelehrsamkeit und Weltweisheit, zu deren Führern auch mein Vater, der große Schlomo Alkabetz, gehört – der Ewige möge ihn beschützen.«

»Das ist mir bekannt, Rabbi«, unterbricht die Señora freundlich, aber nicht sehr geduldig. »Fahrt fort. Kommt zu Tiberias.«

Levi Alkabetz breitet die Arme aus. »Ja, Tiberias!«, sagt er düster. »Einst war Tiberias ein Wallfahrtsort für viele von uns, weil sich hier die Gräber gerechter Männer und berühmter Weiser unseres Volks befinden, noch aus der Zeit, als die Mauren Spanien und Nordafrika beherrschten, und weil das Gerücht geht ...«, er stockt, senkt die Stimme, »dass Messias, sollte er seinem Volk erscheinen und sich offenbaren ... dass das in Tiberias geschehen wird.«

Über dem hell erleuchteten Raum liegt plötzlich eine seltsame Stille. Einen Atemzug lang kratzt noch die Feder des Schreibers übers Papier, dann ist nur das Knistern der Kerzenflammen und das Brodeln des Kaffeetopfs zu hören.

»Darf ich fortfahren, Señora?«, fragt der junge Mann scheu, und Gracia nickt kurz.

Alkabetz muss sich räuspern. »Früher kamen auch viele Heilungssuchende nach Tiberias«, sagt er, »denn es gibt dort heiße Quellen und einen wundervollen See, den See Kinnereth. Aber die Gebäude sind ruiniert, und die Mauern der Stadt wurden eingerissen und abgetragen von räuberischem Volk.«

»Wieso konnte sich Safed bewahren und Tiberias nicht?«, fragt Samuel.

»Die Menschen, die dort wohnten, waren nicht so weitblickend, sich mit den Wüstenbewohnern zu verständigen, wie sie es in Safed getan hatten. Auch gab es dort keine bedeutenden Anführer, die der Gemeinde vorstanden, sie klug zu leiten wussten und den Zusammenhalt der Mitglieder beförderten. Nun ist Tiberias nur eine Trümmerstadt in einer Wüstenlandschaft.«

»Was könnt Ihr mir über die Bewohner des Landstrichs berichten?«

»Die Gegend ist dünn besiedelt«, erklärt Alkabetz. »In der Wüstenregion leben Nomaden mit ihren Herden, Beduinen. In den kleinen Städten hausen einige Muslime, Handwerker oder Händler zumeist, neben ihnen die Juden, die man dort, wie alle Ungläubigen, *dhimmis* nennt, Schutzbefohlene. Sie sind nicht sehr angesehen.«

»Das wird nicht so bleiben«, sagt die Señora bestimmt. »Was wisst Ihr über die Bodenbeschaffenheit? Was über das Wasser?«

»Der Boden ist fruchtbar, dort wie auch in der Umgebung von Safed«, erwidert Levi Alkabetz, »es gibt den großen See. Aber die alten Bewässerungsanlagen sind ebenfalls zerstört.«

Gracia nickt. »Das ist kaum anders zu erwarten. Was baut man um Safed an, was sagtet Ihr: Aprikosen? Trauben? Was könnte der Boden noch ernähren?«

Der junge Mann schüttelt den Kopf. »Verzeiht, Señora, aber das weiß ich nicht. Ich bin ein Mann des Wortes und kein Am Ha-Aretz.« (Er benutzt das hebräische Wort für Landmann, Bauerntölpel, und die anderen schmunzeln.)

»Wer kann aushelfen? Vorschläge!«, fordert die Prinzipalin ungerührt und sammelt die Einwürfe ihrer Mitarbeiter, wie man Früchte in einen Korb pflückt: »Dattelpalmen – Orangen

und Zitronen – Pinien. Maulbeerbäume für die Seidenraupenzucht. Feigen. Oliven. Mandelbäume.«
Sie schnipst mit den Fingern: »Ein Garten Eden!« Fährt sachlich fort: »Wir brauchen Leute, die sich auf so etwas verstehen und uns beraten. Mir ist es gleich, ob das Juden, Christen oder Muslime sind. Schließlich sind wir alle Untertanen im Osmanischen Reich.
Die Besiedlung ist das Kapitel zwei, dazu nachher.
Der Sultan muss dafür sorgen, dass wir militärischen Schutz erhalten, bis die Mauern aufgebaut sind, damit wir uns dann an die Wiedererrichtung der Thermen machen und an alles, was dazugehört. Lies noch einmal vor, Don Joseph. Erkläre die Bedingungen, die dem Großwesir vorschweben! Für alle, die sich nicht genau auskennen: Es ist so, dass man bei einer Steuerpacht ein gewisses Fixum an den Großherrn zahlt, und der erwirtschaftete Rest ist Reingewinn. Warum liest du das nicht vor, Joseph?«
»Wenn du mich denn gütigst zu Wort kommen lässt, Señora«, erwidert ihr Stellvertreter, und alle lachen.
Sie hören aufmerksam zu.
Gracia nickt bedächtig. »Gut, das sind die Bedingungen. Wir kennen jetzt die Konstanten, oder doch die meisten. Dann lasst uns rechnen. Ugarte, Ihr seid am längsten im Geschäft, Ihr kennt am besten die Erträge aus Palästina. Was bringt der Landstrich überhaupt auf den Markt – nicht nur im Binnenhandel, sondern auch in den umliegenden Ländern? Don Samuel, Don Joseph, setzt euch zusammen und versucht, Kosten und Nutzen zu bilanzieren; all diese Investitionen – Arbeitskräfte, Bauten, Saatgut, Setzlinge, Bäume … Ihr arbeitet mir zu, ich koordiniere.«
Für eine Stunde herrscht angespanntes Schweigen im Kontor,

nur unterbrochen durch halblautes Verständigen, das Klappern eines Abakus, das Schrammen der Federn auf dem Papier und der Stifte auf Schiefertafeln, den leisen Anweisungen an die Schreiber, dies und jenes herbeizuholen.

Der Kaffee verkocht überm Kohlenbecken. Gracia befiehlt schließlich: »Löscht das Feuer unter dem stinkenden Zeug!«

Das Mendes-Imperium, ein Uhrwerk, dessen Zahnräder ineinandergreifen, bei der Arbeit.

Schließlich lehnt sich die Prinzipalin aufatmend zurück und betrachtet die vor ihr ausgebreiteten Blätter: Posten, Zahlenkolonnen, Anmerkungen.

»Gut«, erklärt sie zufrieden. »Das sind also jetzt unsere Interna. Aufgrund dieser Fakten können wir nun den offiziellen Brief an den Wesir verfassen, indem ich mein Angebot und meine Forderungen unterbreite für diese Steuerpacht – die Vollmachten, die ich erhalten muss, um effektiv zu arbeiten. Nun kommt der zweite, entscheidende Teil: die Besiedlung.«

(Ein Schreiber wagt hinter vorgehaltener Hand zu gähnen, was ihm einen strengen Blick der Señora einträgt und die beiläufige Frage von Raphael Ugarte, ob er lieber nach Haus gehen wolle? »Nein, natürlich nicht, Don Raphael!«)

»Wir verfassen den Brief zunächst als Entwurf, die Übersetzung ins Türkische mit allen Finessen der Hofetikette kann sich Joseph morgen vornehmen.« Sie wirft einen Blick auf Levi Alkabetz, der, ebenfalls erkennbar müde, in seinem Stuhl hängt, und bestimmt gnädig: »Rabbi Levi, Ihr könnt zu Bett gehen. Ich danke Euch für Euer Wissen.« Sie wendet sich an ihre drei engsten Mitarbeiter: »Nun zum Wichtigsten: die Heimholung von Brüdern und Schwestern ins Gelobte Land – so viele, wie es nur geht. Dem Ewigen sei Dank, dass wir unsere alten Netzwerke haben.«

Sie steht auf, beginnt hin- und herzugehen. »Wir brauchen eine Proklamation. In allen Häfen, in denen wir vertreten sind, bei allen Gemeinden, bei allen verfolgten Conversos, die wir erreichen können, muss sie verbreitet werden. Alle sollen sie übers Meer kommen, alles, was jüdisch ist! Wir holen sie nach Haus. Und wenn Tiberias und die anderen Städte sie nicht aufnehmen können, so erweitern wir die Mauern, und zusätzlich errichten wir neue Siedlungen!«

»Das Projekt braucht zuerst Handwerker«, wendet Samuel ein, besonnen wie immer.

»Bauern, Fischer für den See, Handwerker, Kaufleute, Menschen, die etwas Nützliches verstehen.«

»Wir nehmen alle!«, entscheidet die Señora energisch. »Aber natürlich hast du recht. Wir müssen jene Juden, die dergleichen können, mit einer besonderen Vergünstigung anlocken. Schließlich werden es diese Leute sein, die eher zögern, fortzugehen, falls sie ihr Auskommen haben. Überlegt euch da etwas. Und da wir gerade von Handwerkern reden: Ich will eine Papiermühle haben. Und wir müssen die Drucker herbeiholen, die Usques, wo immer sie jetzt auch sein mögen, nachdem sie Ferrara verlassen haben. Schließlich soll unser Tun öffentlich werden. Macht einen Entwurf, Brüder. Wo ist eigentlich Lusitanus? Wir werden eine Akademie für Ärzte aufmachen, an der er lehren soll.

Ach, und was wir natürlich vor allem brauchen, das sind Schiffe. Unsere Handelsflotte wird nicht ausreichen, und der Sultan wird uns in der Hinsicht kaum entgegenkommen, seine Flotte ist selbst voll beschäftigt, Piraten und Venezianer zu jagen. Lediglich Geleitschutz kann sie uns geben, hoffe ich.«

»Werden wir den Transport der Menschen kostenlos durchführen?« (Ugarte.)

»Was dachtet Ihr denn? Sollen wir uns an unseren armen Brüdern bereichern?«, sagt Gracia scharf.
»Wer übernimmt das Anmieten der Schiffe?«
»Don Joseph, er kennt sich aus.«
»Leider kann er dann nicht in Venedig vorstellig werden. Genauso wenig wie ich«, bemerkt Samuel. »Wie du weißt, giert man da nach unseren Köpfen.«
»Wir finden jemanden für Venedig!«, beschließt die Señora. »Vielleicht sind uns ja auch unsere alten Handelspartner, die da Molin, behilflich. Und Ippolito Herreiras sitzt ja auch immer noch dort.«
Sie atmet tief durch, streicht sich mit beiden Händen über die Wangen. »Habe ich noch etwas vergessen? Nein? Nun, morgen ist auch noch ein Tag.«
»Gut, dass dir das einfällt, Herrin«, bemerkt Joseph friedfertig. Sie will auffahren, aber das einhellige Grinsen ihrer Helfer besänftigt sie.
»So viel für heute.« Sie hebt den Zeigefinger, bei ihr immer eine Geste, die höchste Aufmerksamkeit erfordert. Aber dann sagt sie einfach nur: »Danket dem Herrn, denn er ist freundlich, und seine Gnade währt in Ewigkeit.«
Ein »Amen« weht durch das Kontor Mendes.
Sie sieht sich im Raum um: Berge beschriebenen Papiers auf den Tischen, Berechnungen, Entwürfe, Daten und Zahlen. Die Kerzen sind fast heruntergebrannt und die eisgekühlten Scherbette eine laue Brühe, der Wein ist so warm, wie der Kaffee in der Messingkanne kalt ist.
Man geht auseinander, ohne zu spüren, wie müde man eigentlich sein müsste.
Es gibt wieder ein großes Ziel. –

Sie sind beide in jenem Raum angekommen, in dem alles begann, in dem die erste Phiole zerbrach und Joseph die ohnmächtige Frau auffing … Ein Zufall; irgendwie haben ihre müden Füße sie dorthin getragen, aber es kann auch sein, dass Gracias junge Dienerin, geweckt, um ihrer Herrschaft zu leuchten, einfach schlaftrunken ihnen voraus- und zufällig hierhergegangen ist – in dies Zimmer vor dem großen Speisesaal, wo nun schon wieder (natürlich geputzt, gewaschen und aufgereiht) die Geschirre und Gläser im Bord stehen, die sie heute Abend benutzt haben; die christlichen Mägde waren fleißig. Auf dem Tisch stehen noch halbvolle verkorkte Karaffen mit Wasser und Korbflaschen mit Wein, beiseitegestellt für die Bedürfnisse der Dienerschaft.
Irgendwo in den Gängen sind sie fast über Josephs Staatskleid gestolpert, es lag immer noch da herum und erinnerte ihn an die Ereignisse dieses denkwürdigen Tages.
Nun sieht er sich um, verwundert fast – wieso sind sie hier? Aber es passt …
(Die Frau lehnt sich an ihn, sie ist sehr erschöpft, die Falte zwischen ihren geschwungenen Brauen ist ausgeprägter als sonst. Sie hebt beide Hände und nimmt die Schneppenhaube vom Kopf, Zeichen dafür, dass das Tagwerk beendet ist; der rötliche Abdruck des Haubenrandes zeichnet ihre Stirn.)
»Uns bleibt noch etwas zu tun, *querida*«, sagt er.
Sie seufzt. »Heute Nacht?«
»Jetzt gleich.«
Er nimmt ihre Hand und führt sie auf seine Brust, aber statt sie, wie sonst immer, unters Hemd auf die Haut zu schieben, streift er mit ihr außen über den Stoff seines Wamses. Sie fühlt die Härte.
»Die Phiole!« Es hört sich überrascht an. »Ich hatte sie eigentlich vergessen.«

»Aber das geht nicht!«, sagt er fast böse. »Du lässt deinen Freund eine Woche schweben zwischen Hoffnung und Verzweiflung und bereitest dich selbst auf das vor, was du in deiner Vermessenheit – nein, unterbrich mich nicht, meine Königin! –, in deiner Vermessenheit zum Kiddusch-ha-Schem erklärt hast, zur ›Heiligung des Namens‹, und was in Wahrheit ein Verstoß gegen die Gebote unseres Glaubens war, wie er schlimmer nicht sein kann. Denn der Herr – sein Name sei gepriesen! – erlaubt keine Selbsttötung, außer, wenn es um die Wahl zwischen Taufe oder Tod geht, und wer weiß das besser als du, die so lange eine gelehrige Schülerin des Rabbi Soncino war.«
Er hat, während er redet, den Giftflakon hervorgeholt und auf den Tisch gestellt, zwischen die Getränke.
Gracia, nun wieder ganz wach, hat die Arme abwehrend über der Brust gekreuzt und mustert ihren Liebhaber von oben bis unten, ganz Señora und kampfbereit.
»Willst du mir eine Lektion über die Gebote unseres Glaubens erteilen?«, fragt sie und verzieht verächtlich die Mundwinkel. »Ausgerechnet du, der du dich zwischen den Götzendienern, seien sie nun Christen oder Muslime, bewegst, als seien sie unseresgleichen, und dich mit Nichtjüdinnen vermischst, ohne die leisesten Gewissensbisse zu haben? Das ist eine Posse!«
Er hebt abwehrend die Hände. »Schalom, *querida,* Frieden, bitte! Ich will nicht mit dir streiten. Nur so viel zu deinem Vorwurf: Wenn ich Gebote breche, so tue ich das im Dienst des Hauses Mendes und seiner Señora, und was das andere betrifft – nun, das lassen wir dahingestellt. Es sind kleine Sünden gegen die Unternehmungen einer Frau, die einerseits nicht gestatten will, dass man an einem Feiertag einen Gegenstand von einem Ort zum anderen trägt, und andererseits kaltblütig

einen Sabbat außer Kraft setzt, wenn es ihr passt.« Er lacht, als er sieht, dass ihr die Zornesröte in die Wangen steigt, und hascht nach ihrer Hand, um sie zu küssen (und zu verhindern, dass sie zuschlägt). »Gracia Nasi, du bist eine gute Jüdin, voller Eifer und Strenge – von deinen eigenen Gnaden. Du bastelst dir ein besonderes Judentum nach deinem eigenen Kopf.«

Sie entzieht ihm heftig die Hand, wendet sich ab. »Trotzdem«, sagt sie, und ihre Stimme klingt gepresst. »Wie du siehst, hat mich der Herr erkoren, unserem Volk zu helfen.«

Joseph geht zum Bord, hantiert mit den Gläsern, macht sich dann am Tisch zu schaffen. Beiläufig bemerkt er: »Daran sehen alle, wie hoch du in Gnaden stehst beim Herrn der Welten – in allem, was du tust. In allem, was *wir* tun. Hast du einmal nachgerechnet, wie viele religiöse Gebote wir beide brechen, wenn wir miteinander schlafen?«

»Joseph!«

»Lass gut sein, Allerschönste!«, entgegnet er. Seine Wange zuckt, die Muskeln um seinen Mund sind in Bewegung. »Für dich und mich gibt es ja vielleicht Generalpardon. Für dich eher als für mich.«

»Joseph, was machst du da?« Sie kommt näher.

»Nun«, sagt er mit verdächtiger Ruhe, »was man begonnen hat, sollte man auch zu Ende führen, so oder so. Du hast ein Gelübde getan, ich auch. Wir kommen da nicht heraus, indem wir es einfach vergessen.«

Er hat Wasser in ein Glas gegossen. Es stammt nicht aus Venedig, sondern aus den Werkstätten von Istanbul, grünlich verfärbt, aber hauchdünn, so dünn, dass man es sogar in der Hand zerbrechen könnte. Nun zieht er den Stöpsel aus der Phiole.

»Was hast du vor?«

»Unser Gelübde zu erfüllen. Als ich darüber nachdachte, während des Gottesdienstes heute Abend, und meine Hand gegen die Wange drückte, auf die du mich geschlagen hattest, da wandelte sich das Brennen der Ohrfeige in eine Art bitteren Genuss. Und da hatte ich eine Erleuchtung.«

»Eine Erleuchtung?«, wiederholt sie misstrauisch und kommt näher. »Erleuchtungen von Don Joseph Nasi nennt man andernorts Finten, habe ich gehört.«

»Das kannst du halten, wie du willst«, entgegnet er friedfertig. »Damit bin ich ja bei dir in bester Gesellschaft.« Er hebt den Kelch mit der einen Hand, die Phiole mit der anderen, schwebend über dem Wasser, bereit. »Zähle die Tropfen«, sagt er. »Zähle. Du zählst doch gern.«

»Ich habe schon die ganze Nacht gerechnet und gezählt«, erwidert sie, halb ängstlich, halb unmutig, aber er wiederholt: »Zähle.« Er kippt das bräunliche kleine Gefäß an. Langsam wagt sich der erste Tropfen hervor aus der Öffnung; seine Beschaffenheit ist wie die von Öl; träge und langsam gleitet er heraus und ins Wasser, verschmilzt mit ihm, und Gracia, wie in Trance, beginnt tatsächlich zu zählen.

Nein, heute wird sie keiner stören.

Bei zwanzig macht er eine Pause, und ihr läuft ein Schauer über den Rücken. Konnte er denn wissen, dass sie genau da unterbrochen wurde durch Reynas Erscheinen?

Aber es ist wohl nur ein Zufall. Er dreht erneut das Handgelenk (der Goldreif unter seiner Manschette leuchtet auf), lässt die tödlichen Tropfen weiter ins Glas fallen, und du zählst.

Fünfunddreißig. Es sind fünfunddreißig. Vor einer Woche, da hatte ihr Esther Kyra nur zweiunddreißig in die Phiole gefüllt.

»Drei mehr als beim vorigen Mal«, sagt sie, benommen. Was hat er vor?

»Was hat sie dir gesagt über die Menge, die du brauchst, diese Hexe, der ich hoffentlich noch irgendwann gründlich schaden werde?«

»Zehn Tropfen sind nur ein Schlafmittel.«

»Hm.« Er hat den tödlichen Kelch abgestellt.

»Wenn wir uns das nun teilen, da würden wir wohl beide nur in einen langen Schlummer verfallen. Natürlich würde ich die größere Hälfte trinken.« Es hört sich an, als würde er vorschlagen, ein Stück Mazze ohne Sauerteig zu Pessach mit ihr zu teilen.

Ihr Magen beginnt zu krampfen. Sie ringt um Fassung. »Joseph! Um der Liebe des Herrn willen! Wolltest du etwa mit mir gehen?«

»Natürlich nicht«, sagt er unwillig. »Was für ein absurder Gedanke. Nein, ich hatte einen Moment überlegt, wenn wir uns diesen … Trank … teilen, dass es uns beiden dann auch nicht mehr schadet, als wenn jemand zu viel Wein trinkt, und dann …«

Ich stehe da und fühle im Hals einen Druck.

»Joseph«, sage ich. »Bitte. Was hast du vor?« Und presse meine Kiefer so fest aufeinander, dass es weh tut.

»Ja«, sagt er, taucht den Finger ein und fährt mit damit um den Rand des Glases, so dass es anfängt, zu summen und zu singen. »Da kam dann die Erleuchtung. Oder die Finte, wie du willst. Eine erleuchtete Finte, vielleicht. Nenn es ein Spiel.« Er bewegt den benetzten Finger mal schneller, mal langsamer. Es klingt bald tief, bald schrill.

»Den Bund, der uns beide nun schon so lange vereint – warum sollen wir ihn nicht besiegeln, indem wir dies Glas zerbrechen, dies Glas mit seinem mörderischen, seinem gotteslästerlichen, seinem verwerflichen Inhalt vernichten, so wie man nach unserem Brauch am Hochzeitstag das Glas zerstört, aus dem man zwar Freude trinkt, aber dabei nie vergisst, dass wir in der Verbannung leben.«

Ich breite unwillkürlich die Arme aus, will etwas erwidern, aber mir stockt der Atem. Joseph lächelt sein schiefes, sein ironisches Lächeln, und sein Gesicht ist in Bewegung. »Komm zu mir, Schwester Braut, die du noch vor Aufgang dieses Freitagssterns bereit warst, dich von mir zu entfernen für immer und mir das Herz zu zerreißen. Komm. Niemand sagt einen Segensspruch, und kein Hochzeitsbaldachin ist aufgestellt. Alle Rabbiner der Welt sind fern, und kein einziger Verwandter ist heute Abend noch wach, uns ›Masel tow!‹ zu wünschen. Komm, wir müssen trinken. Jeder einen Schluck. Und wenn es nur die Lippen befeuchtet. Ich habe eine Woche lang Höllenqualen ausgestanden deines Entschlusses wegen. Und es war ein Geheimnis nur zwischen dir und mir. So wie dies hier auch ein Geheimnis bleiben soll, unberührt von den anderen Bindungen, die es gibt. Gewähre mir diesen Augenblick.«

Seine Augen brennen.

Ich gehe die zwei, drei Schritte, spüre sehr, dass ich mich auf ihn zubewege. Er hebt den Kelch mit der einen Hand. Mit der anderen fasst er meinen Kopf am Nacken und zieht ihn zu sich heran. Dann führt er den Todeskelch an meinen Mund, und ich spüre die Nässe an meinen Lippen, benetze sie. Oh, wie bitter.

Er trinkt, einen vollen Zug. Wischt sich mit dem Ärmel über den Mund. »Was für ein Teufelszeug«, murmelt er. »Hätte diese alte Giftmischerin es nicht wenigstens ein bisschen wohlschmeckender machen können?« Dann, zu mir gewandt: »Hast du ein Tuch? Ein Band oder dergleichen?«

Ich schüttle stumm den Kopf. Meine Lippen fühlen sich taub an.

»Auch egal. Aber wir wollen es doch richtig machen, oder? Wenigstens den Teil, den wir ausführen, den müssen wir richtig machen.«

Er wirft sein Wams fort, reißt sich mit einem Ruck einen Ärmel des Hemds ab. Stellt das Glas zu Boden und bedeckt es mit dem Stofffetzen. »Gib mir die Hand.«

Ich gehorche.

Und dann das Geräusch zersplitternden Glases. Kraftvoll zertritt er den Kelch unter dem Tuch, die Flüssigkeit sickert träge nach allen Seiten hervor.

Müdigkeit legt sich auf einmal über meine Lider wie eine Klammer. Kann das schon von der flüchtigen Berührung mit dem Giftkelch herrühren? Bei zehn Tropfen schläft man, hatte Esther Kyra gesagt …

Ich höre seine Stimme, leise, flüsternd. Die Worte des Psalms: *»Vergesse ich dein, Jerusalem, so möge meine Rechte verdorren. Meine Zunge soll an meinem Gaumen kleben, wenn ich dein nicht mehr gedenke, wenn ich nicht lasse Jerusalem meine höchste Freude sein.«*

Jerusalem. Tiberias. Das Heilige Land.

Wie wir beide auf den Diwan und zwischen die Kissen gekommen sind, weiß ich nicht zu sagen.

Der Schlaf geht über uns hinweg wie eine jener großen Wellen, die Land und Meer verschlingen.

ZWEITER TEIL

1556 – ?

Konstantinopel

DAS Große Projekt, so nannten wir, ich, Joseph, mit der Prinzipalin und allen Mitarbeitern nun in stillschweigendem Konsens das Tiberias-Unternehmen, damit wir nicht ständig mit Begriffen wie Heiliges Land, Rückkehr, Heimführung auf der einen Seite oder Steuerpacht, Siedlungskonzession und Verwaltungslizenz auf der anderen umgehen mussten – das eine hörte sich zu hochgestochen an und das andere zu alltäglich.
Zunächst galt es, sich durch das Gestrüpp der osmanischen Verwaltung einen Weg zu bahnen, denn trotz des Angebots von höchster Stelle war es notwendig, noch einmal den erwünschten »Antrag« der Señora auf die Stellung als Mültezim in gebührender Form einzureichen und die günstigsten Bedingungen auszuhandeln.
Wie sich herausstellte, waren die wider Erwarten gut.
Haseki Hürrems Vorschlag nämlich war nicht von ungefähr gekommen. Diese kluge und wachsame Frau hatte gehört, dass der Sultan zu diesem Zeitpunkt ein ganz bestimmtes Interesse hatte: Interesse daran, Teile des Riesenreichs, die bisweilen nur unproduktive »Verwaltungsleichen« waren, weil sie entweder weit am Rand des Imperiums lagen und deshalb nicht zu kontrollieren oder aufgrund geographischer Besonderheiten nicht nutzbar zu machen waren – diese Teile eben auf irgendeine Weise einzubeziehen und fruchtbar zu machen. Und

die Gegend um Tiberias war beides: Randbezirk und – zu weiten Teilen – Wüste.
So wendete sich das Blatt: Nicht die Hohe Pforte tut uns einen Gefallen, sondern wir nützen mit dem Großen Projekt dem Osmanischen Reich.
Ich hatte meinen Triumph gegenüber dem Großwesir, dessen hämische Anmerkung, ich wolle wohl mit den großen Hunden pissen gehen, sich sehr wohl bei mir festgehakt hatte, nachdem die Angst und Sorge um das Leben der Señora von mir abgefallen war.

Rustem Pascha befindet sich in einer unangenehmen Lage.
Es passiert ihm nicht oft, dass er eine Situation so falsch einschätzt, wie es diesmal geschehen ist. Er hat den Juden lange warten lassen, hat ihn von oben herab behandelt, hat gedacht: Machen wir ihm doch das Leben ein bisschen schwer, nach diesem ganzen Hin und Her mit den französischen Schiffen. Schließlich hat offenbar die Sultana es geschafft, die hoffärtige Dame Nasi davon zu überzeugen, Istanbul für eine Zeit zu verlassen, mit einem Scheinauftrag.
Nun stellt sich heraus, dass er, beschäftigt mit den beunruhigenden Vorgängen im Westen Europas, offensichtlich eine innenpolitische Wendung aus dem Auge verloren hat: die Erschließung der Randgebiete des Reichs. Natürlich hatte der Padischah ihm das irgendwann einmal als Aufgabe zugewiesen. Er hatte es nicht für voll genommen, sozusagen in einer Schublade abgelegt …
Aber in seiner Position darf man sich keinen Fehler erlauben. Gefährlich für einen Mann, dessen Aufgabe es ist, die Zügel in der Hand zu behalten. Und peinlich, wenn man sich hat hinreißen lassen, jemanden ein bisschen zu kujonieren.

Es war ja nicht weiter schlimm, aber er weiß, dieser Kerl ist nachtragend wie ein Packesel, den man zu oft geschlagen hat. Und eigentlich will er es sich ja nicht mit ihm verderben. Er mag ihn irgendwie, und er ist wirklich von Nutzen …

So beginnt er diese Besprechung über das Wüstenprojekt, wie er es im Geheimen nennt, in so seidenweichem Verhandlungsstil wie nur immer möglich.

Enfanghi Bey, als sei er der Gesandte einer ausländischen Macht, umringt von Angeboten der großherrlichen Küche und Konditorei – Süßigkeiten, Scherbette, reizende Häppchen aus Blätterteig, garniert mit Fleisch oder Gemüse –, die er alle verschmäht, hockt mit gekreuzten Beinen vor dem Wesir, das hochmütige Gesicht eine Maske der Gleichgültigkeit, unangreifbar, über den Schultern das Ehrengewand.

Was er anbietet und was er fordert, lässt den Wesir noch einmal mehr aufhorchen.

»Für zehn Jahre? Du erstaunst mich, Enfanghi Bey. Für zehn Jahre will die verehrte Señora die Steuerpacht übernehmen? Aber das ist wirklich ungewöhnlich!«

»Es ist eine Aufgabe, die ihre Zeit braucht«, erwidert sein Gegenüber und lehnt – unerhört! – die ihm vom Wesir gereichte Pfeife mit einer eindeutigen Geste ab. »Schließlich hat die Señora vor, eine Wüste zum Ergrünen zu bringen!«

»Ich verstehe«, entgegnet Rustem Pascha gedehnt und könnte sich selbst verfluchen, dass er die Sache bisher so auf die leichte Schulter genommen hat. (Zehn Jahre Pacht im Voraus, das ist eine beträchtliche Einnahme. Der Fiskus kann sich freuen. Und er, der Großwesir? Leider, er hat die Sache nicht angestoßen, so wird für ihn auch kein Anteil herausspringen …)

»Die Señora wird, wie es das Geschäftsgebaren will, diese Pacht im Voraus begleichen«, fährt sein Gegenüber fort, als hätte er seine Gedanken gelesen, »und zwar direkt an die Staatskasse. Allerdings müsste der Großherr – Allah schütze ihn! – dem Gouverneur von Damaskus, Adret Pascha, befehlen, militärischen Schutz für uns zu gewährleisten und Geld und Manneskraft zur Verfügung zu stellen, um die Mauern der Stadt Tiberias wieder zu errichten. Schließlich wird die Gegend von Räubern unsicher gemacht.«

»Der Schatten Allahs auf Erden wird sicher alles tun, um Sicherheit herzustellen«, entgegnet Rustem Pascha. »Ob jedoch Geld und …«

Enfanghi Bey unterbricht ihn respektlos. Er hat die Fingerspitzen gegeneinandergepresst, dass sie eine Pyramide bilden – nicht gerade eine demütige Geste. »Mein Herr der Wesir möge Sorge tragen!«, sagt er scharf. »Das Bankhaus Mendes wäre gewiss bereit, die Auslagen für die Erneuerung der Mauern vorzustrecken – allerdings nur als Darlehen, denn die Instandhaltung von Wehranlagen ist Angelegenheit des Osmanischen Reiches und nicht seiner Steuerpächter. Aber bedenkt, dass wohl kaum ein Siedler bereit wäre, sich auf die Unsicherheiten einer unbefestigten Stadt einzulassen.«

Immer deutlicher wird dem Großwesir, welche Ausmaße die Angelegenheit annimmt. Da wollte man eigentlich nur eine Person, die dem Padischah nicht wohlgefällig war, für eine Zeit abschieben, möglichst nach Frankreich schicken, ins Irgendwo. Dann mischt sich die Sultana ein, und es wird daraus eine Haupt- und Staatsaktion. Was er von der ständigen »Mitsprache« der »Russin« hält, das kommt lieber nicht über seine Zunge.

»So hat die Señora vor, Siedler nach Palästina zu holen?«

Der Enfanghi Bey macht eine ungeduldige Bewegung. »Wie sonst sollte die Señora, sollte unser Haus wohl aus dieser verlassenen Gegend eine blühende Landschaft machen?«

»Ich werde mich bemühen, Don Joseph«, sagt Rustem Pascha. Sein pockennarbiges Gesicht wirkt verdrossen. »Aber du weißt, dass die verehrte Dame Istanbul so bald als möglich verlassen muss?«
Sein Gegenüber verneigt sich leicht im Sitzen. »Gewiss. Mit dem nächsten Schiff, dem die Hohe Pforte sicheren Geleitschutz garantieren kann«, sagt er förmlich. –

Ugarte und ich, Samuel, waren damit beschäftigt, den Alltag zu bewältigen, während mein Bruder auf der diplomatischen Ebene agierte und das tat, wozu ihn Wendigkeit und Klugheit vorbestimmt hatten.
Täglich flossen beträchtliche Summen durch unsere Hände; allzu vieles war sofort zu erledigen.
Der Pforte die Pacht und eine Summe für die Instandsetzung der Mauern von Tiberias im Voraus zu zahlen, war ein vergleichsweise risikoloses Geschäft, wenn man an die Kredite denkt, die wir sonst Fürstenhäusern mit sehr unsicherer Zahlungsmoral gewährten – schließlich konnten wir die Summe von den anfallenden Steuereinnahmen einfach nach und nach einbehalten. Aber dann galt es, Aufrufe zu drucken und überall, von Spanien über die Niederlande bis in die Levante, zu verteilen, es galt, festzuhalten, wie viele Menschen unserer Aufforderung zur Umsiedlung folgen würden, es galt, für den anfallenden Bedarf Schiffe zu mieten – wie wir zu Geleitschutz kommen sollten, war uns noch unklar, denn bestimmt würden die Osmanen für die Umsiedler keine spezielle Eskorte zur Verfügung stellen.
Wir waren ja geübt in solchen Aktionen – Fluchthelfer seit den Tagen Don Diogos, von unseren eigenen Wanderungen von Land zu Land einmal ganz abgesehen –, aber diesmal hatte die

Angelegenheit doch ganz andere Dimensionen. Wir waren mit unseren Helfern Tag und Nacht beschäftigt.
Es war klar, dass in diesen Wochen unsere Ausgaben unsere Einnahmen beträchtlich überstiegen. Sorgenfalten im Gesicht, wies Ugarte eine unausgewogene Bilanz aus.
Dona Gracia focht das nicht an. Sie kam mir vor wie ein Pfeil, der von einer Sehne abgeschnellt worden war und nun auf sein Ziel zusauste, unbeirrt durch Turbulenzen.
»Wozu hat Diogo Mendes, wozu haben unsere Vorfahren dies Vermögen angehäuft, wenn nicht, um unserem Volk zu helfen? Und wenn es uns gelingt, wenn wir berufen sind, Israel nach Haus zu bringen – wen schert es da, wie viel Gold dabei draufgeht?«
Unsere kleine zarte Señora mit der Seele aus Stahl war nun wieder jeden Tag im Kontor, um mit uns zu arbeiten; die Niedergeschlagenheit der letzten Zeit, ihr Trübsinn waren verflogen, und ihr Schwung, ihre Begeisterung teilten sich uns allen mit.
Joseph war täglich in unseren Angelegenheiten unterwegs, und wir dankten dem Himmel dafür, dass es in Europa gerade drunter und drüber ging und für eine Gesandtschaft des Großherrn so lange kein günstiger Zeitpunkt war, bis sich die Dinge dort so oder so geklärt hatten. Sonst hätten wir wohl ziemlich schnell auf den Enfanghi Bey verzichten müssen, der nun einmal der ideale Mittler war: weder Muslim noch Christ, weder gebürtiger Türke noch Staatsbürger eines der andersgläubigen Länder, aber bewandert in Umgangsformen und Lebensart beider Kulturen und mit allen Wassern gewaschen.
Dass die christlichen Fürsten und Herren im Augenblick auf höchster Ebene stritten, intrigierten, paktierten und sich wieder entzweiten, hatte zur Folge, dass sie verspätet wahrnah-

men, was sich da in Palästina demnächst tun würde. Irgendwann entdeckten sie, dass es für sie von Wichtigkeit sein konnte – eine kleine Siedlung, die ihnen die zwar verachteten, aber auch so nützlichen »Neuchristen« wegnehmen würde – und die vielleicht später einmal eine Macht sein konnte, mit der man rechnen musste … Die Angst vor den unberechenbaren »anderen« war nicht mit Vernunftgründen untermauert.
Die Noten, die von den Gesandten der Großmächte am osmanischen Hof angefertigt und nach Haus geschickt wurden, legte man offenbar zunächst ad acta – man hatte wichtigere Ziele.
Dabei waren darunter wirklich bemerkenswerte Schriftstücke!
Wir – (natürlich!) – kannten sie alle.
Es war eine bekannte, wenn auch unausgesprochene Tatsache, dass kein diplomatisches Schreiben Konstantinopel verließ, das nicht zuvor eine gewisse Schreibstube des Serails passiert hatte. Dort wurde das Dokument geöffnet, kopiert und dann fachgerecht wieder versiegelt, bevor es seinen Weg ging. Jeder Vertreter einer europäischen Macht wusste das, weshalb in diesen Briefen niemals auch nur die leiseste Kritik an der Hohen Pforte und der Politik des Sultans geübt wurde. Dafür intrigierten die meisten umso heftiger gegen bestimmte Personen im Umfeld des Großherrn und rügten deren Pläne und Maßnahmen, in der Hoffnung, sie auf diesem Umweg bei Suleiman missliebig zu machen.
Es war für Joseph nicht allzu schwierig gewesen, gleich zu Beginn unserer Geschäftsverlagerung ins türkische Reich jemanden aus dieser Schreibstube zu gewinnen, der eine zweite Kopie für uns anfertigte – schließlich war informiert zu sein für ein Unternehmen wie das unsere lebenswichtig.
Wie zu erwarten, ließ sich Monsieur de Charme, der französische Gesandte, besonders gehässig über unsere Pläne aus.

Sie sitzen in Raphael Ugartes kleinem »Raum des Vertrauens« zu dritt am Tisch, der alte Geschäftsführer und die Brüder Nasi, und trotz der geschlossenen Fensterläden ist es hier wie immer heiß; eben Südseite.
Joseph übersetzt aus dem Französischen.
»Die elende Jüdin und ihr boshafter Neffe, jener Mann, auf den in Venedig der Galgen wartet, haben es jetzt erreicht, dass der arglose Großherr ihnen einen Teil des Landes Galiläa zur Steuerpacht überlassen will. Offenbar haben die Verruchten, die zahllose Fürsten und Herrscher mit ihren blutsaugerischen Krediten erpressen …«
»Das ist wirklich stark!« Samuel schlägt mit der flachen Hand auf den Tisch. »Diese galanten Franzosen, die nicht einmal ihre Zinsen zahlen!«
»… erpressen«, fährt Joseph ungerührt fort, »nun vor, in jenem Land, aus dem man sie einst als Christusmörder vertrieben, eine Region zu schaffen, in der nur Juden hausen. Kaum vorstellbar, dass der Heilige Vater in Rom untätig zuschauen wird, wenn die für alle Zeit Verdammten in das sogenannte Land ihrer Väter heimkehren.«
Ugarte lacht wütend auf. »Der Heilige Vater sollte uns die Füße küssen, dass wir ihm seine ungeliebten Juden und Conversos abnehmen, bevor er noch die letzten Bäume des Apennins hat fällen lassen, um aus dem Holz Scheiterhaufen zu errichten!«
»Offenbar weichen die Meinungen darüber stark voneinander ab«, bemerkt Joseph lakonisch. »Aber hört weiter zu: Leider hält der Kronprinz Selim seine schützende Hand über diesen Hund von einem Juden, diesen Juan Micas, weil der ihm nicht nur seine eigene Tochter ins Bett gelegt hat, sondern ihn außerdem mit Wein im Übermaß versorgt, und …« Er bricht ab. »Nicht einmal seinen wahren Namen gönnen sie einem! Und

das boshafte Gerücht, dass Rahel meine Tochter sein soll, das ist wohl auch unsterblich. Der Rest handelt von mir und der Señora und tut nichts zur Sache.« Er schweigt einen Augenblick, seine Wange zuckt. Mit seinen langen Fingern streicht er fast zärtlich über das Blatt. »Ich denke, wir sollten eine Abschrift von diesem hier dem Schechsade Selim in die Hände spielen, damit er weiß, was er an diesem Monsieur de Charme hat, heute und auch, hm … später, wenn Selim Sultan ist. Aber das darf man ja nicht aussprechen. Dass der Padischah von diesem … Dreck sich irgendwie betroffen zeigen könnte, glaube ich nicht. – Was sagt denn der Venezianer?«

Joseph zieht das nächste Blatt heran, überfliegt es. »Ach, hier.« Er übersetzt genauso geläufig aus dem Italienischen: »Der Enfanghi Bey, genannt der Große Jude, und seine Señora beabsichtigen, in Palästina eine jüdische Kolonie zu errichten – mit Unterstützung durch den Sultan selbst. Da das Projekt auf lange Dauer angelegt ist, bleibt abzuwarten, welche Erfolge es haben wird. Immerhin könnte ein im türkischen Reich gelegener Judenstaat mit der wirtschaftlichen Macht des Hauses Mendes-Nasi für Europa einen Fakt darstellen, mit dem zu rechnen wäre.«

»Donnerwetter!« Ugarte pfeift durch die Zähne. »Die denken ja weiter voraus als wir selbst.«

Joseph grinst sein schiefes Grinsen. »Die Venezianer waren schon immer weitblickende Leute! Mir fällt die Sache mit der Insel ein.«

Sie erinnern sich sehr wohl an die Sache mit der Insel. Das war im ersten Jahr ihres Venedigaufenthalts, als Joseph Nasi, damals noch Juan Micas, eine seiner kühnen Ideen hatte. Als die Übersiedlung in die Türkei noch ein Wunschbild war und kaum mehr …

Er hatte tatsächlich versucht, eine Insel in der Lagune zu kaufen damals, als Stützpunkt für das Haus Mendes. Die Verhandlungen ließen sich gut an. Aber dann bekamen die Venezianer kalte Füße, und Joseph handelte sich eine jener Niederlagen ein, die Dona Gracia schwer verzieh …
Die Erinnerung an die Insel ist durch den Raum gezogen wie ein dunkler Schatten.
Joseph kaut an seinen Fingerknöcheln. »Ich weiß schon«, sagt er ärgerlich. »Meine beiden ›Fehlschläge‹, der Frankreichkredit und die Insel.« Und, da Samuel Luft holt: »Die Hochzeit mit La Chica können wir auch noch dazurechnen, wenn du drauf bestehst, Bruder.«
Er schiebt die Briefkopien einiger weiterer europäischer Botschafter oder Beobachter auf dem Tisch umher. »Ich glaube, es ist nicht nötig, dass ich euch das alles übersetze. Die Tendenz ist überall die gleiche: von Unbehagen bis zu leiser Panik.«
Samuel sieht ihm über die Schulter. »Was der Holländer da schreibt, ist auch nicht gerade freundlich. Mijnheer Duffel, nicht wahr? Steht der nicht ebenfalls bei uns in der Kreide?«
Ugarte nickt grimmig. »Und nicht zu knapp. Sollten wir unsere Schulden einfordern?«
Samuel hebt abwehrend die Hände. »Auf keinen Fall.« Er schnaubt verächtlich durch die Nase. »Was diese Herren von uns denken, das wissen wir doch. Schließlich vergeben wir keine Kredite für Wohlverhalten gegenüber Juden. Außerdem sollten wir vermeiden, den Eindruck zu erwecken, als wüssten wir über so etwas Bescheid.«
Er schnippt mit den Fingern über die Papiere. »Sollten wir der Señora von diesen … Aktivitäten Kenntnis geben – was meinst du, Bruder?«

Joseph zuckt die Achseln. »Ihr könnt das gern tun. Aber ich denke, sie kennt die Fakten ohnehin. Freunde, mir kommt es vor, als köchele ein Gericht auf kleiner Flamme. Es dauert seine Zeit. Aber irgendwann kocht der Topf über, und wir haben mit entsetzlichem Gegenwind zu rechnen. Bis dahin müssen wir vollendete Tatsachen geschaffen haben. Es gilt, sich zu beeilen.« Er schiebt die Briefkopien zusammen und erhebt sich.

Ugarte stößt die Tür des kleinen, allzu heißen Raums auf und wischt sich die Stirn.

»Wer koordiniert die Arbeiten vor Ort?«, fragt Samuel.

»Josse ben Urach, unser Agent in Damaskus«, gibt Ugarte Auskunft. »Aber irgendjemand von uns müsste wahrscheinlich einmal dort auftauchen, um dem Geschehen den richtigen Schwung zu verleihen. Don Samuel?«

Samuel sieht seinen Bruder an, aber der erwidert den Blick nicht.

»Ich wollte …«, hebt er an. Joseph unterbricht ihn schroff: »Deine Braut in Ferrara läuft dir nicht davon. Sieh in Galiläa nach dem Rechten und dann reise nach Italien und hole sie. Bei der Gelegenheit kannst du dann auch gleich Lusitanus und Abraham Usque mitbringen, falls du sie irgendwo auffindest.«

»Müsste nicht die Señora selbst einmal …«, bemerkt Ugarte vorsichtig.

Joseph steht schon in der Tür. »Sie wird sich nicht in dieses Land begeben, bevor die Mauern von Tiberias stehen und für sie ein Haus gebaut wurde«, sagt er heftig. Und an den Bruder gewandt: »Gerade darum tut Eile not. Außerdem – hast du nicht gerade letzthin selbst geäußert, dass im Augenblick die Piratengefahr besonders groß ist? Wir müssen die Señora nicht gefährden.«

»Wohin willst du, Bruder?«
»Ausreiten. Ich will einen Brief an Prinz Maximilian entwerfen. Da muss man jedes Wort überlegen.«
Er ist draußen. Die beiden anderen wechseln einen Blick.
Es war bisher nicht die Art von Don Joseph Nasi, seine Briefe zu Pferd zu entwerfen. Er diktierte sie einem Schreiber in die Feder, gleich, wie heikel ihr Inhalt war, und legte seine Worte auf dem Weg von seinem Kopf zu seiner Zunge auf die sicherste Goldwaage der Welt.
Was also hat er vor?

Don Joseph treibt seinen Andalusier stadtauswärts. Der warme Tierleib, gegen den er seine Beine drückt, der Geruch nach Ammoniak und Schweiß, das Klirren des metallbeschlagenen Zaumzeugs, das zufriedene Schnauben des Rappen, dessen schwarze Mähne im Rhythmus der Schritte wippt – das alles beruhigt ihn und bringt Ordnung in seine aufgewühlten Gedanken … Davon, einen Brief an Maximilian zu planen, ist er sternenweit entfernt.
Gerade eben ist ihm eines klar geworden. Im Überschwang, Dona Gracia gerettet zu wissen, hat er überhaupt nicht bedacht: Schließlich und endlich wird es auf eine Trennung hinauslaufen. Auf eine Trennung für immer.
Man segelt nun einmal nicht einfach so übers Mittelmeer, man hüpft nicht aufs Schiff, wie wenn man von Ancona nach Ragusa will. Wochen gehen dahin für eine solche Reise, von den Gefahren einmal abgesehen.
Wenn Gracia Nasi im Auftrag der Hohen Pforte ihr Amt als Steuerpächterin der Provinz Tiberias angetreten hat, dann kann sie von dort nicht mehr zurück vor Ablauf der Frist. Und sie *wird* nicht zurückkehren, als Führerin und Beschützerin der

Juden dieser Kolonie. Und er, der Enfanghi Bey, er muss seine Pflichten gegenüber Großwesir und Sultan erfüllen, sobald man ihn ruft. Er kann sich nicht halbe Jahre bei Tiberias am See Kinnereth in Galiläa herumtreiben, unter dem Vorwand, der Chefin des Hauses Mendes zuarbeiten zu müssen.

Es gibt keinen Spagat zwischen Palästina und Konstantinopel.

Und deshalb, Joseph Nasi, musst du einmal wieder das zu tun versuchen, was du dein ganzes Leben lang schon versuchst: das Schaf zu schlachten, ohne das Fell zu ritzen. Wenn es dir auch diesmal wohl nur unvollkommen gelingen wird.

Es ist warm. Er öffnet Mantel und Rock, ermuntert sein Pferd mit den Schenkeln. Der Rappe erlaubt sich einen kleinen mutwilligen Sprung, bevor er in Trab fällt. Joseph beugt sich über die dunkle Mähne, lässt sich die Stirn vom Wind kühlen.

Der Weg führt nach Eyüp – nicht dem gleichnamigen Stadtteil, sondern dem Dorf nordwestlich von Konstantinopel. Dort haben hohe Beamte des Neuen Serails sogenannte *yalis,* kleine Landhäuser, wenn sie sich fern vom Hof, von ihren Pflichten und der ständigen Überwachung erholen wollen. Er weiß, dass auch Nur Banu so ein *yali* hat und dass sie gern dorthin geht, wenn sie allein sein will.

Sie ist schwanger, sie braucht Ruhe. Vielleicht hat er Glück, und sie ist da.

Natürlich ist es ein schweres Vergehen, eine Dame des Harems, eine *hanum,* die noch dazu in besonderer Gunst steht, aufzusuchen, ohne die Erlaubnis ihres Mannes eingeholt zu haben.

Aber: Wozu hat man schließlich Verwandtschaft.

Er erinnert sich, wie er sie damals Selim zuführte. Einen verdammten Kuppler hatte ihn Gracia genannt. Und es hatte keine Ohrfeige gegeben, sondern ein Zinnpokal war haarscharf an seinem Kopf vorbeigesaust.

Ja und ja, ich habe sie ihm ins Bett gelegt, wenn man so will. Es war das pure Kalkül. Wobei nicht vorauszusehen war, welche Ausmaße die Angelegenheit annehmen würde.
Meine Bekanntschaft mit Selim war damals noch sehr frisch. Ich hatte das Weinmonopol und in dem jungen Prinzen einen wichtigen Abnehmer; wir schmuggelten die Alkoholvorräte, verborgen unter allem Möglichen, in seinen Pavillon und fanden Gefallen an dem gemeinsamen spitzbübischen Tun und aneinander.
Ich trank mit ihm und wurde bald zu seinem Vertrauten; Schechsade Selim war ein einsamer junger Mann; misstrauisch gegenüber allem und jedem, leidend unter der Tatsache, dass man seine jüngeren Brüder und Halbbrüder (wie es ja Gesetz war) umgebracht hatte, um ihm die Thronfolge zu sichern, bedrückt und zugleich abhängig von der gängelnden Liebe seiner Mutter Roxelane – und schüchtern gegenüber den über hundert Frauen seines Harems, den er sich aus Repräsentationsgründen halten musste.
Er klagte mir sein Leid: Jedes Zusammensein mit einer der Damen, die, ob nun Jungfrauen oder nicht, in allen Liebeskünsten unterwiesen worden waren und sich unendliche Mühe gaben, sie auch anzuwenden, war ihm unendlich peinlich.
»Ich wollte, ich könnte einmal das erleben, wovon in den Märchen von *Tausendundeine Nacht* immer erzählt wird: eine Jungfrau, unberührt und rein wie frisch gefallener Schnee, eine undurchbohrte Perle und ein ungerittenes Füllen, schüchtern und unerfahren. Die Weiber in meinem Frauenhaus benehmen sich durch die Bank wie Huren, auch wenn sie keine sind.«

Mir lag viel daran, ihn mir zu verpflichten. Abgesehen davon, dass ich ihn mochte …

Und da kam mir die Idee.

Nein, ich würde niemanden zwingen. Aber vielleicht gab es ein neugieriges und lebenslustiges Mädchen in unserem Haus (sittsam und gebildet, das verstand sich von selbst!), das gern einmal mitkommen würde auf die andere Seite des Wassers, einem Fest beiwohnen, die Musik der berühmten Lautenspielerinnen in Selims Pavillon anhören, mit ihm unverschleiert einen Wein trinken, wieder zurückkehren, wenn ihm die Gesellschaft nicht behagte …

Ich hatte den Prinzen ernsthaft vorbereitet: Ein jüdisches Mädchen sei keine Muslimin und schon gar nicht eine Haremsdame, es habe auch einem Thronfolger des Osmanischen Reiches gegenüber das Recht, nein zu sagen, wenn es nicht wolle. Selim war so begeistert von dem Plan, dass er allem zustimmte.

Meine Wahl war auf die junge Rahel gefallen, eine der zahllosen entfernten Verwandten, die in Italien zu uns gestoßen waren und die Dona Gracia mitnahm ins Türkenland (es hieß, sie sei die Tochter eines Vetters von Diogo und Francisco, der eine Mendes-Faktorei irgendwo in Italien leitete), ein Mädchen, das ich der Einfachheit halber meine Cousine nannte und das mich ein bisschen an La Chica und ihre Anmut erinnerte, ein Kind mit den braunen melancholischen Augen der Familie und einer Taille, die man mit zwei Händen umspannen konnte.

Es gab nichts, was nach Nötigung aussah. Das Mädchen kam freiwillig und gern mit ins Serail. Aber mir war natürlich klar, dass Dona Gracia nichts von der Angelegenheit erfahren durfte.

Dass der Plan dann so über Erwarten aufging, dass sich Selim schon an diesem ersten Abend Hals über Kopf in Rahel verliebte, dass sie sofort bei ihm blieb – nun, das war mehr, als er erhofft hatte.

Ich stellte die Señora vor die vollendete Tatsache und erntete Sturm, wie hätte es anders sein sollen. Sie nannte mich nacheinander einen Kuppler, einen Wüstling und Jungfrauenschänder, einen üblen Verführer und schwarzen Verräter an unserem Glauben, einen, der ein Judenkind den Götzendienern in den Rachen geworfen hätte. Und der Zinnpokal flog.

Etwas versöhnt war sie erst, als der Schechsade Brautgeschenke wie für eine Fürstentochter schickte und erklärte, Nur Banu (nun natürlich Muslimin!) zu seiner Ersten und Rechten zu machen. Aber ganz hat sie mir diesen meinen Streich wohl nie verziehen – wie so vieles andere, was ich zum Wohl des Hauses Mendes unternahm …

Eyüp

DIE kleinen schwarzen Holzhäuser reihen sich regellos zwischen Myrten, Mimosen und Weidengebüsch. Sie sehen eins wie das andere aus; hier legt niemand Wert darauf, besonders zu prunken. Im Gegenteil. Man will so unauffällig wie möglich sein, ein Niemand, eine Figur jenseits des Protokolls.
Quellen rieseln. Hier und da haben die anonymen Anwohner künstliche Steinwälle mit Blumen angelegt; dazwischen wieder liegt schlichtes Weideland. Es gibt viel Schatten, und fast nirgendwo ist das Gras verdorrt. Man hat hier Wasser die Fülle.
Der Rappe ist verschwitzt von dem scharfen Ritt. Ich lasse ihn Volten gehen, damit er trocken wird, und schaue mich mit gerecktem Hals um.
Wo könnte Nur Banus *yali* stehen? Was könnte der vernarrte Prinz für seine Liebste erbaut haben? Alle Häuser sehen gleich aus.
Ich erinnere mich, dass Rahel Nasi ein Mädchen war, das Springbrunnen und künstliche Gewässer mochte. Im Palast Belvedere war ihr Lieblingsort bei einem Teich mit bunten Zierfischen, die sie manchmal sogar fütterte.
So etwas Ähnliches musste doch zu finden sein!
Endlich. Zwei junge Männer, eindeutig Bedienstete, kommen des Weges geschlendert, Harke über der Schulter, eine Hand-

sichel im halb mit Gras gefüllten Korb. Sie lachen und albern herum, puffen sich in die Seiten. Als sie den nobel gekleideten Reiter auf dem edlen Pferd sehen, verstummen sie und versinken in gebührender Verneigung.
Ich sitze ab, erwidere den Gruß und zücke meinen Geldbeutel.
»Für einen Piaster werdet ihr mir mein Pferd trockenführen«, sage ich, in jenem selbstverständlichen Herrenton, dem sich jeder Mann aus dem Volk unterwirft, »danach könnt ihr es von eurem Gras da füttern. Wasser nur, wenn es ganz sauber ist. Wenn ich zurückkomme, kriegt ihr das Gleiche noch einmal, falls ihr eure Sache gut gemacht habt.«
Und während sie ihre Salams vollziehen und unterwürfig ihr »Ja, Effendi«, »Zu Euren Diensten, Pascha« murmeln, muss ich daran denken, dass ein gewöhnlicher Jude selbst im toleranten Osmanischen Reich eigentlich nur ein Maultier reiten darf und sich vor jedem Muslim verneigen muss …
»Und nun sagt mir, wo ich das Haus mit dem Fischteich finde«, fahre ich fort. »Es kann auch ein Springbrunnen sein – man hat mich ungenügend informiert.«
Sie sehen einander an, nicken dann eifrig, zeigen mit der Hand in eine Richtung.
»Das Haus gehört einer *hanum,* nicht wahr?«
Auch das wird bejaht. Treffer.
Ich drücke dem einen der Jungen die Zügel meines Andalusiers in die Hand und mache mich auf. –

Nach einem Fußweg von vielleicht einer Viertelstunde versperrt ihm ein riesiger Schwarzer den Weg, einer der Eunuchen, wie sie der Großherr im ganzen Bereich des Harems einsetzt, um die empfindliche Ehre der achthundert oder mehr

Weiber (die in Wahrheit die Ehre ihres Herrn ist) zu bewachen. Der Mensch hat seinen Krummsäbel gezogen und hält ihn auf jene unmissverständliche Art, die keinen Zweifel daran lässt, dass er ihn auch gebrauchen wird.
Joseph gibt sich zu erkennen und behauptet dreist, er komme im Auftrag des Schechsade mit einer wichtigen Botschaft für die *hanum,* und der Säbel wird gesenkt, wenngleich der Blick der düsteren Augen weiterhin misstrauisch bleibt.
»Wenn Ihr eine Botschaft habt, so werdet Ihr die später vortragen müssen«, sagt er dann langsam. »Die *hanum* hat Besuch.«
Er deutet mit einer Kopfbewegung hinter sich. Da hocken tatsächlich im Schatten einer Feldsteinmauer zwei verschwitzte Träger neben einer Stuhlsänfte und dösen. Was für ein Ärger!
»Was geht mich das an? Ich bin, wie Ihr wohl wisst, ein Verwandter der *hanum* und dürfte jederzeit Zutritt zu ihr haben!«
»Ich weiß wohl, Enfanghi Bey, dass Ihr ein Verwandter der *hanum* seid«, entgegnet der schwarze Riese gestelzt, »aber das gibt Euch nicht die Erlaubnis, unangemeldet bei der Dame vorzusprechen. Zudem ist der Besuch, den sie hat, weiblicher Natur. Wenn er gegangen ist, werde ich die Herrin fragen, ob ihr Euer Kommen genehm ist, und dann den Wandschirm aufstellen zwischen ihr und Euch.«
(Den Wandschirm! Nicht einmal ansehen darf man sie also!)
Joseph sieht ein, dass er an dieser Mauer von Pflichtbewusstsein nicht vorbeikommt. »So werde ich warten«, sagt er verdrießlich. »Ruft mich, wenn die Herrin bereit ist, mich zu empfangen.«
Er schlendert durch den Garten (Orangenbäume. Ja, Orangen mochte Rahel auch sehr gern.), entdeckt den Teich mit den schwimmenden Lotosblüten und den bunten Fischen. Ein

Eimerchen aus Glasfluss voller Fischfutter mit einer zierlichen Schöpfkelle steht bereit. Nur Banu hat also bestimmte Vorlieben beibehalten. Er widersteht der Versuchung, einen Stein in den Teich zu werfen und die Fische aufzustören, und geht zum Haus zurück. Die Sänfte steht noch immer da, die Träger dösen noch immer vor sich hin, und der Eunuch hält Wache an der Tür wie der Engel mit dem Flammenschwert vor dem Paradies.

Um den Kerl nicht sehen zu müssen, begibt sich Joseph an die Rückseite des schwarzen Holzhauses und lehnt sich im Schatten an die Wand, wobei er eine interessante Entdeckung macht: Ein *yali* ist zwar blickdicht, aber nicht schalldicht. Er kann die Stimmen von drinnen hören und verstehen, was gesprochen wird, und die Stimme der Besucherin erkennt er mit großem Missvergnügen wieder: Die exzentrische Art, die Worte entweder einzeln und wie aus Stein gemeißelt hervorzustoßen oder sie ohne Punkt und Komma herauszusprudeln, als kämen sie aus einer auslaufenden Flasche, hat sich ihm tief eingeprägt.

Esther Kyra ist bei Nur Banu.

Alarmiert spitzt er die Ohren. Die alte Hexe will der *hanum* etwas verkaufen, wie sollte es anders sein.

»Es. Ist. Unfehlbar«, hört er sie deklamieren. »Und. Je. Später. Desto. Besser. BilsenkrautundMutterkorn zugleichenTeilen. Es. Liegt. Bei. Euch. Verehrte. Dame.«

Joseph auf seinem zufällig entdeckten Lauschposten runzelt die Stirn. Bilsenkraut? Mutterkorn? Wenig vertrauenerweckende Substanzen. Wen will Selims Erste und Rechte denn vergiften? Und was meint dieses Weib mit: Je später, desto besser?

Plötzlich begreift er. Der Schreck presst ihn fest gegen die Holzwand dieses geschwätzigen Hauses, macht ihn steif. Nur

Banu will, ähnlich wie Gracia, sich selbst vergiften – oder doch etwas in ihr. Was Esther Kyra da anpreist, ist ein Abtreibungsmittel. Nur Banu will Selims Kind töten.
Die nächsten Repliken entgehen seiner Aufmerksamkeit. Ihm dreht sich der Kopf. Was soll er machen? Eigentlich müsste er hineinstürzen, der Angelegenheit dadrin ganz schnell ein Ende machen, dieser verfluchten Giftmischerin den Dolch an die Kehle halten …
Indessen geht vorn die Tür. Er steht noch immer wie festgeklebt an dieser Hauswand, während er aus den Geräuschen schließen kann, dass die üppige Dame die dösigen Bediensteten anherrscht und ihren Tragstuhl besteigt. Kaum eine Möglichkeit, angesichts des dort postierten Wächters etwas anderes zu tun als abzuwarten. Und der Dame Kyra kann man nur einen Fluch nachschicken und wünschen, dass sie unterwegs aus ihrem Sessel fällt, einen Hang hinunterstürzt und sich zumindest ein Bein bricht, wenn nicht, noch besser, den Hals.
Ein Ruf von der Tür her. »Enfanghi Bey? Die *hanum* ist nun gewillt, Euch zu empfangen.«
Er taumelt um die Hausecke, und eine große schwarze Hand streckt sich ihm entgegen. »Euren Dolch, Effendi.«
Betäubt zieht er seine Waffe und übergibt sie dem Eunuchen, und dann wird ihm die Tür geöffnet. Halbdunkel, Duft nach Jasmin und Zitrone, zart und anregend. Ein niederer Hocker. Ein Klapptisch mit einer Gebäckschale, Becher und Kanne. Und der Wandschirm.
Er verbeugt sich gegen den trennenden Paravent, und dann hört er Nur Banus sanfte Stimme: »Lass uns allein, Mansur. Ich möchte mit meinem Verwandten unter vier Augen sprechen.«
Endlich. Die Tür klappt, der Wächter ist draußen.

Joseph geht auf den Wandschirm zu, schiebt ihn beiseite.
Selims Favoritin liegt auf einem Kissenpolster, eingehüllt in ein rotes Seidengewand, das sie sehr bleich erscheinen lässt, und streckt ihm lächelnd die Hand entgegen. Er stürzt sich darauf, packt sie mit seinen beiden Händen und zieht sie an sein Herz. Er sieht, wie sich der Bauch unter dem weiten Kleid wölbt, und ihn schaudert.
Obgleich er ihre vertraute Sprache, das Judenspanisch, benutzt, flüstert er; wer weiß, ob dieser Mansur sie nicht doch versteht.
»Rahel! Du wirst es doch nicht wirklich tun wollen? Ich beschwöre dich!«
Ihm ist, als werde sie noch einen Schein blasser.
»Woher weißt du?«, fragt sie. Ihre Lippen beben.
»Ich habe zufällig hinterm Haus gestanden und es gehört! Cousine! Was soll das?«
Sie legt den Kopf in den Nacken. Ihre weiße Kehle zuckt. »Wenn es ein Junge wird … Weißt du, was seinen Brüdern zustößt an diesem schrecklichen Hof, wenn ich sie zur Welt bringe, oder wenn ihr Vater seine Gunst einer anderen zuwendet, die ihm Söhne schenkt? Soll ich zur Mörderin an diesen Kindern werden? Lieber befreie ich mich vorher. Eine Fehlgeburt … das gibt es immer wieder.«
»Du weißt nicht einmal, ob es ein Sohn wird! Rahel! Was willst du tun? Selims Kind!«
Sie zuckt die Achseln. Schweigt.
Er rafft sich auf.
Sein Blick wird hart. »Das, was du tun wolltest, das verbiete ich dir. Als das männliche Oberhaupt der Familie Nasi verbiete ich es dir. Du wirst ein schönes Mädchen zur Welt bringen, zur Freude ihrer Eltern, oder einen jungen Prinzen, und er wird Selims Sohn und der künftige Sultan sein. Niemals wird der

Schechsade daran denken, eine andere dir vorzuziehen, nie, glaub mir. Eines Tages wirst du Valide Sultana sein, die Sultan-Mutter und die mächtigste Frau im ganzen Neuen Serail. Und nun gib mir das Teufelszeug.«
Sie sieht ihn an, fragend, fast ein bisschen schelmisch – was ihn sehr irritiert. Dann sagt sie vertraulich, fast wie ein Kind: »Weißt du, ich wollte es ja gar nicht tun. Es war nur … für alle Fälle … Damit man es im Haus hat.«
»Im Haus? Hältst du das für ein Hausmittelchen wie Alaun gegen Blutfluss oder Riechsalz gegen Ohnmachten?« Er streckt die Hand aus. »Her damit.«
Nur Banu kramt zwischen ihren Kissenbergen und zieht schließlich eine kleine ovale Schachtel aus gebeizter Birkenrinde hervor, wie sie die jungen Mädchen aus einfachen Verhältnissen benutzen, um ihr bisschen Schmuck, ihre Fußkettchen, Messingohrringe oder Halsbänder aufzubewahren. Sie zögert einen Moment, als überlege sie, ob es richtig ist, was sie macht, dann händigt sie Joseph den Behälter aus.
Vorsichtig öffnet er den Deckel, sieht hinein. Schwärzlich glänzende Körner, getrocknetes Kraut. Mörderische Weibergeheimnisse. Schnell schließt er die Schachtel wieder, steckt sie in die Tasche seines Mantels.
»Was hast du ihr dafür gegeben?«
Sie hebt ihre ringgeschmückte Hand mit den elfenbeinern polierten Fingernägeln. »Den hier!«, sagt sie und zeigt auf den Daumen. »Eine große Perle in Goldfassung.«
»Du bist verrückt, Mädchen. Jeder Apotheker hätte dir so eine Mixtur für ein paar Piaster gemischt. Ich werde jemanden schicken, der der Vettel das Ding wieder abnimmt.«
»Wozu Aufsehen erregen?«, entgegnet sie ruhig. »Schmuck hab ich genug.«

Sie stützt sich auf einen Ellbogen, schmiegt die Wange in die Hand, sieht zu ihm auf. Erwartungsvoll.
Ihm wird bewusst, wie verfahren die Lage ist. Er war hierhergekommen, um sie um einen Gefallen zu bitten – eigentlich nur, um *herauszufinden,* ob er sie um einen Gefallen bitten könnte –, nun sieht er sich gezwungen, hier den Familienchef hervorzukehren. Schlechte Karten.
Er lässt sich auf dem Hocker neben ihrem Lager nieder. »Ich wollte dich etwas fragen«, sagt er beiläufig. »Dich eventuell um eine kleine Gefälligkeit ersuchen.«
Die junge Frau seufzt. »Und wegen einer Frage und einer kleinen Gefälligkeit macht sich Don Joseph Nasi auf nach Eyüp, so aufs Geratewohl? Ach, übrigens, sei so gut, lieber Cousin, und schieb diese Trennwand wieder an ihre Stelle. Es könnte sein, dass Mansur kontrollieren kommt, und das hätte unangenehme Folgen, vor allem für dich. Jedenfalls könnten wir unser Gespräch dann kaum weiterführen.«
Er gehorcht zähneknirschend. Sie macht es ihm nicht leicht. Nach dem, wie er sie herumkommandiert hat.
»Also?«
Sie hat eine spröde Stimme, beinah eine Knabenstimme. Das merkt man erst, wenn man sie nicht sieht.
Da liegt sie, da hinter dem Paravent, in roter Seide, mit ihrem Bauch, und lässt ihn nun ihre Macht spüren.
»Liebe Rahel«, sagt er, so seidenweich, wie nur er es vermag, »bestimmt kannst du uns helfen. Ich wollte den Schechsade nicht direkt einschalten, nicht aus einer Mücke einen Elefanten machen. Aber du …«
»Was ist das denn für eine Mücke?« (Sie zahlt es ihm heim.)
»Wenn du demnächst Haseki Hürrem siehst – nun, ich denke, sie will dir wohl. Und sie will auch der Señora wohl.«

»Es geht also bei dieser Mücke um Gracia?«
Er zieht die Luft ein und zählt bis drei, ehe er im gleichen sanften Ton weiterreden kann.
»Wir machen uns große Sorgen, sie jetzt schon nach Tiberias abreisen zu lassen. Die Stadt ist noch nicht wieder befestigt, und es soll Räuberbanden geben. Es würde für das Ansehen des Großherrn nicht förderlich sein, wenn seiner Statthalterin in der Provinz Galiläa etwas zustieße, denke ich.«
»Das denke ich auch.«
Pause.
»Könntest … würdest du wohl …«
»Ich soll also meine Schwiegermutter beschwatzen, dass sie ihren Mann beschwatzt, meiner Tante einen Aufschub zu gewähren, bis sie ihr Amt antritt?«
»So könnte man es sagen.« Und nach einer Pause: »Du würdest dem Haus Nasi, deiner Familie, sehr nützen.«
»Und ich würde dir auch sehr nützen, lieber Cousin.«
Er ringt sich ein Lachen ab. »Mir nützt alles, was dem Haus Nasi nützt, liebe Cousine.«
In diesem Augenblick öffnet sich die Tür, und Joseph findet es sehr beruhigend, dass er vor dem Wandschirm sitzt und die junge Frau dahinter liegt, denn der große Schwarze wirft einen forschenden Blick in den Raum und merkt finster an: »Der Enfanghi Bey sollte Rücksicht auf den Zustand der *hanum* nehmen und die Zeit seines Besuchs begrenzen.«
»Einen Augenblick noch, Mansur«, sagt Nur Banu freundlich. »Mein Cousin will sich nur noch verabschieden.«
Der Eunuch verschwindet wieder; Joseph ist ihm beinah dankbar, dass er die zähe Zwiesprache unterbrochen hat.
»Ich störe weiter nicht, meine Liebe!«, sagt er aufseufzend. »Aber wirst du – dich für deine Tante einsetzen?«

»Natürlich will auch ich in jeder Stunde dem Hause Nasi nützen«, hört er die spröde Stimme. »Dazu bin ich ja schließlich Nur Banu geworden. Nicht, dass mich jemand gefragt hätte, ob ich das wollte. Aber wer kann da schon nein sagen. Und«, sie lacht leise, »er gefiel mir ja auch.«
Joseph beißt sich auf die Lippe. Selten hat ein Gespräch eine so unerfreuliche Wendung genommen.
»So danke ich dir schon im Voraus, liebe Cousine«, sagt er höflich. »Und achte auf deine Gesundheit. Schalom, *querida.*«

Ich nehme mein Pferd aus den Händen der beiden devoten, weil gutbezahlten Jungen entgegen und mache mich auf den Heimweg.
Immerhin konnte ich ja – hoffentlich – verhindern, dass sie ihrem Kind etwas antut; diesem Kind, das die Hoffnung des ganzen Osmanischen Reichs werden und folglich auch das Wohlwollen der Pforte gegenüber unserem Volk sichern könnte, denn man kann ja die Herkunft seiner Mutter nicht verleugnen.
Bei einer Schlucht hole ich die Schachtel mit der verhängnisvollen »Arznei« hervor, öffne sie und kippe den Inhalt aus. Eine ständig wiederkehrende Beschäftigung: die für teures Geld erworbenen Mixturen der Esther Kyra wegzuschmeißen oder auf andere Weise zu vernichten.
So kehre ich zurück ins Belvedere, missmutig und besorgt – dass Rahel uns wirklich helfen will, kommt mir im Nachhinein eher unwahrscheinlich vor.
Aber zu meiner Überraschung flattert uns bereits eine Woche später eine Botschaft des Großwesirs ins Haus, des Inhalts, dass die verehrte Señora Dona Gracia Nasi die Erlaubnis habe,

ihr Amt erst im Frühjahr anzutreten, da »der Schatten Allahs auf Erden« einer derart zarten Person die Unannehmlichkeiten einer Seefahrt während der zu erwartenden Herbststürme nicht zumuten wolle.

Die Herbststürme sind ein Witz. Die stehen noch lange nicht an. Aber ein Aufschub ist ein Aufschub.

Konstantinopel

WIE zu erwarten, war meine ungnädige Gnädige von der Idee gar nicht begeistert. Ich weiß nicht, was sie sich vorstellte, vor Ort in Palästina bewirken zu können. Aber vor ihrem inneren Auge erschien Tiberias schon als so etwas wie eine Vorstufe zu Jerusalem, das benachbarte Safed gleichbedeutend mit dem Tempelberg und das Stück Provinz von Galiläa als das neue Erez Israel. Sie würde keine Ruhe geben, bevor sie nicht wusste, was sie wirklich erwartete.

Es war absurd: Nachdem ich eben einen Aufschub erwirkt hatte, rüstete ich nun zu einem inoffiziellen »Ausflug« nach Übersee, ungeachtet irgendwann bevorstehender Herbststürme im Besonderen und der Piratengefahr im Allgemeinen. Aber es war eine Reise mit Wiederkehr.

Zuvor jedoch traf, herbeigelockt durch unsere Mitteilungen, die überall im Osmanischen Reich und Westeuropa über unsere Agenten verbreitet wurden, der Kabbala-Spezialist aus Ferrara ein. Er hatte sich nach der Niederlage der Señora bei Ancona in einem Loch verkrochen; der ominöse Marsilio, der nun seine Prophezeiung – die Rückkehr ins Heilige Land! – erfüllt sah!

Und sogar Rabbi Joshua Soncino in Person scharwenzelte wieder in unserem Vorraum herum und hoffte auf ein Gespräch mit der Herrin.

Ich hätte sie am liebsten vor die Tür gesetzt.
Zum Glück gab es aber auch angenehmere Gäste.

Sie merkt zunächst gar nicht, dass jemand anders den Raum betreten hat, so vertieft, wie sie in ihre Arbeit ist: Auf dem Boden hockend, um sich herum ausgebreitet alles, was man an Landkarten und Skizzen der Region hat ausfindig machen können, hantiert sie mit Zirkel, Winkelmaß und Lineal, schiebt die Kugeln des Abakus hin und her, den Stift quer im Mund, macht sich dann Notizen und Aufzeichnungen, rechnet und vermisst wieder.

Die beiden an der Tür betrachten sie mit dem Lächeln bewundernder Zuneigung: eine Arbeiterin, das Haar lose zum Knoten gedreht, die weiten Überärmel des Kleids hochgebunden, damit sie nicht stören, ihre Pantoffeln liegen seitab, die gebauschten Röcke hat sie zwischen die Beine geklemmt.

Schließlich sagt der eine: »Ich hoffe, ich komme nicht allzu sehr zur Unzeit, Señora. Aber Don Joseph hier meinte, mich zu empfangen, wäret Ihr immer bereit.«

Sie sieht auf, streicht sich eine Strähne aus der Stirn, ihre Augen kommen von weit her.

Dann erhebt sie sich, mustert den hageren schwarzbärtigen Mann, der da mit Joseph in der Tür steht, und sagt langsam: »Der Ewige tut Wunder! Seid Ihr das wirklich, Lusitanus? Wie kommt Ihr hierher? Zuletzt hatten wir gehört, dass Ihr nur um ein Haar entfliehen konntet aus Ancona. Ihr wart in Ferrara, hat uns Samuel berichtet. Und nun, welches Schiff hat Euch gebracht? Ach, Ihr werdet es mir erzählen. Lasst Euch umarmen!«

Vorsichtig, auf Zehenspitzen, bewegt sie sich zwischen den Karten und Zeichnungen hindurch, um nichts zu verschieben, und bei dem großen Mann angekommen, bleibt sie gleich auf den Zehen, um ihm die Arme um den Hals zu legen wie ein Kind.

Sie blickt zu ihm auf, ihre Augen strahlen. »Sicher habt Ihr schon erfahren, welcher Gnade mich der Allmächtige – sein Name sei gepriesen! – gewürdigt hat. Es geht um unser Erez Israel, heiliges Land!«

Sie löst sich von ihm, deutet mit einer weiten Handbewegung auf die am Boden liegenden Dinge. »Ich muss mich vorbereiten, muss gerüstet sein für die Aufgabe. Im Kontor war nicht genug Platz für diesen ganzen Wust von Pergament und Schreibkram. So bin ich hierher in die Bibliothek übergewechselt.« Sie breitet die Arme aus. »Manchmal ist mir, als könnte ich einfach davonfliegen. Seht, dieser graubunte Marmor hier mit seinem unruhigen Muster erscheint mir wie das Meer, über das ich fahren werde, oder wie der Himmel über uns, beides vereint. Ach, ich schwärme. Aber Ihr, warum sagt Ihr nichts? Erzählt doch, welcher Wind hat Euch hierhergeweht?«

»Wenn du ihn denn zu Wort kommen ließest, *querida!*«, bemerkt Joseph amüsiert.

Gracia presst die Handflächen gegen ihre Wangen. »Ja«, sagt sie. »Ja, ich bin ein bisschen überschwenglich, schon die ganze Zeit. Und eine schlechte Gastgeberin. Ich sollte …«

Joseph unterbricht sie. »Du sollst nichts weiter, als jetzt vom Mittagsgebet bis zum Abendgebet des Muezzins mit unserem Gast sitzen und dir erzählen lassen. Ich habe Erfrischungen in den nördlichen Wandelgang beordert – Obstsäfte, wie Ihr sie liebt, Amatus, Wasser, Fleisch und Brot, damit Ihr Euch wohl fühlt bei uns.« Und an Gracia gewandt: »Er hat einiges zu berichten.« –

Erst, als wir im Wandelgang sitzen und ich – ohne Haube, mit noch immer hochgebundenen Ärmeln und zerknitterten Röcken – Lusitanus mit eigener Hand eine Scheibe kaltes Fleisch und ein Fladenbrot vorlege, kann ich meinen Geist zurückholen aus den anderen Regionen, in die er gerade geflogen war, und mich ganz und gar meinem Gast zuwenden.

Ich spreche den Segensspruch über Brot und Salz und lehne mich zurück.

Und nun nehme ich wahr, wie er aussieht: Haar und Bart ungepflegt und struppig, die Wangen eingefallen, die Augen tief in den Höhlen liegend. Und die Hand, die sich nach dem Brotstück ausstreckt, diese Hand eines Arztes, der sonst ruhig Skalpell und Sonde führt mit der Präzision eines Uhrmachers – diese Hand zittert.

»Lusitanus«, sage ich und bemühe mich, meine Besorgnis zu verbergen, »seid Ihr krank?«

Ein Seufzer ist die Antwort. »Ach, Señora, meine Krankheit ist die, an der unser Volk insgesamt leidet: die unendliche Müdigkeit nach langen Fluchten. Ihr habt ja sicher gehört, unter welchen Umständen ich aus Ancona entkommen bin. Und dann, als ich hoffte, ein bisschen zur Ruhe zu kommen und nach dem Tod Eurer Schwester – der Herr möge sich ihrer erbarmen! – Sorge tragen zu dürfen um die alleingelassene La Chica, hat es mich schon wieder ausgetrieben.«

Mein Herz tut einen harten Schlag. »Hat der Herzog Euch etwa …«, stammele ich.

Er hebt beruhigend die Hand. »Nein. Seid unbesorgt, Ercole d'Este hält stand. Er hält *noch* stand, wie lange jedoch, wer weiß. Ihr erinnert Euch, man hat ein mächtiges Druckmittel gegen ihn in der Hand: den ›falschen‹ Glauben seiner Frau. Ich bin mir sicher, für Renata würde er alles opfern. Aber im Augenblick besteht keine akute Gefahr. Ich habe La Chica in seiner Obhut zurückgelassen.«

»Aber was ist denn geschehen?«, frage ich. »Wer hat Euch denn – ausgetrieben?«
»Ich mich selbst, wenn Ihr so wollt«, sagt der Arzt und führt den Becher mit der Mischung aus Milch und Birnensaft, die ich ihm eingegossen habe, an die Lippen. Der Rand klirrt gegen seine Zähne.
»Wie soll ich das verstehen?«
»An den Herzog wurde ein für mich zweifellos höchst ehrenvolles Ansinnen herangetragen. Er sollte mich dem Kirchenstaat ausliefern, damit ich den Papst kurieren möge.«
Ich merke, dass ich mit offenem Mund dasitze. Den Papst?
»Ihr macht nicht etwa Scherze?«, frage ich leise. »Den Mann, der es jüdischen Ärzten untersagt hat, Christen zu behandeln?«
Lusitanus verzieht die Lippen zu einem bitteren Lächeln. »Er hat ja auch nach keinem *jüdischen* Arzt verlangt. Er wollte den Marranen João Rodrigues. Der gute Herzog hat mir meine Entscheidung freigestellt, und ich bin fort, noch in der Nacht. Mit einem Maultier aus seinem Stall und La Chicas Gold. Zum Glück fand ich bald ein Schiff, und über Land half mir der Kurierdienst der Mendes weiter. Nein, Señora, mir fehlt nichts. Ich bin nur müde. Freilich auf eine Weise müde, als könnte ich schlafen bis ans Ende meiner Tage.«
Er nimmt sich erneut von dem Brot, bricht ein Stück ab und kaut.
»Don Amatus!«, sage ich und fasse nach seiner Hand. »Weiser Arzt, Ihr dürft nicht an das Ende Eurer Tage denken. Ich will in Tiberias eine Ärzteschule einrichten, so wie es einst der große Kaiser Federico, ein Freund unseres Volkes, in Salerno getan hat. Und Euch brauche ich als Lehrer.«
Ich spüre sein Zögern. Sicher, er will sein Buch schreiben …

»Noch ist es nicht so weit«, rede ich auf ihn ein. »Erst müssen wir Mauern bauen und Bewässerungsgräben anlegen, Bäume pflanzen und Wüste urbar machen. Dann holen wir nach, was immer von unserem geschundenen Volk das undankbare Abendland verlassen will. Und dann seid Ihr gefragt, unweigerlich. Ich werde kein Nein akzeptieren.«

»Das konntet Ihr wohl noch nie!«, erwidert er, und trotz seiner Sanftheit schwingt ein leiser Vorwurf in seiner Stimme. Ich muss lachen. »Da habt Ihr recht. Ich habe es nicht gelernt. Aber jetzt sagt mir: Woran leidet denn der Caraffa-Papst? Die Pest an seinen Hals!«

Nun lacht auch er. »Die wünsche ich ihm auch. Aber die wäre ein kurzes Leiden gegen das, was ihn plagt. Seine Lunge verweigert den Dienst. Sie nimmt die Luft zwar auf, aber dann bläht sie sich und entlässt nur mit Mühe den Atem. Es ist wie ein langsames Ersticken.«

Ich höre es mit Genugtuung. »Der Herr straft ihn! Mögen seine Tage so voller Qualen sein wie die letzten Augenblicke seiner Opfer auf dem Holzstoß. Und? Wäret Ihr in der Lage gewesen, ihn zu kurieren?«

Lusitanus zuckt mit den Achseln. »Vielleicht ja. Vielleicht nein. Beides gleich schlimm. Das Erste für die Conversos in den Christenländern. Das Zweite für mich selbst.«

Er hat seine kleine Mahlzeit beendet und beugt sich vor, um seine Hände im bereitstehenden Becken aus buntem Email zu säubern. »Und Ihr?«, sagt er mit gespielter Munterkeit, während er sich am gezwirnten Leinen abtrocknet. »Gibt es ein Leiden, das ich an Euch kurieren kann? Bei Euch, ich weiß es, muss ich nicht um mein Leben fürchten, wenn ich nicht erfolgreich bin.«

Ich atme tief, lausche in mich hinein. Ich hatte ganz einfach keine Zeit, mich um mein Wohl oder Wehe zu kümmern. Nein, da gibt es keinerlei Leiden … Wann habe ich mich jemals so befreit gefühlt wie jetzt, wo mir der Herr in seiner Güte diese große Aufgabe zugeteilt hat? Wann war ich jemals so stolz, so froh? Israels Retterin sein zu dürfen, einem Teil von uns eine Heimstatt zu geben – was könnte es Erhabeneres geben? Ja, gewiss, die Mühen und Plagen werden kommen. Aber mit Mühen und Plagen bin ich vertraut, und ich bewältige sie. Dank der Hilfe des Herrn und meiner getreuen Gefährten.

»Mir fehlt nichts, lieber Arzt«, sage ich.

Lusitanus mustert mich mit schiefgelegtem Kopf. Dann sagt er: »Das Einzige, was ich Euch verschreiben möchte, wäre vielleicht ein niederschlagendes Wasser, damit Euch vor Aufregung nicht das Herz herausspringt.«

»Oh, fürchtet nicht um meine Kaltblütigkeit!«, erwidere ich. »Die ist durchaus vorhanden. Davon abgesehen, bleibt Ihr natürlich im Belvedere. Da kann ich Euch jederzeit konsultieren. Ich werde veranlassen, dass Euch Räume zugewiesen werden zu Eurer Bequemlichkeit.«

»Oh, das hat Don Joseph schon getan!«, sagt er. (Wie anders.)

Ein für seine Verhältnisse ziemlich aufgeregter Samuel Nasi stört als Nächster meine Arbeit in der Bibliothek.

»Gönn mir eine Handvoll Minuten deiner Zeit, Señora! Es gilt, eine Entscheidung zu treffen.«

Ich weise mit dem Zirkel, den ich gerade in der Hand habe, um bestimmte Entfernungen auf der Karte abzumessen, auf das Taburett neben den Bücherregalen. »Setz dich. Lass mich diese Sache hier zu Ende führen.«

Er gehorcht, und ich sehe aus dem Augenwinkel, dass er vor

Ungeduld zappelt, das rechte Bein über das linke und dann wieder das linke über das rechte schlägt, und an seinen Manschetten nestelt. Ich kann mir denken, um was es geht, und wäge im Stillen bereits ab, was zu tun ist.
Schließlich lege ich Zirkel und Stift beiseite, stehe vom Fußboden auf und gehe zu ihm hinüber. »Tiberias, ja?«, sage ich ihm auf den Kopf zu. »Und Ferrara.«
Er sieht mich von unten herauf an, nickt kummervoll.
»Nun, da du mich zum Bräutigam La Chicas erklärt hast – da ich es auf mich genommen habe, eingewilligt, sie nach Haus zu holen« (er schluckt) »und mit ihr einen Teil unseres Vermögens –, da darf ich nicht mehr warten. Du hast mir eine Aufgabe zugeteilt, Señora. Und ich muss sie erfüllen! Mit verdoppeltem Eifer werde ich mich unserem Großen Projekt widmen … aber lass mich erst nach Italien reisen, um diesem ganz und gar verlassenen Kind Schutz zu geben und es hierher in den sicheren Hafen zu führen. Der Herzog in allen Ehren, aber sicher hat er noch mehr zu tun, als sich um ein Judenmädchen in einem leeren Palazzo zu kümmern. Sie ist doch Fleisch von unserem Fleisch und Blut von unserem Blut.«
Selten habe ich Don Samuel so beredt erlebt.
»Schickt Ugarte, oder schickt meinen Bruder nach Tiberias!«, bittet er.
»Dein Bruder ist, fürchte ich, hier nicht abkömmlich. Er muss als Diplomat auf Abruf der Pforte bereitstehen. Und wenn ich Ugarte aussende – abgesehen, dass er ein bisschen alt für so eine Außenmission ist: Wer führt hier die Firma?«
»Die Firma!«, entgegnet Samuel ungeduldig. »Die Firma ist wie eine perfekt aufgezogene Uhr, alle Rädchen greifen ineinander, ohne dass es irgendwo hakt, und das weißt du. Außerdem haben wir genug junge Leute herangezogen, die nur dar-

auf brennen, Verantwortung zu übernehmen. Wir müssten schlechte Anführer sein, wenn wir das versäumt hätten. Herrin, ich bitte! Lass mich nach Ferrara. Ich heirate La Chica nach unseren Bräuchen, inmitten der jüdischen Gemeinde dortselbst, und noch am gleichen Abend schiffen wir uns ein, und ich bringe sie hierher nach Konstantinopel. Und bald, so hoffe ich, werden wir Kinder haben. Viele Kinder, die hier im Haus fehlen. Es würde dich doch bestimmt freuen!«

Ich wende mich ab und gehe zum Fenster, lehne den Kopf an den Rahmen aus warmem Stein. Viele Kinder, ja. Die fehlen hier im Haus. Und Samuel hat recht, ich selbst habe ihn gedrängt zu dieser Verbindung – freilich zu einem Zeitpunkt, als noch kein Tiberias in Sicht war. Jetzt haben andere Dinge Vorrang. Aber: Was habe ich von einem Helfer, der nur halb bei der Sache ist, weil sein Herz sich ans andere Ende der Windrose hinwünscht? Ich weiß doch nur zu gut, welche Streiche uns die Liebe spielt. Und schließlich werde ich selbst vor Ort nach dem Rechten sehen. Mit Joseph, ungeachtet, ob die Pforte etwas von ihm will oder nicht. Aber das sollte wohl verborgen bleiben, selbst in der Familie.

(Meine Ungeduld nach dem Heiligen Land ist eine Sehnsucht, ganz und gar der Sehnsucht eines Liebenden zu vergleichen.)

»Der Segen des Ewigen sei mit dir, Don Samuel Nasi«, sage ich und drehe mich um zu ihm. »Reise nach Ferrara. Aber beeil dich.«

Seine stürmischen Handküsse sind um ein Haar wie die seines Bruders. –

Reyna träumt einen Traum. Sie träumt ihn immer wieder, in Abständen. Vor allem, wenn Joseph unterwegs ist.

Sie träumt, dass er, ihr Mann, auf seinem andalusischen Pferd durch Täler und Schluchten flieht und hinter ihm her ein Rudel Wölfe. Sie ist außer sich vor Angst um ihn in diesem Traum, so sehr, dass sie irgendwann erwacht. Aber dann, im Augenblick des Aufwachens, wendet sich das Gefühl, und wenn sie ganz wach ist, weiß sie, dass er diesen Ungeheuern gewiss entkommen ist. Dann richtet sie sich auf in ihrem Bett, und ohne daran zu denken, eine Kerze anzuzünden, greift sie nach der Schale mit süßem Gebäck, die sie auf einem kleinen Tisch neben ihrem Lager jetzt immer bereitstellen lässt, und isst ein paar Stücke von dem türkischen Halwa, um sich zu beruhigen. Meist schläft sie dann wieder ein.

Aber diesmal ist es anders. Es beginnt zwar wie immer mit dieser Verfolgungsjagd, die glücklich endet, aber sie erwacht nicht, sondern es geht weiter in diesem Traum.

Denn auf einmal sitzen Joseph und ihre Mutter gemeinsam an einem Tisch. Es ist ein Sabbatmahl, gewiss. Die Señora entzündet das Licht. Jemand beginnt mit den Segenssprüchen, aber es ist nicht Joseph. Es ist ein Kind. Ein Knabe mit Schläfenlocken und einer Kippa auf dem Kopf. Und dann sieht sie: An diesem Tisch sitzen nur Kinder, außer Don Joseph und Dona Gracia. Viele Kinder, Jungen und Mädchen, und in einer Wiege liegt ein lächelnder Säugling. Eigentlich sollte das doch ein schöner Traum sein. Aber sie hat das Gefühl, dass sie laut schreien und sich vor Schmerzen krümmen muss.

Sie wacht auf und spürt die Nässe zwischen ihren Beinen und an ihren Schenkeln, und der Schmerz des Traums ist unvermindert weiter da. Ihr ist schwindlig.

Es dämmert bereits, der Tag ist nicht mehr fern.

Sie schlägt die Decke zurück und sieht: Sie schwimmt in Blut.

Ihre Schreie rufen die dienenden Frauen auf den Plan.

»Lusitanus!«, keucht sie. »Holt Lusitanus!«
Dann verliert sie das Bewusstsein. –

Nun stehen sie um ihr Lager herum, während der Arzt noch seine Instrumente verstaut: Mutter und Ehemann, betroffen, hilflos.
Reynas verstörte Frauen sind noch beschäftigt, blutbefleckte Tücher und Schüsseln mit rötlich verfärbtem Wasser zu beseitigen. Es riecht süßlich im Raum. Süßlich und nach Kampfer.
Gracia schaudert.
Ihre Tochter liegt da mit fiebrig glänzenden Augen, lang ausgestreckt auf ihrem Bett, und mehr als nur eine Lage Decken und Laken sind um sie herumgestopft. Sie versucht tapfer ein Lächeln. Ihre Augen suchen Joseph auf der anderen Seite. Er sieht mit einem Ausdruck tiefer Verwirrung auf seine Frau herab.
»*Querida,* was ist dir?« Gracia greift besorgt die Hände ihrer Tochter. Feucht fühlen sie sich an.
»Es ist schon wieder besser. Ich … ich hatte schlimme Blutungen.«
Gracia liebkost das glühende Gesicht der Tochter. »Deine Monatsblutung ist – zu stark gewesen?«
»Nein. Etwas anderes.«
Lusitanus tritt hinzu. »Ich habe ihr jetzt einen schmerzstillenden Trank gegeben«, sagt er halblaut. »Sie wird bald schlafen. In zwei, drei Tagen ist alles wieder gut.«
»Was meint Ihr, würde es sie wohl aufmuntern und ihre Genesung fördern, wenn ich meine Musikerinnen, die mich jeden Morgen wecken, auch zu ihr schicke?«, fragt Gracia den Arzt. »Musik erheitert das Gemüt.«
»Das wird sie sicher sehr erfreuen – vor allem, da es von Euch kommt«, sagt Lusitanus sanft.

Reyna schließt die Augen, scheint halb wegzudämmern.
Gracia löst ihre Hände aus denen der Tochter. Sie nimmt den Arzt beim Arm und zieht ihn beiseite.
»Hat meine Tochter eine Fehlgeburt gehabt?«, fragt sie, in einem scharfen Flüsterton. »Ist es das?«
Sie wirft einen Blick zu Joseph hinüber, der immer noch mit gesenktem Kopf neben dem Bett steht und offenbar nicht weiß, was er tun soll.
»Señora«, entgegnet Lusitanus, ebenfalls leise, aber bestimmt, »nicht hier! Wir sollten die Kranke schlafen lassen, und wenn Ihr Fragen habt, so stellt sie aus Rücksicht auf Eure Tochter im Nebenzimmer.«
Er hält einladend die Tür zu Reynas mit bunten Kissen geschmücktem Wohnraum auf, der sich neben dem Schlafgemach befindet, und Gracia, bevor sie hinübergeht, winkt Joseph mit einer nicht zu übersehenden, energischen Handbewegung dazu.
Reynas schwache Stimme, bevor sie nebenan verschwinden: »*Dottore* – kann ich noch Kinder bekommen?«
»Ganz gewiss!«, erwidert der Arzt beruhigend. »Nun schlaft, Dona Reyna.«
Er schließt die Tür hinter sich, geht zu einer Eckbank, setzt sich. Er wirkt erschöpft.
»Eure Fragen, Señora.«
(Joseph lehnt sich an die Wand, er sagt noch immer kein Wort.)
Gracia eilt auf den Arzt zu, starrt ihn an und sagt leise: »Reyna hatte eine Fehlgeburt, nicht wahr? Gebt es zu!«
Lusitanus sagt gedehnt: »Nein, Señora, das hatte sie nicht.«
»Also ist sie noch schwanger?«
Der Arzt schüttelt den Kopf, erwidert bedächtig: »Madonna Reyna hatte weder eine Fehlgeburt, noch ist sie schwanger.«

»Was also ist mit ihr? Was?«

Sie steht vor ihm, mit unerbittlichen Augen, die Zornesfalte zwischen ihren Brauen, und er sieht zu ihr auf.

»Eure Tochter«, beginnt er sachlich, »hatte ein winziges Gewächs an ihrer Gebärmutter, das eine übermäßig starke Blutung hervorrief. Das habe ich erkannt und die Fehlbildung mit einem kleinen Schnitt beseitigt. Man nennt es eine ›Abrasio‹. Ärzten ist eigentlich nicht gestattet, solche Eingriffe an einer Frau durchzuführen, wie Ihr wisst. Aber eine Hebamme zu holen, wenn ich in Eurem Hause bin, das schien mir unangebracht.«

Gracia unterbricht ihn hastig. »Natürlich könnt Ihr hier frei praktizieren, und ich bin Euch dankbar, dass Ihr meiner Tochter so schnell geholfen habt. Aber wie kann so etwas entstehen? So ein – Gewächs.«

Lusitanus zuckt die Achseln. »Was die Natur an Bildungen oder Missbildungen hervorbringt, ist zu keiner Zeit exakt zu erklären. Es gibt aber Fälle, wo Frauen, die sich von ihrem Mann … nun, sagen wir einmal … nicht recht geliebt fühlen, solche Phänomene entwickeln.« Sein Blick streift Don Joseph, der dasteht, die Arme verschränkt, stumm.

Lusitanus räuspert sich. »Erlaubt mir, dass ich mich zurückziehe, Señora. Die Kranke ist versorgt. Und ich bin müde.«

Er erhebt sich, verbeugt sich, geht. –

»Joseph!«

Es gleicht einem Schlachtruf, wie sie seinen Namen ausspricht.

Er löst sich immer noch nicht von der Wand. »Was befiehlt meine Gnädige?«, fragt er, halb bitter, halb spöttisch.

Gracia beginnt, den Raum zu durchmessen, mit unruhigen Schritten.

»Der Arzt sagt, es war ein Gewächs. Soll ich ihm glauben? Oder war Reyna doch schwanger?«
Seine Miene versteinert, und sein Blick wird hart.
»Du hast ihn doch gehört. Warum sollte er lügen?«
»Weil ich … Vielleicht hast du ihn gebeten, weil du mir verheimlichen willst …« Sie unterbricht sich, presst die Lippen zusammen. »Ich will wissen, ob du mich zur Großmutter machen wolltest!«
Er schnaubt verächtlich durch die Nase. Sagt dann: »Beruhige dich. Das kann nicht sein.«
»Und warum kann das nicht sein? Stimmt es etwa nicht, dass du halb Europa mit deinen Bastarden beglückt und selbst die Huren Venedigs geschwängert hast? Und ich bin mir nicht sicher, ob nicht sogar einige Sprösslinge von dir hier im Belvedere herumlaufen! Willst du das etwa leugnen?«
»Nein«, sagt er nüchtern. »Trotzdem kann Reyna nicht von mir schwanger sein.«
»Lügner!«
Er stöhnt, macht eine ungeduldige Handbewegung. »Ich gebe ja zu, dass ich nicht wie ein Rabbi lebe, und wenn du mich unbedingt einen Wüstling nennen willst, dann tu es. Aber Reyna kann nicht von mir schwanger sein.«
»Ach?«, sagt sie höhnisch. »Du bist nie mit ihr im Bett gewesen, willst du sagen? Mit deiner Ehefrau?«
»Natürlich bin ich mit ihr im Bett gewesen. Trotzdem kann sie nicht von mir schwanger sein.«
»Durch ein Wunder des Himmels?«
»Nein. Weil sie deine Tochter ist.«
Sie beendet ihre Wanderung durch den Raum abrupt, starrt ihn an. »Was willst du damit sagen?«
Er dreht den Kopf beiseite. »Es ist mir sonst wirklich egal …«,

sagt er gequält, »ich suche doch oft nur mein Vergnügen. Aber hier, in dieser … Konstellation … Ich wäre mir wie der schlimmste Verräter vorgekommen, wenn ich mich in sie … ergossen hätte.« Er lacht auf. »So, nun weißt du es.«
»Joseph! Ist das wahr?«
Sie lässt sich auf die Bank fallen, auf der zuvor Lusitanus gesessen hat.
Joseph wendet sich ab. »Du bist unerträglich!«, sagt er, ohne sie anzusehen. »Für diese Stunde müsste ich dich hassen, Gracia Nasi. Was für ein Dämon hat dich besessen, mitten in unserem Großen Projekt zur Eifersuchtsfurie zu werden – nur bei dem Gedanken, dass deine arme Tochter vielleicht von ihrem rechtmäßigen Ehemann schwanger sein könnte?«
»Joseph!« Sie streckt die Hand aus.
Er sieht sie weiter nicht an. »Nein, lass mich. Es tut mir leid. Aber im Augenblick habe ich keine Lust auf deine Gesellschaft.«
Er geht an ihr vorbei, schlägt mit der Tür.
Gracia bleibt auf ihrem Platz sitzen und sieht vor sich hin.

Natürlich beruhigte ich mich wieder, aber nach dieser Episode, in der sie mich zum Narren machte, beeilte ich mich, meine Vorbereitungen wegen unseres »Ausflugs nach Übersee« zum Abschluss zu bringen.
Ich wollte nicht mehr zwischen Mutter und Tochter stehen hier im Belvedere …
Da Europa noch immer mit sich selbst zu tun hatte und auch das Osmanische Reich nicht im Mittelpunkt des Interesses der möglichen Nachfolger Karls stand, war es für mich nicht schwer, mich für eine kurze Zeit von der Pforte zu verabschieden, unter dem – nicht einmal erfundenen – Vorwand, das Ge-

biet um Tiberias zu inspizieren und ein paar Mitarbeiter vor Ort zu bringen. Die Señora aber, so ließ ich verlauten, müsse auf Anraten ihres Arztes zu einer Erholung ins Landesinnere. Das vergangene Jahr, so argumentierte ich, habe ihre Gesundheit stark angegriffen. Sie müsse Kräfte für ihre große neue Aufgabe sammeln.
Die Geschichte wurde geschluckt – vor allem wohl, weil man im Augenblick von der ganzen Sache nichts mehr hören wollte. Die Pacht hatten sie ja …
Ich kümmerte mich um die Reise.
Für unseren Schutz hatte ich mir etwas Besonderes einfallen lassen.
Bei den Christen gibt es ein Sprichwort, des Inhalts, dass man den Teufel am besten mit dem Satan austreibt. Eine sehr beherzigenswerte Maxime.
Um uns vor den Piraten zu schützen, musste ich einen Piraten anheuern.
Zu dem Treffen mit »meinem« Freibeuter ließ ich mich auf eine der Inseln im Marmarameer hinausrudern, die mir mein Mittelsmann als Begegnungsstätte vorgeschlagen hatte. Sich weiter in Richtung Sitz der Macht vorzuwagen, hielt der »Partner« für zu riskant.
Mein Piratenkapitän war ein Kerl von kaum mehr als zwanzig Jahren, ein Italiener namens Giovanni Galeni, der mit einem so starken kalabresischen Akzent sprach, dass ich zum Teil Mühe hatte, ihn zu verstehen.
Gleich zu Anfang gestand er mir grinsend, dass er schon einmal hinter mir her gewesen war, als ich mit einem größeren Konvoi, von Europa kommend, durch die Ägäis nach Konstantinopel segelte. »Es war sehr verlockend«, sagte er. »Meine Spione hatten gemeldet, dass Ihr mit einer ziemlichen Menge

Gold unterwegs wart. Aber als ich die Kanonen Eures Geleitschutzes sah, befahl ich, abzudrehen. Wir hätten keine Chance gehabt.«

Auch ich musste lachen. »Ich war damals mit dem halben Mendes-Vermögen auf dem Wasser«, entgegnete ich. »Ihr hättet für den Rest Eures Lebens ausgesorgt gehabt.«

»Ach«, sagte er und hob die Hände, »glaubt das nur nicht. Wie gewonnen, so zerronnen, das ist die Regel …« Er sah mich mit einem listigen Seitenblick an. »Nicht jeder kann die Hände so auf seinen Sachen halten wie ihr Juden. Euer Gnaden haben bestimmt feste Häuser für all Eure Geldtruhen und dreifache Schlösser davor. Unsereins kann seinen Schatz höchstens in einer Felsenbucht verstecken, und wenn er Pech hat, findet ihn entweder ein anderer, oder er ist tot, bevor er ihn aufzehren kann. Glaubt mir, es gibt berühmte Freibeuter, die verscharren ihre Beute wie der Hund den Knochen und erinnern sich später nicht einmal mehr an die Stelle.«

Wir waren einander auf Anhieb sympathisch. Uns einte eine ähnliche Kühnheit und Wendigkeit, die Lust am Wagnis, der Sinn fürs Praktische.

So wurden wir schnell handelseins und saßen dann noch beim Wein zusammen, den ich vorsorglich mitgebracht hatte, die Abmachung zu besiegeln.

Galeni gestand mir, dass er als junger Bursche aus dem Kloster geflohen war und bei den algerischen Piraten angeheuert hatte. Durch eine Heirat mit der Tochter des Anführers befestigte er schnell seine Stellung. Noch zwei, drei Kämpfe, und er war Kapitän. Zum Zeichen seiner bewegten Vergangenheit hob er seine linke Hand hoch, der zwei Finger fehlten. »Wo gehobelt wird, da fallen Späne!«, sagte er lachend.

»Was würde geschehen … ich frage, was würdet Ihr tun, wenn

eines Tages der Türke Eure Räuberflottille aufbringen würde?«

»Was wohl?«, entgegnete er. »Ich würde die weiße Fahne aufziehen und mich auf der Stelle ergeben. Dann würde ich dem Padischah meine Dienste als Seemann anbieten, und ich bin sicher, dass er sie mit Freuden annehmen würde, denn ich verstehe mein Handwerk. Seht, Don Joseph, das ist das Gute an den Türken: Um bei ihnen zu Macht und Ehren zu gelangen, muss man nicht von Adel sein oder die Reinheit seines Blutes nachweisen. Es genügt, dass man wagemutig und entschlossen ist und ihnen mit Hingabe dient. Ihr wurdet doch auch Enfanghi Bey, auch wenn Ihr bloß, mit Verlaub zu sprechen, ein lausiger Jude seid.«

Ich nahm ihm seine Worte nicht übel, denn ich merkte, dass er nichts gegen mein Volk hatte, sondern nur eine allgemeine Meinung zum Ausdruck brachte. »Und Ihr, *capitano,* seid Ihr nicht ein verdammter Christ?«, fragte ich.

»Solange man nichts anderes von mir erwartet, bin ich Christ«, bemerkte er gleichgültig. »Natürlich würde ich sofort den Islam bekennen, wenn es sich ergäbe, dass ich in den Dienst der Pforte treten könnte.«

Wir tätigten unsere Abmachungen und schieden im Einvernehmen. Der Reise stand nichts mehr im Wege.

Ferrara

ES ist Vollmond, die Zeit der Entfaltung und des Glücks. Eine gute Zeit für eine Eheschließung.

Alle rechtlichen Voraussetzungen für die Trauung sind erfüllt: Die Mitgift ist benannt, der Ehevertrag, die Ketuba, in der die Pflichten des Bräutigams gegenüber der Braut festgelegt werden, ist geschrieben und unterzeichnet. Die Braut hat die Mikwe, das Tauchbad, besucht, und der Bräutigam wurde der Ehre gewürdigt, beim Morgengebet in der Synagoge als Erster aus der Thora vorzulesen. Man rief ihn dabei mit dem Titel auf, den er nur an diesem Tag trägt: Ha-Chatan. Der Herr Bräutigam. Ha-Chatan Samuel Nasi.

Die Zeremonie findet im halbleeren Palazzo Magnanini statt, der zu diesem Zweck, zumindest in einigen Teilen, wieder reichlich möbliert und ausgeschmückt wurde; ein paar Stücke hat der Bräutigam von der beschenkten Dienerschaft zurückgekauft (die konnten ohnehin wenig damit anfangen), mit dem Großteil haben die Mitglieder der Gemeinde und der gute Herzog Ercole ausgeholfen.

Da die Braut keine weiblichen Verwandten hat – zumindest nicht vor Ort –, wird sie von Bathseba bint Schalomo geleitet, der üppigen Schönen, die am Herzogshof Fioretta genannt wird, und von Bienvenida Abrabanel, jener Frau, mit der Dona Gracia, Soncino und Joseph zusammen den Tanach, die »Fer-

rara-Bibel«, ins Ladino übersetzt haben – gleichsam ihre Patinnen.
Die Beistände des Bräutigams sind angesehene Männer der Gemeinde; er hat sie vorher noch nie gesehen, aber jeder hält es für eine Ehre, ihn zu geleiten. (Selbst Seine Hoheit der Herzog ist anwesend; als »Ungläubiger« allerdings muss er sich zunächst im Hintergrund halten.)
Die Hochzeitsgeschenke werden überreicht: Die Braut erhält, wie es Sitte ist, ein Gebetbuch (Goldschnitt und feinstes Leder aus Córdoba), woraus sie das Mincha-Gebet vorzulesen hat: »Ich will dich erheben, Herr, unser König, und deinen Namen preisen immer und ewig …« Ihre Stimme ist so leise, dass man sie kaum versteht. In ihrem Namen erhält der Bräutigam aus der Hand einer der Brautführerinnen einen neuen Tallit, in den er sich hüllt.
Dann werden sie unter den Brautbaldachin geleitet.
Braut und Bräutigam sind vor Aufregung totenblass. Das Mädchen trägt Schwarz, denn es ist noch in Trauer (was eigentlich die Vermählung unmöglich macht, aber es geht schließlich um Mendes-Angelegenheiten …), und sie hat keinerlei Schmuck an sich, außer einem Stirnreif mit einem großen Smaragd, eine Gabe der Herzogin Renata. Ein großer Pelz aus rauchfarbenem Zobel liegt über ihren Schultern, obwohl es mitten im Sommer ist.
Der Rabbi hat bereits den gläsernen Becher mit Wein gefüllt, aus dem nun das Hochzeitspaar nacheinander einen Schluck trinkt; ihre »Paten« halten ihnen das Getränk hin. Der Bräutigam nimmt einen kleinen Schluck, die Braut aber packt das Gefäß mit beiden Händen und dreht es so, dass ihre Lippen den Rand nicht dort berühren, wo sich vorher der Mund des Mannes befunden hat. Dann trinkt sie, gierig.

(Die Zeugen sehen es mit Verwunderung. Man nimmt nur einen kleinen Schluck und genau von der Stelle, wo zuvor der Bräutigam getrunken hatte.)

Wie es Brauch ist, zieht nun der Samuel Mendes-Nasi *kessef* aus der Tasche, den schlichten Silberring der Verlobung. Er greift die Hand der Braut, und fast haben die ringsum Stehenden das Gefühl, als reiche sie ihm nur widerstrebend die Rechte, an deren Finger er nun das Silber steckt und die Formel spricht: »Mit diesem Ring bist du, Gracia Nasi, genannt La Chica, mir angetraut nach dem Gesetz von Mose und Israel.«

Dann wirft er den Becher aus Glas zu Boden, lässt ein Tuch darauf fallen und zertritt ihn. Die Anwesenden applaudieren und strömen hinzu, die beiden zu umarmen und zu küssen.

Herzog Ercole nähert sich; man macht ihm ehrfurchtsvoll Platz.

Er küsst La Chica auf die Wange und beehrt Samuel mit einer Umarmung. Dann geleitet er die Jungvermählten nach draußen.

»Sehr eindrucksvoll!«, bemerkt er wohlwollend. »Ich habe ja die Sprache der Zeremonie nicht verstanden, aber sehr eindrucksvoll. Und ein Rabbi muss das Paar nicht einsegnen?«

Samuel verneint. »Das Entscheidende ist der Vertrag. Wenn Eure Herrlichkeit wüssten, mit welchen Finessen eine Ketuba, ein Ehevertrag, ausgestellt wird!« Er seufzt.

»Was legt er fest?«, fragt der Herzog. »Die Rechte und Freiheiten des Mannes gegenüber seiner Frau?« Er blinzelt Samuel verschwörerisch zu.

»Im Gegenteil«, erwidert der ernst. »Er legt die Rechte der Frau fest und die Pflichten des Mannes gegenüber der Frau und was dieser im Fall einer Scheidung beachten muss.«

»Scheidung?«, sagt Ercole gedehnt und schluckt. »In unserer

Religion gibt es keine Scheidung. Zumindest nicht in der …, in der papistischen. Da seid Ihr uns voraus.«
(Oder ihr uns hinterher, denkt Samuel hochmütig, sagt es aber nicht.)
»Und warum zertretet Ihr das Glas?«
»Um zu zeigen, dass diese Verbindung etwas Unabänderliches ist«, sagt Samuel höflich; er hofft, diese Antwort wird dem hohen Herrn gefallen. Warum soll er ihm mitteilen, dass dieses Glas symbolisieren soll, dass keine Freude vollkommen ist, solange das Volk in der Zerstreuung lebt, dass wir jede Heimstatt hier nur als ein Provisorium sehen? Es würde ihn ja vielleicht kränken, wo er uns doch so herzlich aufgenommen hat. –

Sie haben es natürlich dem Landesherrn nicht abschlagen können, mit ihm gemeinsam zu essen im Palazzo Ducale; freilich haben die Vertreter der jüdischen Gemeinde fast alle höflich abgelehnt … Die Speisegesetze …
La Chica sitzt am Kopf der Festtafel, wie sie es schon einmal in Ravenna getan hat, nur ist sie diesmal keine Braut zum Schein, sondern nach allen Regeln ihres Volkes vermählt. Der Smaragd leuchtet über ihrer gewölbten Stirn, und der rauchfarbene Zobel verleiht ihrem dunklen Kleid einen Anstrich von Wildheit.
Sie hat die Hände unter der Brust zusammengelegt und isst und trinkt nicht, außer ihr Bräutigam setzt ihr hin und wieder das Glas an die Lippen (was nichts mit einer beorderten Zeremonie zu tun hat), oder er reicht ihr einen Bissen, und sie sieht vor sich hin.
Samuel, im höflichen Gespräch mit dem Herzog, der ihn ehrt, indem er neben ihm sitzt, hätte sich wohl lieber ganz und gar

mit seiner jungen Frau befasst. Und seine Gedanken schweifen immer wieder zurück, stoßen sich wund an der ersten Begegnung im Palazzo Magnanini, nach seiner Ankunft …

Natürlich wollte ich mich anmelden lassen, wie es sich für einen Besucher geziemt, vor allem, wenn er unerwartet und von weit her kommt. Aber das schmiedeeiserne Tor des Palazzo stand weit offen, vielleicht durch eine Nachlässigkeit …
Ich jedenfalls sah es als einen Wink des Schicksals an, einfach hineingehen zu können.
Ich überquerte den Innenhof. Nur wenige der üppigen Pflanzen von einst standen noch in ihren Kübeln aus Terrakotta im Mauerschatten und sahen aus, als habe man sie länger nicht gegossen. Alles war still, als sei das große Haus unbewohnt.
Einen Augenblick zögerte ich noch, dann drückte ich die Klinke und trat in die Vorhalle.
Es gibt da eine Galerie, die in halber Höhe die Empfangshalle umgibt und von der man das Kommen und Gehen im Haus beobachten kann, und ich erinnerte mich, dass die Señora dort gern mit einem Buch in der Hand gesessen hatte, abseits vom Geschehen und doch alles im Auge behaltend. Deshalb blickte ich auf zu dem durchbrochenen hölzernen Geländer – und da war *sie*.
La Chica saß an ebenjener Stelle, doch wie ich durch das Gitterwerk erkennen konnte, beschäftigte sie sich nicht mit einer Lektüre, sondern hatte ein Tischchen mit bunten Garnen neben sich und hielt auf dem Schoß einen Stickrahmen, eifrig beschäftigt, Nadel und Faden durch ein Gewebe zu ziehen.
Mir wallte das Blut durch die Adern, als ich diese unverkennbare schmale Person sah, im schwarzen Kleid der Trauer, ihre störrischen Locken kaum gebändigt von einem Haarband, der

Rücken auch während dieser Arbeit so gerade, als säße sie zu Pferde. Ich konnte nicht an mich halten, stürmte die Treppe zur Galerie hoch, besessen von dem Wunsch, sie in meine Arme zu schließen.

Als sie meine polternden Schritte hörte, sah sie auf und verengte die kurzsichtigen Augen. Ihr Mund öffnete sich zu einem Freudenschrei. Ihre Stickerei fiel zu Boden, als sie aufsprang und die Arme ausbreitete.

Und dann – dann verschwand der Ausdruck des Glücks aus ihrem Gesicht, wie wenn eine Wolke sich über die Sonne legt, und diese Arme, eben noch weit geöffnet für den Ankömmling, wurden nun vorgestreckt, um mein allzu stürmisches Kommen abzubremsen.

»Samuel!«, murmelte sie. Und dann: »Ich hatte nicht so bald damit gerechnet, dass du hier auftauchst.«

»Wir fanden es alle an der Zeit, dich aus deiner Einsamkeit zu erlösen, bevor … bevor wir uns an ein großes Projekt machen wollen …«, sagte ich, mühsam beherrscht.

Sie ging nicht darauf ein. Fragte nur: »Alle?«, aber wartete keine Antwort ab.

»Ja, alle«, sagte ich und griff ihre noch immer wie in Abwehr ausgestreckten Hände, zog sie vorsichtig herab und durchbrach so die Barriere, die sie vor sich aufgebaut hatte. Nun lächelte sie und bot mir ihre Wange zum Kuss.

»Aber die Trauerzeit ist noch nicht um!«, sagte sie leise.

»Deine Familie hat beschlossen, sie abzukürzen. Deine Mutter, möge sie im Schoß des Ewigen ruhen, wird dir verzeihen.«

Sie nickte und sagte mit aller Sachlichkeit, die sie aufzubringen vermochte: »Also wird der Baldachin schnell aufgestellt?«

»Ja, sehr schnell«, erwiderte ich.

Sie widersprach nicht. Wie sollte sie auch? Der Weg war klar vorgezeichnet, und etwas anderes gab es nicht.
Alles fügte sich, wie es sein sollte.
Aber keinen Augenblick war ich mir im Unklaren darüber, wem ihre ausgebreiteten Arme, ihr vor Freude geöffneter Mund gegolten hatten. –

Nach dem Mahl, das von Musik begleitet wird, lässt der Herzog seine Fiedler und Trompeter zum Tanz aufspielen und geht in seiner Gnade so weit, mit der jungen Frau den *ballo* in einer würdevollen Pavane zu eröffnen; da man allgemein weiß, dass Madonna Renata nicht tanzt, führt Seine Hoheit nach den ersten zehn Schritten La Chica ihrem Ehemann zu, der sie mit Verbeugung in Empfang nimmt und sie weiter durch die verschlungenen Figuren des Tanzes führt, als sei er ein geborener Edelmann.
Danach zieht sich das hohe Paar zurück; Madonna Renata in ihre Gemächer, ihr Gemahl an den so leidenschaftlich geliebten Spieltisch, wo seine Höflinge schon auf ihn warten. Zuvor aber bittet er, sich nicht stören zu lassen und weiterzufeiern.
Nein, La Chica legt zunächst keine Lust an den Tag, zu tanzen. Bis die Musikanten eine Volta aufspielen, jenen wilden Tanz, den sie damals in Ravenna vor den Augen der »Hochzeitsgesellschaft« mit Don Joseph ausführte.
Da wirft sie ihren Pelz von den Schultern und sieht ihren Ehegatten herausfordernd an, und Samuel tut es, er vollzieht mit ihr diese fast obszöne Prozedur, seine Hand zugreifend auf ihrem Hintern, die andere korrigiert ihre wilden Sprünge, er schwenkt sie an der Hüfte durch die Luft, ein Wirbel von dunklem Rock und weißbestrumpften verheißungsvollen Beinen. Und danach, obwohl der Bräutigam sehr gut versteht,

dass dieser Tanz nicht ihm zugedacht war (der Abend in Ravenna …!), ist er so entflammt, dass er sich mit seiner Frau zurückzieht, zu Fuß hinüber die paar Schritte in den mit geborgtem Glanz ausgestatteten Palazzo Magnanini. –

Es gibt nichts, was die Brautnacht unvollkommen machen würde.
Ein sanfter und rücksichtsvoller Mann, der sich zügelt, bis die Frau bereit ist, eine gehorsame und gelehrige Braut, die willfährig ihre schmalen Schenkel öffnet und sich auf die Lippen beißt, um nicht zu schreien; ein blutiges Laken, ein Innehalten, ein Streicheln und Küssen, und beim zweiten Mal zeugen ihre leisen Schreie, ihr erstauntes Kichern, schließlich ihr Stöhnen davon, dass er ihr bereits Lust verschafft.
Dann schläft sie ein, vertrauensvoll in seinen Arm geschmiegt, die störrischen Locken, die unter der Berührung knistern, kitzeln seinen Hals, und er bezwingt sich, sie nicht zu wecken, denn sein Verlangen nach ihr ist noch nicht gestillt.
Ich bin im Glück, denkt Samuel Nasi, wenn es auch ein hergeliehenes ist. Aber ist es unehrenhaft, mehr zu lieben, als geliebt zu werden?
Sie soll meine Gegenwart spüren, und in dieser Gegenwart soll in ihr kein Wunsch nach etwas anderem kommen. Das gelobe ich beim Namen des Allmächtigen.
Er kann nicht widerstehen, lässt seine Finger um ihre feuchte Muschel kreisen, presst sich in den Spalt zwischen ihre Hinterbacken, ohne in sie einzudringen. Sieht mit Entzücken, dass sie im Schlaf lächelt. –
Am nächsten Morgen, nach erneuter, nun schon fast selbstverständlicher Vereinigung, sitzen sie gemeinsam bei einem Frühstück.

La Chica ist hungrig; niemand muss sie mit kleinen Bissen füttern, außer zum Scherz und aus Zärtlichkeit.

Schließlich wischt sie sich nach einem großen Schluck warmer Milch den Mund mit dem Handrücken ab, als wolle sie irgendetwas endgültig abstreifen von sich. Dann sagt sie: »Dir ist bewusst, Samuel, dass ich eigentlich nicht mit dir nach Konstantinopel gehen darf? Ich hatte es mir … vorgenommen.«

Ihm steigt der Schrecken eiskalt in den Körper. Er sieht sie an, hilflos. »Aber ich muss zurück, bald …«

Sie nickt langsam, stumm.

Er seufzt. »Wir müssen also eine Lösung finden. Ich muss sie finden. Ich werde sie finden.«

»Das habe ich immer fest angenommen«, entgegnet sie. »Schließlich bist du Don Samuel Nasi. Wie solltest du nicht.«

Auf See

IN unserer Abwesenheit war Raphael Ugarte das Haupt der Firma; schade nur, dass mein Bruder sich immer noch in Italien aufhielt, länger, als wir ihm zugestanden hatten.
Ansonsten befanden sich an Bord des Schnellseglers unsere Experten für Außendienst, speziell für das Eintreiben von Steuern und Taxen (von ihnen hatten wir genügend gute Kräfte), der landeskundige Levi Alkabetz und Fachleute für Landwirtschaft, Bewässerung und Bauwesen (schon schwieriger aufzutreiben, wir mussten zum Teil auf Nichtjuden zurückgreifen), ein knappes Dutzend Leute insgesamt, die in Palästina in ihre Aufgaben eingewiesen werden und den Winter über hier die Geschäfte führen sollten – und unter Deck die Setzlinge für ein halbes Hundert Maulbeerbäume und mehrere Schachteln mit Seidenraupeneiern, die nach dem Überwintern hoffentlich schlüpfen würden; ich hatte diese letztere Fracht von einigen Florentiner Seidenwebern erworben, illegal, denn natürlich hatte diese Stadt kein Interesse daran, ihr Monopol zu verlieren. Zum Glück waren die Kontrollen von Florenz nicht so streng wie die der Serenissima. (Wenn es bei der um Staatsgeheimnisse wie die Glasbläserei oder gar um ihr Arsenal ging, konnte es sehr ungemütlich werden.)
Die Señora ging erst bei Nacht an Bord, unbemerkt, wie ich

hoffte. (Sie war ja offiziell zur Kur im Landesinneren.) Im Morgengrauen setzte unser Kapitän Segel, und in Sichtweite des türkischen Festlands, durch die Ägäis hindurch eskortierten uns die Schiffe des Padischahs – so hatte ich es abgesprochen. Dann drehten sie bei, und keine halbe Stunde später tauchten am Horizont die ockerfarbenen Segel der Flottille des Piraten Giovanni Galeni auf.

Alles lief nach Plan.

Die schlanken wendigen Seeräuberschiffe nahmen unsere Karavelle in die Mitte und entfernten sich mit uns in Richtung Süden. Kaum waren wir auf hoher See, als das größte der Schiffe mittels jener Flaggensprache, die auf See jeder beherrscht, signalisierte, beizudrehen.

Ich hatte unseren Kapitän aufgeklärt über den Geleitschutz, mit dem wir unterwegs waren. Dennoch blieb er misstrauisch der heiklen Eskorte gegenüber und wagte einen Ausbruchsversuch. Sofort legten sich zwei andere Segler der Piraten quer und verhinderten die Flucht.

Die Señora erschien auf Deck, alarmiert vom plötzlichen Aussetzen der Schiffsbewegung.

»Was geht hier vor, Joseph?«

Ich beruhigte sie. »Mach dir keine Sorgen. Ich glaube, unser Kapitän ist einfach zu ängstlich. Ich vertraue auf Treu und Glauben, selbst unter Korsaren.«

Sie sah mich spöttisch an. »Ausgerechnet du?«

»Verträge sind Verträge!«, widersprach ich.

Ich sollte recht behalten. Es ging einzig darum, dass Giovanni Galeni um Erlaubnis bat, an Bord zu kommen, gleichsam um einen Antrittsbesuch zu machen und seine prominente Passagierin kennenzulernen.

Joseph war nicht bei mir gewesen seit der unseligen Krankheit Reynas, die ihn zu einem Eingeständnis gezwungen hatte, für das er sich schämte – und das mich entzückte. Er war mir aus dem Weg gegangen während der ganzen Reisevorbereitungen. Wir sahen uns nur im Kontor oder am Bett meiner Tochter, die wir beide nun umsorgten mit aller Hingabe, die wir aufbringen konnten. Ich ließ, wie versprochen, meine Mädchen zu ihrem Vergnügen musizieren und wies die Küche an, ihre Leibspeisen zuzubereiten und viel Halwa zu backen, das sie so leidenschaftlich gern aß. Wenn es meine Zeit erlaubte, las ich ihr vor, denn sie war nach dem Eingriff matt wie eine Fliege und froh, wenn sie die Augen geschlossen halten konnte.
Ich brachte es über mich, zuzusehen, wenn ihr Mann sie küsste oder ihren Arm und ihre Schulter streichelte …
Nun, auf dem Schiff, von Meer und Himmel umgeben, wartete ich auf ihn: vergebens.
Seine Kajüte befand sich direkt neben der meinen, und nachts, wenn ich wach lag vor Sehnsucht nach ihm, bildete ich mir ein, ihn im Auf und Nieder der Wellen, die gegen die Bordwand der Karavelle schlugen, stöhnen zu hören, mit sich allein wie ich mit mir.
Immer dringender wünschte ich, er würde endlich aufhören, mir zu zürnen oder mit mir zu schmollen. Es war nicht zum Aushalten.
Und nun erschien da plötzlich dieser junge Piratenanführer, der mich zu meiner Verwunderung mit einem Anflug europäischer Galanterie begrüßte, mir die Hände küsste und versicherte, er würde es sich nie verziehen haben, wenn er die Gelegenheit versäumt hätte, eine so hervorragende und weitberühmte Dame von Angesicht zu Angesicht gesehen zu haben.

Ich sah mir den breitschultrigen jungen Mann an: eine athletische Gestalt im türkischen Habit, gekreuzte Dolche und Pistolen im Leibgurt, ein Tuch um den Kopf geschlungen, und diese braunen, weit auseinanderstehenden Augen taxierten mich, ungeachtet seiner höflichen Worte, mit solch unverschämter Dreistigkeit, als seien wir hier auf dem Sklavenmarkt.
Ich schielte zu Joseph, der ein Gesicht machte, als habe er auf eine Spinne gebissen, und da kam mir eine … Idee.
Es hatte mir ausreichend weh getan, dass er mich nicht beachtete, mir aus dem Weg ging, und es schmerzte mich tief, vor dieser Barriere von kalter Abweisung zu stehen. So griff ich in meiner Not zu einem Mittel, das, ich gebe es zu, nicht eben ehrenwert für »die Señora« war, aber umso wirkungsvoller. Er warf mir ständig meine Eifersucht vor – zu Recht, wie ich wusste. Warum nicht einmal ausprobieren, ob ich ihn nicht auch reizen und in Rage bringen konnte, wenn ich die Kokette spielte und mich so benahm wie bestimmte Damen …?
Ich lud unseren Besucher ein, mit mir auf ein paar Taurollen unterm Besansegel Platz zu nehmen, und begann mit ihm ein angeregtes Gespräch. Worüber ich mit ihm sprach – unwichtig. Es war reines Wortgeklingel, äußerlich ganz sachlich. Entscheidend aber war etwas anderes: wie ich lachte, wie ich mit dem Fuß wippte und mich vornüberbeugte. Einmal legte ich ihm sogar die Hand auf den Arm … und sah mit stiller Schadenfreude aus dem Augenwinkel, dass Josephs Hand an den Griff seines Degens wanderte.
Zu meinem eigenen Erstaunen stellte ich fest, dass mir das Spiel leichtfiel. Es war ein prickelndes Gefühl, zwischen zwei Männern zu sitzen, die mich, wie ich merkte, in diesem Moment beide begehrten, und den einen zu benutzen, um den anderen eifersüchtig zu machen.

Die ganze Posse dauerte kaum länger, als man dreimal das Schiffsdeck abschreitet, aber es funktionierte. Mein Geliebter war blass vor Wut.

Bevor ich wieder unter Deck in meiner Kajüte verschwand, hörte ich seine Stimme, hart und unbeherrscht: »Es wäre mir lieb, *signor capitano,* wenn Ihr bei Euren künftigen Besuchen der Señora etwas mehr Respekt bezeugen würdet.«

Mehr brauchte es nicht …

Und dann saß ich da, die Fäuste aufeinandergepresst vor Ungeduld, und wartete. Würde er kommen? Es dauerte.

War ich übers Ziel hinausgeschossen? Was hatte ich schließlich schon getan? Einem charmanten jungen Schurken meinen Fußknöchel gezeigt und mich so gesetzt, dass er in meinen Ausschnitt hätte schielen können …

Mir fiel Josephs Hand am Degengriff ein. Es würde doch da oben nicht zu einem Kampf kommen zwischen den beiden?

Auf einmal hatte ich Angst.

Aber dann – mir fällt ein Stein vom Herzen! – höre ich seine Schritte, das Klappern von Absätzen auf der Treppe, die unter Deck führt. Vor meiner Tür verharren seine Füße, und ich halte den Atem an.

Kein Klopfen, mehr ein Schaben am Holz. Das kann man auch überhören, wenn man möchte.

Ich erkenne meine Stimme nicht, als ich *»Entra!«* flüstere.

Er steht in der Tür, sein Gesicht bewegt, die Augen unverwandt auf mich gerichtet.

»Der Signor Galeni lässt grüßen«, sagt er, und es klingt feindselig. »Er empfiehlt dir, die italienische Mode abzulegen, wenn du dir in Zukunft den Respekt deiner muslimischen Umgebung verschaffen willst.«

»Das weiß ich von allein«, entgegne ich. »Ist das alles?«

»Und vielleicht auch den Knöchel bedeckt halten und die Schultern.«

»Dazu wird mich die türkische Tracht schon zwingen, dafür brauche ich keine Ratschläge. Hat dir das alles der Signor Galeni beigebracht?«

Er schweigt, starrt mich an.

»Joseph.«

Er macht zwei Schritte auf mich zu, die ich da sitze auf diesem Bett, als sei ich eine Statue aus Stein. Streckt seine Hand aus und löst die Faust meiner Rechten auf. Dann nimmt er meine Finger und schiebt sie sich unter Wams und Hemd. Die alte, die vertraute Geste. Ich fühle seine warme Haut, das Vlies auf seiner Brust. Fühle seinen Herzschlag.

Alles ist, wie es sein muss …

Akko

UNSER Aufenthalt in Palästina war eng begrenzt. Mit Galeni war ein Termin vereinbart worden, an dem uns seine Schiffe nach der Abreise wieder auf hoher See in Empfang nehmen sollten, und nach seinem Zeitrahmen mussten wir uns richten.
Ich gab Befehl, unsere Karavelle nicht nach Jaffa zu bringen: Der Hafen war sehr belebt, und wir wollten kein allzu großes Aufsehen erregen. So legten wir in Akko an, bei der alten, halbzerstörten Kreuzfahrerfestung, und gingen über bröcklige Kaimauern an Land.
Der Salzhauch der See hatte bisher die Hitze gemildert, nun schlug sie uns entgegen wie aus einer offenen Herdluke.
Meine Herrin war froh, das enggeschnürte Mieder und die Last der Röcke schon auf dem Schiff abgelegt zu haben, und war nun endlich in orientalischer Kleidung.
Was für ein Unterschied! Sie trug unter einem reichbestickten Seidenkaftan ein kurzes Jäckchen und weite Pluderhosen aus nahezu durchsichtigem Baumwollstoff, an den Hüften aufliegend. Ich werde nie begreifen, wieso die Muslime unsere europäische Tracht als herausfordernd und obszön ansehen, denn wenn Gracia diesen Kaftan oder Burnus auszog, konnte ihr die Sonne durch die Hosenbeine scheinen, ich sah den Busch ihrer Haare im Dreieck zwischen ihren Schenkeln schimmern, und

ihre Taille war bis zum Nabel herunter bloß. Mir kam sie fast nackt vor, und ich hatte Mühe, bei ihrem Anblick mich unter Kontrolle zu halten.
Ihr Haar hatte sie hochgebunden und mit einer schräg in die Stirn gesetzten, goldverzierten Toque mit wippenden Federn gekrönt, daran befestigt war der unvermeidliche Schleier, der jedoch nur die untere Hälfte ihres Gesichts verhüllte und Stirn und Augen frei ließ.
Sie sah hinreißend aus, klein, kühn, entschlossen und flirrend im Licht.
»Ich frage mich, warum du nicht schon längst diese Kleidung gewählt hast«, sagte ich. »Sie macht dich noch verführerischer.« Zum Beweis meiner Worte griff ich ihre Hand und zog sie, nicht wie sonst, auf meine Brust, sondern tiefer herunter.
Sie schnaubte ärgerlich durch die Nase. »Ebendarum«, sagte sie ungnädig und riss sich los, »damit ich nicht daherkomme wie die willfährigen Weiber des Harems, die ihre Reize zur Schau zu stellen haben, damit Wüstlingen wie dir zu jeder Zeit der Kamm schwillt.«
»Lass uns noch einmal unter Deck gehen«, bat ich. »Oder soll ich den ganzen Tag mit dieser Wölbung zwischen den Beinen herumlaufen?«
»Benutz kaltes Wasser!«, riet sie, aber ich sah, wie der Glanz der Lüsternheit in ihre Augen stieg.
Diese Frauenhosen sind mit einem Band verschlossen, dessen Schlaufe man mit einer Hand öffnen kann.
Wir trieben es im Schatten einer alten Bastion, im Stehen, eilig, wie Stallknecht und Stallmagd, die fürchten, vom Herrn überrascht zu werden, und wirklich hatten unsere Begleiter, die ebenfalls das Schiff verlassen hatten, schon begonnen, nach uns zu suchen.

Die Señora, nun im streng geschlossenen Burnus über der verführerischen Halbnacktheit, sah mich strafend an. »Wir betreten das Gelobte Land, und statt den Boden der heiligen Erde zu küssen, verführst du mich dazu, deine Geilheit zu befriedigen!«
(Ich schwieg dazu; sie selbst war so saftig gewesen wie ein reifer Pfirsich.) –

Akko ist schrecklich. Stumm gehen wir durch die drohend aufragenden Trümmer, die riesigen schwarzen Mauern dieser einstigen Kreuzfahrerburg, Wüstensand zu Dünen angeweht in den Ecken. Kein Baum und kein Strauch. Gleißende Helle wechselt mit Schatten, so nachtschwarz, dass das Auge seinen Dienst verweigert.
Legt man den Kopf in den Nacken, sieht man vor dem hitzefahlen Himmel die Silhouette von Geiern, die unbeweglich, gleichsam mit hochgezogenen Schultern auf den Dächern sitzen wie Richter der Inquisition in ihrem Tribunal. Warten die auf uns?
Sand und Geröll knirschen unter unseren Füßen. Mehrfach muss Gracia stehen bleiben, um, auf meine Schulter gestützt, einen Fuß anzuheben und aus dem Lederpantoffel einen Stein auszuschütteln.
Eine gefleckte Schlange ringelt sich träge von einem Stein herunter und verschwindet in einer Lücke zwischen den Mauern; ich bin froh, dass Gracia sie nicht gesehen hat: Sie fürchtet sich vor Schlangen.
Angelehnt an die Mauern schließlich ein paar armselige Fischerhütten, Fenster wie Schießscharten, die Türen verrammelt. Kein Mensch ist zu sehen.
Dies Land empfängt uns wie Feinde.
Von den Worten des Psalms »Dann werden die Berge springen

wie Widder und die Hügel wie junge Lämmer vor Glück« bleibt übrig, dass diese unmenschliche Hitze die Umrisse der unschönen Gegenstände flirren macht.
Ich winke Levi Alkabetz zu mir, den »Einheimischen«.
»Sieht das hier überall so aus?«
»Ihr hättet den Kapitän besser nach Jaffa beordert«, sagt der junge Mann bedrückt. »Jaffa ist eine Weltstadt des Osmanischen Reiches. Man hätte Euch und die Señora da mit allen Ehren empfangen.«
»Gerade das wollten wir vermeiden, Rabbi Levi!«, entgegne ich, ein bisschen genervt. »Aber selbst zwischen diesen von allen guten Geistern verlassenen Zeugen unrühmlicher christlicher Vergangenheit wird sich doch so etwas wie eine Karawanserei finden.«
Levi Alkabetz zuckt hilflos die Schultern (offenbar waren seine bisherigen Auskünfte über Land und Leute alles, was er wusste …), aber ein anderer unserer jungen Mannschaft, Schimeon Baton, ein junger Kerl, dessen Leidenschaft das Studium von Karten und Zeichnungen ist, mischt sich ein und erklärt, er habe noch ganz gut im Kopf, was ihm vor kurzem ein Reisender aus Palästina über Akko berichtet habe, auch von einer Herberge, die es dort gäbe.
Gracia ernennt Schimeon daraufhin zu unserem Reisemarschall, und dank seiner topographischen Findigkeit gelangen wir schließlich zu der Karawanserei, dem »Han«, am Rande der Siedlung; wir sind alle nach der ersten knappen Stunde im Lande bereits in Schweiß gebadet und haben das Wasser, das ich vorsichtshalber mitzunehmen angeordnet hatte, schon fast aufgebraucht.
Immerhin, der *han,* die Herberge, ist geräumig und kühl, es gibt einen klaren Brunnen, und während sich die Señora im

Inneren ausruht, verhandle ich mit dem Besitzer, einem zähen weißbärtigen Alten, über unsere Weiterreise und komme mir vor wie ein blutiger Anfänger, denn der Kerl ist mir über im Feilschen und durch nichts zu beeindrucken.
Mir ist sofort klar, dass »ein europäischer Fürst im Dienst des Sultans« oder »eine Steuerpächterin von halb Galiläa« von ihm nur als die landesübliche Flunkerei angesehen würde, und ich verzichte von vornherein darauf, dergleichen zu erwähnen. Hier zählt nur Bares.
Ich war in mehr Weltgegenden, als ich es an den Fingern aufzählen kann, vom hohen Norden bis zu den barbarischen Regionen des Ostens, ich habe in der Levante genauso verhandelt wie in Marokko. Aber es gibt einen Unterschied. Niemals habe ich dabei unser Kleinod, unseres Volkes Helferin, behüten müssen, und das macht mich übervorsichtig und unsicher.
Ich für mein Teil wäre, sobald ich ein Pferd erhalten hätte, einfach losgeritten, es ist ja höchstens eine halbe Tagesfahrt bis Tiberias, mit Eskorte oder ohne. Aber mit *ihr?* Ich kannte das Land ja nicht und hatte mir nicht klargemacht, dass es hier schwierig sein würde, Geleitschutz zu bekommen.
Die Zeit vergeht.
Schließlich entsinne ich mich der alten Verhandlungstechnik der orientalischen Basare, nämlich, das Unmögliche zu fordern, um das Mögliche zu bekommen, und stelle derart maßlose Anforderungen an unseren Reisekomfort und die Begleitmannschaft, dass wir schließlich fünf Bewaffnete, Reittiere für uns alle, genügend Wasser in ledernen Schläuchen und einen Karawanenführer zur Verfügung haben – ohne ihn, erklärt mir der Alte mit aufgehobenen Händen, würden wir ohne Zweifel die Beute von Räubern, umherstreifenden Beduinen, also Nomaden, oder wilden Bestien werden.

Die nächste Schwierigkeit: Unter den Tieren, die uns gestellt werden, sind Kamele. Bleiches Entsetzen bei den Mitarbeitern des Hauses Mendes. Niemand hat zuvor auf so einem Tier gethront, und wahrscheinlich werden die Unglücklichen, die das Schicksal ereilt, es zu besteigen, bei unserer Ankunft in Tiberias schlimmer seekrank sein, als sie es auf dem Schiff werden konnten.

Für Dona Gracia habe ich ein leidlich friedfertiges Maultier gefunden, und mir ist es sogar gelungen, einen Sonnenschirm für sie zu herbeizuschaffen.

Der Karawanenführer, ein Mensch, der bis über die Nasenspitze in ein blaues Tuch gehüllt ist, drängt zum Aufbruch. Schließlich soll uns die Dunkelheit nicht unterwegs überraschen.

Unter den Segenswünschen des Herbergsvaters, den meine Piaster endlich davon überzeugen konnten, dass wir wichtige Reisende sind, verlassen wir die Karawanserei und setzen uns der Gluthitze des gelblichen, sandigen, versengten Landes aus.

Ich reite zunächst mit Schimeon neben dem Zug her und ermuntere vor allem die Unglücklichen, die im Kamelssattel dahinschwanken.

Schließlich treibe ich mein Pferd neben das Tier der Señora, das gleich hinter dem des Karawanenführers trottet. Ein Frauensattel, wie es sich gehören würde, war natürlich nicht aufzutreiben, so sitzt meine Königin auf einem jener arabischen Sättel, die vorn und hinten Stützen haben, so dass man zumindest nicht herunterfallen kann. Ihre kleinen Füße reichen kaum bis zu den schon verkürzten Steigbügeln. Sie hält den Schirm über sich und führt die Zügel mit der anderen Hand.

Unsere Begleitmannschaft tuschelt und wirft Blicke. Sicher sind sie es nicht gewohnt, eine Frau auf diese Weise reisen zu sehen, verschlossene Sänften zwischen zwei Maultieren werden die Regel sein hier.

»Nun, Don Joseph«, sagt sie und wirft mir über ihren Schleier weg einen spöttischen Blick zu, »unser Einzug ins Land der Väter erfolgt ja nicht gerade im Triumph.«

»Nein«, sage ich bedrückt. »Vielleicht sind wir wirklich an der falschen Stelle aus dem Schiff gestiegen.«

»Was soll das?«, erwidert sie kopfschüttelnd. »Hier gibt es kein Falsch oder Richtig. Dies ist Palästina, und hier kommen wir her. Von hier wurden wir vertrieben.«

Ich schweige. Dann frage ich vorsichtig: »Hast du irgendetwas gespürt? Irgendein … hm … Brausen … auf der Erde unserer Urväter, der Erde Abrahams, Isaaks und Jakobs?«

»Ich habe Steine im Schuh verspürt«, erwidert sie, »und zuvor – Dank dem Herrn! – dich in mir. Erst habe ich geglaubt, es ist so etwas wie Blasphemie, als ich dich da im Schatten einer Mauer in mich aufnahm, aber jetzt denke ich, das war das Beste, was wir zunächst diesem Land antun konnten: ihm zeigen, dass wir am Leben sind.«

»Das Land, wo Milch und Honig fließt!«, sage ich mit einem verächtlichen Lachen.

»Das Land, wo Milch und Honig *floss!*«, korrigiert sie mich. »Zur Zeit unserer Vorfahren. Aber das ist mehr als ein Jahrtausend her. Joseph, ich habe es immer gewusst und du doch auch: Galiläa, Palästina: Das ist kein Geschenk, sondern eine Aufgabe. Also an die Arbeit.«

Tiberias

IN unseren heiligen Büchern steht: Wenn der Herr die Gefangenen Zions heimführt, werden wir sein wie die Träumenden. Ich musste fast lachen, denn nie hätte ich geglaubt, dass ich so etwas wörtlich nehmen müsse: Im Sattel schwankend vor Müdigkeit, in der Ferne Dinge sehend, die sich als Luftspiegelungen erwiesen, wegnickend in unruhigem Halbschlaf. Sehr bald hatte Joseph meinen Schirm übernommen und mich vor dieser sengenden Glut beschützt, weil ich ihn nicht mehr halten konnte.

Dass die Hitze mir so zusetzen würde, hatte ich nicht erwartet. Mir fiel das Atmen im heißen Wüstenwind schwer, und meine Kleider klebten mir schweißdurchtränkt am Körper. Trotzdem: Ich war zuversichtlich, dass ich mich auch daran gewöhnen würde.

Einmal wurde ich aus meinem Dahindämmern aufgeschreckt, als unser Karawanenführer Halt gebot und die bewaffneten Männer der Eskorte heranwinkte.

In der Ferne sahen wir eine Staubwolke, die schnell näher kam. Es war eine Reiterschar.

Mit wilden Gesten forderte der Führer unsere Begleiter auf, in die Luft zu schießen; auch Joseph entsicherte seine Pistolen und beteiligte sich an der Knallerei, die mir zunächst recht lächerlich vorkam, denn die Sache erinnerte mich an die

»Spiele«, die von den Janitscharen des Sultans an bestimmten Festtagen veranstaltet werden, Tage, an denen die Luft Konstantinopels mit so viel Pulver angereichert ist, dass der Geruch sogar bis nach Galata hinüberzieht.

Aber das Lärmen und Drohen erreichte seinen Zweck: Die Reiterformation – natürlich Beduinen – ritt einen Bogen und verschwand am Horizont.

Der Mann im blauen Schleier, unser Führer, redete mit Joseph (natürlich würde er mit keiner Frau sprechen!), und der erklärte mir dann, dass solche Angriffe hier gang und gäbe seien. Man nannte dergleichen *Al Ghazi,* und die Stämme sahen darin nichts Unehrenhaftes, sondern halten es bei Erfolg für eine legale Art des Erwerbs. Aber wenn man ihnen seine Wehrbereitschaft demonstrierte, so wie eben geschehen, würden sie in den meisten Fällen das Feld räumen, denn ihnen ging es nicht um Blutvergießen, sondern um Beute.

Ich nahm es zur Kenntnis. Auch das würde man einplanen und damit fertig werden müssen.

Die Schatten unserer Tiere auf dem Sand wurden schon länger, als wir, eine erschöpfte kleine Truppe, endlich wieder Grün zu sehen bekamen: die dünnblättrigen Fächer von Tamariskenbüschen, Agaven, Gras. Der Anblick belebte unsere Sinne.

Die Vegetation wurde üppiger, und zwischen Olivenbäumen und Spitzeichen tauchten die knochenbleichen Fassaden einer Stadtmauer auf: Tiberias.

Der Anblick ermunterte unsere schwindenden Kräfte. Ein erfrischender Abendwind kam auf und brachte den Geruch des Wassers mit sich. Unsere Tiere hoben die müden Köpfe, witterten den nahen See Kinnereth und schlugen eine schnellere Gangart ein.

Nach dem, wie es uns seit unserer Landung im Gelobten Land

ergangen war, zügelte ich meine Gefühle. Freude, wenn ich sie denn überhaupt empfand, war einfach die, angekommen zu sein.

Joseph trieb sein Pferd dichter an meines heran.

»Nimm deinen Sonnenschirm nun wieder selbst in die Hand, sonst denken deine Untertanen noch, ich sei dein Leibsklave – womit sie ja nicht unrecht hätten«, sagte er mit seinem Grinsen. »Willkommen in deinem Reich, Königin. Mögen sich alle Wunder des Herrn hier erfüllen.«

»Die Wunder werden wir selbst vollbringen müssen«, erwiderte ich. »Gebe der Ewige uns die Kraft dazu. So wie im Lied wird es wohl nicht werden.«

Ich erinnerte ihn damit an die Zeile des Sabbatliedes, so wie Reyna es damals in Ferrara gesungen hatte als junges Mädchen: »Pflanze Weinstöcke, Myrte und Pinien, Ulmen und Ölbäume inmitten der Wüste für uns, o Herr.« Nein, diese Aufgabe würde der Ewige wohl uns selbst zuweisen. –

Beim Näherkommen sahen wir, in welch schlimmem Zustand sich die Stadtmauern von Tiberias befanden. Die Krone war abgebröckelt, an einigen Stellen klafften breite Breschen, die man notdürftig mit Lehm und Stroh geflickt hatte. Weiter fort hatte man Lücken einfach nur durch ein Geflecht von Dornen und Zweigen »verschlossen«, höchstens geeignet, das Eindringen von wilden Tieren zu verhindern, aber nicht von Feinden. Für den Moment mochte das ausreichend sein, denn die Bewohner der Stadt waren zweifellos keine lockende Beute für Räuber, so arm, wie sie zu sein schienen. Aber das würde sich ändern, und für die Zukunft brauchten wir feste Wälle.

»Herr des Himmels«, hörte ich Joseph murmeln, »so löcherig wie das Gebiss eines Greises. Warum nicht gleich auf freiem Feld übernachten?«

Ich wies ihn mit einem Blick zurecht. Für seine Sprüche hatte ich im Augenblick nicht den Nerv.
Währenddessen öffnete sich das morsch wirkende Balkentor, eine Reihe von Gestalten trat heraus und bewegte sich zögernd auf uns zu. Wir wurden tatsächlich erwartet. Schließlich hatte die Hohe Pforte dem Gouverneur der Region, Adret Pascha in Damaskus, Anweisung gegeben, mich in mein Amt einzuführen und meine Helfer zu unterstützen, und die osmanische Bürokratie hatte es diesmal tatsächlich fertiggebracht, diese Mitteilung schnell nach Tiberias weiterzuleiten. (Immer wieder wundere ich mich darüber, wie ein solches Riesenreich mit so einem schwerfälligen Verwaltungsapparat funktionieren kann; hätte das Haus Mendes derart träge Mitarbeiter, wäre Diogo seinerzeit wohl kaum über den Beruf eines Diamantenhändlers in Antwerpen hinausgelangt.) –
Natürlich war nicht anzunehmen, dass es den Beamten Konstantinopels gelungen war, die Nachricht von der veränderten Situation – meinem späteren Amtsantritt – hinterherzuschicken; vielleicht aus Trägheit, vielleicht, weil sie es nicht für wichtig erachteten.
Diese Wahrscheinlichkeit hatte ich mit Joseph bereits auf dem Schiff erörtert. Wir waren sicher, dass ich mich als Mültezim einführen konnte. –

Joseph gibt mit erhobener Hand das Zeichen zum Anhalten, und wir warten in diskreter Entfernung auf die Prozession, die sich da nähert – eine gemischte Truppe.
Unser Reiseführer bedeutet den Kamelen, sich hinzulegen, und unsere Tapferen steigen ab, mehr tot als lebendig, wie mir scheint. Joseph sitzt ebenfalls ab und reicht mir die Hand, um mir aus dem Sattel zu helfen, aber ich schüttele stumm den

Kopf. Es scheint mir angemessen, die Leute, die mir in Zukunft unterstellt sind, hoch zu Ross zu empfangen.
Es ist ein Dutzend Männer, das sich uns nähert: ein paar Verwaltungsbeamte mit Turban, unter ihnen wohl der Muchtar, also Bürgermeister, der Stadt. Er und seine Helfer bilden die Spitze. Hinterher die muslimische Geistlichkeit, vertreten durch zwei Imame, kenntlich an ihren hohen schwarzen Kopfbedeckungen. Und dann noch eine Gruppe in dunklen Kaftanen, fünf Männer, die merkwürdige violette Mützen und ein gelbes Zeichen auf der Brust tragen. Sie halten sich auf mehrere Armlängen von den anderen entfernt.
Mein Herz beginnt hart zu pochen.
Nachdem uns die Abgesandten ungefähr auf Steinwurfweite nahe gekommen sind, verharren sie, und einzig der Muchtar, ein Mann mit einem mächtigen schwarzen Bart und den Schultern eines Ringers, kommt näher, bleibt dann ebenfalls stehen und berührt Stirn, Mund und Herz zum Salam.
Joseph und ich wechseln einen Blick, und ich nicke.
Darauf erwidert er den Gruß, ergänzt ihn durch eine seiner europäisch-weltmännischen Verbeugungen und stolziert seinerseits auf den anderen zu.
Das Geschehen kommt mir vor, als würden sich die Vertreter zweier feindlicher Heere zu Unterhandlungen auf freiem Feld begegnen. Es fehlt nur noch die weiße Fahne.
Der Wind bemächtigt sich der Worte, die zwischen den beiden gewechselt werden; ich verstehe nichts.
Schließlich kommt Joseph zurück, wieder mit seinem Grinsen im Gesicht, aber am Zucken seiner Wange sehe ich, wie sehr ihn die Prozedur berührt. »Eingeborene und Eroberer nehmen den ersten Kontakt auf, sah es so aus?!«, fragt er ironisch. »Es hat alles seine Richtigkeit. Bey Ali Khan, der Muchtar, hat sei-

ne Informationen aus Damaskus pünktlich erhalten und sich, schnell, wie er offenbar ist, schon gedacht: Das können ja nur wir sein, die unvermutet da angereist kommen! Von einer Verzögerung deiner Amtsübernahme ist ihm, wie sich zeigt, nichts bekannt. Innerhalb der Mauern erwartet uns ein Quartier. Danach werden wir diesem Dorfschulzen die Firmane und Beglaubigungsschreiben der Hohen Pforte präsentieren.«

»Ja«, sage ich. »Was ist mit jenen Männern da?«

»Das, meine Taube, sind Juden, wie du unschwer an ihrer Maskerade erkennst. Angesprochen darauf, erklärte der edle Bey, das sei so landesüblich.«

Ich beiße die Zähne aufeinander. »Aber nicht, wo ich etwas zu sagen habe! Und hier ist das der Fall.«

Ich treibe das Tierchen an, auf dem ich hocke, reite an den Muslimen vorbei, erwidere ihre Verneigungen, wende mich an die Männer mit den violetten Hüten und sage auf Aramäisch, der umgangssprachlichen Form des Hebräischen: »Schalom, chawerim.«

Erst starren sie mich an, rühren sich nicht von der Stelle. Dann auf einmal sind sie alle bei mir, umringen mich und mein Pferd, bemächtigen sich meiner Hände, um sie zu küssen, küssen sogar die Steigbügel und meine Schuhe. »Ha Gewereth! Unsere Herrin! Der Esther und Deborah vergleichbar, den großen Heldinnen unseres Volkes! Befreierin und Richterin wie sie! Dem Ewigen sei Dank, du bist erschienen, uns zu erlösen!«

»Erlösen kann uns nur Messias«, erwidere ich, »aber wovon ich euch ganz gewiss befreien werde, dass sind diese Kopfbedeckungen und die Schandzeichen auf der Brust. Trennt euch davon, sofort!«

Sie zögern, sehen einander an. In ihren Augen ist Furcht.

»Tut, was ich sage!«, fordere ich sie auf. »Ich habe, wie es im amtlichen Türkisch so schön heißt, Personalhoheit in Tiberias, was bedeutet, dass ich diesem Muchtar Befehle erteilen und ihn sogar absetzen kann. Habt keine Angst vor ihm. Einen Befehl erteile ich euch übrigens auch gerade. Also …?«

Endlich hebt einer langsam die Hand und zieht sich mit einer scheuen Bewegung die violette Kappe vom Haar. Ein weiterer folgt ihm.

In unser muslimisches Empfangskomitee gerät Bewegung. Die Imame stecken die Köpfe zusammen, reden dann auf den Bürgermeister ein, und der ruft zu Joseph hinüber: »Verehrter Enfanghi Bey, was tut die Dame dort?« (Nicht, dass er mich direkt ansprechen würde!)

Josephs Antwort kommt prompt: »Das fragt Ihr sie am besten selbst, hochgeehrter Bey Ali Khan.«

»Ich verstehe sehr gut Türkisch«, sage ich und drehe mein Pferd in die Richtung der Ortsnotabeln, »und brauche keinen Dragoman, keinen Übersetzer. Kraft der Vollmacht, die der Sultan, Allahs Schatten auf Erden, mir erteilt hat, habe ich diesen Männern befohlen, sich bestimmter Zeichen zu entledigen, die meine Augen beleidigen. Ich werde als Erstes dekretieren, dass innerhalb des mir zugeteilten Amtsbereichs kein Jude mehr mit dieser unwürdigen Kennzeichnung herumläuft.«

»Aber verehrte Dame!«, stammelt der Mann (ansehen kann er mich nicht, er dreht den Kopf zur Seite), »in ganz Palästina wurde vom Gouverneur angeordnet, dass sich *dhimmis,* Schutzbefohlene, so zu kleiden haben.«

»In ganz Palästina habe ich nichts zu sagen, aber in meinem Terrain alles. Ich bin Mültezim und damit Minister der Hohen Pforte, Muchtar. Nach dieser meiner ersten Amtshandlung werde ich Euch, wie vom Enfanghi Bey schon mitgeteilt, drinnen in der Stadt meine Schreiben vorlegen.«

Ich wende mich wieder unseren Brüdern zu und sage aufmunternd: »Worauf wartet ihr? Ihr werdet die Ersten von vielen sein!«

Mir ist, als ginge ein gemeinsames Aufatmen durch die Gruppe. Nicht nur, dass sie sich diese scheußlichen Kopfbedeckungen abziehen und zu Boden werfen, sie beginnen auch, sich gegenseitig die gelben Flecke von den Kaftanen abzureißen. Dann fallen sie sich in die Arme, und mir scheint, zwei von ihnen weinen.

Ein blasser Mann mit schütterem Haupthaar und dafür umso üppigerem Bart wendet sich an mich. Die Augen weit aufgeschlagen, die Hände über der Brust gekreuzt, stammelt er: »Gepriesen sei der Ewige, der Euch hierhergesandt hat, Ha Gewereth, um uns aus der Schmach der Knechtschaft zu befreien und unserem Volk seine Würde zurückzugeben!«

»Der Herr ist barmherzig«, entgegne ich und kann mich nicht entsinnen, ein solches Gefühl von Glück und Zuversicht empfunden zu haben, außer an dem Tag, als ich erfuhr, dass sich viele Gemeinden dem Boykott von Ancona anschließen würden. »Es ist recht, dass Ihr IHM dankt und nicht mir. Seid Ihr der Sprecher der hiesigen Gemeinschaft?«

»Zu Euren Diensten, Ha Gewereth. Ich bin Rabbi Mosche Lavando, und ich und diese Gemeinde sind schon jetzt tief in Eurer Schuld.«

»Ihr werdet Gelegenheit bekommen, sie abzuzahlen«, sage ich und lächle unter meinem Schleier. »Geht nach Haus und veranlasst, dass in Tiberias und wohin sonst auch immer Euer Einfluss reicht, jedermann die Schandzeichen von seiner Kleidung entferne. Habt Ihr eine Synagoge in der Stadt?«

»Nein, Herrin. Das nächste Bethaus ist in Safed zu finden.«
»Gleichzeitig mit dem Neuaufbau der Stadtmauer wird als Erstes eine Synagoge und eine Jeschiwa errichtet. Das ist versprochen.«
Ich entziehe mich frohen Herzens den überschwenglichen Dankesbezeugungen der Männer und wende mich wieder den Türken zu. Die Honoratioren und ihre beiden Imame sehen ziemlich betreten aus. Nun, sie werden sich an mich gewöhnen müssen. »Also, Ihr Herren: Wollt Ihr nun so gut sein, uns in die Stadt zu geleiten?«
Die Prozession setzt sich in Bewegung. Vorn die Tiberianer, dann meine Gefährten und ich, weiter hinten die Eskorte mit dem Karawanenführer, die ebenfalls innerhalb der löcherigen Befestigungen übernachten wollen.
Joseph treibt sein Pferd wieder neben das meine. Er lächelt mich von der Seite an, mit jener Mischung von Spott und Bewunderung, die er für manche meiner Taten aufbringt.
»Das ist also deine erste Amtshandlung, Ha Gewereth. Gut. Da haben wir uns gleich gründlich unbeliebt gemacht bei den Muslimen hier.«
»Ob Muslime oder nicht: Hast du schon einmal davon gehört, dass sich ein Mültezim, ein Steuerpächter, irgendwo der Beliebtheit erfreuen würde?«
»Das wohl kaum. Aber du hast natürlich noch ein paar Feinheiten mehr anzubieten, über die Tatsache hinaus, dass du von den Leuten Gelder eintreiben wirst.«
Wir reiten ein in Tiberias. –

In der knapp bemessenen Zeit, die sich die Ankömmlinge aus Konstantinopel selbst gesetzt hatten, bekommen die Beamten von Tiberias und der umliegenden Ortschaften einen Begriff davon, was sie unter der Ägide der Dona Gracia Nasi erwartet.

Am Tag nach ihrer Ankunft inspiziert die neue Steuerpächterin mit ihren Begleitern die Stadt, oder das, was davon übrig ist; die wenigen intakten Häuser mit schießschartenähnlichen Fenstern, die Eingänge fast alle mit Holzverschalungen und derben Eisenbändern befestigt, die zerstörte Anlage bei der heißen Quelle, den *han,* der wie die einzige sichere Bastion aus dem Wirrwarr der halbzerstörten Gassen herausragt (wie festzustellen war, zahlte der Besitzer Schutzgeld an einen bestimmten Beduinenstamm), die verwilderten Gärten derer, die von hier abgewandert sind. Sie reitet mit ihren Begleitern das Rund der gesamten Stadtmauer ab und lässt sorgfältig notieren, wo sich die ruinösen Stellen befinden. Sie überprüft den Zustand der Brunnen und legt Bauplätze fest: zunächst für eine Synagoge nahe der jüdischen Siedlung und für ein Tauchbad bei einer der Quellen der Stadt.

Die Abschaffung von gelbem Zeichen und violettem Hut für die Juden der Region wird überall per Ausrufer verkündet.

Vom See Kinnereth bei Tiberias bekommt sie nichts zu sehen außer einer hier und da zwischen hohen Schilfwänden hervorglitzernden Wasserfläche; für eine nähere Ansicht der Naturschönheit fehlt die Zeit.

Noch am ersten Abend wird ein Eilbote mit einem in rote Seide gehüllten, bedeutsam gesiegelten Firman nach Damaskus zum Statthalter geschickt – vorsichtshalber nur von Joseph unterzeichnet. Man braucht gewisse Verstärkungen …

Da die neue Mültezim die Herberge zu stinkend findet, die Häuser der Juden zu eng und das Quartier, das ihr der Muchtar bestimmt hat, höchstens zur Übernachtung tauglich, lässt sie, ähnlich wie einst am Ufer des Po di Volano, eine Art »Laubhütte« errichten, ein Zelt zwischen alten Ulmen in der Nähe des Hauptplatzes und des Gemeindehauses der Stadt. Dies ist während ihres Aufenthalts ihr provisorischer Regierungssitz. Hinter einem Schreibtisch, errichtet auf einer hölzernen Balustrade, damit der Staub des Platzes ihr nicht die Füße schmutzig macht, thront sie, umwieselt von ihrem auf sie eingeschworenen Stab, befiehlt und dekretiert, weist die Mitarbeiter für ihre Spezialaufgaben ein. –

Bey Ali Khan hat sich daran gewöhnen müssen, dass seine neue Vorgesetzte in diesem Zelt keinen Schleier trägt. Allerdings kann er es nicht über sich bringen, die Augen höher als bis zur Tischplatte zu heben, wenn er gezwungen ist, mit ihr zu reden.

Zum zweiten Tag sind der Muchtar von Tiberias und die Muftis, die Vorsteher der umliegenden kleinen Ortschaften ihrer Region, einbefohlen, und zwar mit den Listen der gesamten Einwohnerschaft und ihrer bisherigen steuerlichen Veranlagung aufgrund ihres Besitzes.

Diejenigen, bei denen sich Schlampereien oder Ungenauigkeiten herausstellen, verlassen das Zelt der neuen Steuerpächterin mit dem Gefühl, durch einen Fleischwolf gedreht worden zu sein. Bisher ging es im Dienst der Pforte immer recht gelinde zu; Palästina ist das Ende der Welt und der Padischah weit. Nun überprüft dieses Weib mit ihrem Stab von »Buchhaltern« mit gnadenloser Freundlichkeit Punkt für Punkt der vorliegenden Grundbucheinträge, Steuertabellen und Bilanzen. Diese Leute können schneller rechnen, als ein Ortsvorsteher sprechen kann, vom Denken einmal ganz zu schweigen, und legen unbarmherzig den Finger auf jede faule Stelle.

Danach werden in Windeseile neue Dokumente geschrieben,

Befehle ausgestellt und gesiegelt. Von den Männern aus der Hauptstadt wird jeder einem bestimmten Dorf als Stellvertreter der Mültezim zugeordnet.
Die ersten behutsamen Bestechungsversuche scheitern an den undurchdringlichen Mienen der Fremden, die gar nicht zu verstehen scheinen, was man meint.
Einer der Ankömmlinge, so erfahren die Alteingesessenen, hat Bauern angeheuert, die gewisse importierte Baumsetzlinge einpflanzen und mit merkwürdigen Maden bestücken; er hat den Männern geduldig, aber eindringlich erklärt, was es mit diesen Bäumen und den Würmchen auf sich hat.
Am dritten Tag kommt die aus Damaskus angeforderte Verstärkung: ein Trupp von Handwerkern zum einen, vor allem Maurer und Zimmerleute, um die Mauern in einen wehrhaften Zustand zu versetzen, die Gebäude der Thermalquelle wieder herzurichten, die Synagoge sowie das Tauchbad aufzubauen und eine Art Regierungssitz oder Wohnpalast für die neue Herrin zu errichten, und zwar idyllisch am Ufer des Sees, den sie noch immer nicht betrachtet hat. Zum anderen ein stattliches Kontingent Soldaten zum Schutz der Bewohner im Allgemeinen und dieser Arbeiter im Besonderen.
Der hohe Beamte des Serails, Dona Gracias Verwandter und ihre rechte Hand, jener Enfanghi Bey, den sie den Großen Juden nennen, weist Handwerker und Militär ein und koordiniert die Arbeiten.
Bey Ali Khan ist erschüttert. Innerhalb von drei Tagen haben diese Fremden Tiberias umgekrempelt und die Verwaltung der Region neu organisiert. Natürlich hat er vom Gouverneur Weisung erhalten, und der wiederum hat strenge Befehle von der Pforte. Der Befehl des Großherrn – Allah segne ihn! – ist Gesetz, niemand kann ihn unterlaufen. Es ist ja verständlich, dass der

Padischah auch aus dieser abgelegenen Gegend alles nur Mögliche herausholen will. Trotzdem ist es bedauerlich, dass er dabei das Wohlergehen seiner rechtgläubigen Untertanen so wenig im Auge behält und ausgerechnet diese Juden beauftragt hat.
Aber Allahs Ratschluss ist ebenso unerforschlich wie der Wille des Mächtigen in Konstantinopel. Was ihnen noch blüht, das wird die Zeit erweisen.
Jedenfalls kann sich Bey Ali Khan nicht vorstellen, dass es hier mit solchem Elan weitergehen wird. Und dieses Tempo ... Das ist doch unnatürlich. –

Im Haus des Rabbi Mosche Lavando herrscht helle Aufregung. Hoher Besuch hat sich zum Sabbatmahl angekündigt: Die Mitglieder der berühmten Familie Nasi geben sich die Ehre, zu Tisch zu erscheinen; die anderen Ankömmlinge aus Konstantinopel sind auf die anderen jüdischen Familien verteilt.
Die kleine Rabbinergattin Lea, eine rundliche Person mit einem trotz ihrer Jahre jung wirkenden Gesicht, weiß überhaupt nicht, was sie alles anstellen soll, und beklagt, nachdem das Licht gesegnet und Brot und Wein besprochen wurden, das Fehlen von unendlich vielen Dingen, die sie so liebend gern den erlauchten Gästen vorgesetzt hätte.
Dona Gracia, müde von der straffen Arbeit und hochzufrieden mit dem Erfolg, lacht nur. Es gibt zwar kein weißes Brot, sondern nur landesübliche ungesäuerte Brotfladen, die Oliven sind hart und zu scharf gewürzt, und der Wein lässt auch zu wünschen übrig. Aber: »Ich habe selten so guten Fisch gegessen«, sagt sie wohlgelaunt. »Unmittelbar aus dem See, nicht wahr?«
»Unmittelbar aus dem See und gleich auf den Tisch!« Lea Lavando strahlt. »Ich koche ihn mit Tamarindenblättern und Lorbeer.«

»Und die Zitronen? Auch vom Baum neben dem Haus?«
Die Frau strahlt. »Ja, Señora. So ist es.«
Gracia lehnt sich zurück und verschränkt die Arme hinterm Kopf, eine Geste der Entspannung und Zufriedenheit. »Ach, liebe Gastgeber«, sagt sie, und es klingt, als käme ihre Stimme aus einer weiten Ferne, »es wird nicht lange mehr dauern, und neben Wein und Fisch und Oliven werdet ihr das Fleisch und die Wolle eigener Schafe haben, ihr werdet Mandeln, Orangen und Zuckerrohr zum Nachtisch genießen, von euch und unseren Leuten angebaut und geerntet, und euch in die Seide eigener Webereien hüllen.«
Sie hebt den Weinbecher. »Nächstes Jahr in Jerusalem!«, ruft sie fröhlich – den innigen Wunsch, der jedes Jahr am Pessachfest ausgesprochen wird. »Aber zunächst in Tiberias. Wir fangen hier an.«
Die drei Jungen der Gastgeber, mit Schläfenlocken und einer Kippa, die fast bis zu den Ohren geht, starren sie die ganze Zeit an, als sei sie das achte Weltwunder, und vergessen darüber fast das Amen nach den Gebeten.
Gracia wendet sich Lea zu.
»Wie schön ist es, dass Kinder am Tisch sitzen! In meinem Haus in Galata fehlen sie.«
Sie hält inne, als sie sieht, wie Josephs Hand, die er gerade ausstreckte, ein Stück Brot zu nehmen, in der Bewegung erstarrt und dann schwer auf die Tischplatte fällt. Schnell wechselt sie das Thema, wendet sich mit übertriebener Lebhaftigkeit an Lavando (ihr Fehler ist ihr schmerzlich bewusst). »Sagt mir, verehrter Rabbi, wo liegt der Friedhof dieser Gemeinde? Wo bestattet Ihr die Gebeine Eurer Toten?«
»Wir haben keine eigene Begräbnisstätte«, entgegnet der Rabbi betrübt. »Es ist noch keine zwei Jahre her, da haben Räuber

unseren Friedhof verwüstet, vielleicht haben sie, in Unkenntnis unserer Bräuche, vermutet, dass wir unseren Toten reiche Grabbeigaben beilegen, so wie das die alten Ägypter taten.«
»Vielleicht haben sie es auch nur getan wegen der hebräischen Buchstaben auf den Grabsteinen«, sagt die Señora. Sie presst die Lippen zusammen, legt den Kopf zurück. »Dergleichen wird nie wieder geschehen, solange ich hier meine Aufgabe erfülle. Wo ist die letzte Ruhestätte der Juden von Tiberias nunmehr?«
»Wir bringen unsere Verstorbenen nach Safed, der Stadt der Gelehrsamkeit und der heiligen Männer«, entgegnet Rabbi Mosche.
»Safed!« Die Señora nickt. »Morgen werden wir den Sabbat heiligen, aber danach möchte ich mit Don Joseph gern nach Safed und einige dieser berühmten Männer, die dort lehren, begrüßen. Der Vater eines unserer Mitarbeiter, der große Alkabetz, lehrt dort auch, nicht wahr, lieber Schwiegersohn?«
Der auffallend stille Schwiegersohn nickt.

Auch auf dem Heimweg herrscht zunächst Schweigen zwischen den beiden.
Sie gehen zu Fuß durch die mondbeschienenen Gassen von Tiberias, vorbei an verfallenen Grundstücken und zugewachsenen Gärten; ein Begleiter mit einer Laterne ein halbes Dutzend Schritte vor ihnen gibt ihren Füßen Sicherheit, indem er die unregelmäßigen Pflastersteine, die Stolpergruben und Sandanhäufungen beleuchtet. Einen Geleitschutz haben sie nicht.
Die Nacht duftet. Sind sie nicht zu Hause …?
Gracia stützt sich auf den Arm des Mannes neben ihr.
Schließlich sagt Joseph mit halbem Lachen: »Wie schnell du

von den Kindern auf die Toten gekommen bist – bewundernswert.«
»Es war gedankenlos von mir, das mit den Kindern«, erwidert sie. »Weiter nichts.«
»Es ist mir egal, Señora.«
»Wenn es jetzt nicht so dunkel wäre, würde ich sehen, dass deine Gesichtszüge deine Worte Lügen strafen.«
»Da ist es ja gut, dass es so dunkel ist.«
Wieder Schweigen.
Dann sagt Joseph: »So fahren wir morgen nach Safed?«
»Morgen heiligen wir den Feiertag!«, entgegnet sie streng. »Wie würde es wohl bei den Weisen der Jeschiwa dort wirken, wenn wir die Gebote missachten!«
»Du hättest ja aus ganz Galiläa einen Eruv, einen Bezirk außerhalb der Sabbatruhe, machen können, damit du keine Zeit verlierst«, schlägt er spöttisch vor. »Rabbi Mosche hätte dir bestimmt die Erlaubnis erteilt.«
Sie zieht scharf die Luft ein. »Du bist unleidlich, Don Joseph Nasi«, sagt sie. »Du sollst nicht über die heiligen Dinge spotten. Und wie du mit den Zeichen unseres Glaubens umgehst, auch das gefällt mir ganz und gar nicht.«
(Joseph hat den blau-weiß gestreiften Gebetsmantel, Vorschrift beim Mahl, längst ausgezogen und lässig über eine Schulter geworfen wie die Capa eines spanischen Granden, die Lederriemen der abgelegten Tefillin schlenkert er in der freien Hand.)
Er ist stehen geblieben, und sie hat sich von ihm gelöst. Der Laternenträger kriegt zu spät mit, dass die Herrschaften nicht mehr weitergehen. Eilfertig kommt er zurück und beleuchtet die beiden, die sich nun im Lichtkreis gegenüberstehen. Gracia lehnt sich an den Stamm einer der dürren Steineichen, die hier

den Weg säumen, sie sieht den Mann streng mit zusammengezogenen Brauen an.
Er blickt zu Boden und schiebt mit dem Fuß ein paar Kieselsteine von da nach dort. »Ach, meine Königin«, sagt er beiläufig und leise, die Stimme gepresst von unterdrücktem Ärger, »Gebote und Verbote sind für dich doch nur bindend, wenn du sie nutzen kannst. Du bist fähig, den ganzen Talmud und alle Auslegungen dazu in deine Dienste einzuspannen, so, wie es dir gerade passen würde. Einmal darf man im Haus am Sabbat nicht einmal eine Kanne Wein von einem Ort zum anderen tragen, das nächste Mal hebst du eigenmächtig alle Verordnungen und Gesetze des Midrasch auf. Du schläfst mit dem Mann deiner Tochter und nähmest es ihr tödlich übel, wenn sie, wie es sich gehören würde, von ihm schwanger wäre. Du drehst und wendest das Gesetz, wie es dir beliebt, und …«
Er bricht ab, hebt den Kopf. »Hast du das gehört? Dieses Geräusch da bei der kleinen Feldsteinmauer?«
Sie zuckt die Achseln. »Eine Katze vielleicht? Lass dich nur nicht ablenken in deiner Derascha, deiner Sabbatpredigt!«
»Nein, etwas anderes. Ein Klicken. Ich kenne das Geräusch. Es ist …«
Weiter kommt er nicht. Blitz und Knall zugleich. Eine Kugel pfeift durch die Luft, schlägt mit dumpfem Laut in den Stamm der Steineiche über Gracias Kopf ein.
Sie schreit leise auf, ohne zu begreifen. »Joseph, was war das?«
»Das Licht aus!«, brüllt er, und da der Mann mit der Laterne nicht sofort gehorcht, peitscht er mit den Tefillin nach dem Gerät, schlägt es dem Träger aus der Hand, so dass es zu Boden fällt und erlischt. Er wirft sich vor die Frau, das Gesicht ihr zugewandt, die Arme schützend ausgebreitet. »Duck dich, um des ewigen Erbarmens willen!«

Er versucht, sie zu Boden zu reißen, aber sie steht wie gelähmt, starr und steif, hingelehnt an diesen Stamm.
Der zweite Schuss bellt durch die Nacht. Die Kugel zerfetzt den Gebetsmantel, den Joseph überm Arm hat. Er atmet den schwefligen Pulvergeruch, wartet darauf, dass ein Schmerz einsetzt. Nein, getroffen wurde er nicht.
Dann Stille.
»Es ist nur einer«, sagt er. »Ein Mann mit zwei Pistolen. Er darf nicht dazu kommen, nachzuladen. Warte hier.«
Ehe Gracia es sich versieht, wirft er den Tallit zu Boden, zieht seinen Degen, nimmt Anlauf und springt, fliegt über die Mauer. Ist fort.
Der Mann, der die Laterne trug, murmelt etwas, was mit Allah zu tun hat, und läuft Hals über Kopf davon. Seine Schritte entfernen sich schnell und stolpernd, er flucht im Dunkel. Dann ist da nichts mehr. Nichts und niemand.
Sie schlingt die Arme rücklings um den Baum, hält sich an ihm fest. Sie ist wie taub, hört nur sich selbst, wie in den Ohren ihr eigenes Blut rauscht.
In ihrem Kopf hämmert der Satz: Jemand wollte uns ermorden.
Sie, Gracia Nasi, steht allein und verlassen in Tiberias an einer Steineiche, und die Waffen ganz Palästinas sind auf sie gerichtet in immerwährender Dunkelheit. Die Zeit ist ausgeschaltet.
Irgendwann, irgendwo aus dem Nichts kommen Schritte.
Dann seine Stimme, außer Atem.
»Gracia, er ist fort. Ich habe ihn laufen sehen im Mondschein. Komm, hab keine Angst mehr. Solche Leute wagen nur einen Versuch. Sie schleichen sich nur dann heran, wenn man nicht auf der Hut ist.«
»Solche Leute?«, wiederholt sie leise.

»Ja, solche wie der. Assassinen, Meuchelmörder, oder auch jemand, der zu einer Steuernachzahlung verdonnert wurde. Ich habe nicht einmal erkennen können, ob es einer von diesen Beduinen war oder einer deiner muslimischen Untertanen.«

»Ich verstehe nicht, was du sagst«, murmelt sie. »Ich höre nur ein Rauschen.«

Sie löst die Hände von dem Stamm, an dem sie sich bisher festgeklammert hat. Schwankt. Fällt um. –

Weder Wasser noch Wein, um sie zurückzurufen; so kommt er darauf, Speichel zu nehmen, und benetzt ihre Schläfen, den Hals mit der pochenden zarten Ader, bis sie die Augen aufschlägt.

Im unsicheren Mondlicht sieht sie seine von Liebe und Sorge bewegten Züge, seine Augen, die noch immer brennen vor Zorn über das Geschehen.

»Der Herr ist freundlich«, sagt er heiser. »Er hat dich bewahrt und aufgespart für deine Arbeit, meine Geliebte.«

Er kniet, sie liegt in seinem Arm, still, unbewegt wie eine Gliederpuppe, ihr Kopf auf seinem Schoß. Ihr Gesicht im Schatten.

»Du standest vor mir«, sagt sie. »Hast mich mit deinem Körper … beschützt. Er hätte dich treffen können.«

Joseph schüttelt den Kopf. »Glaub mir, er hatte es auf dich abgesehen. Mit dem ersten Schuss hätte er mich leicht erledigen können, ich kehrte ihm ja den Rücken zu. Aber er hat an mir vorbeigezielt. Auf dich. Ein Glück, dass du so klein bist. Die Kugel steckt im Baum, zwei Fingerbreit über deinem Scheitel.«

»Ach«, sagt sie und nichts weiter.

»Als ich die Laterne zum Verlöschen gebracht hatte, warst du gerettet. Er konnte seine Augen nicht so schnell der Dunkelheit anpassen. Darum hat er bei dem zweiten Versuch auf das Hellste gezielt, was er ausmachen konnte. Und das war mein Tallit. Wir sollten dem Ewigen danken, dass ich ihn so lose über einer Schulter trug und die Arme ausgebreitet hatte.«

»Ja«, entgegnet sie. Immer noch fehlt ihr die Sprache.

»Kannst du aufstehen?«

Sie nickt, richtet sich auf, klopft den Staub von ihrem Kaftan, eine alltägliche Geste. Während Joseph seinen blanken Degen, dessen Klinge im Mondlicht kurz aufleuchtet, wieder in der Scheide birgt, hebt sie den Gebetsmantel auf und mustert aufmerksam das Loch mit den brandigen Rändern, das die Kugel verursacht hat. Dann beugt sie sich vor und presst die Lippen darauf.

Dazu sagt er nichts.

»Soll ich dich tragen?«, fragt er.

»Warum? Ich bin ja nicht verletzt.« Langsam kehrt ihr die Rede zurück.

»Nimm meinen Arm, meine Krone, meine Perle. Und fürchte dich nicht.«

»Es war der Schreck. Aber nun fürchte ich mich weniger denn je, *querido*«, sagt sie leise, tastend. »Nun, wo ich weiß, was mich erwarten kann in diesem Land. Das da eben hat mir gezeigt, wie schnell ich handeln muss. Kann sein, mir bleibt wenig Zeit. Mein Leben liegt in der Hand des Ewigen.«

Ihn schaudert bei diesen Worten. Sie tasten sich bei Mondlicht durch die geisterstillen Straßen in ihr Quartier.

Den Vorfall erwähnen sie gegenüber niemandem. –

Du erwachst, und dein Kopf ruht auf dem vertrauten Arm, und der Schläfer neben dir regt sich nicht. Und dann fühlst du, dass deine Wangen nass sind.

Es war ein Traum, der dich heimgesucht hat, Gracia Nasi, und so übel er war, du hast während dieses Traums nicht geschrien und geheult, denn dann wäre der neben dir aufgewacht, um dich seinerseits zu wecken, zu trösten und zu beruhigen. Du hast einfach nur still vor dich hin geweint – als wären deine Augen Brunnen.
Aber du weinst nie, Gracia Nasi! Das hast du dir versagt, seit dem Tag, als Diogo mit deiner Schwester Brianda unter dem Brautbaldachin stand. Als er das alte Verlöbnis doch noch einlöste, nach neun Monaten eures Beisammenseins, wo es doch nur recht und billig gewesen wäre, dass er mit dir, der Witwe seines Bruders, die Leviratsehe vollziehen würde, wie das Gesetz es vorschreibt …
Diogo. Diogo war in diesem Traum, sonst hättest du nicht weinen müssen.
In deinem Kopf haben heute Nacht böse Dämonen etwas zusammengebraut, das hätte trüber und unheilvoller gar nicht sein können. Dinge, die von weit her kamen und sich miteinander vermischten. Personen kamen und gingen, die du kanntest und die dir fremd und doch vertraut waren.
Träumt man so, wenn man dem Tod entgangen ist? Wird das Unterste zuoberst gekehrt, der trübe Bodensatz deiner Seele aufgewühlt?
Und du dachtest, gestern Abend, das mörderische Geschehen wäre an dir vorübergeglitten wie ein fernes Schattenspiel …
Sie setzt sich im Bett auf, vorsichtig, um den Mann neben sich nicht zu wecken, geht auf nackten Füßen zum Fenster ihres Quartiers. Es ist klein wie eine Schießscharte, wie alle Fenster hier, und sie muss sich auf die Zehen stellen, um hinauszusehen. Nichts zu entdecken vom Land Galiläa als ein Streifen fahler Himmel. Sie zieht die Luft ein; Geruch nach Blüten und

Grün. Die Stunde der Morgenfrische, die Stunde, wo alles Raubgetier von der Jagd nach Haus kommt und sich zur Ruhe begibt.

Fröstelnd geht sie zum Bett zurück und schlüpft unter die dünne Decke. Die Wärme des Menschen neben ihr beruhigt ihre schauernde Haut, beruhigt ihr bebendes Herz.

Sie streckt ihre kalten Füße aus, berührt Josephs Bein mit den Zehen. Ohne zu erwachen, dreht er sich zu ihr herum und legt den Arm um sie. Im Schutz dieser Bastion kann sie mit dem Erinnern beginnen.

Es begann mit Kindern in diesem Traum. Waren es die Kinder des Rabbi Lavando, die sich in deinen Traum eingeschlichen hatten und die dein Kopf verwandelt hatte? Jedenfalls, du gehst durch einen Saal, der vollgestellt ist mit Betten. Er erstreckt sich bis zum Horizont, kein Ende abzusehen zunächst. Du gehst hindurch und siehst, in all diesen Betten liegen Kinder. Kinder in weißen und blauen Hemden, weiß und blau wie Josephs Tallit, durch den gestern die Kugel schlug, und da sind ja auch die Quasten, die Vierecke, die »Erinnerungsknoten«, damit wir den Herrn nicht vergessen. Aber die meisten dieser Tallit-Hemden sind mit Blut verschmiert und tragen Brandflecke oder rußige Löcher, sehen so aus wie das Einschuss-, das Durchschussloch von dieser Nacht.

Die Kinder sehen dich nicht an. Sie scheinen zu singen, bewegen ihre Münder, aber kein Ton dringt an dein Ohr. Noch nie hast du etwas so Grausiges gesehen wie diesen endlosen Saal voll singender, stumm singender Kinder.

Du wendest dich, um zu fliehen, aber da, wo eben noch nichts als der Horizont war, wächst plötzlich ein Stein empor, ein Grabstein. Nein, kein Grabstein, eine riesige helle Wand, von oben bis unten bedeckt mit hebräischen Schriftzügen. Es sind die Namen der Toten deines Volkes, und du begreifst, auch diese Kinder sind tot.

Du kniest nieder, verbirgst das Gesicht in den Händen und beginnst, das Schma Israel zu beten, schreist es heraus, schreist so laut, dass dir Hals und Brust schmerzen.

Und dann kommt Diogo. Aber du weißt nicht, woher er kommt. Er kommt so angeflogen, wie in dieser Nacht Joseph über die Feldsteinmauer flog, zu fliegen schien, um den Feind zu verjagen, so, wie er zurückkam aus dem Nichts, zu ihr.

Diogo. Es ist Diogo, Diogo mit Gebetsmantel und Tefillin angetan, denn er ist gerade im Begriff, ein Fest zu begehen. Er wird jetzt gleich Brianda heiraten, und du beginnst zu weinen, so wie du damals weintest in Antwerpen, zum letzten Mal, als du ihn anschriest: »Erwecke das Haus deines Bruders zum Leben in mir! Vergiss die andere Braut! Ich bin die Erwählte!«

Und du weinst an seiner Brust der verlorenen Hoffnung nach. Er aber wendet sich um mit dir, hin zu dem Saal mit all den Kindern, und sagt dir, ohne dass seine Stimme hörbar wäre: »Du bist nicht schuld an all diesen Toten. Aber dieses hier, das gehört zu dir.«

Da ist ein gesondertes Bett und ein gesondertes Kind. Sein blau-weißes Hemd klafft, es ist ein Mädchen. Und zwischen seinen Beinen ist eine Wunde, nicht verbunden, nein, zugestopft mit einer weichen, blutgetränkten Masse, wie es vielleicht die Kokons der Seidenspinner sind, die wir hier mit uns führen. Und dann ist das nicht die einzige Wunde, die ich an diesem Kind entdecke. Es ist, als habe jemand Taschen in seinen Körper geschnitten, um sie alle mit dieser Masse aufzufüllen, die das Blut stillt.

Du stehst hilflos vor diesem geschundenen Körper, weißt

nicht, wie du ihn anpacken oder wie du ihm helfen könntest. Und gleichzeitig erfüllt dich ein ganz und gar unsinniger Zorn auf dies leidende Wesen, das dich offenbar davon abhalten will, das zu tun, was deine Aufgabe ist.
Nur, dass du in diesem Traum ganz und gar vergessen hast, was das ist: deine Aufgabe.
Und dann ist alles fort und alles schwarz, und das Grauen ist so stark, dass du erwachst.
Nun liegst du im Schutz der warmen Arme und sinnst dem Traum nach.
Da gibt es überhaupt nichts, was stimmt. Da haben sich einfach Fragmente meines Lebens zu einem scheußlichen Mosaik verschlungen, ererbtes und erlebtes Vergangenes haben sich vermischt, und die Ängste, die in der Nacht nur vorbeistreiften, haben mich eingeholt. Das ist alles.
Nur eins verstehe ich: Das Kind, die verstörte und verletzte Tochter Zions – das Kind ist das Abbild meiner Tochter Reyna.
»Joseph, ich muss dich loslassen«, flüstere ich, so leise, dass es ihn nicht weckt. »Aber nicht gleich. Nicht gleich, Geliebter.«

Ferrara

SOLL man sich nicht gönnen, wofür sie bei den Christen das Wort Honigmond haben – einander erkunden, unbekannte Freuden erwecken, Zeit miteinander verbringen, um sich kennenzulernen?

Samuel weiß: Er müsste zurück, unverzüglich zurück nach Konstantinopel. Dennoch verschiebt er seine Abreise von Tag zu Tag. Er wagt es nicht, seine junge Frau zu fragen: Kommt sie mit ihm oder nicht? Ihre Worte waren in einer so merkwürdigen Schwebe … Er solle sich etwas einfallen lassen, war es nicht so?

Und jedes Zusammensein mit La Chica versetzt ihn aufs Neue in ein Durcheinander von Entzücken und Verzweiflung. Willig und mit sichtlichem Vergnügen gibt sie sich den körperlichen Freuden hin, erweckt in ihm den Glauben, dass ihm nicht nur ihr Leib, sondern die ganze Person mit Geist und Seele angehört. Aber dann, wenn sie neben ihm liegt, ausatmend, erschöpft und müde, und er sich über sie beugt, um sie zu küssen, dann begegnet er ihrem Blick – gelassen, neugierig, fast spöttisch, als amüsiere sie sich im Geheimen über seine Hingabe, seine Ekstasen.

Wenn sie gerade nicht miteinander im Bett liegen, ist sie freundlich-nüchtern, sachlich, wehrt seine Zärtlichkeiten mit leichter Ungeduld ab. Und er fragt sich mit Traurigkeit im Herzen, ob es ihm jemals gelingen wird, dies Wesen, das so zart ist wie eine Mohnblüte und doch so unverletzlich und undurchdringlich scheint, jemals wirklich sein Eigen zu nennen. Samuel hat mit der Erfüllung dessen, was er sich am heißesten ersehnt hat, gleichzeitig eine immerwährende Betrübnis geehelicht.

An diesem schönen Spätsommertag hat er seine junge Frau zu einem Ausritt vor die Tore der Stadt eingeladen. Er will ihr jene Stelle am Ufer des Po di Volano zeigen, wo sie damals, aus der Stadt geflohen, im Grünen lagerten wie die Landstreicher – in einer Zeit, als Brianda noch in Venedig Hof hielt und ihre Tochter bei ihr war.

Auf seine Bitten hin hat La Chica sich als Knabe gekleidet, so wie damals, bei ihrer abenteuerlichen Flucht aus Venedig. Sobald sie das Stadttor passiert haben, ermuntert er sie zu einem Galopp. Sie lächelt ihm zu, sichtlich genießt sie den Ritt. Sie hat ihren Hut abgenommen, er hängt ihr am Band im Nacken, ihr aufgestecktes Haar hat sich gelöst, unordentliche Strähnen fliegen um ihre Wangen und versetzen ihren Ehemann in Entzücken. Die bewegliche Kontur von den Schultern bis hinunter zu ihren schmalen Hüften erscheint ihm als das Vollkommenste, was es auf der Welt gibt.

Sie erreichen bald das weiden- und erlenumsäumte Flussufer, aber sosehr Samuel auch Ausschau hält – er kann die Stelle nicht wiederfinden, an der sie damals ihr Lager aufgeschlagen hatten. Was sie verließen als ein Areal von verdorrtem und niedergetretenem Gras und abgeschnittenem Schilf, das ist längst wieder zugewachsen. Die Natur war nicht bereit, dieses Vorkommnis zu bewahren.

Sie reiten auf und ab; schließlich gibt er die Suche auf, leicht verdrossen; La Chica scheint es gleichgültig zu sein, sie lächelt weiterhin, als er ihr vom Pferd hilft, den Tieren die Füße fes-

selt, damit sie grasen können, ohne fortzulaufen, und eine Decke im Grünen für sie ausbreitet. Er hat Brot, Wein, Käse und goldgelbe Birnen dabei für einen kleinen Imbiss.
Sie spricht die Segnung über das Essen und beißt herzhaft in eine Birne, der Saft läuft ihr aus den Mundwinkeln, und sie wischt ihn mit dem kleinen Finger fort. Samuel erinnert sich, wie er sie bei ihrem Hochzeitsmahl fütterte, und dann, weiter zurück ins Vergangene, wie sein Bruder und er selbst sie abwechselnd fütterten auf ihrer Flucht; alles nahm sie, nur keine Meeresfrüchte: »Nicht koscher!«
Sie wischt sich die Hände am Gras sauber und lässt es ruhig zu, dass er ihr die Knabenhosen auszieht, hebt sogar das kleine Hinterteil, um ihm dabei zu helfen, und kommt ihm mit Feuer und Schwung entgegen.
Schließlich, als sie nebeneinanderliegen – ihre weißen Beine und der sanfte Bauch unbedeckt, das Haar ihrer Scham glitzert von seinem Samen –, greift sie seine Hand und sagt: »Samuel, was verstehst du von Träumen?«
Er vergisst für einen Augenblick zu atmen. Noch niemals hat sie ihn nach ihrer Vereinigung auf eine solche Weise berührt, noch nie hat sie ihm eine solche Frage gestellt, eine, die ihr eigenes Leben betrifft.
»Gracia, *mi chicita,* du hast geträumt? Gutes oder Schlechtes?«, fragt er leise und zieht diese Hand, die nach der seinen gefasst hat, an die Lippen.
»Das kann man nicht so genau sagen«, erwidert sie nachdenklich. »Ich habe geträumt, dass der Señora ein Traum zugestoßen ist. Findest du das nicht merkwürdig? Zu träumen, dass jemand träumt.«
»Ich weiß nicht«, sagt er. Und fügt schuldbewusst hinzu: »Ich glaube, ich träume gar nicht.«

»Das gibt es nicht«, bemerkt sie und schüttelt den Kopf. »Lusitanus hat mir gesagt, jeder Mensch träumt. Wenn wir nicht träumen würden, hätte der Allmächtige uns zu stumpfen Tieren geschaffen. Nur manchen Menschen ergeht es so, dass sie sich beim Erwachen nicht mehr erinnern.«

Er schweigt, und sie sagt unerwartet: »Vielleicht sollte ich dich lehren, zu träumen.«

»Wie soll das geschehen?«, fragt er überrascht.

»Ich weiß es nicht. Aber ich denke, es müsste möglich sein. Siehst du, dieser Traum, in dem ich erfahren habe, dass die Señora einen Traum hatte, das hat mir etwas klargemacht.«

»Was hat es dir klargemacht, *querida?*«

»Dass es zwischen uns allen so etwas gibt wie geheime Fäden. Dass wir, die Nasi, miteinander verstrickt sind wie in einem Spinnennetz. Nennt man es bei den Mendes nicht auch Netze, diese verborgenen Fluchtwege, die mein Vater Diogo geschaffen und die Dona Gracia weiter gesponnen hat?«

Sie richtet sich auf, greift nach den Hosen, um sich anzuziehen. Die Linie hinunter zu den langen schmalen Schenkeln … er muss schlucken.

»Was willst du mir sagen, meine Schöne? Ich habe es noch nicht begriffen.«

»Die Mitte all dieser Helfernetze, das sind wir. Das Feste, der Kern, das Ur-Netz gleichsam. Und das darf nicht zerreißen oder zerrissen werden.« Sie ordnet ihr gelöstes Haar. »Dieser Traum hat mich etwas gelehrt. Samuel Nasi, wir müssen schnell nach Konstantinopel gehen. Oder nach Galiläa. Wo immer du vonnöten bist.«

Er sieht sie an, und sie hat ein ernstes Lächeln.

»Die Lösung unseres, meines Konflikts – sie ist im Traum zu mir gekommen.«

Tiberias

UNSERE Arbeit war getan fürs Erste, wir konnten aufbrechen.

Wir waren in Safed gewesen, Gracia vor allem, um die heiligen Männer dort zu besuchen und ihren Segen zu erhalten, ich, um mich kundig zu machen über die Formen der Selbstverwaltung und über Handel und Wandel in dieser Stadt, die uns als Vorbild dienen sollte für das, was wir in Tiberias aufbauen wollten. Im Gespräch mit den Gemeindevorstehern klärte sich auch, wie die Verständigung mit den Wüstenbewohnern genau aussah: Nicht nur, dass die Güter, die dort hergestellt wurden, begehrte Waren darstellten, wichtig für die ganze Region – man zahlte auch, wie verschämt zugegeben wurde, Schutzgeld an einige Beduinenstämme.

Auf dem Weg zurück berichtete ich Gracia; auch davon, dass diese Gemeinde sich eindeutig ihr Bestehen und Wohlergehen von den Räuberstämmen der Umgebung erkaufen musste.

»So seien wir dem Himmel und Sultan Suleiman dankbar, dass der Gouverneur von Damaskus angewiesen wurde, uns Staatsschutz angedeihen zu lassen. Es ist wohl wahr, nur mit der Protektion des Mannes, den sie ›Allahs Schatten auf Erden‹ nennen, können wir unser Projekt verwirklichen, nur die Waffen des Padischahs sichern uns. Ist dir zu Ohren gekommen, dass unter den Muftis einige versucht haben, unsere Agenten im Vorhinein zu bestechen?«

Ich musste lachen. »Ich kann mich nicht erinnern, dass man jemals versucht hat, jemanden von uns zu bestechen. Bisher waren *wir* immer diejenigen, die bestechen mussten, und nicht zu knapp.«

»Ja, das kommt wohl daher, dass wir jetzt und hier das Sagen haben«, erwiderte sie.

Unsere Mitarbeiter waren eingewiesen, jeder hatte seinen Arbeitsbereich zugeteilt bekommen. Der junge Schimeon Baton, der sich als tatkräftig und kenntnisreich erwiesen hatte, sollte vorübergehend die Zügel in der Hand halten. Mit einer Mischung von Stolz und Beklommenheit nahm er seinen Auftrag an.

Wir beide hatten unsere Zurüstungen zur Abreise getroffen. Kurz vor unserem Aufbruch erschien der Muchtar Bey Ali Khan in unserem Quartier. Er war aufgeregt.

»Enfanghi Bey!«, wandte er sich ohne viel Umstände an mich (Gracia war noch unverschleiert und wurde, wie üblich, infolgedessen übersehen, als sei sie nicht im Raum), »bei mir befindet sich ein Abgesandter des Scheichs Harun ibn Rammah. Er bittet euch, ihn in seinem Zelt aufzusuchen.«

Ich runzelte die Brauen. »Wer ist dieser Mann?«

»Der Scheich ist der König der Wüste.«

Jetzt ergriff Dona Gracia das Wort. »In Palästina ist niemand König außer dem Padischah in Konstantinopel, sein Gouverneur sitzt in Damaskus, und Statthalterin in Galiläa bin ich. Warum sollten wir zu ihm gehen?«

Der Muchtar zerrte an seinem Bart. »Scheich Harun ist ein mächtiger Mann, und es wäre im Interesse von Frieden und Sicherheit nicht falsch, wenn Euer Gnaden in diesem Fall einmal …«

Ich unterbrach ihn ungeduldig. »Wie Ihr wisst, ehrenwerter Muchtar, sind unsere Pferde bereits gesattelt. Wir haben es eilig, nach Akko zu kommen. Richtet dem Abgesandten des Scheichs unsere Grüße aus. Wir werden ein andermal mit ihm verhandeln.«

Das Stadtoberhaupt verdrehte die Augen zum Himmel. »Das ist nicht sehr klug, Enfanghi Bey!«

»Will er über Schutzgeld verhandeln?«, fragte ich ironisch. »Nicht mit uns.«

Wir verließen Tiberias, ungeachtet der immer wieder erneuerten Versuche des Muchtars, uns doch noch zu einem Abstecher bei dem Beduinenscheich zu überreden. Wahrscheinlich – so dachte ich – steckte er mit dem »Wüstenkönig« unter einer Decke.

Unsere kleine Eskorte setzte sich mit uns in Bewegung, an der Spitze der Karawanenführer, welcher uns auch bei unserer Ankunft geleitet hatte, den Kopf bis auf die Augen in ein dunkelblaues Schleiertuch gewickelt.

Wir verließen den grünen Gürtel um Tiberias und tauchten in Staub und Hitze der Wüste ein. –

Später sagt sich Joseph, dass sie es hätten merken müssen: am Stand ihrer Schatten. Ihr Ziel liegt gen Westen, und eigentlich hätten ihre Schatten ihnen folgen müssen. Aber bald auf dem Weg ziehen sie auf der linken Seite neben ihnen mit, dunkle Begleiter auf dem Untergrund des bleichen Sands.

Andererseits – was hätte es ihnen genützt? Sie müssen dem Karawanenführer vertrauen. Und die Eskorte, die Soldaten aus Damaskus, kennen diesen Landstrich ebenso wenig wie die beiden, die sie beschützen sollen.

Ein einsames härenes Zelt, schwärzlich, halbrund, steht plötzlich mitten in der Wüste, hinter einer Sanddüne, als hätten es Geister dort aufgebaut.

Don Joseph zügelt sein Pferd, wechselt einen Blick mit der Señora. Dann prescht er vor zum Karawanenführer.

»Was zur Hölle ist das? Wohin hast du uns geleitet, du Schurke?«

Ein gleichgültiger Blick aus dem Sehschlitz des blauen Schleiertuchs streift ihn. Der Mann setzt ungerührt seinen Weg fort.

Joseph beißt sich auf die Lippe, kehrt zu Gracia zurück. »Ich glaube, man ist dabei, uns zu entführen, *querida*«, sagt er halblaut. »Verdammt.«

Sie aber bleibt erstaunlich gelassen; das Attentat vor ein paar Tagen hat sie wohl abgehärtet gegen andere, geringere Gefahr. »Was ist zu tun?«, fragt sie sachlich.

»Ich fürchte, nichts«, entgegnet er. »Warten wir ab, was dahintersteckt. Wir sind in der Hand des Herrn – vor allem hier im Unwegsamen.«

Und während er das sagt, wird ihm erst deutlich, wie verblüffend einfach es ist, jemanden, der nicht ortskundig ist, hier in der Ödnis zu entführen, falls es denn zum Umkehren zu spät ist. Ohne Führer würden sie sich verirren, hoffnungslos verloren im anscheinend ewig gleich aussehenden Sand. Da muss keine Gewalt angewendet und kein Schuss abgegeben werden. Da muss man nur die Richtung wechseln.

Er reitet dicht neben Gracia, spricht weiter sehr leise. »Lass uns die Soldaten nicht beunruhigen. Sie würden unter Garantie nur das Falsche tun.«

Sie nickt. »Es ist der Scheich?«, fragt sie. »Dieser – wie hieß er: Harun ibn Rammah?«

»Mit Sicherheit«, entgegnet Joseph grimmig. »Scheint ein Mann zu sein, der kein Nein akzeptieren kann.«

Der verräterische Führer sitzt ab, rüttelt an den Seilen des Zeltes – offenbar der Ersatz für eine Haustürschelle – und verschwindet dann im Inneren.

Neben dem Zelt ist eine Plane über ein paar Stangen gespannt, als Schattenschutz für die Reittiere. Die türkischen Soldaten, ahnungslos, nutzen die Gelegenheit für eine Pause. Ihr Befehl lautet nur, die Mültezim und ihren Begleiter zu eskortieren.

»Lass uns hineingehen in diese … Löwengrube!«, sagt Gracia entschlossen. »Der Ewige sei mit uns!«

Joseph sitzt ab und hilft ihr vom Pferd; für einen Moment spüren sie die Nähe ihrer Körper, das kurze Anhalten der Luft: Wir sind beieinander.

Der Führer erscheint wieder, macht eine einladende Bewegung nach drinnen.

Das Zelt ist von Öllampen erhellt und heiß wie ein Backofen. Auf einer Matte sitzt eine Gestalt. Sie ist vom Scheitel bis zur Zehe verhüllt. Ihr Kopf und ihr Gesicht sind mit einem dunklen Tuch umwunden, wie das des Karawanenführers. Aus dem schmalen Schlitz glühen tiefliegende, mit Schminke dunkel umrandete Augen hervor.

Der Mensch trägt einen weit fallenden Mantel, und seine Hände sind unter schwarzen Handschuhen verborgen.

Ein Geist aus der Unterwelt, so scheint es Gracia …

Sie merkt, wie ihre Empfindungen wechseln.

Bevor sie diesen »Raum« betrat, war sie empört, entschlossen, zornig. Jetzt, trotz der erstickenden Hitze hier, spürt sie, dass ihre Hände eisig sind und kalter Schweiß ihren Körper bedeckt. In welche Falle sind sie da gelaufen? Hier, in diesem ihrem Land, in Erez Israel?

Wie von fern hört sie Joseph sprechen, hört ihn protestieren gegen den gewaltsam erzwungenen Besuch in diesem Zelt.

Dann beginnt die Gestalt zu reden; eine einschmeichelnde

Stimme dringt unter dem Tuch hervor – aber sie verstehen kein Wort. Der Scheich spricht arabisch.
Als er geendet hat, herrscht einen Moment Schweigen.
Gracia hat bisher neben Joseph gestanden, so wie wohl Menschen nebeneinanderstehen, die sich vor einem Tribunal wiederfinden. Aber dies hier ist kein Tribunal, und sie sind keine Angeklagten, sondern mit grenzenloser Unverschämtheit hierher verschleppt worden. Ihr Zorn kehrt zurück und damit ihre Fassung. Was nimmt sich dieser Mensch heraus? Sie strafft sich, tritt einen Schritt vor.
Sagt klar und fest: »Amtssprache in Palästina ist Türkisch.«
Der Vermummte antwortet nun in der gleichen Sprache, akzentfrei, aber – wie sollte es anders sein? – er wendet sich nicht an sie, an die Frau, sondern an Joseph.
»Das ist mir bewusst, Enfanghi Bey.«
»Warum also sprecht Ihr sie nicht? Und was soll diese Entführung? Die Mültezim und ich, wir sind nicht freiwillig hier, wie Ihr sehr wohl wisst, Scheich Harun. Wir hatten Eure Einladung ausgeschlagen. Diese dreiste Tat wird Folgen haben. Was habt Ihr vor mit uns?«
»Oh, ich habe Euch zunächst nur in meiner Sprache *ahlan wa sahlan* gewünscht, ebene Erde und gute Verwandtschaft. Dieses betrifft Eure *Abreise*.« Er hat das letzte Wort deutlich betont. »Im Übrigen«, fährt die einschmeichelnde Stimme fort, »erfahrt Ihr auf diese Art, dass man eine Einladung von Scheich Harun ibn Rammah nicht ohne weiteres missachtet. Nun aber seid Ihr unter meinem Zeltdach und damit meine Gäste. Fürchtet Euch nicht.«
»Wir haben keinen Grund, uns zu fürchten, verehrter Scheich. Ihr jedoch solltet Euch überlegen, wie Euer Verhalten in Damaskus und an der Hohen Pforte aufgenommen wird.«

Ein leises Schnaufen dringt unter dem Tuch hervor. Lacht der Mann?

»Was aber Eure Frage nach meiner Sprache betrifft«, sagt er, als habe es den Wortwechsel eben gar nicht gegeben, »ich dachte nur, dass Menschen, die hier über viele Jahre der Bevölkerung das Joch der Steuern des Großreichs auferlegen wollen, wenigstens versuchen sollten, deren angestammte Sprache zu erlernen.«

Joseph erwidert herausfordernd: »Die Mültezim Dona Gracia ist erfreut zu hören, dass auch die ungebundenen Krieger der Wüste bereit sind, dem Großherrn – den Allah segnen möge! – die gebührenden Zahlungen zu entrichten. Soviel wir wissen, war das bisher nicht der Fall.«

Eine Pause. Offenbar hat Joseph einen wunden Punkt berührt. Schließlich antwortet die Wüstengestalt: »Die Mültezim und der Enfanghi Bey haben meine Worte falsch gedeutet. Seit alters sind die Stämme der Beduinen frei wie der Wind. Sie schlagen ihre Zelte mal hier, mal dort auf, keiner kann sie fassen. Wem sollten sie etwas schuldig sein? Der Großtürke und wir arbeiten nicht gegeneinander, wir sind nicht seine Sklaven. Nur mit unserer Duldung kann der Herrscher hier seine Abgaben eintreiben – die *dhimmis* sollen zahlen.«

Die *dhimmis:* Das sind die »Ungläubigen«, alle Nichtmuslime, die Geduldeten, die unter Schutz und unter Kuratel des Osmanischen Reichs Stehenden … Es sind vor allem die Juden.

Mit Genugtuung hört Gracia, wie Joseph auf die Replik eingeht. »Die Steuerlast beschränkt sich nicht auf die Schutzbefohlenen des Großherrn, wie der Scheich sehr wohl weiß. Sie liegt auch auf den Schultern aller Muslime, die Untertanen des Padischahs – der Segen Allahs ruhe auf ihm! – sein dürfen. Die Mültezim sammelt die Steuern auch von ihnen ein. Wenn

die freien Krieger der Wüste eine gesonderte Vereinbarung mit dem Großherrn haben, so ist uns das bisher nicht zu Ohren gekommen. Aber das steht hier nicht zur Debatte. Es geht einzig und allein darum, dass Ihr die Mültezim und mich verschleppt habt. Was wollt Ihr? Verlangt Ihr Lösegeld? Wir …«
Nun lacht der Maskierte. Laut und verächtlich. »Ich weiß, dass es euresgleichen nur ums Geld geht! Geld! Nein, Enfanghi Bey. Ich will von Euch kein Geld. Ich will Euch eine Warnung und einen Rat mitgeben. Und Ihr tätet gut daran, beides zu beherzigen. Ich rate daher …«
»Vielleicht haben wir keinen Bedarf an Euren Ratschlägen!«, erwidert Joseph hitzig, aber Gracia legt ihm die Hand auf den Arm. »Lass einmal«, sagt sie auf Ladino. »Wir wollen doch erfahren, was er will.«
Wieder schweigt der Scheich, als empfände er es als ungehörig, dass man seinen Sermon unterbrochen hat. Dann bemerkt er sanft: »Dass die Steuerpacht neuerdings auch an Ungläubige und noch dazu an eine Frau vergeben werden kann, das hat im Lande ringsum Verwunderung erregt. Dass aber darüber hinaus die so ausgezeichnete Dame eine Jüdin ist … Wir denken, der Großherr war schlecht beraten, als er diesen Firman ausstellte und der Betreffenden Vollmacht erteilte.«
Gracia holt Luft zu einer Erwiderung, aber Joseph kommt ihr zuvor und sagt scharf: »Die Betreffende sitzt vor Euch, Scheich, und sie ist mit Personalhoheit durch die Pforte ausgestattet, das heißt, sie kann sogar die Gerichtsbarkeit in Galiläa gemeinsam mit den anderen Vertretern des Reichs ausüben. Es wäre angebracht, wenn Ihr gebührliche Höflichkeit walten ließet, zu Eurem eigenen Besten.«
»Ihr droht mir, Enfanghi Bey?«
Jetzt ergreift Gracia direkt das Wort, unterbricht das Geplänkel

und wendet sich an den Mann: »Niemand will Euch drohen, Harun ibn Rammah, wenn Ihr Euch als guter Bürger des Osmanischen Reichs zeigt. Wir wollen Euch nur in die Schranken eines angemessenen Miteinanders verweisen.«

»Ein angemessenes Miteinander«, wiederholt der Scheich, und zum ersten Mal wendet er sich direkt an die Frau: »Wisst Ihr, wovon Ihr redet? Ihr seid in *unserem* Land! Ihr, die Ihr von Eurem eigenen Gott verflucht seid! Er selbst hat Euch von hier vertrieben, und Ihr sollt nie, nie! wieder hier Fuß fassen! Ihr seid schlimmer als alle anderen Ungläubigen, schlimmer selbst als die Christen, die zumindest den Propheten Isa anbeten! Ihr seid verstockte Gottesleugner! Und dies ist mein Rat: Verschwindet von hier! Fahrt zurück übers Meer und lasst Euch nicht mehr blicken! Zwischen uns kann kein Frieden sein!«

Von der Wucht des Hasses getroffen, die ihnen da plötzlich entgegenschlägt, stehen die beiden wie versteinert. Gracia blickt zu Joseph auf und sieht, wie es in seinem Gesicht arbeitet.

»Nicht, antworte ihm nicht«, sagt sie leise und auf Ladino. »Keine Disputation. In Spanien endete das immer damit, dass man unsere Vorfahren danach verbrannte. Hier kann uns niemand verbrennen. Stattdessen können wir diesem Mann einfach den Mund verbieten.« Sie wendet sich an Harun und sagt sehr ruhig: »Das Land Galiläa, o Scheich, ist unsere angestammte Heimat, auch wenn wir vor langen Zeiten von ihm vertrieben wurden. Euren Rat haben wir gehört und Eure Feindschaft zur Kenntnis genommen. *Wir* wollen keine Feindschaft. Das Land ist weit. Lasst uns nun weiterreisen.«

Der Scheich antwortet nicht. Eine Bewegung mit der schwarz behandschuhten Rechten. Wie von Geisterhand öffnet sich der Vorhang des Zeltes.

Sie sind »entlassen«.

Am Ausgang dreht sich Joseph noch einmal um. Er bringt sogar ein Lächeln zustande. »Auch wenn Ihr Euer Gesicht nicht enthüllt habt, so habt Ihr doch Euer Herz entblößt. Was Ihr uns mitteilen wolltet, haben wir verstanden. Sagt uns nur noch eins: Wie Ihr sicher wisst, hat man einen Anschlag auf die Mültezim verübt. Müssen wir darin Eure Hand sehen?«

»Die Beduinen sind freie Krieger der Wüste. Was jeder Einzelne tut oder lässt, das kann ihnen auch der Stammesälteste nicht vorschreiben«, tönt es unterm Schleier hervor.

Joseph verneigt sich. »Die Antwort ist befriedigend«, sagt er höhnisch. –

Nach der stickigen Luft dadrin kommt ihnen die Hitze des Wüstentages wie eine Erfrischung vor.

Die Eskorte ist bereits wieder aufgesessen, und als sei nichts gewesen, steht der Karawanenführer bereit.

»Wir sind umgeben von Meuchelmördern«, bemerkt Joseph mit schief verzogenem Mund. »Sobald wir das Weichbild von Akko sehen und uns nicht mehr verirren können, lasse ich den Schurken verhaften und unter Bewachung nach Damaskus schicken.«

Aber dazu kommt es nicht. Noch bevor die Türme der alten Kreuzfahrerfestung auftauchen, wendet ihr verschleierter Führer sein Reittier und stiebt davon, als sei ihm der Teufel im Nacken.

Joseph, wohl erkennend, dass eine Verfolgung zwecklos ist (der Kerl hat das schnellste Pferd), gibt Befehl, ihm hinterherzuschießen, und legt selbst auf ihn an, aber die Kugeln verfehlen den Flüchtigen, der sich tief über den Hals seines Gauls gebeugt hat.

Sie setzen die Reise ohne weitere Zwischenfälle fort.

Schweigsam besteigen sie ihr Schiff.

Auf hoher See erwarten sie schon die Segel der Flottille des Giovanni Galeni, um sie sicher nach Haus zu geleiten.

Konstantinopel

DER Zug der Weißstörche hatte die Reisenden schon auf den letzten Meilen zur See begrüßt – ein gewaltiges Empfangskomitee, das über sie hinzog, nicht in geschlossener Formation vorwärtsstrebend, sondern in Spiralen und tänzerischen Drehungen, die sie auf ihre Flughöhe brachte – es war, wie in jedem Jahr, nicht abzusehen, wie sie ihr Ziel jemals erreichen würden bei solchen spielerischen Kunststücken. Sie verdunkelten den Himmel überm Meer, schon bevor die osmanische Küstenwache das Schiff der Nasi in Empfang nahm; Galenis Segel verschwanden am Horizont – viel zu schnell, als dass die schwerfälligen türkischen Galeonen die Verfolgung hätten aufnehmen können.

Die Hand abschirmend über die Augen gehalten, beobachteten die Señora und ihr Freund und Partner die merkwürdigen Tänze der Vögel, bis sie sich mit den Karavellen des Seeräubers in der dunstigen Weite verloren.

Mit ihnen wehte Meltemi, der herbstlich auffrischende Wind, der saubere Luft vom Meer in die Stadt am Bosporus brachte; vielleicht mussten die Tiere dagegen ansteuern, um ihre Straße ziehen zu können, und was wie ein wilder Derwischtanz aussah, war nichts weiter als Strategie.

Um Gracias »illegalen« Ausflug nach Palästina weiterhin geheim zu halten, ließ sie sich bei Nacht von Bord bringen und

reiste über einen Umweg durch Land nach Konstantinopel ein; eine Vorsichtsmaßnahme, die wohl gar nicht nötig gewesen wäre. Sie war zurück. Keiner fragte, woher sie kam.
In Konstantinopel empfing die Heimkommenden – dem Ewigen sei Dank! – nun endlich auch Don Samuel Nasi nebst seiner jungen Frau und mit einer Fülle von Neuigkeiten.
Der Topf war übergeschwappt während der Zeit, als sie fort waren.
Die Aufrufe zur Übersiedlung nach Galiläa hatten in vielen jüdischen Gemeinden der Mittelmeerregion ein mächtiges Echo erweckt, so berichtete Samuel noch am ersten Abend einer von der Reise noch leicht angegriffenen Señora, seinem Bruder und Raphael Ugarte bei einer Strategiesitzung auf Leitungsebene im Kontor des Belvedere.
Viele Ausreisewillige aus den Orten der Levante und aus anderen Gegenden des Osmanischen Reiches hatten sich gemeldet, der größte Ansturm aber kam – es war kaum anders zu erwarten gewesen – aus jenen Gegenden Italiens, wo die neuen Maßnahmen des Papstes ihre Auswirkungen zeitigten.
Eine ganze Gemeinde, die Juden des Ortes Cori, war geschlossen bereit, auszuwandern.

»Die Stadt liegt südlich von Rom, in der Landschaft Latium, hier beim Monte Lepini«, referiert Samuel mit gewohnter Präzision und markiert den Ort mit einem Kreuz auf einer Karte, die auf dem Tisch liegt. »Und abgesehen von den Schwierigkeiten, eine Genehmigung von den Behörden des Kirchenstaats zu erhalten – ich vertraue da auf dein Verhandlungsgeschick, Joseph –, müssen über hundert Leute, Männer, Frauen und Kinder, quer durch Italien über den Apennin gelangen. Und nicht nur, dass es da ziemlich unwegsam ist: Es wimmelt in der Gegend von Räubern. Wahrscheinlich ist es zweckmäßiger, wenn sie den Umweg über die Abruzzen nehmen, da gibt es Handelsstraßen.« (Der Stift zeichnet den Weg ein.) »Schiffe könnten wir in Pesaro zur Verfügung stellen, dieser Herzog ist zwar wütend auf uns, aber er schuldet uns einiges, schließlich haben wir seinen Hafen erst kürzlich als Ersatz für Ancona aufgerüstet. Das müsste sich klären lassen. Das nächste Problem: Diese Leute sind arm. Sie können die Reise nicht selbst bestreiten.«

»Was denn?«, unterbricht Gracia ungeduldig. »Stehen wir irgendwie vor dem Bankrott, Ugarte, ist dem Bankhaus Mendes das Bargeld ausgegangen?«

»Vor dem Bankrott – der Ewige möge abwenden! – steht keiner«, sagt Ugarte gemessen, Kummerfalten im Gesicht. »Aber der Wahrheit die Ehre, Señora, allzu viel Gemünztes ist im Augenblick nicht vorrätig.«

»So macht etwas flüssig! Löst Wechsel ein, kündigt Hypotheken, veräußert unsere Goldreserven! Nicht deshalb hat Don Diogo – das Angedenken des Gerechten sei gesegnet! – ein Vermögen angehäuft, dass wir im entscheidenden Moment, wenn wir unsere Brüder und Schwestern heimholen können ins Land der Väter, anfangen werden, zu knausern! Ich will von niemandem hier hören, dass er das Geschäft über die Rettung Israels stellt.«

Sie erhebt sich und ergreift den Packen Papiere, die Auflistung all jener Gemeinden, aus denen jemand bereit ist, nach Tiberias zu gehen. »Habt Ihr den Listen hinzugefügt, welche Professionen die Auswanderer haben, Ugarte?«

»Das habe ich, Señora, soweit es zu erfahren war«, erwidert der alte Geschäftsführer, »wobei wir wohl davon ausgehen müssen, dass die meisten gar keinen Beruf haben, außer den

Talmud zu studieren und zu beten. Sonst sind sie eben Händler, Wechsler, Kleinkrämer. Auch nicht sehr nützlich.«

»Oh, das macht nichts.« Die Prinzipalin verzieht den Mund zur Andeutung eines Lächelns. »Wir haben in Safed feststellen können, dass es Menschen gibt, die das eine tun und das andere nicht lassen, nicht wahr, Joseph? Sie werden es lernen, dessen bin ich sicher.«

Sie wiegt die Papiere in der Hand. »Ich sehe mir das in aller Sorgfalt durch. Unser Agent in Venedig, Ippolito Herreiras, soll sich mit den da Molin ins Benehmen setzen, damit wir ein Kontingent Auswandererschiffe von dort zur Verfügung haben, für die Brüder und Schwestern aus den Ländern Osteuropas. Die Herren Nasi reisen in den Kirchenstaat, Joseph, um das Geschäftliche zu klären – nimm genug Silber mit, bitte! –, und du, Samuel, wirst die Gemeinde von Cori durch Italien leiten und mit ihr zu Schiff gehen, das euch unverzüglich nach Palästina bringt. Ich ernenne dich über den Winter zu meinem Stellvertreter in Tiberias. Joseph und vor Ort der junge Schimeon Baton werden dich in die Probleme einweihen. Ugarte, schaff Geld heran! Das Große Projekt muss vorwärtskommen.«

Ihre Augen nehmen jeden Einzelnen der drei ins Visier. »Wir sind uns im Klaren, Señores? Danke.«

Nicken. Röcke rascheln, Absätze klappern. Sie ist draußen.

Raphael Ugarte sieht keinen an. Er schlägt mit einem Seufzer das Hauptbuch auf, beginnt, bestimmte Posten mit dem Kohlegriffel anzuzeichnen und einiges herauszuschreiben. Die Brüder verlassen gemeinsam das Kontor, lenken ihre Schritte zu jenem Trakt des Belvedere, den Samuel stets bewohnt, wenn er in Konstantinopel ist.

»Wie ist es, Joseph?«, fragt Samuel schließlich.

Der zuckt die Achseln. »Harte Arbeit.«
»Harte Arbeit sind wir gewohnt.«
»Ja. Aber: Man will uns dort nicht.«
»Wer?«
»Die Wüstenstämme. Fordere noch mehr Soldaten vom Gouverneur Adret Pascha an, und sorge vor allem dafür, dass die Stadtmauer gut befestigt wird. Je eher du mit den Leuten von Cori dort bist, umso besser. Und je mehr es sind, desto hilfreicher für uns. Die anderen müssen begreifen, dass wir uns nicht vertreiben lassen.«
Samuel nickt. »Es fällt mir schwer, La Chica schon wieder zu verlassen«, sagt er bedrückt.
»Wie ist es, mit ihr zu leben?«, fragt Joseph.
Samuel senkt den Kopf. »Ich bin so glücklich wie möglich«, sagt er leise.
Der Bruder kommentiert das nicht …

Kurz vor dem Essen am Freitagabend erwähnt Gracia es mir gegenüber, eher beiläufig, in irgendeinem Zusammenhang: »Du weißt, dass Haseki Hürrem, die Sultana, wahrscheinlich sterben wird?«
Ich falle aus allen Wolken. »Und woher hast du das erfahren?«
»Erinnerst du dich – ich war in jener Woche zu einem Hamam-Besuch im Serail eingeladen. Sie meinte es gut, wollte mich ihres Schutzes versichern; bestimmt auch, weil sie wusste, was ihr bevorstand. Ich habe ihren Körper gesehen, Joseph. Sie war nur noch ein Schatten ihrer selbst.«
»Warum hast du es mir nicht gesagt?«, frage ich, befremdet, fast ärgerlich.
Sie hebt ausdrucksvoll die Schultern. »Aber Joseph, soviel ich

weiß, hatten wir beide damals andere Sorgen. Sehr private. Ich hatte es für eine Weile einfach vergessen.« Sie zieht die Stirn in Falten, blickt nachdenklich in die Ferne. »Ja, ich dachte noch: Wer wird das Haus Mendes schützen, wenn sie fort ist – und ich auch? Dabei ist es doch ganz einfach. Solange du Selims Günstling bist, sind wir auf der sicheren Seite. Und wenn Rahel, ich meine Nur Banu, wirklich einen Knaben zur Welt bringt – einen nur, wohlgemerkt!, und der Herr der Welt wird es so fügen –, dann sitzt nach den Bestimmungen unserer Halacha als Selims Nachfolger ein Jude auf dem Thron des Osmanischen Reiches. Wie findest du das?«

In ihren Augen blitzt Triumph.

Mir bleibt der Mund offen. »Aber *querida* – Rahel ist zum Islam übergetreten!«

»Ja, und? Sie ist eine Conversa. Deine Mutter war auch eine Conversa, und bist du darum weniger Jude? Übrigens, es trifft sich, dass auch die Götzendiener Allahs ihre Söhne zu beschneiden pflegen.«

Mir ist ein bisschen schwindlig. Diese Frau ... diese und andere Frauen – sie sind uns einfach über und ein ewiges Geheimnis dazu ...

Zum Sabbatmahl erschienen die drei Nasi-Frauen – Gracia, Reyna und La Chica – derart herausgeputzt, als wollten sie miteinander wetteifern.

Da war Dona Gracia, die wie immer den Vorsitz an der Tafel führte, leuchtend in dunkelblau changierender schwerer Seide, mit ungewohnt großem Ausschnitt und einem breiten Kragen aus edelster flandrischer Spitze, statt der Schneppenhaube eine tief in die Stirn gezogene Toque, Goldborte als Abschluss. In ihrer Halsgrube ein großer, in Chalzedon gefasster Bernstein, den nie zuvor jemand an ihr gesehen hat – Prunk und Pracht pur. Die beiden Cousinen jedoch hatten sich offensichtlich abgesprochen, ganz und gar blühende Jugend hervorzukehren. Reyna hatte das Haar unterm perlenbesetzten Schleier offen, wie es sich eigentlich für verheiratete Frauen nicht ziemt, und ihr helles Kleid aus gemustertem Brokat entblößte freizügig die Schultern. La Chica trug am Stirnband den Smaragd, das Geschenk der Herzogin Renata. Ihr Gewand, passend dazu in blassem Grün, schmiegte sich eng an ihren knabenhaft schlanken Körper. Sie wirkte wie eine altgriechische Waldgottheit, halb Kind, halb Frau, ein aufregend fremdartiges Wesen.

Zu Ehren des jungen Paars war diesmal Samuel derjenige, der das »Lob der Hausfrau« vortrug, jene Aufreihung von Bibelsprüchen, in denen die wichtigsten Tugenden der jüdischen Frau aufgezählt werden – gerichtet an diese zarte Person, die sicher alles andere war als eine Vorsteherin des Hauses.

La Chica saß sittsam da: die Augen gesenkt, ein kaum merkliches Lächeln wohnte in den Mundwinkeln, und die Hände hatte sie wie einst bei ihrer Hochzeitsfeier über der Brust zusammengelegt. Die Männer am Tisch, ungeachtet ihrer frommen Aufmachung mit Kippa, Tefillin und Gebetsmantel, konnten ihre Augen kaum von ihr abwenden. Ihre Blicke drückten alles andere als keusche Bewunderung aus.

Die Mahlzeit begann angeregt und wurde immer vergnügter. Bald erhob dieser oder jener von den Tischgenossen seinen Weinkelch auf das neue Paar, wünschte »Masel tow!« und reichen Kindersegen, und nach dem dritten oder vierten Glas Malvasier röteten sich die Wangen der jungen Frauen, ihre Augen glitzerten, sie kicherten und steckten die Köpfe zusammen, und beide schienen sich ihre kleinen weiblichen Geheimnisse anzuvertrauen. Als Reyna sich dehnte und, wie ihre Mut-

ter fand, wollüstig den Busen vorstreckte, begannen zwei oder drei der jungen Männer – Verwandte und Mitarbeiter des engeren Stabs – übermütig einen Rhythmus auf dem Tisch zu trommeln und dazu ein türkisches Liebeslied zu singen: »Besäß ich Salomons Teppich und der Perserkönige Reich/könnt ich dich nicht sehen, wären sie dem Flügel einer Mücke gleich.«
Reyna kicherte und zog den Schleier vors Gesicht, La Chica aber begann, Schultern und Arme zu bewegen wie eine der Tänzerinnen des Harems. Sie strahlte vor Jugend und Lebensfreude an diesem Tag. Ihre Lider, die vordem so sittsam gesenkt waren, hoben sich nun immer häufiger, langsam, herausfordernd, und ihre Blicke strichen über Joseph hin, als wollten sie ihn streicheln.
Joseph, leicht angeheitert wie alle anderen, schlang den Arm um seinen Bruder, der neben ihm saß. »Glückwunsch zu deiner Schönen!« Ohne die Augen von La Chica zu lassen, streckte er seine Hand erneut nach dem Weinbecher aus, verfehlte ihn, stieß ihn um. Rote Flecken auf dem Tischtuch und Gelächter.
Mägde kamen herbei, den Damast auszuwechseln, man stand von der Tafel auf, hob Gläser und Teller an, allgemeines fröhliches Durcheinander. Reyna und La Chica eng umschlungen und flüsternd.
Die Prinzipalin war als Einzige auf ihrem Platz sitzen geblieben, nur Raphael Ugarte bemerkte die Falte zwischen ihren Brauen, ein Zeichen, das Sturm verkündete.
Nachdem das Chaos beseitigt war, hob sie einen Finger – jene Geste, auf die hin zumeist alles verstummte. So auch jetzt; sofort endeten Gespräche und Lachen abrupt.
»Mir wäre es lieb, wir beschlössen nun diese Feier, wie es sich gebührt, mit dem Psalm, statt weiter die Lieder der Ungläubi-

gen zu singen, und schicken die Ehemänner mit ihren Frauen in ihre eigenen Gemächer. Ausgelassenheit und Züchtigkeit sollten sich am Freitagabend die Waage halten. Meine Nichte ist ausführlich genug begrüßt und besungen worden.« Ihre Stimme klang ruhig, aber natürlich war die unbefangene Laune nun dahin. Man beendete das Mahl hastig, und da Vorschläge der Señora stets als Befehle zu verstehen waren, zogen die Nasi-Brüder gehorsam mit ihren Frauen ab.

Den Sabbat verbringt die Señora in der Bibliothek, aber der leidenschaftliche Leser, der sonst beinah jeden Feiertag dort zu finden ist, erscheint diesmal nicht.

Erst als der dritte Stern am Firmament aufblitzt, kommt er, grüßt von weitem, geht zu den Regalen mit alten Folianten.

»Lass dich nicht stören, meine Señora«, sagt er kühl, »ich komme nur, mich für den Abend mit Lektüre zu versorgen.«

»Wo warst du?«, fragt sie leise von ihrem Platz aus.

Er legt den Kopf schief, mimt Erstaunen. »Aber du selbst hattest mich und Samuel zu unseren Frauen geschickt, schon vergessen?«

»Ja«, sagt sie, presst die Fäuste gegeneinander. »Einen jeden zu seiner.«

»Was sonst?«

»Was weiß denn ich?« Sie zieht die Luft ein. »Als du so abzogst, hatte ich nicht unbedingt das Gefühl, dass du dich mit deiner eigenen Gattin begnügen würdest. So, wie du La Chica mit den Augen verschlungen hast.«

Joseph starrt sie an, immer noch über die Entfernung von mindestens zehn Schritten hinweg, dann sagt er: »*Querida,* ich glaube, du bist verrückt.«

»Ich hatte meine Gründe.«

Nun ist er bei ihr, fasst nach ihren Händen, öffnet ihre Fäuste. »Abgründe sind deine Gründe, Gnädige, Abgründe der Eifersucht. Hör auf, dich und andere zu zerstören. Du brennst dir das Herz aus für nichts und wieder nichts.«

»Du hast sie angesehen!«

»Alle haben sie angesehen. Sie ist wunderschön.«

»Was hat dich jemals gehindert, nach dem zu greifen, was du schön findest?«

»Señora! Sie ist die Frau meines Bruders!« Er lässt sie los, schleudert ihre Hände von sich, setzt sich zu ihr, mit abgewandtem Gesicht. »Ich bin es leid«, sagt er zornig. »Ich habe sie satt, deine Verdächtigungen, deine Ängste, deine grundlosen Anschuldigungen. Du schickst mich zu Reyna, damals und jetzt, und ich gehorche. Damals, erinnerst du dich, hast du mir vorgeworfen, dass ich La Chica nach dieser ›Hochzeit‹ unberührt gelassen habe und der Streich dadurch missglückte. Du spielst mit diesen armen Kindern, wie es dir beliebt, und ich muss es ausbaden.«

»Weißt du nicht, dass sie in dich verliebt ist, die Kleine, La Chica?«

»Doch, das weiß ich. Was kümmert es dich? Und was hat es mich zu kümmern?«

Sie senkt den Kopf. »Es tut mir leid. Es macht mich verrückt, dass offenbar alle jungen Frauen dieses Hauses dir schöne Augen machen … es reizt mich zur Weißglut«, sagt sie leise. »Ach, ich bringe alles durcheinander.«

»Ja, das tust du. Gracia! Lass uns Frieden schließen. Uns bleibt vielleicht nicht mehr viel Zeit.«

»Mehr jedenfalls als in jener Woche, die du mir vom Sterben abgeschwatzt hattest«, sagt sie und dreht sich zu ihm herum. Unter ihren Lidern wohnen ungeweinte Tränen. »Was bin ich für dich, mein Freund?«

»Im Augenblick: Jerusalem im Schnee. Sonst immer und ewig meine Schwester Braut.«
»Ich werde alt, Joseph!«
Er sieht sie erstaunt an, beginnt zu lachen. »Ist es das, was dich quält? Dass du alt wirst, dass du mehr als eine graue Strähne in deinem Haar hast, dass die Haut deines Halses und deiner kleinen Brüste, die ich anbete wie Äpfel des Paradieses, faltig werden könnte, dass dein Schoß nicht mehr überströmt, wenn ich mich dir nähere? Ach, was bist du doch für eine Törin, große Señora, Esther und Deborah ihres Volkes, Retterin Israels, was für ein Kind steckt in dir!«
Er kniet vor ihr. Seine Hände sind unter ihrem Kleid, gleiten die warmen Beine hinauf.
»Dein Schoß gleicht einer gewölbten Schale«, flüstert er die Worte des Lieds der Lieder, *»nie soll es ihr an Mischwein fehlen, dein Bauch eine Weizengarbe, umgeben von Lilien, deine Brüste gleichen Gazellenzwillingen, dein Kopf ist wie der Karmel, deine Haare sind wie dunkler Purpur …«*
»Dass deine Beschreibung von unten nach oben vonstattengeht, das sieht dir wieder ähnlich, Schuft«, sagt sie.
»So ist nun einmal der Text!«, erwidert er. Sie hat die Augen nun geschlossen.
»Sieh mich an!«
»Nein. Sieh du mich an. Das soll genügen. Wann fährst du nach Rom?«
»So bald wie möglich. Ich denke, man sollte sich beeilen wegen der Leute aus Cori. Irgendetwas scheint sich im Vatikan zu tun. Intrigen, Machtkämpfe, was weiß denn ich. Es soll uns ja nicht weiter kümmern, außer, es hätte irgendwelche Folgen für uns und unsere Vorhaben.«
Sie nickt. »Wenn du zurückkommst …«

»Wenn ich zurückkomme, wird es bald Winter sein.«
»Ja. Unser Winter, der letzte, den der Ewige uns schenkt.«

Nachdem uns Joseph und Samuel verlassen haben, um die Übersiedlung unserer Brüder und Schwestern aus Cori in die Wege zu leiten, ist es, als sei ein Wespenheer ausgeflogen. Die knisternde Spannung, die ihre Anwesenheit im Belvedere auslöste, ist einer fast schon lammfrommen Harmonie zwischen uns drei Frauen gewichen. Ich arbeite die meiste Zeit im Kontor mit Ugarte oder bin in der Bibliothek beschäftigt, und die beiden Cousinen hocken bei Amatus Lusitanus herum, um ihn über medizinische Details auszufragen und ihn bei den Vorbereitungen für sein Buch zu unterstützen, das er nun aufs Neue schreiben will, nachdem das alte Manuskript in Ancona verlorenging.
Eines Tages gelingt es diesem Marsilio, der neuerdings hier aufgetaucht war, tatsächlich zu mir vorzudringen. Wie ich von Ugarte erfahre, hat er schon öfters einen Versuch unternommen, mich zu sehen, und ist stets unverrichteter Dinge wieder aus unserem Warteraum abgezogen, entweder, weil ich nicht da war oder weil man ihn verscheucht hat. (Ich könnte mir vorstellen, dass Joseph dahintergesteckt hat; er hatte für den Kabbalisten immer nur Spott übrig.)
Der Mann mit dem strähnigen schwarzen Haar und den eng zusammenstehenden Augen nähert sich mir auf ekstatische Weise, die Arme weit ausgebreitet. Ich mag so etwas nicht und trete zurück. Woraufhin er sich niederwirft und den Boden vor meinen Füßen küsst.
»Erleuchtete! Erhabene! Retterin Israels! Erlöserin unseres Volkes! Du, die du die Funken der Herrlichkeit des Ewigen gesammelt und auf dir vereint hast! Du wirst uns in die Herrlichkeit führen!«

Er hebt den Kopf, Tränen laufen ihm übers Gesicht, und ich hoffe nur, dass er vor Begeisterung nicht in Ohnmacht fällt.
»Erhebt Euch und hört mit diesem Gerede auf!«, sage ich unwillig. »Ich bin Steuerpächterin in Galiläa und versuche, möglichst viele Juden ins Gelobte Land zurückzubringen, damit sie dort unbehelligt leben können, aber deswegen sind auf mir nicht die Funken des göttlichen Lichts versammelt. Nicht einmal die Rabbiner von Safed, die großen Lehrer Rabbi Luria und Rabbi Cordovero, haben mir so etwas angedichtet, als ich mit ihnen gesprochen habe.«
Er steht auf und starrt mir mit weit aufgerissenen Augen ins Gesicht: »Aber ich! Ich habe es doch schon prophezeit, als wir gemeinsam in Ferrara unter dem Schattendach saßen am Ufer des Po di Volano! Mir hat es die heilige Kabbala offenbart!«
»Signor Marsilio«, erwidere ich, »tut mir die Liebe und hört auf, Euch wie ein Schwärmer aufzuführen. Kommt mit mir in den Wandelgang, meine Mädchen werden Euch eine Erfrischung bringen, und wir sprechen in aller Ruhe über die Dinge, deretwegen Ihr mich aufgesucht habt. Und vergesst nicht, dass Ihr mir niemals vorhergesagt habt, ich würde so etwas wie – hm – eine Trägerin des Glanzes Gottes dortselbst sein. Ihr habt mir nur geweissagt, dass ich nach Palästina kommen würde, und Ihr wusstet nicht einmal, ob lebendig oder tot.«
Er schweigt beleidigt.
Meine Mädchen bringen auf meine Anweisung Milch und Honig, Wein und Brot, und ungeachtet seines verklärten Auftritts isst und trinkt er mit großem Genuss. Im Übrigen ist seine Stimmung umgeschlagen aufgrund der Abfuhr, die ich ihm erteilt habe.
»Verachtet nicht das Wissen der Kabbala!«, sagt er mit vollem Mund, es klingt fast drohend. Seine stechenden Augen mus-

tern mich mit einer Art von Zorn. (Wenigstens hört er auf, mich zu duzen.)
Ich kann Eiferer nicht ausstehen. »Ich bin eine einfache Handelsfrau«, sage ich sachlich, »und ich liebe Zahlen. Mit Zahlen haben wir gespielt am Ufer des Po di Volano, und Euch sowie Rabbi Soncino und natürlich den Weisen von Safed ist es vorbehalten, die großen Erkenntnisse herauszufiltern. Aber bitte, zieht mir kein Kleid an, das nicht für mich zugeschnitten ist. Wenn ich Euch irgendwie behilflich sein kann, so sagt es mir. Meine Zeit ist begrenzt. Ich habe meine Arbeit zu tun.«
Ja, ich könne ihm behilflich sein!, erklärt er eifrig. (Ich habe es mir fast gedacht.) Er will dorthin, dorthin, wo unsere Heimat ist, und so schnell wie möglich. Aber er hat keine Mittel für eine Schiffspassage …
»Natürlich werde ich Euch bei Eurem frommen Vorhaben unterstützen«, sage ich. »Aber im Augenblick gibt es niemanden in Istanbul, der die Küste Palästinas anlaufen will.«
»Unsere eigenen Schiffe mit den ersten Siedlern, denen aus Cori, starten von Pesaro aus«, erkläre ich ihm weiter. »Also kann ich Euch kaum helfen. Ihr müsst Euch in Geduld fassen. Eine Karavelle aus Candia ist auf dem Weg hierher, aber der Himmel weiß, wann sie eintrifft. Das Wetter ist tückisch um diese Jahreszeit.«
»Gern will ich warten!«, sagt er und ringt die Hände. »Aber wo und wie? Señora, ich bin am Ende. Ich hause schon jetzt in den erbärmlichsten Quartieren und baue auf die Almosen unserer Brüder.«
Ich verstehe. Das Belvedere ist weitläufig genug, mag er hier hausen, bis er ein Schiff findet. Falls er nicht ständig meine Gesellschaft sucht und mit mir über den Funken der Herrlichkeit des Ewigen auf mir reden will …

Er dankt mir überschwenglich.
»Ihr werdet einen alten Bekannten treffen«, sage ich. »Amatus Lusitanus lebt ebenfalls hier bei mir in Galata.«
»Lusitanus?« Er zieht ein langes Gesicht. Ich erinnere mich, dass der Arzt bei unseren Disputen vor Ferraras Toren sein größter Widerpart war; die nüchterne Art, Welt und Wirklichkeit zu betrachten, wie sie ihm eigen ist, gefiel dem schwärmerischen Marsilio wenig.
»Nun«, sage ich amüsiert, »Ihr müsst ihm ja nicht begegnen. Ich quartiere Euch im anderen Flügel ein. Und nun entschuldigt mich, ich bin eine vielbeschäftigte Frau.«
Im Nachhinein frage ich mich, was ich jemals an diesem Fanatiker gefunden habe; an ihm und an Rabbi Soncino …

Ich bin müde, aber ich kann nicht schlafen. Wandere durch die Gänge des Belvedere, wie ich es tat an jenem Tag, den ich für meinen letzten hielt, bevor Joseph mit der rettenden Botschaft zurückkam: dass Der Herr mir einen neuen Auftrag gegeben hatte.
In diesen Tagen nun liegt ebenjener Auftrag auf meinen Schultern wie ein Gebirge. Wir werden eine ganze Ortschaft umsiedeln nach Galiläa, Männer und Frauen, Kinder und alte Leute – in eine Gegend, von der Joseph zu Recht feststellte: Wir sind umgeben von Meuchelmördern …
Keinen Moment habe ich gezögert, der Umsiedlung zuzustimmen. Wie sollte es anders sein. Aber das ändert nichts daran, dass mein Herz mit Bangigkeit erfüllt ist.
Und mein Magen schmerzt.
Es ist spät in der Nacht. Ich habe meine Frauen weggeschickt, obgleich ich noch nicht ausgekleidet bin und genau weiß, unter welcher Mühe man aus dem umständlich geschnürten Mie-

der ohne Hilfe herauskommt. Meinen Zinnbecher mit Lusitanus' Rosenblätterabsud in beiden Händen, gehe ich ziellos umher, ziehe gleichsam von einer Lichtinsel zur nächsten – überall sind in bestimmten Abständen Fackeln an den Wänden befestigt, deren Brenndauer so berechnet ist, dass sie im Morgengrauen erlöschen.

Es ist sehr still. Konstantinopel schläft, und das Belvedere schläft.

Eine Melodie will mir nicht aus dem Kopf, jenes alte wehmütige Lied auf Ladino, das ich damals in Ferrara hörte, das Lied über den Maurenkönig, der Granada verlassen musste, als die Christen es erobert hatten: »Qu'es de ti, desconsolado?« Was wird mit dir, Untröstlicher?

Damals schossen mir die Tränen in die Augen, und Joseph legte mir die Hand auf die Schulter: »Nicht weinen, meine Königin!«

Habe ich gesummt, gesungen, halblaut vor mich hingesungen eben?

Was ist das? Ein Echo? Eine Stimme? Eine – Männerstimme?

Ich halte den Atem an. Jemand setzt meine Strophe fort. »Qu'es de ti, rey de Granada? Qu'es de tu tierra y tus moros, donde tienes tu morada?«

Aus den Schatten tritt jemand. Nähert sich dem Lichtkreis.

Der Becher fällt mir aus den Händen, rollt tönend über den Marmorboden.

Vor mir steht eine Gestalt, die mir noch bedrohlicher, noch furchteinflößender erscheint als der verhüllte Scheich in seinem Zelt in Galiläa. Es ist ein Mann in einer Mönchskutte. Auf seiner Brust flimmert ein großes goldenes Kreuz.

Meine Knie drohen zu versagen. Ich stehe einsam und allein in dieser Insel aus Licht in einem Gang. Das Belvedere schläft.

Keiner meiner Hausgenossen ist schnell genug zur Stelle, wenn ich schreie. Die Gestalt muss nur einen Dolch aus der Kutte ziehen und zustechen …
Stattdessen sagt sie in einem Spanisch, das auch Ladino sein kann (meine vor Angst taumelnden Sinne vermögen es nicht zu unterscheiden): »No temer, Señora. Soy un amigo.« Keine Furcht, Señora. Ich bin ein Freund.
Und er kommt nicht näher. Breitet seine Hände aus, wie um mir zu zeigen, dass er nicht vorhat, mir etwas zuleide zu tun. Dass da keine Waffe ist.
Ich warte, bis mein Herz nicht mehr so laut in meinem Hals schlägt und mein Atem nicht mehr so schnell geht wie das Hecheln eines Hundes, und sage dann das Törichtste und Naheliegendste: »Wie seid Ihr hereingekommen?«, obwohl das nun wirklich keine Rolle spielt. Er ist einfach da.
Er antwortet: »Oh, Señora, das ist nicht so schwierig. Euer Haus gleicht keinesfalls einer bewachten Festung. Ihr habt, wie man sieht, Vertrauen zu Eurer Umwelt.«
Er spricht leichthin, fast im Plauderton. »Ich habe mir gedacht, dies ist der einfachste Weg, kein Aufsehen zu erregen.«
»Kein Aufsehen – weswegen? Was wollt Ihr?« Langsam kehren meine Lebensgeister zurück.
»Nun, ich nahm an, dass Ihr Euch sicher weigern würdet, mich zu empfangen, oder falls doch, niemals unter vier Augen. Das aber ist die Voraussetzung für dieses Treffen.«
»Ich habe nicht vor, mit Euch zu reden. Verschwindet, bevor ich meine Leute wecke.«
»Señora, beruhigt Euch. Ich verstehe, dass mein Auftreten Euch erschreckt haben muss. Aber bevor Ihr mir die Tür weist, erlaubt, dass ich meinen Namen nenne und sage, wer mich schickt.«

Ich schweige, lehne mich an die Wand und versuche mir klarzumachen, dass dies hier kein böser Traum ist.
Ich höre: »Ich bin Pedro Pacheco de Villena, Bischof von Jaén, einer Stadt, gelegen zwischen Granada und Córdoba im schönen Spanien, wie Ihr sicher wisst, und Kardinal der Kurie.« Und ich fange an, zu begreifen, dass es sich um die Realität handelt, was ich gerade erlebe.
»Kardinal?«, sage ich langsam. »Ihr tragt eine einfache Mönchskutte!«
»Es wäre nicht sinnvoll gewesen, bei meinem Vorhaben hier in Purpur und Violett aufzutreten.«
»Kommt näher«, sage ich. »Wenn Ihr mich umbringen wolltet, hättet Ihr es längst tun können, nicht wahr?«
»Ja, das stimmt«, erwidert er und tritt zu mir in den Lichtkreis.
Es ist ein hochgewachsener Mann mit grauen Haaren, hager unter seiner Kutte, keiner von den vollgefressenen Geistlichen, wie man sie in Europa so häufig sieht. Sein Gesicht ist bräunlich und sanft, er hat graue Augen, und er lächelt. Bei seinem Lächeln fällt mir etwas ein: Jaén zwischen Granada und Córdoba …
»Wann seid Ihr geboren, Eminenz?«, frage ich.
»Im Jahre des Herrn 1488«, erwidert er, »und ich war, falls das der Grund Eurer Frage ist, ein Kind von vier Jahren, als man Eure Verwandten aus Spanien – verbannt hat.«
»Nein«, sage ich und werde wieder zu der Frau, die ich war, bevor ich mich in eine Sklavin der Angst verwandelt hatte beim Anblick dieser Gestalt. »Aber mein verstorbener Mann und dessen Bruder waren auch noch Kinder, als man sie austrieb. Und sie hatten den Geruch der Scheiterhaufen und das Jammern der aus ihren Häusern Verjagten gespeichert in ihren

Sinnen. Ihr habt nichts dergleichen erlebt, nehme ich an? Ihr wart ein gutbehütetes Christenkind irgendwo fern von allem Geschehen der Welt, nicht wahr? In einem Kloster oder einem Schloss.«

Wieder gibt er keine Antwort.

Ich schlucke. »Also, was wollt Ihr?«, frage ich. »Fasst Euch kurz.«

»Señora«, sagt er und schiebt nun die Hände in die Ärmel seiner Kutte, wohl, weil er meint, mich davon überzeugt zu haben, dass er keinen Dolch bei sich hat (bin ich mir sicher?), »was ich vorzubringen habe, ist nicht mit zwei Sätzen abgetan. Immerhin bin ich der Vertreter eines Teils des Kardinalskollegiums. Lasst Euch gesagt sein, dass die Herren, deren Sprecher ich bin, durchaus keine Freunde dessen sind, der im Moment auf dem Heiligen Stuhl sitzt. Ich bitte Euch, hört mich in Ruhe an. Es ist zu Eurem Vorteil. Ihr versteht Euch doch auf – auf Kompromisse. Vielleicht kommen wir zusammen.«

»Wie soll die Jüdin Nasi einen Kompromiss mit den Männern schließen, die Israel verfolgen? Ich verstehe Euch nicht.«

»Urteilt darüber erst, nachdem Ihr mich angehört habt!«, bittet er, und seine Stimme klingt schmeichelnd. »Es redet sich schlecht hier auf dem Gang Eures Palastes. Gewährt mir, in einem Eurer Räume mit Euch zu sprechen.«

Nein, ich will diesen Menschen nicht in meinen Gemächern haben. Aber sicher können wir nicht hierbleiben, ich gegen die Wand gelehnt, er vor mir stehend …

Mir fällt der Warteraum in der Nähe unseres Kontors ein, wo sich Bittsteller zu versammeln pflegen. Dieser Kardinal scheint ja wohl so etwas wie ein Bittsteller zu sein. Und wir sind in der Nähe dieses Ortes.

Ich stelle mich auf die Zehen und nehme eine Fackel aus der Halterung.

»Kommt«, sage ich und gehe vor ihm her, und mein Rücken fühlt sich an wie preisgegeben, da er hinter mir ist. Ich bin schutzlos. Herr, gib mir Mut.

Wir erreichen den Raum, der nur sparsam mit Stühlen und Tischen möbliert ist. Ich weise meinem ungebetenen Gast einen Platz an und befestige die Fackel so an einer Strebe, dass er in der Helligkeit und ich im Schatten bin. Das unruhig flackernde Licht belebt seine Züge auf eine fast gespenstische Art, und sein weißer Haarkranz unter der Kappe, die seine Tonsur bedeckt, leuchtet. Er sieht schön aus. Schön und unheimlich.

»Redet!«, fordere ich ihn auf und setze mich ihm gegenüber.

»Ich danke Euch, dass Ihr mich anhört!«, beginnt er fast demütig. »Ihr werdet bald feststellen, dass es hochwichtig für Euch ist, was ich Euch zu sagen habe. Zunächst einmal sollt Ihr wissen, dass die Tage des Papstes gezählt sind. Gott der Herr wird ihn bald zu sich rufen.«

»Letzteres bezweifle ich«, kann ich mir nicht verkneifen, zu sagen. »Im Übrigen ist diese Todesbotschaft nichts Neues für mich.«

Gleitet ein Lächeln über das Gesicht des Mannes vor mir? Die Schatten verwischen es.

»Nicht nur im Kardinalskollegium macht sich zunehmend Unmut breit über die allzu eifervolle Strenge und Engherzigkeit von Santitas Sua, Seiner Heiligkeit; überall im Land gärt es, und wir sind sicher, dass die Stadt Rom das Ableben ihres jetzigen geistlichen Hirten mit Freudenfesten feiern wird, denn die Kerker der Inquisition sind voller Unschuldiger, die allesamt der Ketzerei bezichtigt werden, und die Häscher des Offiziums machen weder vor Hoch noch vor Niedrig halt.«

»Wozu sagt Ihr mir das? Was geht mich an, was in Rom passiert?«

»Lasst mich weiterreden!«, sagt er beschwörend. »Es geht Euch in der Tat sehr viel an. Die Herren, für die ich spreche und aus deren Mitte unfehlbar der neue Papst hervorgehen wird, haben das, was Ihr und Euer Haus in Ancona … angestellt habt, mit großer Nachdenklichkeit betrachtet.«

Ich kann nicht mehr an mich halten. »Vielleicht hättet Ihr und Eure Freunde zuvor mit mehr Nachdenklichkeit und mehr Mitgefühl betrachten sollen, was die Kirche in Ancona angestellt hat!«, sage ich voller Zorn. »Wenn Eure Kardinalskollegen so im Widerspruch zu dem Caraffa-Papst stehen, vielleicht hätten sie verhindern können, dass die Scheiterhaufen brennen!«

Mein Gegenüber breitet bedauernd die Arme aus. »Leider verkennt Ihr die Befehlsstrukturen im Vatikan. Der Papst ist unfehlbar und der Statthalter Christi, solange er es denn ist.«

Mit einer Handbewegung schneide ich ihm das Wort ab. »Wie gesagt: Was geht mich das an? Kommt zur Sache, Eminenz. Was wollt Ihr?«

Er seufzt, wohl aus Ungeduld oder Bedauern, dass ich so wenig auf ihn eingehe.

»Wie ich ausführte, Señora, ist Eure Aktion von uns mit Nachdenklichkeit betrachtet worden.« (Er schlägt die Beine unter seiner Kutte übereinander. Seine Füße in den groben Sandalen sind weiß wie Frauenfüße, mit makellos gepflegten Nägeln.) »Ja, ich darf sagen, dass es den Vernünftigen und Vorausschauenden unter meinen Amtsbrüdern wie Schuppen von den Augen fiel. Die Handelsblockade – obwohl Ihr leider gezwungen wart, sie früher abzubrechen, als Ihr beabsichtigtet – hat durchaus ihren Zweck erfüllt. Ich würde sie im Nachhinein eine erfolgreiche Aktion nennen, denn sie hat uns bewiesen, welche kommerzielle Macht Ihr und Eure Glaubensbrüder in der christlichen Welt darstellt. Und in einer Zeit, in der sich die heilige Kirche mit Ketzern aller Arten herumschlagen muss und die Gläubigen hoffnungslos zerstritten sind, sollten wir uns darauf besinnen, dass wir mit dem Volk, das unseren Herrn Jesus Christus hervorgebracht hat, in Eintracht, Wohlstand und Frieden leben sollten.«

»Hohle Worte!«, entgegne ich verächtlich.

»Durchaus nicht!« Er beugt sich vor, und seine grauen Augen schimmern eindringlich im Licht. »Es geht um konkrete Vorschläge.« Er räuspert sich. »Hättet Ihr wohl einen Schluck Wasser für mich?«, sagt er bittend. »Ich will Euch große Dinge verkünden, und mir klebt die Zunge am Gaumen.«

»Nein!«, erwidere ich, ohne nachzudenken.

»Señora!« Er lächelt. »Ich habe Euch nicht um Brot und Salz als Willkommen gebeten. Es geht nur um einen Trunk.«

Ich schüttele stumm den Kopf und presse die geballten Fäuste gegeneinander. Nein. Nichts. Als *meine* Vorfahren in den Kerkern von Córdoba, von Granada und gewiss auch von Jaén *seine* Vorfahren um einen Schluck Wasser anflehten, anwinselten, nachdem man ihnen auf der Folter kübelweis Salzlake eingeflößt hatte – hat sich da wohl einer erbarmt? Nichts. Er bekommt nichts von mir, Seine Eminenz Pedro Pacheco de Villena.

Die Stille lastet. Dann sagt der Kardinal: »Nun gut. Es tut nichts zur Sache.« Er räuspert sich erneut. Seine Hand tastet nach dem Kreuz auf seiner Brust. »Verehrte Dona Gracia: Wir unterbreiten Euch ein Angebot. Nach dem Tod Seiner Heiligkeit und wenn meine Partei im Vatikan den neuen Papst stellt, wird sich das Schicksal der Juden und Conversos wenden. Wir haben in unseren Annalen nachgeschlagen und gefunden, dass in jenen Zeiten, bevor das christliche Europa versuchte, Jerusalem und das Heilige Grab zu befreien, vor den Kreuzzügen also, Christen und Juden nicht nur in Spanien, sondern fast überall in Europa in Eintracht miteinander lebten. Diesen Zustand wiederherzustellen, soll unser Bestreben sein.«

In meinen Ohren braust es. Was meint dieser Mann?

»Erklärt Euch!«, fordere ich. »Wovon genau sprecht Ihr?«

Nun lächelt der Kardinal wieder, zufrieden diesmal. »Der Ruf, der Euch vorauseilt, nämlich, dass Ihr eine Dame seid, deren scharfer Verstand sich mit praktischer Tatkraft paart …«

Ich mache eine ungeduldige Handbewegung, und er unterbricht sich. »Zur Sache also«, sagt er, und seine wohlklingende Stimme nimmt jetzt eine gewisse klare Schärfe an. »Die erste Tat unseres neuen Mannes auf dem Papststuhl wird sein, das Offizium der Inquisition aufzulösen. Keine Verfolgung Andersdenkender mehr. Jeder Converso kann, wenn er es denn begehrt, frei und offen zum Glauben seiner Väter zurückkehren. Nach und nach werden die Mauern der Ghettos eingerissen. Juden und Christen können miteinander und nebeneinander wohnen. Alle Mitglieder des Alten Bundes können jeden Beruf ausüben, den sie wollen, es wird keine Beschränkungen mehr geben, und jüdische Ärzte können wieder jeden behandeln, der ihre Dienste in Anspruch nehmen möchte. Natürlich wird das Tragen einer bestimmten Kleidung nicht mehr gefordert, so wenig wie öffentliche Demutsbezeigungen. Hassfeldzüge und Ausschreitungen gegen jüdische Gemeinden, wo auch immer, werden mit unnachsichtiger Strenge geahndet. Die Juden des christlichen Europas werden frei sein. Frei und gleichberechtigt. All das wird seine Zeit brauchen, aber es wird geschehen.«

Er lehnt sich zurück, schiebt die Hände wieder in die Ärmel seiner Kutte, senkt die Lider. Wartet auf meine Antwort.

Und auch ich schließe für einen Moment meine Augen. Groß und überwältigend steigt eine Zukunft vor mir auf, in der wir uns nicht mehr verstecken, nicht mehr weglaufen müssen in den Städten und Ländern, in denen wir seit Jahrhunderten lebten und die wir als unsere Heimat betrachteten. Was dieser Mann anbietet, das ist mehr, als ich in Ancona zu erreichen hoffte. Die Gleichberechtigung in Handel und Wandel, das Ende der Verfolgungen … Alles hätte man einem weltlichen Partner, wer auch immer das hätte sein können, abtrotzen müssen, und gewiss gegen den Widerstand der Kirche. Wenn sich jetzt aber eine neue Strömung innerhalb des Vatikans sozusagen selbst vor den Karren der Juden spannt, dann …

Wenn. Wenn diese Leute denn an die Macht kommen. Wenn sie dann ihre Versprechen halten. Und wenn …

»Der neue Mann auf dem Papststuhl – könnte es sein, dass man Euch mit diesem Amt betraut?«, frage ich.

Sein Gesicht ist ohne Regung. »Wenn der Wille Gottes und die Zustimmung meiner Amtsbrüder es verlangen, werde ich mich nicht weigern können.«

(Was für ein Hochmut hinter dieser Fassade der Demut!)

»Welche Gegenleistung erwartet Ihr, Eminenz?«, frage ich, so ruhig ich nur kann. »Was gibt es auf der Welt, das jemand wie ich tun kann, um derartige Vergünstigungen für mein Volk zu erlangen?«

»Nun, es handelt sich um eine Kleinigkeit. Wir haben erfahren, dass Ihr von der Hohen Pforte eine Steuerpacht in Palästina erhalten habt, und überall, so hört man, kursieren Aufrufe, welche Siedler an den See Kinnereth von Tiberias locken sollen – ein Unterfangen, das verständlich ist, solange die Juden im christlichen Abendland unter Verfolgung und Erniedrigung leiden müssen. Aber das würde ja vorüber sein. Ich denke mir, die Einnahmen aus der Provinz Galiläa werden auch ohne diese Anstrengungen zufriedenstellend sein.«

»Und also?«

»Wir haben erfahren, dass sich Eure Geschäftsträger in diesen Wochen um die Übersiedlung der Gemeinde Cori bemühen.«

»Das ist zutreffend«, sage ich und muss mir Mühe geben, aufrecht zu sitzen und mich nicht über meinen Magen zu krümmen.

»Dieser Auszug von Kolonisten würde, falls wir übereinkommen, der letzte sein. Keine jüdischen Siedler im Heiligen Land.«

So. Nun ist es heraus. Ich stehe auf und entferne mich von ihm. Durchmesse diesen kahlen Raum mit weichen Knien und hätte nun selbst gern einen Schluck Wasser.

Das will er mir also abhandeln. Keine Juden im Heiligen Land. Keine Heimkehr.

»Euer Vorschlag verwundert mich«, sage ich, mühsam beherrscht. »Ihr als gebildeter Kleriker dürftet doch wissen, dass Erez Israel die Heimstatt meines Volkes ist, vom Herrn uns verheißen.«

»Verehrte Señora! Ich möchte mich nicht auf eine theologische Diskussion mit Euch einlassen.« In seiner Stimme ist wieder das Einschmeichelnde. »Der göttliche Heilsplan, in dem das Volk Israel eine so große Rolle gespielt hat, er geht nun einmal weiter. Er endet nicht bei euch. Jesus Christus der Erlöser wurde geboren, und zwar in Jerusalem. Und all die Kreuzzüge, in denen so viele Helden der Christenheit ihr Leben lassen mussten und letztlich vergeblich gegen die Macht der Heiden anrannten – die dürfen nicht umsonst gewesen sein.«

Jetzt kommen seine Sätze hart, wie geschmiedet. »Gott der Herr hat Euch in die Zerstreuung geschickt, und dort sollt Ihr auch bleiben. Galiläa, Palästina, später vielleicht gar Jerusalem wieder in jüdischer Hand zu wissen – das ist für die Christenheit nicht annehmbar. Verzeiht schon. Mit Euch handeln und wandeln wollen wir gern. Aber nicht Gottes Ratschluss rückgängig machen.«

Auf einmal ist mir nach Lachen zumute. »So fürchtet Ihr also, Eminenz, dass die Nachkommen meiner Siedler von Tiberias einst in Jerusalem wohnen könnten?« (So, wie ich es mir wünsche für eine ferne Zukunft …?)

»Es darf nicht sein«, erwidert er gemessen.

»Es ist doch nur ein winziger Landstrich, und Juden haben dort seit jeher ihre bescheidenen Wohnsitze gehabt«, dringe ich in ihn. »Sie haben dort ihre Toten begraben und die Thora ausgedeutet – weiter nichts. Wie soll das Christenvolk Anstoß nehmen daran? Jerusalem ist weit.«

»So weit auch nicht, und Ihr seid die Señora«, erwidert er. »Vieles scheint bei Euch möglich.«

Und ich stehe da im Dunkeln und begreife, dass dieser Kleriker uns auf eine andere, auf eine viel tiefere Weise hasst und … ja, und eben fürchtet, als ich es bisher für möglich gehalten habe.

Verachtet und geduldet, als die »Überreste« des Volks, aus dem ihr Erlöser geboren wurde und das sich weiterhin halsstarrig weigert, ihn als Messias anzuerkennen. So sehen sie uns und ertragen uns vielleicht. Aber Juden im Heiligen Land, Juden in Erez Israel? Das stellt das Weltbild der Christenheit auf den Kopf, denn Der Herr hat die Juden ja mit Zerstreuung in alle Welt gestraft …

Was für Narren. Was für bornierte Narren.

»Sagt mir, Eminenz«, frage ich leise, »welche Meinung hat Papst Paul zu diesem meinem Tiberias-Projekt? Hegt er ähnliche Befürchtungen wie Ihr und Eure Freunde?«
»Es gibt kaum etwas, worin wir mit dem starrsinnigen Obersten Hirten einig sind, wenn es um die Formen der Ausübung unseres Glaubens geht. Aber was die ewigen Grundsätze unserer Religion betrifft, so existieren keine Meinungsverschiedenheiten«, erwidert Pedro Pacheco gemessen.
»Was heißt …?«
»Was heißt: Ja, er denkt ebenso. Aber sicher wird er anders mit den Auswanderungswilligen umgehen, als wir es täten. Er wird dafür mehr Leute in den Kerker senden.«
»Und die Umsiedlung der Bürger von Cori?«
»Dergleichen muss eine einmalige Aktion bleiben. Wir werden Paul bewegen, keiner weiteren Auswanderung zuzustimmen.«
Ich nehme wieder Platz, beuge mich vor und sehe geradewegs in diese grauen Augen, die meinem Blick mit tiefer Ruhe standhalten. »Was also bietet Ihr mir an, Eminenz? Ob Caraffa lebt oder stirbt, ob Ihr und die Euren den nächsten Papst stellt oder nicht – Ihr werdet alle weiter einer Übersiedlung von Juden ins Heilige Land entgegenwirken. Wo ist, um als Kauffrau zu sprechen, mein Profit?«
»Euer Profit, verehrte Señora, besteht darin, dass Ihr Gelegenheit erhaltet, die Lage Eures Volkes im christlichen Europa auf eine Weise zu verbessern, wie Ihr es vielleicht durch Ancona hättet erreichen können. Ist das nicht sinnvoller, als Schweiß und Mühe aufzuwenden und viel Geld in Übersee anzulegen?«
»Wie soll ich Euch trauen?«
»Wir könnten feste Verträge schließen. Der Vorteil ist auf beiden Seiten.«
»Und was, wenn Ihr und Eure Gesinnungsgenossen bei der

nächsten Papstwahl nicht die Oberhand gewinnt? Wenn der nächste Heilige Vater die Kerker der Inquisition ausbaut und noch ein paar mehr Scheiterhaufen errichtet?«

»Dies Risiko teilt Ihr mit uns, Dona Gracia. Ganz ohne Wagnis kein Gewinn.«

Er erhebt sich. »Sicher wollt Ihr Euch bedenken. Ihr könnt mir Eure Meinung in die Gesandtschaft des …«

Meine aufgehobene Hand stoppt ihn. »Nein. Meine Antwort ist ein Nein, Eminenz.«

Er zieht scharf die Luft ein. »Señora! Ihr schlagt viel in den Wind um einer Chimäre willen! Denkt an den Frieden! Denkt daran, wie viel Leid ihr abwenden könnt!«

»Weiß ich denn, ob Euer Angebot nicht auch eine Chimäre ist? Verlasst mich.«

»Dies mein Angebot steht noch immer. Blutvergießen und Not wollt Ihr eintauschen gegen eine sichere Zukunft der Juden Europas?«

»Geht.«

Er schüttelt den Kopf. »Di marmo siete voi«, murmelt er auf Italienisch. Aus Marmor seid Ihr. Das sind die ersten Worte eines Madrigals des Dichters Tasso.

Er liebt wohl Lieder und Dichtung.

Dann verschlingt ihn die Dunkelheit.

Was ist da eben geschehen, Gracia Nasi?, fragst du dich. Fändest du im Gang nicht den Zinnbecher mit dem verschütteten Elixier – vielleicht hättest du ja an ein Phantom geglaubt, ein fleischgewordenes Traumgesicht, das dich heimsucht in all deinen Sorgen und Bedrängnissen.

Aber der Becher ist da, und du hebst ihn auf und gehst wie eine Träumende zurück in deinen Teil des Hauses.

Was hat dieser Mann, dieser Kirchenfürst, dir soeben angeboten? Du sollst den ewigen Traum von Erez Israel aufgeben, die Hoffnung, wieder eine Heimat zu finden und auf die Ankunft von Messias zu warten – die Aufgabe, die dir der Allmächtige in den Schoß geworfen hat zum Zeitpunkt, als du schon gehen wolltest –, sollst stattdessen, nun plötzlich, das erlangen, worum du dich zuvor bemüht hast; vielleicht, wenn du denn den Zusagen dieses Menschen vertrauen kannst …
Dir fällt eine Szene aus dem christlichen Teil der Bibel, dem Neuen Testament, ein. Dort entführt der Teufel Jesus auf einen hohen Berg und zeigt ihm die Reiche der Welt. Und er sagt: Das alles will ich dir geben, wenn du mich anbetest!
Man hat nicht einmal Anbetung von dir verlangt, Señora. Nichts weiter, nur, den Traum deines Volkes zu verraten. Für das Versprechen eines unsicheren Burgfriedens, für dessen Dauer ohnehin niemand bürgen könnte.
Draußen wird es schon dämmrig, als ich die Vorhänge meines Betts zurückschlage und beschließe, mich so, wie ich bin, in meinen Kleidern, hinzulegen.
Nun weiß ich, dass nicht nur die Beduinen uns bedrängen werden, sondern auch das christliche Europa uns Steine in den Weg werfen wird. Es wird mühselig. Sehr mühselig.
Gut. Soll es denn mühselig sein.
Ich werde keinem Menschen von dieser Heimsuchung erzählen. Nicht einmal Joseph.

Entgegen meinen Befürchtungen, die mich nach diesem Gespräch nicht losließen, kam Don Joseph zurück mit guten Nachrichten. Sein Verhandlungsgeschick und unser Silber waren im Kirchenstaat auf die einschlägigen Beamten getroffen und Don Samuel bereits mit den Umsiedlern von Cori auf dem

Weg über den Apennin nach Pesaro, um sich mit ihnen einzuschiffen.
Erfolg auf der ganzen Linie. Für diesmal; ich wusste ja nun, dass wir für die nächsten Aktionen mit größeren Widerständen rechnen mussten.
Von Zeit zu Zeit, abends, wenn mich mein Weg nun durch die Gänge des Belvedere führte, erwartete ich, dass aus der Dämmerung plötzlich das »Phantom« auftaucht, Kardinal Pedro Pacheco de Villena genannt, und sich mit einem Lied aus Andalusien ankündigt, als brächte er Grüße aus einer längst verschollenen Heimat.
Habe ich den richtigen Entschluss gefasst?
Aber vielleicht gibt es keinen richtigen Entschluss. Nur einen möglichen.

Und dann kommt La Chica zu mir. Zu meiner Verwunderung trägt sie Knabenkleider, einen Degen an der Seite, das Haar unter einer Kappe verborgen.
»Was soll die Maskerade?«, frage ich, aufsehend von unseren Büchern, die mir der besorgte Ugarte zur Prüfung vorgelegt hat.
Sie senkt den Kopf. »Segne mich, Dona Gracia. Ich werde meinem Mann hinterherreisen.«
»Du willst *was?*« Ich erhebe mich langsam. Was ist mit dem Mädchen los?
»Ich gehe noch heute zu Schiff. Werde mich Marsilio anschließen, denn sonst wird es zu spät im Jahr. Dann fährt nichts mehr über das Mittelmeer. Wahrscheinlich komme ich dann zur gleichen Zeit an wie Samuel.«
Ich runzele die Stirn. »Ich verbiete es dir!«, sage ich entschieden.

»Aber wenn er dann da ist, wird er dort bleiben, nicht wahr?«, sagt sie. »So ist es beschlossen, er ist dein Verwalter dort drüben.«
»Das ist richtig«, entgegne ich.
»Dann will ich zu ihm. Jetzt.«
»Es ist viel zu gefährlich, zu dieser Jahreszeit. Ich bin es Samuel schuldig, dich vor Torheiten zu bewahren.«
Wir stehen uns gegenüber, und in ihren Augen erkenne ich meine eigene Entschlossenheit wieder, meine Unerbittlichkeit.
»Um mich vor Torheiten zu bewahren, will ich übers Meer«, entgegnet sie zweideutig. Es zuckt um ihren Mund. »*Dir* müsste meine Abreise doch sehr gelegen kommen!«
»Ich verstehe dich nicht.«
»Frag deine Tochter Reyna«, sagt sie. »Der habe ich's erklärt.«
Ich werde ärgerlich. »Was ist das für eine Antwort?«
»Eine, die mit dem dir gebührenden Respekt erteilt wird, Señora.« Sie stockt, fährt fort: »Und überdies: Ich habe in Ferrara gedacht, es muss sein, dass ich hierherkomme, denn ich hatte einen Traum. Einen Traum davon, dass es meine Pflicht sei. Aber nun denke ich, dass der Traum mir vielleicht bedeutet hat, ich müsse mitwirken an diesem Werk, an dieser Heimkehr. Und das kann ich dort besser als hier. Erlaubt mir die Abreise.«
Sie macht die Lider schmal. Ihre kurzsichtigen Augen schweifen in die Ferne. –

Es ist erst ein paar Stunden her, dass mir, La Chica, meine Cousine Reyna Nasi weinend in den Armen lag und mich beschwor, zu bleiben. Ach, ihre Einsamkeit.

Ich befreite mich aus ihren Armen, trotz allen Mitleids, das ich mit ihr hatte.
»Sei mir nicht böse, mi Reyna, hier kann ich nicht sein. Ich halte es nicht aus, jeden Tag die Ehe zu brechen.«
»Wieso brichst du die Ehe?«
»Ich breche sie in Gedanken, Cousine. Ich breche sie mit deinem Mann. Wenn er mir auf dem Gang entgegenkommt, wenn er mich ansieht, wenn er lächelt, kehrt sich in mir das Unterste zuoberst. Meine Knie werden weich. Ich weiß mir nicht zu helfen. Mit jedem Blick, den ich mit deinem Mann tausche, betrüge ich den meinen. Ich muss fort.«
Da versiegten Reynas Tränen. »Ehebruch?«, sagte sie, und ihre Lippen formten das Wort, als spräche sie es zum ersten Mal aus.
»Lies im Tanach! Auf Ehebruch stand früher die Steinigung.«
Reyna starrte mich an und brach dann in ein verzweifeltes Lachen aus. »So etwas hier zu hören, in diesem Haus, das den Ehebruch gleichsam zum Motto macht! Dieser ganze Palast müsste schon unter einem Berg von Steinen begraben liegen, hier, wo die Mutter der Tochter jede Liebesnacht – Liebesnächte mit *meinem* Mann, versteht sich! – neidet und verübelt, hier, wo alle Hausgenossen wissen, dass fast täglich das sechste Gebot gebrochen wird! Oh, *chicita,* willst du das ganze Haus Nasi gleichsam als die wahrhaft fromme Jüdin, als die einzige Gerechte vor dem Zorn des Herrn bewahren?«
Ich schüttelte den Kopf. »Nein, Reyna. Ich will nur für mich selbst handeln. Denn das andere – das tut deine Mutter. Und es ist augenblicklich so, dass sie das Haus Nasi nicht nur vor dem Zorn des Herrn bewahrt, sondern Gnade über Gnade auf euren Scheiteln aufhäuft, denn sie rettet das Volk Israel und führt es in die Freiheit, möge in diesen Mauern hier auch Sodom und

Gomorrha herrschen. Wie auch immer: Verzeih mir. Wenn du die Schwäche hast, so zu leben, wie du lebst, dann tu es. Ich kann es nicht.«

Und ich sah, wie meine Cousine die Augen schloss, als wolle sie etwas festhalten, etwas Neues für sie …

Daran dachte ich, als ich nun der Señora gegenüberstand, und ich merkte wohl, dass sie verstand. –

Pflicht, höre ich aus dem Mund dieser jungen Frau. Mitwirkung am Werk.

»Ist es, dass Samuel dich braucht?«, frage ich. Nein, ich nehme das Wort »Zuneigung« nicht in den Mund. Genau wie ich den Begriff »Liebe« vermeide. Ich fürchte La Chicas Antwort. Ich weiß ja, dass sich alles, was Gefühl heißt, dem Nutzen unseres Imperiums unterordnen muss. Alles Gefühl, bald auch das meine …

Aber *glücklich* ist niemand von uns dabei. Auch das muss man wissen und sehen, und dies Mädchen hat es erkannt, klarer als Reyna, klarer vielleicht als ich selbst, die ich es immer als eine Selbstverständlichkeit angesehen habe, alles den Gesetzen unserer Familie unterzuordnen, auch wenn man darunter litt.

Und so erwidert mir Briandas Tochter jetzt auch: »Ich weiß, dass Samuel mich wirklich braucht. Und es ist meine Aufgabe, ihm zur Seite zu stehen.«

Was soll ich machen? Ich erteile ihr den Reisesegen.

Nein, ich gehe nicht zu Reyna, um mir erklären zu lassen, weswegen La Chica fortgeht. Ich weiß es ja.

Was für Trennungen! Bald darauf ist es auch noch meine eigene Tochter, ist es Reyna, die Abschied nimmt für diesen Winter.

Keine Woche später steht sie vor mir und bittet mich, ihr zu erlauben, für den Winter nach Antalya ans Mittelmeer gehen zu dürfen, wo es das ganze Jahr über mild und sonnig sei. Sie fühle sich nicht wohl und habe Angst vor den kalten Tagen hier am Goldenen Horn, vor den Winden vom Bosporus und den Regenfällen. Lusitanus, als ihr Arzt, würde sie begleiten.
»Aber was fehlt dir denn?«, frage ich begriffsstutzig. »Hatte dich der gute Arzt nicht wieder völlig auskuriert, mein Herz?«
»Der Arzt meint einfach, es würde mir guttun, den Winter über nicht hier zu sein«, erwidert sie und sieht mich nicht an. »Und mir fehlt La Chica. Ich hatte mich so an sie gewöhnt, sie war wie eine Erinnerung an früher, an unbeschwerte Zeiten, in Venedig ...«
»Wann gab es unbeschwerte Zeiten, außer vielleicht in Ferrara, und da war deine Cousine nicht dabei! In Venedig wollte man dich ins Kloster stecken, schon vergessen?«
Sie geht nicht auf mich ein, wiederholt nur: »Ich vermisse sie. Und sie hat mich etwas gelehrt.«
»Was hat sie dich gelehrt, Reyna?«
»Dass ich schwach bin«, sagt sie leise. »Wenn ich mit Lusitanus ans Meer gehe, gewinne ich vielleicht eine andere Stärke.«
»Stammt der Gedanke von dem Arzt?«
»So halb und halb.«
(Es würde ihr guttun, den Winter über nicht hier zu sein ... meint er vielleicht, es würde uns beiden guttun? Mir schwant etwas.)
»Ich würde gern noch mit Lusitanus sprechen«, sage ich. »Aber eines musst du doch wissen, Tochter: Wenn ich im Frühjahr aufbreche nach Tiberias, so wird das für immer sein.

Dann bist du Herrin im Belvedere, und ich bin sicher, dass du diese Rolle so ausfüllst, wie man es von einer Nasi und der Gattin Don Josephs erwarten kann.«

Reyna atmet tief und stockend aus. »Ja, Mutter«, sagt sie. Und nun sieht sie mich an. In ihrem Blick ist die Verheißung von Festigkeit und Ruhe. Die Verheißung, dass aus ihr eine andere wird. Ich fühle mich schuldig ihr gegenüber. So schuldig, wie ich wirklich bin – und erleichtert, dass sie fortwill.

Nichtsdestoweniger glaube ich mich verpflichtet, mit dem Arzt zu sprechen.

Entgegen meiner Gewohnheit lasse ich ihn nicht zu mir kommen, sondern suche ihn auf; er hat sich rargemacht in der letzten Zeit, ließ sich gern entschuldigen, wenn es darum ging, mit mir und den engsten Mitarbeitern und Verwandten zu speisen. Inzwischen, so erfahre ich, hat er sein Quartier gewechselt, er kam mit dem Platz nicht mehr aus.

Ich finde ihn gleichsam in einer Höhle, einer Wabe von Kräutern, die gebündelt in Büscheln von der Decke hängen oder auf hölzernen Stellagen zum Trocknen ausgebreitet sind. Inmitten dieses betäubend duftenden Grünzeugs stehen zwei große, blankgescheuerte Tische. Auf dem einen befinden sich Retorten und Gläser mit geheimnisvoll gefärbten Flüssigkeiten, Kolben und Mörser und kleine Kupferkessel, die brodeln, ohne dass darunter ein Feuer zu sehen ist. Ein Hexenlabor! Daneben die »Folterinstrumente« des Arztes, seine Zangen, Scheren, Messer, merkwürdig gebogene Werkzeuge, deren Funktion mir unklar ist. Der zweite Tisch ist bedeckt von Schreibkram. Pergamente, Papierblätter, vollgeschmiert mit Notizen, Berechnungen, Formeln – etwas, das mich stark an mein Kontor erinnert und mir ein vertrautes Gefühl gibt. Daneben die ersten Bogen der Reinschrift seines rekonstruierten Buchs, schöne glänzende Seiten mit fein schraffierten anatomischen Silberstiftzeichnungen.

Lusitanus scheint ein bisschen überrumpelt von meinem Kommen. Er erhebt sich hastig von den Notizen, über die er tief gebückt gearbeitet hat, und verbeugt sich.

»Señora! Warum habt Ihr mich nicht rufen lassen? Ihr hättet Euch doch nicht hierherbemühen müssen!«

»Dann wäre mir ja entgangen, in welcher Hexenküche Ihr haust, Amatus!«, sage ich bewundernd und lasse eine Hand über die frisch beschriebenen Seiten des Manuskripts gleiten: Sie fassen sich an wie Seide. »Und da Ihr Euch in der letzten Zeit hartnäckig verweigert, dachte ich, es sei an der Zeit, zu Euch zu gehen und Euch mitzuteilen, wie sehr man Euch vermisst. Allerdings, andere haben ja längst den Weg zu Euch gefunden.«

»Ihr meint Eure Tochter? Ja, sie geht mir manchmal zur Hand. Ihre Wissbegier ist groß.« Es klingt beiläufig.

Ich seufze bedrückt. »Das habe ich wohl stets unterschätzt. Sie wird sich all die Zeit in diesem Haus gelangweilt haben. Und nun wollt Ihr das alles hier stehen- und liegenlassen, Eure Arbeit unterbrechen und mit Madonna Reyna für einen ganzen Winter in die südliche Provinz gehen?«

Der Arzt ordnet seine Blätter – oder wirft er sie durcheinander? Er schweigt.

Vorsichtig berühre ich ihn am Arm. »Lusitanus, wem wollt Ihr einen Gefallen tun? Für wen gebt Ihr ein halbes Jahr Eurer Arbeit dran? Für Reyna – oder für mich?«

Er dreht sich zu mir herum, seine Augen sind voller Wehmut. »Ich bin Euer Arzt und auch der Eurer Tochter. Ich hoffe einfach, es … erträglicher zu machen für beide. Trennung wird Euch guttun und Madonna Reynas Seele heilen.«

»An welcher Krankheit leidet die Seele meiner Tochter?«, frage ich, und eigentlich weiß ich die Antwort ja schon.
»An der Traurigkeit verschmähter Liebe«, sagt er ruhig und geradezu. »Und an der Last, immer die Zweite sein zu müssen. Lasst es einfach so stehen, Señora, und vertraut auf die Kräfte der Zeit und der Entfernung. Alles wird anders, wenn Ihr in Tiberias seid.«
»Ja«, erwidere ich. »Das weiß ich. Danke, guter Arzt, für das Opfer.« –
Nun hatte man also um uns, um Joseph und mich, eine Leere geschaffen. Die jungen Frauen waren geflohen aus einem Reizklima, das für sie auf die Dauer unerträglich sein musste, sie hatten kapituliert und uns eine Bühne überlassen, die wir allein zu bespielen hatten.
Es sollte uns nicht gut bekommen.
Der Winter fiel über uns her wie ein hungriges Raubtier.
Wir hatten das schon einmal erlebt, im ersten Jahr unseres Aufenthalts hier in Konstantinopel, als uns ein wilder Schneesturm vom Bosporus zurückversetzte in die Tage von Antwerpen. Aber im Haus dort hatten wir dickbauchige Kachelöfen und breithüftige Kamine gehabt, und die christlichen Bedienten lehrten unsere jüdischen Hausgenossen, die aus der Sonne Portugals oder Spaniens geflohen waren, diese Geräte zu bedienen, Klötze zu spalten und bröcklige Holzkohle auf die Glut zu werfen.
(Einige von den Flüchtlingen fürchteten sich vor den Bränden, die sie an die Holzstöße der Ketzerverbrennungen in ihrer Heimat erinnerten, und sie bekamen nachts Alpträume, wenn sie sich an den Feuerstellen zu schaffen gemacht hatten.)
In jenem ersten Jahr hier am Goldenen Horn war uns erbärmlich kalt in den hohen und weiten Räumen des Belvedere, und

wir kämpften mit Glutbecken und Kupferpfannen, gefüllt mit heißem Wasser, gegen unser Zittern an.

Aus den Vierteln der armen Leute sahen wir manchmal Rauch über dem Wasser aufsteigen, der sich wie ein Kleid der Angst über unsere Seelen legte. Aber natürlich waren es keine Scheiterhaufen; wir erfuhren, dass ein paar Holzhäuser in Flammen aufgegangen waren, weil ihre Bewohner zu unvorsichtig mit ihren Kohlenbecken oder den kleinen eisernen Öfen umgingen. Es gab aber auch Gerüchte, dass die Löschmannschaften, die von den Bewohnern herbeigerufen wurden, geplündert und geschändet hatten, statt zu helfen, und wir dankten dem Herrn, dass wir für uns waren und die Türen schließen und verriegeln konnten, wie die meisten drüben im jüdischen Viertel auch.

Klüger geworden, hatte Raphael Ugarte in den meisten Räumen Kamine einbauen lassen und einen Vorrat an Brennholz bestellt, das nun seitdem irgendwo in den Wirtschaftshöfen lagerte, denn die nächsten Winter bescherten uns zwar oft lange Regentage, aber keinen Frost, und wir vergaßen, was uns vielleicht bevorstehen konnte.

Nun brach es über uns herein, keine zwei Sabbatfeiern nachdem La Chica mit Marsilio davongegangen war, und mehr als alles andere presste uns die Sorge um »die Kleine«; ließ uns nicht mehr los.

Nein, es waren keine Tage des Glücks und der ungestörten Liebesseligkeit, die uns durch den Fortgang der beiden jungen Frauen beschert worden waren. Sicher musste man sich um Reyna nicht allzu sehr den Kopf zerbrechen, obgleich ihre Flucht (wie anders sollte man es nennen?) mit Lusitanus Grund genug gab, sich betroffen zu fühlen. Aber sie war zumindest nicht in körperlicher Gefahr, da sie sicher über Land reiste.

Aber La Chica? Hatte das Schiff bereits Jaffa erreicht? Oder peitschte der verheerende Sturm es zurück übers Mittelmeer, taumelnd, steuerlos, hilflos den sich auftürmenden Wellen ausgeliefert?

Und was war mit den Siedlern aus Cori? Hatten sie dem Winter entkommen können und waren an der warmen Küste Galiläas gelandet, bevor die Winde des eisigen Ostens sich auf sie stürzen konnten?

Aber niemand erfuhr etwas. Wir studierten die Schiffsmeldungen mit verdoppeltem Eifer – ach, wie wenige erreichten unseren Tisch! Es war die Jahreszeit, wo kluge Kapitäne und kluge Handelsleute ihre Galeonen und Karavellen im sicheren Hafen vertäuen. Nur wir, wir schickten unsere Schutzbefohlenen und unsere Lieben übers Meer …

An den lodernden Kaminfeuern saßen wir, den Rücken den Flammen zugekehrt, denn auch wir, wie die armen Flüchtlinge damals in Antwerpen, hatten insgeheim Angst vor der Glut. Es war uns eingeätzt über die Jahre der Verfolgung in Spanien, in Portugal, überall in Europa, wo die Scheiterhaufen brannten, und manchmal erschien uns die Wärme, die uns umgab, nicht mehr wohlig, sondern als eine heimtückische Verheißung kommenden Unheils. Wir sprachen nicht darüber, aber immer fühlten wir uns erleichtert, wenn wir uns in kleine Räume zurückzogen, die von Kohlenbecken erwärmt werden konnten – bis eines Tages Don Joseph, gereizt und bizarrer Laune durch all die vielen Unsicherheiten und durch die ihn aus dem Neuen Serail immer wieder erreichende Flut von üblen und gehässigen europäischen Nachreden über »den König von Palästina«, ein Schüreisen aus der Glut riss, es hochhielt und nachdenklich-hämisch verkündete, wie wunderbar die heilige Inquisition mit solchen Instrumenten Bärte in Brand setzen oder Augen ausstechen könne.

Da schien es ihr, als streife da draußen der Schatten des Kardinals Pedro Pacheco durch die Gänge, um Besitz zu ergreifen von Geist und Sinnen der Bewohner des Belvedere, und prophezeie durch fremden Mund, durch den Mund ihres Liebsten, die Zukunft des Volkes, gleich, was auch immer sie tun würde, und andere Kälte als die des Winters drang in ihr Herz …

Nach Josephs Ausbruch hätten wir am liebsten ganz und gar gefroren.

Wir saßen, gehüllt in Decken und Mäntel, unsere Feuer auf ein Minimum reduziert, und starrten in das Schneetreiben vor unseren durch keinerlei Scheiben oder hölzernen Läden gesicherten Fenstern; es erschien uns gleichermaßen schön und tödlich.

Nur größere Barken wagten sich noch auf das windgekräuselte Gewässer des Goldenen Horns hinaus; die Vielzahl der kleinen Schiffchen lag sicher festgemacht an den Molen.

Die Schifffahrt kam fast völlig zum Erliegen; unsere Kurierdienste, falls sie denn nicht ganz ausfielen, versorgten uns mit spärlichen oder verspäteten Meldungen.

Nachts, unter einem Berg von Pelzen, große Wärmflaschen aus Kupfer am Fußende, schmiegten wir uns aneinander, Bein mit Bein verschlungen, und nicht einmal das Feuer unserer Leidenschaft konnte die Kälte von außen und den Frost in unserem Inneren vertreiben.

Die gestohlene Zeit dieses Winters war falsch. Sie hatte einen faden Beigeschmack, im Gegensatz zu den liebe- und schmerzvollen Tagen, die Joseph mir abgerungen hatte, ehe es denn zum Sterben gehen sollte.

Dann, in der dritten Schneewoche, kam wie damals der Rauch übers Wasser gekrochen, presste den Lungen einen quälenden Husten ab, veranlasste uns, mit eukalyptus- oder lavendelgetränkten Tüchern vorm Gesicht herumzulaufen, legte sich wie ein schmieriges Gespenst zu uns zwischen die Bettlaken. Es ging nicht nur um ein paar Häuser. Das Viertel Skutari, jenseits des Bosporus im asiatischen Teil der Stadt, brannte. Es brannte im großen Stil.

Uns war klar, dass diese Brände erst der Anfang waren. Die schwarzen Holzhäuser der Armenquartiere loderten auf wie Zunder, sobald ein Stückchen glühende Kohle aus einem der unsicheren Öfen fiel oder ein Funke das Bettstroh entflammte. Der Sultan schickte nun seine Janitscharen zum Löschen; das lag nahe, denn sie waren zur Hand, aber der Großherr hatte die Disziplin seiner Elitetruppe überschätzt. Anmaßend und beutegeil, wie sie waren, nutzten sie diese Aufgabe, um die Ärmsten der Armen zu tyrannisieren und ihr Schäfchen ins Trockene zu bringen.

Als zum ersten Mal das Gebrüll der Plünderer und die Verzweiflungsschreie der Opfer zu uns drangen, beschloss ich, der jüdischen Gemeinde der Stadt Schutz in unserem Palast anzubieten. Mit Sack und Pack zog ein großer Teil der Juden Konstantinopels bei uns ein, dann verrammelten wir die Tore. Das Belvedere war zur Festung geworden, und all jene, die die Familie Mendes schon seit undenklichen Zeiten begleitet hatten, fühlten sich erinnert an Antwerpen, damals, wo die vor der Inquisition aus Portugal Geflohenen jede Etage des Stadthauses bevölkerten. Kindergeschrei und das Trappeln vieler Füße war nun allüberall, und manchmal verirrten sich verängstigte Frauen in meine Privaträume oder den Trakt der Nasi-Brüder und versicherten der Dienerschaft fast unter Tränen, sie hätten sich verlaufen in den unübersichtlichen, geräumigen Hallen. Der kleine Privattempel, unsere eigene Synagoge, hallte nun zu beinah jeder Tageszeit von Gesängen, Gebeten und Predig-

ten wider; ein angrenzender Raum wurde zur Jeschiwa, zur Schule, und die lebhaften Diskussionen um die Auslegung des Heiligen Wortes und des Talmuds hallten bis in unser Kontor.
Nun zumindest hatten wir alle Hände voll zu tun, und das schien wie eine Flucht nach vorn in diesem einsamen Winter. Wir mussten uns um all diese Menschen kümmern. Wir hatten keine Zeit, unserem eigenen Trübsinn, unserer Schwermut nachzugeben.

Übrigens blieb es nicht aus, dass die Rabbiner Konstantinopels, die wir ebenfalls aufgenommen hatten, die eigenwilligen Riten unseres Dienstes am Herrn streng missbilligten (so hatten wir nur einen Vorbeter und keinen Rabbi), auch wenn sie sich nicht getrauten, mich, die Señora, deswegen zu tadeln. Wer beißt schon die Hand, die ihn füttert.
Unter den Menschen, die Zuflucht gefunden hatten, befand sich neben den anderen Mitgliedern des Rabbinats auch Joshua Soncino.
Es war nicht zu vermeiden, dass ich ihm begegnete. Ich bin mir sicher, dass er es darauf anlegte; wahrscheinlich war er schon tagelang um meine Räume oder um das Kontor herumgeschlichen, bis er sich denn ein Herz fasste.
Er trat mir mit der Entschlossenheit eines Mannes gegenüber, der bereit ist, es darauf ankommen zu lassen, schnitt mir an einer Kreuzung von Gängen den Weg ab.
Wir standen uns gegenüber, er mit hochgerecktem Kopf, nicht bereit, mich passieren zu lassen – ich, bereit, sofort einen anderen Weg einzuschlagen.
»Was erdreistet Ihr Euch, Rabbi Joshua!«, sagte ich, und es war nicht nur der Ärger über diese erzwungene Begegnung,

sondern meine ganze Enttäuschung und Anspannung über diesen so ganz aus der Art geschlagenen Winter senkten sich in diesen Moment. »Dass ich der Gemeinde von Konstantinopel hier Asyl gewähre, bedeutet nicht, dass ich bereit bin, mit Euch zu sprechen.«

Er streckte mir beschwörend eine Hand entgegen: »Friede, Señora! Ich bitte Euch. Nun, wo der Herr Euch gesegnet hat und Euch den wahren, den richtigen Weg gezeigt hat, unser Volk zu retten – nun solltet Ihr aufhören, mir und den anderen Rabbinern nachzutragen, dass wir Euch damals von einem Weg abhielten, der uns alle nur ins Unheil gestürzt hätte.«

»Woher wollt Ihr das wissen?«, erwiderte ich. »Niemand kann sagen, was mein Handelsboykott gebracht hätte – Ihr schon gar nicht. Versucht nicht noch einmal, meine Kreise zu stören, ich rate es Euch. Versucht nicht, mit mir oder anderen Siedlern nach Galiläa zu gelangen. Ich würde Euch vom Schiff holen lassen. Und glaubt mir, es gibt Weise genug in Safed. Ihr betätigt Euch weiter nur hier. Beackert, welches Feld Ihr wollt, nur kommt mir nicht in die Quere.«

Ich wandte mich ab, bereit zu gehen.

Seine Stimme erreichte mich, sie klang flehend, kläglich: »Dona Gracia! Wollt Ihr Euch nicht versöhnen?«

Ich seufzte, aber mehr aus Ungeduld denn aus Mitgefühl. »Rabbi, wollt Ihr mich nicht verstehen? Jom Kippur, der Versöhnungstag im Herbst, ist vorüber. Wartet ab. Vielleicht nächstes Jahr.«

Und so ließ ich ihn stehen.

Im Nachhinein bedauerte ich, mit ihm jemals vertraut gewesen zu sein. Und doch: Er war nur ein kleiner, weißbärtiger Mann, klug, gelehrt, voller Scharfsinn und Beredsamkeit. Leider hat ihm der Herr eine übergroße Dosis Geltungsbedürfnis und Eitelkeit zugeteilt. Und Feigheit.

Am ersten Tag des islamischen Monats Safar ließen die Schneefälle nach, dafür wurde es für ein paar Tage noch kälter, und die Brände an verschiedenen Orten Konstantinopels flackerten heftiger auf als zuvor. Der Geschmack der Luft war wie ein böses Omen.

Es war nicht ungefährlich, sich aus dem Schutz unserer Mauern hinauszubewegen und übers Wasser zu fahren. Plünderungen waren inzwischen überall an der Tagesordnung, auch in den vornehmen Vierteln, und Menschen, denen man ihren Reichtum ansieht, sollten sich lieber vorsehen in solchen Zeiten. Aber genauso gefährlich erschien mir, Joseph, eine allzu lange Abwesenheit vom Serail. Nicht nur, dass, wenn man den hohen Herren aus dem Gesichtskreis gerät, sie vielleicht andere mit den Aufgaben betrauen, die einem zustehen – viel heikler ist es, dass man nicht in der Lage ist, gegen irgendwelche Intrigen anzusteuern. Und die gibt es immer, das dürfte feststehen.

Der Brauch, den Kronprinzen aus unserer Küche mit Leckereien zu versorgen, war während meiner Abwesenheit eingeschlafen, die Dienerschaft hatte es einfach vergessen.

Ein guter Vorwand, sich wieder einzuschmeicheln und die eisige Zeit zu »erwärmen«.

Ich brachte mit meinen Forderungen die Köche durcheinander, die für unsere Einquartierung ihre Herde in eine Art koschere Suppenküche verwandelt hatten, aber schließlich musste ich meinen Prinzen erneut verwöhnen, und unter den argwöhnischen (und neidischen) Augen einiger Hausfrauen aus der Vorstadt, die sich fürs Bekochen ihrer Familien verantwortlich fühlten, bereiteten die Unseren gefüllte Ente, Maroni, Orangen in Marsala und ein Nussparfait zu. Das alles ließ ich zusammen mit ein paar Flaschen Wein in einer sinnreichen Nachbildung der altbewährten Kochkiste verstauen, einer Erfindung jüdischer Familienmütter, um das Kochen am Sabbat zu umgehen, ein Ding, um warme Speisen warm aufzuheben, wie geschaffen für den Winter.

Dann machte ich mich auf zum Serail, vermummt in einen großen Kapuzenmantel.

In den Straßen der Stadt taute es bereits.

An der Mittleren Pforte übergaben meine beiden Diener, die ich mitgenommen hatte, die Gabe für den Prinzen an die Palastwächter und fragten, ob sie auf mich warten sollten. Ich schickte sie nach Haus, da ich sah, wie unbehaglich sie sich fühlten hier im Ungeschützten.

Immer war ja die Stille dieses Areals das Auffallende gewesen, aber jetzt schienen die verschlungenen Gartenwege vollends wie ausgestorben. Der Kies knirschte unter meinen Schuhen; es war ein unheimliches Geräusch, als würde etwas zermahlen. Von den fahlgrünen Zweigen des Rhododendrons tropfte der tauende Schnee.

Zu meinem Erstaunen empfing mich der Großwesir augenblicklich (ich hatte damit gerechnet, unangemeldet und unangefordert, wie ich war, meine Zeit im Vorzimmer abzusitzen). Der hohe Herr saß hinter seinem Arbeitstisch zwischen Bergen von Schriftrollen; während meiner Anwesenheit huschten immer wieder Ordonnanzen und Unterbeamte in den Raum, brachten Papiere, empfingen Weisungen, entweder schriftlich oder auf ein Stück Pergament hingeworfen.

»Willkommen, Nasi!«, empfing mich Rustem Pascha. »Ich weiß zwar nicht, wo mir der Kopf steht, aber deine Gegenwart kann mir vielleicht helfen, Ordnung ins Chaos zu bringen. Du

musst wissen, die Janitscharen stehen kurz vor einer Meuterei. Sökülli Pascha, der oberste Befehlshaber der Truppe, hat ihnen das Plündern während der Löscharbeiten untersagt. Die Truppe behauptet aber, das sei nur recht und billig, denn die Arbeit einer Feuerwehr sei gleichbedeutend mit einem kriegerischen Einsatz, und also könnten sie sich nach Gutdünken bedienen. Sökülli Pascha will ein Exempel statuieren und einige Rädelsführer hinrichten lassen, aber dazu bedarf es der Unterschrift des Großherrn – Allah schütze ihn! –, der befohlen hat, dass bei seinen Elitesoldaten solche Maßnahmen nicht ohne seine Einwilligung ergriffen werden dürfen. Aber die ist nicht zu bekommen! Der Padischah nämlich sitzt am Bett der Russin, hält ihre Hand und ist nicht zu sprechen. Die Zügel des Reiches schleifen. Wenn sich jetzt irgendwelche Christenhunde auf unsere Grenzen stürzen würden, wenn Venedig auf die Idee käme, seine Inseln in der Ägäis zurückzuerobern – wir müssten ohne den Befehl des obersten Kriegsherrn kämpfen. Die Liebe macht aus Männern Narren!«
Er schwieg erschrocken und sah mich an. Rustem Pascha hielt zwar mit hämischen Bemerkungen über die Damen des Frauenhauses genauso wenig zurück, wie er Selim ungeschoren ließ, aber eine despektierliche Äußerung über den Großtürken zu verlieren, das hieß mit dem Kopf zu spielen.
Ich tat so, als hätte ich die Bemerkung überhört. (Der Sultana ging es schlecht, ich wusste es ja bereits von Gracia. Nun kam überdies hinzu, dass es offensichtlich mit ihr zu Ende ging … Keine gute Nachricht, natürlich, aber zumindest war mir klar, dass es im Serail zu dieser Zeit wohl mehr als genug Probleme gab, um irgendwelche Machenschaften gegen unser Haus in Gang zu setzen.)
»Nun, einen Angriff der Venezianer müssen wir bei diesem

Wetter bestimmt nicht befürchten«, sagte ich sachlich, »soviel ich weiß, sind ihre Galeonen bei rauher See nicht besonders tüchtig. Und Kriege führt man ohnehin lieber im Sommer.«

Er starrte mich an, seine Augen im Schatten des großen mondförmigen Turbans waren schmal wie Schlitze. »Machst du dich über mich lustig, Nasi?«

»Wer würde es wagen, sich über Eure Hoheit lustig zu machen«, entgegnete ich. »Ich versuche nur, zu verstehen. Die Sultana – nun ja, steht denn zu erwarten, dass sie mit Allahs Hilfe genesen würde?«, erkundigte ich mich heuchlerisch.

»Worauf willst du hinaus?«

»Auf die einfache Tatsache, dass unser aller Herr, den Allah beschützen möge, wahrscheinlich in seinem Gram und seiner Trauer noch einige Zeit die Geschicke des Osmanischen Reichs Euch, erhabener Pascha, überlassen wird. Wollt Ihr da wegen jeder fehlenden Unterschrift unter jeden Firman handlungsunfähig werden?«

»Was meinst du, Enfanghi Bey?«

»Man kann jede Unterschrift nachahmen. Die des Beherrschers der Gläubigen ist zwar pompös, aber nicht sehr verzwickt.«

Der Großwesir zog hörbar die Luft ein. Ich achtete nicht auf ihn.

Ich hatte auf Rustems Tisch zwei andere Firmane des Sultans gesehen und kannte die Schriftzüge. Daneben lag der nicht signierte Befehl an den Chef der Truppe, ausgefertigt und mit dem Siegel versehen.

»Ihr erlaubt?« Ich ging näher heran, nahm eine Feder, tauchte sie ein, streifte meine Manschette hoch, um mehr Bewegungsfreiheit zu haben, und probierte auf einem leeren Blatt ein paarmal die Unterschrift Suleimans.

»Was soll das, Nasi? Was beim Scheitan tust du da?«
(Wieder wurden zwei hereinkommende Boten abgefertigt.)
»Das seht Ihr doch«, entgegnete ich gelassen. »Ich versuche, Euch aus einer Verlegenheit zu befreien. Natürlich nur, wenn Euer Gnaden es mir befehlen.«
Noch ein Versuch. Es gelang mir immer besser.
Es kam mir so vor, als sei das pockennarbige Gesicht unter dem großen Turban einen Schein blasser als zuvor. Rustem Pascha sah sich um, flüsterte: »Kein gläubiger Muslim würde sich je erdreisten, die Unterschrift des Beherrschers der Gläubigen, des Padischahs, dem Allah Heil verleihen möge, zu – hm – nachzuahmen.«
»Allahs Segen und Wohlgefallen ruhe auf dem Großherrn!«, sagte ich ehrerbietig. »Jedoch bedenkt, dass ich kein gläubiger Muslim bin.«
Ich zog fragend die Augenbrauen hoch, die Feder immer noch in der Hand. Mir war klar, dass ich im Begriff war, in den Augen des Wesirs eine unerhörte Kühnheit zu begehen. Ich erwies ihm in diesem Moment einen unschätzbaren Dienst – und frevelte. Er könnte mir dafür die seidene Schnur um den Hals legen lassen. Aber andererseits hatte ich ihn ebenfalls in der Hand, wenn ich ausplauderte, dass meine Fälschung in seinem Beisein und mit seiner Duldung erfolgt sei.

Es kommt mir nur entgegen, dass er, wie ein Kind, das Verstecken spielt, sein Gesicht in den Händen birgt und ein Gebet murmelt. Deshalb kann ich, außer den relativ simplen Namenszug des Padischahs auf das Papier zu setzen (den zu überprüfen ohnehin nie jemand wagen würde), noch einen unauffällig winzigen Klecks neben dem Siegel anbringen. So ist dies Dokument gezeichnet und etwas Besonderes. Und ich

habe ihn damit in der Hand, falls er mir irgendwann wegen irgendeiner Angelegenheit an den Kragen will …
»Eure Hoheit können aufhören zu beten«, sage ich. »Allah hat Euer Flehen erhört. Der Padischah – der Himmel segne ihn! – hat den Befehl unterzeichnet.«
Rustem Pascha schüttelt das Haupt, wie ein Gaul, der ein lästiges Insekt verscheuchen will.
Dann streckt er die Hand aus – blind, ohne hinzusehen – und schlägt einen Gong, der neben seinem Arbeitstisch aufgehängt ist.
Dem eintretenden Boten überreicht er den Firman und sieht irgendwie fassungslos zu, wie jener das von mir signierte Papier demutsvoll an Stirn, Mund und Brust drückt, bevor er damit enteilt, um dem Oberbefehlshaber die Lizenz zu übermitteln, gegen plündernde Janitscharen rigoros durchgreifen zu dürfen.
»So haben wir wenigstens wieder Handlungsfreiheit und werden binnen kurzem Herr der Lage sein«, bemerkt er vage, wenn auch mit einem Aufatmen. Dann schielt er unter gerunzelten Brauen zu mir hoch und fragt fast scheu: »Wie hast du dich dabei gefühlt, Nasi?«
»Ich habe mich als der Diener von Euer Hoheit gefühlt«, sage ich ungezwungen.
Aber das ist natürlich gelogen. Als ich den Namenszug des mächtigsten Mannes des Orients fälschte, hatte ich das Hochgefühl von jemandem, der jedes Spiel spielen kann, wenn er nur will. Und nur mit Mühe halte ich meinen Übermut zurück, den Großwesir zu fragen, ob er nicht noch einige Blanko-Firmane habe, die ich im Voraus mit der Unterschrift des Padischahs versehen könne, man weiß ja nie, wozu es gut ist …

»Übt das Bankhaus Mendes solche Praktiken bei seiner Geschäftsführung aus?«, fragt er gehässig.
»Ich habe hier nicht als Vertreter des Bankhauses Mendes gehandelt, sondern als Enfanghi Bey, bemüht, dem Minister, dem ich vertraue, aus einer misslichen Situation zu helfen!«, entgegne ich gemessen und versuche, leicht befremdet zu wirken, damit er nicht denkt, er könne mich mit dergleichen Bosheiten irgendwie kränken.
Er nickt befriedigt. »Du kannst dich jetzt entfernen«, sagt er huldvoll. »Sicher willst du den Prinzen noch besuchen. Der Arme ist ziemlich außer sich. Der Großherr – Allah segne ihn! – lässt ihn nicht zu seiner Mutter. Er ist der Ansicht, das sähe nach Abschied aus, und diesen Abschied hinauszuschieben bedeutet für ihn, den Tod hinauszuschieben.« Er schüttelt den Kopf, seufzt.
»Übrigens habe ich mit Wohlwollen vermerkt, dass sich die Señora bemüßigt sah, eure Glaubensgenossen in der Stadt zu schützen, indem sie sie in ihr Haus aufnahm. Eine Person allerdings hat sie dabei außer Acht gelassen.«
»Wen meinen Hoheit?«
»Ich weiß nicht, ob du sie überhaupt kennst, aber für das Frauenvolk des Harems war sie eine wichtige Figur, eine Händlerin, Vermittlerin, Verkäuferin von all und jedem und eine Verbindung zur Außenwelt. Sie hieß Esther Kyra.«
»Die Señora hat nur aufgenommen, wer darum gebeten hat«, sage ich beklommen. »Was ist der Frau geschehen?«
»Ihr Haus in der Vorstadt ist in Flammen aufgegangen, zusammen mit ihr selbst«, erklärt mir der Wesir gleichgültig. »Wie gesagt, die Weiber heulen und schlagen sich gegen die Brust.«
»Ist der Vogel auch umgekommen! Der Papagei?«

»Was weiß ich denn von einem Papagei?«, fährt Rustem Pascha ungehalten auf. »Du kannst Fragen stellen, Nasi! Ein Papagei!« Er schnalzt mit der Zunge. »Verschwinde, geh zu deinem Prinzen! Meine Amtsgeschäfte warten auf mich!«

Nun ist die alte Giftmischerin also tot. Mit meinem Zorn über sie bin ich damals wohl weit übers Ziel hinausgeschossen, so kommt es mir jetzt vor.

Ich werde Gracia von ihrem Tod berichten müssen und sie bitten, Kaddisch für sie zu sagen.

Sie hat schließlich keine unbedeutende Rolle gespielt für uns in der letzten Zeit.

Überhaupt ist nur von Tod und Sterben die Rede, und ich fürchte mich bereits, wie ich Selim vorfinden werde, angesichts des baldigen Todes seiner Mutter, an der er so hängt.

Unter solchen Überlegungen komme ich im Pavillon des Schechsade an, zu dem bereits, gleichsam als Vorbote meines Kommens, der Kasten mit den Speisen und dem Wein gelangt sein muss.

Prinz Selim empfängt mich mit offenen Armen. Sein junges Gesicht unter dem blonden Haar (er trägt weder Turban noch Tuch heute) sieht verweint aus.

»Mein Jude! Endlich besinnst du dich auf mich! Wie lange habe ich dich entbehren müssen! Gab es denn wirklich keinen Weg, der dich in diesem grausigen tödlichen Winter zu mir hätte führen können?«

»Da hätte mir Hoheit schon ein Kontingent Soldaten zum Schutz schicken müssen, und möglichst keine Janitscharen!«, versuche ich zu scherzen und frage mich gleichzeitig, warum er es denn nicht getan hat, wenn ihm meine Gegenwart und mein Beistand so gefehlt haben. Wenn er erst Sultan ist, dann

müsste ihm so etwas einfallen, da müsste er die Initiative ergreifen … aber bis dahin hat es wohl noch gute Weile.
Der Prinz hat den Wein nicht angerührt, den ich ihm geschickt habe! Nur das Parfait hat er in sich hineingelöffelt, mit der Gier eines Menschen, der hofft, sich mit einer Süßigkeit trösten zu können: Die Metallschale ist leer, der aus Elfenbein geschnitzte Löffel liegt daneben, und Selim begrüßt mich mit einem Kuss auf den Mund, der nach Zucker und Nüssen schmeckt.
Er lässt mich nicht los, und eng umschlungen, als wären wir ein Liebespaar, gehen wir zum nächsten Diwan. Und der Nachfolger Sultan Suleimans durchnässt mit seinen Tränen meinen Spitzenkragen …
Frauen zu trösten, habe ich gelernt, Kinder zu trösten, wurde nie von mir gefordert, aber wie tröstet man einen jungen Mann, der um seine Mutter weint?
»Der Herr gibt, der Herr nimmt, der Name des Herrn sei gelobt«, sage ich unglücklich.
»Ach, Jussuf«, schluchzt er und wandelt meinen Namen ins Türkische, »das sagt mir der Imam auch. Und ich weiß ja, dass jeder Sterbliche einmal zu Allah heimgeht. Aber dass ich nicht bei ihr sein darf! Nicht nur, dass mein Vater es nicht gestattet – auch sie, sie will mich nicht sehen! Sie hängt nur an ihm, und er hält ihre Hand, und nur sie beide sind beieinander, und alles, alles steht still!«
Ich halte ihn und höre seine Worte, und es überkommt mich, dass ich mir vorstellen muss, wie es wäre, wenn Gracia – der Ewige möge es verhüten! – in meinen Armen im Sterben läge. Es ist ja noch gar nicht so lange her, da war es fast so weit. Und ich weiß, dass wir wohl genauso wie Suleiman und Roxelane in schmerzlichem Egoismus alle anderen heulend vor der Tür

stehenlassen würden, um beieinander zu sein bis zu ihrem letzten Atemzug.

»Schechsade, ich fühle Euren Kummer mit«, sage ich. »Aber gönnt den Liebenden ihren Abschied.«

Er löst sich von mir, sieht mich an, seine Stimme klingt klein. »Aber ich, wer bin ich? Bin ich nicht ihr Kind?«

»Ihr seid ihr Kind, aber vor allem seid Ihr Nur Banus Ehemann. Versetzt Euch nur für einen Augenblick in die Lage, dass der Todesengel Eure Prinzessin des Lichts von Euch nehmen würde. Wolltet Ihr da ihren letzten Seufzer mit anderen teilen?«

»Was für ein schrecklicher Gedanke!«, stammelt er.

Ich packe seine Hände. »Verjagt ihn sofort wieder, Selim! Rettet Euer Herz und Eure Seele aus der Traurigkeit mit dem Wissen, dass Euch demnächst ein Kind beschert wird!« (Ich sage es mit Zagen, denn weiß ich denn, ob Rahel mir gehorcht hat oder ob die tote Esther Kyra noch eine Hand aus dem Grab ausgestreckt und ihr entrissen hat, was in ihr wuchs? Aber der Prinz zuckt nicht mit der Wimper. Wenigstens das scheint gut.)

»Ihr tragt *hanum* Haseki Hürrem in Eurem Gedächtnis mit Euch, wo auch immer Ihr seid. Gönnt ihr, so zu sterben, wie sie es will.«

»Was wäre ich ohne dich, Jussuf, mein Jude, und deinen klugen liebevollen Rat«, sagt der künftige Sultan des Osmanischen Reichs und drückt noch einmal seinen Kopf an meine Schulter. »Gibt es etwas, womit ich dich glücklich machen kann? Etwas, was du dir wünschst?«, fragt er mich – wo es doch meistens *wir* sind, die wir uns mit Geschenken bei den hohen Herren einkaufen müssen.

»Die Gnade Eurer Hoheit macht mich reich«, erwidere ich, aber er schüttelt den Kopf, ganz besessen davon, mir irgendet-

was zu verehren. »Lass mich überlegen!«, fährt er eifrig fort. »Du liebst doch das Venezianische, ist es nicht so?«
»Dona Gracia, die Señora, liebt vor allem das Venezianische, wenn auch weniger die Venezianer«, entgegne ich, »und auch ich könnte mich mit Venedig durchaus anfreunden, aber die Venezianer leider nicht mit mir.« Doch er hört gar nicht zu.
»Die Venezianer machen schöne Stoffe, Kleidung, wie Ihr sie liebt, schöne Gläser, schöne schamlose Bilder, vornehmlich von entblößten Frauen, aber auch schöne Waffen. Sieh einmal hier!«
Eine Wand des Raums ist reich ausgeschmückt mit Waffen aus aller Herren Länder; weniger, weil Selim ein besonders kriegerischer Mensch wäre (er hat nicht einmal Freude an der Jagd), sondern nur aus Sammlerleidenschaft. Gewaltige arabische Krummschwerter, gebogen wie die Mondsichel, hängen da neben langen Stoßdegen aus Toledo, Korb und Parierstange ziseliert, so wie ich sie während meiner Studentenzeit bevorzugte und immer noch gern trage, mongolische Langbögen und Köcher mit gefiederten Pfeilen neben kleinen, mit rotem Leder bezogenen »Damenbögen«, und das Sortiment an geschwungenen oder geraden Dolchen in edelsteinverzierten Scheiden würde einem Waffenhändler zur Ehre gereichen.
Unter den Letzteren hat der Prinz ein Stück ausgewählt. Es ist ein sogenanntes *stiletto,* ein Miniaturdolch, spannenlang, in einer mit kleinen Brillanten besetzten Scheide aus vergoldetem Leder, der Griff glänzt ebenfalls golden. Eine reiche Arbeit, für eine fürstliche Dame bestimmt oder einen kleinen Prinzen, wie Selim es ja einmal war.
Der Schechsade zieht die Klinge heraus: Sie ist kaum dicker als eine jener Nadeln, die Lusitanus benutzt, um Wunden zu-

zunähen, und läuft in einer Spitze aus, so fein, dass man sie kaum mehr wahrnimmt.

»Was für ein kleines Kunstwerk!«, schwärmt der Prinz.

»Ein perfektes kleines Mordinstrument!«, bestätige ich, und er sieht mich erstaunt an. Offenbar kommt ihm – inmitten dieses Serails voller Intrigen, zwischen stummen Eunuchen, die Missliebige ebenso wie überzählige Söhne mit der Seidenschnur erdrosseln, und an der Seite eines Vaters, der Kriege führt und Länder erobert, wie andere Haselnüsse pflücken … es kommt ihm gar nicht der Gedanke, dass dies etwas anderes sein könnte als ein schöner Gegenstand … Ach, künftiger Sultan Selim, wie sehr wirst du gute Berater an deiner Seite brauchen!

Er schiebt die Klinge zurück in die Scheide und sagt mit einem Lächeln: »Nun, bei dir bin ich mir sicher, dass es nicht zum Morden benutzt wird.« (Er kennt mich nicht. Ich morde vielleicht nicht, aber getötet habe ich mehr als einmal.)

Ich hebe die Hände, die Handflächen nach außen. »Bei Allah, Hoheit, behaltet es! Schenkt es dem Sohn, den Nur Banu Euch gebären wird! Schenkt es Nur Banu selbst! Die Gabe ist zu kostbar für mich, und es gibt keinen Grund, mich zu beschenken.« Und da ich die Enttäuschung in seinen noch immer geröteten Augen sehe, füge ich halb im Scherz hinzu: »Außerdem heißt es, dass man Messer nicht schenken soll. Sie zerschneiden die Freundschaft.«

Aber ich sehe schon, er lässt sich nicht abbringen von seinem Vorhaben und denkt sich gerade eine Finte aus, wie er mir das *stiletto* trotz allem zukommen lassen könnte.

»Dann«, hebt er an, »dann machen wir es so: Dies Ding soll an die erlauchte Frau Mendes-Nasi, die Señora, gehen. Du kannst es ihr als ein Geschenk von Schechsade Selim übergeben, dann ist es ja nicht mehr von mir direkt an jemanden gegangen und kann also keine Freundschaft zerschneiden. Und keine Widerworte mehr, sonst muss ich den Herrn herauskehren.«

Er hält mir die goldglänzende Waffe vor die Nase … Was soll ich tun, außer mich verneigen, die Gabe, wie es sich gehört, an Stirn, Mund und Herz drücken und meinen Dank stammeln?

»Und nun, mein Jude, klatsche in die Hände und ruf mir eins der Mädchen herbei, damit sie mir von deinem köstlichen Wein einschenkt. Vielleicht vergesse ich den Kummer über meine Mutter am besten mit einem Glas, das mir die Seele sauber spült. Willst du mit mir trinken?«

»Nein, Hoheit, entlasst mich für heute. Meine Geschäfte warten.«

»Liebst du mich, mein Jude?«

»Von ganzem Herzen, allergnädigster Prinz.«

Ach, armer Selim.

So bin ich denn unbewaffnet, wie es streng geboten ist, ins Serail gekommen und gehe nun mit einem Dolch wieder hinaus.

Vor mir auf dem Tisch liegt ein goldener venezianischer Dolch.

Mein Freund und Geliebter steht mit verschränkten Armen da und wiederholt: »Ein Geschenk des Schechsade an dich.«

»Warum sollte mir der Schechsade ein Geschenk machen?«

»Weil er mir eins machen wollte«, erwidert er in sinnreicher Weise. »Aber dann doch nicht. So hat er es auf dich übertragen.«

»Auf übertragene Geschenke kann ich gut und gern verzichten«, erwidere ich.

»Oh«, sagt er mit einem nervösen Auflachen, »du solltest das hier nicht geringschätzen. Damit durchtrennst du eine Halsschlagader, als würdest du ein Stück Papier durchschneiden. Eine fremde oder eine eigene.«
Er gibt dem Ding einen Stoß mit dem Finger, und ich sehe diesen Mann an, der irgendwie so wirkt, als wäre ihm etwas Unangenehmes begegnet.
»Ist dir etwas zugestoßen?«
»Gar nichts.« Er sieht mich nicht an, presst die Fingerknöchel gegen die Lippen. »Übrigens: Esther Kyra ist tot. Sie ist bei einem der Brände umgekommen.«
»Esther Kyra?« Ich habe das Gefühl von etwas Unwirklichem. Als würde ein Buch aufgeschlagen, in dem plötzlich irgendeine Seite fehlt. »Wer sagt das?«
»Der Großwesir.«
Ich habe, ohne es eigentlich zu wollen, die Hand auf die kleine goldglänzende Waffe gelegt. Die Lederscheide mit den spitzigen Buckeln der Diamanten fühlt sich angenehm an, sie reizt auf sinnliche Art die Fingerspitzen. »Ich habe immer gedacht, eine Frau wie Esther Kyra ist unsterblich«, höre ich mich sagen.
Er gibt keine Antwort. Spricht dann leise: »Dieser Winter ist voll Tod. Haseki Hürrem liegt im Sterben, und der Beherrscher der Gläubigen hat vergessen, sein Weltreich zu regieren, und sitzt an ihrem Bett.«
»Deine Laune gefällt mir nicht!« Ich merke, dass meine Stimme hart klingt, härter als beabsichtigt. »Der Besuch im Serail ist dir nicht bekommen, Enfanghi Bey.«
»Mir gefällt meine Laune auch nicht, *querida,* ganz und gar nicht. Mir gefällt die Stimmung da drüben nicht, der trostlose Prinz und der hilflose Wesir, und mir gefällt die Stimmung hier

nicht. Mir gefallen, wenn du es denn wissen willst, die vielen fremden Gesichter im Belvedere nicht, obwohl ich weiß, dass es gut und richtig war, sie alle aufzunehmen. Denn trotz dieser vielen Menschen kommt mir das Haus leer und öde vor, weil die jungen Frauen fort sind. Ich weiß, sie sind freiwillig gegangen – und trotzdem habe ich so ein Gefühl, als hätten wir sie vertrieben. Und darum gefällt mir dieser ganze Winter nicht. Er ist eine Strafe, meine Liebste. Eine Strafe, die wir über uns selbst verhängt haben. Wir dachten, zuletzt nur für uns, nur beieinander zu sein. Aber das bedeutet, nicht mehr teilzuhaben. Wir sind in einem Kokon, wie deine Seidenraupen dort in Galiläa, und der Ewige gebe, dass wir nicht so grausam aus ihm befreit werden, wie es den Tieren geschieht.«
Er geht, lässt mich allein mit diesem goldenen Dolch.
Er hat es nicht ausgesprochen, aber ich weiß es auch so: Es war falsch, dass ich abgereist bin. Ich hätte nicht wieder fortgehen dürfen aus dem Land Israel. Zumindest nicht, nachdem wir bei diesem Wüstenscheich waren. Wir hätten die Köpfe unserer Pferde in die andere Richtung drehen und nach Tiberias zurückkehren müssen.
Nein, nicht wir. Nur ich selbst, Señora. Man kann eben die Gebote des Allmächtigen und die Arbeit, die einem aufgetragen wurde, nicht auf die lange Bank schieben, auch wenn die Leidenschaft sie mit duftenden Kissen belegt.
Die Worte des Scheichs fallen mir ein: »Verschwindet von hier! Fahrt zurück übers Meer und lasst Euch nicht mehr blicken! Zwischen uns kann kein Frieden sein!« Und sie scheinen sich zu vermischen mit der anderen Stimme, die ebenso sanft und wohltönend war wie die des Wüstenmannes: »Gott der Herr hat Euch in die Zerstreuung geschickt, und dort sollt Ihr auch bleiben.«

Ich ziehe den winzigen Dolch aus der Scheide, probiere die nadeldünne Spitze vorsichtig an einem Finger. Sofort tritt ein großer dunkler Blutstropfen hervor.
Gebe er, dessen Name auf ewig gelobt wird, dass ich diesen Gegenstand nicht benutzen muss.

Dank des von mir gefälschten Namenszuges des Sultans, dieses Sakrilegs, trat Ruhe in Konstantinopel ein. Der Oberbefehlshaber hatte nun Vollmacht und griff mit harter Hand durch bei den außer Rand und Band geratenen Janitscharen, und da die Luft bald linder wurde, ließen auch die Brände nach, weil in den engen Armenvierteln der Stadt das Heizen aufhörte. Unsere »Asylanten« kehrten in ihre eigenen Häuser zurück, und die Rabbiner waren froh, statt unserer kleinen Synagoge wieder das eigene Bethaus nutzen zu können.
Wir hatten uns während der Zeit der Einquartierung unserer Brüder und Schwestern verhalten, wie eben Schwiegersohn und Schwiegermutter miteinander umgehen: freundlich, höflich, vertraut-zurückhaltend. Unser wahres Zusammensein hatte sich auf zwei oder drei verstohlene Stunden beschränkt, wenn wir sicher waren, nicht von der halben jüdischen Gemeinde Konstantinopels beobachtet zu werden.
Nun jedoch, nachdem die Mendes-Nasi, nachdem wir beide wieder ungestörte Herren des Belvedere waren und der Winter sich dem Ende zuneigte – nun waren unsere Tage trotzdem ohne Glanz. Die stumpfe Trostlosigkeit kehrte zurück, schlimmer als vor dem Einzug der Brüder und Schwestern aus den ärmeren Vierteln. Wir hatten gedacht, ungestört glücklich zu sein. Aber das geschah nicht. Wenn wir uns liebten, war es fast – der Himmel verzeihe mir! –, als wären wir ein altes Ehepaar.

Ragusa

DER graukalte Winter endete so abrupt, wie er über uns hereingebrochen war. Mit den ersten warmen Stürmen aus Afrika kam der Tod über das Neue Serail, und Haseki Hürrem, die Sultana, ging dahin – ob in Allahs Paradies oder zum Gott ihrer russischen Vorfahren, wer wüsste das zu sagen.

Selim war dringender des Trostes bedürftig als je zuvor.

Als Weg und Steg wieder passierbar und die See befahrbar wurde, kam Nachricht aus Ragusa. Ein Trupp Ausreisewilliger aus den Gegenden des Balkans hatte sich in der Stadt versammelt und wartete auf die Schiffe aus Venedig, die wir nun zum Glück über unsere Kuriere auf dem sicheren Landweg abrufen konnten.

Wir erhielten die frohe Nachricht, dass Samuel mit seinen Siedlern glücklich gelandet war, und auch das Schiff mit La Chica und Marsilio an Bord hatte Jaffa erreicht.

Daraufhin begab sich Dona Gracia nach Ragusa, um von dort aus mit den Siedlern gemeinsam ihre Steuerprovinz Tiberias in Besitz zu nehmen. Für zehn Jahre, die bezahlt waren, laut Kontrakt – und dann für immer. In ihrer Begleitung nach Ragusa noch einmal Joseph. Joseph, der zurückbleiben würde. Joseph, der Diplomat im Dienst der Hohen Pforte, Joseph, der Leiter des Hauses Mendes, der neue Prinzipal.

Kein König von Palästina.

Es gab Momente, wo ich mein Schicksal verfluchte. Die mögliche Rettung Israels bedeutete, das wusste ich ja schon bald nachdem ich Gracia die Nachricht von der Steuerpacht in Galiläa verkündet hatte, Trennung. Eine Trennung, die weit länger dauern würde als jede andere zuvor. Keine Reise in die ferne Rus oder zu den Völkern im Norden der britischen Insel war von mir so empfunden worden wie diese hier. Denn immer, so lange sie auch dauerte, waren die Señora und das Haus in Galata die Fixsterne gewesen, von denen man sich auf seiner Umlaufbahn wohl entfernen, aber zu denen man auch zuverlässig wieder zurückkehren würde. Diese Gewissheit war der leuchtende Hintergrund, auf dem sich alle Begebenheiten abspielten.

Jetzt würde weit im Süden, im ganz und gar Ungewissen, ein Zwillingsunternehmen entstehen, das wiederum in den Händen der Frau liegen und all ihre Kräfte bündeln würde. Dass sie zurückkäme – nicht denkbar. Die Tatsache, dass ich nun in Konstantinopel der Mittelpunkt des Hauses Mendes war, empfanden einige übrigens als Erleichterung – all jene, die der Umgang mit einer Frau als Firmenchefin befremdet und in ihrem männlichen Stolz verletzt hatte. Und das waren nicht wenige.

Und schließlich hatte ich auch meinen Bruder an das Große Projekt verloren, der Gracias rechte Hand dort drüben sein würde.

Wann ich Zeit und Gelegenheit finden würde, wieder nach Galiläa zu kommen, stand in den Sternen. Aber die waren uns wohl nicht sehr günstig im Augenblick.

Denn bald, dessen war ich sicher, würde mich der Großwesir in Richtung Abendland an die Höfe entsenden als seinen Vermittler. Der ideale Diplomat, Wanderer zwischen den Welten, nicht Muslim und nicht Christ, aber Kenner beider »Lager« – wie sollte er sich so jemanden entgehen lassen. Ich würde für die Hohe Pforte unentbehrlich sein. Noch unentbehrlicher als bisher. Leider.

Wir reisten miteinander im gleichen Wagen; ich hatte diesmal darauf verzichtet, mich beritten zu machen, um diese letzten Tage und Stunden bei ihr zu sein.

Wir schwiegen die meiste Zeit, redeten nur das Notwendige, die äußeren Umstände der anstrengenden Fahrt betreffend. Sie lag in meinen Armen wie erstarrt; und sie war krank, hatte wieder ihr Magenübel. Oft saß sie zusammengekrümmt, drückte beide Hände auf den Bauch. Auch das Wundermittel des Lusitanus aus gelben Rosenblättern verfehlte seine Wirkung, und ich, der ich wusste, weswegen sie eigentlich litt, war erfüllt von verzweifelter Ungeduld, dass unsere letzte gemeinsame Zeit so versank in Sprachlosigkeit und Erstarrung.

In den Herbergen, wo wir Station machten, aß sie kaum etwas, und später liebten wir uns ohne Glut; kein Wort des Lieds der Lieder kam über unsere Lippen. Es war, als hätte dieser vergangene Winter unsere Gefühle in Kältestarre versetzt. Wenn ich daran dachte, wie wir bei Blitz und Donner ineinandergesunken waren während jener von mir erbetenen Woche, oder wie wir, überwältigt von wunderbarer nackter Gier, unsere »Landnahme« in Akko feierten, hätte ich schreien können vor Zorn über das, was sich jetzt ereignete, denn es kam mir vor, als dränge ich in irgendeine beliebige Frau ein. –

Im Hafen von Ragusa, vor den Toren der Stadt, warteten die Aussiedler in den Hafengebäuden, und auf einmal war die Señora gesund.

Nicht mehr über ihren Magen gebeugt, sondern gerade aufgerichtet und erhobenen Kopfes trat sie den Familien gegenüber, die sich da aus Plowdiw, aus Tirana und Skopje eingefunden hatten, das letzte Abenteuer zu wagen und das Land der Väter in Besitz zu nehmen. Und wie nicht anders zu erwarten, wurde sie mit Tränen und Jubel begrüßt als die Esther und Deborah, die Retterin und Erlöserin, man küsste ihr Füße und Hände, und einige legten Palmenzweige auf ihren Weg. Inmitten dieser Huldigungen war sie wieder sie selbst. Ihre Augen strahlten, und dieser feste und liebliche Mund, diese Lippen, die ich in der letzten Zeit so häufig zusammengepresst gesehen hatte, sie erhielten nun wieder die Form eines schönen Bogens.

Ich setzte mich mit den Führern der einzelnen Gemeinden – meist den Rabbinern – zusammen und fertigte mit ihnen Listen an, um die Professionen der Siedler zu erfahren. Es waren beklagenswert wenig Handwerker unter ihnen. Die meisten »Männer des Geistes« würden in Tiberias lernen müssen, einen Webstuhl zu bedienen, einen Balken zuzuhauen, ein Dach zu decken, Bäume zu pflegen und Fische zu fangen. Nun, unsere Mannschaft vor Ort, mit meinem Bruder an der Spitze, würde sie schon auszurichten wissen.

Alles fügte sich. Noch am gleichen Abend liefen drei Galeonen aus Venedig in den Hafen ein. Zwei von uns angeheuerte Schiffe der osmanischen Marine sollten Schutz verleihen vor Piraten – unter anderem sicher auch vor Giovanni Galeni, der sich nicht scheuen würde, die einstigen Schutzbefohlenen nun als Beute zu betrachten. Das war schließlich seine Profession. Am nächsten Morgen, in aller Frühe, konnten die Siedler an Bord gehen. Mit ihnen Dona Gracia Nasi.

»Ich will mit dir auf die Mole gehen«, sagt Gracia.

Sie haben mit den erregten, aufgelösten Siedlern einen Gottesdienst in der Synagoge von Ragusa abgehalten, es wurde viel geweint, gebetet und getanzt … und sogar in Ohnmacht gefallen vor Ekstase. Lusitanus hätte alle Hände voll zu tun gehabt.

Joseph mustert sie forschend. Sie steht ernst und entschlossen vor ihm, ihre Augen sind voller Traurigkeit.

»Ja«, sagt er. Noch trägt er die Kippa auf dem Kopf, Tefillin und Gebetsmantel. Er zögert. »Erlaube mir, dass ich die heiligen Dinge ablege und sie jemandem in unser Quartier mitgebe.« Er lächelt schief, während er den blau-weiß gestreiften Mantel von den Schultern nimmt, den Mantel mit dem kleinen Brandloch, erhalten auf dem Weg in Tiberias. »Heute wird ja wohl keiner auf dich schießen.«

»Nein«, sagt sie ernst.

Sie gehen nebeneinander zum Stadttor hinaus, vorbei an den salutierenden Wachen. Im Westen ist der Himmel noch hell, aber die ersten Sterne werden sichtbar am anderen Ende des Firmaments.

»Ist Venus schon zu sehen?«, fragt sie.

»Ich weiß nicht«, erwidert er. »Müssen nicht erst die Plejaden versinken? Ich kenne mich nicht aus am Sternenhimmel.«

Die dunklen Steine der Mole glitzern feucht unter ihren Füßen. Das Meer schickt weiße Schaumkronen gegen das Land wie eine wütende Armee gewaffneter Krieger, die an den aufgetürmten Basaltquadern scheitert.

Es ist rutschig hier oben auf dem schmalen Weg über den wehrhaften Steinen. Gracia gleitet aus, schreit unterdrückt auf.

Er packt zu, hält sie in beiden Armen, drückt sie mit einem Stöhnen an sich.

Sie hält still, legt ihren Kopf an seine Schulter, schiebt dann langsam, ohne dass er nachhilft wie sonst, ihm ihre kühle Hand unter Wams und Hemd; er spürt ihre Krallen.

Dann ihre Stimme, aus tiefstem Grunde: »Wie soll ich ohne dich leben, *querido?*«

»So wie ich ohne dich«, entgegnet er. »Mit einer Wunde, einer Narbe, einem Nichts an der Stelle, wo zuvor du gewohnt hast.«

»Ach«, sagt sie. »Du bist ein Mann. Du wirst dich zu trösten wissen.«

»Und du musst dich nicht trösten. Denn du bist die Señora und hast deine Arbeit zu tun.«

»Ja. Die bleibt auch dir nicht erspart, mein Mann fürs Unmögliche. Du musst uns den Rücken freihalten. Du musst unser Stammhaus weiterführen. Bist Schutz und Schild in Konstantinopel – wenn du im Kontor sitzt oder beim Großwesir in Audienz bist. Beides muss sein. Du musst ...« Sie vollendet den Satz nicht. Sie atmet, als hätte sie geweint. »Ich weiß, du bist nicht aus der Welt. Aber *wann* sehe ich dich wieder!«

»Ich weiß es nicht. Es wird dauern.«

Ihre Nägel bohren sich in seine Haut. »Vielleicht werde ich umkommen.«

»Vielleicht, *querida,* Geliebte. Vielleicht sehen wir uns erst nach Jahr und Tag erneut«, er lächelt, »und erkennen uns nicht mehr.«

»Weil ich dann ein altes Weib bin?«

»Nein. Weil dein Sinn sich gewandelt hat mir gegenüber.«

Sie zieht die Luft ein. »Wie kannst du so auch nur denken, Übeltäter ...«

»Sei still jetzt, Gracia. Wir sind füreinander da, so oder so.«

Ihre Knie geben nach.

»Halt mich fest heute Nacht, so wie es war, bevor dieser mörderische Winter über uns hereinbrach. Halt mich und lass uns das Lied der Lieder noch einmal singen.«

»Hier auf den Steinen?«, fragt er, nun doch amüsiert.
»Wo auch immer. Sieh die Sterne über uns. *Mein Liebster schob seine Hand durch den Türspalt, alles in mir verlangte nach ihm.* Sieh das Meer, das uns trennen wird.«
»Bei alledem, meine Taube – ich hätte es denn doch gern ein wenig bequemer. Komm, ich trage dich.«
»Wohin?«
»Dahin, wo wir ein Bett unter unseren Leibern spüren und ich dir in aller Umständlichkeit dein Kleid aufschnüren darf.«
Er spürt das Lachen am Beben ihrer Schultern. *»Ausgezogen hab ich schon mein Hemd …«*
»So wird es sein.« –

Sie war ruhig, freudig, überlegen, als sie am nächsten Morgen mit Joseph gemeinsam die Einschiffung der Exilanten und der Güter, die sie mitnehmen sollten, leitete und überwachte; für neue Maulbeersetzlinge war ebenso gesorgt wie für Saatgut und Tauschobjekte, mit denen man von den Arabern ringsum Schafe und Kamele einhandeln konnte.
Es gab kein Flaggschiff, um etwaige Piraten nicht darauf hinzuweisen, wo die wichtigste Person sich befände (diejenige, die das meiste Lösegeld erbracht hätte). Die osmanischen Karavellen, die Geleitschutz gewähren sollten, warteten schon außerhalb des Hafens; der Wind war günstig. Kein Grund zu zögern. –
Als Letzte geht Dona Gracia an Bord.
Don Joseph reicht ihr die Hand, um ihr an den Aufgang zu helfen. Sie bleibt stehen.
»Lebe wohl, mein Freund«, sagt sie weich. »Mir geht ein Vers nicht aus dem Kopf – nein, nicht aus dem Tanach, er steht bei einem römischen Poeten. Bei Horaz. Wir haben seine Schrif-

ten doch in der Bibliothek, ich weiß wo. Rechts neben den Komödien in Latein. Ich habe die Stelle einmal angestrichen. Du musst nachschauen, ich glaube, es ist die zweite Epistel, so in der Mitte.«

»Das werde ich«, erwidert er ernst. »Fast hätte ich es vergessen: Das Geschenk, das mir der Prinz gegeben hat, den kleinen Dolch, hast du ihn dabei?«

»Wie kommst du jetzt darauf?«, sagt sie. »Meinst du, ich würde ihn benutzen müssen?«

Darauf sagt er nichts. Stattdessen: »Der Ewige segne dich, Hoffnung Israels, er erhebe sein Angesicht über dir und gebe dir jenen Frieden, den du herbeisehnst.«

»Der Ewige segne auch dich, Don Joseph Nasi. Masel tow.«

»Das kann ich wohl gebrauchen, und du auch«, sagt er, aber das hört sie schon nicht mehr. Sie geht allein über den Steg. Dann ist sie oben, verschwindet gleich unter Deck, wie es ihre Art ist. Man macht die Leinen los. Der Wind greift in die Segel.

Joseph wartet noch, bis die Eskorte sich zu den drei venezianischen Kauffahrern mit der teuren Fracht gesellt hat, dann geht er mit gesenktem Kopf zurück zu seinem Quartier und beschafft sich beim Kurierdienst des Hauses Mendes das Pferd, das ihn zur nächsten Station bringt auf dem Weg nach Konstantinopel.

Nach seiner Rückkehr findet er keine Zeit, in der Bibliothek nach diesem Buch von Horaz zu suchen. Das Kontor und Ugarte warten auf ihn, es gibt viel Arbeit; die Steuerpacht in Tiberias ist bisher – aber das wussten sie ja – ein reines Verlustgeschäft.

Selim braucht Trost und Wein; der keimende Frühling bringt

eine schöne und gelassene Reyna aus dem Süden zurück und in seine Arme, dahin, wo ihr Platz ist für alle Zeit, und an die Spitze eines Hauswesens, dem sie bisher immer nur assistieren konnte.
Erst zwei Sabbattage später geht Joseph in die Bibliothek und sucht den Horaz.
Da steht es: »Caelum non animum mutant qui trans mare currunt.« Denn zwar den Horizont, doch nicht die Sinnesart wechseln jene, die da übers Meer fahren.

Palästina

WIR landen in Jaffa diesmal, einer lebhaften Hafenstadt des Osmanischen Reiches, und nicht in dem von Geistern der Vergangenheit bevölkerten Akko. Nach stürmischer, aber zum Glück von Piratenangriffen freier Überfahrt verlassen meine Siedler, Männer, Frauen und Kinder, mit schwankenden Knien die Schiffe, fallen zu Boden und küssen die heilige Erde Palästinas, die meisten unter Tränen.

Eine Meute von Gaffern hat sich alsbald eingefunden, und ich zitiere den Hafenmeister herbei und ordere kraft meines Amtes als Mültezim der Hohen Pforte einen Trupp Hafenarbeiter zum Ausladen der Fracht und einen Eilboten nach Tiberias, um unser Kommen anzukündigen, ferner türkische Soldaten als Geleitschutz und einen Karawanenführer.

Der Mann kommt aus dem Dienern und Salam-Bekundungen gar nicht heraus, nennt mich »Herrin« vorn und »Gebieterin« hinten, aber ist in der Ausführung meiner Befehle eher zögerlich. Erst, als ich damit drohe, ihn beim Statthalter in Damaskus anzuzeigen, wenn er weiter so schlecht mit mir zusammenarbeitet, geht es etwas zügiger vorwärts.

Für meine buntgemischte Truppe, die vor Erschöpfung von der Reise und dem Schock des heißen Klimas halb tot ist, brauche ich Übernachtungen und nehme die Hilfe jener Rabbiner in Anspruch, die mit mir zusammen auf dem Schiff waren und

die ich während der Überfahrt herangezogen habe, um sie auf ihre vielfältigen Aufgaben in Tiberias vorzubereiten.
Sie werden ausgeschickt, zwei oder drei *hans* anzumieten, was aufgrund gutgefüllter Beutel mit Piastern auch gelingt. Der Besitzer einer Karawanserei wirft sogar seine protestierenden Gäste kurzerhand auf die Straße. Er wird von mir gerügt und muss sie zurückholen, denn wenn wir eines vermeiden wollen, dann ist es böses Blut unter den Einheimischen.
Ich verbringe mit den Auswanderern eine unruhige Nacht auf stachligem Stroh, von Ungeziefer und den Schreien der Esel und Kamele aus den Stallungen jenes *han* geplagt, in dem ich mit ihnen untergekommen bin – eine neue Erfahrung. Aber mir ist ohnehin nicht nach Schlafen zumute. Zwischen Hoffnung, Vorfreude und Bangen fiebere ich meinem Tiberias entgegen, fiebere dem entgegen, was Samuel in diesen Monaten bewirken konnte, fiebere meiner Aufgabe entgegen.
Der altbekannte Ruf des Muezzins findet mich wach, und, was ich selten tue, ich spreche ein Morgengebet.
In der Frühe, ehe die Hitze einsetzt, bricht meine Karawane auf; ich habe den Frauen eingeschärft, sich auf alle Fälle zu verschleiern, der Hitze und der Schicklichkeit wegen, aber da diese Menschen ja aus türkisch dominierten Gegenden kommen, versteht sich das für sie fast von selbst. Eine wahre Flut von Gaffern gibt uns erneut das Geleit bis an die Stadttore.
Kaum haben wir das Weichbild Jaffas verlassen und sind auf der Karawanenroute, als sich schon die ersten Beduinenkrieger auf ihren Pferden am Horizont zeigen. Die Wüste muss ein Ohr haben, so lang wie das eines Esels, und die Bewohner von Jaffa haben offenbar ganze Arbeit geleistet, dieses Ohr mit den entsprechenden Nachrichten zu versorgen.
Das Manöver wie damals: Die Männer des Geleitschutzes for-

mieren sich und schießen in die Luft; es ist ein eindrucksvolles wildes Geknalle, und ich reite den Zug auf und ab, um die verängstigten Frauen, Kinder und Familienväter zu beruhigen und ihnen zu erklären, dass sie nichts zu befürchten haben; mir wird bei dieser Gelegenheit klar, dass ich meine allzu friedfertigen Juden werde an Waffen schulen müssen hier im Gelobten Land. Joseph wäre da von Nutzen, aber Samuel wird es auch bringen, und ich verbiete mir, weiter an Joseph zu denken.

Der Spuk verfliegt tatsächlich so rasch, wie er gekommen ist, die Reiter dahinten machen, abgeschreckt von unserer Wehrhaftigkeit, rasch kehrt und hinterlassen nichts als eine Staubwolke, und wir ziehen weiter.

Allerdings, es bleibt nicht bei dem einen Auftritt. Noch zweimal wiederholt sich die Szene, und dass es jedes Mal andere sind, wird spätestens dann ersichtlich, als sich die dritte Truppe auf Kamelen statt auf Pferden auf uns zubewegt.

Wir kommen nur langsam voran, ein schwerfälliger Heerwurm, der sich durch die Wüste wälzt.

Als sich die Sonne neigt, kommt der Karawanenführer zu mir, um mir mitzuteilen, dass wir mit dieser Tagesreise Tiberias kaum noch erreichen werden. Wir müssten in der Wüste übernachten.

Ich bin entsetzt. Damit hat niemand gerechnet. Es wird nachts eiskalt hier draußen, wir haben weder Zelte noch Decken dabei, und ein Feuer anzünden hieße, die Wüstenkrieger direkt anzulocken.

Also treibe ich den Zug zur Eile an, ganz entgegen den Vorstellungen des Kenners der Verhältnisse, der meint, es sei nicht zu schaffen.

Aber ich soll recht behalten.

Die Sonne berührt noch nicht den Horizont, als uns eine schnel-

le Formation entgegenkommt; eindeutig keine Beduinen – die roten Uniformröcke und die Rossschweife auf den Helmen der türkischen Soldaten blitzen und leuchten im schwindenden Licht. Sie kommen heran wie das Gewitter, und Minuten später schwingt sich Don Samuel Nasi vom Pferd und kniet mit ausgebreiteten Armen vor mir im Sand: »Der Ewige sei gepriesen für deine Ankunft, Señora. Schma Israel!«
(Einen Moment stockt mir der Atem, denn er ist seinem Bruder allzu ähnlich von Statur und auch in der Art, wie er sich bewegt.)
Er wendet sich an die Neuankömmlinge. »Seid willkommen in Erez Israel, dem Land Israel, Brüder und Schwestern! Tiberias erwartet euch, nur noch eine kleine Anstrengung. Falls uns die Dunkelheit überrascht – die Soldaten des Sultans haben Fackeln, euch in die neue Heimat zu geleiten.«
Jubel und Gebete.
Ich entlohne den Karawanenführer; mag denn er in der Wüste übernachten, wie es sein Vorschlag war. Ich bin mir ziemlich sicher, dass er uns den Beduinen ans Messer liefern wollte, nachts, wenn wir lagerten, indem er uns verschwieg, wie nahe wir Tiberias schon waren.
Unseren bisherigen Geleitschutz weise ich an, mit uns gemeinsam weiterzureisen, denn die Situation scheint mir, wie ich sie einschätze, nicht eben ungefährlich zu sein. Misstrauen ist geboten.

Tiberias

WIR reiten schweigend nebeneinanderher an der Spitze des Zuges, Samuel und ich; jetzt gilt es zunächst, die Siedler unterzubringen, sprechen können wir später.
Der Mond macht die mitgeführten Fackeln zunächst unnötig. Er taucht die Wüste in kalkweißes Licht, die Schatten sind schwarz wie Trauergewänder, und auch die ersten Sträucher und Bäume, die am Rand unseres Weges auftauchen und uns zeigen, dass wir uns den fruchtbaren Gebieten am See Kinnereth nähern, gleichen finsteren Gespenstern.
Unsere Karawane zieht still dahin, erschöpft von der Tagesreise und dennoch voll fiebriger Erwartung. Nichts ist zu hören außer dem Klirren von Eisen, dem Schnauben der Maultiere und Pferde und dem rhythmischen Geläut der Glöckchen am Geschirr. Hin und wieder weint ein Kind auf, wird aber schnell zur Ruhe gebracht. Um uns herum scheint die Natur den Atem anzuhalten. Nicht einmal ein Nachtvogel ruft.
Und dann tauchen weit voraus die Mauern unserer Stadt auf, kalkiggrau zwar, aber dennoch leuchtend im Mondschein. Leuchtend für uns.
Samuel gibt mit aufgehobener Hand das Zeichen zum Anhalten. Er weist die Soldaten an, ihre Fackeln zu entzünden. Jemand beginnt zu singen, die Worte jenes Psalms: »Der Herr hat Großes an uns getan, des sind wir fröhlich!«

Andere Stimmen fallen ein.
Die Soldaten mit ihren lodernden Bränden in der Hand flankieren den Zug, der nun, einer Prozession gleich, einzieht durch die weit geöffneten Tore dieser Stadt, die für uns in diesem Moment so sehr Jerusalem und Heimkehr bedeutet, dass niemand einen Makel an ihr entdecken kann.
Jenes Gefühl von Heimkehr, das ihr und Joseph fehlte, als sie das erste Mal diesen Boden betraten – durch die Leidenschaft und Begeisterung der vielen, nun ist es da.

Es ist weit nach Mitternacht, als endlich alle Siedler untergebracht sind; einige Familien zunächst in Notunterkünften, denn gerade ist eine Karawane auf der Durchreise von Amman nach Aleppo eingetroffen und hat fast alle verfügbaren Quartiere mit Beschlag belegt; die Reisenden machen hier neuerdings gern Station und genießen die Wohltat des weitgehend wiederhergestellten Thermalbades: Das bringt Geld in die Stadtkasse.
Nun endlich, zu später Stunde, sitzt Dona Gracia mit ihren Stellvertretern Don Samuel und dem jungen Schimeon Baton zusammen in dem weißen Haus, das man ihr erbaut hat im Schatten von Dattelpalmen und Ölbäumen, mit Blick auf den nahen See. Hier riecht es noch überall nach frischer Farbe und Kalk.
Sie hat Oberkleid und Schleier abgelegt und hockt, die Beine in den orientalischen Pluderhosen angezogen, im Schneidersitz auf einer Matte, trotz ihrer Erschöpfung hellwach.
Dazu trägt der Minztee bei, den man ihr in einer Kupferkanne mit hochgeschwungener Tülle serviert hat – im Gegensatz zum von ihr verhassten Kaffee mag sie dieses belebende und erfrischende Getränk.

»Ich habe gesehen«, sagt sie, die Arme im Nacken verschränkt, den Kopf zurückgelegt, die Lider halb über die Augen gesenkt, »ich habe gesehen, ihr habt gearbeitet wie die Helden. Die Stadtmauern – perfekt. Die Tore – fest. Dass es auch noch gelungen ist, das Thermalbad wieder instand zu setzen, ist mehr, als zu erwarten war.«

Man sieht es Schimeon an, wie er sich freut über das Lob. »Das ist noch nicht alles, Señora!«, bemerkt er eifrig. »Die Bewässerungsanlagen! Es ist uns geglückt, den größten Teil der Bewässerungsanlagen zu reparieren. Die alten Schöpfräder drehen sich wieder!«

Samuel hingegen seufzt. »Ja, und hier beginnt das Dilemma.« Er stützt das Kinn auf die Faust, Ellbogen auf dem Knie, besorgt. »Schon zweimal hat es Überfälle auf Einrichtungen außerhalb der Stadt gegeben. Diese Wüstenbewohner! Als Erstes haben sie die frisch gemauerten Kanäle demoliert, dann ein Wasserrad zerstört. Junge Maulbeerbäume wurden ausgerissen und ein paar alte Olivenbäume, die im November das erste Mal verheißungsvoll Frucht trugen, einfach abgehackt.«

»Was soll das? Warum verwüsten sie einfach?« Gracia schüttelt befremdet den Kopf. »Will man uns erpressen? Wir hatten im Herbst eine unangenehme Begegnung mit einem Scheich. Er hat uns entführen lassen und …«

Samuel fällt ihr ins Wort. »Mit Harun ibn Rammah, ich weiß. Nein, Señora. Niemand will uns erpressen. Man will uns einfach nur … schaden. Wir sind hier nicht erwünscht, sagen wir es einmal so.«

Zwischen Gracias Brauen wächst die kleine steile Falte. Ja, das weiß sie. Das hat ihr nicht nur ein Beduinenscheich zu verstehen gegeben, sondern auch ein hoher kirchlicher Würdenträger.

»Erwünscht oder nicht«, sagt sie zornig. »Dies ist auch unser Land. Und es gibt keinen Grund, warum wir nicht alle miteinander hausen können.« Sie entscheidet: »Mehr Soldaten müssen her! Die landwirtschaftlichen Anlagen außerhalb der Stadtmauern müssen Tag und Nacht bewacht werden. Außerdem lässt du eine Bürgerwehr aufstellen, Samuel. Du musst die wehrfähigen Männer trainieren – die meisten der Neuankömmlinge sind bisher nur das Beten gewohnt.«

Samuel nickt. »Du hast recht, Señora. Und da ist noch etwas: Die Soldaten sind nicht unbedingt zuverlässig«, sagt er bedrückt. »Einmal fanden wir die Stadttore unbewacht, ob aus Nachlässigkeit oder ob Verräterei im Spiel war – ich weiß es nicht. Jedenfalls schworen die Betreffenden, sie seien nach dem Genuss von Kamelmilch, die sie einem reisenden Händler abgekauft hatten, in einen tiefen Schlaf verfallen.«

»Kamelmilch!« Gracia schnaubt verächtlich durch die Nase. »Das ist eine neue Erfindung, wie im Märchen, wo jemand nach dem Genuss einer Frucht in totenähnlichen Schlaf fällt, weil sie mit betäubendem Bendsch vergiftet ist. Mir erscheint Verrat immerhin logischer als eine vergiftete Milch. Nun, wir werden morgen weitersehen.«

Sie erhebt sich, die beiden Männer respektvoll mit ihr. »Ich bin müde. Aber zuvor möchte ich noch La Chica begrüßen. Warum habe ich sie noch nicht zu Gesicht bekommen? Hältst du sie neuerdings wie die Muslime in einem Harem versteckt?« Sie lächelt.

»Was denkst du von mir! Nein, La Chica ist nicht in Tiberias. Sie ist nach Safed gereist, hat einen Trauerzug begleitet, denn es hat zwei Todesfälle gegeben, und noch immer haben wir keine eigene Begräbnisstätte. Und dort verweilt sie, um ein wenig zu Füßen der frommen Männer zu sitzen. Ich glaube,

dieser Marsilio hat sie auf der Schiffsreise ein wenig mit … Kabbala infiziert.«
Gracia hebt die Augen zum Himmel, enthält sich einer Bemerkung. Sie dämpft die Stimme, legt Samuel die Hand auf den Arm. »Zwischen euch ist alles, wie es sein soll?«
Der junge Mann nickt ernst. »Sie ist mir eine gute Frau«, sagt er, und es klingt hölzern, wie eine Formel. »Ich war sehr – ja, verwundert und natürlich erfreut, als sie so tollkühn zur See fuhr, allein, obwohl der Winter schon vor der Tür stand. Ich bin froh. Es hilft mir, dass sie da ist.«
Samuel war noch nie ein Mensch des Überschwangs. Große Worte sind nicht seine Sache, vor allem nicht, wenn es um ihn selbst geht.
Gracia nickt ihm zu, wendet sich ab.
Schließlich wissen sie beide, aus welchem Grund La Chica Konstantinopel so überstürzt verlassen hat …

Am nächsten Tag bricht die Karawane, die hier alles mit Beschlag belegt hatte, nach Aleppo auf, und da ihr Weg über Damaskus führt, nutzt die Mültezim die Gelegenheit gleich, dem Anführer einen ausführlichen Bericht an den Gouverneur mitzugeben und um weitere militärische Verstärkung zu bitten.
Alsdann inspiziert sie die wiedererrichteten Häuser und die Pflanzungen mit den Bewässerungsanlagen, lässt sich von den Stellvertretern genauen Bericht erstatten und überwacht die Unterbringung jener neuen Siedler, die gestern Abend nur ein Nachtquartier erhalten haben.
Die Synagoge ist noch im Bau, was die frommen Männer unter den Neuankömmlingen (und natürlich sind es alles fromme Männer!) mit Befremden registrieren – ist es nicht das Wich-

tigste, ein Bethaus zu haben, einen Versammlungsort der Gemeinde?
Dona Gracia muss sie daran erinnern, dass zehn Juden, wenn sie beisammen sind, wo auch immer, gemeinsam auch ohne Versammlungsraum eine Gebetsgemeinschaft bilden, lässt aber für die Besorgten den kleinen Sitzungssaal im Gemeindehaus frei räumen, damit sie ihre mitgebrachten Thorarollen unterbringen können – gegen den (wenn auch schwachen) Protest des Muchtars, des Bürgermeisters …
(Im Übrigen sind die Muslime von Tiberias mit dem neuen Regiment sehr einverstanden. Die Mauern sind intakt, die Karawanen machen hier Station, es kommt Geld herein, die Stadt blüht auf!)
Die ersten Berichte aus den anderen Ortschaften hinsichtlich der Steuereinnahmen erreichen sie. Es lässt sich bisher wenig profitabel an mit dieser Steuerpacht.
Die Mültezim setzt sich mit Don Samuel hin, ein anderes, wirkungsvolleres Konzept zu erarbeiten. Mit hochgezogenen Brauen registriert sie, dass er den langen Stoßdegen, so wie ihn Joseph zu tragen pflegt, griffbereit neben sich hat. Ebenso liegen zwei Pistolen auf dem Arbeitstisch.
»Ist das notwendig?«, fragt sie.
»Ich denke schon«, entgegnet Samuel Nasi. »Es macht einen schlechten Eindruck auf die osmanischen Krieger, wenn derjenige, der hier das Sagen hat, unbewaffnet herumläuft.«
»Nicht, dass ich demnächst im Brustpanzer und mit einem Schwert umgürtet daherkommen muss!«, sagt sie, halb im Scherz. Aber da waren die beiden Schüsse, der rußige Fleck, das Loch im Tallit …
Vorsichtig, mit spitzen Fingern, tastet sie ihren Gürtel ab. Sie trägt das kostbare *stiletto* des Prinzen Selim bei sich, dies mör-

derische Spielzeug. Doch ob das hilfreich sein könnte, wenn es wirklich ernst wird …?

Währenddessen ziehen unterm Fenster ihres weißen neuen Hauses Trupps der Neuankömmlinge hinaus aufs Feld, jeweils unter Anleitung eines »altgedienten« Siedlers oder eines einheimischen Muslim, der sie unterweisen wird; sie tragen ihre Hacken, Schaufeln und Körbe so ungelenk, dass man ihnen ansieht, sie haben noch niemals derartige Gerätschaften in Händen gehabt. Sie werden eskortiert von einigen türkischen Soldaten, die ihre Gewehre lässiger über der Schulter tragen als diese Juden ihre neuen Arbeitsgeräte.

Gracia sieht ihnen nach und lächelt.

Dann gibt es keinen Grund zum Lächeln mehr.

Der *Al Ghazi*, der Raubüberfall, kommt so schnell und so unerwartet wie einer dieser Staubstürme der Wüste.

Aufgeschreckt von Schüssen und Schreien, fahren sie hoch von ihrer Arbeit, eilen ans Fenster. Hals über Kopf, außer sich vor Angst, stürzen die frisch rekrutierten Feldarbeiter vorbei, ihre Gerätschaften haben sie in Panik zurückgelassen.

»Räuber! Schließt die Tore!«, gellt die Stimme eines türkischen Offiziers von irgendwoher.

Samuel zieht den Degen, er nimmt sich gar nicht erst die Zeit, das Wehrgehenk umzuschnallen. Die Pistolen im Gürtel, die blanke Klinge in der Hand, jagt er nach draußen, ohne sich um Gracia zu kümmern.

Sie steht einen Augenblick still inmitten des Raums, inmitten ihres neuen Hauses, inmitten von Erez Israel, dem Gelobten Land, inmitten ihres Universums, auf das die nächste Bedrohung eindringt, die nächste große Welle der Gewalt.

Das kennen wir. Aber hier können wir uns wehren. Hier gibt es keine stärkere Macht, die uns auf den Scheiterhaufen schickt und ins Exil zwingt. Hier können und müssen wir uns verteidigen.

Sie wirft sich hastig den Kaftan über Frauenhosen und Jäckchen, denkt gar nicht an den lästigen Schleier, folgt Samuel nach draußen, in den Aufruhr, gebraut aus Angst und Ohnmacht.

Sie erreicht Samuel, der sich gerade in einem wilden Wortwechsel mit dem osmanischen Offizier befindet, packt ihn am Arm.

»Die Tore bleiben offen, bis auch der Letzte der Unseren wieder im Schutz der Mauern ist! Die Wachmannschaft der Türken gibt Feuerschutz. Wozu sonst ist sie da!«

Er schüttelt sie ab, wie man ein lästiges Kind entfernt, brüllt: »Ich weiß schon, was ich tue! Kümmere du dich um deine Siedler!« Und ist fort, Richtung Tor.

»Um deine Siedler!« Ja, es sind meine Siedler, und ich bin die Statthalterin und eine Frau. *Nur* eine Frau. Zum ersten Mal weist sie jemand aus ihrer eigenen Familie in diese erniedrigenden Schranken.

Ja und ja, so ein Kampf ist Männersache, ich sollte es einsehen. Trotzdem.

Sie ermuntert einige der Siedlerfrauen, die jammernd herbeigeeilt sind, sich um die Männer zu kümmern, die, wie es scheint, nicht verletzt, sondern nur verstört sind, und redet ihnen zu, sie mit nach Haus zu nehmen und mit ihnen das Schma Israel zu beten. Dann läuft sie Samuel nach zum Tor.

Es ist das Furchtbarste, was ich bisher in meinem Leben gesehen habe.

Mit den letzten Siedlern sind auch einige der Angreifer durch die Stadttore gekommen, ob verblendet von Beutegier oder in der Meinung, es werde niemand nennenswerten Widerstand leisten – wer weiß. (Wie ich später erfahre, haben die Wachsoldaten draußen auf dem Feld nur in die Luft geschossen und dann sofort Fersengeld gegeben, noch vor den Menschen, die sie schützen sollten.)

Aber das ist ein Fehlschluss: das Todesurteil für die Eindringlinge. Die Soldaten, nun in der Überzahl gegen wenige Feinde, machen alles, was einen Burnus und einen Turban trägt und einen Säbel oder ein Gewehr in der Hand hat, gnadenlos nieder.

Samuel verhandelt schreiend mit dem Offizier, wie ich später erfahre, um die Männer vom Morden abzuhalten und Geiseln zu gewinnen, um mit den Beduinen verhandeln zu können. Vergeblich.

Ich presse mich an die Wand eines Hauses, die Hände flach neben mir, und schaue den grausigen Tanz an. Wie sich Schwerter in zuckende Leiber bohren. Wie Knochen knirschend unterm Aufprall eines Panzerstechers bersten. Eine Hand fliegt in hohem Bogen durch die Luft und landet dicht neben mir. Sie hält noch die Waffe umklammert, und die Finger öffnen und schließen sich um den Griff wie die Krallen einer Katze.

Blut spritzt in Kaskaden über den Platz, heißes, metallisch riechendes Blut, schreibt Schlieren durch die Luft, klatscht auf das Pflaster.

Meine Ohren ertauben fast überm Gebrüll der Wut und dem Kreischen des Schmerzes.

Irgendwann ist alles vorbei, und die plötzliche Stille dröhnt wie ein Wasserfall. In dieser Stille ist nur Samuel zu hören, der weiter wütend auf den Offizier einbrüllt.

Hier also bin ich nun gelandet. Unwillkommen im süßen Land Galiläa, in Erez Israel, der neuen Brutstätte des Todes und der Gewalt.
Nein, ich werde nicht ohnmächtig. Ich bin die Statthalterin dieses Landstrichs.
Ich trete vor, trete zwischen Samuel und den Osmanen. Mir wird bewusst, dass ich unverschleiert bin. Das ist mir egal.
Und dann wundere ich mich über meine eigene Stimme. Sie scheint so zu klingen wie immer. »Ich befehle hiermit, in Zukunft derartige Metzeleien innerhalb der Stadtmauern zu unterlassen. Den Weisungen meines Stellvertreters ist unbedingt Folge zu leisten, Effendi. Hingegen erwarte ich, dass die Eskorte den Landarbeitern bei Überfällen wirklichen Schutz leistet. Das heißt, dass dort draußen scharf geschossen wird, habt Ihr verstanden? Draußen verteidigen, nicht drinnen abschlachten! Diese Toten hier sind übrigens ein wertvolles Pfand. Ich verbiete, dass die Körper in irgendeiner Weise geschändet oder erniedrigt werden. Sicher wird der Stamm sie ehrenvoll bestatten wollen. Beordert also einen Parlamentär zu Scheich Harun ibn Rammah – ich nehme doch an, dass er hinter dem Überfall steckt.
Und natürlich wird morgen weitergearbeitet auf den Feldern vor dem Tor.«
Der Offizier starrt mich an, als sei ihm ein Geist erschienen. Aber dann hebt er die Hand zu jener komplizierten Geste, wie ich sie vom osmanischen Militär her kenne, die einen Befehl bestätigt.
Als ich mich umdrehe, um zu meinem Haus zu gehen, sehe ich, dass Don Samuel mich beinah genauso fassungslos ansieht wie der Türke. Wahrscheinlich hat er nicht erwartet, dass ich im Krieg so gut bin wie im Kontor.

In der Wüste

EIGENTLICH hätte der Weg der jungen Frau, die da bis zu den Augen verschleiert und schwarz gewandet inmitten ihrer Eskorte dahinzieht, nur durch Grün und Gärten, durch Wiese und Schilfgürtel, vorbei an Bäumen und hohen Sträuchern führen dürfen.

Aber irgendwann auf halbem Weg zwischen Safed und Tiberias hatten die Soldaten, die sie geleiteten, einen Schwenk in Richtung Westen vollzogen und bewegten sich nun durch die gelbgrauen Sanddünen.

Die Reisende nimmt wenig Notiz davon. Sie hat keinen Blick für die Landschaft. Tief in Gedanken versunken, sitzt sie in einem der Tragkörbe, die vom Kamelrücken herabhängen, die Beine unterm Leib angezogen, und lässt sich voranschaukeln, dahin, wo jetzt ihr Zuhause ist.

Hat sie jemals ein wirkliches Zuhause gehabt? Das früheste Heim, woran sie sich erinnern kann, ist ein Palazzo in Venedig, in dem man sich die Decke sehr fest über die Ohren ziehen muss, um nachts schlafen zu können. Dann das riesige Haus in Ferrara, mit Lusitanus als einzigem Fixpunkt. Das Belvedere in Konstantinopel, noch weitläufiger. Paläste der Einsamkeit. Durchgangsstationen, einer wie der andere. Flucht dann vor sich selbst. Flucht ins Unbekannte.

Zuhause? Eine Frau ist dort zu Haus, wo ihr Mann lebt. Ihr Mann

Samuel Nasi. Er liebt sie. Sie schläft gern mit ihm. Wenn sie die Augen schließt, kann sie sich vorstellen, es sei jemand anderes.
Auf der Schiffsreise hierher hat sie diesen Marsilio kennengelernt, mit seinen Büchern und Zeichnungen, seinen merkwürdigen Bildern und kabbalistischen Symbolen. Faszinierende Spiele.
Er hat ihr auch die Zukunft vorhergesagt, und sie musste innerlich darüber lachen, denn so etwas tun doch nur Wahrsagerinnen auf den Jahrmärkten, die den Gutgläubigen aus der Hand lesen. Eine große und glänzende Zukunft hat er ihr prophezeit, hier im Heiligen Land, in Erez Israel.
Wie die wohl aussehen mag?
Vor Tagen sind in Tiberias zwei ältere Frauen gestorben, und sie hat darum gebeten, ihnen das Ehrengeleit zum Friedhof in Safed zu geben, sie, eine Nasi.
Sie sind ausgezogen, alle Verwandtschaft im Trauerzug, beschützt von den berittenen Soldaten mit Bogen und Gewehr, und haben die Frauen zur letzten Ruhe bestattet. Dann haben sie gemeinsam Schiwa gesessen im Haus eines Rabbiners vor Ort, und nach der Trauerwoche sind Mann und Kinder, Schwestern, Brüder und Kindeskinder wieder heimgereist nach Tiberias. Sie aber, Gracia Nasi, genannt La Chica, ist noch zurückgeblieben für eine Zeit und hat, verborgen hinter einem Vorhang, den weisen Lehren der Rabbiner Luria und Alkabetz gelauscht, gegen die Marsilios heftige Beschwörungen ihr nun ziemlich leer vorkamen.
Jetzt kehrt sie zurück, ungeachtet der Warnungen in Safed, lieber eine Karawane abzuwarten, nicht allein zu reisen zwischen den Soldaten und im Korb an der Seite dieses Kamels, und da draußen hinter dem bronzierten Weidengeflecht zieht die Landschaft vorbei, welche auch immer.

La Chica findet es schade, dass es bei ihrem Volk nicht so etwas gibt, wie es die Nonnen bei den Christen sind. Sie könnte sich ein Leben in beschaulicher Zurückgezogenheit sehr gut vorstellen, nur beschäftigt damit, dem Ewigen und seinen Geboten nachzusinnen. Aber eine jüdische Frau hat tätig zu sein. Und irgendwann Mutter zu werden …
Und nicht jede kann Mutter eines Volkes werden wie die Señora.
Die Unterhaltung der Berittenen zu Seiten ihres Tragkorbes wird lauter jetzt, steigert sich fast zum Schreien. Sie schlagen auch eine andere Gangart an; das Kamel geht in einen weitausgreifenden Trab über und bringt ihr Korbgehäuse unangenehm zum Schwanken. Sie schiebt den Vorhang von der Einstiegsluke zurück, kann aber nichts sehen außer den hohen Helmbüschen der Krieger, die vor ihren Augen auf und ab hüpfen. Sie möchte fragen, was geschehen ist, aber wie soll sie? Die Sprachen, die sie beherrscht, sind Spanisch, Italienisch und Ladino, dazu noch die heilige Sprache der Thora. Um Türkisch zu lernen, hat die Zeit in Konstantinopel nicht gereicht, auch fand sie es nicht notwendig.
Die Männer brüllen jetzt. Schüsse peitschen.
La Chica beugt sich weit vor aus dem Korb, will etwas rufen. Ein festes Tuch wird über ihren Kopf geworfen, erstickt ihre Stimme. Dann fasst man sie um die Taille und reißt sie aus dem Tragkorb heraus, wie man eine Pflanze aus dem Boden reißt. –

Auch die perfekteste Verräterei ist nicht sicher vor fatalen Irrtümern, und je mehr Menschen – noch dazu verschiedener Nationalität – in ein Komplott verwickelt sind, desto näher liegt es, dass man etwas falsch versteht.
Die Wege sind verschlungen.

So ist es nicht auszuschließen, dass irgendjemand auf dem Heimweg von der Beerdigung in Safed einem anderen gegenüber erwähnte, dass die Dame, die ihnen allein nachreisen wird, den Namen Gracia Nasi führt. Gracia Nasi. La Chica heißt man schließlich nur im Familienkreis. Und dass die Dame mit einem Mann namens Nasi lebt, passt ja auch ins Bild. So war schließlich im Herbst jenes Paar hier aufgetreten …

Diesen Winter über ist Harun ibn Rammah nicht müßig geblieben. Es ist ihm gelungen, mehrere Stämme zum Kampf gegen die unerwünschten Ankömmlinge zu vereinen.

Ob nun bestechliche türkische Soldaten, die mit den Beduinen unter einer Decke stecken, oder erst einer jener Stammesführer das Missverständnis in die Welt gesetzt hat, feuerglühend vor Kampfeseifer, und die Ankunft der Señora sogleich mit jener einsamen Reisenden gleichen Namens verschmolzen hat, wird niemals jemand erfahren.

Immerhin: Die Häufung solcher Missverständnisse führt dazu, dass ein Unterhändler der Beduinen triumphierend vor dem Tor von Tiberias auftaucht und Bedingungen für die Herausgabe der Señora, auch genannt Ha Gewereth, stellt.

Die Bedingungen sind schlicht und lapidar: unverzüglicher Abbruch der Zureise von weiteren Juden nach Palästina. Abzug aller Soldaten des Padischahs aus Tiberias und Galiläa. Jährliche Tributzahlungen an die vereinigten Stämme der Beni Arab, der Söhne der Araber, deren Höhe noch festzulegen ist.

Tiberias

NUN wissen wir zumindest, was sie wollen«, sagt Gracia. Sie ist bleich wie der Tod. Und Samuel sitzt am Tisch, den Kopf zwischen den Händen, den Oberkörper schaukelnd wie in der Synagoge.

»La Chica! Sie haben La Chica! Wie konnte ich nur zulassen, dass sie nach Safed reist und, vor allem, dass sie allein zurückreist!«

»Samuel, komm zu dir! Beruhige dich! Wäre sie mit den anderen unterwegs gewesen, hätte es vielleicht Blutvergießen gegeben. Dieser Irrtum wird leicht aufzuklären sein. Harun ibn Rammah hat mich gesehen, wenn auch unterm Schleier – außerdem: Wer sollte wohl annehmen, dass eine junge Frau von noch nicht einmal zwanzig Jahren vom Sultan zur Steuerpächterin von Galiläa gemacht wird? Das ist doch unsinnig!«

»Sie werden ihr etwas antun!«

»Das werden sie nicht!«, entgegnet Gracia fest. »Sie haben ein Pfand, warum sollten sie es beschädigen?« Sie rüttelt Samuel am Arm. »Nasi, sei ein Mann! Du bist mein Stellvertreter hier und mein Sprecher gegenüber diesen Wüstenkriegern! Deine Frau wird dir wiedergegeben, und niemand wird ihr ein Haar krümmen. Wir müssen verhandeln. Wenn sie begreifen, dass sie die Falsche haben, werden sie in ihren Forderungen heruntergehen – aber das alles ist ja nur das Vorspiel.«

»Was meinst du?«
»Fass dich, Samuel! Ihre Bedingungen! Begreifst du? Dieser Scheich – der uns im vergangenen Jahr auf ähnliche Weise in sein Zelt geholt hat wie jetzt La Chica –, er hat es deinem Bruder und mir schon damals verkündet: Wir seien von Gott vertrieben, und nie wieder dürften wir hier Fuß fassen. Es war keine Rede von irgendeinem Abkommen oder einem gesitteten Miteinander.
Tributzahlungen! Abzug der Schutztruppen! Keine neuen Einbürgerungen! Sie wollen, dass wir klein beigeben. Sie wollen uns vernichten, Samuel.«

(Der Austausch der »falschen« Gracia Nasi gegen die Leichen von fünf Beduinenkriegern findet anstandslos statt. Es war eine richtige Überlegung gewesen, diese Kämpfer unversehrt zu lassen als ein Pfand und sie ihrer Ehre nicht zu berauben – ein Zeichen des Respekts vor den anderen.)
»Fünf tote Männer bin ich wert?« La Chica, heil und unbeschädigt zurück, dreht den Kopf. »Ist das nun viel oder wenig?«
Sie ist bemerkenswert ruhig, nach dem, was sie überstanden hat, wirkt frisch und fast heiter.
»Ich nehme an, nach der Rechnung dieser Krieger ist das ein guter Tausch. Aber für uns bist du natürlich tausendfach mehr wert. Es kommt immer auf den Standpunkt an«, sagt Dona Gracia.
Sie beobachtet die junge Frau und deren Mann. Don Samuel hat beide Arme um seine Allerliebste geschlungen, er hält sie, wie in einem Nest, den Kopf auf ihrer Schulter, um seine Erschütterung zu verbergen. Sie aber schaut über ihn weg zur Señora hin, und ihr Blick hat etwas Herausforderndes. Wenn

die Arme Samuels das Nest sind, denkt Gracia, hält er da einen Vogel, der gern die Schwingen regen möchte.
Jetzt entwindet sie sich sanft seiner Umklammerung, streicht ihm übers Haar – eine mütterliche Geste beinah! – und läuft, springt die paar Schritte hinüber zu der Frau, hockt sich vor ihrem Stuhl hin, küsst ihr die Hand. »Danke, dass du mich befreit hast!«
Gracia muss lachen. »Ja, was denn! Meinst du, wir hätten dich in den Händen dieser Wilden gelassen?«
»Oh, es waren keine Wilden!«, widerspricht La Chica nachdenklich. »Es sind Männer von vollendeter Höflichkeit. Leider habe ich kein Wort von dem verstanden, was sie gesagt haben, aber mir wurden Frauen zur Bedienung gegeben, man wusch mir Hände und Füße, und man speiste mich mit gesüßten Datteln und Mandelkernen. Dazu gab es Scherbett von Orangen.«
»War das, bevor sie wussten, wer du wirklich warst?«
La Chica runzelt die glatte Stirn. »Das kann ich dir nicht sagen, Tante. Ich konnte keinen Unterschied in ihrem Benehmen feststellen. Sie brachten mich hierher, und wir verabschiedeten uns mit jener Geste, die ich in Konstantinopel gelernt habe.« Sie berührt Stirn, Mund und Herz mit der Hand.
»Hast du – haben sie dir deinen Schleier abgenommen?«, fragt Samuel, Beklemmung in der Stimme.
»Wo denkst du hin! Nur bei den Frauen habe ich mich entschleiert. Kann sein, dass sie durch ein Loch im Zelt gespäht haben.« Sie hält sich die Hand vor den Mund. Unterdrückt sie ein Kichern?, fragt sich Samuel. Bei allem kommt er von dem Gefühl nicht los, dass seine Frau diesen Raub … genossen hat.
Sie ist es ja gewohnt, geraubt zu werden, denkt er grimmig, voll kalter Trauer. Wann war schon dies Flirren um sie, wie

jetzt, außer damals in Ravenna … und in Konstantinopel, bei einem Sabbatmahl …

»Können wir dich allein lassen?«, fragt er, obwohl er die Antwort schon im Voraus weiß.

Aber gewiss doch!, wird sie sagen und sagt es auch. Sie wird in die Therme gehen, in die Frauenabteilung, mit anderen zusammen. Er küsst sie zum Abschied auf die Stirn.

Nachdem sich die Tür hinter La Chica geschlossen hat, sieht Gracia ihn forschend an.

»Bist du wieder bereit für unsere Arbeit?«, sagt sie, und es klingt streng. Sie beginnt, auf und ab zu gehen, wie sie es häufig tut, wenn sie einen Entschluss fasst. »Vor dem Stadttor von Tiberias treiben die Unterhändler der Wüstensöhne immer noch ihre hübschen Pferde umher und warten auf unsere Verhandlungsangebote. Da wir wissen, was sie von uns wollen – nämlich, dass wir verschwinden –, bleibt nicht viel Spielraum. Es ist ganz einfach. Wir müssen ihnen nur sagen, dass wir weder von hier fortgehen noch ihnen Tribut zahlen und schon gar nicht die Soldaten des Sultans entlassen werden. Schicke eine vertrauenswürdige Delegation zu Adret Pascha nach Damaskus. Ich werde ihm in einem Schreiben den Vorfall – die Vorfälle – schildern. Und bitte, lass diesem Scheich, der ja wohl der Kopf dieses ganzen Unterfangens ist, ausrichten, dass die Mültezim mit ihm verhandeln möchte. Morgen. Ja, morgen. Danke, das ist alles.«

»Du? Aber du weißt doch, dass dieser Mann kaum mit einer Frau sprechen wird, Señora!«

»Oh, das wird er wohl müssen«, entgegnet Gracia Nasi ruhig. Sie tritt ans Fenster und sieht auf den See hinaus, der im Abendlicht schimmert wie flüssiges Gold. »Wie schön es hier ist«, sagt sie, still, für sich. »Der Ewige hat uns ein wunderbares Land auf-

gespart, und ich hatte immer noch keine Zeit, es zu erkunden. War noch nicht einmal am Ufer des Wassers.« Sie dreht sich zurück, sagt im Arbeitston: »Gibt es noch Fragen, Samuel?«
Er schüttelt den Kopf. »Du befiehlst, und es geschieht, das weißt du«, erwidert er bedrückt.
Er ist nicht der Mann, zu protestieren, andere Vorschläge zu unterbreiten, Bedenken anzumelden, wie Joseph es sicher getan hätte, und er tut ihr leid. Er wird sich ändern müssen hier …
»Samuel«, sagt sie lebhaft, fast im Plauderton, als er schon im Türrahmen steht. »Ich habe noch etwas für dich. Das heißt, es ist für La Chica.«
Er sieht sie fragend an, nähert sich zögernd.
Sie greift in ihren Gürtel und holt den Miniaturdolch heraus, das Gold glitzert, auch ohne dass ein Lichtstrahl darauffällt.
»Ewiger, was ist das?«
»Das siehst du doch. Ein *stiletto.*« Sie zieht das tödlich zierliche Eisen aus der Scheide. »Damit hat es folgende Bewandtnis«, erklärt sie ruhig. »Prinz Selim wollte es eigentlich deinem Bruder schenken. Aber der erklärte, geschenkte Waffen, von einer Hand in die andere, zerschneiden die Freundschaft. So gab der Schechsade es mit als eine Gabe für mich. Wenn ich es nun dir gebe für La Chica, so kann ebenfalls keine Freundschaft zerschnitten werden, weil es ja wieder über eine Mittelsperson geschieht. So jedenfalls habe ich es verstanden.« Sie tippt mit dem Daumen gegen die Spitze, gleich ist da der Blutstropfen. Sie führt den Finger zum Mund, leckt und saugt. Schmeckt ihr Blut und muss an das Blut der anderen denken, da draußen beim Stadttor. Für einen Augenblick wird ihr schwindlig.
»Du siehst – beste Ware. Gib es ihr von mir, Samuel, bitte. Ach ja, sag ihr noch eins. Die empfindlichsten Adern liegen am

Hals. Beherzt geschnitten, hinterm Ohr begonnen und bis unters Kinn geführt – da kann gar nichts missglücken.«
»Gracia!« Er schreit auf, hebt die Hände. »Der Ewige soll abwenden! Was soll das? Willst du, dass meine Frau sich das Leben nimmt?«
»Ruhig, Samuel. Vergiss nicht, wir sind im Feindesland. Auch wenn diese Beduinen sehr höflich zu ihr waren: Sie will sicher keinesfalls in die Sklaverei verkauft werden. So weit kenne ich sie – eine Nasi eben.«
»Was willst du mir damit sagen?«
»Nichts, als dass du die Tore gut bewacht hältst, die Siedler schützest, die Waffen nicht ablegst und unser Heim bereitest. Ich bürde dir damit mehr auf, als du vielleicht erträgst.«
Er steht jetzt sehr gerade da. »Nein, Señora. Nein. Ich tue, was getan werden muss. Mit der Hilfe des Ewigen.«
Er geht und nimmt den goldenen Dolch mit sich.
Eine große Ruhe breitet sich aus um Gracia Nasi. Am liebsten möchte sie jetzt mit ausgebreiteten Armen hinuntergehen zu diesem See …
»Schma Israel«, sagt sie an diesem Abend. Höre, Israel, der Ewige ist unser Gott, der Ewige ist einzig.
Aber ob das ein inbrünstiges Gebet ist oder nur so etwas wie ein goldener Grund, der sich durch ihr Leben zieht und auf den sie diese und jene Bilder gemalt hat, das fragt sie sich gar nicht erst. Wozu auch.
Ihr Amen klingt fast fröhlich. –

Wie sie es vorausgesehen hat, will Harun ibn Rammah ausschließlich mit Don Samuel sprechen. Aber schließlich, nach einigem Verhandeln, ist er auch bereit, mit der Mültezim zu reden, wenn sie denn ihren Schleier nicht ablegt.

Schleier oder nicht, was bedeutet das schon. Der Scheich ist ja auch verschleiert. Man redet miteinander ohne Gesicht.
Sie zieht sorgfältig ihre orientalischen Kleider an, wählt schöne, kraftvolle Farben. Um den Hals legt sie sich das Band mit dem in Chalzedon gefassten Bernstein, den ihr Nur Banu geschenkt hat – die Gaben des künftigen Sultanspaars sind sehr präsent in diesen Stunden.
Bernstein verleiht Seelenstärke, war es nicht so? Und Chalzedon hilft gegen Schmerzen.
Sie sollen sich entgegenkommen auf freiem Feld vor den Toren der Stadt Tiberias, der Wüstenfürst und die Jüdin, so haben sie es denn endlich ausgemacht. Beide zu Fuß, ohne Gefolge und waffenlos.
Die Söhne des Unwegsamen sind Männer von Ehre, so heißt es. Sie werden ihr Wort nicht brechen. Der Statthalterin des Sultans wird man kein Haar krümmen …
An diesem Morgen also öffnen sich die Tore vor Dona Gracia Nasi, die nun heraustritt, ganz allein. Sie hat sich von niemandem verabschiedet. Mit so großen Schritten, wie es für eine kleine Person nur möglich ist, geht sie auf das dunkle Zelt zu, das da über Nacht wie aus dem Nichts erschienen ist.
Sie bleibt stehen, in gebührendem Abstand, steht da im Freien und wartet. Der warme Wind bläst ihr entgegen. Er bewegt ihren Schleier, drückt ihn gegen ihr Gesicht. Sie spürt den Stoff an ihren Lippen wie eine Zärtlichkeit.
Weiter hinten, am Horizont, wirbeln Staubwolken auf. Etwas rückt sehr schnell heran. Geschrei näher kommender Krieger, Freudentriller, tief aus den Lungen. Gewehrschüsse knattern. Die Hufe der Tiere schlagen ihren anarchischen, ihren uralten Trommelrhythmus auf der Erde von Erez Israel.
Gleich sind sie da.

Die Zeltschnüre öffnen sich wie der Mund des Abgrunds.
Da ist der Scheich. Schwarz in schwarz. Ob wohl Azrael so aussieht? Er zeigt sein Gesicht nicht. Niemals.
Sie achtet nicht auf die Reiter, die heranstürmen.
Sie sieht ihm entgegen.

MENDES – CHRONIK

1483 Francisco Mendes in Spanien geboren
1485 Diogo Mendes in Spanien geboren
1492 Vertreibung der Juden aus Spanien
1497 Zwangstaufe der Spanienflüchtlinge in Portugal
1510 Gracia Nasi in Lissabon geboren
1512 Diogo geht nach Antwerpen
1522 Samuel Nasi geboren
1524 Joseph Nasi geboren
1528 Gracia Nasi wird mit Francisco Mendes verheiratet
1534 Reyna, Gracias und Franciscos Tochter, geboren
1535 Francisco Mendes stirbt
1537 Gracia und ihre Familie reisen von Lissabon nach Antwerpen
1539 Diogo heiratet Gracias Schwester Brianda in Antwerpen (Briandas Geburtsjahr ist unbekannt)
1540 La Chica, Gracias Nichte, in Antwerpen geboren
1543 Diogo Mendes stirbt
1544 Statthalterin Maria von Ungarn will Reyna an einen spanischen Edelmann verheiraten
1545 Gracia und die Familie fliehen und erreichen Venedig
1548 Gracia verlässt Venedig und geht nach Ferrara
1552 Gracia verlässt das Abendland über Venedig und wandert mit ihrer Familie in die Türkei aus
1553 Gracia erreicht Konstantinopel
1553 Missglückte Entführung La Chicas aus Venedig
1554 Reyna wird mit Joseph Nasi verheiratet
1555 Verfolgung von Conversos in Ancona

1556 Boykott von Ancona und dessen Scheitern
1556 Brianda stirbt in Ferrara
1556 La Chica wird mit Samuel verheiratet
1556 Gracia erhält die Steuerpacht der türkischen Provinz Galiläa mit Tiberias

WICHTIGSTE IM BUCH VORKOMMENDE JUDAICA (GLOSSAR)

Chasan Vorbeter und -sänger in der Synagoge. Der Chasan leitet den Gottesdienst.

Eruv Ein räumlicher Bezirk, in dem die Sabbatgesetze außer Kraft gesetzt sind.

Halacha Rechtlich und ethisch verbindlicher Teil der mündlichen Lehre, in dem unter anderem festgelegt ist, dass Jude ist, wer eine jüdische Mutter hat.

Jeschiwa Hochschule oder Akademie, deren Studenten sich der Deutung der heiligen Texte widmen. Aus Respekt bezeichnet man einen Absolventen solcher Schulen als Rabbi.

Jom Kippur Der Tag der Sühne ist der höchste Feiertag des jüdischen Jahrs. Man ist bereit zu Läuterung und Einkehr und verzeiht seinen Mitmenschen.

Kabbala Mystische Tradition des Judentums, die sich im 12./13. Jahrhundert entwickelt hat und aus der Deutung von Zahlen und Buchstaben spirituelle Erkenntnisse zu gewinnen hofft. Oft von Scharlatanen missbraucht.

Kaddisch Ein Gebet, das eine besondere Rolle beim Totengedenken spielt.

Ketuba Der jüdische Ehevertrag, der vor allem die Pflichten des Mannes gegenüber der Frau festhält.

Kiddusch-ha-Schem (wörtlich: »die Heiligung des Namens«) Eine Form des Selbstmords, mit dem sich im Mittelalter Juden der Zwangstaufe entzogen.

Kippa Runde Kopfbedeckung männlicher Juden, die hauptsächlich beim Gottesdienst getragen wird und Demut und Unterordnung unter den Willen des Herrn signalisiert.

Kol Nidre (wörtlich: »alle Gelübde«) Eine Formel, die am Jom Kippur gesprochen wird. Widerruf aller Gelübde und Aussagen, die man in Hinsicht auf eine bestimmte unbeliebte Person getan hat – womit man sie indirekt um Verzeihung bittet.

Mazze Ungesäuertes Fladenbrot, das speziell am Pessachfest zubereitet wird, als Symbol dafür, dass die Juden bei ihrem Auszug aus Ägypten keine Zeit mehr fanden, Sauerteig herzustellen.

Messias (wörtlich: »der Gesalbte«) Der verheißene Erlöser des jüdischen Volks aus der Zerstreuung, der erhoffte Friedenskönig der Endzeit. Für Christen ist der Messias bereits in der Gestalt des Jesus von Nazareth erschienen.

Mesusa Eine meist aus Metall bestehende Kapsel, die in einem jüdischen Haus am Türpfosten angebracht wird. Sie enthält ein Pergament mit den ersten Worten des Hauptgebets Schma Israel und ist Schutz und Heiligung der Wohnung.

Midrasch Die schriftliche Auslegung und Deutung der Schriften der Thora.

Mikwe Das rituelle Tauchbad, das unerlässlich ist für die spirituelle und körperliche Reinigung.

Mischna Älteste Gesetzessammlung, die den Kern des Talmuds bildet.

Pessach Achttägiges Frühlingsfest zur Erinnerung an den Auszug der Juden aus Ägypten und ihre Befreiung aus der Knechtschaft.

Rabbi Ehrentitel für Männer, die sich durch besondere Gelehrsamkeit, Weisheit und Kenntnis der Schriften auszeichnen.

Sabbat Feiertag, der in etwa dem christlichen Sonntag entspricht. Der Sabbat beginnt am Freitagabend und dauert bis Sonnabend bei Aufgang der ersten drei Sterne. Der Sabbat dient allein der inneren Einkehr. Arbeit ist verboten.

Schalom Frieden. Bis heute in Israel gebräuchliches Grußwort.

Schiwa sitzen Ein Trauerritual, bei dem in der Regel die nächsten Verwandten des Verstorbenen sieben Nächte lang beisammensitzen und seiner gedenken.

Schma Israel (wörtlich: »Höre, Israel«) Hauptgebet des Judentums, vergleichbar dem christlichen Vaterunser. Die Anfangsworte sind auch in der Mesusa aufbewahrt.

Sukkoth Ein im Herbst gefeiertes altes Erntefest, bei dem man seine Mahlzeiten unter freiem Himmel in einer Laubhütte einnimmt.

Tallit Gebetsmantel aus weißem, mit blauen oder schwarzen Streifen durchwebtem viereckigem Stück Stoff. Von jüdischen Männern getragen, wie Kippa und Tefillin. An den Enden befinden sich vier Quasten, die symbolisch an wichtige Gebote erinnern sollen.

Talmud Wichtige Sammlung der Schriften des Judentums. Ist in der Jeschiwa immer wieder neuer Deutung, Ergänzung und Diskussion ausgesetzt.

Tanach Die jüdische Bibel; aus christlicher Sicht die Schriften des Alten Testaments.

Tefillin Lederriemen mit einer Gebetskapsel, deren einer Teil um den linken Arm, der andere um den Kopf geschlungen wird: Herz und Haupt »bewaffnet« mit dem Wort des Herrn.

Thora Der wichtigste Teil des Tanach, die fünf Bücher Mose.

Zion Ursprünglich ein Hügel, auf dem der Tempel in Jerusalem erbaut wurde; er gilt nun stellvertretend für Jerusalem oder auch für das Judentum.